BASTEI
LÜBBE
TASCHENBUCH

Weitere Titel der Autorin:

Die Nightingale Schwestern – Freundinnen fürs Leben
Die Nightingale Schwestern – Geheimnisse des Herzens

Über die Autorin

Donna Douglas wuchs in London auf, lebt jedoch inzwischen mit ihrer Familie in York. Ihre Romanserie um die Schwesternschülerinnen des berühmten Londoner Nightingale Hospitals wurde in England zu einem Überraschungserfolg und eroberte die Top Ten der *Sunday Times*-Bestsellerliste. Neben ihrer Arbeit an weiteren Romanen schreibt die Autorin außerdem regelmäßig für verschiedene englische Zeitungen.

Mehr über Donna Douglas und ihre Bücher erfahren Sie unter www.donnadouglas.co.uk oder auf ihrem Blog unter donnadouglasauthor.wordpress.com.

Donna Douglas

Die

NIGHTINGALE
SCHWESTERN

Sturm der Gefühle

Roman

Aus dem Englischen von
Ulrike Moreno

BASTEI
LÜBBE
TASCHENBUCH

BASTEI LÜBBE TASCHENBUCH
Band 17418

Dieser Titel ist auch als E-Book erschienen.

Vollständige Taschenbuchausgabe

Deutsche Erstausgabe

Für die Originalausgabe:
Copyright © 2013 by Donna Douglas
Titel der englischen Originalausgabe: »The Nightingale Nurses«
Originalverlag: Arrow Books, an imprint of
The Random House Group Limited, London

Für die deutschsprachige Ausgabe:
Copyright © 2016 by Bastei Lübbe AG, Köln
Textredaktion: Anja Lademacher, Bonn
Titelillustration: © Colin Thomas, London; © getty-images/tirc83
Umschlaggestaltung: ZERO, Werbeagentur
Satz: two-up, Düsseldorf
Gesetzt aus der Caslon
Druck und Verarbeitung: GGP Media GmbH, Pößneck
Printed in Germany
ISBN 978-3-404-17418-8

3 5 7 6 4 2

Sie finden uns im Internet unter www.luebbe.de
Bitte beachten Sie auch: www.lesejury.de

Für Ken, Harriet und Lewis

KAPITEL EINS

»Geben Sie bitte acht, Schwestern. Die nächsten sechs Monate werden die wichtigsten Ihres Lebens sein.«

Es wurde augenblicklich still im Klassenzimmer. Florence Parker, die Lehrschwester, stand auf ihrem erhöhten Pult und betrachtete über ihre runden Brillengläser hinweg die Reihen der Schwesternschülerinnen im dritten Jahr. Mit ihrer gut gepolsterten Figur und dem straff zurückgekämmten weißen Haar unter der gestärkten Haube sah sie wie eine reizende alte Dame aus. Aber keine Schülerin machte zweimal den Fehler, sie dafür zu halten.

»Sie haben Ihre dreijährige Ausbildung nun fast abgeschlossen, aber lassen Sie sich Ihren Erfolg nicht zu Kopf steigen«, mahnte sie mit ihrem unverkennbar schottischen Akzent, der von den mit grafischen Darstellungen der menschlichen Anatomie bedeckten Wänden widerhallte. »Sie haben noch viel vor sich. Im Oktober werden Sie Ihre staatliche Prüfung machen. Und wenn Sie sie bestanden haben – oder besser gesagt, *falls* Sie sie bestehen«, berichtigte sie sich mit einem strengen Blick, »ist Ihre Ausbildung beendet, und Sie dürfen sich staatlich geprüfte Krankenschwester nennen.«

Schwester Parker hielt einen Moment lang inne, während die jungen Frauen, die auf ihren hölzernen Bänken vor ihr saßen, von einer Welle freudiger Erregung erfasst wurden. »Danach«, fuhr sie fort, »können Sie sich dafür entscheiden, ihre Ausbildung in einem anderen Bereich wie der Geburtshilfe fortzusetzen oder als Gemeindeschwester zu arbeiten. Vielleicht wird die Oberin Ihnen auch anbieten, Stationsschwester im Nightingale zu werden. Ich muss Sie allerdings daran erinnern, dass das eine sehr große Ehre ist und nur die Besten ausgewählt werden.« Ihr Blick glitt zu Amy Hollins, die in der letzten Reihe saß und eine blonde Haarsträhne um ihren Finger wickelte, während sie verträumt aus dem Fenster schaute. »Denjenigen, die kein solches Angebot erhalten, steht es natürlich frei, sich bei anderen Krankenhäusern zu bewerben.«

Was natürlich keines der Mädchen wollte. Das Florence Nightingale Teaching Hospital mochte sich zwar in einem ärmlichen Viertel des Londoner East End befinden, aber es besaß einen hervorragenden Ruf. Jede Schülerin hatte den Wunsch, sich »Nightingale-Schwester« nennen zu dürfen.

»Und dann möchte ich Sie natürlich auch an die Nightingale-Medaille erinnern, die in jedem Jahr der besten Schülerin verliehen wird.« Schwester Parker nickte zu der hinteren Wand mit den Fotografien früherer Gewinnerinnen hinüber. »Diese Auszeichnung ist etwas, was Sie alle anstreben sollten.«

Sie schaute dabei direkt Helen Tremayne an, die wie immer ein wenig abseits in der ersten Reihe saß, groß und kerzengerade, und nicht ein Haar an ihrem dunklen Kopf befand sich am falschen Platz. Schwester Parker ging jede Wette ein, dass die Medaille an Helen gehen würde.

»So, meine Damen, und jetzt habe ich hier Ihre Stationszuteilungen für die nächsten drei Monate.« Sie ging zu ihrem Schreibtisch und nahm einen Stapel Papier heraus. »Und da dies ein solch besonderer Anlass ist, dachte ich, ich überreiche sie Ihnen lieber persönlich, als sie an die Anschlagtafel im Speisesaal zu hängen.«

Sie begann, an den Reihen von Bänken entlangzugehen, und legte jedem Mädchen eins der Papiere auf den Tisch. Während sie das tat, hörte sie die geflüsterten Gebete auf der anderen Seite des Klassenzimmers.

»Bitte, lieber Gott, schick mich nicht auf die Gynäkologische! Ich glaube nicht, dass ich drei Monate mit Schwester Hyde ertragen könnte!«

»Ich hoffe, ich komme auf die Orthopädische für Männer. Dort soll ganz schön was los sein, habe ich gehört.«

»Solange sie mich bloß nicht auf die Fieberstation runterschicken«, seufzte jemand anderes.

»Und wo möchtest du hin, Hollins?«, fragte eins der Mädchen.

»In den OP«, erklärte Amy Hollins entschieden.

Dann solltest du dich besser zusammenreißen, dachte Florence Parker, als sie eins der Blätter vor Amy auf den Tisch legte. Hollins' blaue Augen in ihrem puppenähnlichen Gesicht erwiderten ganz unverfroren ihren Blick. Die blonden Locken, die unter dem Rand ihrer Haube hervorschauten, stellten die Grenzen der strengen Kleiderordnung des Krankenhauses auf eine harte Probe. Wenn sie genauso viel Energie in ihre Ausbildung stecken würde wie in ihr gesellschaftliches Leben, könnte sie das Zeug zu einer guten Krankenschwester haben. Doch die Berichte, die von den Stationen kamen, trieben die Lehrschwester zur Verzweiflung.

Sie ging in den vorderen Teil des Klassenraums zurück und gab Helen Tremayne ein Blatt. Sie schnappte nicht danach, wie die anderen Mädchen es taten, sondern blieb völlig reglos sitzen und beäugte es so argwöhnisch, als könnte es sie beißen.

»Gynäkologie!«, rief Amy Hollins mit angewiderter Miene durch den Raum und zerknüllte ärgerlich ihr Blatt. »Wie schrecklich unfair! Jeder weiß, dass die alte Everett total verrückt ist.«

»Wenn Sie unzufrieden sind mit Ihrer Zuteilung, wird die Oberin die Angelegenheit sicher gern mit Ihnen besprechen, Hollins«, sagte Schwester Parker und schickte einen bösen Blick quer durch die Klasse. Amy errötete, aber ihr aufsässiger Gesichtsausdruck veränderte sich nicht.

Die Lehrschwester wandte sich wieder Helen zu, die endlich genug Mut gefasst hatte, um sich ihr Blatt anzusehen.

»Ich hoffe, zumindest Sie sind zufrieden mit Ihrer Zuteilung, Tremayne?«, sagte Schwester Parker und sah Helen über den Rand ihrer Brille an.

»Ja. Danke, Schwester.«

»Ihre Mutter sagte mir, Sie seien sehr interessiert daran, in der Chirurgie zu arbeiten. Sie erwähnte auch, dass Sie vielleicht gern OP-Schwester würden, wenn Sie Ihre Ausbildung abgeschlossen haben?«

Helen blickte zu ihr auf, und für einen Moment sah Florence Parker einen Ausdruck der Bestürzung in ihren großen braunen Augen, bevor sie den Blick rasch wieder senkte. Dass sie OP-Schwester werden wollte, war Helen neu, konnte Schwester Parker sehen. Die arme Tremayne, stets unter der Fuchtel ihrer Mutter.

»Ich weiß nicht, ob ich gut genug wäre, Schwester.« Helens Stimme war kaum mehr als ein heiseres Flüstern.

»Und ich bin mir sicher, dass Sie keine Schwierigkeiten haben werden. Sie sind eine ausgezeichnete Schülerin, Schwester Tremayne. Ich wage sogar zu behaupten, dass wir Ihr Foto schon bald an der Wand der Gewinnerinnen der Nightingale-Medaille sehen werden.«

»Und ich gehe jede Wette ein, dass Mummy genau dafür sorgen wird.« Schwester Parker entging Amy Hollins' gehässiges Geflüster in der letzten Reihe nicht. »Es muss schön sein, eine Mutter im Verwaltungsrat zu haben!«

Helen schien es ebenfalls gehört zu haben, denn sie senkte den Kopf und errötete bis zu den Haarwurzeln.

Schwester Parker erinnerte sich an ihre letzte Begegnung

mit Constance Tremayne, als sie ins Klassenzimmer hereinmarschiert war und verlangt hatte, dass Helen dem OP zugewiesen werden sollte. Nach über vierzig Jahren als Krankenschwester war Florence Parker wirklich nicht schnell einzuschüchtern, aber in Mrs. Tremaynes Anwesenheit hatte sie sich wieder wie eine verängstigte Lernschwester in der Probezeit gefühlt, die zur Oberin zitiert wurde.

Sie blickte sich zu Helen um, die an ihren angeknabberten Fingernägeln herumspielte. Was auch immer Hollins glauben mochte, Florence Parker konnte sich nicht vorstellen, dass es schön war, eine Mutter wie Mrs. Tremayne zu haben.

Helen hörte das kreischende Gelächter, das von der Treppe herunterdrang, als sie an jenem Abend nach dem Dienst mit ihrer Zimmerkameradin Millie Benedict ins Schwesternheim zurückkehrte. Es war nach neun, und die meisten Schwestern bereiteten sich darauf vor, um zehn die Lampen auszuschalten, sofern sie nicht das Glück hatten, eine Sondererlaubnis zu haben, später heimzukommen, oder mutig genug waren, später durch die Fenster einzusteigen.

»Hör dir das an«, sagte Millie, während sie auf dem in düsterem Braun gestrichenen Flur ihre Umhänge abnahmen und darauf achteten, dass ihre Schuhe auf dem abgetretenen Linoleum nicht zu sehr quietschten. »Das klingt, als feierte jemand eine Party.«

»Hollins«, erwiderte Helen. »Ich habe gehört, wie sie beim Abendessen darüber sprach.«

»Mich überrascht nur, dass Schwester Sutton noch nicht eingeschritten ist bei all dem Lärm, den sie veranstalten.« Millie warf einen Blick zur Zimmertür der Heimschwester. »Aber das ist mal wieder typisch. Hollins und ihre Clique kommen ungestraft davon mit ihren Partys, aber wenn ich eine Haarnadel auf den Boden fallen lasse, hämmert Sutton gegen die Tür und droht mir, mich zur Oberin zu schicken.«

Millie verzog angewidert das Gesicht. Sie war genauso blond und hübsch wie Amy Hollins, aber ganz ohne Amys Härte.

»Vielleicht schläft sie?«, sagte Helen.

»Schwester Sutton schläft nie. Sie schleicht die ganze Nacht mit ihrem verflixten Hund auf dem Flur herum und wartet nur darauf, uns arme Schwestern auf frischer Tat zu ertappen, wenn wir uns ein bisschen amüsieren.«

Sie stiegen die Treppe hinauf und achteten darauf, nicht auf die knarrende Stufe auf halber Strecke zu treten. Das glänzende dunkle Holz unter ihren Füßen war uneben und abgetreten von Generationen müder junger Mädchen, wie sie selbst es waren.

Als sie den ersten Stock erreichten, hörten sie ein weiteres gedämpftes Lachen vom anderen Ende des langen Gangs. Millie sah Helen fragend an. »Wirst du später auch zu der Party gehen? Sie gehören doch zu deiner Gruppe.«

Helen schüttelte den Kopf. »Ich muss lernen.«

»Ach, es wird doch wohl nichts schaden, wenn du es für eine Nacht mal bleiben lässt?«

»Nicht wenn ich an die Abschlussprüfung in sechs Monaten denke.«

»Die anderen scheinen sich deswegen keine allzu großen Sorgen zu machen.«

»Vielleicht sind sie sich ja sicherer, sie zu bestehen, als ich?«

Millie lachte. »Wohl kaum! Jeder weiß, dass du eine der besten Schülerinnen im Nightingale bist. Du solltest hingehen, Tremayne. Du kennst doch sicher den Spruch, dass Arbeit allein nicht glücklich macht …«

»Ich habe dir doch schon gesagt, dass ich nicht will!«

Helen eilte weiter die steile, schmale Treppe hinauf, die zu ihrem Dachbodenzimmer führte, bevor Millie noch weitere

Einwände erheben konnte. Sie wollte Millie nicht sagen, dass sie nicht zu der Party eingeladen worden war, oder wie gedemütigt sie sich gefühlt hatte, als sie am anderen Ende des Esstischs gesessen und gehört hatte, wie die anderen Pläne machten. Sie wusste, dass sie nach drei Jahren daran gewöhnt sein müsste, aber es tat eben noch immer weh, auch wenn sie versuchte, sich nichts anmerken zu lassen.

Wenn ein Jahrgang neuer Schülerinnen zur Ausbildung ins Nightingale kam, neigten sie dazu, als Gruppe zusammenzuhalten. Aber Helen war von Anfang an aus der Gemeinschaft ausgeschlossen worden. Die anderen Mädchen misstrauten ihr, weil sie sehr fleißig war und ihre Mutter im Verwaltungsrat des Krankenhauses saß. Sie waren schnell zu dem Schluss gekommen, dass Helen zu streberhaft und zu sehr der Liebling der Lehrerinnen war. Helen wünschte manchmal, sie könnte ihnen erklären, dass sie nur so fleißig war, um ihre Mutter zufriedenzustellen. Aber sie war sich noch nicht einmal sicher, ob ihr jemand zuhören würde.

Als könnte sie ihre Gedanken lesen, sagte Millie: »Vielleicht würden sie anders über dich denken, wenn du dir mehr Mühe gäbst, dich ihnen anzuschließen.«

»Ganz ehrlich, es ist mir egal, was sie denken«, erwiderte Helen. »Ich bin nicht hier, um Freundschaften zu schließen, sondern um zu lernen und zu arbeiten.« Im Grunde plapperte sie nur die strenge Antwort nach, die ihre Mutter ihr gegeben hatte, als sie ihr einmal zu erklären versucht hatte, wie einsam und ausgeschlossen sie sich fühlte.

Millie blieb auf halbem Weg nach oben stehen. »Aber wir beide sind doch Freundinnen, oder?«

Helen drehte sich zu ihr um und lächelte sie an. »Das ist etwas anderes.«

Es war unmöglich, Millie nicht zu mögen – oder Lady Amelia Benedict, wie ihr voller Titel lautete. Sie war einfach das reizendste Mädchen, dem Helen je begegnet war. Sie sah sogar wie der Sonnenschein selbst aus mit ihren hübschen blonden Locken und ihrem heiteren Lächeln. Und sie hatte überhaupt keine Allüren, obwohl sie die Tochter eines Grafen und in einem Schloss in Kent aufgewachsen war.

Millie und ihre andere Zimmerkameradin, Dora Doyle, hatten ihre Ausbildung ein Jahr nach Helen begonnen und waren vor fast zwei Jahren wie ein frischer Wind in ihrem einsamen Leben erschienen. Sie hatten sich von Helens zurückhaltendem Wesen nicht abschrecken lassen. Dank ihrer Freundschaft hatte sie gelernt, sich nicht allzu sehr daran zu stören, wenn die Mädchen in ihrem eigenen Jahrgang boshaft zu ihr waren.

Ihre Freundinnen hatten ihr auch den Mut gegeben, nicht zu kneifen, als sie Charlie Dawson, ihrer großen Liebe, begegnet war. Mit ihnen und Charlie war Helen glücklicher als je zuvor in ihrem Leben – auch wenn noch immer auf alles, was sie tat, der Schatten ihrer Mutter fiel.

»Das will ich aber auch hoffen!«, sagte Millie lächelnd und fügte dann hinzu: »Und du darfst dich wirklich nicht so über Amy Hollins ärgern. Sie ist ein gemeines Biest. Ich kann nicht behaupten, dass ich mich darauf freue, die nächsten drei Monate mit ihr auf der Gynäkologischen zu verbringen!«

Ihr Zimmer befand sich ganz oben im Haus und war nur eine langgestreckte, spärlich möblierte Mansarde mit drei unter den Dachschrägen verstauten Betten. Durch ein kleines Dachfenster fiel ein schmaler Streifen silbrigen Mondlichts auf die blank polierten Bodendielen.

Millie fröstelte. »Warum muss es hier oben immer so kalt sein, sogar im April noch?« Sie griff nach dem Lichtschalter, knipste ihn an – und stieß einen erschrockenen Schrei aus.

Ein Mädchen lag ausgestreckt auf dem mittleren Bett. Sie

war vollständig bekleidet, und ihre klobigen schwarzen Schuhe ragten zwischen den Stäben des eisernen Bettgestells hervor. Ihr linker Arm baumelte an einer Seite des Betts herab, und sie hielt die schlaffen Überreste einer Haube in der Hand. Eine zerzauste Mähne roter Locken bedeckte das Kissen und verhüllte ihr Gesicht.

Als Millie schrie, riss sie den Kopf hoch und offenbarte ein sommersprossiges, verschlafenes Gesicht.

»Was zum – ach, ihr seid's nur.« Ihre grünen Augen spähten unter dem roten Haar hervor, sie waren gerötet. »Ich dachte schon, es würde brennen.«

Sie setzte sich langsam auf und streckte sich. »Ich muss eingenickt sein. Wie spät ist es?«

»Fast halb zehn.«

»Wirklich?« Dora Doyle griff nach ihrer Uhr, die auf dem Nachttisch lag, hielt sie dicht an ihr Gesicht und starrte mit schmalen Augen auf das Zifferblatt. »Du meine Güte, ich habe zwei Stunden geschlafen!«

»Hattest du einen schweren Tag?«, fragte Helen mitfühlend, als sie ihre Schuhe auszog und ihre Füße protestierend pochten.

»Das könnte man sagen.« Dora rieb sich die Augen. »Die Oberschwester hat uns die ganze Station sauber machen lassen, von oben bis unten. Ich war den ganzen Tag auf den Beinen, habe Fenster geputzt, Matratzen umgedreht und mit einem feuchten Lappen Staub gewischt. Mir tut alles weh. Ich bin froh, dass morgen mein freier Tag ist, weil ich wahrscheinlich viel zu steif wäre, um aus dem Bett zu kommen.«

»Ich weiß, wie du dich fühlst. Anscheinend lassen sie uns noch schwerer schuften als gewöhnlich, wenn wir am nächsten Tag dienstfrei haben.« Millie durchstöberte ihre Kommodenschublade und zog ein Feuerzeug und ein Päckchen Zigaretten heraus. Sie nahm sich eine und bot das Päckchen Dora an.

»Ihr werdet doch hoffentlich ein Fenster öffnen?«, sagte Helen mahnend, während sie die Haarnadeln aus ihrer Haube zog. »Ihr wisst doch, dass Schwester Sutton Zigarettenrauch eine Meile weit riechen kann?«

»Ja, ja, reg dich nicht gleich auf, Tremayne. Wir bringen dich schon nicht in Schwierigkeiten.« Millie streckte die Hand nach dem Fensterriegel aus, zog ihn zurück und stieß das Fenster auf. Dann setzte sie sich und gab Dora Feuer.

»Und wohin schicken sie dich als Nächstes?«, fragte sie.

Dora nahm einen tiefen Zug aus ihrer Zigarette. »Runter in die Notaufnahme«, antwortete sie. »Und dich?«

»Auf die Gynäkologische. Allerdings bin ich mir gar nicht sicher, was Oberschwester Everett von mir halten wird.«

»Du wirst schon mit ihr auskommen«, meinte Helen, die gerade ihren steifen Kragen abnahm und die wunde Stelle untersuchte, wo der gestärkte Stoff ihre Haut aufgescheuert hatte. »Sie kann ein bisschen exzentrisch sein, aber lass dich davon nicht täuschen. Sie ist blitzgescheit, was die Patientinnen anbelangt. Sie kennt alle Krankenblätter auswendig und erwartet das Gleiche auch von ihren Schwestern.«

Millie nagte besorgt an ihrer Unterlippe. »Ich wünschte, ich käme zu dir in die Notaufnahme, Doyle. Ich habe gehört, dass es dort unten recht unterhaltsam sein soll.«

»Wenn dir abgetrennte Glieder und Leute, die dir tot vor die Füße fallen, nichts ausmachen!« Dora blies einen Strom von Zigarrenrauch durch das offene Fenster zum Nachthimmel hinauf und drehte sich dann zu Helen um. »Wohin schicken sie dich, Tremayne?«

»In den OP.«

»Oh, wie aufregend!«, warf Millie ein. »Ich wäre liebend gern OP-Schwester.«

Dora kicherte. »Du im Operationssaal?«

Millie runzelte die Stirn. »Was ist daran so lustig?«

»Niemand würde daran denken, dich in den OP zu schicken. Du bist einfach zu unfallgefährdet.« Typisch Dora, sie mit der Nase darauf zu stoßen, dachte Helen, während sie ihre Schürze abnahm und sie in ihren Wäschebeutel stopfte. Bei Dora konnte man sich stets darauf verlassen, dass sie unverblümt genug war, um die Sache auf den Punkt zu bringen.

»Nein, das bin ich nicht.« Millie sah so gekränkt aus, dass Helen sich ein Lächeln nicht verkneifen konnte. Sie sah Dora an, die ebenfalls Mühe hatte, eine ernste Miene zu bewahren.

»Mal sehen …« Dora tat so, als überlegte sie. »Weißt du noch, wie du einmal alle falschen Zähne der Patientinnen in derselben Schüssel gereinigt hast und dich dann nicht mehr erinnern konntest, welche Zähne wem gehörten? Und wie war das noch mit der Patientin, die eine Entlausungsbehandlung von dir bekam und danach plötzlich orangefarbene Haare hatte?«

»Und vergiss nicht, dass du Schwester Hyde fast in einem Seifeneinlauf ertränkt hättest«, warf Helen ein.

»Schon gut, ich habe schon verstanden«, seufzte Millie.

Sie sah so niedergeschlagen aus, dass sie Helen leidtat. »Aber das machst du dafür mit anderen Dingen wieder gut«, sagte sie beruhigend.

»Und womit zum Beispiel?«

»Nun ja … du bist sehr lieb und mitfühlend. Du hast eine Art, mit den Patienten zu reden, die ihnen ein gutes Gefühl vermittelt. Und deswegen lieben dich auch alle, Millie.«

Millie hatte tatsächlich eine Art, mit der sie jedermann für sich gewann. Selbst die brummige Schwester Hyde auf der Frauenstation für chronische Erkrankungen war den Tränen nahe gewesen, als Schwester Benedict ihre Station verlassen hatte.

Wieder drang gedämpftes Gelächter durch die Bodendielen zu ihnen hinauf, gefolgt von einem lauten Krachen.

Millie schüttelte den Kopf. »Die da unten scheinen sich wirklich in Schwierigkeiten bringen zu wollen.«

»Was feiern sie denn eigentlich?«, fragte Dora.

»Bevans Verlobung.« Helen schlüpfte in ihr Flanellnachthemd. »Ihr Assistenzarzt hat ihr vor zwei Tagen einen Antrag gemacht.«

»Wenn das so weitergeht, wird keine von uns mehr übrig sein, wenn wir unsere Ausbildung beendet haben.« Millie blickte auf ihre schmucklose linke Hand herab. Im Krankenhaus durfte sie den Verlobungsring nicht tragen, den ihr Freund Sebastian ihr geschenkt hatte, bevor er von seiner Zeitung als Reporter nach Berlin entsandt worden war. »Eigentlich ist es lächerlich. Was spricht dagegen, dass wir auch nach der Heirat weiterarbeiten.«

»Ich weiß nicht, was Schwester Sutton dazu sagen würde, Ehemänner im Schwesternheim zu haben«, sagte Helen lächelnd.

»Du wirst Seb ja wohl nicht hier einziehen lassen!«, warnte Dora. »Es ist schon schlimm genug mit uns dreien.«

»Könnt ihr euch das vorstellen?« Millie lachte. »Nein, aber ich bin mir sicher, dass sie das auf andere Weise regeln könnten. Was für eine Verschwendung, eine dreijährige Ausbildung zu machen und dann gehen zu müssen, nur weil man heiraten will.«

»Ich glaube nicht, dass Bevan sich allzu große Sorgen darüber macht.« Helen griff nach ihrer Haarbürste. »Soviel ich hörte, kann sie es kaum erwarten, dem Nightingale und all seinen Regeln und Vorschriften Lebwohl zu sagen.«

»Tja, aber ich will nicht gehen«, sagte Millie. »Ich würde auch nach meiner Heirat gerne bleiben, falls sie es gestatten. Aber ich glaube nicht, dass ich es darf. Wenn ich erst einmal verheiratet bin, meine ich.«

»Du könntest die Hochzeit doch noch aufschieben?«, schlug Helen vor.

Millie schüttelte den Kopf. »Ich habe den armen Seb schon lange genug warten lassen. Und meine Großmutter würde einen Anfall bekommen, glaube ich, wenn wir die Hochzeit wieder aufschieben würden. Es ist ihr sehnlichster Wunsch, dass ich heirate und einen Erben für den Besitz hervorbringe, bevor meinem Vater etwas passiert.«

Sie sprach so nüchtern darüber, dass Helen nur staunen konnte. Millie trug eine enorme Last auf ihren Schultern. Die Zukunft ihrer Familie hing davon ab, dass sie einen Sohn bekam. Schon von frühester Kindheit an war sie von ihrer Großmutter auf eine angemessene Heirat vorbereitet worden. Millie hatte den tapferen Versuch gemacht, Unabhängigkeit zu erlangen, indem sie sich zur Krankenschwester ausbilden ließ, doch alle wussten, dass ihre Freiheit eines Tages enden würde.

»Und was ist mit dir und Charlie?«, fragte Millie. »Wann werdet ihr heiraten?«

Helen legte sich eine Decke um die Schultern, um sich vor der kühlen Aprilluft zu schützen, die durch das offene Fenster hereindrang. »Ich weiß nicht. Dazu werde ich wohl erst mit meiner Mutter reden müssen …«

»Du bist über einundzwanzig, also kannst du doch wohl tun, was du willst?«

»Trotzdem würde meine Mutter erwarten, dass ich ihren Rat anhöre.«

»Ich wüsste nicht, warum sie dagegen sein sollte. Charlie ist reizend, und jeder kann sehen, dass ihr bis über beide Ohren verliebt seid.«

Helen blickte zu Millies offenherzigen blauen Augen auf. Wenn das Leben nur so einfach wäre, dachte sie.

»Können wir mal für fünf Minuten aufhören, über Hochzeiten zu reden?«, unterbrach Dora sie streng.

Millie sah sie verwundert an. »Was ist denn mit dir los?«

»Nichts. Ich kann bloß dieses Gerede übers Heiraten langsam nicht mehr hören.« Dora zog ihre Schuhe aus, stieg auf ihr Bett und beugte sich aus dem Fenster, um auf dem Sims ihre Zigarette auszudrücken, bevor sie den Stummel in die Nacht hinauswarf.

Bevor Millie etwas entgegnen konnte, hörten sie auf dem Gang unter ihnen Schwester Suttons Stimme.

»Um zehn wird das Licht gelöscht, Schwestern.«

Millie und Helen ließen Dora allein, damit sie sich für die Nacht umziehen konnte, und schlossen sich den Mädchen an, die frierend auf dem Gang vor dem Badezimmer Schlange standen.

»Du weißt, dass du nicht hier mit mir zu warten brauchst«, erinnerte Millie Helen, während sie ihren Morgenmantel noch fester um sich zog. »Du bist im letzten Jahr und könntest also ruhig zum Anfang der Schlange gehen.«

Wie zum Beweis, wie recht sie hatte, kamen Amy Hollins, Brenda Bevan und ein paar andere aus ihrer Clique aus Hollins Zimmer und drängten sich an der Schlange vorbei direkt vors Badezimmer. Über die erbosten Gesichter der Mädchen aus den jüngeren Jahrgängen, die beiseitetreten mussten, um sie hereinzulassen, lachten sie nur.

»Ich kann genauso gut auch hier bei dir bleiben.«

»Wie du willst. Aber du weißt, dass sie das ganze heiße Wasser verbrauchen werden, bevor wir dran sind, oder?«

»Ach, es wird sicher noch was für uns übrig bleiben«, meinte Helen lächelnd.

Millie sah sie aus schmalen Augen an. »Du bist nicht mal annähernd autoritär genug, weißt du. Ich wette, dass die jungen Lernschwestern auf deiner Station auch keine schmutzigen Arbeiten machen müssen.«

»Ich kommandiere andere Leute nicht gern herum.«

»Dann wirst du auch nie Stationsschwester werden!« Millie nickte zu Amy Hollins hinüber. »Vielleicht solltest du dir an ihr ein Beispiel nehmen?«

»Das bezweifle ich.«

Millie schwieg einen Moment, dann wechselte sie das Thema. »Doyle war vorhin ziemlich verstimmt, nicht wahr?«, bemerkte sie. »Was glaubst du, was mit ihr los ist?«

»Ich weiß es nicht. Ihre Freundin heiratet morgen, und Doyle ist ihre Brautjungfer. Vielleicht hat es ja damit was zu tun?«

»Ach ja, stimmt«, erinnerte sich Millie. »Aber ich verstehe nicht, warum sie das so reizbar machen sollte. Sie müsste sich doch freuen.«

»Normalerweise ja. Aber man weiß ja nie so richtig, was sie denkt, nicht wahr?«

Helen war anfangs sogar ziemlich eingeschüchtert gewesen von Dora, deren grüne Augen so herausfordernd in die Welt hinausblickten, als ob sie jedem ins Gesicht springen würde, der ihr zu nahe kam. Inzwischen wusste Helen jedoch, dass das nur Doras Art war. Sie war ein typisches East-End-Mädchen, bodenständig und stolz, das seine Gefühle hinter einer rauen Schale verborgen hielt.

»Vielleicht ist sie auch nur verärgert, weil sie kein hübsches Kleid zum Anziehen hat?«, meinte Millie.

»Da könntest du recht haben«, stimmte Helen zu. Doch was auch immer Dora beschäftigen mochte, Helen glaubte nicht, dass sie es je herausfinden würden.

21

KAPITEL ZWEI

Regen peitschte die schmuddeligen Straßen von Bethnal Green an dem Tag, an dem Dora Doyles beste Freundin Ruby Pike Nick Riley heiratete.

»Typisch April!« Ruby schnitt eine Grimasse, während sie das beschlagene Küchenfenster ein wenig abwischte, um auf den Hof herabschauen zu können. Obwohl erst früher Morgen war, war es draußen noch so dunkel wie in der Abenddämmerung. »Es gießt in Strömen.«

»Komm her zu mir und halte still. Ich werde diesen Saum nie gerade hinkriegen, wenn du andauernd davonläufst«, murmelte Dora, die, den Mund voller Stecknadeln, vor den Füßen ihrer Freundin kniete.

In der engen Küche der Pikes herrschte das reinste Chaos. Rubys Vater Len stand mit ihren Brüdern Dennis und Frank vor dem Spülbecken, wo sich alle drei rasierten, wobei sie sich immer wieder anrempelten, um einen Blick in den winzigen Spiegel zu erhaschen. Ihre Mutter Lettie putzte in ihrem besten Kleid, über dem sie eine Schürze trug, Schuhe am Küchentisch.

Und Dora hockte auf den Fersen und besserte in letzter Minute noch den Saum des Brautkleids nach.

Diese Küche war der letzte Ort, an dem sie sich befinden wollte. Aber Ruby war ihre beste Freundin, sie waren in den schmalen, überfüllten Mietshäusern der Griffin Street Tür an Tür aufgewachsen, und Dora hatte Ruby nun einmal versprochen, ihre Brautjungfer zu sein.

»Ich weiß nicht, warum du dir überhaupt die Mühe machst.

Ich werde eh wie eine nasse Ratte aussehen, bis ich in der Kirche bin.« Ruby seufzte. »Mein Nick wird die Flucht ergreifen, wenn er mich so sieht.«

»Falls er überhaupt erscheint!«, bemerkte Dennis frech.

»Kann gut sein, dass er das Weite sucht«, stimmte Frank ihm zu. Er und Dennis sahen sich an und begannen zu singen: »Und da stand ich wartend an der Kirche – au!«, riefen sie im Chor, als beide sich von ihrem Vater einen Klaps hinter die Ohren einfingen.

»Er sollte besser erscheinen, oder er kriegt's verdammt noch mal mit mir zu tun, egal, wie stark er ist. Er hat seinen Spaß gehabt, und jetzt muss er dafür bezahlen!«, brummte Len Pike.

»Du gegen Nick Riley? Ha! Das möchte ich sehen!«, höhnte seine Frau. »Er würde Hackfleisch aus dir machen!«

Len Pike schnaufte beleidigt und blies die Wangen auf, aber alle wussten, dass Lettie recht hatte. Niemand, der auch nur halbwegs vernünftig war, würde sich mit Nick Riley anlegen. Selbst nach den knallharten Maßstäben des East End galt Nick als harter Brocken.

»Ich sag ja nur, dass er verdammt noch mal erscheinen soll«, murmelte Len. »Er hat dich in diese Lage gebracht, mein Mädchen, und wird dich dort herausholen müssen!«

»Das reicht!«, schalt Lettie. »Du brauchst nicht der ganzen Welt unsere privaten Angelegenheiten zu erzählen!«

»Ach ja? Dann habe ich Neuigkeiten für dich. Die ganze Welt weiß es bereits!« Len Pike fuhr sich mit dem Rasiermesser über das Kinn und schnippte den Schaum ins Becken. »Es gibt nur einen Grund dafür, dass ein Mädchen so schnell heiratet, und zwar, wenn ein Baby unterwegs ist. Was mich mal interessieren würde, Ruby, ist, warum du so ein Theater daraus machen musst?«, sagte er und griff nach dem Handtuch, um sich das Gesicht abzuwischen. »Warum konntest du nicht still und leise auf dem Standesamt heiraten, wie jedes anständige Mädchen es tun würde?«

»Weil ich nichts still und leise tue, Dad. Das solltest du doch wissen!«

Ruby zwinkerte Dora zu. Alle sagten, Ruby Pike habe mehr Selbstbewusstsein, als ihr guttat, und das bewies sie heute wieder einmal. Selbst in ihrem bescheidenen Brautkleid sah sie wie einer der Filmstars aus, deren Leben sie so eifrig im *Picturegoer* verfolgte. Das schräggeschnittene Kleid aus feingeripptem, silbernem Kunstseidenstoff schmiegte sich liebevoll an ihre üppigen, weiblichen Rundungen. Ihr Haar trug sie wie Jean Harlow in weichen, platinblonden Wellen, die ihr hübsches Gesicht umschmeichelten.

Kein Wunder, dass Nick ihr nicht hatte widerstehen können. Es gab nicht viele heißblütige Männer in Bethnal Green, die es könnten.

»Warum soll meine Ruby keine kirchliche Hochzeit haben, wenn sie eine will?«, verteidigte Lettie sie. »Dies ist ihr großer Tag, und ich lasse nicht zu, dass ihn ihr jemand verdirbt.« Sie lächelte ihre Tochter zärtlich an. »Baby oder nicht, früher oder später hätten sie und Nick sowieso geheiratet. Man braucht ihn nur anzusehen, um zu wissen, wie verknallt er in sie ist.«

Dora stach sich in den Finger und stieß einen leisen Schrei aus.

»Pass doch auf!« Ruby blickte stirnrunzelnd zu ihr herab. »ich will kein Blut auf meinem Kleid.«

»Tut mir leid.« Dora lutschte an ihrem Finger, und als sie dabei aufschaute, begegnete sie Letties hartem, düsterem Blick. Nicht einmal ihr bestes Kleid und der ungewohnte Lippenstift, den sie trug, machten ihr schmales, verbittertes Gesicht ein bisschen weicher. Außerdem stand ein warnender Blick in ihren Augen, der Dora Unbehagen einflößte.

Dann schlug unten im Parterre, das die Rileys bewohnten, die Hintertür zu.

»Ich nehme an, das wird mein Nick sein, der sich auf den Weg zur Kirche macht«, sagte Ruby lächelnd.

Dennis trat ans Fenster und warf einen Blick hinaus. »Ich kann June Riley sehen, mit einem total bescheuerten Hut, der ganz aus Federn ist.«

»Lass mich mal sehen.« Über die Schulter ihres Sohnes spähte Lettie in den Hof hinab. »Nun guckt euch bloß mal ihren Zustand an! Sie kann kaum noch geradeaus gehen. Das muss man sich mal vorstellen! Um diese Zeit am Morgen schon angetrunken, und das am Tag der Hochzeit ihres eigenen Sohnes.«

»Wo ist Nick? Ist er nicht bei ihr?« Dora hörte das Zittern in Rubys Stimme.

»Er ist wahrscheinlich schon vorausgegangen«, sagte Lettie beruhigend.

»Ich habe ihn nicht hinausgehen gehört.« Ruby schürzte ihre vollen Lippen. »Ich lauf mal schnell hinunter, um nach ihm zu sehen.«

Sie wollte schon zur Tür, aber Lettie hielt sie auf. »Das kannst du nicht! Es bringt Unglück, wenn er seine Braut schon vor der Hochzeit sieht.«

Ruby zögerte und wandte sich dann an Dora. »Geh du«, sagte sie.

»Ich? Aber ich bin noch nicht fertig mit dem Kleid …«

»Das macht nichts. Ich will, dass du runtergehst und nachsiehst, ob Nick schon weg ist.«

»Aber …«

»Bitte, Dora, sei so lieb, ja? Ich will nicht zur Kirche gehen und feststellen müssen, dass er mich vor dem Altar stehen gelassen hat!«

Dora sah das nervöse Lächeln ihrer Freundin. »Na gut.« Sie

stand auf und strich ihr Kleid glatt. »Aber ich sag dir gleich, dass du keinen Grund zur Sorge hast.«

Unten war alles dunkel. Dora klopfte an die Tür der Rileys, hielt den Atem und zählte im Stillen bis zehn.

Eins … zwei … Sie starrte die abblätternde Farbe an.

Fünf … sechs … Sie trat einen Schritt zurück in Richtung Treppe.

Neun … zehn. Sie hatte sich gerade abgewandt, um schnell wieder zu gehen, als die Tür aufflog und Nick erschien.

Niemand konnte Nick als schönen Mann bezeichnen mit seiner abgeflachten Boxernase und dem immer etwas grüblerischen Gesichtsausdruck. Aber es war etwas Bezwingendes an seinen auffallend blauen Augen, die düster unter einer Mähne schwarzer Locken hervorschauten.

Dora löste ihren Blick von seinem aufgeknöpften Hemd und schaute schnell woandershin. »Entschuldige«, murmelte sie. »Ruby hat mich heruntergeschickt. Sie war nicht sicher, ob du schon gegangen warst …«

»Das wollte ich gerade tun.«

»Gut. Dann sag ich es ihr …« Dora wandte sich zum Gehen, aber Nick rief sie zurück.

»Warte. Ich brauche deine Hilfe.«

Dora blickte sich um und bekam einen trockenen Mund vor lauter Panik, als sie sich umblickte und nach einem Ausweg suchte. »Ich werde oben gebraucht …«

»Bitte«, sagte Nick mit rauer Stimme. »Es geht um Danny.«

Die Küche der Rileys war ein kalter, unfreundlicher Raum, der nach Feuchtigkeit und ranzigem Fett roch. Außerdem waren die Wände mit großen schwarzen Schimmelstellen bedeckt. Die Häuser an der Griffin Street waren keine Paläste, aber die meisten Frauen, die Dora kannte, gaben sich alle Mühe, sie sauber und ordentlich zu halten. Mit Ausnahme von June Riley, die schon immer mehr an ihrem nächsten Drink oder neuesten Mann interessiert gewesen war als an ihren beiden Söhnen.

Dora wandte den Blick von dem schmutzigen Geschirr ab, das sich auf dem Tisch stapelte, und ging zu Nicks jüngerem Bruder Danny, der zusammengekauert in einer Ecke hockte. Er hatte die Knie bis ans Kinn gezogen und das Gesicht verborgen. Bekleidet war er heute mit einer glänzenden Anzughose und einer schmuddeligen Weste, aber seine Füße waren noch nackt.

»Ich wollte ihm beim Anziehen helfen, als er plötzlich beschloss, nicht mitzukommen«, sagte Nick. »Jetzt kann ich ihn nicht dazu bewegen, sich vom Fleck zu rühren. Er will mir nicht mal sagen, was er hat.« Sein Blick ruhte auf seinem Bruder. »Dir hat er immer vertraut, Dora«, sagte er schroff. »Ich dachte, du könntest vielleicht mit ihm reden.«

Dora warf einen Blick auf Nicks kantiges Profil und dann auf Danny, der sichtlich fröstelte in seiner Ecke. »Ich werde es versuchen«, sagte sie.

»Danke.« Nick ging zu dem Jungen hinüber und hockte sich neben ihn. »Danny?« Er legte eine Hand auf seine Schulter, aber Danny zuckte vor ihm zurück. Dora sah den gequälten Ausdruck, der über Nicks Gesicht huschte. »Dan, Dora ist gekommen, um mit dir zu reden. Du hast Dora doch gern, nicht wahr?«

Danny rührte sich nicht. Nick richtete sich auf und wandte sich mit bittender Miene Dora zu.

»Schau nach ihm«, flüsterte er. »Und falls ihm irgendjemand wehgetan hat oder irgendwas gesagt hat …«

»Geh du nur und mach dich fertig«, sagte sie.

Als die Tür sich hinter ihm schloss, ging Dora zu Danny hinüber und hockte sich neben ihn auf den Boden, nachdem sie vorsichtig ihr pinkfarbenes Kleid gerafft hatte, um es nicht mit dem Staub vom Boden zu beschmutzen.

»So, Danny-Schatz, und würdest du mir jetzt erzählen, warum du nicht zu der Hochzeit deines Bruders gehen willst?«, versuchte sie ihn sanft zum Reden zu bewegen. »Das kannst du doch nicht machen, oder? Du bist schließlich sein Trauzeuge, und er verlässt sich auf dich.«

Danny hob langsam den Kopf und schaute sie aus geröteten und tränenfeuchten Augen an. Er war so blass und blond, wie sein Bruder dunkel war, und hatte dünne, schlaksige Glieder, die irgendwie völlig unzusammenhängend wirkten.

»S-sie haben g-gesagt, ich s-sollte nicht hingehen.« Er zog die Nase hoch, um die Tränen zurückzuhalten. »S-sie m-meinten, i-ich würde alle e-enttäuschen.«

»Wer hat das gesagt?« Doch obwohl sie fragte, kannte Dora die Antwort schon.

»F-Frank und D-Dennis.« Danny wischte sich an seinem Handgelenk die Nase ab. Er war fast achtzehn Jahre alt, hatte jedoch immer noch das unschuldige, verletzliche Gemüt eines Kindes. Er war eine leichte Beute für grausame Strolche wie die Brüder Pike. »S-sie haben g-gesagt, Nick darf mich n-nicht als T-Trauzeuge nehmen, weil mich alle a-auslachen werden.«

»Niemand wird dich auslachen, Schatz.« Dora strich ihm das blonde Haar aus dem Gesicht. Jedenfalls nicht, solange dein Bruder dabei ist, dachte sie. Nick würde Frank und Dennis aufknüpfen, wenn er wüsste, wie sie Danny zugesetzt hatten. »Die beiden Flegel solltest du gar nicht beachten. Sie wollen dich bloß ärgern.«

»I-ich hab Angst vor ihnen«, murmelte Danny. »Und ich hab a-auch Angst v-vor Ruby. Sie lacht nur, wenn sie böse Sachen zu mir sagen.«

»Tut sie das?«

Danny nickte. »Ich hab g-gehört, wie sie zu ihrer Mum g-gesagt hat, sie wüsste nicht, wieso Nick mich als T-Trauzeuge a-ausgesucht hat.«

Dora kämpfte mit sich, um sich zu beherrschen. Von Dennis und Frank hätte sie nichts Besseres erwartet, aber von ihrer Freundin war sie sehr enttäuscht.

Danny hatte als Kind bei einem schlimmen Unfall einen Gehirnschaden erlitten. Und viele in der Griffin Street vermuteten, dass sein brutaler Vater Reg ihm die Verletzung zugefügt hatte, bevor er seine Familie verlassen hatte.

Die meisten Nachbarn waren freundlich und verständnisvoll zu Danny, und sei es auch nur, weil sie seinen älteren Bruder fürchteten. Dora hätte nicht gedacht, dass Ruby so grausam sein konnte. Immerhin würden sie und Danny jetzt eine Familie sein.

»Nun, dann werde ich dir was sagen, ja? Nick hat dich zu seinem Trauzeugen bestimmt, weil du sein Bruder bist und weil er niemand anderen auf der ganzen weiten Welt bei seiner Hochzeit an seiner Seite haben will. Und ich sag dir noch etwas. Wenn du nicht bei ihm bist, wird er sehr traurig und enttäuscht sein. Und das willst du doch nicht, oder?« Danny schüttelte den Kopf. »Wie wär's also, wenn ich dir helfen würde, dich fertig anzuziehen? Wir suchen ein hübsches Hemd und eine Krawatte für dich aus, kämmen dir das Haar und machen dich zu einem richtig feinen Herrn. Was hältst du davon?«

Dora stand auf und streckte ihm die Hand hin, um ihm aufzuhelfen. Aber Danny zögerte noch immer.

»U-und wenn ich i-ihn enttäusche?«

»Das wirst du nicht, mein Lieber. Und vergiss nicht, dass ich bei dir sein werde und dir helfen kann, wenn du mit irgendwas nicht klarkommst.«

Er blickte misstrauisch zu ihr hinüber. »V-Versprichst du es?«

»Natürlich tue ich das.« Dora reichte ihm wieder die Hand. »Und nun lass uns anfangen, sonst verpassen wir noch die Hochzeit!«

Sie half ihm gerade, seine Krawatte zu binden, als Nick zurückkam.

»Alles in Ordnung?«, fragte er mit einem Blick auf Danny.

»Ich denke, schon.« Dora zog den Krawattenknoten fest und drehte Danny zu seinem Bruder herum. »Was meinst du? Sind wir hübsch genug?«

Die Wärme in Nicks Lächeln, als er seinen Bruder ansah, war wie die hinter einer Wolke hervortretende Sonne.

»Sehr hübsch«, sagte er mit erstickter Stimme.

Es dauerte einen Moment, bis Dora bemerkte, dass sein Blick auf ihr ruhte, und einen weiteren, bis sie reagieren konnte.

»Gut, dann gehe ich jetzt besser wieder hinauf«, sagte sie schnell. »Ruby wird schon denken, ich hätte sie im Stich gelassen!« Sie eilte zur Tür, aber Nick folgte ihr.

»Hat er dir gesagt, was los war?«

Dora blickte sich nach Danny um, der sich im Spiegel in der Küche bewunderte. »Es war nur Nervosität, mehr nicht.«

»Bist du sicher?« Nicks Augen wurden schmal. »Was ich vorhin sagte, war ernst gemeint. Wenn ich wüsste, dass irgendjemand ihn heruntergemacht hat …«

Dora dachte an Ruby. »Das wird schon wieder«, sagte sie. »Hochzeiten bringen bloß das Schlimmste in den Leuten zum Vorschein.«

»Sag mir etwas, was ich noch nicht weiß.« Nick machte ein grimmiges Gesicht.

Dora trat in die Diele hinaus, doch Nicks Stimme ließ sie innehalten. »Du siehst bezaubernd aus.«

Sie spürte, wie sie bis zu den Wurzeln ihres roten Haars errötete. »Pink ist eigentlich nicht meine Farbe«, tat sie das Kompliment rasch ab. »Aber Ruby gefällt es, und daher …«

»Was Ruby will, bekommt Ruby«, unterbrach Nick sie grimmig.

Dora lächelte wehmütig. »Ja, so scheint es.«

Sie starrte die Treppe an, die zum Pike'schen Teil des Hauses hinaufführte. Sie wusste, dass sie gehen sollte, aber ihre verräterischen Beine wollten sie nicht tragen.

»Es tut mir leid«, sagte Nick.

»Mir auch.«

Sie schaffte die wenigen Schritte bis zum Fuß der Treppe, als Nick plötzlich sagte: »Ich will sie nicht heiraten.«

Dora drehte sich zu ihm um. Sie wollte ihn anschreien, ihm sagen, er sei egoistisch, aber er sah so elend aus, dass sie sich nicht dazu überwinden konnte. Außerdem spürte sie, dass sie verloren sein würde, wenn sie auch nur für einen Moment aus sich herausging und irgendeine Gefühlsregung erkennen ließ.

»Daran hättest du denken sollen, bevor du sie geschwängert hast.«

»Glaubst du, das wüsste ich nicht? Ich habe einen Fehler gemacht. Wenn ich die Uhr zurückstellen könnte …«

»Das kannst du aber nicht«, unterbrach Dora ihn kalt. »Dafür ist es zu spät.«

»Das muss es aber nicht sein.« Er trat ein paar Schritte auf sie zu. »Du brauchst nur ein Wort zu sagen, und ich verlasse sie.«

Sie sah ihn über ihre Schulter hinweg an und wusste, dass die Trostlosigkeit, die aus seinen Augen sprach, ihre eigene Stimmung widerspiegelte. Für einen Moment schien es beinahe möglich, dass sie es tun konnten, dass sie ihr Glück ergreifen und damit davonlaufen konnten. Sie brauchte nur ein Wort zu sagen …

Doch dann erinnerte sie sich an Rubys Gesicht und wie sie gestrahlt hatte vor Heiterkeit, als sie ihr Brautkleid angezogen hatte.

»Du musst dich Ruby gegenüber anständig verhalten«, sagte sie. »Das müssen wir beide.«

Er ließ seine breiten Schultern sinken. »Ich weiß«, seufzte er.

»Du würdest es ohnehin nicht tun«, sagte Dora. »Ich kenne dich, Nick Riley. »Du würdest sie nie verlassen, jedenfalls nicht, wenn sie ein Kind von dir erwartet.«

Er verzog den Mund. »Ich wünschte, ich könnte es.«

»Ich nicht. Weil du dann nämlich nicht der Mann wärst, in den ich mich verliebt habe.«

Die Worte waren heraus, bevor Dora sich beherrschen konnte. Keiner von beiden rührte sich. Sie konnte die Hitze seines Körpers so dicht an ihrem spüren und wusste, dass sie zurücktreten sollte, aber sie konnte es nicht, weil sie auch wusste, dass dies das letzte Mal war, dass er ihr so nahe sein würde.

Sie hatte zu lange gebraucht, um zu erkennen, dass sie Nick Riley liebte. Obwohl er im Nachbarhaus aufgewachsen war, war er ihr immer ausgesprochen abweisend erschienen, ein harter, sorgenvoller junger Mann, der sich bemühte, auf seinen kranken Bruder und seine trinkende Mutter achtzugeben. Erst als sie als Schwesternschülerin im Nightingale angefangen hatte, wo er als Pförtner arbeitete, hatten sie sich kennengelernt.

Doch zu der Zeit war er schon mit Ruby zusammen gewesen, und als Dora und er endlich erkannten, was sie füreinander empfanden, war seine Freundin schwanger gewesen.

»Ich liebe dich auch«, sagte Nick mit vor Bewegung rauer Stimme. »Ich wollte dir das nur noch einmal sagen, bevor …«

»Bevor wir einander vergessen müssen«, schloss sie für ihn.

»Ich glaube nicht, dass ich dich vergessen kann.«

»Das musst du«, beharrte sie. »Ruby und eurem Kind zuliebe müssen wir von jetzt an Fremde füreinander sein.«

Ruby Pike, oder Ruby Riley, wie sie jetzt hieß, trank gierig ihren dritten Portwein mit Zitrone. Sie war fest entschlossen, sich zu amüsieren. Überall um sie herum erschallte bis unter die Dachbalken Lachen, Gesang und Fröhlichkeit im Rose and Crown. Selbst ihre Eltern stritten sich ausnahmsweise einmal nicht, sondern standen Arm in Arm am Klavier und sangen: »If You Were the Only Girl in the World.«

Dies war ihr großer Tag, doch nichts schien ihr real zu sein. Sie hatte nie geglaubt, dass es je dazu kommen würde. Bis zu dem Moment, in dem Nick ihr den Ehering übergestreift hatte, war sie sicher gewesen, dass noch irgendetwas dazwischenkommen und es verhindern würde. Als der Pfarrer fragte, ob irgendjemand einen Grund kenne, warum sie nicht rechtmäßig getraut werden sollten, hatte das Herz ihr in den Ohren gedröhnt, weil sie darauf gewartet hatte, dass jemand Einspruch erheben würde.

Doch niemand hatte es getan. Und jetzt waren sie verheiratet und für den Rest ihres Lebens aneinander gebunden.

Rubys Hand zitterte, als sie den Kopf zurücklegte und den Rest ihres Drinks hinunterstürzte. Sie wünschte, Dora wäre hier. Aber ihre Freundin war gleich nach der Trauung aufgebrochen unter dem Vorwand, sie müsse zu ihrem Dienst zurück. Ruby wusste, dass das gelogen war, aber sie hatte ihr nicht widersprochen.

»Gut, dass sie weg ist«, hatte ihre Mutter geflüstert, als sie Dora nachgesehen hatten, die gesenkten Kopfes und mit hochgestelltem Mantelkragen davongeeilt war. »Du solltest die Augen offen halten bei dieser Freundin, Ruby. Ich glaube, sie ist ganz vernarrt in deinen Nick.«

Als ob ihr das erst jemand sagen müsste! Ruby war sich der knisternden Spannung zwischen den beiden schon seit Monaten bewusst gewesen, noch bevor sie es selbst bemerkt hatten. »Ich vertraue Dora«, sagte sie. »Sie würde mich niemals hintergehen. Dazu ist sie eine viel zu gute Freundin.«

Nicht wie ich, fügte eine Stimme in ihrem Kopf hinzu. Denn

wenn sie ehrlich war, hatte sie Nick unter anderem auch gewollt, weil sie wusste, dass ihre Freundin an ihm interessiert war.

»Und was ist mit ihm?« Lettie hatte mit dem Kopf auf Nick gedeutet, der die Krawatte seines Bruders geraderückte. »Vertraust du ihm auch?«

»Wir sind verheiratet, oder etwa nicht?«

Ihre Mutter bedachte sie mit einem strengen Blick. »Du bist eine Närrin, wenn du glaubst, für einen Mann würde ein Ehering irgendetwas ändern.«

Ruby beobachtete Nick, der sich so liebevoll um seinen Bruder kümmerte, und wurde von jäher Eifersucht ergriffen. »Ich werde dafür sorgen, dass er nie wieder eine andere Frau ansieht. Warte nur ab, du wirst sehen, wie schnell er Dora vergessen hat.«

»Na ja, wenn das irgendjemand kann, bist du es.« Lettie lächelte sie bewundernd an. »Er kann sich glücklich schätzen, dich zu haben, Liebes.«

Ruby versuchte, sich diese Worte in Erinnerung zu rufen, als sie sich in dem Pub umsah. Überall um sie herum sah sie die enttäuschten Gesichter junger Männer, die sie abgewiesen hatte, oder von Jungen aus dem Viertel, mit denen sie gespielt und denen sie dann eine Absage erteilt hatte. Obwohl sie jetzt eine verheiratete Frau war, betrachteten sie sie immer noch begehrlich. Sie war Ruby Pike und hätte jeden Mann in Bethnal Green haben können. Aber sie hatte sich für Nick Riley entschieden. Dafür musste er Gott auf Knien danken, dachte sie.

Und doch verspürte sie tief im Innern eine nervöse Anspannung, die einfach nicht vergehen wollte.

»Rube?« Sie erschrak, als sie merkte, dass Nick vor ihr stand. Sein schicker Hochzeitsanzug schien die straffen Muskeln seines Körpers, die schlank und fest wie die eines Kampfhunds waren, noch zu unterstreichen. »Ich gehe hinaus, um ein bisschen frische Luft zu schnappen.«

»Aber du kommst doch wieder, oder?«, entfuhr es ihr.

Seine dunklen Augenbrauen zogen sich zu einem Stirnrunzeln zusammen. »Was ist denn das für eine Frage?«

»Ich weiß nicht.« Sie kam sich plötzlich albern vor. »Hör nicht auf mich, ich bin einfach nur nervös.«

Sie wandte das Gesicht ab, aber mit zwei Fingern hob er ihr Kinn ein wenig an, sodass sie ihn ansehen musste. »Schau mich an, Ruby.« Sein Blick suchte den ihren, eindringlich und offen. »Wir sind verheiratet, nicht wahr? Ich werde dich nicht enttäuschen. Ich halte zu dir, was immer auch geschieht.«

»Ich … ich weiß.« Sie biss sich auf die Lippe und fühlte sich ganz elend. »Küss mich«, bat sie.

Er sah sich um. »Was, hier? Vor allen Leuten?«

»Warum denn nicht?« Sie stand auf und schob klappernd ihren Stuhl zurück. Der Portwein mit Zitrone machte sie ein wenig unsicher auf den Beinen, und Nick streckte die Hände aus, um sie aufzufangen, als sie stolperte. »Schämst du dich etwa für deine Frau oder so was?«

Und schon schlang sie ihm die Arme um den Nacken und küsste ihn. Nick hatte ihr einen Kuss auf die Lippen geben wollen, doch Ruby schob ihre Finger in sein lockiges Haar und hielt ihn fest, während sie kühn mit ihrer Zunge seinen Mund erforschte. Für eine Sekunde spürte sie den Widerstand in seinem Körper, bevor er nachgab, wie er es immer tat.

Ihr Kuss löste einen Tumult aus schrillen Pfiffen und lärmendem Applaus unter den Gästen aus.

»He, ihr zwei! Hebt euch das für die Hochzeitsnacht auf!«, schrie jemand.

»Die haben sie schon gehabt, soviel ich hörte«, sagte jemand anderer, der allerdings sofort verstummte, als Nick sich Ruby entzog und sich stirnrunzelnd zu ihm umwandte.

»Es ist sowieso egal.« Ruby lachte trotzig und hob ihre linke

Hand. »Wir sind verheiratet, und jetzt ist alles rechtmäßig und einwandfrei.«

»Besser spät als nie!«, schrie ein anderer Unerschrockener aus dem hinteren Teil der Bar.

Ruby lächelte weiterhin tapfer und tat alle Scherze mit einem Lachen ab, als Nick ein paar Minuten später hinausschlüpfte. Sie wartete, bis sie die Tür hinter ihm zufallen sah, und wandte sich dann an ihren Bruder Dennis.

»Hol mir noch einen Drink«, sagte sie und drückte ihm ihr Glas in die Hand. »Und diesmal einen doppelten.«

»Du solltest dich ein bisschen zurückhalten«, mahnte Lettie, die neben ihr erschienen war. »Du willst doch auf deiner eigenen Hochzeit nicht betrunken sein.«

Ruby starrte ihre Mutter an. Ein Netzwerk feiner roter Adern überzog ihre schmalen, geröteten Wangen, und ihr Hut saß schief und war zerdrückt, weil irgendjemand sich daraufgesetzt hatte. »Das musst du gerade sagen!«

»Ich bin ja auch nicht schwanger, oder?« Lettie ließ sich auf die Bank neben ihr plumpsen. »Aber du erwartest ein Baby, oder hast du das schon vergessen?«

»Wie könnte ich das vergessen?«, murmelte Ruby mürrisch, während sie mit dem Zeigefinger den klebrigen Abdruck eines Glases auf dem Tisch vor ihr nachzeichnete.

Lettie blickte sie aus schmalen Augen an. »Du bist auf einmal so schlecht aufgelegt. Was hast du, Liebes?«

»Nichts. Es ist nur …«, begann Ruby, nur um sich gleich wieder zu unterbrechen.

»Ich weiß, was es ist.« Lettie nahm ihren Hut ab und legte ihn auf den Tisch. »Meine Worte vorhin haben dich beunruhigt, stimmt's?« Sie legte ihre schmale, knochige Hand auf Rubys Schulter. »Du solltest nicht auf mich hören, Liebes. Du hast völlig recht, dein Nick und du, ihr seid jetzt richtig verheiratet.

Er wird keine andere mehr ansehen, schon gar nicht so ein hässliches Ding wie Dora Doyle. Nicht, solange er dich hat.«

Dennis kam mit Rubys Drink, stellte ihn vor sie hin und streckte die flache Hand nach dem Geld aus. Ruby warf ihm einen bösen Blick zu, und er zog sich schnell zurück.

»Außerdem«, fuhr Lettie mit etwas schleppender Stimme fort, »erwartest du ein Kind von ihm. Und das bedeutet Nick Riley sehr viel, auch wenn er es sich nicht anmerken lässt. Ich weiß, dass ich früher so manches über ihn gesagt habe, aber eins muss ich ihm hoch anrechnen: Er ist ein regelrechtes Arbeitstier. Du wirst nie Angst haben müssen, dass er dich und das Kind nicht gut versorgen wird …«

»Es gibt kein Kind«, entfuhr es Ruby.

Lettie runzelte verwirrt die Stirn. »Kein was, Liebes?«

»Ich bin nicht schwanger, Mum.« Ruby erhob den Blick zu ihrer Mutter. »Es gibt kein Baby. Es hat nie eins gegeben.«

Lettie öffnete den Mund und schloss ihn dann wieder. »Ich … Aber das verstehe ich nicht …«

»Ich habe gelogen«, sagte Ruby nur.

»Du meinst, du …« Letties Blick glitt zu Rubys Bauch und dann wieder zu ihrem Gesicht hinauf. »Aber warum?«

»Damit er mich nicht sitzenlassen konnte.«

Es war Nicks Schuld. Er hatte sie dazu getrieben. Ruby wusste, dass er vorgehabt hatte, mit ihr Schluss zu machen und sie für Dora zu verlassen, und sie wusste auch, dass sie ihn so sehr liebte, dass es das Ende für sie gewesen wäre, wenn er ihr gesagt hätte, er wolle sie nicht mehr.

Und nur deshalb war sie in Panik geraten und hatte ihm gesagt, sie erwarte ein Kind von ihm. Und diese Worte hatten alles geändert.

Alle Farbe wich aus Letties gerötetem Gesicht. Sie starrte Ruby an, als wüsste sie nicht, ob sie lachen oder weinen sollte.

»Du dummes Ding!«, sagte sie schließlich. »Du meinst, du hast die ganze Nachbarschaft für nichts und wieder nichts mit Tratsch über unsere Familie versorgt?«

Ruby verzog den Mund. Wie typisch für ihre Mutter, sich um so etwas zu sorgen!

»Du hast Nerven, das muss ich dir lassen.« Ihre Mutter schüttelte nachdenklich den Kopf. »Und was wirst du jetzt tun?«

Ruby zuckte mit den Schultern. »Keine Ahnung. Darüber habe ich nicht nachgedacht.«

»Typisch!«, fauchte Lettie. »Das ist dein Problem, dass du deine große Klappe aufmachst, bevor du Zeit hast, darüber nachzudenken, was du tust.«

»Ich werde ihm sagen, dass es falscher Alarm war und ich mich im Datum geirrt habe.«

Ihre Mutter betrachtete sie kopfschüttelnd. »Und was glaubst du, wie er das aufnehmen wird?«

»Das werde ich dann ja sehen.«

»Aber dir ist doch klar, dass er dich deswegen verlassen könnte?«

Ruby schüttelte den Kopf. »Das wird er nicht tun. Außerdem könnte er sich gar nicht von mir scheiden lassen. Mit welcher Begründung sollte er das denn tun?« Männer konnten sich wegen Ehebruchs von ihren Frauen scheiden lassen, aber nicht, weil sie belogen wurden.

Außerdem ließen sich Leute wie sie nicht scheiden. Es spielte keine Rolle, wie unglücklich sie waren, sie ertrugen sich gegenseitig, bis der Tod sie schied. Ihre eigene Mum und ihr Dad hatten über zwanzig Jahre unter demselben Dach gelebt, obwohl sie sich auf den Tod nicht ausstehen konnten.

»Es gibt Schlimmeres im Leben als eine Scheidung, mein Kind. Du wirst doch nicht mit einem Mann verheiratet sein wollen, der es bereut.« Als Ruby die tiefe Traurigkeit im Gesicht ihrer Mutter sah, fragte sie sich, ob sie an ihre eigene lieblose Ehe dachte. »Das ist kein Leben, glaub mir.«

»Wer sagt, dass er es bereuen wird?« Nun, da sie verheiratet waren, würde sie schon dafür sorgen, dass es für Nick keinen einzigen Moment des Zweifels geben würde. »Außerdem werde ich wahrscheinlich sowieso bald schwanger sein«, fügte sie hinzu.

»Dann sorg mal lieber dafür, dass es schnell geht, Kind, nur für den Fall, dass er auf dumme Gedanken kommt«, sagte Lettie warnend. »Und wann wirst du ihm die Wahrheit sagen?«

In dem Moment öffnete sich die Tür, und Nick erschien. Ruby lächelte unwillkürlich, als er sich durch die Menge einen Weg zu ihr herüberbahnte.

»Nicht heute Abend«, sagte sie. Heute war der glücklichste Tag ihres Lebens, und den würde sie sich durch nichts verderben.

KAPITEL DREI

»Sie da! Was tun Sie hier?«

Erschrocken blickte Dora sich beim Klang der schneidenden Stimme um. Eine kleine dunkelhaarige Frau in der grauen Uniform einer Oberschwester kam mit resoluten Schritten auf sie zu. Es war kurz vor sieben an einem Sonntagmorgen, und Dora war soeben erst durch die Türen der Notaufnahme hereingekommen, um ihren ersten Arbeitstag auf dieser Station zu beginnen. Sie konnte doch nicht jetzt schon etwas falsch gemacht haben?

Sie entspannte sich jedoch wieder, als die Oberschwester an ihr vorbei auf einen älteren Mann zuging, der sich unter seinem Mantel auf der hintersten Bank der langen Reihe leerer Holzbänke zusammengekauert hatte.

»Haben Sie etwa hier geschlafen?« Die Hände in die Hüften gestemmt, stand die Schwester vor ihm.

»N-nein, Schwester.« Dora sah das Zittern des alten Mannes und bemitleidete ihn. Das weiße Haar unter dem formlosen Hut war strähnig, und er sah aus, als ob er schon seit Tagen keine anständige Mahlzeit mehr bekommen hätte.

Die Oberschwester musterte ihn aufmerksam. »Ich habe Sie doch hier schon mal gesehen, richtig?«

»Nein«, sagte der alte Mann.

Von irgendwo hinter dem Warteraum ertönte ein unheimliches Heulen. Dora zuckte zusammen, aber die Schwester verzog keine Miene. Ihre ganze Aufmerksamkeit war auf den alten Mann gerichtet.

»Doch, ich habe Sie hier schon gesehen. Versuchen Sie nicht, mich hereinzulegen! Ich habe Sie schon einmal verwarnt. Das hier ist ein Krankenhaus und kein Obdachlosenasyl. Ich dulde nicht, dass Außenstehende hier hereinspazieren, um ein Nickerchen zu machen. Und jetzt hinaus mit Ihnen!«

»Aber Schwester ...«

»Ich sagte, hinaus mit Ihnen!« Sie zog ihn energisch von der Bank hoch und schob ihn auf die Türen zu. Für eine so kleine Frau war sie erstaunlich stark. »Wenn Sie Ihren Rausch ausschlafen wollen, versuchen Sie es mal in der hiesigen Bibliothek«, rief sie ihm nach und schloss die Türen hinter ihm.

Dann drehte sie sich um, sah Dora und kniff die Augen zusammen. Dora erschrak und fürchtete schon, dass sie als Nächste vor die Tür gesetzt werden würde. »Sind Sie die neue Schwesternschülerin?«

»Ja, Schwester. Ich bin Dora Doyle.«

»Und ich bin Schwester Percival und leite diese Abteilung.« Sie stieß die Worte aus wie ein Maschinengewehr Kugeln. Sie war eine adrette kleine Frau und strotzte geradezu vor Energie. Selbst wenn sie stillstand, schien sie sich zu bewegen, trommelte mit den Fingern und ließ ihre dunklen Augen hin und her flitzen. »Was ist denn nun? Stehen Sie nicht da und gaffen mich an! Gehen Sie in den OP und assistieren Sie Dr. McKay bei einem verletzten Arm.«

Dora sah sich um. Das Wartezimmer erinnerte sie an eine Kirche, ein lang gestreckter Bau, in dem es hallte, mit sehr hohen Fenstern an der einen Seite und einer Doppeltür an seinem einen Ende. Am anderen Ende stand wie eine Kanzel ein erhöhter Schreibtisch, an dem eine junge Stationsschwester in einer blauen Uniform saß. Dazwischen befanden sich Reihen von Bänken, die wie Kirchenbänke aussahen und bis auf eine Frau mit einem Baby in den Armen und einem Mann, der ein blutgetränktes Taschentuch an seine Schläfe drückte, unbesetzt waren.

»Entschuldigen Sie, Schwester, ich weiß nicht, was ich tun soll ...«

Wieder zerriss ein furchtbares Geheul die Stille.

»Du meine Güte, denkt Ihr Schwesternschülerinnen eigentlich überhaupt je selbstständig?« Schwester Percival zeigte auf eine Tür hinter dem Empfang. »Dort drüben, Mädchen, hinter dem Aufnahmeschalter. Und jetzt sputen Sie sich! Wir haben es hier mit Notfällen zu tun, und das bedeutet, dass wir keine Zeit zum Trödeln haben.«

Dora trat durch die Tür und fand sich auf einem kurzen, gefliesten Gang wieder, von dem mehrere Türen abgingen. Alle trugen die Aufschrift »Behandlungszimmer« mit verschiedenen Zahlen dahinter. Am anderen Ende des Ganges war eine weitere Tür, die die Aufschrift »Operationsraum« trug. Doch diesen Hinweis hätte Dora nicht benötigt – der Schrei, der von der anderen Seite der Tür her kam, verriet ihr alles, was sie wissen musste.

Und so holte sie tief Luft, stieß die Tür auf und trat ein.

Fast wäre sie auf der Stelle wieder hinausgelaufen, als sie sah, was sie erwartete. Ein Mann lag auf dem Operationstisch und brüllte und fluchte vor Schmerzen, während aus einem tiefen Schnitt an seinem Unterarm Blut herausschoss. Dora erblickte einen schimmernden Muskel, Sehnen und Knochen, als wären Darstellungen aus einem Lehrbuch vor ihren Augen lebendig geworden.

Und so viel Blut! Kein Lehrbuch hätte sie darauf vorbereiten können. Es durchtränkte die blütenweißen Handtücher mit einem beängstigenden Scharlachrot. Dicke Tropfen fielen vom Operationstisch und sammelten sich zu den Füßen des Arztes, der neben seinem Patienten stand und ein Tourniquet anlegte.

Über seine Brille blickte er zu Dora auf. »Ah, Schwester. Könnten Sie diese Wunde bitte reinigen?«

Dora beeilte sich, die Kochsalzlösung zu holen, froh, dem Anblick zu entkommen. Das Letzte, was sie wollte, war, an ihrem ersten Tag in der Notaufnahme ohnmächtig zu werden.

Das Tourniquet dämmte die schlimmste Blutung ein, aber trotzdem lief ihr noch klebriges, warmes Blut über die Hände, als sie die Wunde zu reinigen versuchte. Dora wandte ihren Blick ab, als Übelkeit in ihrer Kehle aufstieg. Sie fühlte sich erdrückt von der Hitze des Raums und dem widerlichen Geruch, der sie an einen Fleischerladen an einem heißen Sommertag erinnerte.

Der Arzt dagegen schien sehr gut damit zurechtzukommen. »Ich bin übrigens Dr. McKay«, stellte er sich vor, als ob sie Gäste auf einer Party wären. Er war jung, dunkelhaarig und schlank, und er sprach mit einem leichten schottischen Akzent. »Und Sie sind …?«

Dora blickte sich argwöhnisch über die Schulter nach ihm um. Kein Arzt hatte sie je nach ihrem Namen gefragt. »Doyle, Sir«, flüsterte sie.

»Freut mich, Sie kennenzulernen, Schwester Doyle. Und das hier ist Mr. Gannon«, sagte er und nickte zu dem Mann auf dem Operationstisch hinab.

»Alles klar, Schwester?«, stieß der Patient zwischen zusammengebissenen Zähnen hervor. »Ich hoffe, es stört Sie nicht, dass ich Ihnen nicht die Hand gebe?«

»Ha! Sehr gut, Mr. Gannon.« Dr. McKay lachte anerkennend. Warme braune Augen blickten hinter seinen Brillengläsern hervor. »Mr. Gannon hatte einen ziemlich bösen Unfall bei der Arbeit, wie Sie sehen können. Aber ich bin mir sicher, dass wir ihn im Nu wieder auf den Beinen haben, sodass er wieder Cricket spielen kann«, sagte der junge Doktor heiter.

Mr. Gannon sog die Luft ein und fluchte unterdrückt. Sein Gesicht war kreidebleich und glitzerte vor Schweiß.

Dora starrte auf ihre Hände herab, die rot und klebrig waren vom Blut. Sie schienen vor ihren Augen zu verschwimmen, und die Stimme des Arztes kam von weit, weit weg.

Sie beendete schnell die Spülung der Wunde und trat zurück. »Fertig, Doktor.«

»Danke, Schwester. Jetzt werde ich die Hauptarterie abbinden, um die Blutungen unter Kontrolle zu bekommen ... Dr. McKay arbeitete schnell und geschickt. »Sind wir uns schon einmal begegnet, Schwester Doyle?«, fragte er.

Sie war so sehr damit beschäftigt gewesen, ihm bei der Arbeit zuzusehen, dass sie zuerst nicht merkte, dass die Frage ihr galt.

»Das glaube ich nicht, Sir. Heute ist mein erster Tag hier unten.«

»Komisch. Ich bin mir sicher, dass ich Sie schon einmal gesehen habe ...« Er überlegte kurz. »Ah, ich weiß! Es war nach der Jubiläumsfeier im vergangenen Jahr. Ihr Bein musste genäht werden.«

Dora starrte ihn verwundert an, als die Erinnerung daran zurückkam. Im vergangenen Jahr bei der Straßenfeier zum Thronjubiläum des Königs war ihre Schwester Josie vermisst worden, und auf der Suche nach ihr hatte Dora sich verletzt. »Sie erinnern sich daran ...?«

Er zwinkerte ihr zu. »Ich vergesse nie einen Patienten!« Dann wandte er sich wieder dem Mann auf dem Operationstisch zu. »Sehen Sie, Mr. Gannon? Schwester Doyle hat meine liebevolle Fürsorge überlebt, also werden Sie es auch tun, wage ich zu behaupten. Und jetzt bekommen Sie noch ein paar kleine Nähte, um hier klar Schiff zu machen. Versuchen Sie durchzuhalten, Schwester«, fügte er aus dem Mundwinkel heraus hinzu. »Es wäre wirklich nicht gut, in Anwesenheit des Patienten ohnmächtig zu werden, oder?«

»Nein, Doktor.«

»Wenn hier jemand ohnmächtig wird, werde ich das sein!«, sagte Mr. Gannon.

»Solange ich's nicht bin, ist ja alles gut«, gab Dr. McKay zurück.

Dora sah ihn lachen und war verwirrt. Sie hatte noch nie zuvor einen Arzt mit einem Patienten scherzen gesehen. Aber sie hatte schließlich auch noch nie einen Arzt »Bitte« sagen gehört.

Dr. McKay zog den letzten Knoten an, schnitt den Faden ab und trat zurück, um sein Werk zu bewundern. »Sehr schön«, erklärte er. »Selbst wenn es sich nach Eigenlob anhört. Was meinen Sie, Schwester Doyle?«

»Sehr gut, Doktor.«

Dr. McKay lächelte und sagte: »Auch Sie haben sehr gute Arbeit geleistet, Schwester. Gut gemacht.«

Während Dora über das unerwartete Kompliment errötete, wandte Dr. McKay sich an seinen Patienten. »Wir werden sehen, ob wir Sie auf einer Station unterbringen können, Mr. Gannon. Für ein paar Tage werden wir Sie noch pflegen müssen und dafür sorgen, dass die Wunde hübsch sauber bleibt, bis sie ordentlich verheilt ist … Den Papierkram können Sie für mich erledigen, Schwester.«

»Ja, Doktor.«

Dora ging, froh, der schwindelerregenden Hitze des Operationsraums und dem unangenehm süßlichen Geruch des Bluts, den sie noch in der Nase hatte, zu entkommen.

Sie war auf dem Weg zum Aufnahmeschalter, als Schwester Percival aus dem Nichts vor ihr auftauchte und ihr den Weg verstellte.

»Schwester! Wo um Himmels willen wollen Sie hin?«, fragte sie.

»Dr. McKay sagte, ich solle mich um ein Bett für seinen Patienten kümmern.«

»In diesem Zustand?«

Dora blickte an sich herab. In ihrer Eile, den Operationsraum zu verlassen, hatte sie nicht bemerkt, dass ihr Kleid und ihre Schürze blutbefleckt waren.

Schwester Percivals Augenbrauen fuhren in die Höhe. »Glauben Sie, es erweckt Vertrauen und Wohlbefinden, wenn Sie hier wie Sweeney Todd herumspazieren?«

»Nein, Schwester. Tut mir leid, Schwester.«

Schwester Percival seufzte. »Gehen Sie sich umziehen. Ich werde mich um den Papierkram kümmern. Und beeilen Sie sich.« Sie nickte zu den Bankreihen hinüber, die sich während Doras Abwesenheit gefüllt hatten. »Wir haben einen arbeitsreichen Tag vor uns, und da kann ich wirklich keine herumbummelnden Schwestern brauchen.«

Herumbummeln?, hätte Dora der davoneilenden Schwester am liebsten nachgeschrien. Es war noch nicht einmal acht Uhr, und sie war schon mit mehr Blut befleckt, als sie es sich je hätte vorstellen können.

Aber Percival war schon weit weg und sprach eine alte Frau an, die in einer Ecke kauerte. »Sie da! Sie haben doch hoffentlich nicht die Absicht, hier zu schlafen?«

Dora ging zum Schwesternheim, um sich umzuziehen, und kehrte dann wieder zur Notaufnahme zurück. Kaum hatte sie die Doppeltür passiert, als die Schwester an der Aufnahme sie auch schon zu sich hinüberrief.

»Da sind Sie ja«, sagte sie. »Percy hat Sie schon gesucht. Einer der Patienten im Behandlungszimmer drei hat sich übergeben, und Percy will, dass Sie es wegmachen.«

»Oh nein!« Dora blickte auf ihre saubere Schürze herab und stöhnte.

Die Schwester lächelte mitfühlend. »In dieser Abteilung werden Sie noch eine Menge sauberer Uniformen verbrauchen.«

»Ist es hier immer so?«

»Oh, es wird noch viel schlimmer werden, das können Sie mir glauben. Der Sonntag ist normalerweise ein ruhiger Tag.« Die Schwester war ein paar Jahre älter als Dora und hatte ein längliches, ernstes Gesicht und grau-grüne Augen mit schweren Lidern. Das Haar, das unter ihrer Haube hervorschaute, war von einem intensiven Honigblond. »Im Moment ist es ein bisschen hektischer, weil Dr. Adler, der zweite Notarzt, auf einer Konferenz in der Schweiz ist, um irgendwelche gelehrten Referate vorzutragen. Er müsste aber in ein, zwei Wochen wieder da sein, denke ich.« Sie hatte eine langsame, gedehnte Sprechweise. »Solange Sie sich mit der alten Percy gutstellen, müssten Sie hier klarkommen.«

»Und wie mache ich das?«

»Indem Sie alles doppelt so schnell machen, wie sie es verlangt, und darauf achten, dass Sie hier niemals jemanden schlafen lassen. Percy kann das nämlich überhaupt nicht leiden! Sie kommen oft hier herein, die armen alten Obdachlosen, besonders, wenn es regnet. Aber Percy meint, dass sie den Raum hier ungepflegt erscheinen lassen.« Sie lächelte Dora an. »Ich bin übrigens Willard.«

Sie war das direkte Gegenteil von Schwester Percival. Während Percival vor Energie vibrierte, war Willard träge und gelassen. Dora konnte sich nicht vorstellen, dass sie überhaupt irgendetwas mit Eile tat, geschweige denn doppelt so schnell wie verlangt.

Für den Rest des Morgens wurde Dora auf Trab gehalten. Während Willard sich hinter dem Aufnahmeschalter niederließ, um die Namen der Leute festzuhalten, die kamen, und sie nach Dringlichkeit auf einer Liste zu vermerken, und Schwester Percival im Wartezimmer umherging und dafür sorgte, dass kein Patient starb oder, schlimmer noch, während des Wartens einschlief, assistierten Dora und zwei Lernschwestern im ersten Jahr Dr. McKay in den Behandlungsräumen. Dora reinigte Wunden, wechselte Verbände, legte heiße Flanelltücher gegen Schock auf, verabreichte Brechmittel und hielt Patienten die Hand. Dann wieder füllte sie Formulare aus, organisierte die Verlegung von Patienten auf die verschiedenen Stationen oder hockte auf allen vieren da, um Blut, Erbrochenes und alle möglichen anderen unangenehmen Dinge von den weiß gefliesten Wänden und dem Boden des Behandlungsraums zu entfernen, bevor der nächste Patient kam. Es war erstaunlich, wie schnell sie sich an Gestank und Schmutz gewöhnte. Sie konnte kaum noch glauben, dass ihr an diesem Morgen beim Anblick von Mr. Gannons Arm derart schlecht geworden war.

Und wenn Dora nicht gerade reinigte, verband oder sich die Klagen der Stationsschwestern anhörte, dass sie unmöglich noch einen weiteren Patienten auf ihrer überfüllten Station aufnehmen könnten, versuchte sie, sich Schwester Willards Geplapper zu erwehren.

Das Einzige, was Penny Willard mit Energie tat, war das Reden. Wann immer Dora am Aufnahmeschalter vorbeikam, begann sie wieder von vorn.

»Ich bin so froh, endlich jemanden in meinem Alter zu haben, mit dem ich reden kann«, schwärmte sie, als Dora bei ihr vorbeiging, um das Krankenblatt eines weiteren Patienten abzuholen. »Percy ist kein schlechter Kerl, aber sie ist alt. Und das Einzige, worüber sie überhaupt je redet, ist ihr letzter Wanderurlaub. Wenn Sie einmal mit ihren Geschichten vom Peak District anfängt, hört sie nicht mehr auf.« Sie verdrehte die Augen. »Haben Sie einen Freund?«, fragte sie dann plötzlich.

Dora starrte auf die Krankenblätter herab, die sie abgeholt hatte. »Nein«, erwiderte sie leise.

Penny seufzte. »Ich auch nicht. Es ist ja auch wirklich schwierig, nicht wahr? Mein letzter Freund hat mir den Laufpass gegeben, weil wir uns nie sahen. Wie kann man auch richtig mit jemandem zusammen sein, wenn man bloß einen halben Tag in der Woche freihat? Und selbst dann weiß man nicht, wann das sein wird. Ich musste andauernd Verabredungen absagen, und am Ende war er es einfach leid. Jetzt geht er mit einer Verkäuferin«, schloss sie traurig.

Dora hatte begonnen, sich langsam in Richtung Behandlungsräume zurückzuziehen, als die Doppeltüren auffilogen und Nick Riley hereinkam. Er schob einen Rollstuhl vor sich her, und Dora war plötzlich wie gelähmt, als er sich dem Schalter näherte.

»Ich bin hier, um einen Patienten für die Station Holmes abzuholen«, sagte er schroff, wobei er den Blick auf den Fußboden gerichtet hielt.

»Behandlungszimmer eins.«

Dora lauschte dem Rattern des Rollstuhls, als er auf dem Gang verschwand. Ihr war, als ob sie einen Faustschlag in den Magen bekommen hätte.

»Ich weiß, was Sie denken.«

Sie blickte erschrocken auf, und Penny Willard warf ihr einen wissenden Blick zu. »Er ist ziemlich attraktiv. Wenn man den grüblerischen Typ mag, meine ich. Aber er ist vergeben, fürchte ich«, seufzte sie. »Er hat gestern geheiratet.« Sie schüttelte den Kopf. »Traurig, nicht? Dass die Besten immer so schnell weg sind, meine ich.«

Nick kam wieder und schob diesmal einen älteren Mann im Rollstuhl vor sich her. Er blickte nicht in Doras Richtung, als er auf die Doppeltür zuging.

»Ich weiß, was Sie meinen«, sagte Dora.

Helen und Charlie hörten den Pfiff des Schaffners, als sie ihre Fahrscheine kauften, und erreichten den Bahnsteig gerade noch rechtzeitig, um den Zug nach Southend in einer schwarzen Rauchwolke verschwinden zu sehen.

»Tja, das war's dann wohl mit unserem Ausflug an die Küste«, sagte Charlie, als der Zug sich ratternd entfernte, bis er nicht mehr zu sehen war.

Helen starrte ihm nach. »Oh, Charlie, das tut mir ja so leid! Wenn Schwester Sutton nicht darauf bestanden hätte, dass ich heute Morgen in die Kirche gehen …«

»Mach dir nichts daraus, Liebes. Es ist nicht deine Schuld.«

»Aber du hattest dich so darauf gefreut!«

»Es gibt bestimmt noch einen späteren Zug. Wir könnten im Bahnhofsrestaurant eine Tasse Tee trinken und auf ihn warten. Schließlich haben wir den ganzen Tag für uns.« Er nahm ihre Hand. »Komm, vielleicht spendiere ich dir sogar ein Rosinenbrötchen, wenn du brav bist.«

Helen lächelte widerstrebend, als er sie vom Bahnsteig herunterführte und auf das Restaurant zuhielt. Auch sie hatte sich sehr auf diesen Ausflug gefreut. Zum ersten Mal seit Monaten hatte sie einen ganzen Tag frei. Und es war ein schöner Tag. Der endlose Regen war endlich einem halbwegs klaren Himmel und Frühlingssonnenschein gewichen, obwohl in der Ferne noch dunklere Wolken zu sehen waren.

Charlie hatte ihr unbedingt das Seebad zeigen wollen, wo er als Kind so viele glückliche Ferien verbracht hatte.

»Willst du mir wirklich erzählen, du wärst noch nie in Southend gewesen?«, hatte er aufrichtig verblüfft gefragt, als Helen ihn vor ein paar Wochen danach gefragt hatte. »Du meine Güte, Mädchen, du ahnst ja nicht, was du verpasst hast! Es gibt dort alles Mögliche. Den Pier, den Kursaal-Vergnügungspark, das Planetarium … Du kannst sogar mit einer Seilbahn fahren, die dich bis ganz nach oben auf die Klippen bringt. Oder wir könnten am Strand auch einfach nur auf Muschelsuche gehen.« Er lachte über ihre verständnislose Miene. »Jetzt sag bloß nicht, dass du auch noch nie auf Muschelsuche warst?«

»Ich weiß nicht einmal, was das ist.« Sie wusste jedoch, dass es wahrscheinlich keine Beschäftigung war, die ihre Mutter billigen würde.

Sie fanden einen Tisch am Fenster des Bahnhofsrestaurants, und Charlie stellte sich an der Theke an, um Tee und Kuchen zu bestellen. Helen erbot sich, ihm zu helfen, aber das lehnte er entschieden ab.

»Du verbringst genug Zeit damit, andere Leute zu bedienen«, sagte er, als er ihr einen Stuhl zurechtrückte. »Da verdienst du es doch wohl, zur Abwechslung mal selbst bedient zu werden.«

Sie beobachtete ihn, als er, schwer auf seinen Stock gestützt, in der Warteschlange stand, und fragte sich, wie er mit einem Tablett voller Teegeschirr zurechtkommen sollte. Aber sie hütete sich, ihn zu fragen. Seit er sein Bein bei einem Arbeitsunfall verloren hatte, betonte Charlie seine Unabhängigkeit und war entschlossen, der ganzen Welt zu beweisen, dass er genauso leistungsfähig war wie jeder körperlich gesunde Mann.

In ihren Augen war er jedenfalls definitiv ein ganzer Mann. Insgeheim war sie sogar stolz, als sie bemerkte, wie das Mädchen hinter dem Tresen diesen großen, blonden, gut aussehenden Mann anlächelte.

»Hat sie mit dir geflirtet?«, zog Helen ihn auf, als er zu ihrem Tisch zurückkehrte.

»Ein bisschen«, gab er zu und erwiderte ihr Schmunzeln. »Aber sie hat mir ein besonders großes Stück Biskuitkuchen gegeben, also beklage ich mich nicht.« Er schob das Tablett mit einer Hand geschickt auf den Tisch. »Siehst du? Ohne einen Tropfen zu verschütten.«

»Das hatte ich auch nicht erwartet«, erwiderte Helen. »Nicht eine Sekunde lang.«

»Natürlich nicht!« Charlie zog einen Stuhl heraus, setzte sich und rückte seine Beinprothese zurecht. »Na, das ist doch reizend, oder?«, sagte er und verzog den Mund. »Tee und ein altbackenes Stück Kuchen in einem Bahnhofsrestaurant. Sag nur ja nicht, ich wüsste nicht, wie man ein Mädchen ausführt.«

»Mir macht das nichts aus.« Helen lächelte und schenkte Tee ein. »Wir können ja so tun, als wäre es das Ritz.«

Charlie betrachtete sie nachdenklich. »Weißt du eigentlich, dass du so gar nicht wie andere Mädchen bist, Helen?«

»Und ob ich das weiß«, sagte sie und schnitt eine Grimasse.

»Das sollte ein Kompliment sein.« Er griff über den Tisch und legte seine Hand auf ihre. »Ich liebe dich. Habe ich dir das in letzter Zeit gesagt?«

»Charlie!« Helen blickte sich um und errötete. »Die Leute könnten uns hören.«

»Das ist mir egal. Ich würde es von allen Dächern schreien, wenn ich hinaufsteigen könnte«, erwiderte er grinsend.

Helen reichte ihm seine Tasse. »Du bist unverbesserlich, Charlie.«

»Und du benutzt zu viele lange Wörter.« Er nahm seine Gabel und begann den Kuchen zu probieren. »Aber erzähl mir, wie dein erster Tag im OP war? Hast du schon irgendwelche grässlichen Operationen gesehen?«

Helen schüttelte den Kopf. »Sie würden mich nicht mal in die Nähe des Operationstischs lassen«, sagte sie. »Ich muss nur die Instrumente sterilisieren, dafür sorgen, dass alles bereitliegt, was die Chirurgen bei der Operation benötigen, und danach muss ich den OP reinigen.«

»Klingt für mich nach sehr viel harter Arbeit«, sagte Charlie mit dem Mund voller Kuchen.

»Das ist es auch«, gab Helen zu. »Alles muss richtig gemacht werden. Und alle Chirurgen haben unterschiedliche Vorlieben, was die Instrumente angeht, die sie benutzen, und wenn man es falsch macht, ist der Teufel los. Wie gestern, als Dr. Latimer einen Bauchschnitt durchführte und ich die Devers-Haken herausgelegt hatte ...« Sie unterbrach sich, als sie sah, wie Charlie zu essen aufhörte. »Entschuldige, aber du willst mich bestimmt nicht in einem fort über Krankenhäuser und Operationen reden hören.«

»Wer sagt das? Ich hätte nicht gefragt, wenn ich es nicht wissen wollte, oder?« Charlie schüttelte den Kopf. »Hör auf, dich zu entschuldigen. Du redest nicht in einem fort, und selbst wenn es so wäre, höre ich dir sehr, sehr gerne zu. Deine Arbeit ist viel interessanter als meine in der Schreinerei. Wer will schon etwas über langweilige Drehmaschinen hören?«

»Ich«, erwiderte Helen loyal.

»Na, ich will jedenfalls nicht über sie reden.« Charlie legte seine Gabel hin und lehnte sich zurück. »Wie sind denn eigentlich die Leute dort? Deine neue Oberschwester wird wohl genauso streng sein wie die anderen, nehme ich an?«

»Schlimmer noch!« Helen erschauderte. »Oberschwestern sind bekannt dafür, eine harte, gnadenlose Schar zu sein, und Miss Feehan wird diesem Ruf mehr als nur gerecht. Sie macht ein Nervenbündel aus mir, selbst wenn sie mir nur etwas zu erklären versucht. Gestern fiel ich fast in Ohnmacht, als sie beschrieb, wie man Instrumente aus dem Sterilisator herausnimmt. Und was die Chirurgen anbelangt ... sie sind richtig Furcht einflößend und werden wie Götter behandelt. Uns Schwestern bemerken sie nur, wenn wir ein Instrument fallen lassen, mal zu lange brauchen, um ihnen etwas anzureichen, oder zu laut atmen.«

Charlie lachte. »Aber sie schelten euch doch wohl nicht für das Atmen?«

»Dr. Latimer schon. Er braucht offenbar absolute Stille um sich, wenn er operiert. Einmal hat er eine Lernschwester aus dem OP hinausgeworfen, weil sie nieste, während er einen Blinddarm herausnahm.«

»Dann gibt es dort also keine gut aussehenden jungen Chirurgen, derentwegen ich mir Sorgen machen müsste?«, fragte Charlie mit erhobener Augenbraue.

Helen tat so, als überlegte sie einen Moment. »Na ja … einen haben wir«, gab sie lächelnd zu. »Er ist in der Facharztausbildung auf der Gynäkologischen. Groß, dunkelhaarig und offenbar ein echter Frauenliebling. Ich habe ihn noch nicht operieren gesehen, aber die OP-Schwestern scheinen ihn alle sehr, sehr attraktiv zu finden.«

»Ach ja?« Charlies Lächeln schwand.

»Dummerweise ist er zufällig auch mein Bruder.«

Charlie hob abrupt den Kopf. »Du meinst William …«

»Natürlich meine ich William!«, sagte Helen und lachte. »All die jungen Schwestern halten ihn für den Größten, obwohl ich überhaupt nicht verstehe, wieso er all die Herzen höher schlagen lässt.«

Manchmal wusste sie nicht, was schlimmer war: Constance Tremaynes Tochter zu sein oder Dr. Tremaynes Schwester. Entweder waren die jungen Schwestern besonders nett zu ihr, weil sie an ihn herankommen wollten, oder sie mieden sie, weil er ihnen das Herz gebrochen hatte. Ihr Leben war in den letzten paar Monaten zwar ruhiger geworden, seit William sich in ein Mädchen namens Philippa verliebt hatte, aber an seinem Ruf hatte sich trotzdem nichts geändert.

Als Helen Charlies bedrückte Miene sah, wurde sie wieder ernst. »Charlie? Du glaubst doch wohl hoffentlich nicht, dass ich einen anderen Mann überhaupt bemerken würde, ob er nun attraktiv wäre oder nicht?«

»Ich könnte es dir jedenfalls nicht verdenken.« Er spielte mit den Kuchenkrümeln auf seinem Teller. »Ich bin ja wohl kaum ein Mann mit großartigen Zukunftsaussichten, nicht wahr? Der verkrüppelte Sohn eines Straßenhändlers aus der Roman Road. Du könntest etwas viel Besseres haben als mich. Was deine Mutter wahrscheinlich auch denkt, nehme ich an.«

»Mich kümmert nicht, was meine Mutter denkt.«

Seine blauen Augen glitzerten vor Belustigung. »Das tut es wohl.«

»Na schön, vielleicht ein bisschen. Aber nicht in Bezug auf dich. Oder hast du schon vergessen, dass ich bereit war, mit dir nach Schottland durchzubrennen? Als sie gedroht hatte, mich wegzuschicken?«

Ihre Mutter hatte versucht, Helen in ein anderes Krankenhaus zu verfrachten, als sie dahintergekommen war, dass ihre Tochter sich heimlich mit Charlie traf. Sie hatte zwar eingelenkt, als ihr klar geworden war, wie stark Helens Gefühle für ihn waren, aber das bedeutete nicht, dass sie glücklich darüber war oder ihre Versuche, sie auseinanderzubringen, aufgegeben hatte.

»Ich bin froh, dass wir nicht miteinander durchgebrannt sind«, sagte Charlie.

»Ich auch.« Er war es, der seine Meinung geändert und darauf bestanden hatte, Helens Leben nicht zu zerstören. Es war jedoch keineswegs so, dass ihre Mutter ihm das positiv angerechnet hätte. Sie war nach wie vor der Meinung, dass Charlie Dawson ihre Tochter in die Gosse herabzog.

Helen schaute auf die Uhr. »Wann, sagtest du, kommt der nächste Zug?«

»Er müsste in etwa zehn Minuten hier sein.« Charlie fuhr mit seinem Ärmel über die beschlagene Fensterscheibe und spähte hinaus. »Es ist auf einmal sehr dunkel geworden. Mir gefallen diese Wolken nicht …«

Kaum waren die Worte über seine Lippen, als auch schon ein Blitz den dunkelgrauen Himmel zerriss, auf den eine Sekunde später ein Donnergrollen folgte, das sich wie ein gewaltiger Steinschlag anhörte, die Fensterrahmen erschütterte und Unmengen von Regen mitbrachte.

Charlie verzog bedauernd das Gesicht. »Ich glaube nicht, dass wir heute noch nach Southend fahren werden.«

»Wohl eher nicht.« Helen schüttelte den Kopf. »Tut mir leid, Charlie.«

»Was habe ich dir vorhin darüber gesagt, dass du dich nicht für alles und jedes entschuldigen sollst?«

»Es tut mir …« Sie sah seinen gespielt strengen Gesichtsausdruck und unterbrach sich gerade noch rechtzeitig. »Es ist nur eine Angewohnheit«, sagte sie.

»Dann musst du sie dir abgewöhnen. Es ist schließlich nicht deine Schuld, dass es regnet, oder? Und ich habe wirklich keine Lust, an einem Strand zu sitzen und pitschnass zu werden.«

Helen starrte den am Fenster herablaufenden Regen an, der die Außenwelt in ein verschwommenes, trübes Grau verwandelte und ihre Aussicht auf einen schönen freien Tag wegspülte. »Wahrscheinlich sollte ich zum Schwesternheim zurückkehren und noch ein bisschen Lehrstoff wiederholen«, sagte sie seufzend.

»Und dir deinen einzigen freien Tag mit mir entgehen lassen?« Charlie machte ein erschrockenes Gesicht. »Den nächsten gemeinsamen Tag werden wir erst in einem Monat wieder miteinander verbringen.«

»Na ja, hier können wir jedenfalls nicht bleiben.« Helen dachte einen Moment nach. »Wir könnten natürlich auch ins Kino gehen oder mit dem Bus in die Innenstadt hinauffahren?«

»Ich habe eine bessere Idee«, meinte Charlie. »Warum gehen

wir nicht zu mir nach Hause? Wir wären gerade rechtzeitig zu Mums Sonntagsbraten da, wenn wir uns beeilen.«

»Würde sie das denn nicht stören?«, fragte Helen. Sie wusste, dass ihre eigene Mutter entsetzt wäre, wenn plötzlich aus dem Blauen heraus ein Gast auftauchte.

»Du kennst doch meine Mum. ›Je mehr, desto lustiger‹, sagt sie immer. Und meint es auch so.« Charlie grinste. »Außerdem hat sie eine Schwäche für dich und fragt mich ständig, wann ich dich mal wieder mitbringe. Ich glaube, sie will vor den Nachbarn mit dir angeben!«

»Sei nicht albern!«, sagte Helen errötend.

»Nein, nein, das ist mein voller Ernst. Sie brüstet sich daheim damit, dass ihr Sohn mit einer Krankenschwester geht.« Er stand auf und reichte Helen seinen freien Arm. »Sollen wir also gehen?«

Helen zögerte. »Bist du sicher, dass es dir nichts ausmacht, auf Southend zu verzichten?«

»Wir fahren ein andermal hin. Jetzt habe ich einen ganzen Tag mit meiner Liebsten und das Roastbeef meiner Mum, worauf ich mich freuen kann. Was könnte ein Mann mehr wollen?«

KAPITEL VIER

Nick spannte seine Muskeln an und hievte eine Kommode auf die Ladefläche des Pferdekarrens.

»Vorsicht!« Ruby stürzte vor und zog einen Karton aus dem Weg. »Jetzt hättest du fast unser neues Porzellan zerbrochen!«

Nick sah, wie sie den Karton an ihre Brust drückte. Sie hatten nicht viel Neues für ihr Zuhause außer den paar Hochzeitsgeschenken, die sie bekommen hatten: einen Besteckkasten, ein Tischtuch, Bettwäsche und einige Tassen, Untertassen und Teller mit einem hübschen Blumenmuster am Rand. Ruby hatte das Porzellan selbst ausgesucht, und jeden Abend nahm sie die Teile einzeln aus ihrer Verpackung, um sie zu bewundern. Nick musste lächeln, wenn er sah, wie liebevoll sie mit den Fingerspitzen über den feinen goldenen Rand der Tassen strich.

»Dir ist doch wohl klar, dass wir es irgendwann benutzen werden?«, hatte er gesagt. »Oder hast du etwa vor, es in einem Glasschrank einzuschließen?«

»Solange wir vorsichtig damit umgehen …« Sie hielt eine Tasse ins Licht. »Sieh mal, es ist so dünn, dass man fast hindurchsehen kann. Das ist echtes Porzellan, das sag ich dir.«

»Keine Ahnung, wie ich damit zurechtkommen werde.« Nick blickte auf seine großen Hände herab, die dafür geschaffen waren, Gegner im Boxring niederzuschlagen, aber nicht für den Umgang mit empfindlichem Porzellan. »Vielleicht sollten wir es aufbewahren, bis der neue König bei uns vorbeikommt?«

»Mach dich ruhig lustig über mich«, sagte Ruby. »Aber ich will, dass alles perfekt ist in unserer neuen Wohnung.«

Er sah, wie ihre Miene sich verdüsterte, als sie neben ihrer

Mutter stand und den Möbelpackern beim Beladen des Karrens zusah. Ruby hatte nur sehr ungern einige der alten Möbel ihrer Mutter angenommen, doch Nick hatte ihr gesagt, dass arme Leute nicht wählerisch sein durften.

»Ich wünschte, du müsstest nicht weg«, sagte seine Mutter June.

Nick drehte sich zu ihr um. Sie stand in der Tür, die Arme vor ihrer mageren Brust verschränkt, und schaute ihn mit zusammengekniffenen Augen durch den Rauch ihrer Zigarette hindurch an. Er hatte noch nie zuvor erlebt, dass seine Mutter irgendein Interesse an ihm gezeigt hatte. Sie hatte ihn immer nur dann bemerkt, wenn sie Geld brauchte.

Und tatsächlich zerstörten ihre nächsten Worte alle Illusionen, die er sich gemacht haben könnte. »Wie soll ich denn jetzt die Miete bezahlen?«, fragte sie mit gereizter, nörglerischer Stimme.

Es zuckte um Nicks Mund. »Für einen Moment hättest du mich fast getäuscht. Ich dachte, du würdest dir meinetwegen Gedanken machen. Aber warum auch eine lebenslange Gewohnheit ändern?«

»Warum sollte ich mir Gedanken um dich machen? Du hast mir nichts als Schwierigkeiten gemacht, seit du ein Kind warst.«

»Außer wenn ich den Mieteintreiber bezahlt habe.« Dann dämpfte er seine Stimme. »Aber keine Bange, ich werde auch weiterhin dafür sorgen, dass du ein Dach über dem Kopf hast. Nur wirst du dir einen anderen Trottel suchen müssen, der deinen Gin bezahlt.«

»Und wer wird sich um unseren Danny kümmern?«

Nick warf einen Blick zu seinem Bruder hinüber, der auf dem Eingang zum Kohlenkeller hockte. Er saß sehr gern dort oben, wo er niemandem im Weg war, und beobachtete, wie die Welt an ihm vorbeizog. Aber heute ließ er den Kopf hängen wie eine

welke Blume. Nick musste wegschauen, um die Tränen zurückzuhalten, die ihm in die Augen stiegen.

In der letzten Woche hatte er kaum schlafen können, und zwar
nicht nur wegen der schmalen, durchgelegenen Matratze, die er
und Ruby sich im Wohnzimmer ihrer Eltern teilten. Er hatte
wach gelegen und an die Decke gestarrt, bis das erste fahle Mor-
genlicht unter den Vorhängen hervorkroch und er das Pferd des
Milchmanns langsam die Griffin Street hinauftrappeln hörte.

»Du bist seine Mutter, also solltest du auch für ihn sorgen«,
sagte Lettie Pike.

June wandte sich ihr zu. »Mein Sohn braucht sehr viel Fürsorge. Du hast ja keine Ahnung, wie das ist. Ein Junge wie er ist
eine Belastung für eine arme, alleinstehende Frau.« Sie nahm ihr
Taschentuch heraus und tupfte sich die Augen ab.

»Er kann auch mitkommen und bei uns leben, wenn er eine
solche Belastung ist«, sagte Nick.

Ruby und ihre Mutter fuhren beide empört zu ihm herum.
»Nick!«

»Hast du das gehört, Danny? Dein Bruder möchte, dass du
mit ihm gehst und bei ihm lebst.« Junes Gesicht hatte sich augenblicklich aufgehellt.

»D-darf ich, Nick? D-darf ich mitkommen und b-bei dir leben?« Danny glitt schnell vom Eingang zum Kohlenkeller herab.

Nachdem Nick die Idee gekommen war, fragte er sich, wieso
er nicht schon vorher daran gedacht hatte. »Tja, ich wüsste
nicht, warum du …«

»Tut mir leid, Danny-Boy, aber wir haben keinen Platz«, fiel
Ruby Nick ins Wort, bevor er seinen Satz beenden konnte.

»Ihr habt doch noch ein Gästezimmer, oder? Oder er könnte
auch auf eurem Sofa schlafen«, sagte June. »Und er ist ja auch
eigentlich ganz brav. Er wird euch keine Unannehmlichkeiten
machen.«

»Hast du nicht gerade erst gesagt, er sei eine Belastung?«, murmelte Lettie.

Nick sah Ruby an. Ihr Gesicht war wie versteinert, aber in ihren Augen schwelte Zorn.

Er wandte sich wieder an seinen Bruder. »Tut mir leid, Danny. Es ist vielleicht besser, wenn du hier bei Mum bleibst.«

»A-aber ich will bei dir sein! D-du hast g-gesagt ...«

»Ich werde wiederkommen und nach dir sehen, sooft ich kann, das verspreche ich dir, Danny.« Nick konnte seinem Bruder nicht ins Gesicht sehen, weil er wusste, dass er dann verloren wäre.

»B-bitte, Nick! L-lass mich n-nicht allein ...« Danny fiel seinem Bruder um den Hals und klammerte sich mit seinen mageren Armen an ihm fest. Nick hielt sich so steif und unbeweglich, wie er konnte, und wagte nicht, die Umarmung zu erwidern.

»Ich muss jetzt gehen, Dan.« Er zeigte nicht gern Gefühle, aber seine Stimme klang heiser und erstickt.

»Komm schon, Danny.« Ruby griff ein und löste sanft, aber entschieden die Arme des Jungen von Nicks Hals. »Wir ziehen ja nicht auf die andere Seite der Welt.«

»Sie hat recht, Dan. Du kannst uns ja auch besuchen kommen.«

»D-darf ich?« Danny wischte sich über das Gesicht. »D-darf ich kommen und d-dich besuchen, Nick?«

»Wann immer du willst, Kumpel. Du wirst uns jederzeit willkommen sein.«

»Nicht, wenn deine Alte was dazu zu sagen hat«, hörte er seine Mutter murmeln.

Nick schwieg auf der ganzen Fahrt zu ihrer neuen Wohnung und sorgte sich um Danny. Seinen Bruder weinen zu sehen hatte sich angefühlt, als wäre ihm ein Messer ins Herz gestoßen worden.

»Ich habe mich schon ewig darauf gefreut, in diese neue Wohnung einzuziehen«, riss Rubys Stimme ihn aus seinen Gedanken. Durch das Ruckeln des Pferdewagens kam sie ins Schwanken und stieß gegen seine Schulter. »Du wirst doch hoffentlich nicht den ganzen Tag lang eingeschnappt sein und uns die Freude verderben?«

»Ich mag es nur nicht, wenn Danny sich so aufregt.«

»Er hätte sich nicht aufgeregt, wenn du ihm nicht gesagt hättest, er könnte mitkommen und bei uns leben. Du hattest kein Recht, ihm diesen Floh ins Ohr zu setzen.«

Nick starrte die Rücken der Möbelpacker an, die nebeneinander auf dem langen Vordersitz saßen. »Das ist wahr«, seufzte er.

»Ich weiß nicht, was du dir dabei gedacht hast«, fuhr Ruby schmollend fort. »Es macht nichts, dass du Danny aufgeregt hast. Aber was ist mit mir? Glaubst du etwa, ich hätte mich nicht geärgert? Ich bin jetzt deine Frau, Nick, und du solltest zuallererst an mich denken, bevor du dir über andere den Kopf zerbrichst.«

Als ob ich das nicht wüsste, dachte er.

Ruby, die zu merken schien, dass sie zu weit gegangen war, lehnte sie sich an ihn und hakte sich bei ihm unter. »Bitte verdirb es uns nicht, Nick. Es wird alles gut, du wirst schon sehen. Sobald wir uns in unserer hübschen neuen Wohnung eingerichtet haben, wird alles einfach wunderbar sein.«

Ihre neue Wohnung im Victory House war ein Palast verglichen mit der Griffin Street. Hier gab es keine Feuchtigkeit, keine abblätternde Farbe, Wanzen oder auch Mäuse, die aus dem Herd flitzten. Die ganze Wohnung roch nach frischer Farbe und Politur, und durch die glänzenden großen Fenster strömte der Aprilsonnenschein herein.

Nick musste lachen, als er Ruby so sah, die aufgeregt wie ein Kind am Weihnachtsmorgen von Zimmer zu Zimmer lief und das Licht ein- und ausschaltete.

»Oh, Nick, ist das nicht fabelhaft?«, rief sie. »Schau dir diesen Wasserhahn an! Man braucht ihn nur aufzudrehen, und heißes Wasser kommt heraus. Man braucht es nicht mehr im Kessel zu erhitzen! Wer hätte gedacht, dass du und ich je in einer so prachtvollen Wohnung wie dieser leben würden?«

»Prachtvoll sollte sie auch sein für die Miete, die sie dafür nehmen!« Er rechnete insgeheim bereits und fragte sich, wie sie dies alles bezahlen sollten. Finanziell würde er an seine Grenzen stoßen, wenn er auch noch die Miete seiner Mum bezahlte.

Ruby zog ein Gesicht. »Wir werden es schon irgendwie schaffen.«

»Es wird eng werden, wenn du deine Arbeit aufgegeben hast.«

»Hör auf, dir Sorgen zu machen!« Sie schlang ihm die Arme um den Nacken und blickte lächelnd zu ihm auf. »Ich habe dir doch gesagt, dass alles perfekt sein wird.«

Er küsste sie auf ihr lockiges blondes Haar, atmete ihr Parfum ein und versuchte, sich einzureden, dass es stimmte, was sie sagte.

Na gut, es war nicht das Leben, das er sich erhofft hatte, und Ruby vielleicht auch nicht das Mädchen, das er hatte heiraten wollen. Aber es könnte weitaus schlimmer sein. Er kannte sehr viele Männer in Bethnal Green, die ihn darum beneiden würden, eine so tolle Frau wie Ruby für sich gewonnen zu haben, nicht nur ihres Aussehens wegen. Tief im Innern war sie ein nettes Mädchen mit einem guten Herzen. Sie machte ihn manchmal wahnsinnig, aber sie brachte ihn auch zum Lachen.

Außerdem hatte sie es sich genauso wenig ausgesucht wie er, in diese Situation zu geraten. Vielleicht hätte auch sie ihn nicht geheiratet, wenn sie die Wahl gehabt hätte. Sie versuchte einfach nur, das Beste aus dem zu machen, was das Leben ihr zugeteilt hatte, und er musste es auch tun.

Er hielt sie auf Armeslänge von sich ab und sah ihr lächelnd in die Augen. »Na, dann komm, damit wir uns deinen Palast mal richtig anschauen können.«

Die Wohnung bestand aus einer kleinen Diele, die zu einem Wohnzimmer führte, einer schmalen Küche, dem Badezimmer, Schlafzimmer und einem sehr kleinen Raum, der kaum größer als ein Wandschrank mit einem hohen, schmalen Fensterstreifen war.

»Ich denke, hieraus könnten wir das Kinderzimmer machen«, bemerkte Nick, als er hineinblickte. »Was meinst du, sollen wir es rosa oder blau anstreichen?« Keine Antwort. »Ruby?«

Er drehte sich zu ihr um, weil er dachte, sie sei zu einem anderen Raum weitergegangen. Aber sie stand direkt hinter ihm.

»Rube?« Sie war so blass und still, dass er sich Sorgen machte, sie könnte krank sein. »Ist alles in Ordnung mit dir?«

Er konnte sehen, wie sie schluckte. »Ich muss dir etwas sagen«, erwiderte sie langsam.

»Was denn?« Er lächelte. »Du erwartest doch nicht etwa Zwillinge?«

Sie lachte nicht einmal. »Nick …«

Ein lautes Klopfen an der Eingangstür unterbrach die angespannte Stille und erschreckte beide. Kurz darauf öffnete sich die Tür, und einer der Möbelpacker streckte den Kopf herein.

»Sollen wir die Möbel jetzt hereinbringen, Chef?«, rief er.

»Einen Moment noch.« Nick wandte sich wieder Ruby zu. »Was war es, was du gerade sagen wolltest?«

»Das kann warten.« Genauso plötzlich, wie es verschwunden war, war ihr Lächeln wieder da. »Wir sollten besser anfangen auszupacken, denn sonst werden diese Jungs noch Überstundengeld erwarten!«

Nick half den Männern, die Möbel die drei Steintreppen hinaufzuschleppen. Während er oben wartete, bis sie schnaufend und keuchend die letzte Treppe hinter sich brachten, blieb er auf dem schmalen Verbindungsgang zwischen den Wohnungen stehen, um die Aussicht zu bewundern.

Die vier kompakten ziegelroten Wohnblocks bildeten einen quadratischen Innenhof mit einer kleinen Grünfläche in der Mitte, auf den sämtliche Verbindungsgänge hinausgingen. Hinter den Wohnungen lagen die Dächer von Bethnal Green und dahinter die hoch in den Himmel aufragenden Hafenkräne rechts und links der Themse. Die Luft war erfüllt von den beißenden Gerüchen der Klebstofffabrik und des Rauchs, der von den Schloten aufstieg. Aber darunter spielten Kinder im Frühlingssonnenschein und jagten einander zwischen den in voller Blüte stehenden Bäumen.

Mein Kind wird eines Tages auch dort unten spielen, dachte Nick und konnte sich ein Lächeln nicht verkneifen.

Es war ursprünglich ein Schock gewesen, als Ruby ihm gebeichtet hatte, dass sie schwanger war, doch nun, da er Zeit gehabt hatte, sich an den Gedanken zu gewöhnen, merkte er, dass er sich darauf freute, Vater zu werden.

Und er würde der beste Vater sein, den er sich vorstellen konnte. Seinem Sohn oder seiner Tochter würde es an nichts mangeln, was er ihnen verschaffen konnte. Er würde dafür sorgen, dass sie die bestgekleideten, besternährten und meistgeliebten Kinder waren, die je im East End aufgewachsen waren.

Sie würden auf jeden Fall eine bessere Erziehung erhalten als er selbst bei einer trinkenden Mutter, die keine Zeit für ihre Kinder hatte, und einem Vater, der seinen Söhnen gern eine Lektion mit seiner Gürtelschnalle erteilte, wenn er zu viel getrunken hatte.

Nicks Hände ballten sich zu Fäusten. Es waren Reg Rileys

Schläge gewesen, die Danny zu dem gemacht hatten, was er war, hirngeschädigt und hilflos, seit er gerade mal zwölf gewesen war. Nick wurde heute noch von Albträumen gequält, in denen er seinen Bruder krankenhausreif geschlagen und dem Tode nahe in einer Blutlache liegen sah. Er hatte es seinem Vater in jener Nacht jedoch mit gleicher Münze heimgezahlt. Und Reg Riley war so verängstigt gewesen von der wilden Rage seines sechzehnjährigen Sohnes, dass er auf der Stelle seine Sachen gepackt hatte und verschwunden war.

Trotz allem hatte sein alter Herr ihn etwas Wichtiges gelehrt, auch wenn er das nie erfahren hatte: Nick würde nie, niemals sein eigenes Kind anrühren, ganz gleich, was auch geschehen mochte.

KAPITEL FÜNF

Der Operationssaal befand sich tief im Inneren des Krankenhauses und war wie eine stille Gruft aus glänzendem Stahl und grellen Lichtern. Der zischende und dampfende Sterilisator und die Heizungsrohre, die an den dicken Steinmauern verliefen, erzeugten eine fast unerträgliche Hitze, und Helen konnte die Schweißperlen spüren, die sich unter ihrer Kleidung bildeten, als sie die Tupfer für die nächste Operation abzählte. Sie war froh, dass sie im OP leichtere Uniformen trugen, auch wenn das bedeutete, dass sie ihre normale baumwollgefütterte Uniform mehrmals täglich an- und ausziehen musste.

Die nächste Operation des Tages war die eines perforierten Geschwürs, und Helen nahm das schwere OP-Buch zur Hand, um nachzusehen, welche Instrumente Dr. Latimer bevorzugte. Als sie sie auf den Wagen legte, erinnerte sie sich an die Gedächtnisstütze, die sie am Abend zuvor in ihrem Lehrbuch gefunden hatte – Messer, Gabel und Löffel. Also das Skalpell zuerst, dann Pinzetten und Scheren. Sie sahen perfekt und wohlgeordnet aus, als sie in glänzenden, ordentlichen Reihen auf dem Wagen lagen. Helen blieb einen Moment davor stehen und betrachtete ihr Werk.

»Sehr hübsch, Schwester, zweifellos. Vielleicht sollten Sie es in einer Galerie ausstellen, wo wir alle es bewundern können?«

Helen fuhr herum, als sie hinter sich die Stimme der OP-Schwester vernahm. Miss Feehan war Anfang dreißig und eine typische irische Schönheit mit ihrem glänzenden schwarzen Haar, der sehr hellen Haut und den strahlenden smaragdgrünen Augen. Doch hinter diesem reizenden Gesicht lauerte das Herz eines Ungeheuers, und ihr singender irischer Tonfall ließ Miss Feehans beißenden Sarkasmus noch schneidender erscheinen.

»Sie wissen doch wohl, dass diese sterilisierten Instrumente niemandem mehr etwas nützen, wenn sie zu lange der Luft ausgesetzt waren?«, fuhr sie Helen an. »Bedecken Sie sie schnell mit einem Tuch, Mädchen, oder sie müssen alle wieder in den Sterilisator. Und dann werden Sie Dr. Latimer erklären müssen, warum seine Operationen sich verzögern.«

»Ja, Schwester. Tut mir leid, Schwester«, entschuldigte Helen sich schnell und eilte davon, um ein steriles Tuch zu suchen.

Sie war überrascht, als sie ihren Bruder William beim Händewaschen an dem Metallbecken antraf. Er unterhielt sich dort mit Dr. Little, einem der Anästhesisten in der Facharztausbildung, der Helen mit seinem runden, rosigen Gesicht und den blonden Locken, die fast bis zum Kragen seines OP-Kittels reichten, an einen Cherub auf einem Renaissancegemälde erinnerte.

Beide drehten sich um und sahen sie an, als sie hereinkam.

»Ah, da ist sie ja«, sagte William. »Du wirst dich vorsehen müssen, mein lieber Freund, denn meine Schwester nimmt es sehr genau damit, dass alles richtig gemacht wird. Helen, kennst du meinen Freund Alec Little schon? Alec, das ist meine Schwester Helen.«

»Ich habe Sie schon im OP gesehen, aber wir haben noch nie miteinander gesprochen.« Dr. Littles rosige Gesichtsfarbe wurde ein Nuance dunkler.

»Was machst du hier, William?«, entfuhr es Helen. Schwestern durften Ärzte eigentlich nicht ansprechen, wenn ihnen keine direkte Frage gestellt wurde, doch irgendwie traf das nicht auf ihren älteren Bruder zu. »Du bist doch nicht bei Dr. Latimer.«

Assistenzärzte wurden in Gruppen oder nach Fachbereichen

bestimmten Ärzten oder Abteilungen zugeteilt. William war bei Dr. Cooper, dem Chefarzt der Gynäkologie.

»Nein, aber heute wurden Alec und ich dazu auserwählt, dem großen Mann zu assistieren. Was eine ungeheure Ehre für uns ist, wie du dir vorstellen kannst.« Williams Gesicht blieb ernst, aber seine braunen Augen glitzerten vor Belustigung. »Anscheinend können wir uns unmöglich Chirurgen nennen, bevor wir Zeugen des außergewöhnlichen Talents von Dr. Latimer wurden. Ist es nicht so, Alec?«

»Und ich dachte, du wärst hier, weil Dr. Cooper den ganzen Morgen mit Privatpatienten beschäftigt war und du nichts anderes zu tun hattest?«, witzelte sein Freund mit unbewegter Miene.

Helen schüttelte den Kopf. »Ihr solltet besser nicht herumalbern während dieser Operation«, warnte sie. »Ich denke, ihr werdet schon noch feststellen, dass Dr. Latimer nicht so nachsichtig ist wie Dr. Cooper. Er will nicht das kleinste Geräusch hören, wenn er operiert.«

»Das haben wir schon gehört«, sagte William. »Aber ich wage zu behaupten, dass du uns im Zaum halten wirst, Schwesterherz!«

»Man wird mich nicht in eure Nähe lassen. Ich werde im Nebenraum sein und bis zu den Ellbogen in Dampf und Seifenwasser stecken.«

Kaum war der sedierte Patient in den OP gerollt worden, als Dr. Latimer seinen zeitlich perfekt gewählten Auftritt hatte. Umgeben von einer Reihe kreidebleicher Medizinstudenten, rauschte er herein, um sich die Hände zu desinfizieren. Helen war es gewohnt, dass Ärzte wie Götter behandelt wurden, doch Dr. Latimer schien wirklich ein Gott zu sein. Seine Furcht einflößende Präsenz erfüllte den ganzen Raum, als er, seine Lakaien um Längen überragend, mit seinen funkelnden bernsteinfarbenen Augen und seinem wallenden rostbraunen Haar an das Becken trat. Seine OP-Schwester flatterte um ihn herum wie eine Dienerin, half ihm in seinen Kittel und verknotete die Bändchen, während er mit ausgestreckten Armen in der Mitte des Raumes stand. Helen erwartete fast, die Klänge eines himmlischen Chors im Operationssaal zu vernehmen.

Sie blickte sich nach William um. Sein Gesicht konnte sie hinter der OP-Maske nicht sehen, aber das mutwillige Funkeln seiner braunen Augen verriet ihr, dass er genau dasselbe dachte wie sie selbst.

Sowie die Operation im Gange war, wurde Helen in den Waschraum verbannt, um die Instrumente von einem vorherigen Eingriff zu spülen und zu sterilisieren.

Mit der Cheatle-Zange griff sie in das dampfende Innere des Sterilisators und zog ein langes, metallenes Tablett daraus hervor. Eine Wolke versengend heißen Dampfs bewirkte, dass sie ihren Griff um die Zange für Sekundenbruchteile lockerte, und sie merkte, wie das Tablett ins Rutschen geriet. Sie versuchte verzweifelt, es aufzuhalten, doch es war zu spät. Sie konnte nur noch hilflos zusehen, wie es der Zange wie in Zeitlupe entglitt und scheppernd auf dem Boden landete.

Das Geräusch, das wie das Getöse von hundert Zimbeln war, zerriss die Stille. Eine Sekunde später flog die Tür auf, und Miss Feehan erschien zitternd vor Wut auf der Schwelle.

»Was in Dreiteufelsnamen machen Sie hier?«, zischte sie.

»Entschuldigung, Schwester.« Helen konnte sie nicht ansehen, als sie das Tablett aufhob.

»Nicht ich bin es, bei der Sie sich entschuldigen sollten.« Miss Feehans Augen sprühten. »Nun stehen Sie doch nicht nur so da, Mädchen. Schieben Sie das Tablett in den Autoklav zurück und sterilisieren Sie die Instrumente noch einmal. Und dann entschuldigen Sie sich bei Dr. Latimer, der sehr verärgert ist.«

»Ja, Schwester.«

Alle Gesichter wandten sich Helen zu, als sie den OP betrat. William schaute sie mit stummem Mitgefühl über seine Gesichtsmaske hinweg an.

Dr. Latimer starrte sie mit erhobener Zange an, sagte aber nichts.

Helen räusperte sich. »Dr. Latimer, ich wollte Ihnen nur sagen, wie leid es mir tut, dass ich Sie bei Ihrer Operation gestört habe.« Ihre Stimme war kaum mehr als ein Flüstern, und dennoch schien sie durch den ganzen stillen Saal zu schallen.

Dr. Latimer schwieg auch jetzt noch. Helen wand sich innerlich, als seine bernsteinfarbenen Augen sie langsam von oben bis unten musterten und dann zu ihrem Gesicht zurückkehrten. Erst dann sagte er endlich etwas.

»Gehen Sie!«, zischte er.

Das brauchte er ihr nicht zweimal zu sagen. Helen ging rückwärts aus dem Raum, schloss die Tür hinter sich und floh in den Waschraum zurück.

Ich werde nicht weinen, sagte sie sich immer wieder und versuchte, die Tränen der Demütigung wegzublinzeln, die hinter ihren Augenlidern brannten. Das heiße Seifenwasser im Spülbecken verbrannte ihr die Arme, als sie sie hineintauchte, aber sie war viel zu beschämt, um sich etwas daraus zu machen. Außerdem rechnete sie jeden Moment damit, dass Miss Feehan hereinkommen und sie zur Oberin schicken würde.

Zum Glück standen nur noch zwei weitere Operationen auf Dr. Latimers Liste. Gegen vier Uhr hatte er sich verabschiedet, und die chirurgischen Eingriffe waren beendet.

Helen stand jedoch noch am Becken und schrubbte Blut von einer chirurgischen Schere, als William und Alec zu ihr kamen.

»Du darfst dir das nicht zu Herzen nehmen«, sagte William. »Es war ein Unfall, so etwas kann jedem mal passieren.«

»Mir nicht.« Helen hielt die Schere dicht vor ihre Augen, um sie auf imaginäre Flecken hin zu untersuchen. »Was für eine Krankenschwester bin ich, wenn ich nicht einmal ein Instrument vernünftig sterilisieren kann?«

»Sei nicht so streng mit dir. Du hast bloß ein Tablett fallen lassen. Es ist ja schließlich kein Patient gestorben.«

»Soll ich euch ein kleines Geheimnis anvertrauen?«, fragte Alec, und Helen blickte sich über die Schulter nach ihm um.

»Was für ein Geheimnis?«

»Zuerst müsst ihr mir versprechen, kein Sterbenswörtchen darüber zu sagen. Zu niemandem.« Helen und William sahen sich an, und beide nickten. »Wisst ihr, warum Latimer auf solch absoluter Stille besteht, während er operiert?«

»Warum?«

»Weil er Angst hat, die Konzentration zu verlieren und einen Fehler zu machen.« Alec blickte sich um, als wollte er sichergehen, dass niemand zuhörte. »Vor Jahren, als er anfing, hat er einmal einen Tupfer in einem Patienten vergessen.«

»Nein!«

»Das habe ich jedenfalls gehört. Es stellte sich erst später heraus, als sie die Tupfer zählten und merkten, dass einer fehlte.«

»Und was geschah?«

»Sie mussten den Patienten noch einmal öffnen, um den Tupfer zu entfernen. Es gab natürlich ein Riesentheater, und Dr. Latimer wäre um ein Haar entlassen worden. Seitdem ist er wie besessen davon, dass absolute Ruhe zu herrschen hat und niemand einen Laut von sich geben darf, wenn er arbeitet.«

Helen sah William an, der von der Geschichte genauso überrascht zu sein schien wie sie selbst.

»Verstehen Sie jetzt, was ich Ihnen sagen will?«, wandte Alec sich an Helen. »Alle machen Fehler. Sogar ein solch exzellenter Arzt wie Dr. Latimer.«

Helen lächelte unsicher. »Danke«, sagte sie. »Jetzt fühle ich mich wirklich schon ein bisschen besser.«

»Ich weiß etwas, wonach du dich noch besser fühlen wirst«, sagte William. »Lass dich von Alec und mir heute Abend auf einen Drink einladen.«

Helen schüttelte den Kopf. »Ich kann nicht. Ich muss lernen«, sagte sie.

William verdrehte die Augen. »Du strengst dich viel zu sehr an.«

»Und du strengst dich nicht genug an!«

»Das ist wahr. Aber erzähl das Mutter nicht, hörst du?«

»Sie würde es mir sowieso nicht glauben. Du weißt ja, dass du in ihren Augen nichts falsch machen kannst.«

»Auch das ist wahr.« William seufzte übertrieben. »Und wenn wir dich nicht überreden können mitzukommen, werden wir eben allein losziehen und feiern müssen, was, Alec?«

»Was feiert ihr denn?«, fragte Helen stirnrunzelnd.

»Einen Tag mit Dr. Latimer überstanden zu haben. Ich weiß nicht, wie es mit dir ist, Alec, aber ich habe es nicht eilig, die Erfahrung zu wiederholen.«

»Absolut nicht.« Alec schüttelte den Kopf.

»Ihr habt Glück«, seufzte Helen. »Ich muss ihm in drei Tagen schon wieder gegenübertreten. Oder noch eher, falls er zu einem Notfall gerufen wird.« Sie dachte schon mit Schrecken daran.

»Das schaffst du schon, Schwesterherz.« William legte seinen Arm um sie. »Und noch ein guter Rat«, fügte er hinzu. »Wenn du diese Schere noch mehr abschrubbst, wird nicht viel von ihr übrig bleiben!«

Gegen sechs Uhr war sie mit dem Sterilisieren, Trocknen und Polieren der Instrumente fertig und räumte sie für den nächsten Tag weg. Danach reinigte sie den Operationssaal, bis die weiß gekachelten Wände im grellen Licht der Deckenlampen glänzten. Als sie endlich mit allem fertig war, wechselte sie ihre Uniform, wischte ihre Schuhe mit Karbolsäure ab, schaltete die Lichter aus und ging.

Der Operationsbereich war ein unheimlicher Ort, wenn alle heimgegangen waren. Sämtliche Türen waren verschlossen, und der einzige Weg nach draußen führte die steile Hintertreppe hinauf. Helen eilte über den Gang, dessen dicke Steinmauern das Geräusch ihrer Schritte dämpften. Sie war viel zu vernünftig, um all die albernen Geschichten zu glauben, die die anderen Schwestern über den Geist einer früheren Operationsschwester erzählten, die hier angeblich herumspukte. Aber die Dunkelheit und das leise Krabbeln der Kakerlaken, die aus ihren Verstecken herauskamen, ließ Helens Herz wie wild gegen ihre Rippen schlagen.

Sie hatte die Treppe schon fast hinter sich gebracht, als sie von weiter oben Atemgeräusche hörte. Sie blieb stehen und lauschte. Irgendjemand stand in den Schatten oben an der Treppe und wartete …

»Hallo?«, rief sie und versuchte, das Zittern in ihrer Stimme zu verbergen. »Ist da jemand?«

Sie zuckte zusammen, als über ihr eine schwere Tür zufiel. Wer auch immer es gewesen war, er war verschwunden.

Helen lachte ein wenig unsicher über ihre eigene Dummheit. Wahrscheinlich war es bloß einer der jungen Pförtner oder eine der Putzfrauen gewesen. Sie hatte einfach viel zu viel Zeit damit verbracht, sich abends nach dem Löschen des Lichts Millie Benedicts Gespenstergeschichten anzuhören!

Als sie dann jedoch den oberen Treppenabsatz erreichte, fiel ihr ein eigenartiger Duft auf. Sie blieb reglos stehen und schnupperte. Ging ihre Fantasie jetzt völlig mit ihr durch, oder war das tatsächlich der Duft von Rosen?

KAPITEL SECHS

»Erzähl weiter! Was passierte dann?«

Millie hörte die Stimmen, als sie die Tür zum Waschraum öffnete. Amy Hollins und Sheila Walsh, eine weitere Lernschwester im dritten Jahr, lehnten am Becken und schwatzten. Als Millie hereinkam, verstummten sie.

»Was willst du?«, fragte Amy unfreundlich.

»Die Oberschwester schickt mich, um für die Patientin in Bett zehn einen Eisbeutel zu machen.«

»Na, dann solltest du besser damit anfangen. Und beeil dich. Wir können darauf verzichten, dass die Stationsschwester hier herumschnüffelt, weil sie sich wundert, wo du bleibst.«

Millie spürte, dass ihr zwei Paar feindselige Augen folgten, als sie den Eisblock in einen Sackleinenbeutel steckte und Eisstückchen abzuschlagen begann. Eine Zeit lang schwiegen sie, dann sagte Sheila: »Ignorier sie einfach und erzähl mir, wie es weitergeht.«

»Na ja, dann lud er mich zum Abendessen ins Savoy ein, und später tranken wir einen Champagnercocktail nach dem anderen in Harry's Bar ...«

»Du Glückliche«, seufzte Sheila. »Mein Freund kann sich kaum das Lyons Corner House erlauben!«

»Du hast recht, er verwöhnt mich wirklich sehr.« Amy lächelte affektiert. »Er sagt, für mich sei nichts gut genug.«

»Wann werden wir diesen wundervollen Freund denn mal kennenlernen?«

»Keine Ahnung. Er ist ein sehr zurückhaltender Mensch.«

»So zurückhaltend, dass du uns nicht mal seinen Namen verraten willst?« Sheila lachte. »Wenn du nicht aufpasst, könnten wir noch denken, dass es deinen Mr. Perfekt in Wahrheit gar nicht gibt!«

»Natürlich gibt es ihn!« Amys Stimme wurde lauter. »Ich habe auch einen Beweis dafür. Sieh mal, was er mir gestern Nacht geschenkt hat.«

Millie konnte sich einen Blick über die Schulter nicht verkneifen. Amy hatte ihren Kragen geöffnet und griff in ihr Kleid. Millie sah Gold aufblitzen, bevor Amy sich ihr verärgert zuwandte.

»Bist du immer noch nicht fertig mit dem Eisbeutel?«, fauchte sie.

»Fast.« Millie gab die Eisstücke in eine Schüssel und trug sie zum Becken und ließ lauwarmes Wasser darüberlaufen, um etwaige scharfe Kanten wegzuschmelzen. Aber ihre Aufmerksamkeit galt immer noch Amy und Sheila.

»Es ist wunderschön«, seufzte Sheila. »Aber du bist ganz schön unvorsichtig. Du weißt, dass wir hier keinen Schmuck tragen dürfen.«

»Es gibt sehr viel, was ich nicht darf!«

Ein wenig Geflüster und Gekicher folgte. Dann hörte Millie, wie Sheila schockiert den Atem einzog.

»Oh nein, Hollins, das hast du nicht getan!«

»Na ja, immerhin hatte er sich die Mühe gemacht, eine Suite zu buchen. Da konnte ich ihn doch nicht enttäuschen, oder?«

»Und wie war es?«

»Herrlich! Von den Zimmern blickte man auf den Fluss hinaus, und das Badezimmer war das größte, das du dir vorstellen kannst …«

»Ich meinte nicht das Hotelzimmer, du Dummerchen!«

Sie kreischten vor Lachen. Millie wandte sich wieder ihrem Eis zu und schrie erschrocken auf. Sie hatte Hollins' Geschichte so interessiert gelauscht, dass das Eis unbemerkt unter dem lauwarmen Wasser geschmolzen war.

Amy kam zu ihr hinüber und warf einen Blick über ihre Schulter. »Jetzt sieh nur, was du angerichtet hast! Nun wirst du noch mal ganz von vorn beginnen müssen. Aber das geschieht dir nur recht, du hast uns belauscht.«

»Ich würde euch nicht belauschen, wenn ihr nicht hier drinnen wärt und tratschen würdet«, murmelte Millie vor sich hin.

»Hast du was gesagt?« Hollins runzelte die Stirn.

Millie hielt den Kopf gesenkt. »Nein.«

»Das ist auch besser so, denn sonst würde ich dich sofort der Oberin melden.«

Millie ging, um neues Eis zu holen, und hörte, wie die beiden kicherten und tuschelten, als sie die Tür zuzog.

Der erste Mensch, dem sie begegnete, als sie aus dem Waschraum kam, war Stationsschwester Crockett. Sie war eine rundliche Mittvierzigerin, viel älter als einige der anderen Stationsschwestern. Millie hatte Gerüchte gehört, dass sie schon so lange auf der Gynäkologischen war, weil sie Schwester Everett geradezu vergötterte.

Doch wenn das stimmte, hatte sie eine seltsame Art, es ihr zu zeigen. Die beiden stritten sich andauernd und sprachen manchmal tagelang nicht miteinander – was den Lernschwestern das Leben oft sehr schwer machte.

Heute verstanden sie sich zum Glück jedoch prächtig.

»Wir haben gerade einen Neuzugang mit einem vereiterten Nierenabszess hereinbekommen. Bett sechs, eine Mrs. Lovell«, kündigte sie an. »Die Oberschwester möchte, dass Sie und O'Hara sie baden und ihr helfen, sich einzurichten.«

Die neue Patientin saß auf der Kante ihres Betts und hielt ihren Mantel trotz des warmen Frühlingstages fest um sich gezogen. Katie O'Hara, eine weitere Lernschwester im zweiten Jahr, versuchte sie zu überreden, den Mantel abzulegen.

»Kommen Sie, Mrs. Lovell«, sagte sie in ihrem sanften irischen Tonfall. »Nach einem schönen, warmen Bad werden Sie sich viel besser fühlen.«

»Ich bleib nicht hier«, knurrte Mrs. Lovell mit aufsässiger Miene unter ihrer wirren Mähne grau gesträhnten Haars. »Ich muss gehen, verstehen Sie. Meine Familie zieht weiter, und ich muss mit ihnen gehen.«

»Ich fürchte, Sie werden nirgendwohin gehen, bis der Arzt hier war und Sie gesehen hat, Mrs. Lovell«, sagte Millie.

»Ich halte nichts von Ärzten. Und ich halte auch nichts von Krankenhäusern. Ich hab denen da unten gesagt, dass ich nicht hier sein sollte.«

»Nun ja, der Doktor wird Ihnen sicher alles erklären, wenn er kommt.« Millie schickte sich an, ihr den Mantel auszuziehen, doch Mrs. Lovell schlug nach ihr wie eine wütende Katze.

»Wagen Sie es nicht, mich anzufassen!«, fauchte sie Millie mit blitzenden schwarzen Augen an. »Ich hab Ihnen doch gesagt, dass ich nicht bleibe. Ich hab in meinen fünfzig Jahren noch nie unter einem Dach geschlafen und werde jetzt bestimmt nicht damit anfangen!«

Millie wandte sich an Katie. »Wenn du sie festhältst, ziehe ich ihr den Mantel aus.«

Doch Katie schüttelte den Kopf. »Ich rühre sie nicht an«, flüsterte sie. »Du weißt doch, was sie ist, oder? Eine Zigeunerin.«

»Na und?«

»Vor Zigeunern muss man sich in Acht nehmen. Sie besitzen übernatürliche Kräfte und können dich ruck, zuck mit einem Fluch belegen.«

Millie lachte. Aber dann sah sie die Furcht in Katies Augen und begriff, dass es ihr bitterernst damit war.

»Was für ein abergläubischer Unsinn!«

»Sie hat recht, Mädel«, murmelte Mrs. Lovell. »Ich kann euch mit einem Zigeunerfluch belegen, wenn ich will.«

»Siehst du?« Katie trat bis zu den Vorhängen zurück. »Ich riskiere das nicht, Benedict, und du solltest es auch nicht tun.«

»Ach, Herrgott noch mal!« Millie wandte sich an Mrs. Lovell. »Hören Sie, es tut mir schrecklich leid, dass Sie nicht mit Ihrer Familie weiterziehen konnten, aber Sie sind krank. Sie haben ein Geschwür an ihrer Niere und brauchen eine gute medizinische Behandlung.«

»Ich kann mich selbst behandeln«, beharrte Mrs. Lovell, die Arme stur über der Brust verschränkt. »Roma brauchen keine Ärzte und deren Medizin.«

Millie unterdrückte einen Seufzer. »Da könnten Sie vielleicht sogar recht haben, aber wir können Sie hier viel schneller heilen. Und je eher es Ihnen wieder besser geht, desto eher werden Sie Ihre Familie einholen können. Denn das würden Sie doch gerne, oder?«

Mrs. Lovell beäugte sie misstrauisch. Aus dem Augenwinkel sah Millie, dass Katie noch weiter von der Frau zurückwich, doch sie selbst gab nicht klein bei.

Schließlich sagte Mrs. Lovell: »Also gut. Tun Sie, was Sie tun müssen. Aber glauben Sie nur ja nicht, ich wäre froh darüber«, fügte sie hinzu und warf Katie, die sich ängstlich hinter Millie wegduckte, einen bösen Blick zu.

»Danke, Mrs. Lovell. Dann lassen Sie uns damit beginnen, es Ihnen bequemer zu machen, ja?«

Sie griff wieder nach dem Mantel der Frau, stieß aber einen erschrockenen Schrei aus, als Mrs. Lovells Hand vorschoss und wie eine Kralle ihr Handgelenk umklammerte.

»Ihr junger Mann ist auf der anderen Seite des Ozeans, nicht wahr?«

Millie erwiderte ihren Blick. »Woher wissen Sie das?«

Mrs. Lovell blickte grinsend zu ihr auf und entblößte dabei ein paar unförmige Zahnstümpfe. »Sie wären überrascht darüber, was ich alles weiß, Mädel.«

Ruby drehte den Wasserhahn am Becken auf und tauchte ihre Hände in das warme Seifenwasser. Es war so viel einfacher, die Wäsche zu machen, wenn man nicht in aller Herrgottsfrühe aufstehen musste, um das Wasser im Waschkessel zu erhitzen oder den Waschbottich in den eisigen Hof hinauszuschleppen. Sie bedauerte ihre Mum, die an jedem Montagmorgen in dem Bewusstsein aufstand, einen äußerst mühsamen Tag mit Schwerstarbeit vor sich zu haben.

Aber Ruby vermisste diese Tage auch. Sie und ihre Mum hatten gewöhnlich viel Spaß bei der gemeinsamen Arbeit und lachten und tratschten über die Nachbarn und die Vorgänge in der Griffin Street. Es war nicht dasselbe, Nicks Hemden in der Küche zu waschen und dabei ganz allein zu sein.

Sie hatte gedacht, sie würde die Ruhe und Stille genießen, sich freuen, die Wohnung ganz für sich allein zu haben und weder ihre lärmenden Brüder noch ihre streitenden Eltern ertragen zu müssen. Aber manchmal hatte sie doch Heimweh nach ihrer Familie und der Griffin Street. Sie saß hier im dritten Stock des Victory House fest, wo es vor der Haustür nur einen schmalen Gehsteig gab und man seine Nachbarn so gut wie nie sah. Wie viel lieber war sie umgeben von der geschäftigen Welt, von Menschen, die nur wenige Schritte von ihrer Hintertür entfernt lachten, weinten und sich miteinander stritten.

Sie vermisste sogar Gold's Garments. Esther Gold und ihr Vater nahmen die Mädchen zwar hart ran, aber es blieb immer noch reichlich Zeit für ein Lachen, wenn sie an ihren Maschinen saßen und stichelten und steppten.

Ruby spülte die Wäsche in kaltem Wasser aus, drehte sie dann durch die Mangel und brachte sie hinaus. Nick hatte auf dem Gang eine Wäscheleine für sie angebracht. Es war ein frischer, windiger Tag gegen Ende April, und überall flatterte Wäsche wie bunte Fähnchen vor den anderen Wohnungen.

»Da war jemand fleißig, wie ich sehe.«

Ruby blickte sich um und sah einen Mann, der mit einem schäbigen Nadelstreifenanzug und einem Hut bekleidet war.

»Es gibt immer viel zu tun an einem Waschtag, nicht wahr?«, sagte er. »Obwohl Sie als moderne junge Frau vermutlich schon eine dieser neuen Waschmaschinen haben, die das alles für Sie erledigen? Wie ich hörte, braucht man nichts weiter zu tun, als sie einzuschalten. Und man hat nie wieder Waschtaghände!«

Ruby verbarg ihre Hände unwillkürlich in den Falten ihres Rocks. »Wer sind Sie?«

»Oh, verzeihen Sie, Madam. Wo hab ich nur meine Manieren gelassen?« Er zog seinen Hut, unter dem einige dünne, fettige Haarsträhnen zutage traten, die er straff über seinen glänzenden kahlen Schädel gezogen hatte. »Bert Wallis, Madam, stets zu Diensten.«

Ruby war noch nie mit Madam angesprochen worden. »Müsste ich schon einmal von Ihnen gehört haben?«

»Wohl eher nicht«, erwiderte er. »Ich vertrete die Finanzierungsgesellschaft Parker and Sons Credit. Sie werden mich hier allerdings ziemlich häufig sehen, nehme ich an.« Sein Blick glitt über die Wohnungen. »Wir haben schon mehrere Kunden im Victory House. Junge Paare wie Sie und Ihr Mann, die ein bisschen Hilfe brauchen können, um über die Runden zu kommen.«

»Ach ja?«, brauste Ruby auf. »Wer sagt, dass wir Hilfe brauchen, um über die Runden zu kommen?«

»Oh, verstehen Sie mich bitte nicht falsch, Madam, ich wollte Sie bestimmt nicht kränken«, sagte er schnell. »Es ist nur so, dass ich aus Erfahrung weiß, wie schwierig es sein kann, wenn man noch ganz am Anfang steht.« Er blickte an ihr vorbei in die Wohnung. »Sie sind doch frisch verheiratet, nicht wahr?«

»Ja, das sind wir.«

»Sehen Sie, das dachte ich mir. Ihr Gatte kann sich glücklich schätzen, wenn ich das mal so sagen darf.« Er schenkte ihr ein schmalziges Lächeln. »Und das hier ist Ihr erstes gemeinsames Zuhause? Wie schön. Aber es ist nicht leicht, nicht wahr, wenn man seine erste eigene Wohnung bezieht? Wahrscheinlich werden Sie sich zunächst einmal mit vielen alten Sachen behelfen müssen, nicht wahr? Aber warum sollten Sie Ihr Eheleben mit einem Haufen ausrangiertem altem Kram beginnen, wenn Sie einen richtigen kleinen Palast aus dieser Wohnung machen könnten?«

Ruby schürzte die Lippen. Sie hatte Nick am Abend zuvor das Gleiche gesagt, doch wie üblich hatte er geantwortet, dass sie sich das nicht leisten konnten.

»Ich kann sehen, dass Sie die Art von junger Dame sind, die die feineren Dinge des Lebens zu schätzen weiß«, sagte Bert Wallis. »Sie möchten, dass alles möglichst schön ist, nicht wahr? Und hier komme ich ins Spiel.« Er trat näher und dämpfte seine Stimme. »Sie nehmen einen Kredit bei uns auf, um jetzt zu kaufen, was Sie brauchen, und zahlen ihn nach und nach in den kommenden Wochen und Monaten zurück.«

Jetzt dämmerte es Ruby. »Wir sollen Schulden machen, meinen Sie?« Sie schüttelte den Kopf. »Damit wäre mein Mann nicht einverstanden.«

»Ich sagte Ihnen doch schon, es ist nicht das, was man Schulden machen nennen würde. Mehr so etwas wie … na ja, auf Ratenzahlung kaufen. Daran ist nichts Beschämendes. Jeder tut es, sogar die Hollywoodstars.«

Das weckte ihr Interesse. »Welche Hollywoodstars?«

Bert Wallis verzog das Gesicht. »An ihre Namen kann ich mich auf Anhieb nicht erinnern, aber ich bin mir sicher, dass ich im *Picturegoer* etwas darüber gelesen habe.«

Ruby schwieg einen Moment und dachte nach. In einer Wochenschau im Kino hatte sie Aufnahmen von Claudette Colberts Haus gesehen, und ihr Schlafzimmer war ein Traum. Und natürlich hätte auch sie viel lieber ein elegantes neues Schlafzimmer statt der durchgelegenen alten Matratze, die sie sich von ihrer Mum geliehen hatten,

Doch sie schüttelte den Kopf. »Meinem Nick würde das trotzdem nicht gefallen.«

»Er braucht es ja nicht zu wissen.« Bert fuhr sich mit der Zunge über die Lippen. »Wir könnten die Formulare jetzt gleich ausfüllen, und dann zahlen Sie mir das Geld nach und nach zurück. Bloß ein paar Schilling in der Woche von Ihrem Haushaltsgeld. Was könnte leichter sein als das?«

So hört es sich jedenfalls an, dachte sie. Ein paar Schilling weniger in der Woche würden sie wahrscheinlich nicht einmal bemerken.

»Stellen Sie sich doch nur mal vor, wie Sie diese Wohnung Ihren Freundinnen vorführen, wenn Sie sie hübsch eingerichtet haben?« Berts Stimme war so leise, dass sie sich in ihren Bann gezogen fühlte, als würde sie hypnotisiert. »Sie würden von allen beneidet werden. Sie könnten sich sogar eine dieser Waschmaschinen kaufen. Denken Sie doch nur daran, was für eine Erleichterung das wäre.«

Ruby senkte den Blick auf ihre Hände, die von der scharfen Kernseife ganz rot und rau geworden waren.

»Hören Sie, hier draußen wird's ein bisschen zu windig«, sagte Bert Wallis und klappte den Kragen seines Jacketts hoch. »Warum gehen wir nicht hinein? Dann könnten wir eine schöne Tasse Tee trinken, und ich erkläre Ihnen alle Einzelheiten …«

KAPITEL SIEBEN

Das Erste, was Dora sah, als sie um sieben Uhr zum Dienst kam, war ein Mann, der auf einer Bank im hinteren Teil des Warteraumes schlief.

Wo war er hergekommen? Der Pförtner hatte erst vor fünf Minuten die Türen aufgeschlossen. Entweder hat der Mann blitzschnell reagiert, dachte sie, oder er war raffiniert genug gewesen, sich über Nacht im Krankenhaus einschließen zu lassen.

Dora blickte sich rasch um und rechnete schon damit, Schwester Percival auf sich zusteuern zu sehen, doch dann erinnerte sie sich, dass die Oberschwester erst in einer Stunde ihren Dienst begann. Penny Willard von der Aufnahme war auch noch nicht erschienen, und Dr. McKay hatte sich in sein Sprechzimmer zurückgezogen. Sie war also alleine mit dem Obdachlosen.

Dora blickte auf den Mann herab, der leise schnarchend und mit einem schäbigen schwarzen Mantel zugedeckt auf der Bank lag. Er war ein Bär von einem Mann mit einem Kopf voller zotteliger dunkler Locken. Er hatte seine Schuhe ausgezogen, und aus Löchern in beiden Socken schauten seine großen Zehen hervor.

»Entschuldigung?« Sie tippte ihn auf die Schulter, aber er rührte sich nicht.

Sie versuchte es erneut. »Entschuldigen Sie ... Mister?« Jetzt regte er sich, grunzte, drehte sich um und schlief ganz einfach weiter. Er war noch jung für einen Obdachlosen, kaum älter als Mitte dreißig, seinem Aussehen nach zu urteilen.

Diesmal schüttelte sie ihn. »He, Sie! Sie können hier nicht schlafen.«

Der Mann öffnete ein braunes Auge und blickte zu ihr auf. »Hm?«

»Ich sagte, Sie können hier nicht schlafen. Das hier ist kein Nachtasyl, verstehen Sie?«

»Oh … natürlich. Entschuldigen Sie, Schwester.« Er setzte sich auf und fuhr sich mit der Hand durchs Haar. »Wie spät ist es?«

»Höchste Zeit für Sie, hier zu verschwinden.« Dora hob seine Schuhe auf und reichte sie ihm.

Er starrte sie verwundert an und blickte dann wieder zu Dora auf. »Tut mir leid … Sie wollen, dass ich gehe?«

»Das wollte ich damit sagen, ja. Es sei denn, Sie sind krank und möchten einen Arzt sehen?« Sie schaute ihn aus schmalen Augen an. »Sind Sie krank?«

Er wirkte tatsächlich ein bisschen benommen. »Ähm … nein«, gab er jedoch mit betretener Miene zu. »Ich bin bloß müde, das ist alles.«

»Und da dachten Sie, Sie könnten sich hier ausschlafen?«

»Na ja …«

»Eine Parkbank war Ihnen wohl nicht gut genug?«

»Nicht wirklich.« Er schwieg einen Moment, als dächte er darüber nach. »Hören Sie, Schwester, ich glaube, Sie haben da vielleicht etwas falsch verstanden …«

»Nein, mein Freund, Sie sind es, der etwas falsch verstanden hat, wenn Sie glauben, Sie könnten hier drinnen Ihren Rausch ausschlafen.«

»Rausch? Oh nein.« Er schüttelte den Kopf. »Wissen Sie, die Sache ist so …«

»Das reicht«, schnitt Dora ihm das Wort ab. »Machen Sie einfach, dass sie fortkommen. Sie lassen hier alles sehr unordentlich erscheinen.«

Sie sah zu, wie er die Füße in seine abgetragenen Schuhe

steckte, und wünschte, sie hätte ihn nicht so angeblafft. Er schien ziemlich harmlos zu sein, der arme Kerl.

»Hören Sie«, sagte sie, »ich würde Sie ja bleiben lassen, wenn ich könnte, aber ich kann es leider nicht. Die Oberschwester hier ist eine blöde alte Kuh, und sie würde mir den Kopf abreißen.« Dora griff in ihre Tasche und zog ein Geldstück heraus. »Hier haben Sie drei Pence. Dafür müssten Sie in dem Café an der Ecke eine Tasse Tee bekommen. Wahrscheinlich lassen die Sie sogar eine Weile im Warmen sitzen, wenn Sie Glück haben.«

»Aber …«

»Schon gut, Sie brauchen mir das Geld nicht zurückzugeben. Tun Sie mir nur den Gefallen und lassen sich hier nicht mehr sehen, ja?«

Er starrte auf die Münze in seiner Pranke. »Ich … ich weiß nicht, was ich sagen soll, Schwester.«

Dora lächelte, als sie ihn durch die Doppeltüren hinausgehen sah. Sie war sehr zufrieden mit sich und ihrer guten Tat, ganz zu schweigen davon, ein weiteres Drama mit Schwester Percival abgewendet zu haben.

Er hatte gerade den Hof überquert, als Penny Willard kam.

»Ach, du meine Güte, ist es schon so spät?« Sie spielte die Überraschte und blickte mit großen Augen zu der Uhr über dem Anmeldeschalter hinauf. »Dann muss mein Wecker nachgehen.«

Dora warf Penny einen skeptischen Blick zu, als sie das Datum auf einer neuen Seite des Anmeldebuchs eintrug. »Nur gut, dass Percival heute Morgen später kommt.«

»Wirklich? Das hatte ich ganz vergessen.« Penny vermied es, Dora anzusehen, als sie eine Ausgabe des *Daily Express* unter ihrem Umhang hervorzog. Dann setzte sie sich an ihren Schreibtisch und begann in aller Ruhe die Zeitung durchzublättern.

Dora starrte sie an. »Was machst du da?«

»Ich muss morgens mein Horoskop lesen, bevor ich meinen Tag beginnen kann.«

»Und was ist mit den Patienten?«

Pennys müder Blick glitt langsam über den noch leeren Warteraum. »Ich glaube nicht, dass wir den Andrang hier nicht bewältigen können, oder?«

»Wenn wir keine Patienten in der Notaufnahme haben, könnten wir doch schon mal mit der heutigen Liste der ambulanten Patienten beginnen?«

Penny warf ihr ein gleichgültiges Lächeln zu. »Nur die Ruhe, Doyle. Warum sollten wir es nicht mal ausnutzen, dass Percy nicht da ist und die Peitsche schwingt?«

Und dann las sie ihr Horoskop und bestand darauf, Dora auch das ihre vorzulesen. Zwei Patienten erschienen, aber Penny ließ sich nur ihre Namen geben und schickte sie zum Warten zu den Bänken, bis sie bereit war, sich um sie zu kümmern.

»Sie werden heute eine unerwartete Begegnung haben«, las Penny vor. »Das hört sich interessant an.«

»Nicht wirklich«, erwiderte Dora. »Unerwartetes begegnet uns hier jeden Tag. Man weiß nie, was man zu sehen bekommt.«

Wie zum Beweis, dass sie recht hatte, flogen plötzlich die Doppeltüren auf, und ein junger Polizist, der einen Mann hinter sich herzog, kam herein. Angesichts des festen Griffs, mit dem er den Arm des Mannes umklammert hielt, war es schwer zu sagen, ob der Polizist ihn aufrecht hielt oder an der Flucht zu hindern versuchte.

Penny Willard setzte sich gerader hin und zupfte eine blonde Locke unter ihrer Haube hervor. »Na, wer ist das denn? Er sieht wirklich nett aus.«

Dora erkannte den Polizisten sofort. Sie sah zu, wie er auf den Empfangstisch zukam und den Mann hinter sich herzog.

»Wir haben den hier heute Morgen erwischt, als er in ein Lagerhaus einbrechen wollte«, sagte er. »Das Komische ist, dass er, sobald wir ihn auf der Wache hatten, über Bauchschmerzen zu klagen begann.«

»Ich hab eine Blinddarmentzündung, ich weiß, dass es so ist.« Der Mann versuchte, sich aus dem Griff des Polizisten zu befreien, doch der hielt ihn eisern fest.

»Sie werden auch noch einen gebrochenen Arm haben, wenn Sie keine Ruhe geben.« Der Polizist blickte auf und bemerkte sie. »Dora?«

»Hallo, Joe.«

»Ich wusste gar nicht, dass du in der Notaufnahme arbeitest?«

»Ich habe auch erst vor ein paar Wochen hier begonnen.«

Penny blickte von einem zum anderen. »Kennt ihr beide euch?«

»Das will ich meinen.« Joe schenkte Dora ein warmes Lächeln. »Wir gehen miteinander. Ist es nicht so, Dora?«

»Ich …« Sie war sich bewusst, dass Pennys interessierter Blick auf ihr ruhte. Bevor sie jedoch mehr sagen konnte, erschien Schwester Percival und fuhr wie ein zischender Feuerball zwischen sie.

»Sie beide! Was tun Sie da?« Die Worte kamen knapp und schneidend über ihre Lippen, aber vor allem viel zu schnell für Dora und Penny, um sich verteidigen zu können. »Sie flirten doch wohl hoffentlich nicht, obwohl Patienten warten? Ich weiß, wie ihr jungen Schwestern seid. Mannstoll, alle miteinander.« Ihr Blick huschte zu Joe und dem anderen Mann. »Kann ich Ihnen helfen?«

»Wachtmeister Armstrong hat einen Häftling hergebracht, der über Bauchschmerzen klagt«, griff Dora schnell ein, während Penny noch versuchte, ihren *Daily Express* unter dem Empfangsschalter zu verstecken.

»Dann sollten Sie dafür sorgen, dass er behandelt wird«, erwiderte Schwester Percival streng. »Bringen Sie ihn auf der Stelle ins Behandlungszimmer drei und informieren Sie Dr. McKay. Nicht Sie«, fügte sie hinzu, als Joe ihnen folgen wollte. »Nur Patienten und medizinischem Personal ist der Aufenthalt in den Behandlungsräumen erlaubt.«

»Aber er ist verhaftet ...«

»Ich sagte, nur Patienten und medizinischem Personal.« Schwester Percival richtete sich zu ihrer vollen Größe auf, wobei sie Joe kaum bis an die Schulter reichte. »Machen Sie sich keine Sorgen, Wachtmeister, wir passen schon auf, dass er nicht durch ein Fenster entwischt.«

Dr. McKay nahm sich viel Zeit mit dem Mann, betastete seinen Bauch, hörte sein Herz ab und stellte ihm Fragen.

»Tut mir leid, junger Mann, aber ich fürchte, ich kann nichts bei Ihnen finden«, sagte er schließlich. »Das bedeutet jedoch nicht, dass Sie nicht krank sind«, fuhr er fort, als der Mann ein langes Gesicht zog. »Wahrscheinlich wäre es das Beste, Sie zu weiteren Untersuchungen auf einer Station unterzubringen.« Er wandte sich an Dora. »Sorgen Sie bitte dafür, dass dieser Patient nach oben auf die Judd gebracht wird, ja?« Er sah den Mann an, der Mühe hatte, sich ein Grinsen zu verkneifen. »Ich hoffe, Sie sind damit einverstanden, Mr. Treddle?«

»Aber ja, Doktor. Ich denke, ich kann es noch ein paar Tage aufschieben, ins Loch zu gehen!«

Als Dora in den Warteraum zurückkam, stand Joe Armstrong am Empfang und plauderte mit Penny Willard. Dora hörte ihr Lachen bis auf den Gang hinunterschallen.

Dann sah er Dora und ging auf sie zu.

»Wo ist er?«

»Dr. McKay will ihn stationär aufnehmen, um weitere Untersuchungen durchzuführen.«

Joe machte ein langes Gesicht. »Du scherzt doch wohl, oder? Der Mann hat überhaupt nichts.«

»Das können wir nicht wissen, bis die Untersuchungen durchgeführt wurden.«

Er seufzte. »Mein Sergeant wird nicht begeistert darüber sein.«

»Dann sollte er mit Dr. McKay darüber reden.« Dora ging zur Aufnahme, um den Krankenbericht des nächsten Patienten zu holen. Joe folgte ihr.

»Kann ich dich kurz sprechen?«

»Tut mir leid, ich arbeite.«

Zu ihrem Pech erschien Schwester Percival in ebendiesem Augenblick. »Ich möchte, dass Sie jetzt Frühstückspause machen, Doyle«, sagte sie.

Dora war bewusst, dass Joe neben ihr stand und zuhörte. »Meinen Sie jetzt sofort, Schwester?«

Schwester Percival warf einen Blick auf ihre Uhr. »Falls nicht irgendjemand den Zeitplan für den Speisesaal geändert hat, ohne mich zu informieren, ja«, sagte sie. »Also gehen Sie, Schwester. Und ich möchte, dass Sie keine Minute später als halb elf wieder hier sind.«

Joe folgte Dora durch den Warteraum und auf den Hof hinaus. »Ich hab dich schon ewig nicht mehr gesehen«, sagte er.

»Ich war in letzter Zeit auch sehr beschäftigt.«

»Und ich habe in diesem Schwesternheim schon so oft angerufen, dass dieser alte Drache von einer Heimschwester mich langsam gründlich leid sein muss!« Er wollte Doras Hand ergreifen, aber sie entzog sie ihm.

»Das Büro der Oberin ist gleich dort drüben«, zischte sie. »Willst du, dass ich gefeuert werde?«

»Aber du hast mir gefehlt.«

Sie wandte sich ihm zu, um ihn zum ersten Mal richtig anzusehen. Sie konnte verstehen, warum Penny Willard so ungeniert mit ihm geflirtet hatte. Joe Armstrong sah ja auch sehr attraktiv aus in seiner Polizistenuniform. Er hielt seinen Helm unter einem Arm, und sein blondes Haar schimmerte im Frühlingssonnenschein.

Er hatte alles, was sie sich bei einem Freund gewünscht hätte. Und dennoch …

Dennoch war er nicht Nick Riley. Sie war wütend auf sich selbst, dass sie so dachte, aber so war es nun einmal.

Sie und Joe waren in den vergangenen Wochen ein paarmal miteinander ausgegangen, und in dieser Zeit hatte sie geradezu verzweifelt versucht, sich in ihn zu verlieben. Sie hatte gehofft, dass es früher oder später zwischen ihnen funken würde, wenn sie nur genügend Zeit mit ihm verbrachte. Doch das war leider nicht geschehen, und inzwischen hatte sie die Hoffnung aufgegeben, dass es jemals dazu kommen würde.

»Wann werde ich dich endlich wiedersehen?«, fragte er.

»Ich bin mir nicht sicher, wann ich meinen nächsten freien Tag bekomme.«

»Aber irgendeine Ahnung wirst du doch wohl haben?«

Dora holte tief Luft. Sie wollte ihm sagen, dass sie es für besser hielt, dass sie sich nicht mehr sahen, aber seine grünen Augen schauten sie so flehend an, dass sie sich nicht dazu durchringen konnte, es zu tun.

»Nächsten Donnerstag«, sagte sie. »Vorausgesetzt natürlich, dass ich freibekomme.«

Joe grinste. »Das ist mein Mädchen! Ich werde dich zum Tanzen ausführen.«

»Muss das sein?«, widersprach Dora. »Nach vierzehn Stunden auf den Beinen wird mir ganz sicher nicht nach Tanzen sein.«

»Dann gehen wir eben ins Kino. Du darfst auch mit mir in der letzten Reihe sitzen, wenn du brav bist.«

Bevor sie es verhindern konnte, beugte er sich vor und gab ihr einen langen, harten Kuss auf ihre Lippen.

»Joe!« Sie stieß ihn fort. »Was tust du?«

»Etwas, was ich schon sehr lange tun wollte.«

»Aber musstest du es hier tun? Weiß der Himmel, wer uns zusieht ...«

Nervös blickte sie sich um – und entdeckte auch prompt Nick Riley, der rauchend vor dem Pförtnerhäuschen stand. Dora war sich nicht einmal sicher, ob er sie gesehen hatte, und trotzdem hatte sie das Gefühl, bei etwas Verbotenem ertappt worden zu sein.

»Du gehst jetzt besser«, sagte sie zu Joe und gab ihm einen kleinen Schubs in Richtung Tür.

»Dann sehen wir uns am nächsten Donnerstag.«

»Vorausgesetzt, dass ich dann freihabe«, erinnerte sie ihn.

»Das solltest du besser!«, entgegnete er grinsend.

Penny Willard wartete schon auf Dora, als sie von ihrer Frühstückspause zurückkam. »Ich nehme an, das war die unerwartete Begegnung, die dein Horoskop dir prophezeit hat«, sagte sie. »Du hast ihn *geheim gehalten*. Warum hast du mir nicht erzählt, dass du einen Freund hast?«

Dora zuckte mit den Schultern. »Wir sind nur ein paarmal miteinander ausgegangen.«

»Trotzdem würde ich ihn mir warmhalten. Er scheint echt nett zu sein. Und man kann ja sehen, wie verknallt er in dich ist.«

»Ja«, seufzte Dora, und ihr Blick glitt wieder zu den Doppeltüren. »Ja, das ist er offenbar, nicht wahr?«

Und genau das war das Problem. Sie wollte Joe nichts vormachen und ihn dann irgendwann verletzen. Aber er war so hartnäckig, dass es schwer war, Nein zu sagen.

Vielleicht wirst du nach nächster Woche ja gar nicht mehr Nein sagen wollen, sagte sie sich ermutigend. Nach einer weiteren Verabredung mit ihm würde sie wissen, ob sie die Sache beenden wollte.

Schwester Percival tauchte wieder auf, wie immer scheinbar aus dem Nichts, wie ein Schachtelmännchen.

»Da sind Sie ja«, sagte sie. »Dr. Adler möchte, dass Sie ihm bei einer Vergiftung in Behandlungszimmer zwei zur Hand gehen.«

»Dr. Adler?«

»Ja. Er ist wieder da, hat Ihnen das niemand gesagt? Er kam heute Morgen in aller Frühe aus der Schweiz zurück. Der arme Mann, er ist bestimmt todmüde. Aber er ist so engagiert, dass er auf direktem Weg zur Arbeit kam.« Sie strahlte förmlich vor Begeisterung über Dr. Adlers Selbstlosigkeit.

Endlich werde ich ihn kennenlernen, dachte Dora, als sie den Gang hinunterging. Sie hatte schon so viel Gutes über den berühmten und brillanten Jonathan Adler gehört, dass sie sich fragte, ob die Wirklichkeit all dem überhaupt entsprechen konnte.

Doch als sie die Tür zum Behandlungszimmer aufstieß, erkannte sie sofort, dass sie sich schon begegnet waren. Sie sah sich einem jungen Mann gegenüber, der sich in eine Schüssel übergab – und einem weiteren Mann, der der vermeintliche Obdachlose war, den sie gleich nach Dienstbeginn heute Morgen aus dem Warteraum hinausgeworfen hatte.

Inzwischen hatte er seinen schäbigen schwarzen Mantel gegen einen weißen Kittel getauscht, aber Dora erkannte ihn sofort wieder.

»Ah, Schwester Doyle.« Dr. Adlers Gesicht blieb unbewegt unter der wirren Mähne dunkler Locken. »Mr. Creasey hier denkt, er könnte versehentlich ein wenig Rattengift zu sich genommen haben. Schauen wir doch mal, ob wir ihm den Magen ausspülen können.«

KAPITEL ACHT

Der Shoreditch Working Men's Club war brechend voll mit Gästen, die zum Donnerstagabend-Kampf gekommen waren. Eine Dunstglocke aus Zigarettenrauch vermischte sich mit dem Geruch von Schweiß und abgestandenem Bier. Männer scharten sich mit Bierkrügen in den Händen um den Ring und johlten oder schrien den Kämpfern aufmunternde Worte zu.

»Komm schon, Nicky-Boy! Zeig ihm deine Rechte!«

»Hört auf, herumzutänzeln, ihr seid hier nicht beim verdammten Royal Ballet!«

Nick war sich des Gesichtermeers um ihn herum kaum bewusst, da seine ganze Aufmerksamkeit sich auf seinen Gegner konzentrierte. Little Billy Brown reichte ihm kaum bis ans Kinn, aber er war stark, stämmig und widerstandsfähig wie Teakholz. Nick hatte ihn schon ein paarmal in die Seile befördert, doch Billy konnte anscheinend nicht genug bekommen und kam immer wieder zurück. Auch er hatte ein paar gute Schläge ausgeteilt: Nick fühlte, wie Blut von seiner Schläfe herunterlief, dort wo Little Billy ihn an der Augenbraue getroffen hatte, aber sein Körper war viel zu angespannt, um Schmerz zu spüren. Der würde erst später kommen, wenn der Kampf vorüber war.

Little Billy grinste ihn an, seine Zähne waren rot von einer aufgeplatzten Lippe. »Zeig uns, was du hast, du großer Kämpfer«, spottete er.

Nick blieb konzentriert und schloss das Geplänkel aus seinem Bewusstsein aus. Billy versuchte, ihn zu reizen, aber Nick wusste jetzt, mit wem er es zu tun hatte. Little Billy mochte ein zäher Bursche sein, aber er hatte keine große Schlagkraft.

»Lass ihn nicht zu nahe an dich heran«, hatte Nicks Trainer Jimmy ihn nach der vierten Runde gewarnt. »Siehst du, was für kurze Arme er hat? Er muss an dich heran, damit die Hiebe sitzen. Und wenn er erst mal an dir dran ist, ist er gefährlich.«

Little Billy ermüdete auch allmählich. Er war Ende dreißig und boxte schon, seit er in Nicks Alter gewesen war, und das machte sich bei seinem Durchhaltevermögen bemerkbar. Dieses blutige Grinsen war nur Schau. Er konnte sich kaum noch aufrecht halten, als Nick ihm immer wieder auswich, ihn zwang, im Kreis herumzutänzeln. Er spielte Katz und Maus mit ihm.

Nick respektierte Little Billy zu sehr, um ihn demütigen zu wollen, und er musste für die Menge eine gute Schau abziehen. Aber es wurde spät, er hatte heute schwer gearbeitet, und er wollte nur noch nach Hause und ein bisschen Schlaf bekommen.

Und so legte er den Zeitpunkt bis auf die Sekunde genau fest. Für einen Moment ließ er seine Deckung schleifen und lockte Little Billy damit an sich heran. Ein klügerer Kämpfer wäre vielleicht nicht darauf hereingefallen, doch Billy war gierig. Als er näher trat, war Nick bereit für ihn. Mit tödlicher Genauigkeit stieß er mit angewinkeltem Arm die Faust nach oben und gegen das Kinn des Mannes, in einem Aufwärtshaken, der Little Billy von den Beinen riss und ihn durch den Ring schleuderte.

Der Schiedsrichter stand über ihm und zählte ihn aus, aber Nick wusste bereits, dass es vorbei war. Little Billy machte keinen Versuch mehr, sich vom Boden zu erheben, während die Menge brüllte und johlte.

Danach gingen die beiden Kämpfer gemeinsam den schmalen, dunklen Gang hinunter, der zu dem Umkleideraum der Boxer führte. Jimmy, Nicks Trainer, folgte ihnen.

»Guter Kampf heute Abend«, sagte Billy mit gedämpfter Stimme wegen seines geschwollenen Munds. »Gut gemacht, Junge.«

»Du auch. Tut mir leid, das mit dem Aufwärtshaken.«

»Ich hab's nicht anders gewollt. Ich wurde ein bisschen zu gierig, was?« Billy rieb sich bedauernd das Kinn. »Trotzdem war's ein fairer Kampf.«

»Ich hoffe nur, dass Terry zahlt.« Jeder wusste, dass Terry Willis, der Veranstalter, sich schon des Öfteren davongemacht hatte, ohne seine Boxer zu bezahlen.

»Ich glaube nicht, dass er sich traut, dich übers Ohr zu hauen!« Billy grinste.

Die Tür zum Umkleideraum klemmte wie immer. Nick warf sich mit der Schulter dagegen und stieß sie auf. In dem engen, kleinen Hinterzimmer warf die nackte Glühbirne ein dürftiges Licht auf den vom Nikotin vergilbten Anstrich. Kästen mit leeren Bierflaschen nahmen fast den ganzen Raum ein und erfüllten die Luft mit dem Geruch nach abgestandenem Bier.

Joe Armstrong hockte sich auf einen der Bierkästen und zog seine Sporttasche zu sich heran. Er sprang auf, als die Tür aufging, setzte sich dann aber wieder.

»Was machst du denn hier?«, fragte Little Billy.

»Ich will Terry sehen.«

»Nach dem, was du Johnny Jago angetan hast, glaub ich nicht, dass er dich sehen will.«

Joe schob das Kinn vor. »Ich habe ihn anständig und fair besiegt.«

»An diesem Kampf war gar nichts anständig und fair.« Little Billy wandte sich Nick zu. »Hast du's nicht gehört? Er wurde disqualifiziert, weil er den Ellbogen benutzte. Er hat ihn voll im Gesicht erwischt, ihm die Nase zu Brei geschlagen und ihn ins Krankenhaus geschickt.«

Nick blickte zu Joes grinsendem Gesicht auf und war versucht, ihm mit der Faust hineinzuschlagen. Er kannte Johnny Jago gut. Er war nicht der größte Boxer der Welt, aber seine

Familie war auf das Geld angewiesen, das er von seinen Kämpfen heimbrachte. Alle wussten, dass man ihn schonen und gut dastehen lassen musste, damit Terry ihn auch weiter buchte.

Alle außer Joe Armstrong.

Nick schnürte seine Handschuhe auf. »Ich nehme an, dass Terry noch in der Bar ist und seine Einnahmen zählt, falls du ihn sehen willst.«

»Ich werde hier auf ihn warten.«

»Nein, das wirst du nicht.« Nick sprach in ruhigem Ton und hielt den Blick auf Joe gerichtet. »Wir haben hier keinen Platz für unfaire Kämpfer.«

Sie starrten sich an wie verwilderte Katzen, die sich in einer Gasse trafen. Schließlich war es Joe, der zuerst den Blick abwandte.

»Ich hab keine Zeit für so was«, murmelte er und griff sich seine Tasche. »Sagt Terry, dass ich ihn gesucht habe.«

»Gut gemacht, mein Freund«, sagte Little Billy, als die Tür hinter Joe zufiel. »Wir brauchen keine Typen wie ihn in diesem Sport.«

Aber Nick dachte nicht ans Boxen. In Gedanken war er bei Dora und dem Bild von ihr und Joe, wie sie sich vor dem Krankenhaus geküsst hatten, das ihm wie im Gedächtnis eingebrannt war. Er wusste, dass er kein Recht hatte, eifersüchtig zu sein, doch als er sie zusammen gesehen hatte, war er nahe daran gewesen, zu ihnen hinüberzulaufen und Joe von ihr wegzureißen. Dora verdiente etwas Besseres als Joe Armstrong.

In Wahrheit war es sogar vielmehr so, dass er auch dann nicht zufrieden gewesen wäre, wenn Dora mit dem König höchstpersönlich ausgegangen wäre. Aber sie hatte ein Recht auf ein eigenes Leben, aus dem er sich heraushalten musste.

Terry Willis kam wenig später in den Umkleideraum, um Nick sein Geld zu geben. Er gab sich gern ein bisschen wie ein

Gangster in Nadelstreifenanzug und Homburg, den er tief in sein schmales, wieselartiges Gesicht heruntergezogen trug.

»Leicht verdientes Geld, was, Nicky-Boy?« Er grinste Nick an, als wüsste er, wie es sich anfühlte, einen Boxkampf zu gewinnen.

»Du warst es ja nicht, der verdroschen wurde.« Nick zuckte zusammen, als sein Trainer Jimmy seine angespannten Schultern massierte.

Terry kicherte boshaft. »Das stimmt allerdings, mein Junge.« Er zählte Nick zwei Pfundnoten in die Hand. »Und es ist noch mehr da, falls du ein paar Kämpfe mehr willst?«

»Er übernimmt schon genug Kämpfe«, warf Jimmy ein. »Es wäre nicht gut für ihn, sich völlig zu verausgaben, wenn er eine Chance auf einen Titelkampf haben will.«

»Dann schielst du also immer noch nach Amerika rüber und willst ganz groß dort rauskommen? Willst rübergehen und den Großen zeigen, was ein Junge aus dem East End kann?«

»So ungefähr.« Nick war jedoch weder an Ruhm noch an Ansehen interessiert. Er wollte nur einen Arzt finden, der seinem Bruder helfen konnte. Er hatte gehört, dass in Amerika alle möglichen medizinischen Wunder vollbracht wurden, und wenn es dort eine Chance gab, Danny wieder gesund zu machen, musste er sie ergreifen.

»Schade«, sagte Terry. »Du bist bereits einer der besten Boxer in London. Ich könnte dich zweimal in der Woche in den Ring schicken, wenn du interessiert wärst.«

Nick dachte darüber nach. Er hatte all das Geld, das er mit seinen Boxkämpfen verdient hatte, zurückgelegt und nach vier Jahren schon eine hübsche Summe angespart – genug zumindest, um ihn und Danny nach Amerika zu bringen. Aber trotzdem hatte er noch einen weiten Weg vor sich.

Und jetzt war es nicht nur Danny, an den er denken musste.

»Ich bin interessiert«, sagte er.

Terry verzog seinen Mund voller Goldzähne zu einem breiten Grinsen. »Das ist mein Junge. Warte nur ab, dann wirst du sehen, dass ich uns beide reich mache.«

»Wenn er dich nicht vorher umbringt!«, murmelte Jimmy, als Terry gegangen war. Er starrte Nick wütend an, als er seine Tasche packte. »Bist du bescheuert, Mann? In drei Monaten wirst du völlig aufgerieben sein.«

»Ich komme schon klar.«

»Waren wir uns nicht einig, dass du nur noch Titelkämpfe annimmst? Du wirst nicht mehr in Form sein, um nach Amerika zu gehen, wenn Terry Willis dich erst mal in der Mangel gehabt hat.«

»Ich gehe nach Amerika, mach dir deswegen keine Sorgen.« Nick warf die abgenutzten Boxhandschuhe in seine Tasche. »Aber vergiss nicht, dass ich auch eine Familie habe, für die ich sorgen muss.«

Ruby hatte ihn bestürmt, neue Möbel für die Wohnung zu kaufen, seit sie vor vier Wochen dort eingezogen waren. Und die Nörgelei war noch schlimmer geworden, seit sie von seinen Ersparnissen erfahren hatte.

»Überleg doch nur mal, was wir mit dem Geld tun könnten«, sagte sie. »Wir könnten eine dreiteilige Couchgarnitur kaufen ... und ein neues Bett. Ich bin es leid, auf dieser alten Matratze zu schlafen, du etwa nicht?«

»Wir bekommen bald ein neues Bett«, versprach Nick. »Aber ich habe dir bereits gesagt, dass dieses Geld dafür bestimmt ist, Danny nach Amerika zu bringen.«

»Und was glaubst du, was sie dort mit ihm machen werden?«, versetzte Ruby barsch. »Machen wir uns doch nichts vor! Es bräuchte schon ein Wunder und keine Medizin, um diesen Jungen wieder geradezubiegen!«

»Trotzdem muss ich es versuchen. Falls auch nur die kleinste Chance besteht …«

Ruby seufzte. »Das sind bloß Hirngespinste, Nick. Außerdem hast du jetzt eine Frau. Du solltest an mich und unsere Zukunft denken, uns an die erste Stelle setzen …«

»Das tue ich«, beteuerte er. »Aber ich muss mich auch um Danny kümmern. Du verstehst das nicht, Rube. Ich bin der Einzige, den er hat …«

Aber nichts, was er sagte, änderte etwas. Ruby hatte ihm die kalte Schulter gezeigt und sich in jener Nacht im Bett von ihm abgewandt. Bis zum Morgen hatte sich der Sturm verzogen, und sie war wieder ganz die Alte und lachte und scherzte, als sie Speck für sein Frühstück briet. Aber ihre Worte hatten ins Schwarze getroffen. Sie hat recht, dachte Nick. Er musste jetzt genauso für sein Baby wie für seinen Bruder sorgen.

Müde stapfte er durch die schmalen dunklen Straßen heim. Es war beinahe Sperrstunde, und an jeder Straßenecke torkelten Betrunkene aus den Pubs, liefen ihm schwankend über den Weg oder fielen ihm lachend und singend in die Arme. Aber auch Arbeiter, die nach ihrer Fabrikschicht auf dem Heimweg waren, radelten müde an ihm vorbei.

Es war fast elf Uhr, als er seine Wohnung betrat. Er hatte kaum seine Tasche an der Eingangstür abgestellt, als Ruby aus der Küche kam, um ihn zu begrüßen.

»Na? Wie ist es gelaufen? Hast du ihn k.o. geschla…« Ihr Lächeln wurde zu einem Ausdruck der Besorgnis, als sie sein Auge sah. »Du meine Güte, das ist aber eine böse Platzwunde!«

Sie trat näher und hob die Hand, aber Nick zog ruckartig den Kopf zurück. »Fass sie nicht an, sonst reißt sie nur wieder auf. Sie wird verheilen, wenn ich sie erst mal gesäubert habe.«

»Lass mich das tun.« Sie nahm seine Hand und zog ihn in die Küche. »Du weißt doch wohl, dass du dort morgen ein richtiges

Veilchen haben wirst? Gott weiß, was dein Chef im Krankenhaus dazu sagen wird. Du musst Salzwasser darauf geben, damit die Wunde sich nicht entzündet …«

Doch Nick hörte ihr gar nicht zu. Er war wie angewurzelt in der Tür stehen geblieben und starrte den seltsamen Apparat an, der mitten in der Küche stand. Er sah aus wie ein weißes Fass auf drei Beinen mit Deckel.

»Wo kommt das denn her?«

Ruby strahlte ihn an. »Es ist eine Waschmaschine. Sie kam heute Morgen. Ist sie nicht fantastisch? Es ist der letzte Schrei.«

»Ich kann sehen, was es ist. Aber woher hattest du das Geld?«

»Ach, darüber mach dir mal keine Gedanken. Ich hab's auf Ratenzahlung gekauft. Für nur zweieinhalb Shilling die Woche.« Da sie gerade das Salz aus dem Schrank nahm, konnte Nick ihr Gesicht nicht sehen.

Aber er spürte, wie Wut in ihm hochkochte, die sein geschwollenes Auge wieder heftig pochen ließ. »Ich hatte dir doch gesagt, dass ich nichts auf Pump in dieser Wohnung haben will!«

»Zu spät. Ich habe die Formulare bereits unterschrieben«, entgegnete Ruby ruhig, aber sie wagte nicht, ihn anzusehen, als sie Wasser in eine Schüssel laufen ließ.

»Das werden wir ja sehen! Du wirst gleich morgen früh zu dem Laden gehen und den Leuten sagen, dass du einen Fehler gemacht hast!«

»Das werde ich nicht tun! Und jetzt setz dich hin und lass dir das Auge baden. Es blutet schon wieder.«

»Das ist mir egal! Du hattest kein Recht, Schulden zu machen, ohne es vorher mit mir zu besprechen.«

»Ich hatte es mit dir besprochen, oder hast du das schon wieder vergessen?«

»Und ich hatte Nein gesagt!«

Ruby verdrehte die Augen. »Herrgott noch mal, Nick, es ist

doch bloß eine Waschmaschine. Und die Raten sind doch wirklich klein.«

»Klein für wen? Und zahlen müssen wir sie trotzdem.«

»Ja, aber nur zweieinhalb Schilling in der Woche. Mr. Wallis sagte ...«

»Und wer ist Mr. Wallis, wenn ich fragen darf?«

»Er arbeitet für Parker's, die Finanzierungsgesellschaft.«

»Ein Kredithai!« Nicks Lippen kräuselten sich verächtlich.

»So ist das nicht. Er hilft nur jungen Paaren wie uns ...«

»Indem er dafür sorgt, dass wir uns verschulden? Das ist wirklich eine große Hilfe!« Nick ließ sich auf den Stuhl am Küchentisch fallen. Die Schmerzen nach dem Kampf begannen jetzt wieder seinen ganzen Körper zu durchfluten. Jeder Muskel schien gleichzeitig vor Schmerz zu pochen. »Wir schwimmen nicht im Geld, Ruby. Da wollen wir keine Schulden machen, schon gar nicht jetzt, wo das Baby unterwegs ist ...«

»Und ich will auch nicht, dass die Leute denken, wir wären arm wie Kirchenmäuse!«, versetzte Ruby. »Ich schäme mich, jemanden hereinzulassen bei all diesem schäbigen alten Krempel hier. Ich will nicht, dass die Leute auf uns herabschauen und denken, wir wären nicht gut genug ...«

»Sie werden auf uns herabschauen, wenn der Gerichtsvollzieher kommt!«

»Sei nicht albern. Niemand wird den Gerichtsvollzieher schicken. Wir werden das schon schaffen.«

»Ja, wenn wir von nichts weiter als Luft und Liebe leben.«

Ruby schwieg einen Moment, dann schien ihr Ärger nachzulassen. Als sie sich Nick wieder zuwandte, lächelte sie.

»Lass uns nicht streiten, Nick«, sagte sie leise, während sie einen Wattebausch in die Schüssel tauchte und dann sanft sein Auge damit abtupfte. Nick schrak zusammen, als das Salzwasser in der Wunde brannte. »Ich weiß, dass ich mit dir darüber hätte reden sollen. Aber findest du nicht auch, dass es eine fabelhafte Waschmaschine ist?«, redete sie ihm zu. »Und ist es nicht schön, dass ich die ganze Wäsche jetzt nicht mehr per Hand erledigen muss? Du würdest doch nicht wollen, dass ich die schwere nasse Wäsche herumschleppen muss, oder? All dieses schwere Heben ... und das Schrubben und Ausspülen der Bettwäsche unter dem Hahn?«

Nick erwiderte ihren Blick und erkannte, wie geschickt er manipuliert wurde. Ruby wusste genau, was sie sagen und wie sie ihn mit ihren großen blauen Augen ansehen musste, um ihn dazu zu bringen, das zu tun, was sie wollte.

Aber diesmal nicht. »Die Waschmaschine geht zurück«, sagte er. »Ich habe dir gesagt, dass wir eine kaufen werden, wenn ...«

Aber Ruby hörte gar nicht weiter zu. Ihre Augen verloren ihre Sanftheit und wurden wieder hart und kalt wie Eis. »Wann denn, Nick? Am Sankt-Nimmerleins-Tag? Ich will jetzt eine!«, fauchte sie und stampfte mit dem Fuß auf. »Warum muss ich leben wie meine Mum, knausern und jeden Penny dreimal umdrehen, weil ihr Mann zu geizig ist, um etwas dagegen zu tun?« Sie warf den Wattebausch hin und stieß die Schüssel mit einer wütenden Armbewegung vom Tisch herunter. Sie zerbrach auf dem Boden, Porzellanscherben und Wasser spritzten in alle Richtungen.

»Da – jetzt sieh nur, wozu du mich gebracht hast!«, kreischte sie. »Und eine neue Schüssel werde ich wohl auch nicht bekommen, nehme ich an!« Dann brach sie in Tränen aus.

»Ruby ...«

»Hau ab, Nick. Ich will nichts mehr von dir hören!«

Sie floh aus der Küche, und er hörte die Schlafzimmertür zuschlagen. Müde rappelte er sich hoch und begann aufzuräumen. Seine Seiten schmerzten noch mehr, als er sich bückte, um die Scherben aufzuheben, und für einen Moment war er versucht, sie liegen zu lassen, aber er wusste auch, dass Ruby nicht aufräumen würde. Sie konnte ein stures kleines Biest sein, wenn sie wollte.

Ich ertrag das nicht mehr, dachte er. Er hatte einen langen Tag gehabt, sein ganzer Körper war wund und voller Blutergüsse. Er wollte sich einfach nur auszuruhen.

Schmerzerfüllt taumelte er ins Badezimmer, kniete sich dort hin und zog eine Ecke des Linoleumbelags zurück. Beim Einzug hatte er eine lockere Bodendiele entdeckt, die ein ideales Versteck für seine Ersparnisse abgab.

Er tastete in dem schmalen Raum unter den Dielen herum und zog die rostige Keksdose hervor, nahm zwei Pfundnoten heraus, steckte sie in seine Tasche und legte die Dose in ihr Versteck zurück.

Ruby hatte ihn aus dem Schlafzimmer ausgeschlossen.

»Ruby?« Er rappelte an dem Türknopf. »Lass mich herein, Ruby.«

»Geh weg«, hörte er ihre gedämpfte Stimme von der anderen Seite der Tür.

Er spürte, wie heiße Wut in ihm aufflammte und wie eine Hitzewelle durch seine Adern raste. »Wenn du die Tür nicht aufmachst, trete ich sie ein«, drohte er.

Hinter der Tür blieb alles still. Nick lehnte sich mit der Schulter dagegen und war bereit, die schöne neue Tür gnadenlos zu zersplittern.

Doch da öffnete sie sich plötzlich, und Ruby stand vor ihm, das Gesicht verquollen vom Weinen. Ohne ihre gewohnte Maske aus Make-up und mit dem blonden Haar, das in weichen Wellen ihr blasses Gesicht umgab, sah sie aus wie ein verletzliches Kind.

»Was?«, fragte sie. »Wenn du jetzt wieder anfangen willst zu meckern …«

»Nein.« Er streckte seine Hand aus, und Ruby starrte auf das Geld herab.

»Was ist das?«

»Das Geld für die Waschmaschine. Da du so erpicht darauf bist, sie zu behalten, wirst du morgen zu dem Geschäft hinuntergehen und sie bezahlen.«

»Oh Nick!« Sie erhob den Blick zu ihm, und Hoffnung glomm in ihren Augen auf. »Meinst du das auch wirklich ernst?«

»Nur dieses eine Mal. Und von jetzt an werden keine Schulden mehr gemacht, verstanden?«

Sie umarmte ihn so stürmisch, dass sie ihn dabei beinahe umstieß.

»Keine Schulden mehr, versprochen«, sagte sie.

KAPITEL NEUN

»Haben Sie schon von der Zigeunerin gehört, Schwester, die behauptet, sie könne die Zukunft vorhersagen?«

Millie unterdrückte einen Seufzer. Die Nachricht von Mary Ann Lovells angeblichen übersinnlichen Kräften hatte sich schnell herumgesprochen, seit sie vor ein paar Wochen im Nightingale eingeliefert worden war. Und wohin Millie auch ging, überall schienen die Patienten von dieser Frau zu reden.

So war auch Florrie Hibbert lebhafter, als Millie sie seit Langem gesehen hatte. Die arme Frau hatte so viele Untersuchungen über sich ergehen lassen müssen, seit sie mit Bluterbrechen eingeliefert worden war, aber bisher konnte ihr niemand sagen, was mit ihr nicht stimmte. Sie hatte tagelang nur auf dem Rücken gelegen, verzweifelt vor Sorge und ohne etwas essen zu können, weil sie dann doch nur wieder Blut erbrach.

Millie lächelte Mrs. Hibbert an, als sie einen Wattebausch in den kleinen Tiegel mit Glycolthymol tauchte, um den Mund der Frau zu reinigen. »Das glauben Sie doch nicht wirklich, oder?«

»Na ja, normalerweise würde ich sagen, dass das Unsinn ist. Aber sie scheint so viel zu wissen. Sie sei eine Roma, sagt sie, und lebe von der Wahrsagerei auf Jahrmärkten.«

»Das habe ich auch gehört.«

»Dieser Frau dort drüben in der Ecke hat sie gesagt, sie könne eine Fahrt übers Wasser sehen, und die Schwester dieser Frau ist tatsächlich gerade nach Greenwich umgezogen.« Florrie Hibbert sah sehr beeindruckt aus. »Wie kann sie das gewusst haben?«

»Tja, wie wohl? Öffnen Sie jetzt bitte weit den Mund, Mrs. Hibbert.«

Millie betupfte auch den zahnlosen rosa Gaumen der Frau und setzte ihr dann behutsam ihre Zahnprothese wieder ein. »So, das war's. Nun fühlt es sich schon besser an, nicht wahr? Und Sie sehen auch schon viel munterer aus, Mrs. Hibbert, finde ich.«

»Oh, das bin ich auch, Schwester.« Florrie Hibbert strahlte sie an. »Mary Ann hat mir vorausgesagt, ich würde bald wieder nach Hause gehen. Das sind doch gute Neuigkeiten, oder?«

Millie runzelte die Stirn. Harmlose Wahrsagereien waren eine Sache, doch der armen Mrs. Hibbert zu sagen, sie ginge heim, obwohl ihre Chancen zu genesen so gering waren, erschien ihr schon fast grausam.

Aber dann blickte sie in das strahlende, eifrige Gesicht der Frau, deren Wangen mehr Farbe hatten als seit langer Zeit, und fragte sich, ob solche Voraussagen wirklich schaden konnten. Wenn sie Mrs. Hibbert aufheiterten und ihr die Sorge nahmen, war ein bisschen Hoffnung vielleicht gar nicht mal so schlecht.

Es waren allerdings nicht nur die Patienten, die über Mrs. Lovells übernatürliche Kräfte sprachen.

»Da muss doch etwas dran sein, oder?«, sagte Katie O'Hara, als sie später in der Küche Löffel für die Inspektion polierten. Jeden Dienstagmorgen musste das gesamte Besteck und Geschirr aus den Schränken genommen, gespült, getrocknet und dann zur Prüfung durch Schwester Everett auf dem Tisch in der Mitte der Station zurechtgelegt werden. Sie pflegte jedes Teil genauestens zu inspizieren. Dann zählte sie alles und trug die Zahlen in eine Liste ein, die schließlich in ihrer Schreibtischschublade eingeschlossen wurde, um nie wieder erwähnt zu werden.

Niemand konnte sich erklären, warum diese Inspektion überhaupt stattfand, aber es wagte auch niemand, Schwester Everett danach zu fragen. Es wurde einfach als eine ihrer kleinen Eigenheiten akzeptiert, wie ihr Papagei oder das sonntägliche Ritual, die Patienten auf ihrer Harmonika zu begleiten, wenn sie gemeinsam mitreißende Spirituals sangen.

»Sie verfügt auf jeden Fall über übernatürliche Kräfte«, fuhr Katie fort. »Ich mag es nicht, wie sie mich ansieht – als könnte sie geradewegs hier reinschauen«, sagte sie und tippte sich an die Schläfe.

»Mich wundert's nur, dass sie zwischen deinen Ohren überhaupt was finden kann!«, sagte Amy Hollins grinsend. Sie und Sheila Walsh, die andere Lernschwester im dritten Jahr, waren dabei, die Küchenschränke auszuräumen und Tassen und Untertassen auf ein Tablett zu stellen. »Ganz ehrlich, O'Hara, du solltest dir selbst mal zuhören. Wie kann man nur so kindisch und abergläubisch sein! Aber das wird wohl etwas mit diesem rückständigen kleinen Dorf zu tun haben, aus dem du kommst.«

»Nimm einfach keine Notiz von ihr«, flüsterte Millie, die Katies gekränkte Miene sah. »Ich fände es jedenfalls schön, zu erfahren, was die Zukunft für mich bereithält. Zum Beispiel würde ich gerne wissen, wann Sebastian aus Berlin zurückkommen wird.«

»Und ich wüsste gern, ob mein Tom mir einen Antrag machen wird«, sagte Katie.

Millie lachte. »Immer mit der Ruhe! Ihr kennt euch gerade mal fünf Minuten!«

»Zwei Monate, um genau zu sein«, erwiderte Katie spitz. »Außerdem ist es egal, wie lange man zusammen ist, wenn man weiß, dass es wahre Liebe ist.«

Millie warf ihr ein rasches Lächeln zu. Sie fragte sich, ob Katies Freund sich darüber im Klaren war, wie ernsthaft sie schon ihre Zukunft plante. Millie war Tom bisher nur einmal begegnet, aber er schien ihr nicht der Typ zu sein, der an Heirat und Familie interessiert war.

»Und was ist mit dir, Hollins?«, fragte Sheila. »Willst du nicht wissen, ob dein mysteriöser Freund dir einen Heiratsantrag machen wird?«

Hollins lächelte hintergründig, aber sie sagte nichts und griff nach dem Tablett, um es hinauszutragen.

»Ich frage mich, wer er wohl ist?«, flüsterte Katie, als die Tür sich hinter Hollins schloss. »Es ist doch gar nicht ihre Art, so geheimnisvoll zu tun? Er soll übrigens Millionär sein, habe ich gehört.«

»Das interessiert mich nicht«, sagte Millie achselzuckend. »Es wundert mich nur, dass sie überhaupt einen Freund hat, so boshaft, wie sie ist.«

Am Nachmittag war Mary Ann Lovell wieder einmal mit ihrer Wahrsagerei zugange. Als Millie ihre Teerunde beendete, sah sie zu ihrem Ärger eine der anderen Patientinnen, eine Mrs. Penning, mit ausgestreckter Hand auf der Kante ihres Bettes sitzen. Auch Mary Anns Bettnachbarin Mrs. Wilson hatte sich zu ihr vorgebeugt und lauschte interessiert.

»Nie im Leben!«, sagte sie gerade. »Aber fahren Sie fort. Was können Sie sonst noch sehen?«

»Ich sehe, dass Sie bald zu Geld kommen werden«, sagte Mary Ann Lovell mit ernster Miene und zog Mrs. Pennings Hand noch näher an ihr Gesicht.

»Ooh, haben Sie das gehört? Sie werden zu Geld kommen! Vielleicht gewinnen Sie ja im Fußballtoto.«

»Falls mein Mann das Geld nicht in die Finger bekommt und es ausgibt, bevor ich nach Hause komme!«, entgegnete Mrs. Penning düster.

Millie blickte sich auf der Station um. Amy Hollins und

Sheila Walsh hatten sich auf ein Schwätzchen in die Küche verzogen, während die Oberschwester und die Stationsschwester Crockett sich am anderen Ende des Krankensaals um eine hinter Trennwänden verborgene Patientin kümmerten. Der Teufel würde los sein, wenn sie Patientinnen beim Herumspazieren auf der Station erwischten.

»Was soll das hier? Gehen Sie sofort wieder ins Bett!« Millie versuchte, ihrer Stimme das richtige Maß an Strenge und Autorität zu verleihen, aber keine der Frauen schenkte ihr Beachtung. »Sie werden sich erkälten«, versuchte sie es erneut. »Und Sie wissen, dass die Oberschwester nicht will, dass Sie Ihr Bett verlassen.«

»Ach, vergessen Sie die Oberschwester. Sie ist ja nicht mal hier«, sagte Mrs. Penning unbekümmert über die Schulter hinweg.

»Haben Sie sich auch schon aus der Hand lesen lassen, Schwester?«, fragte Mrs. Wilson.

Millie sah Mary Anns herausfordernden Blick. Sie sah wirklich ganz und gar wie eine Zigeunerin aus mit ihrem langen, graumelierten Haar und dem vom Wetter gegerbten Gesicht.

Sie streckte ihre Hand aus. »Und? Wie wär's damit, mein Mädchen?«, erbot sie sich.

»Nein, danke.«

»Ach, kommen Sie, was kann das schon schaden?« Ihre Stimme war tief wie die eines Mannes und heiser von zu vielen Zigaretten.

»Sie hat recht«, warf Mrs. Wilson ein. »Es ist doch nur zum Spaß. Gott weiß, dass wir hier ein bisschen davon brauchen können!«

Mary Ann ließ Millies Blick nicht los. »Man kann nie wissen. Vielleicht habe ich ja sogar gute Nachrichten für Sie«, lockte sie mit rauer Stimme. »Kommen Sie, lassen Sie mich sehen …«

»Was in Herrgotts Namen geht hier vor?«

Millie erstarrte, als sie hörte, wie Schwester Everetts schnelle Schritte sich näherten.

»Warum sind diese Frauen nicht in ihrem Bett, Benedict?«, herrschte sie Millie an. »Haben Sie ihnen gestattet, auf der Station herumzuspazieren?«

»Nein, Schwester.« Millie starrte auf ihre glänzend polierten Schuhe herab.

»Ich muss mich doch sehr wundern«, schimpfte Schwester Everett. »Kaum kehre ich Ihnen für fünf Minuten den Rücken zu, versinkt meine Station im Chaos. Können Sie mir das erklären, Schwester?«

»Ich … ich …«

»Es war nicht ihre Schuld«, mischte sich Mrs. Penning ein. »Ich wollte mir nur aus der Hand lesen lassen, weiter nichts.«

»Nicht schon wieder dieser Unsinn!« Schwester Everett fuhr zu Mary Ann herum. »Sieht das hier wie ein Jahrmarkt aus? Sehen Sie hier Zigeunerwagen? Oder Schaubuden?«

»Nein, aber …«

»Nein, denn dies hier ist eine Krankenstation voller kranker Patientinnen, und ich wäre Ihnen dankbar, wenn Sie sie auch als solche behandeln würden. Ich dulde nicht, dass Sie hier aus der Hand lesen, aus Teeblättern oder Kristallkugeln die Zukunft vorhersagen oder was auch immer sonst für einen lächerlichen Hokuspokus Sie betreiben. Haben Sie das verstanden, Mrs. Lovell?«

Sie und Mary Ann funkelten sich einen Moment lang böse an.

»Es ist nicht meine Schuld, wenn sie von mir die Zukunft vorhergesagt haben wollen«, murmelte die Zigeunerin dann mit aufsässiger Miene. »Ich habe nun mal diese Gabe, wissen Sie.«

»Nun, mir wäre es jedenfalls lieber, wenn Sie sie nicht auf meiner Station benutzten.« Die Oberschwester wandte sich Millie zu. »Bringen Sie Mrs. Penning sofort wieder ins Bett. Und dann können Sie zu Mrs. Allen gehen und sie einreiben.«

»Die Mühe würde ich mir sparen«, bemerkte Mary Ann wie nebenbei und sah sich ihre Fingernägel dabei an. »Sie wird noch vor Sonnenaufgang tot sein.«

Ein schockiertes Schweigen folgte, das nur durch das entfernte Geklapper einer im Waschraum mit Bettpfannen herumhantierenden jungen Lernschwester unterbrochen wurde.

Schwester Everett fand als Erste ihre Haltung wieder. »Was für ein absoluter Quatsch! Jetzt sind Sie zu weit gegangen. Es ist schlimm genug, dass Sie diese lächerliche Wahrsagerei betreiben, aber meine Patientinnen zu verunsichern ...«

»Ich weiß, was ich weiß«, beharrte Mary Ann entschieden. »Die Schicksalsgöttinnen lügen nicht.«

»Ich weiß nicht, wie Ihre Schicksalsgöttinnen das sehen, aber unser Arzt hier scheint zu glauben, dass sie sehr gute Fortschritte macht«, gab Schwester Everett zurück. »Und ich würde der modernen Medizin natürlich jederzeit den Vorzug vor Ihrem Hokuspokus geben.« Sie wandte sich an Millie. »Und? Was stehen Sie da noch herum? Hören Sie auf zu gaffen und holen Sie das Liniment, Mädchen, oder Sie werden keine Wahrsagerin brauchen, um zu wissen, was Sie erwartet!«

»Entschuldigen Sie, Schwester, ich wollte gerade Pause machen. Sie können wohl nicht zufällig drei Pence für eine Tasse Tee für mich erübrigen?«

Dora brachte nur noch ein müdes Lächeln über Dr. McKays Scherz zustande. Nach zwei Wochen der Zusammenarbeit hatten die Ärzte immer noch ihren Spaß daran, sie zu veräppeln.

Es hatte sich sehr schnell in der Notaufnahme herumgesprochen, dass sie Dr. Adler mit einem Obdachlosen verwechselt hatte, und alle fanden es zum Schreien komisch. Selbst Schwester Percival hatte sich ein Lächeln nicht verkneifen können. Dora glaubte nicht, dass jemals Gras über die Sache wachsen würde.

»Wie hätte ich auch wissen sollen, dass Dr. Adler mit dem Nachtzug aus der Schweiz zurückgekommen war?«, sagte sie zu Penny Willard. »Er sah ja nicht mal wie ein Doktor aus.«

»Ich weiß«, erwiderte Penny seufzend. »Das liegt daran, dass er keine Frau hat, die sich um ihn kümmert.«

Tatsächlich hatte Dr. Adler etwas an sich, das bei allen Schwestern mütterliche Instinkte weckte. Penny beispielsweise konnte man oft beim Annähen seiner Hemdknöpfe antreffen, während Schwester Percival stets ein Auge zudrückte, wenn er nach einem Spätdienst die Nacht auf einer Bank im Warteraum verbrachte, weil er zu erschöpft war, um noch heimzufahren.

»Er ist sehr engagiert«, erklärte sie. »Und ein brillanter Arzt. Er hätte an jeder medizinischen Fakultät der Welt ein hochangesehener Professor werden können, doch er entschied sich dafür, hierzubleiben und sich um unsere Patienten zu kümmern.«

Er mochte brillant und engagiert sein, aber er hatte auch einen etwas boshaften Humor. Und da er in Dr. McKay genau den richtigen Partner gefunden hatte, heckten die beiden oft gemeinsam irgendwelche Streiche aus.

Streiche, deren Zielscheibe insbesondere Dora zu sein schien. Erst heute Morgen hatte sie ganze fünf Minuten damit verbracht, im Warteraum einen Patienten namens Buttock aufzurufen, bis sie gesehen hatte, wie Penny Willard sich hinter ihren Schalter duckte und sich nur mit Mühe das Lachen verkniff. Erst da war Millie aufgefallen, dass die beiden Ärzte die Behandlungsliste nicht nur um diesen Herrn ›Hinterteil‹ ergänzt hatten, sondern um etliche weitere erfundene Patienten mit albernen und unsinnigen Namen.

»Tut mir leid, Schwester«, sagte Dr. Adler, als sie ihn darauf ansprach, und lachte schallend. »Aber wir konnten einfach nicht widerstehen.«

»Sie sind wie zwei Schuljungen«, erwiderte Dora naserümpfend. »Und Sie würden das nicht tun, wenn Schwester Percival hier wäre.«

»Na, das ist doch eine Idee.« Dr. McKays braune Augen funkelten hinter seinen Brillengläsern. »Ich würde Percy zu gern mitten im Warteraum stehen und nach Mr. Bighead rufen sehen.«

»Das würden Sie nicht wagen!«

Dr. Adler und Dr. McKay sahen sich an.

»Soll das eine Herausforderung sein?«, fragte Dr. Adler. »Wir lieben nämlich Herausforderungen, nicht wahr, David?«,

»Und ob wir das tun, Jonathan!«

»Warum stellen Sie sich dann nicht der Herausforderung, nach einigen dieser Patienten zu sehen, statt Ihre Zeit mit solchem Unfug zu verschwenden?«, sagte Dora.

»Oh, oh.« Dr. Adler zog ein Gesicht. »Ich glaube, Schwester Doyle hat uns gerade eine Standpauke gehalten, David.«

»Was daran liegen dürfte, dass Schwester Doyle zu viel Zeit mit Schwester Percival verbringt«, stimmte Dr. McKay zu.

Dora seufzte und schüttelte den Kopf. »Sie beide sind total verrückt«, sagte sie und begann in den Aufzeichnungen nach dem nächsten Patienten zu suchen. »Wie sollen wir wissen, wer wer ist, bei all diesen idiotischen Namen, die Sie eingetragen haben? Und Sie hätten sich außerdem wirklich bessere Namen einfallen lassen können«, fügte sie hinzu und schwenkte ein Blatt Papier vor ihnen. »Ich meine, wer glaubt schon, dass irgendjemand wirklich Pearl Button heißt?«

»Haben Sie gerufen, Schwester?«, meldete sich sofort eine Stimme vom anderen Ende des Warteraums.

Dora errötete über und über, aber Dr. McKay bewahrte eine völlig ernste Miene, als er rief: »Ich habe jetzt Zeit für Sie, Miss Button.«

Dr. Adler wartete, bis die Tür des Behandlungszimmers geschlossen war, bevor er in schallendes Gelächter ausbrach. »Sie hätten Ihr Gesicht sehen sollen, Schwester Doyle! Aber das wird Ihnen eine Lehre sein, nicht wahr?«

Dora wandte sich gerade ab, als die Türen aufgingen und Nick mit ihrem stark hinkenden Bruder Peter hereinkam, der vor Schmerz die Zähne zusammenbiss und von Nick halb gestützt und halb getragen werden musste.

Dora eilte zu ihnen hinüber. »Pete! Was ist passiert?«

»Er ist die Kellertreppe hinuntergefallen, als er Müll zum Schürloch runterbrachte«, erklärte Nick. »Mr. Hopkins meint, er könnte sich den Knöchel gebrochen haben.«

»Setz ihn hin.«

Peter stieß einen Schmerzensschrei aus, als Nick ihn auf die Bank hinunterließ. Dora bückte sich und schob sein Hosenbein hinauf.

»Er sieht geschwollen aus. Tut es weh, wenn ich ihn berühre?«

»Verdammt noch mal!« Peter zuckte zurück. »Was denkst du denn?«, zischte er.

»Schon gut, Schwester. Was ist das Problem?« Dr. Adler war hinter sie getreten.

»Das ist mein Bruder, Doktor, und einer unserer jungen Pförtner hier. Er glaubt, dass er sich den Knöchel gebrochen haben könnte.«

»Dann wollen wir uns das mal ansehen« Dr. Adler kniete sich hin, aber Peter zog seinen Fuß zurück.

»Schon gut«, sagte er steif. »Ich kann warten, falls Sie sich noch andere Patienten ansehen müssen.«

»Es wird keine Minute dauern, Sie zu untersuchen. Wenn es nur eine Verstauchung ist, kann Ihre Schwester Ihnen einen Stützverband anlegen und Sie heimschicken ...«

»Ich sagte doch, ich werde warten!« Zorn blitzte in Peters grünen Augen auf. Er hatte große Ähnlichkeit mit Dora: ein sommersprossiges Gesicht, einen großen, eigensinnigen Mund und das rote Haar blickte unter seiner Pförtnerkappe hervor. »Außerdem will ich den anderen Doktor sehen.«

»Warum denn das, Pete?«, fragte Dora stirnrunzelnd.

Dr. Adler lächelte angespannt. »Ich kann Ihnen versichern, Mr. Doyle, dass ich ebenso gut in der Lage bin wie mein Kollege, einen verstauchten Knöchel zu erkennen.«

»Trotzdem möchte ich lieber Dr. McKay sehen.«

»Und aus welchem Grund, Mr. Doyle?«, fragte Dr. Adler ruhig.

Peter warf ihm einen abschätzigen Blick zu. »Weil ich von Ihren dreckigen Judenhänden nicht angefasst werden will«, sagte er mit gedämpfter Stimme.

»Peter!« Dora schnappte empört nach Luft. »Du wirst dich auf der Stelle bei Dr. Adler entschuldigen ...«

»Schon gut, Schwester.« Dr. Adler richtete sich zu seiner vollen Größe auf. »Ich bin sicher, dass Dr. McKay bald verfügbar sein wird«, sagte er. Sein Gesichtsausdruck verriet nichts, aber Dora konnte sich vorstellen, wie verletzt und gedemütigt er sich fühlen musste.

Als er ging, fuhr sie Peter an: »Wie kannst du es wagen, so etwas zu ihm zu sagen? Dr. Adler ist ein guter Arzt, einer der besten in diesem Krankenhaus.«

»Aber ein Itzig ist er trotzdem. Von so einem lass ich mich nicht anfassen.«

Dora sah Nick an. Seine Miene zeigte den gleichen Abscheu, den auch sie empfand.

»Was ist bloß aus dir geworden, Pete? Du bist überhaupt nicht mehr so, wie mein Bruder es mal war. Seit wann bist du so voller Hass?«

Aber natürlich kannte sie die Antwort darauf schon. Seine Verwandlung hatte an dem Tag begonnen, an dem er sich den Schwarzhemden angeschlossen hatte.

Er war nicht der Einzige, der sich von Sir Oswald Mosleys Ansichten und seiner British Union of Fascists vereinnahmen ließ. Diese sogenannten Schwarzhemden hatten sich einige Jahre zuvor ins East End eingeschlichen und ihre Mitglieder aus Männern der Arbeiterklasse rekrutiert, die keine Anstellung, keine Hoffnung und keine Zukunft hatten. Irgendwie hatten die Faschisten es geschafft, viele East-Ender davon zu überzeugen, dass es die Einwanderer und insbesondere die Juden waren, die für ihre verzweifelte Lage verantwortlich waren. Binnen Kurzem waren viele Mosleys schwarz gekleideter Armee beigetreten. Nun verteilten sie Flugblätter, organisierten Versammlungen und Kundgebungen, hielten Reden und verkauften an Straßenecken die von der BUF herausgegebene Zeitung *The Blackshirt*.

Noch beunruhigender war jedoch, dass viele von ihnen auch begonnen hatten, Juden auf den Straßen zu schikanieren, unschuldige Menschen anzugreifen, ihre Fenster einzuwerfen und ihre Geschäfte anzuzünden.

Dora hatte gehofft, dass Peter vernünftig genug war, sich nicht in diese Art von Aktivitäten hineinziehen zu lassen. Doch als sie ihn jetzt anschaute und die Bosheit und den Hass in seinen grünen Augen sah, war sie sich dessen nicht mehr so sicher.

»Ich brauche keine Vorhaltungen von dir«, murmelte er.

»Nein, du hörst lieber auf diese Schwarzhemden, die du für deine Freunde hältst!« Dora schüttelte den Kopf. »Was würde

Mum sagen, wenn sie dich so reden hörte? So hat sie dich nicht erzogen, Peter Doyle, und das weißt du!«

»Schwester Doyle?«

Sie blickte sich um. Schwester Percival war aus ihrer Pause zurück und kam mit großen Schritten auf sie zu.

»Sie haben noch andere Patienten zu betreuen«, ermahnte sie sie streng.

»Ja, Schwester.« Dora drehte sich noch einmal zu ihrem Bruder um. »Mit dir werde ich mich später befassen«, versprach sie ihm.

Sie war so beschämt, dass sie Dr. Adler für den Rest des Tages kaum noch gegenübertreten konnte. Erst als sie irgendwann zusammen im Behandlungszimmer waren und einen Jungen mit einem Hundebiss behandelten, sagte er: »Was war mit dem Knöchel Ihres Bruders? War er gebrochen?«

Dora schüttelte den Kopf und hielt ihren Blick auf den Patienten gerichtet, dessen Wunde sie gerade säuberte. »Er war nur verstaucht.«

»Das dachte ich mir schon.« Dr. Adler nickte weise. »Dann wird er sicher sehr erleichtert sein, keinen dieser Märsche versäumen zu müssen, die die Schwarzhemden so lieben.«

Dora spürte, wie ihr die Schamesröte ins Gesicht stieg. »Ach, Doktor, es tut mir schrecklich leid!«, entfuhren ihr nun die Worte, die sie im Stillen schon den ganzen Tag geübt hatte. »Er hätte so etwas Abscheuliches nicht zu Ihnen sagen dürfen.«

»Machen Sie sich deswegen keine Sorgen, Schwester. Ich mache Sie nicht für die Ansichten Ihres Bruders verantwortlich.« Dr. Adler schenkte ihr ein müdes Lächeln. »Und er hat auch nichts gesagt, was ich nicht schon oft gehört hätte. Wenn man heutzutage im East End lebt, gewöhnt man sich daran, dass die Leute einen auf der Straße anspucken und beschimpfen.«

Dora starrte ihn ungläubig an. »Aber Sie sind ein Arzt!«

»Hier drinnen ja. Da draußen bin ich bloß ein weiterer – wie sagte Ihr Bruder noch? – dreckiger Jude.« Er verzog den Mund. »Für diese Schwarzhemden sind wir alle gleich. Leute, die man hasst und die nicht hierher gehören.«

»Aber natürlich gehören Sie hierher!«, sagte Dora.

»Das dachte ich früher auch, aber jetzt bin ich mir da nicht mehr so sicher.« Ein ernster Ausdruck stand in Dr. Adlers dunklen Augen, die ihren Blick nicht losließen. »Schauen Sie sich um, Schwester Doyle. Schauen Sie sich Ihren Bruder an. Ich sage Ihnen, das East End ist dabei, sich zu verändern. Und falls Oswald Mosley und seine Schläger sich durchsetzen, wird es für meinesgleichen hier bald keinen Platz mehr geben.«

KAPITEL ZEHN

Jeden Morgen baute sich Schwester Sutton mit ihrer massigen Gestalt und Sparky, ihrem Jack-Russell-Terrier, dicht an ihrer Seite an der Eingangstür des Schwesternheims auf und inspizierte die Mädchen wie ein General seine Truppen vor der Schlacht.

»Ist das etwa Lippenstift, was ich da sehe, Hollins? Wischen Sie ihn sofort ab! Sie sind eine Krankenschwester und keine Tänzerin. Und Sie machen etwas mit Ihrem Haar, Doyle. Wenn Sie Ihre Locken nicht unter dieser Haube unterbringen können, werde ich sie Ihnen höchstpersönlich abschneiden!«

Natürlich entkam auch Millie nicht ihrem strengen Blick.

»Ihre Haube sitzt schief, Benedict«, sagte die Oberschwester und stürzte sich auf sie, als sie vorbeieilen wollte, riss ihr die Haube vom Kopf und drückte sie ihr in die Hand. »Gehen Sie wieder hinauf und setzen Sie sie ordentlich auf. Man sollte meinen, nach fast zwei Jahren hier müssten Sie das richtig hinbekommen.«

»Ja, Schwester.«

Millie gehorchte, was dazu führte, dass sie zu spät zum Frühstück kam und kaum noch Zeit hatte, ein Stück Brot zu essen, bevor sie um sieben zu ihrem Dienst auf der Station sein konnte.

Die Nachtschicht servierte gerade das Frühstück, als sie mit Katie O'Hara und Amy Hollins zum Dienst erschien.

»Hier war die Hölle los«, sagte Pritchard, die Lernschwester, die über Nacht die Station beaufsichtigt hatte, als sie mit einem Teller mit Brot und Butter an ihnen vorbeieilte. »Wir haben jemanden verloren.«

»Wen?«, fragte Amy, aber Millies Blick glitt schon zu dem Bett in der Ecke, das hinter den sehr beredten Trennwänden verborgen war.

»Mrs. Allen«, sagte sie.

Pritchard blickte sie stirnrunzelnd an. »Woher weißt du das?«

Millie und die anderen wechselten besorgte Blicke.

»Sie hatte am frühen Morgen einen Herzanfall«, fuhr Pritchard fort, »der völlig unerwartet kam.«

»Nicht für alle. Ich werde dir sagen, wer damit gerechnet hat.« Katie nickte zu Mary Ann Lovell hinüber, die im Bett saß, ihren Tee trank und völlig unbekümmert mit ihrer Bettnachbarin Mrs. Wilson plauderte.

»Das war nur Zufall, weiter nichts«, sagte Millie.

»Oder diese Frau hat sie mit einem Fluch belegt.« Katie erschauderte. »Eins sag ich euch: Ich werde nicht wieder in ihre Nähe gehen!«

Aber Amy Hollins sah das anders. »Ich will, dass sie mir die Zukunft auch vorhersagt«, erklärte sie und bedrängte Millie, es ebenfalls zu tun, als sie später Wärmflaschen auffüllten. »Wir müssen es alle tun, damit wir keinen Ärger kriegen.«

Millie dachte an Katie. »Das ist nicht fair«, sagte sie. »Was ist, wenn wir anderen es nicht wollen?«

»Ihr müsst! Ich würde ja Walsh fragen, aber heute ist ihr freier Tag.«

Millie seufzte. »Na gut, dann tue ich's«, gab sie nach. »Vorausgesetzt, dass du O'Hara aus dem Spiel lässt. Das arme Ding hat furchtbare Angst vor Mrs. Lovell.«

Schwester Everett hatte den Nachmittag frei, und so warteten sie, bis Stationsschwester Crockett um zwölf zum Mittagessen ging. Dann nickte Amy Millie zu, und beide gingen zu Mary Ann Lovells Bett hinüber.

Sie schien über den Besuch nicht im Geringsten überrascht

zu sein. »Guten Tag, die Damen«, begrüßte sie die Mädchen mit einem zahnlosen Grinsen, als Amy die Trennwände um ihr Bett zog. »Was kann ich für Sie tun?«

Millie warf Amy einen Seitenblick zu, die ihre Schultern straffte und sagte: »Wir möchten, dass Sie uns unsere Zukunft vorhersagen.«

»Ach ja?« Mary Ann lehnte sich an ihre Kissen und betrachtete sie mit einem verschmitzten Blick. »Und was wird Ihre Oberschwester dazu sagen? Sie hat mir schon eine ziemliche Standpauke wegen meiner Wahrsagerei auf ihrer Station gehalten.«

»Sie muss es ja nicht erfahren.«

»Sicher nicht?« Mary Anns Blick verweilte so lange auf Amy, dass selbst Millie, die neben ihr stand, sich unwohl zu fühlen begann.

»Werden Sie es nun tun?«, fragte Amy in gereiztem Ton.

»Das kommt ganz darauf an, nicht wahr?«

»Worauf?«

»Ob Sie mir Geld in die Hand drücken.«

Amy schnappte empört nach Luft. »Das ist nicht fair! Sie haben niemand anderem etwas berechnet.«

»Ja, aber zufällig gefällt mir Ihr Gesicht nicht, junge Frau.« Mary Ann starrte sie feindselig und sehr von oben herab an. »Außerdem ist *sie* ja auch nicht gerade arm, nicht wahr?«, sagte sie mit einem raschen Blick zu Millie. »Das stimmt doch, Mädel? Sie kommt aus einer Familie, die Geld wie Heu hat.«

Millie kämpfte gegen das Bedürfnis an, das Weite zu suchen. Aber es ist doch bloß ein Spaß, sagte sie sich dann. Nichts als harmloser, blödsinniger Firlefanz.

Und so blieb sie wie angewurzelt stehen, während Amy und die Zigeunerin um die Bezahlung feilschten. Schließlich einigten sie sich auf einen Preis, und Amy holte das Geld.

»Ich zuerst«, verlangte sie dann.

»Oh nein, Sie warten, bis Sie dran sind.« Mary Ann zeigte mit einem knochigen Finger auf Millie. »Ich werde ihr zuerst die Zukunft vorhersagen. Oder ich sage überhaupt nichts«, fügte sie hinzu, als Amy den Mund öffnete, um zu widersprechen.

Amy schloss den Mund wieder und kniff verärgert die Lippen zusammen. »Na schön«, stimmte sie zu. »Aber lass dir nicht den ganzen Tag Zeit«, warnte sie Millie.

»Sie ist ein Biest, nicht wahr?«, murmelte Mary Ann mit ihrer leisen, tiefen Stimme, als sie Hollins die Station hinabstolzieren sahen. »Nicht wie Sie, mein Mädel, was?« Sie richtete ihren Blick wieder auf Millie. »Sie haben ein gutes Herz. Eine reine Seele. Ich kann sie aus Ihnen hervorstrahlen sehen wie ein goldenes Licht.«

»Ähm … danke.« Millie scharrte verlegen mit den Füßen.

Sie versuchte, nicht zusammenzuzucken, als Mary Ann ihre Hand ergriff und sie umdrehte, um sich ihre Handfläche anzusehen. Die Haut der Frau war hart wie abgenutztes Leder.

»Ich sehe ein großes Vermögen, das Ihnen eines Tages zukommen wird.«

Dann wird unser Grundbesitz also vielleicht doch nicht Cousin Robert in die Hände fallen, dachte Millie. Das würde Großmutter freuen. Sie hatte sich seit Jahren gesorgt, dass Billinghurst an einen entfernten Familienzweig übergehen würde, wenn Millie nicht rechtzeitig einen Erben hervorbrachte.

»Und ich sehe auch eine Hochzeit. Mit einem blonden Mann.«

Millie lächelte und dachte an Seb. »Werde ich ihn bald sehen?«, fragte sie.

»Bald genug, mein Mädel. Bevor der Sommer zu Ende geht auf jeden Fall.« Sie zog Millies Hand noch näher an ihr Gesicht, bis sie Mary Anns warmen Atem auf ihrer Haut spüren konnte.

Aber dann zogen sich die Augenbrauen der Frau zu einem Stirnrunzeln zusammen.

»Was ist?«, fragte Millie. »Was sehen Sie?«

Die Frau hob den Kopf, und Millie erschrak über den düsteren Blick in ihren dunklen Augen.

»Sie werden Trauer tragen, wenn Sie ihn wiedersehen.«

Bevor Millie darauf reagieren konnte, steckte Amy den Kopf zu ihnen herein. »Bist du jetzt endlich fertig?«, zischte sie. »Crockett wird bald zurück sein, und ich will meine Gelegenheit nicht verpassen.«

»Ja, ja, ich bin fertig.« Mary Ann hielt Millie nicht zurück, als sie ihr ihre Hand entzog. Auf Beinen, die sich so anfühlten, als gehörten sie nicht ihr, schob sie sich an Amy und den Trennwänden vorbei und ging die Station hinunter.

Katie O'Hara hörte mit der Überprüfung der PAT-Werte der Patientinnen auf und folgte Millie in die Küche.

»Was hat sie gesagt?«, fragte sie gespannt, als sie die Tür hinter ihnen schloss.

»Nichts.« Millie nahm den Wasserkessel und ging zum Becken, um ihn zu füllen. »Ich fange schon mal mit der Teerunde an, ja?«

Katie trat näher und sah ihr mit ernsten blauen Augen prüfend ins Gesicht. »Sie muss doch irgendwas gesagt haben?«

»Nur eine Menge Unsinn, weiter nichts.« Millie zwang sich, das Zittern ihrer Hände zu unterdrücken, als sie das Gas anzündete.

»Du verschweigst mir etwas, das weiß ich.«

Millie rang sich zu einem kleinen Lächeln durch. »Das bildest du dir nur ein!«

Sie hatte kaum den Kessel aufgesetzt, als die Tür aufflog, Amy hereinstürmte und sie beide erschrocken zusammenfuhren.

»Das ging aber schnell!«, sagte Katie.

»Es war nichts als Zeitverschwendung.« Amys Gesicht war angespannt. »Sie ist eine Schwindlerin.« Sie riss den Schrank auf und begann Tassen auf das Tablett zu knallen. »Solltest du nicht mit dem Messen der PAT-Werte weitermachen?«, fauchte sie Katie an.

»Ich gehe ja schon.« Katie zog ein Gesicht. »Aber ich finde es gemein von euch, Geheimnisse vor mir zu haben«, fügte sie hinzu.

Keine der beiden sprach, nachdem Katie gegangen war. Millie starrte ihr verschwommenes Spiegelbild in den Kacheln an der Wand an, während sie darauf wartete, dass das Wasser kochte.

Es war alles nur Unsinn, sagte sie sich. Nichts Bedenkliches, kein Grund zur Sorge.

Sie sah sich um. Amy Hollins stand auf der anderen Seite der Küche und starrte in die Teetassen. Nach ihrem Gesichtsausdruck zu schließen, dachte sie genau dasselbe.

Am Donnerstagnachmittag begab sich Dora mit den anderen Schülerinnen im zweiten Jahr in das Unterrichtsgebäude zu Schwester Parkers wöchentlicher Vorlesung. Allen Schülerinnen wurde freigegeben, damit sie daran teilnehmen konnten, auch wenn einige Oberschwestern das deutlich widerstrebender taten als andere. So wie Schwester Percival sich darüber ausließ, konnte man meinen, dass Dora sich einen schönen Tag in Clacton machte und nicht zwei Stunden in einem beengten, stickigen Klassenraum saß und sich Notizen machte, bis ihr die Hand wehtat.

Aber zumindest brauchte sie an diesem Nachmittag nicht mit Schwester Parkers maschinengewehrschnellen Diktaten mitzuhalten, da die Vorlesung von Dr. Cooper, dem Chefarzt des Nightingale und Leiter der Gynäkologie, gehalten wurde. Außerdem bot er weit erheblich mehr fürs Auge als Schwester

Parker. Mit seinen leuchtend blauen Augen und dem schwarzen Haar, das wie auf Hochglanz poliertes Lackleder glänzte, sah er eher wie ein Filmstar als wie ein Mediziner aus. Überall in der ersten Reihe konnte Dora Schülerinnen sehen, die sich aufrechter hinsetzten, mit ihrem Haar herumspielten und ihren Schürzenlatz zurechtzupften. Alles vergebliche Versuche, die Dr. Cooper nicht einmal zu bemerken schien, während er seinen Vortrag über die Behandlung unabwendbarer Fehlgeburten hielt.

»Es kann als allgemeine Regel gelten, dass es so etwas wie einen vollständigen Abort nicht gibt«, erklärte er mit seiner tiefen, kultivierten Stimme. »Selbst wenn die Schwangerschaft die Plazentaphase erreicht hat, wird die Nachgeburt nur selten vollständig ausgetrieben, da kleine Stückchen der Plazenta oder häufiger noch größere Stücke der äußeren Embryonalhülle im Uterus verbleiben.«

Sogar die unappetitlichen Details einer späten Fehlgeburt konnte er noch interessant klingen lassen, fand Dora. Überall um sie herum bewegten sich kratzend Stifte über das Papier, während die Schülerinnen sich bemühten, jedes einzelne seiner Worte mitzuschreiben.

»Um der Patientinnen willen muss der Uterus daher mit den Fingern, Schwammhaltezange und Kürette entleert werden. In den ersten acht bis zehn Wochen der Schwangerschaft ist es sehr leicht, die Gebärmutter vollständig zu entleeren, doch nach der zwölften bis vierzehnten Woche ist der Eingriff schon sehr viel schwieriger und erfordert auch wesentlich mehr Zervixdilatation. Haben Sie bisher schon irgendwelche Fragen?«

Erwartungsvoll blickte er sich im Klassenzimmer um, doch keine einzige Hand erhob sich. Dora fing den abweisenden Blick Schwester Parkers auf, die mit gefalteten Händen hinter Dr. Cooper auf dem Podium stand. Sie hätte sich dieses Furcht einflößende Gebaren jedoch auch sparen können, da ohnehin niemand gewagt hätte, einem Chefarzt Fragen zu stellen.

»Na schön.« Dr. Cooper senkte den Blick wieder auf seine Notizen. »Dann werde ich Ihnen jetzt das Ausschabungsverfahren beschreiben ...«

Als Dora ihren Stift wieder aufnahm, wurde sie sich der Stille neben sich bewusst. Millie hatte aufgehört, sich Notizen zu machen, sie hielt ihren Stift in der Hand und starrte ins Leere.

Dora schaute zu Schwester Parker hinüber, doch deren Blick war zum Glück auf die andere Seite des Klassenraums gerichtet.

»Alles in Ordnung mit dir?« Dora gab Millie schnell einen kleinen Schubs, worauf ihre Freundin sich ihr zuwandte und sie gedankenverloren anlächelte.

»Entschuldige, ich war meilenweit entfernt.«

»Das sehe ich. Warum machst du dir keine Notizen?«

Millie senkte den Kopf und starrte die halbleere Seite vor ihr an, als sähe sie sie zum ersten Mal. Bevor sie jedoch etwas erwidern konnte, ertönte Schwester Parkers schneidende Stimme.

»Sind Sie jetzt langsam fertig, Schwestern?«

Dora blickte sich um und bemerkte erst jetzt, dass eine beunruhigende Stille im Klassenzimmer eingetreten war. Aller Augen – einschließlich Dr. Coopers – waren auf sie gerichtet.

Eine heiße Röte schoss ihr ins Gesicht. »Entschuldigen Sie bitte, Schwester«, murmelte sie.

»Nicht ich bin es, bei der Sie sich entschuldigen sollten, oder?« Schwester Parkers schottischer Akzent war ausgeprägter als gewöhnlich. »Darf ich Sie daran erinnern, dass Dr. Cooper ein sehr beschäftigter Mann ist? Er war so großzügig, seine Zeit zu opfern, um Sie an seinem Wissen teilnehmen zu lassen, und Ihnen fällt nichts Besseres ein, als während seiner Vorlesung zu schwatzen! Damit, Schwester Doyle, haben Sie einen erschreckenden Mangel an Respekt erkennen lassen.«

»Ja, Schwester.« Dora räusperte sich. »Es tut mir sehr leid, Dr. Cooper.«

»Bitte nicht, Schwester! Es war meine Schuld«, mischte Millie sich rasch ein.

»Das bezweifle ich nicht, Benedict, da Sie die Quelle von sehr viel Unfug in dieser Gemeinschaft zu sein scheinen.« Schwester Parker musterte sie streng. »Aber gut, da Sie so erpicht darauf sind, die Strafe zu teilen, können Sie und Schwester Doyle nach Dr. Coopers Vortrag beide hierbleiben und das Klassenzimmer säubern.«

Dora hörte, wie Millie empört die Luft einzog, ihren Ärger dann aber schnell wieder unterdrückte.

Schwester Parker hatte es jedoch bereits gehört. »Ja, Benedict?« Sie wandte sich ihr zu, und ihre Augen hinter ihren dicken Brillengläsern waren kalt wie Eis. »Möchten Sie noch etwas dazu sagen?«

Bitte mach es nicht noch schlimmer, flehte Dora sie im Stillen an. Glücklicherweise war jedoch selbst Millie ausnahmsweise einmal so vernünftig, einzusehen, dass sie sich geschlagen geben musste.

»Nein, Schwester«, flüsterte sie.

Dann, als alle gegangen waren, holten sie Besen und Staubtücher und begannen mit dem Saubermachen.

»Es tut mir schrecklich leid, Dora«, sagte Millie, während sie das Schlüsselbein des Skeletts abstaubte. »Es ist meine Schuld, dass du länger bleiben musst.«

»Wieso? Schwester Parker hat schließlich mich beim Reden erwischt.«

»Aber nur, weil du versucht hast, mich vor Schwierigkeiten zu bewahren.« Millies große blaue Augen waren tief betrübt. »Und jetzt musst du ausgerechnet an deinem freien Abend hier saubermachen.«

»Das macht nichts«, erwiderte Dora, ohne aufzublicken, während sie mit einem feuchten Tuch die Fußbodenleiste abwischte.

»Aber du willst dich heute doch noch mit Joe treffen, oder nicht?«

»Mit uns ist sowieso bald Schluss.«

Wenn sie sich selbst gegenüber ehrlich war, freute sie sich keineswegs darauf, heute Abend mit Joe auszugehen. Aber es widerstrebte ihr, das zuzugeben, weil sie nicht undankbar erscheinen wollte.

Deshalb wechselte sie das Thema. »Warum warst du vorhin im Unterricht so still? Du sahst aus, als trügst du das Gewicht der ganzen Welt auf deinen Schultern.«

Millie seufzte. »Ach, es war nichts Wichtiges. Nur etwas, was auf der Station passiert ist.«

»So? Und was war das?«

Millie setzte schon zu einer Antwort an, aber dann schüttelte sie den Kopf und sagte: »Nichts Wichtiges, wie ich schon sagte. Nur ein paar dumme Gedanken, die ich mir gemacht habe.«

Aber als sie sich wieder ihrer Arbeit zuwandte, konnte Dora ihrer Freundin deutlich ansehen, wie aufgewühlt sie war.

Und ich war der Meinung, ich wäre diejenige, die ihre Probleme für sich behält, dachte sie.

Dora kam zwanzig Minuten zu spät zu ihrer Verabredung mit Joe. Sie hatte schon damit gerechnet, dass er nicht so lange warten würde. Doch als sie um die Ecke bog, sah sie ihn mit einer Schachtel Pralinen in der Hand vor dem Kino auf und ab gehen.

Sein gereizter Gesichtsausdruck verwandelte sich in ein Lächeln, als er sie auf sich zueilen sah.

»Da bist du ja. Ich dachte schon, du hättest mich versetzt.«

»Tut mir leid, dass ich mich verspätet habe.« Dora hörte auf zu laufen und rang nach Atem, als sie vor ihm stehen blieb. »Benedict und ich sind beim Tuscheln im Unterricht ertappt worden und mussten länger bleiben.«

»Na ja, immerhin bist du jetzt da.« Er überreichte ihr die Pralinen. »Hier, die sind für dich.«

»Das wäre doch nicht nötig gewesen.« Sie bewunderte die mit Seide gepolsterte Schachtel, die eine große rote Schleife schmückte. »Die müssen ja ein Vermögen gekostet haben!«

»Nur das Beste für mein Mädchen.«

Sie zuckte zusammen. »Hör mal, Joe …«

»Ich sollte mich jetzt besser beeilen und die Eintrittskarten holen«, fiel er ihr ins Wort, bevor sie ihren Satz zu Ende bringen konnte. »Der Film wird gleich beginnen.«

»Ich hole sie …« Dora begann in ihrer Handtasche zu kramen, aber Joe hielt sie zurück.

»Lass dein Portemonnaie stecken, du bist eingeladen.«

»Lass mich wenigstens meinen Teil bezahlen …«

»Du kannst das nächste Mal die Karten zahlen, einverstanden?«

Sie wollte widersprechen, aber er schlenderte schon davon, um sich am Ende der Warteschlange vor der Kasse aufzustellen. Dora beobachtete ihn und dachte, was für ein großer, gutaussehender und galanter Mann er war, als er einem älteren Paar freundlich lächelnd den Vortritt ließ. Jedes Mädchen wäre stolz darauf, mit ihm zusammen zu sein.

Es musste an ihr liegen. Sie war viel zu empfindlich und schwierig, um sich lieben zu lassen. Wenn sie doch nur so gutartig wie Katie O'Hara wäre, könnte sie inzwischen vielleicht schon richtig glücklich sein.

»Schwester Doyle?«

Sie drehte sich erstaunt zu dem Mann um, der sie angesprochen hatte. Irgendetwas an seinem lächelnden Gesicht kam ihr bekannt vor, aber sie konnte es nicht zuordnen. »Entschuldigen Sie, aber ...?«

»Sie erkennen mich nicht mehr, was?«, sagte er grinsend. »Das überrascht mich nicht. Das letzte Mal, als Sie mich gesehen haben, lag ich platt auf dem Rücken, und mein halber Arm war ab!«

Als Dora ihn genauer ansah, begann sich ein Bild in ihrem Kopf zu formen. »Natürlich, jetzt erinnere ich mich wieder! Sie sind Mr. Gannon, nicht wahr?«

»Ganz recht!« Er lächelte erfreut. »Mein lieber Schwan – Sie müssen wirklich ein sehr gutes Gedächtnis haben, Schwester!«

»Damals war mein erster Tag in der Notaufnahme. Das vergisst man nicht so schnell!« Sie schnitt eine Grimasse. »Was macht Ihr Arm, Mr. Gannon?«

»Er ist so gut wie neu, dank Ihnen und Dr. McKay.« Zum Beweis bog und streckte er seinen Arm und schloss die Faust und öffnete sie wieder.

»Ich glaube nicht, dass ich viel damit zu tun hatte«, erwiderte Dora bescheiden. »Dazu hatte ich viel zu viel damit zu tun, nicht auf der Stelle ohnmächtig zu werden!«

»Nicht nur Sie!«, sagte Mr. Gannon und blickte zu den Kinotüren hinüber. »Oh, oh, meine Frau wirft mir schon komische Blicke zu. Jetzt werde ich ihr erklären müssen, warum ich stehen geblieben bin, um mit einer jungen Dame zu plaudern!« Er schüttelte Dora die Hand. »Es war schön, Sie wiederzusehen, Schwester. Grüßen Sie Dr. McKay und danken Sie ihm noch einmal von mir, ja?«

»Das tue ich, Mr. Gannon. Und ich bin froh, dass es Ihrem Arm schon so viel besser geht.«

Dora lächelte noch, als Joe zu ihr zurückkam.

»Wer war der Mann, mit dem du gesprochen hast?«, wollte er wissen.

Dora blinzelte ihn an, etwas erstaunt über die Unverblümtheit seiner Frage. »Er war mein erster Patient in der Notaufnahme.«

Joe blickte ihm mit finsterer Miene nach. »Ihr scheint ja sehr vertraut miteinander zu sein.«

Dora lachte, bis sie sah, wie Joe die Zähne zusammenbiss. »Und wenn wir es wären?«, entgegnete sie kurz angebunden.

»Ich mag es nur nicht, wenn fremde Männer zu vertraulich mit meinem Mädchen umgehen.«

»Erstens bin ich nicht dein Mädchen«, gab Dora ärgerlich zurück. »Und zweitens hast du mir nicht zu sagen, mit wem ich rede!«

Ein Schatten fiel über Joes gutaussehende Züge, doch dann war sein Lächeln auch schon wieder da. »Du hast recht. Entschuldige, Dora«, sagte er achselzuckend. »Aber nun lass uns reingehen, bevor der Film beginnt, ja?«

Das Kino war restlos überfüllt, aber die Platzanweiserin fand noch zwei Plätze für sie in der letzten Reihe. Schmusende Pärchen fuhren hastig auseinander, als sie sich von dem hellen Lichtstrahl ihrer Taschenlampe erfasst sahen.

Der Film begann, und Joe legte seinen Arm um Doras Schultern. Sie hielt die Augen auf die Leinwand gerichtet, auf der Max Miller einen raffinierten Renntippgeber spielte. Alle lachten über seine Tricks, doch das Einzige, woran Dora denken konnte, waren das Gewicht von Joes Arm und seine locker von ihrer Schulter herabhängende Hand, die fast ihre Brust unter dem Pullover streifte.

Plötzlich verschwand Max Miller, und sie sah nur noch das lüsterne Gesicht und den sabbernden Mund ihres Stiefvaters Alf vor sich, spürte den Geruch von Bier in seinem Atem und …

Sie erschrak und konnte gerade noch die Pralinenschachtel auffangen, die von ihrem Schoß herunterrutschte. Joe beugte sich zu ihr vor. »Ist was, Dora?«

»Nein, nein, schon gut.« Sie veränderte ein wenig ihre Haltung, um seinen Griff um ihre Schultern zu lockern.

Es ging ihr gut, sagte sie sich. Alf war nun schon eine ganze Weile weg, und je mehr Zeit verstrich, desto weniger dachte sie an ihn. Nur manchmal, wenn Joe ihr zu nahe kam, beschlichen sie wieder die scheußlichen Erinnerungen, und die alte Furcht nahm von ihr Besitz.

Nach dem Kino wollte Joe sie unbedingt zum Nightingale zurückbegleiten. Es war eine milde Mainacht. Die Kirschbäume im Park standen in voller Blüte, und die Luft war vom Duft frisch gemähten Grases erfüllt.

Eigentlich war der Abend zu schön, um ihn zu verderben, aber Dora wusste, dass sie Joe endlich reinen Wein einschenken musste. Sie holte tief Luft. »Hör mal, Joe …«

»Bevor du irgendetwas sagst, muss ich dir etwas erzählen«, unterbrach er sie. »Es hat etwas mit deinem Bruder zu tun.«

Dora starrte ihn an, und jeder andere Gedanke war vergessen. »Peter? Was ist mit ihm?«

Joe schwieg einen Moment, um sich seine Worte gut zu überlegen. »Gestern Abend in Whitechapel hat es bei einer Versammlung der British Union of Fascists ein bisschen Ärger gegeben. Offenbar gab es einen Zwischenrufer, und einige der Schwarzhemden gingen auf ihn los und schlugen ihn zusammen.«

Dora gefror das Blut in den Adern. »Und Peter hatte etwas damit zu tun?«

»Ich behaupte nicht, dass er die Schlägerei begonnen hat«, sagte Joe. »Aber er hat mitgemacht und dem anderen Typ die Nase gebrochen.«

»Dieser verdammte Idiot!« Dora fuhr sich müde mit der Hand über die Augen. »Das hat uns gerade noch gefehlt, dass Peter ins Gefängnis wandert.«

»Das ist kein Problem. Ich hab ihn nicht verhaftet, sondern ihn nur verwarnt und ihm ein bisschen Angst gemacht. Falls er allerdings noch mal Ärger macht und dabei erwischt wird, kann ich ihn vielleicht nicht mehr so einfach davonkommen lassen. Und ich will ihn nicht vor Gericht stehen sehen wegen dieser Schläger.«

»Ich auch nicht«, sagte Dora.

Joe machte ein besorgtes Gesicht. »Tut mir leid, dass ich der Überbringer schlechter Nachrichten bin. Ich war mir auch gar nicht sicher, ob ich es dir sagen sollte.«

»Doch, ich bin froh, dass du es getan hast. Und vielen Dank, Joe, dass du auf ihn achtgegeben hast.«

»Das habe ich nicht für ihn, sondern für dich getan.« Joe umfing noch fester ihre Hand. »Ich würde alles für dich tun, Dora.«

Er beugte sich wieder vor, um sie zu küssen, aber sie legte eine Hand an seine Brust, um ihn auf Distanz zu halten. »Hör zu, Joe, ich möchte nicht, dass du dir falsche Vorstellungen machst.«

Er runzelte die Stirn. »Inwiefern?«

»Was uns betrifft.« Sie schaute zu ihm auf und sah, wie seine Augen sich misstrauisch verengten. »Ich mag dich wirklich, aber was ich vorhin sagte, war ernst gemeint. Ich bin nicht dein Mädchen.«

»Und was bist du dann?«

»Keine Ahnung. Eine gute Freundin, nehme ich an.«

Er verzog den Mund. »Ich lade gute Freundinnen nicht ins Kino ein oder schenke ihnen teure Pralinen.«

»Ich habe dich nicht darum gebeten, mir Pralinen zu kaufen.«

»Du hast sie aber auch nicht abgelehnt!« Er verstärkte noch den Druck seiner Finger um die ihren. »Was willst du eigentlich, Dora? In der einen Minute bist du interessiert an mir, und in der nächsten zeigst du mir die kalte Schulter.« Sein Blick wurde schärfer, feindseliger. »Hast du einen anderen? Ist es das?«

Seine Frage überraschte sie. Wieder blickte sie auf und sah ihm in die Augen, die im Schein der Straßenlaterne glitzerten.

»Ich habe keinen anderen«, sagte sie und entzog sich seinem Griff. »Und wenn ich jemanden hätte, ginge es dich nichts an.«

Joe starrte sie wütend an, aber dann verschwand sein düsterer Gesichtsausdruck wieder genauso plötzlich wie vorhin im Kino.

»Du hast recht. Es tut mir leid«, sagte er. »Wenn du möchtest, dass wir nur Freunde bleiben, soll es mir recht sein, Dora.«

»Es freut mich, das zu hören«, sagte sie erleichtert.

»Aber glaub nicht, dass ich dich so einfach aufgebe«, fuhr er fort. »Mag sein, dass du jetzt noch nicht mein Mädchen bist, aber eines Tages wirst du es sein.« Er blickte lächelnd und voller Zuversicht zu ihr herab. »Wart's nur ab, Dora Doyle. Am Ende kriege ich dich schon noch herum!«

KAPITEL ELF

Helen trat zurück und bewunderte sich im Spiegel der Umkleidekabine. Sie hatte in den zweiundzwanzig Jahren ihres Lebens noch nie ein Ballkleid getragen und war verblüfft über ihre eigene Verwandlung. Das satte Himbeerrot passte perfekt zu ihrem dunklen Haar und hellen Teint. Das schräggeschnittene Kleid fiel so elegant, dass sie sich weltgewandt und erwachsen fühlte.

Sie machte eine halbe Drehung und erfreute sich an dem Rascheln des Satins auf ihrer Haut – bis sie am Rand des Spiegels ihre Mutter sah. Constance Tremayne saß auf einem vergoldeten Stuhl, hatte ihre behandschuhten Hände fest auf ihrem Schoß verschränkt und schürzte abwesend die Lippen.

»Nein, nein, das geht nicht. Bei deinem langen Hals kannst du dieses Dekolleté nicht tragen, wenn du nicht wie eine Giraffe aussehen willst.«

Als Helen sich wieder zum Spiegel umdrehte, sah sie keine elegante Prinzessin mehr, sondern das linkische, schlaksige Mädchen, dass sie in Wahrheit war.

»Wo ist diese verflixte Verkäuferin? Wie lange kann man brauchen, um ein Kleid herauszusuchen, frage ich mich?« Constance blickte sich mit ärgerlicher Miene um.

Sie wird sich wohl verstecken, dachte Helen. Ihre Mutter scheuchte die arme Verkäuferin schon seit einer Stunde hin und her.

»Musst du so bucklig dastehen, Helen? Halte dich gerade und nimm die Schultern zurück. Ich weiß, dass du viel zu groß bist, aber du wirst eben das Beste daraus machen müssen … Ah, da ist sie ja«, sagte Constance, als die Verkäuferin erschien, wobei sie unter einem weiteren Arm voller Ballkleider schwankte. »Das wurde aber auch Zeit. Haben Sie das blaue mitgebracht, das ich sehen wollte? Nein, nicht das. Ich meinte das andere blaue. Ist das hier etwa blau für Sie? Für mich ist es eindeutig nilgrün.« Constance schnalzte missbilligend mit der Zunge. »Na ja, vielleicht sollte sie es trotzdem anprobieren. Aber gehen Sie und holen Sie auch das blaue. Und beeilen Sie sich, Mädchen, wir haben nicht den ganzen Tag lang Zeit!«

»Sie tut ihr Bestes, Mutter«, sagte Helen, als das Mädchen wieder ging.

»Wahrscheinlich schon, aber ihr Bestes ist einfach nicht gut genug.« Constance stieß einen leidgeprüften Seufzer aus. »Man sollte wirklich meinen, ein Geschäft wie Selfridges würde erfahrenere Verkäuferinnen beschäftigen, um die Kunden zu beraten, findest du nicht?«

»Vielleicht sind bloß keine Kleider mehr da?« Helens Blick glitt deprimiert über die Reihen von Kleidern, die schon auf der Stange vor ihr hingen. Sie waren jetzt schon fast zwei Stunden in der Abteilung für Abendkleider, und bisher hatte nichts die Zustimmung ihrer Mutter gefunden. Helen nahm allmählich an, dass es wahrscheinlich überhaupt kein Kleid gab, das all ihre Schwächen kaschieren könnte.

»Unsinn, ich bin mir sicher, dass wir etwas finden werden«, tat Constance ihren Einwand unwirsch ab. »Wir müssen nur weitersuchen, bis wir etwas finden. Gut, dass du den halben Tag freihast.«

Helen blickte auf die Uhr. Sie hatte eigentlich vorgehabt, diesen kostbaren freien Nachmittag mit Charlie zu verbringen, bis ihre Mutter ihr mitgeteilt hatte, dass sie zusammen ein Kleid für den Gründungstags-Ball aussuchen würden. Zum Glück war Charlie auf die Idee gekommen, sich mit ihr im West End zu treffen und zum Tee ins Lyons' Corner House auf der Strand zu gehen.

Die Verkäuferin kam mit noch mehr Kleidern zurück, und Helen wurde in den Umkleideraum zurückverfrachtet, um das nächste von ihrer Mutter ausgewählte Kleid anzuprobieren.

»Ich verstehe sowieso nicht, warum ich ein neues Kleid brauche«, sagte sie, während die Verkäuferin ihr in ein Modell aus grünem Krepp hineinhalf. »Benedict hat bestimmt ein Kleid, das sie mir leihen könnte.«

»Du würdest in einem geborgten Kleid zum Gründungstags-Ball gehen? Das kommt überhaupt nicht infrage!«, ertönte die entrüstete Stimme ihrer Mutter von der anderen Seite des Vorhangs. »Dieser Ball ist eine sehr wichtige Veranstaltung, und als Tochter eines Verwaltungsratsmitglieds musst du so gut wie möglich aussehen. Es werden einige sehr bedeutende Leute kommen, und ich will nicht, dass du mich oder dich selbst blamierst. Vergiss nicht, dass alles, was du tust und sagst, auf mich zurückfällt!«

Im Spiegel begegnete Helen dem Blick der Verkäuferin und sah ihren Ausdruck stummen Mitgefühls.

»Aber mich wird sowieso niemand ansehen, Mutter.«

»Natürlich werden sie das tun. Wie ich bereits sagte, werden einige sehr bedeutende Leute an diesem Ereignis teilnehmen, und deiner zukünftigen Karriere zuliebe musst du einen guten Eindruck auf sie machen.«

Ich würde mich lieber ein bisschen amüsieren, dachte Helen.

Es hatte noch nie zuvor ein Ball im Krankenhaus stattgefunden. Der Gründungstag war im Juli, und das bisher Aufregendste zur Feier dieses Tages war eine Gartenparty gewesen, die vor zwei Jahren im Hof des Nightingales stattgefunden hatte. In diesem Jahr hatte der Verwaltungsrat jedoch beschlossen, stattdessen einen Ball zur Beschaffung von Geldmitteln zu veranstalten. Oder genauer gesagt war es Constance Tremayne gewesen, die den Beschluss gefasst hatte, und die anderen Verwaltungsratsmitglieder hatten lediglich zugestimmt, wie sie es immer taten.

Der Ball sollte der gesellschaftliche Höhepunkt des Jahres werden. Es waren noch zwei Monate bis dahin, doch die anderen Schwestern planten schon aufgeregt, was sie tragen würden und wie viele Flaschen Gin sie in ihren Strumpfbändern hereinschmuggeln könnten.

Helen zog den Vorhang zurück und trat aus der Umkleidekabine, um sich ihrer Mutter in dem von ihr ausgewählten Kleid zu zeigen. Sie konnte sich kaum dazu überwinden, einen Blick auf ihr eigenes Spiegelbild zu werfen. Das Kleid war aus einem steifen Material, das unangenehm auf der Haut kratzte. Außerdem war es schrecklich bieder und matronenhaft, langärmelig und mit einer unkleidsamen Rüsche bis zum Hals geschlossen. Die triste, schmutziggrüne Farbe ließ Helens blassen Teint teigiggelb erscheinen. Es war das hässlichste Kleid, das sie je gesehen hatte.

Aber sie wusste bereits, was ihre Mutter sagen würde, bevor sie den Mund aufmachte.

»Nun, ich denke, das ist das Beste, was wir bisher gesehen haben.«

Helen sah den entsetzten Blick der Verkäuferin. »Findest du nicht, dass es ein bisschen zu … altmodisch für mich ist, Mutter?«, wagte sie einzuwenden.

»Unsinn, es ist genau das Richtige für die Gelegenheit. Ihr jungen Mädchen kleidet euch heute ohnehin viel zu frivol«, tat Constance Helens Einwand ab.

Genau das Richtige für die Gelegenheit. Helen lächelte über diese Worte. Sie konnte sich nicht erinnern, dass ihre Mutter ihr je gesagt hatte, sie sähe hübsch aus. Der Einzige, der ihr das sagte, war Charlie.

Sie blickte wieder auf die Uhr. Nicht mehr lange, und sie würde ihn sehen.

»Um vier Uhr an der Nelsonsäule. Und verspäte dich nicht!«, hatte er gesagt.

»Helen? Hörst du mir überhaupt zu?«

Sie lächelte noch, als sie sich ihrer Mutter zuwandte. »Entschuldigung.«

»Ich sagte, ich kaufe dieses Kleid. Falls du nicht noch einmal eins der anderen anprobieren willst?«

»Nein!«, sagte Helen. »Mir ist's recht. Ehrlich. Wir nehmen dieses hier.«

»Sehr gut. Aber wir werden es natürlich ändern lassen. Wenn du bloß nicht so dünn wärst …« Constance zuckte mit den Schultern. »Na ja, das lässt sich nun einmal nicht ändern.« Sie nickte der Verkäuferin zu, die davoneilte, um ihre Stecknadeln zu holen.

Während Helen geduldig dastand, als das Kleid mit Biesen und Abnähern versehen und gesäumt wurde, öffnete Constance ihre geräumige Krokodilledertasche und nahm ihren Terminkalender heraus. Sie blätterte darin und sagte: »Ich habe jetzt noch einiges in der Stadt zu erledigen, und dann muss ich ins Krankenhaus zu einer Besprechung mit der Oberin. Es geht um neue Geräte, auf deren Anschaffung sie bestanden hat.« Helen erkannte den kampflustigen Blick in ihren Augen. »Wir können uns ein Taxi zum Nightingale nehmen.«

»Oh, das ist nicht nötig, Mutter. Ich treffe mich mit Charlie in der Stadt.«

Constance blickte sie streng an. »Eigentlich wollte ich mit dir zum Tee zu Fortnum's gehen.«

Helen warf ihr einen Blick zu, doch Constance war schon

wieder mit ihrem Kalender beschäftigt und hakte Termine ab, als sei die Angelegenheit für sie damit erledigt.

»Es tut mir leid, Mutter, aber Charlie wird schon unterwegs sein. Ich kann ihn nicht versetzen.« Was Helen auch gar nicht vorhatte, selbst wenn sie es gekonnt hätte. »Warum gehen wir nicht alle zusammen zum Tee?«, schlug sie vor.

»Zu Fortnum's?« Constance verzog die Mundwinkel. »Das glaube ich nicht, meine Liebe.«

»Und warum nicht?«, gab Helen gereizt zurück.

»Weil es nicht das ist, was er gewohnt ist, oder?«

Er wird seinen Tee schon nicht aus der Untertasse trinken, falls es das ist, was dir Sorgen macht, dachte Helen. »Wir könnten doch auch zu Lyons gehen?«

»Aber ich will zu Fortnum's.«

Helen seufzte. »Ich wünschte, du würdest Charlie eine Chance geben, Mutter«, sagte sie. »Du würdest ihn mögen, wenn du ihn nur richtig kennlerntest.«

»Oh, er ist sicher ein recht netter junger Mann auf seine Art.« Und damit wandte Constance sich auch schon wieder der Verkäuferin zu. »Sind Sie sicher, dass dieser Saum gerade ist?«, sagte sie. »Mir kommt er nämlich ziemlich schief vor.«

Von Enttäuschung und Verbitterung erfasst, drehte Helen sich wieder zum Spiegel um. Wie üblich hatte ihre Mutter das Thema mit ein paar kühlen Worten beendet. Aber diesmal war Helen entschlossen, ihr ihren Standpunkt klarzumachen.

»Du wirst ihm auf dem Ball begegnen«, sagte sie.

»Oh nein, das glaube ich nicht, Liebes.« Constance erhob ihren Blick nicht vom Saum des Kleids.

»Was willst du damit sagen?«

»Dass er nicht kommen wird.« Diesmal schaute Helens Mutter sie an. »Du glaubst doch wohl nicht ernsthaft, er würde dazu eingeladen?«, sagte sie mit einem spöttischen Lächeln.

»Aber er ist mein fester Freund! Auch all die anderen Mädchen bringen ihre Freunde mit.«

Constance warf einen vielsagenden Blick auf die Verkäuferin, die zu ihren Füßen hockte. »Dies ist nicht der richtige Moment, um die Sache zu besprechen«, sagte sie. »Wir reden später darüber.«

»Nein, Mutter, wir reden jetzt darüber.« Helen gab sich Mühe, das Zittern in ihrer Stimme zu unterdrücken. »Ich lasse nicht zu, dass du das Thema wieder unter den Teppich kehrst und du immer einfach so tust, als würde Charlie nicht existieren. Warum willst du nicht, dass er zu dem Ball kommt?«

Constance wurde weiß bis in die Lippen. »Also wirklich, Helen! Ich verstehe nicht, warum du dir mir gegenüber einen solchen Ton erlaubst!«, fauchte sie. »In Wirklichkeit mache ich mir doch einfach nur Sorgen um ihn. Ich will nicht, dass er sich geniert oder sich fehl am Platze fühlt.«

»Wer sagt denn, dass er fehl am Platze wäre?«

Ihre Mutter lächelte herablassend. »Weil es nun einmal nicht seine Welt ist. Im gesellschaftlichen Umgang mit wichtigen und einflussreichen Leuten würde er sich wie ein Fisch auf dem Trockenen vorkommen. Und deshalb bin ich mir sicher, dass er viel lieber unter seinesgleichen bliebe.«

»Unter seinesgleichen?«

»Du weißt, was ich meine.« Ihre Mutter schürzte ihre Lippen. »Unter Menschen der Arbeiterklasse.«

Helen schnappte nach Luft. »Es geht hier also gar nicht um Charlie! Du willst ihn dort nur nicht sehen, weil du Angst hast, dass er dich blamieren könnte!«

»Nein, aber ich befürchte, dass er *dich* blamieren wird.« Constances dunkle Augen flackerten vor Zorn.

»Das wird er nicht«, sagte Helen. »Weil ich kein Snob bin wie Constance Tremayne.«

»Wenn du mit Snob meinst, dass ich ihn nicht für eine geeignete Partie halte, bin ich vielleicht wirklich ein Snob«, gab ihre Mutter gereizt zurück. »Aber mein Entschluss steht ohnehin fest. Er wird nicht zu dem Ball kommen, und damit hat es sich!«

»Na schön. Wenn er nicht kommt, dann komme ich eben auch nicht.« Helen blickte zu der Verkäuferin herab, die das Gespräch anscheinend sehr unterhaltsam fand. »Helfen Sie mir aus diesem Ding heraus. Wir werden es nämlich doch nicht kaufen.«

Das Mädchen begann die Stecknadeln herauszuziehen, aber Constance hielt sie auf. »Bitte machen Sie weiter«, wies sie sie an. »Mein Gott, Helen, musst du immer gleich so theatralisch sein? Du machst dich lächerlich.«

»Es ist mir völlig ernst damit, Mutter. Ich bleibe lieber zu Hause, als ohne Charlie zu diesem blöden Ball zu gehen.«

Ihre Blicke begegneten sich und ließen sich für einen Moment lang nicht mehr los.

»Du verhältst dich ausgesprochen kindisch«, sagte ihre Mutter dann mit leiser Stimme.

»Das werden wir ja sehen.« Helen wandte sich wieder an das Mädchen. »Werden Sie mir nun aus diesem scheußlichen Ding heraushelfen, oder muss ich es zerreißen?«, fauchte sie, und war selbst überrascht über ihren schneidenden Tonfall. Normalerweise wäre sie höflich geblieben und hätte sich vielmals entschuldigt, aber diesmal war ihre Mutter zu weit gegangen.

Ohne eine Antwort abzuwarten, raffte Helen das Kleid zusammen und eilte auf die Umkleidekabine zu – eine lange Spur von Stecknadeln säumte ihren Weg.

»Warte, Helen! Komm sofort wieder hierher! Wie kannst du dich nur so danebenbenehmen!« Die schneidende Stimme ihrer Mutter verfolgte sie bis in die Umkleidekabine. »Hörst du mir überhaupt zu?«

143

»Nicht, solange *du* mir nicht zuhörst«, sagte sie und zog den Vorhang zu, um das wütende Gesicht ihrer Mutter nicht mehr sehen zu müssen.

Constance Tremayne schenkte sich eine Tasse Tee ein. Sie war so aufgebracht, dass sie nicht einmal überprüfte, ob die Kanne auch richtig angewärmt war.

Ihren Tee bei Fortnum & Mason einzunehmen war eines der kleinen Vergnügen, die sie sich gönnte, wann immer sie aus Richmond in die Stadt kam. Aber mit ihrem lächerlichen Wutanfall hatte Helen ihr heute alles verdorben.

Die bloße Tatsache, dass ihre Tochter in einem solch frechen Ton mit ihr gesprochen hatte, war für Constance der Beweis dafür, dass Charlie Dawson keinen guten Einfluss auf sie hatte. Helen hätte ihr niemals derartig die Stirn geboten, bevor sie ihn gekannt hatte, und sie wäre auch gewiss nicht so aus dem Laden hinausstolziert und hätte sie zutiefst gedemütigt vor der Verkäuferin stehen lassen. Helen war immer ein respektvolles, guterzogenes Mädchen gewesen, und er machte sie zu einem frechen Luder. Demnächst würde sie noch Erbsenpudding essen und fluchen wie ein Dockarbeiter!

Constance schürzte ihre Lippen bei der Erinnerung daran, wie ungezogen Helen gewesen war. Warum konnte sie nicht einsehen, dass ihre Mutter nur in ihrem Interesse handelte? Alles, was Constance Tremayne tat, tat sie zu Helens Wohl. Sie wollte ihr helfen, im Leben so weit wie möglich aufzusteigen und keine Schande über sich zu bringen.

Denn das hatte Constance Tremayne selbst erlebt, und vor allem deshalb wollte sie so unbedingt verhindern, dass es ihrer Tochter auch geschah.

Sie erschauderte bei der Erinnerung an die Fehler, die sie als junges Mädchen in Helens Alter gemacht hatte. Der Mann, in den sie sich damals verliebt hatte, war sehr viel wohlhabender und machtvoller gewesen als Charlie Dawson, und trotzdem hatte er ihren Untergang herbeigeführt. Sie war so vernarrt in ihn gewesen, dass sie die Gefahr erst viel zu spät erkannt hatte und ihr guter Ruf schon ruiniert gewesen war.

Die Heirat mit Timothy Tremayne, einem jungen Kaplan, hatte sie gerettet und ihr dazu verholfen, den ihr zustehenden Platz in der Gesellschaft wieder einzunehmen. Doch ganz gleich, wie vielen karitativen Komitees sie auch angehörte, bei wie vielen Blumenausstellungen sie als Jurorin auftrat und welch untadeliges Leben sie führte, die Erinnerung an ihre frühere Schmach war wie ein Fleck auf ihrem Charakter, der sich durch nichts entfernen ließ.

Und so konnte sie nur dafür sorgen, dass ihre Tochter nicht den gleichen Fehler machte. Von dem Moment an, als Helen geboren wurde, hatte Constance rigoros die Herrschaft über das Leben ihrer Tochter übernommen. Sie wählte ihre Kleidung und ihre Freundinnen aus, bestimmte, wo sie zur Schule ging und welchen Beruf sie ergreifen sollte. Sie wusste, wie herrisch sie manchmal sein konnte, doch sie handelte aus Liebe.

Und dann war dieser Charlie Dawson dahergekommen, und zwanzig Jahre gewissenhafter Anleitung waren den Bach hinuntergegangen.

Helen bildete sich ein, sie sei verliebt, aber Constance wusste es besser. Ihr wusste nur allzu gut, wie diese Art Vernarrtheit ein Leben zugrunde richten konnte. Und sie war nicht bereit, die Hände in den Schoß zu legen und zuzusehen, wie ihre Tochter von dem Sohn eines East-End-Straßenhändlers auf sein Niveau heruntergezogen wurde.

Dazu war Constance Tremayne zu weit gekommen.

KAPITEL ZWÖLF

»He! Lassen Sie Ihre Finger von der Ware.«

Ruby, die eine Kartoffel in der Hand hielt, grinste den Standinhaber an. »Darf ich mir nicht ansehen, was ich kaufe?«

»Solange Sie auch was kaufen.«

»Natürlich kaufe ich was.« Ruby warf ihm die Kartoffel zu. »Ich nehme zwei Pfund davon und noch ein halbes Pfund Karotten.«

»Für einen leckeren Braten für Ihren Mann, nicht wahr?« Der Straßenhändler lächelte. »Liebe geht ja bekanntlich durch den Magen, wie man so schön sagt.«

»Da weiß ich was viel Besseres!« Ruby zwinkerte ihm zu, doch dann sah sie den giftigen Blick seiner Frau.

»Beachten Sie sie nicht«, flüsterte der Mann, während er die Kartoffeln in Rubys Einkaufstasche kippte. »Ich hab Ihnen ein paar mehr gegeben, weil Sie mir den Tag verschönert haben.«

»Danke, mein Lieber.«

Als Ruby ging, rief der Händler ihr nach: »Ich hoffe, Sie verschönern auch Ihrem Mann den Tag!«

Ich auch, dachte Ruby, weil sie heute alle Hilfe brauchte, die sie kriegen konnte.

Nach sechs Wochen Ehe hatte sie endlich den Entschluss gefasst, Nick die Wahrheit über das Baby zu gestehen.

»Je länger du es aufschiebst, desto schlimmer wird es sein«, hatte ihre Mutter sie heute Morgen noch gewarnt, als Ruby auf eine Tasse Tee bei ihr vorbeigeschaut hatte. »Ich verstehe nicht, warum du es ihm nicht gleich gesagt hast, um es ein für alle Mal hinter dich zu bringen.«

»Weil ich es nicht konnte, Mum.« Die vergangenen sechs Wochen waren die glücklichsten in Rubys Leben gewesen, und sie hatte sich einfach nicht dazu durchringen können, alles zu verderben.

»Tja, aber jetzt hast du dich erst richtig in Teufels Küche gebracht, nicht wahr? Der Mann hat Augen im Kopf, Mädchen. Er wird sich fragen, warum man noch nichts sieht, obwohl du ja angeblich schon beinahe im vierten Monat bist!«

Ruby legte eine Hand an ihren Bauch unter ihrem engen Rock. »Er wird es nicht bemerken.«

»Nick Riley ist kein Dummkopf, also solltest du ihn auch nicht wie einen behandeln, wenn du vernünftig bist.«

»Dazu ist es ein bisschen zu spät, nicht wahr?«

Ruby wusste, dass es dumm von ihr gewesen war. Ihre Mutter hatte völlig recht, sie hätte es nicht so lange aufschieben dürfen, weil sie damit alles nur noch viel schlimmer gemacht hatte.

»Er wird mich umbringen, wenn er es erfährt«, flüsterte sie.

»Er wird es nicht vor Freude von allen Dächern schreien, das steht schon mal fest.« Lettie Pikes schmales Gesicht nahm einen mitfühlenden Ausdruck an, was bei ihr nur selten vorkam. »Ich weiß, dass es nicht leicht sein wird. Aber du wirst ihn schon wieder beruhigen, Kind. Das schaffst du doch immer. Denk doch nur an die Waschmaschine. Nur du konntest ihm einen solchen Streich spielen und damit durchkommen!« Sie lächelte mit widerstrebender Bewunderung.

»Wir reden hier nicht von einer blöden Waschmaschine, sondern von einem Kind, Mum!« Panik erfasste Ruby. »Und wenn er mich verlässt?«

»Das wird er nicht. Nicht, wenn er weiß, was gut für ihn ist. Du bist eine wunderbare Ehefrau für ihn gewesen und hast ihm ein schönes Heim geschaffen. Er kann sich kaum beklagen. Und wo würde er je wieder ein Mädchen wie dich finden?«

»Wahrscheinlich hast du recht.« Ruby kratzte an den Resten ihres abgesprungenen pinkfarbenen Nagellacks.

»Also geh nach Hause und mach ihm etwas Gutes zu essen. Bring ihn in Stimmung.« Lettie grinste. »Er wird Wachs in deinen Händen sein, wenn du mit ihm fertig bist!«

Ruby wünschte, sie könnte so zuversichtlich sein wie ihre Mutter, doch hinter der kessen, heiteren Fassade, die sie für den Rest der Welt bereithielt, zitterte sie vor Nervosität. Sie hatte seit Tagen geübt, was sie Nick sagen würde, und sich alle Mühe gegeben, die richtigen Worte zu finden. Aber wann immer sie die Szene in ihrem Kopf durchspielte, endete sie auf die gleiche Weise: nämlich so, dass Nick für immer ging.

Irgendwo im Hinterkopf hatte sie gehofft, dass Nick, wenn sie ihm ihr Geständnis machte, mittlerweile so vernarrt in sie sein würde, dass es ihm nichts ausmachen würde, dass sie gar nicht schwanger war. Aber sosehr sie sich auch einzureden versuchte, dass sie ihn für sich gewonnen hatte, wusste sie doch, dass er sie eigentlich noch gar nicht richtig liebte. Er hatte sie zwar gern und tat alles, was von einem liebenden Ehemann erwartet wurde, aber Ruby wurde das Gefühl nicht los, dass er nur versuchte, das Beste aus einer schlechten Ausgangssituation zu machen. Ohne das Baby würde ihn nichts mehr halten.

Sie hatte auch nicht damit gerechnet, dass er sich so sehr darauf freuen würde, Vater zu werden. Er sprach nicht viel darüber, aber sie konnte das Leuchten in seinen Augen sehen, wenn er über das Baby sprach.

Es war komisch, aber sie hatte sich Nick Riley nie mit einem Kind auf seinen Knien vorgestellt. Und trotzdem schien diese Vorstellung bei ihm zu genügen, ein Lächeln auf seine Lippen zu zaubern, wie man es so selten bei ihm sah. Manchmal ertappte Ruby sich dabei, dass sie Eifersucht auf ein Kind empfand, das es nicht mal gab.

Nick hatte den Nachmittag frei, da er aber nach der Arbeit noch zum Training gehen wollte, blieb Ruby noch Zeit genug für ihre Vorbereitungen. Sie hatte sich derart in Tagträumereien verloren, als sie die Wohnung aufschloss, dass sie fast geradewegs in die Gestalt hineinlief, die im Rücheneingang stand.

»Mein Gott, Nick!« Sie ließ ihre Einkaufstasche fallen und drückte eine Hand an ihr wild pochendes Herz. »Du hast mich zu Tode erschreckt. Was tust du hier? Ich dachte, du wolltest zum Training?«

»Mein Sparringpartner ist nicht erschienen.« Irgendetwas an der Art, wie er sie anstarrte, flößte Ruby Unbehagen ein.

»Jetzt hast du meine Überraschung verdorben«, sagte sie und bückte sich nach den Karotten, die aus der Tasche gefallen waren.

»Du liebst Überraschungen, nicht wahr?«

Sie richtete sich auf. »Was soll das denn heißen?«

»Tu nicht so unschuldig, Ruby. Ich habe dein kleines Geheimnis herausgefunden.«

Ihr stieg das Blut in den Kopf, und der Raum begann sich um sie zu drehen.

Er wusste es.

»Wie hast du es herausgefunden?«, flüsterte sie.

»Ich bin nicht dumm, Ruby. Ich kann sehen, was ich vor Augen habe.« Seine blauen Augen loderten vor Zorn. »Was dachtest du, wie lange du mich noch belügen könntest?«

Ihr Mund war plötzlich so trocken, dass sie kaum ein Wort herausbekam. »Ich wollte es dir ja sagen«, erwiderte sie stockend. »Es schien nur nie der richtige Moment zu sein …«

»Und deshalb dachtest du, du könntest einfach weiter so tun, als ob nichts wäre?«

»Es tut mir leid, Nick, wirklich.« Sie ertrug es nicht, die Verachtung in seinem Gesicht zu sehen. »Ich schwöre, dass ich es dir sagen wollte. Ich habe es so oft versucht …«

»Und warum hast du es nicht getan?«

»Ich weiß nicht – weil ich Angst hatte, wahrscheinlich. Ich wusste, dass du mich verlassen würdest …«

»Dich verlassen?« Sein Stirnrunzeln vertiefte sich. »Warum sollte ich dich wegen ein paar Rechnungen verlassen?«

Es dauerte einen Moment, bis ihr bewusst wurde, was er gesagt hatte. »Rechnungen?«, hörte sie sich mit unsicherer Stimme fragen.

Er nickte. »Ich habe sie unter dem Bett gefunden. Wo du sie versteckt hast«, beschuldigte er sie.

Ruby lehnte sich an die Wand, weil ihre Knie plötzlich zu schwach waren, um sie aufrecht zu halten.

Er hatte die Rechnungen gefunden. Sie war so besorgt wegen des Babys gewesen, dass sie sich gar keine Gedanken mehr über die Rechnungen gemacht hatte.

Anfangs hatte sie ihr Versprechen noch gehalten, nachdem Nick die Waschmaschine bezahlt hatte. Ein, zwei Wochen lang hatte sie auch keine Schulden mehr gemacht. Aber dann hatte das Alleinsein in der Wohnung sie dermaßen gelangweilt, dass sie sich zu einer Runde durch die Möbelgeschäfte aufgemacht hatte, nur um zu sehen, was sie kaufen könnte, wenn sie das Geld dazu hätten. Der Anblick all dieser hübschen Dinge war jedoch zu viel für sie, und bevor sie wusste, was sie tat, hatte sie einen weiteren Darlehensvertrag bei Bert Wallis unterschrieben und in den umliegenden Textilgeschäften so manches auf Kredit gekauft.

Da sie jedoch ihre Lehre aus dem Waschmaschinenkauf gezogen hatte, achtete sie fortan darauf, nur noch Kleinigkeiten zu kaufen, bloß ein bisschen Krimskrams hier und da, um die Wohnung freundlicher und schöner zu gestalten. Ein paar neue Bettlaken und Decken, flauschige Handtücher für das Bad oder eine Butterdose, die zu dem Porzellan passte, das sie zur

Hochzeit geschenkt bekommen hatten. Doch auch Kleinigkeiten summierten sich, und so war sie schon bald wieder mit den Rückzahlungen im Verzug.

Das war der Moment, als sie begonnen hatte, die Mahnungen unter der Matratze zu verstecken, nach dem Motto: Aus den Augen, aus dem Sinn.

»Ruby?« Nick sah sie mit besorgter Miene an. »Geht es dir nicht gut?«

Sie öffnete den Mund, um etwas zu erwidern, doch stattdessen brach sie in Tränen aus.

»Ruby!« Nick trat vor und nahm sie in die Arme. »Ach komm, Kleines, das ist doch nicht das Ende der Welt! Ich will nur nicht, dass du noch mehr Schulden anhäufst, die wir nicht bezahlen können.« Er zog sie noch fester an seine muskulöse Brust, an der sie sich immer so sicher und geborgen fühlte. »Versprichst du mir, dass du das nicht mehr tun wirst?«

Ruby nickte und blinzelte, um ihre Tränen zurückzudrängen. »Bestimmt nicht«, murmelte sie an seinem Hemd. Aber sie dachte dabei keineswegs an Geld. Ihre Erleichterung war wie ein grelles weißes Licht, das ihren ganzen Kopf durchflutete und keinen Raum für irgendetwas anderes mehr ließ.

»Komm her, du dummes Ding.« Er zog sie noch näher an sich. »Wieso hast du gedacht, ich würde dich verlassen?«

Sag es ihm, riet ihr eine innere Stimme.

»Ich … ich weiß es nicht«, flüsterte sie.

»Ich hatte dir doch versprochen, dass ich nirgendwohin gehe und für dich und unser Baby sorgen werde, was immer auch geschieht.«

Was immer auch geschieht. Die grimmige Entschlossenheit in seiner Stimme machte ihr Angst, und sie entzog sich ihm.

»Du liebst mich doch, Nick, oder?« Sie sah ihm prüfend und zugleich auch flehend ins Gesicht.

Mit grimmig zusammengezogenen Augenbrauen blickte er zu ihr herab. »Du bist meine Frau, Ruby.«

»Das ist keine Antwort, Nick. Mir fallen viele Ehemänner ein, die ihre Frauen nicht lieben. Schau dir nur meinen Dad an. Er und meine Mum mussten heiraten, und sie haben die letzten zwanzig Jahre damit verbracht, den anderen dafür leiden zu lassen.«

Nick verzog den Mund. »Du denkst, ich sei wie dein Dad?«

Ruby dachte an ihren Vater, fett und schmuddelig in seiner fleckigen Weste, sein spärlich werdendes Haar quer über seinen rosa Schädel gekämmt, und ein widerstrebendes Lächeln erschien um ihre Lippen. »Nein, das denke ich ganz und gar nicht.«

»Na, das ist ja schon mal sehr beruhigend.« Nick schaute sie an, und seine Augen wurden plötzlich ernst. »Hör mal, es gibt überhaupt keinen Grund, warum es bei uns so wie bei deiner Mum und deinem Dad kommen sollte. Oder wie bei meinen Eltern. Ich weiß, dass wir nicht den besten Start für eine Ehe hatten, aber wir haben trotzdem noch sehr gute Aussichten. Ich möchte, dass es mit uns klappt, Ruby. Ich will genauso wenig wie du, dass unser Kind in einem unglücklichen Zuhause aufwächst.«

Und was ist, wenn es kein Baby gibt? Die Frage lag ihr auf der Zunge, aber sie konnte sich nicht dazu überwinden, sie auszusprechen.

»Du musst jedoch wissen, dass ich keine Lügen mag, Ruby«, fuhr Nick fort. »Ich bin mit zu vielen Lügen aufgewachsen.« Er drückte seine Lippen auf ihr Haar. »Du weißt, dass es nichts gibt, was du mir nicht sagen kannst. Solange wir nur ehrlich zueinander sind, können wir alles miteinander durchstehen.«

Sag es ihm.

»Nick …«

Er hielt sie auf Armeslänge von sich ab. »Du liebe Güte, sag jetzt bloß nicht, dass du dir noch etwas anderes von der Seele reden musst?« Seine Augen funkelten vor Belustigung. »Lass mich raten … deine Mum zieht bei uns ein?«

»Es geht um das Baby …«

Sie sah, wie sich sein Gesicht umwölkte. »Was ist damit?«, fragte er. »Stimmt irgendetwas nicht? Ist etwas passiert?« Sein Blick glitt augenblicklich zu ihrem Bauch.

»Nein, es ist nur …« Sie konnte es ihm nicht sagen. Sie wollte es unbedingt, aber die Worte blieben ihr in der Kehle stecken.

Sie drückte ihr Gesicht an seine Brust. An ihrer Wange konnte sie seinen ruhigen Herzschlag fühlen, und sie atmete tief seinen warmen, maskulinen Duft ein. Nick war wie eine Droge für sie, sie konnte sich nicht vorstellen, ohne ihn zu leben.

»Es ist alles in Ordnung«, sagte sie. »Mehr wollte ich dir gar nicht sagen.«

Er grinste. »Das beruhigt mich! Für einen Moment war ich regelrecht besorgt, Ruby.«

Sie entzog sich seinen Armen, hob ihre Einkaufstasche auf und ging in die Küche. »Ich sollte mich jetzt besser um unser Abendbrot kümmern, wenn wir nicht erst um Mitternacht essen wollen.«

»Vorher habe ich aber noch ein kleines Geschenk für dich.«

Ihr Herz schlug höher. »Für mich? Was ist es?«

»Warte hier.« Er verschwand im Schlafzimmer und kehrte kurz darauf mit einem Päckchen aus braunem Packpapier zurück. »Hier«, sagte er und gab es ihr.

Ruby befingerte die Schnur. »Was ist es?« Das Päckchen fühlte sich weich an. Vielleicht war es eine neue Bluse oder dieser wunderschöne kornblumenblaue Pullover, auf den sie ein Auge geworfen hatte? Obwohl sie sich eigentlich nicht vorstellen konnte, dass Nick in ein Damenbekleidungsgeschäft ging, geschweige denn, dass er wusste, wonach er fragen musste …

In ihrer Ungeduld gab sie den Versuch auf, die Schnur zu entfernen, und riss stattdessen das Papier auf. Doch darin befand sich weder eine neue Bluse noch der Pullover, den sie sich so wünschte.

»Einer der Pförtner im Krankenhaus hat mir die Sachen gegeben«, sagte Nick. »Sein Knirps ist aus ihnen herausgewachsen, und deshalb dachte seine Frau, wir könnten sie vielleicht gebrauchen.« Er strahlte vor Stolz. »Sie sind hübsch, nicht wahr?«

Ruby starrte den Stapel kleiner Strickjäckchen und Schühchen in ihren Händen an. Die feingestrickten, mit hübschen Mustern und winzigen Bändchen versehenen Babysachen schienen sie geradezu zu verhöhnen.

Nick runzelte die Stirn. »Alles in Ordnung, Ruby?«

»Ich …«

Sag es ihm, beschwor die innere Stimme sie wieder.

»Ich weiß, dass du dir gewünscht hattest, alles neu zu kaufen, aber ich dachte, es könnte nicht schaden, ein paar mehr Sachen zu haben«, sagte er. »Auch Kleinigkeiten helfen einem weiter, nicht wahr? Außerdem sagt Arthur, dass die Sachen kaum getragen sind, weil sein Baby schon bei der Geburt ein richtig großes Kerlchen war und ihm fast nichts von seinen Säuglingssachen passte.« Er nahm eins der Jäckchen und hielt es hoch. »Ich könnte mir vorstellen, dass unser Baby das bestgekleidete in ganz Bethnal Green sein wird, du nicht?«

KAPITEL DREIZEHN

Eine Woge der Entrüstung hatte Helen den ganzen Weg über die Regent Street, den Piccadilly Circus und den Haymarket getragen. Als sie nun zum Trafalgar Square hinunterstapfte, war sie müde, schäumte aber immer noch vor Wut.

Wie konnte ihre Mutter es wagen, so verächtlich auf Charlie herabzusehen? Sie hatte sich ja nicht einmal die Zeit genommen, ihn kennenzulernen, bevor sie ihn so unerbittlich verurteilt hatte. Wie typisch für sie!, dachte Helen empört.

Erschöpft ließ sie sich auf den Stufen unter der Nelsonsäule nieder. Es war ein schöner Maitag, und die Springbrunnen am Trafalgar Square glitzerten im späten Nachmittagssonnenschein. Auf dem Platz wimmelte es von Menschen, Touristen, Straßenhändlern und Zeitungsverkäufern, deren Schreie die Luft erfüllten.

Helen sah einer Frau mit Kopftuch zu, die aus einer braunen Papiertüte die Tauben fütterte. Sie scharten sich in einem grauen Schwarm um sie, stupsten sich gegenseitig an und hackten nacheinander, um näher an die Frau heranzukommen. Hin und wieder rumpelte ein Bus vorbei, und die Tauben flatterten auf, aber nur, um sich gleich darauf wieder auf dem Platz niederzulassen. Eine Taube war sogar so dreist, sich auf den Kopf der Frau zu hocken.

Normalerweise hätte es Helen Spaß gemacht, die Welt an sich vorbeiziehen zu sehen, doch heute konnte sie sich kaum ein Lächeln über die Streiche der Vögel abringen. Ihre Mutter hatte einen Schatten auf ihren ganzen Tag geworfen und ihr das letzte bisschen Freude genommen, wie sie es immer tat.

Dann sah Helen Charlie über die Straße auf sie zukommen, und ihr wurde wieder leichter ums Herz. Sie lief ihm entgegen und umarmte ihn ganz fest.

»Immer mit der Ruhe!«, sagte er lachend und rückte seinen Hut zurecht. »Vielleicht sollte ich mich öfter mal verspäten.« Er senkte den Kopf und küsste sie. »Woher kommt all dieser Enthusiasmus?«

»Ich freue mich nur, dich zu sehen, das ist alles.«

»Ich freue mich auch, dich zu sehen.« Er hielt sie auf Armeslänge von sich ab. »Du siehst sehr hübsch aus.«

»Du auch.« Er sah anders aus als sonst in seinem Regenmantel und mit einem flotten Filzhut auf dem blonden Kopf.

»Da bin ich mir nicht so sicher!« Er errötete vor Verlegenheit. »Aber ich dachte, ich mach mich mal ein bisschen schick fürs West End. Was meinst du? Sehe ich wie ein richtiger Gentleman aus?«

Seine Worte trafen einen Nerv bei ihr. »Für mich bist du immer ein Gentleman«, erwiderte Helen mit schmalen Lippen.

Charlies Gesicht nahm einen fragenden Ausdruck an. »Ist alles in Ordnung, Liebes?«

»Bestens.« Sie nahm seinen Arm. »Macht es dir etwas aus, wenn wir noch nicht gleich zum Tee gehen? Ich würde vorher gerne noch etwas anderes tun.«

»Was ist denn los? Hat der Einkaufsbummel mit deiner Mutter dir den Appetit verdorben?«

»Nur ein bisschen.« Helen wandte das Gesicht ab, damit er ihre grimmige Miene nicht sah.

Sie überquerten die Straße zur National Gallery. Sie war eine Oase der Ruhe nach dem Lärm des Verkehrs und der Menschen auf dem Platz. Ganz in die Betrachtung der wundervollen Gemälde versunken, schlenderte Helen mit Charlie von einem der weitläufigen, widerhallenden Räume zum nächsten.

»Wann wirst du mir sagen, was mit dir los ist?«, flüsterte er, als sie im Saal mit den Impressionisten standen.

»Gar nichts ist los mit mir.«

»Ach komm! Du hast jetzt schon volle zehn Minuten diese Blumenvase angestarrt.« Er blickte sie verschmitzt von der Seite an. »Es hat etwas mit deiner Mum zu tun, nicht wahr? Hat es wieder Reibereien gegeben?«

»Das kann man wohl sagen.« Helens Mund war immer noch verkniffen. »Ich habe ihr klargemacht, dass ich nicht zu dem Ball gehen werde.«

Charlies Lachen trug ihm einen strengen Blick vom Museumsaufseher ein, der an der Tür saß. »Ach du meine Güte! War das Kleid so schrecklich?«

»Es hatte nichts mit dem Kleid zu tun.«

»Was war es dann?« Er zögerte einen Moment. »War es meinetwegen?«

»Nein«, sagte sie. Aber mit ihrem schnellen, unbedachten Blick verriet sie sich.

»Also doch. Das kann ich dir am Gesicht ansehen.« Er seufzte. »Worum ging es, Helen?«

»Ich will nicht darüber reden. Ich würde meine Mutter lieber vergessen, falls es dir nichts ausmacht. Wir haben nicht viel Zeit für uns, und ich will nicht, dass sie sie uns verdirbt.«

»Ich glaube, das hat sie schon getan, nicht wahr?« Charlie hob mit einer Hand ihr Kinn an und zwang sie sanft, ihm in die lächelnden blauen Augen zu sehen. »Du kannst nichts vor mir verbergen, Helen. Dazu kenne ich dich zu gut. Also kannst du mir auch ruhig alles erzählen.«

Sie setzten sich auf eine Bank in der Mitte der stillen Galerie, und Helen begann ihm flüsternd zu erklären, was geschehen war.

»Es war fürchterlich!«, sagte sie und war plötzlich nicht mehr in der Lage, ihre Wut zu zügeln. »Sie hat es auch noch gesagt, als würde sie dir einen Gefallen tun, wenn sie dich nicht einlädt.«

»Damit könnte sie sogar recht haben«, meinte Charlie. »Machen wir uns doch nichts vor, Helen. Ich bin nicht der Typ, der sich in Schale schmeißt und einen Frack oder dergleichen trägt. Und mit dir tanzen könnte ich auch nicht, oder?«, sagte er mit einem schiefen Lächeln.

»Sie hat überhaupt nicht recht! Sie ist bloß herrschsüchtig wie immer und versucht, alle um sie herum zu drangsalieren.« Helen presste trotzig die Lippen zusammen. »Aber sie soll nicht glauben, sie könnte mich noch länger herumkommandieren. Ich habe ihr schon gesagt, dass ich nicht zu ihrem blöden Ball gehen werde, und dabei bleibt es.«

Charlie schwieg für einen Moment.

»Und wozu soll das gut sein?«, fragte er dann.

Helen warf ihm einen raschen Seitenblick zu. »Was meinst du?«

»Nicht zu dem Ball zu gehen wird die Situation nicht entschärfen, oder? Wenn du nicht hingehst, wird deine Mutter mir die Schuld daran geben. Sie wird sagen, ich übe einen schlechten Einfluss auf dich aus und hetze dich gegen sie auf.«

»Aber das stimmt doch nicht! All das ist ihr Werk, nicht das deine.«

»Das spielt keine Rolle. Genau das wird sie denken, und das weißt du auch.«

Helen schlug die Hände vors Gesicht. »Ich weiß nicht, was ich tun soll«, sagte sie hilflos. »Ich habe mein Leben lang versucht, ihr alles recht zu machen, und jetzt ist es so, als verlangte sie von mir, mich zwischen euch beiden zu entscheiden. Wie soll ich das tun?«

»Pst, reg dich nicht auf, Helen.« Sie fühlte Charlies starken, beruhigenden Arm um ihre Schultern. »Es wird alles gut, du wirst schon sehen.«

»Wie denn? Wie könnte alles gut werden?«

»Diese Dinge pflegen sich von selbst zu regeln.« Er küsste sie aufs Haar. »Und nun musst du deinen Stolz hinunterschlucken und deiner Mum sagen, dass du doch zu ihrem Ball gehen wirst.«

»Aber ...«

»Nein, hör mir zu, Helen. Du gehst dorthin und amüsierst dich. Außerdem verdienst du mal einen richtig schönen Abend.«

»Das wird er ohne dich nicht sein.«

»Natürlich wird er das. Alle deine Freundinnen werden dort sein, und deshalb wirst du Spaß haben. Und ich würde jede Wette eingehen, dass du auch die Ballkönigin sein wirst.«

»Nicht, wenn meine Mutter mir das Kleid aussucht!«

»Du würdest in allem wunderschön aussehen.«

Helen sah ihn durch einen Schleier von Tränen an. Wenn Mutter Charlie jetzt doch nur hören könnte!, dachte sie. Dann müsste sie doch verstehen, wie wunderbar er ist? »Bist du sicher, dass ich hingehen soll? Weil ich nämlich wirklich lieber bei dir bleiben würde ...«

»Ich habe es dir doch schon geraten, oder?« Er gab ihr einen Kuss. »Und könnten wir jetzt bitte gehen und etwas essen? Du magst deinen Appetit verloren haben, aber nach all dem Kunstgenuss verlangt es mich nach einer Tasse Tee!«

*

Dora erkannte ihren Bruder im ersten Moment kaum.

Eine kleine Menschenmenge hatte sich an der Ecke des Markts auf der Columbia Road versammelt, wo ein Mann auf einer Obstkiste stand und eine Rede hielt. Mit seiner gut gebügelten Uniform, den auf Hochglanz polierten Stiefeln, dem sauber gestutzten Schnurrbart und zurückgekämmten Haar hätte er Sir Oswald Mosley selbst sein können.

»Bürgerinnen und Bürger des East Ends«, wandte er sich mit kraftvoller Stimme an die Menge, »wir haben schon viel zu lange unter dem Joch der Juden gelebt. Englisches Eigentum … ja, selbst unser Lebensunterhalt … ist ihnen in die Hände gefallen.«

Dora ließ die Worte des Redners an sich abperlen wie Wasser und richtete ihr ganzes Augenmerk auf Peter. Er stand bei einem Dutzend anderer Männer und bildete mit ihnen eine Art Leibwache für den Mann, der sprach. Seine schwarze Uniform verlieh Peter ein bedrohliches Aussehen. Es war schwer, sich in Erinnerung zu rufen, dass dieser grimmig dreinblickende Fremde ihr geliebter großer Bruder war, der einst mit Kreide ein Tor an die Wand gemalt und ihr das Kricket beigebracht hatte. Oder sie ausgelacht hatte, wenn er sie wieder und wieder besiegt hatte.

»Im Laufe der Jahre haben die Juden ein Monopol auf die Geschäfte im Osten Londons erlangt«, fuhr der Sprecher fort. »Wenn die Arbeiter die ihnen angebotenen Bedingungen nicht annehmen, bekommen sie keine Arbeit. Und die Arbeitskraft der Verwandten der jüdischen Bosse aus Deutschland, die heutzutage die billigsten Arbeitskräfte in London sind, wird als Waffe gegen uns eingesetzt. Denn unsere Löhne werden dadurch so niedrig wie nur irgend möglich gehalten.«

»Komisch, ich kann mich nicht erinnern, ihn in der Schlange an den Hafentoren gesehen zu haben, als wir heute Morgen dort angestanden haben!«, rief ein Mann aus der Menge.

»Schau ihn dir doch an in seiner schicken Uniform! Er sieht nicht so aus, als hätte er einen einzigen Tag in seinem Leben gearbeitet«, fügte ein anderer hinzu. Aber Dora merkte, dass die

Menge größer geworden war, da immer mehr Leute von den Marktständen herüberkamen, um zu hören, was der Redner zu sagen hatte.

»Wir müssen uns erheben und uns zurückholen, was von Rechts wegen uns gehört!«, dröhnte er. »Ich rate euch dringend, den Kampf gegen Juden und Kommunisten aufzunehmen, denn sonst werdet ihr mitansehen müssen, wie eure Kirchen abgerissen, euren Kindern die Augen ausgerissen und Nonnen durch die Straßen getragen und vergewaltigt werden!«

Ein schockiertes Schweigen legte sich über die Menge. Ein paar Leute applaudierten, während andere entsetzte Blicke wechselten. Peter und die anderen Männer ließen mit schmalen, feindseligen Augen ihre Blicke über die Menge gleiten.

»Nieder mit den faschistischen Unruhestiftern! Faschismus bedeutet Krieg!«, schrie plötzlich ein junger Mann von der anderen Seite der Menge. Sofort stürzten sich drei oder vier der Schwarzhemden ins Gedränge und rannten auf ihn zu. Ein Handgemenge, wilde Raufereien und Geschrei entstanden. Eine Frau schrie: »Lasst ihn in Ruhe! Verletzt ihn nicht!« Dora versuchte, zu ihr durchzukommen, aber die aufgewühlte Menge machte das unmöglich.

Und dann war alles vorbei. Der Redner war von seiner Obstkiste herabgestiegen und schritt händeschüttelnd durch die Menge, dicht gefolgt von seinen Leibwachen, die Flugblätter verteilten.

Dora kämpfte sich durch die Menschenmenge nach vorne, als Peter plötzlich auf sie zukam. Als er ihr ein Blatt anreichte, sagte sie: »Nein, danke. Ich will deinen Faschistendreck nicht.«

Er blieb wie angewurzelt stehen, und sein Stirnrunzeln vertiefte sich. Dann erkannte er sie. »Dora? Was machst du denn hier?«

»Tja, ich bin jedenfalls nicht gekommen, um mir den da anzuhören!« Sie nickte zu dem Sprecher hinüber, der sich jetzt schnell durch das Gewühl entfernte. Ohne seine Obstkiste wirkte er kleiner und längst nicht mehr so eindrucksvoll. So war er bloß noch ein komischer kleiner Mann in einer schicken Uniform.

Peter warf einen Blick über seine Schulter und sah dann wieder Dora an. »Du hast hier nichts verloren.«

»Dies ist ein öffentlicher Ort, nicht wahr? Ich kann also gehen, wohin ich will. Oder entscheiden du und deine Schlägertypen das jetzt auch schon?«

Peter kniff die Lippen zusammen. »Was willst du, Dora?«

»Zunächst einmal will ich wissen, was diesem Jungen widerfahren ist, der seine Stimme gegen euch erhob.« Sie blickte sich suchend um. »Haben deine Schlägerfreunde ihn verprügelt?«

»Er hätte nicht herkommen sollen, um Streit zu suchen.« Peter schob kampflustig das Kinn vor. »Er hat's herausgefordert.«

»Und was ist mit den Leuten, die neulich Abend zu eurem Treffen kamen? Hatten die es auch herausgefordert?«

Peter zögerte einen Moment. »Das wird Joe Armstrong dir erzählt haben, nehme ich an«, sagte er schließlich. »Er hatte kein Recht, damit zu dir zu rennen.«

»Ich bin froh, dass er es getan hat«, sagte Dora. »Weil ich der Sache jetzt ein Ende machen kann.«

Peter kräuselte die Lippen. »Und was willst du dagegen tun?«

»Versuchen, dich zur Vernunft zu bringen, und dir vor Augen führen, was richtig ist.«

»Das hier ist richtig«, beharrte ihr Bruder. »Und du wirst mich nicht aufhalten, weil es etwas ist, woran ich glaube.«

Dora war schockiert. »Du meinst, du hältst es für richtig, Unfrieden zu stiften und unschuldigen Menschen Schaden zuzufügen?«

»Du hast gehört, was Mick Clarke gesagt hat. Wir müssen auf

die Barrikaden gehen und das East End zurückerobern.« Peters grüne Augen glitzerten vor Fanatismus. »Die Regierung ist zu schwach gewesen, sie werden überhaupt nichts für uns tun. Wir müssen uns selber helfen.«

Dora starrte ihn angewidert an. »Jetzt hör dir doch nur mal zu! Das bist nicht du. Was ist nur aus dir geworden, Pete?«

Bevor er antworten konnte, wurden sie von einem anderen Mann unterbrochen. Er überragte Peter um Längen, und sein schwarzes Hemd straffte sich über seiner stämmigen Gestalt. Die silbrigen Reste einer gezackten Narbe verliefen von einem seiner Ohren bis zum Kinn.

»Na, na, Peter«, begrüßte er ihn. »Was würde deine Frau dazu sagen, dass du andere Weiber anmachst?«

»Sie ist meine Schwester«, erwiderte Peter leise.

»Ach ja?« Der Mann wandte sich Dora zu. Selbst wenn er lächelte, wich die Kälte nicht aus seinen wachsamen Augen. »Sie sind hier, um sich uns anzuschließen, richtig?«

»Eher würde ich sterben.«

Der Mann fuhr zurück, als ob sie ihn geohrfeigt hätte.

»Achte nicht auf sie, Del«, mischte Peter sich schnell ein. »Sie hat es nicht so gemeint.«

»Oh doch, das habe ich«, sagte Dora. »In meinen Augen seid ihr ein Haufen Schläger und Unruhestifter. Wenn ihr mich fragt, seid ihr es, die das East End ruinieren, und nicht die Juden!«

Ihr war bewusst, wie nervös Peter sein Gewicht neben ihr verlagerte, aber ihr unerschrockener Blick blieb auf den größeren Mann namens Del gerichtet.

Der lächelte boshaft. »Ich wusste gar nicht, dass deine Angehörigen Judenfreunde sind, Pete?«, sagte er leise.

»Zumindest werfen die Juden nicht die Fenster anderer Leute ein und brennen ihre Läden nieder.«

»Du verstehst das alles falsch, Dora«, sagte Peter. »Wir holen uns nur zurück, was von Rechts wegen uns gehört, und beschützen unsere Familien …«

»Ich brauche euren Schutz nicht, vielen Dank auch«, versetzte sie.

»Da wäre ich mir nicht so sicher, Kleine«, knurrte Del und ballte seine Fäuste. »Das East End kann ein gefährlicher Ort für ein junges Mädchen sein.«

Dora sah ihn verächtlich an. »Soll das eine Drohung sein?«

»Das reicht.« Peter trat zwischen die beiden. »Bitte geh nach Hause, Dora«, bat er. »Das hier ist kein Ort für dich.«

»Und auch nicht für dich! Denk an Mum … und deine Frau«, sagte sie. »Wenn du so weitermachst, wirst du noch deine Arbeit verlieren, und wo stehst du dann?«

»Und wie soll's jetzt weitergehen, Pete?«, fragte Del herausfordernd. »Wirst du tun, was deine Schwester sagt und wie ein braver Junge mit ihr gehen?«

In seinem Stolz verletzt, straffte Peter seine Schultern. »Du gehst jetzt besser, Dora«, murmelte er.

»Aber Pete …«

»Du hast gehört, was ich gesagt habe. Ich sagte, geh nach Hause!«

»Und komm nicht wieder, bevor du weißt, was gut für dich ist«, fügte Del hinzu.

Dora sah ihn an. »Ich werde gehen, wohin ich will, vielen Dank auch«, sagte sie. »Dies sind meine Straßen, nicht die euren.«

Del schaute sie ruhig an. »Da wäre ich mir nicht so sicher, Kleine.«

KAPITEL VIERZEHN

»Ehrlich, Mum, ich dachte, ich sei geliefert!«

Ruby lehnte an der Mangel auf dem schmalen, sonnenlosen Hinterhof der Pikes und sah ihrer Mutter beim Aufhängen der Wäsche zu.

»Was habe ich dir gesagt?«, erwiderte Lettie mit einem Mund voller Wäscheklammern. »Du hättest ihm schon längst die Wahrheit sagen sollen. Und was deine Schuldenmacherei angeht …«

»Erzähl mir was, was ich noch nicht weiß!« Ruby kaute an ihrem Daumennagel. »Die Frage ist, was ich jetzt tun soll? Ich kann ihm nicht sagen, dass das mit dem Baby gelogen war.«

»Pst!« Lettie warf einen raschen Blick über die Schulter zu Danny Riley, der wieder einmal auf dem Eingang zum Kohlenkeller hockte. »Man kann nie wissen, wer hier zuhört.«

»Ach was, beachte den da gar nicht«, tat Ruby ihren Einwand ab. »Du weißt doch, dass er nicht mehr Verstand als ein Kohlkopf hat. Selbst in seinen hellsten Momenten kann er nicht mal die Hälfte von dem verstehen, was man ihm sagt.« Sie schlang die Arme um sich, da sie trotz des warmen Maitags fröstelte. »Nick wird durchdrehen«, sagte sie. »Ich musste ihm versprechen, ihm nie wieder etwas zu verschweigen. Da kann ich ihm jetzt ja wohl nicht mehr sagen, dass ich nur so getan habe, als ob ich schwanger wäre?«

Lettie bückte sich steif, um einen Kopfkissenbezug aus dem Wäschekorb zu nehmen. »Kannst du nicht einfach sagen, es sei nur falscher Alarm gewesen?«

»Vier Monate lang? Mach dich nicht lächerlich, Mum!«

»Das kann passieren. Wir hatten eine Frau auf der Gynäkologischen, die schwor, sie wäre im sechsten Monat. Und groß wie ein Haus war sie. Aber wie sich dann herausstellte, war es nur das, was sie eine Scheinschwangerschaft nennen.«

»Das nützt mir aber auch nichts, oder?«, fauchte Ruby. Normalerweise hörte sie gern die Geschichten ihrer Mum über ihr Leben als Putzfrau im Nightingale, besonders, wenn sie ein paar pikante Details enthielten. Aber heute war ihr nicht danach zumute. »Ich brauche etwas Besseres als eine Scheinschwangerschaft, wenn ich Nick davon abhalten will, seine Koffer zu packen.« Eine jähe Brise erfasste das nasse Laken und klatschte es ihr ins Gesicht. Sie schob es ungeduldig fort. »Du hättest ihn mit diesen Babysachen sehen sollen, Mum. Er strahlte wie ein Honigkuchenpferd und hielt diese Fäustlinge, als ob er das Händchen seines Babys halten würde.«

»Ich weiß nicht, was er sich dabei gedacht hat, die Babysachen mitzubringen«, brummte Lettie und reichte Ruby das eine Ende eines Lakens zum Zusammenfalten. »Es weiß doch jeder, dass das Unglück bringt.«

Ein Zug ratterte über ihnen vorbei und ließ den Boden unter ihren Füßen erbeben. Danny Riley kauerte sich zusammen und verbarg sein Gesicht in seinen Armen.

»Da schau ihn dir an, den Kasper!«, sagte Lettie lachend. »Was ist denn, Danny? Hast du Angst, dass dir der Zug auf den Kopf fällt?«

»Lass ihn in Ruhe.« Ruby machte ein nachdenkliches Gesicht, als sie ihrer Mutter half, das Laken aufzuhängen. »Was meintest du vorhin, als du über Unglück sprachst?«

»Dass es Unglück bringt, Babysachen ins Haus zu bringen, bevor es geboren ist. Ich dachte, das wüsste jeder?«

»Nick anscheinend nicht«, sagte Ruby langsam.

»Na ja, wahrscheinlich ist es bloß Altweibergeschwätz, aber

Mrs. Prossers ältester Sohn brachte einen Kinderwagen mit, und einer ihrer Zwillinge wurde tot geboren.« Sie schüttelte den Kopf. »Es war wirklich jammerschade.«

»Das glaube ich gern«, sagte Ruby, die mit ihren Gedanken längst woanders war.

Ihre Mutter sah ihr prüfend ins Gesicht. »Na komm schon. Heraus damit«, sagte sie.

»Heraus womit?«

»Ich kenne diesen Blick, mein Kind. Du führst doch was im Schilde.« Lettie sah sie mit zusammengekniffenen Augen an. »Wenn du wieder eine deiner Ideen hast, kann ich nur hoffen, dass sie besser als die letzte ist.«

»Oh, das ist sie.« Ruby lächelte. »Aber dazu werde ich deine Hilfe brauchen …«

Dora war überrascht, Esther Gold schon am frühen Morgen in Dr. Adlers Sprechzimmer anzutreffen.

»Es ist eigentlich nur ein Schnitt«, erklärte sie entschuldigend, als er den blutdurchtränkten Streifen Leinen von ihrer Hand abwickelte. »Ich habe versucht, es allein hinzukriegen, aber dummerweise kann ich die Blutung nicht stoppen.«

»Miss Gold?«, sagte Dora.

Esther blickte auf. »Dora! Wie schön, Sie zu sehen.«

Dr. Adler blickte von einer zur anderen. »Kennen Sie beide sich?«

»Ich habe früher, bevor ich hierherkam, in Miss Golds Kleiderfabrik gearbeitet«, erklärte Dora.

»In der Fabrik meines Vaters. Ich führe dort nur die Aufsicht.« Esther lächelte Dora voller Zuneigung an. »Und diese junge Dame hier war eine unserer besten Näherinnen. Aber ich wusste schon immer, dass sie viel zu gut für die Fabrikarbeit war.«

»Sie waren es, die mich damals dazu überredete, mich um eine Ausbildung zur Krankenschwester zu bewerben.« Denn hätte Esther sie nicht dazu ermuntert, hätte Dora nie den Mut gefunden, diesen ersten Schritt zu tun.

»Ja, und seitdem erinnert mich mein Vater ständig daran!«, sagte Esther lächelnd. Sie war Ende dreißig, grobknochig und kräftig. Ihr strubbeliger schwarzer Lockenkopf trug nichts dazu bei, ihre markanten Züge etwas abzumildern, aber ihre dunkelbraunen Augen strahlten Freundlichkeit und Güte aus.

Dr. Adler hatte den Verband inzwischen entfernt, und Dora musste sich auf die Lippe beißen, um nicht aufzuschreien. Der Schnitt an Esthers Hand war so tief, dass das rohe, feucht glitzernde Gewebe sichtbar war.

»Das sieht böse aus.« Dr. Adler klang ruhig und professionell wie immer. »Sie haben Glück gehabt, dass keines der Bänder durchtrennt wurde.« Er wandte sich an Dora. »Reinigen Sie die Wunde bitte, Schwester.«

Dora machte sich schnell daran, die warme Karbollösung vorzubereiten. »Das könnte jetzt ein bisschen brennen, fürchte ich«, sagte sie.

Esther stöhnte auf vor Schmerz, als Dora den feuchten Wattebausch an die Wunde drückte. »Tut mir leid«, sagte sie. »Ich werde versuchen, mich zu beeilen. Wo haben Sie sich nur so schlimm geschnitten?«

»An Glasscherben.« Esther hielt den Blick auf die Wunde gerichtet. »Der ganze Boden der Fabrik war voll davon, als ich heute Morgen aufschloss. Ich wollte sie schnell entfernen, damit mein Vater sie nicht sah. Doch blinder Eifer schadet nur«, sagte sie achselzuckend.

»Jemand hat Ihre Fenster eingeworfen? Wer würde denn so etwas tun?«

Sie sah den Blick, den Esther und Dr. Adler wechselten.

»Die gleichen Leute, die den Laden unseres Nachbarn in Brand gesetzt haben, nehme ich an«, sagte Esther.

Dora beendete das Desinfizieren der Wunde und trug die Schüssel zum Becken hinüber, während Dr. Adler mit dem Nähen begann. Vor ihrem inneren Auge hatte sie plötzlich eine schreckliche Vision von Peter, wie er nachts mit seinen Kumpanen durch die Straßen zog. Aber solch scheußliche Dinge würde er doch bestimmt nicht tun?

Sie verdrängte den Gedanken und lauschte stattdessen Dr. Adlers und Esthers Gespräch. Wie sich herausstellte, hatten sie einige gemeinsame Freunde, und bald schon unterhielten sie sich darüber, wer gestorben war und wer kürzlich erst geheiratet hatte.

Schließlich war er mit dem Vernähen der Wunde fertig und richtete sich aus seiner gebückten Haltung auf. »So«, sagte er. »Alles erledigt. Und auch gut gemacht, wenn ich das selbst so sagen darf.«

Esther sah sich ihre Hand an. »Sehr gut«, lobte sie. »Mit diesen perfekten Nähten können Sie jederzeit eine Beschäftigung in unserer Firma finden.«

»Haben Sie das gehört, Schwester? Miss Gold sagt, ich könnte Näherin bei ihnen werden.«

»Dann können Sie sich geehrt fühlen«, erwiderte Dora lächelnd.

»Vielleicht würde ich Sie sogar die Stickereien machen lassen«, scherzte Esther.

Als sie von der Behandlungsliege aufstehen wollte, trat Dr. Adler vor und ergriff ihren Arm. »Keine Hektik«, riet er. »Sie haben viel Blut verloren. Vielleicht würden Sie sich ja gern ein wenig hinlegen und ausruhen?«

»Danke, aber ich muss zurück zu meinem Vater. Ich möchte ihn nicht zu lange allein lassen«, sagte Esther mit einem besorgten Blick in ihren dunklen Augen.

»Sie werden in acht Tagen wiederkommen müssen, um die Fäden ziehen zu lassen«, sagte Dr. Adler. »Und falls Sie irgendwelche Anzeichen einer Entzündung bemerken, kommen Sie bitte sofort zu mir.«

»Das werde ich tun. Und nochmals vielen Dank.«

»Nichts zu danken, Miss Gold; das habe ich sehr gern getan.«

Eine lange Pause entstand, während die beiden einander anschauten. Während Dora sich mit dem Aufräumen des Sprechzimmers beschäftigte, bemerkte sie den Blick, den Esther Dr. Adler unter gesenkten Wimpern zuwarf. Wenn Dora es nicht besser wüsste, hätte sie geschworen, dass ihre frühere Chefin flirtete.

Nachdem Esther gegangen war, setzte Dr. Adler sich für einen Moment auf die Behandlungsliege und starrte die geschlossene Tür an.

»Sie scheint eine nette Frau zu sein«, bemerkte er ein bisschen zu beiläufig.

»Das ist sie. Wie ich schon sagte, hätte ich nie den Mut gehabt, mich hier zu bewerben, wenn sie mich nicht dazu gedrängt hätte. Sie gab mir sogar ihre Hamsa als Glücksbringer, als ich zu meinem Vorstellungsgespräch herkam.«

Die kleine silberne Hand lag noch immer in Doras Schublade im Schwesternheim und war ihr kostbarster Besitz.

»Tatsächlich?«, sagte Dr. Adler. »Dann muss sie wirklich eine sehr, sehr nette Frau sein.«

Die Bänke im Warteraum hatten sich gefüllt, als Dora mit dem Aufräumen des Behandlungsraumes fertig war. Ein Paar mit einem kleinen Kind stand vor dem Aufnahmeschalter, doch Penny Willard war auf der anderen Seite des Raums und schenkte zwei Polizisten gerade eine Tasse Tee ein. Dora sank das Herz, als sie sah, dass einer der beiden Joe Armstrong war.

Sie eilte zum Aufnahmeschalter und hoffte, dass er sie nicht sehen würde. Aber er war schon dort, bevor sie die nächste Patientenakte herausgesucht hatte.

»Hallo, Fremde«, begrüßte er sie.

»Hallo, Joe.«

Sie wollte an ihm vorbeigehen, aber er trat vor sie hin. »Wir mussten einen weiteren Häftling herbringen. Er ist gerade beim Arzt.«

»Doch nicht schon wieder mit Verdacht auf Blinddarmentzündung?«

Joe schüttelte den Kopf. »Nein, er ist in der Zelle gestürzt.«

»Muss ja ein schlimmer Sturz gewesen sein.«

»Das war es. Ein sehr schlimmer.«

»Dann wundert es mich, dass ihr ihn zu zweit herbringen musstet?«

Joe grinste verlegen. »Du hast recht, eigentlich kümmert sich Tom um ihn. Ich bin nur mitgekommen, weil ich hoffte, dich zu sehen.«

Er trat näher. Dora entfernte sich aus seiner Reichweite und blickte zu dem überfüllten Warteraum hinüber. »Hör mal, Joe, wir sind gerade sehr beschäftigt …«

»Schwester Willard hat mir von dem Ball zum Gründungstag erzählt. Unter uns gesagt, glaube ich, dass sie mir zu verstehen geben wollte, ich solle mit ihr hingehen.«

»Dann solltest du das vielleicht tun.«

Er runzelte die Stirn. »Ich würde aber lieber mit dir hingehen.«

Dora seufzte. »Ich habe dir doch schon gesagt …«

»Dass du noch nicht bereit bist, dich auf eine Beziehung einzulassen«, unterbrach er sie und nickte. »Das weiß ich. Aber wir könnten doch trotzdem tanzen gehen, oder? Wo ist das Problem?«

Sie blickte zu seinen hellen grünen Augen auf. Das Problem war, dass er es falsch verstehen könnte. »Ich werde wahrscheinlich gar nicht hingehen«, sagte sie. »Es ist eh bloß eine Veranstaltung für die hohen Tiere.«

»Schwester Willard scheint da anderer Meinung zu sein. Sie sagte, alle Schwestern gingen hin. Es klang, als wäre es das gesellschaftliche Ereignis des Jahres. Und Tom sagt, Katie hätte ihn eingeladen, mir ihr hinzugehen.« Joe legte den Kopf ein wenig schief und blickte Dora bittend an. »Ach komm schon, das wird sicher lustig. Und du hast dir auch mal einen schönen Abend verdient.«

»Schauen wir mal«, sagte Dora.

»Dann sind wir also verabredet?«

»Ich sagte, schauen wir mal.«

»Ich besorge uns zwei Eintrittskarten.«

»Joe, ich will nicht …«

»Wenn Sie endlich fertig sind, Doyle, assistieren Sie Dr. Adler bei seinem nächsten Patienten«, unterbrach Schwester Percival sie streng, bevor Dora ihren Satz beenden konnte.

»Ups! Du scheinst gebraucht zu werden.« Joe grinste. »Ich sag dir Bescheid, wenn ich die Eintrittskarten habe.«

»Joe, hör zu …«

»Doyle!«, fiel Schwester Percival ihr ins Wort. »Es ist schon schlimm genug, dass Willard die Hälfte ihrer Zeit mit allem flirtet, was Hosen trägt, da müssen Sie nicht auch noch mitmachen! Ich hätte wirklich mehr Vernunft von Ihnen erwartet.«

»Aber ich habe nicht …«

»Sie wollen sich doch nicht mit mir streiten, Doyle?« Schwester Percival betrachtete sie kritisch. »Und jetzt gehen Sie und helfen Dr. Adler bei seinem schwallartigen Erbrechen.«

Dora seufzte. »Ja, Schwester.«

Dora starrte Joe verärgert nach, als er davonschlenderte. Er blickte sich noch einmal um und zwinkerte ihr zu. Was musste sie noch alles tun, um ihm klarzumachen, dass sie nicht interessiert war?

»Ausgerenkte Schulter«, berichtete Tom, als sie das Krankenhaus später ohne ihren Häftling verließen, der zur Behandlung dabehalten worden war. »Es war verdammtes Glück, dass er sich nicht den Arm gebrochen oder einen Schädelbruch davongetragen hat.«

»Glück für ihn, meinst du?«

»Und für dich. Wenn er dem Arzt erzählt, wie es zu der Verletzung gekommen ist …«

»Was zählt das Wort eines Diebs schon gegen meins?«, höhnte Joe. »Außerdem hatte er es verdient. Das wird ihn lehren, nicht so frech zu mir zu sein.« Er fing den misstrauischen Blick seines Freundes auf. »Ach, komm schon! Was schaust du mich so an? Wir alle verpassen ihnen hin und wieder eine. Wie sollen wir uns denn sonst Respekt verschaffen?«

»Uns Respekt zu verschaffen ist eine Sache, aber grundlos auf jemanden einzuschlagen eine andere«, sagte Tom. »Du gehst manchmal zu weit, und das weißt du selbst am besten.«

»Ja, schon, aber es ist nun mal passiert, nicht wahr?«

Und damit ging Joe, und Tom musste sich beeilen, um ihn einzuholen. »Was ist bloß in dich gefahren, Mann? Seit wir das Krankenhaus verlassen haben, hast du schlechte Laune.«

»Mir geht's gut.«

»Nein, das tut es nicht.« Tom warf ihm einen Seitenblick zu. »Es ist wegen dieser Dora, oder? Was ist los? Hat sie dich wieder abblitzen lassen?«

»Sie war sehr beschäftigt«, brummte Joe.

»Womit? Dir aus dem Weg zu gehen?« Tom gab ihm einen freundschaftlichen Stups. »Du lässt nach, mein Junge!«

»Und du kannst dich der Frauen kaum noch erwehren, was?«, blaffte Joe ihn an.

»Zumindest Katie ist interessiert.«

»Ein bisschen zu interessiert, wenn du mich fragst«, murmelte Joe.

Tom blieb stehen. »Was soll das schon wieder heißen?«

»Nichts.«

»Na los, raus damit. Willst du mir etwa sagen, meine Katie wäre leicht zu haben?«

»Warum nicht? Das hast du selbst oft genug gesagt.«

»Das ist was anderes. Aber mein Mädchen lasse ich nicht von dir beleidigen.«

Joe fuhr herum und trat drohend auf ihn zu, die ganze aufgestaute Anspannung brachte plötzlich sein Blut zum Rasen.

»Na los doch«, stichelte Tom. »Was willst du tun? Mich niederschlagen wie diesen armen Kerl im Kittchen? Ich glaube nicht, dass der Sergeant dir gleich zwei Unfälle an einem Tag abkaufen würde.«

Joe sah den grimmigen Gesichtsausdruck seines Freundes und spürte, wie sein Ärger nachließ. Was tat er nur? Fast hätte er seinem besten Freund eine verpasst.

»Tut mir leid«, murmelte er und wandte sich ab. »Beachte mich am besten gar nicht. Ich bin bloß gereizt, mehr nicht.«

Genau das löste Dora Doyle bei ihm aus. Sie ging ihm unter die Haut wie kein anderes Mädchen, dem er je begegnet war.

»Enttäuscht wohl eher«, sagte Tom.

»Da könntest du recht haben.« Joe konnte es nicht verstehen. Er sah nicht schlecht aus, versuchte, sie anständig zu behandeln – auf jeden Fall besser, als Tom Katie behandelte –, und trotzdem ließ Dora ihn einfach nicht an sich heran. Es machte ihn verrückt.

»Wann wirst du's endlich aufgeben, Mann? Dir eingestehen, dass sie ganz einfach kein Interesse an dir hat?«

»Das kann ich nicht.« Das war ja das Problem. Joe verlor nicht gern. Und genau das machte ihn zu einem so guten Kämpfer im Ring, er konnte die Vorstellung, besiegt zu werden, schlicht und einfach nicht ertragen. Er tat, was auch immer nötig war, um zu gewinnen, selbst wenn es ihm einen schlechten Ruf eintrug.

Und genauso empfand er auch in Bezug auf Dora. Der Gedanke, sie nicht haben zu können und dass Tom und die anderen Jungs auf der Wache alle wissen würden, dass er gescheitert war, war einfach zu demütigend für Joe.

»Was du brauchst, ist jemand, der dich von ihr ablenkt. Wie diese Schwester Willard beispielsweise. Sie sieht gut aus, und sie ist auf jeden Fall interessiert an dir«, meinte Tom.

»Aber ich nicht an ihr«, erwiderte Joe achselzuckend. Ohne sich etwas einzubilden, wusste er, dass es Mädchen wie Schwester Willard wie Sand am Meer gab und sie leicht zu haben waren, besonders für einen gutaussehenden Mann wie ihn. Dora dagegen war eine echte Herausforderung, und je mehr sie ihn zurückwies, desto mehr begehrte er sie.

Er war noch lange nicht bereit, sie aufzugeben. Nicht kampflos jedenfalls.

KAPITEL FÜNFZEHN

Es war ein sonniger Samstagnachmittag im Juni, den Helen eigentlich mit Charlie hatte verbringen wollen. Aber heute Morgen hatte er im Schwesternheim angerufen und eine Nachricht für sie hinterlassen, ihm sei etwas dazwischengekommen.

Daraufhin hatte sie beschlossen, den Nachmittag mit der Wiederholung ihres Lehrstoffes zu verbringen, doch auch Dora und Millie hatten ein paar Stunden frei, und so hatte sie sich von ihnen zu einem Spaziergang im Victoria Park überreden lassen.

»Es ist so ein schöner Nachmittag, dass es eine Schande wäre, ihn drinnen zu verbringen«, hatte Millie gesagt.

Helen hatte den Stapel Lehrbücher neben ihrem Bett betrachtet. »Ich müsste wirklich einiges aufholen …«

»Du weißt doch, dass Miss Hanley immer sagt, frische Luft sei gut für das Gehirn!«, erinnerte Dora sie.

Helen war froh, dass sie sie überredet hatten. Es war ein herrlich sonniger Tag, und der Park war voller Familien und Pärchen, die Arm in Arm spazieren gingen. Die Rosenbüsche standen in voller Blüte und erfüllten mit ihrem exquisiten Duft die Luft. Das fröhliche Geschrei von Kindern vermischte sich mit den entfernten Klängen der Blaskapelle, die auf der Bühne des Musikpavillons spielte.

Charlie wäre entzückt gewesen, dachte Helen, die sich nichts vorstellen konnte, was so wichtig gewesen wäre, dass er sich diese Stunden des Zusammenseins mit ihr entgehen ließ.

Aber zumindest hatte sie Millie und Dora zur Gesellschaft. In letzter Zeit hatte sie so viel im OP und mit dem Lernen für ihre Abschlussprüfung zu tun gehabt, dass sie kaum noch Zeit für ihre Zimmerkameradinnen gefunden hatte.

Nachdem sie eine Weile der Musik gelauscht hatten, verließen sie den Pavillon und gingen auf eine Gruppe hoher Pappeln zu, deren dunkle Wipfel bis in den wolkenlosen Himmel hinaufreichten. Auf der Wiese zu ihrer Rechten stand in geordneten Reihen ein wahres Heer von Frauen, die alle mit weißen Westen und schwarzen Shorts bekleidet waren und Keulen über ihren Köpfen schwangen. Alle Augen waren auf eine Frau gerichtet, die vor ihnen stand und Anweisungen blaffte wie ein Hauptfeldwebel.

»Was machen die denn da?«, fragte Helen verwundert.

»Das ist die Frauenliga für Gesundheit und Schönheit«, erwiderte Dora. »Schwester Percival aus der Notaufnahme hat uns davon erzählt. Sie und ihre Freundin Marjorie kommen oft hierher, um Sport zu treiben. Sie ist ganz wild darauf.«

»Besser sie als ich«, sagte Helen. »Nachdem ich den ganzen Tag Patienten gestemmt habe, wäre Keulen zu schwingen das Letzte, was ich in meiner Freizeit tun möchte.«

»Was meinst du, Benedict?«, fragte Dora grinsend. »Sollen wir mitmachen?«

Millie erhob zerstreut den Blick. »Pardon?«

»Mein Gott, wo bist du mit deinen Gedanken!« Dora lachte.

»Wahrscheinlich ja«, erwiderte Millie lächelnd, aber Helen sah auch den besorgten Blick, der ihre blauen Augen trübte.

»Ist alles in Ordnung bei dir?«, fragte sie. »Du bist so still heute.«

Millie zögerte. »Es ist nichts weiter.«

»Das sagst du schon die ganze Zeit, aber wir können doch sehen, dass du etwas auf dem Herzen hast«, sagte Dora. »Also sag schon, was es ist.«

»Versprecht ihr, nicht zu lachen?« Millie sah ihre Freundinnen ängstlich an.

»Sei nicht so schüchtern, spuck es aus!«

Millie holte tief Luft, und sie konnten sehen, wie sie ihre Gedanken sammelte. »Wir hatten vor ein paar Wochen eine Patientin auf der Everett, eine Zigeunerin, die behauptete, sie könnte die Zukunft vorhersagen ...«

»O'Hara hat mir von ihr erzählt«, warf Dora ein. »Hat sie nicht vorausgesagt, dass eine Patientin sterben würde?«

»Genau.« Millie nickte. »Und alle waren furchtbar aufgeregt darüber.«

Helen ahnte, was als Nächstes kam. »Bitte sag mir nicht, dass du dir deine Zukunft hast voraussagen lassen?«, seufzte sie.

»Ich wollte es nicht, aber Hollins hat mir praktisch keine andere Wahl gelassen.«

»Das hätte ich mir denken können, dass sie etwas damit zu tun hatte!«, murmelte Dora.

»Und was hat die Zigeunerin dir gesagt?«, fragte Helen Millie.

»Sie sagte ..., dass Sebastian sterben wird.«

»Was?« Helen und Dora blieben beide gleichzeitig stehen.

»Nicht mit diesen Worten, aber sie hat gesagt, wenn ich ihn das nächste Mal sehe, würde ich Trauer tragen. Was letztlich doch dasselbe ist, oder etwa nicht?«

Ihre blauen Augen waren groß vor Furcht und Millie blickte von einer ihrer Freundinnen zur anderen. Helen sah Doras grimmigen Gesichtsausdruck, als sie ihr einen raschen Blick zuwarf.

»Und darüber hast du dir die ganze Zeit den Kopf zerbrochen?«

»Hättest du das nicht getan?«

Helen schüttelte den Kopf. »Du darfst dir diesen Unsinn nicht zu Herzen nehmen. Das ist doch alles nur dummes Gewäsch.«

»Tremayne hat recht«, stimmte Dora zu. »Diese Zigeunerin hat sich das nur ausgedacht.«

»Seid ihr sicher?«, fragte Millie mit unsicherer, aber hoffnungsvoller Stimme. »Sie wirkte wirklich schrecklich überzeugend.«

»Das tun sie immer«, sagte Dora. »Die Hälfte der Frauen auf meiner Straße behaupteten früher, sie könnten aus Teeblättern lesen, aber das meiste, was sie sagten, war nichts als ein Haufen Altweibergeschwätz.«

Millie biss sich auf die Lippe. »Ich wünschte, ich könnte das glauben«, sagte sie. »Aber sie hat schließlich vorhergesagt, dass Mrs. Allen sterben würde …«

»Du arbeitest in einem Krankenhaus«, erinnerte Helen sie. »Und dort stirbt nun mal hin und wieder jemand. Wahrscheinlich hat sie zufällig ein Gespräch der Ärzte mitgehört.«

Millie machte ein nachdenkliches Gesicht, als sie all diese Einwände bedachte. »Glaubt ihr wirklich, dass sie das alles nur erfunden haben könnte?«

»Ich würde meinen nächsten Wochenlohn darauf verwetten«, erklärte Dora sehr entschieden.

»Du darfst dir keine Sorgen mehr deswegen machen«, sagte Helen. »Sebastian wird gesund und munter heimkommen, wart's nur ab!«

»Ich hoffe, ihr habt recht.« Millie wirkte jetzt beschämt, als sie sie ansah. »Das war wahrscheinlich ein bisschen dumm von mir, nicht wahr?«

»Du und dumm? Im Leben nicht!« Helen grinste Dora an.

»Das ›wahrscheinlich‹ kannst du streichen«, sagte Dora. »Und da wir das nun geklärt haben, lasst uns ein Eis essen, um es zu feiern.«

Sie kauften sich Waffeln bei dem Eismann, der mit seinem Fahrrad die Runde machte. Während sie das Eis aßen, gingen sie um die Bootsanlegestelle herum, und Helen erzählte ihren Freundinnen, dass ihre Mutter Charlie nicht auf dem Gründungstag-Ball sehen wollte.

Dora und Millie waren beide sehr empört darüber.

»Das ist ja schrecklich! Warum tut sie so etwas?«, fragte Millie.

»Weil sie glaubt, er sei nicht gut genug für mich.«

»Aber er ist ein wahrer Engel, das weiß doch jeder!«

»Ja, aber versuch das mal meiner Mutter zu erklären«, sagte Helen. »Sie will Charlie einfach keine Chance geben. Sie spricht nicht mal mit ihm, wenn sie es irgendwie vermeiden kann.«

»Du könntest versuchen, die beiden zusammen in einer Besenkammer einzusperren und deine Mutter nicht eher herauszulassen, bis sie sich angefreundet haben«, meinte Millie.

Helen und Dora sahen sich an, beide wirkten nicht ganz sicher, ob der Vorschlag ernst gemeint war, weil man das bei Millie Benedict nie sagen konnte.

»Das wäre eine Idee«, sagte Helen langsam. »Nur kann ich mir irgendwie nicht vorstellen, dass es funktionieren würde.«

»Dora! Dora!«

Sie blieb stehen wie erstarrt, und vergaß ihr Eis zu essen.

Es war jedoch Millie, die sich umdrehte, um zu sehen, woher die Stimme kam. »Ich glaube, da versucht jemand, deine Aufmerksamkeit zu erlangen«, sagte sie zu Dora.

Helen warf einen Blick über ihre Schulter und blinzelte, um in der grellen Sonne besser sehen zu können. Zwei junge Männer näherten sich ihnen. Sie erkannte den größeren mit dem lockigen dunklen Haar, aber nicht den blassen, schmalen Jungen, der ein wenig schwerfällig neben ihm herschlurfte.

»Ist das nicht Nick Riley aus dem Krankenhaus?«, fragte sie.

»Ja«, sagte Millie. »Aber wer ist der Junge bei ihm?«

»Sein Bruder Danny«, erwiderte Dora mit ausdrucksloser Stimme.

»Kennst du sie?«, wollte Millie wissen.

»Ich habe früher neben ihnen gewohnt.« Dora wollte weitergehen, aber Helen und Millie blieben stehen.

»Willst du nicht mit deinen Freunden reden?«, fragte Millie.

Bevor Dora etwas erwidern konnte, eilte der blonde Junge auf sie zu. Sein Bruder blieb zurück und verlangsamte seine Schritte noch.

»Alles klar, Danny?« Doras Lächeln war erzwungen. »Wie geht es dir?«

»Nick f-fährt mit mir B-Boot!« Das freudige Lächeln des jungen Burschen erhellte seine Augen und verwandelte seine etwas eigenartigen Gesichtszüge.

»Wie schön für dich, mein Lieber.«

Nick Riley hatte sie inzwischen eingeholt. Millie und Helen nickte er kurz zu, aber Dora gönnte er kaum einen Blick.

»Komm, Dan, wir gehen jetzt besser. Die Passagiere gehen schon an Bord, und wir wollen doch nicht zurückbleiben.« Er zog seinen Bruder am Ärmel, aber Danny sträubte sich.

»W-warum kommst du nicht mit?«, fragte er Dora.

»Nein, Schatz, das kann ich nicht. Ich bin mit meinen Freundinnen hier.«

»S-sie können d-doch auch mitkommen, Nick?«

»Ich glaube nicht, Danny.«

»Oh, das würde ich aber gerne tun!«, rief Millie. »Ich war schon ewig nicht mehr auf einem Vergnügungsboot. Und es ist so ein schöner Tag. Ach, kommt doch, lasst uns mitfahren!«

Helen sah Doras angespannten Gesichtsausdruck. »Wir sollten wirklich besser zurückgehen«, meinte sie, aber Millie wollte davon nichts hören.

»Ach was, wir haben noch jede Menge Zeit! Wo kann man

die Fahrkarten kaufen?« Und schon hatte sie sich abgewandt und eilte den Weg zur Anlegestelle hinunter.

Helen sah sich zu Nick um. »Es scheint so, als hätten wir gar keine andere Wahl«, sagte sie entschuldigend. »Ich hoffe, es stört Sie nicht?«

Er zuckte mit seinen breiten Schultern. »Wir leben in einem freien Land«, murmelte er mit einem Gesichtsausdruck, der mindestens so angespannt wie Doras war.

Die Einzigen, die sich über die Bootsfahrt zu freuen schienen, waren Millie und Nicks Bruder. Nachdem Danny nach dem Ablegen noch ein paar Minuten schüchtern Doras Hand gehalten hatte, war er langsam zu Helen und Millie hinübergegangen, die an der Reling standen und auf den See hinausblickten.

»Hallo, junger Mann«, begrüßte Millie ihn fröhlich. »Kommst du, um dir mit uns die Enten anzusehen?«

Ganz unbefangen plauderte sie mit ihm, zeigte ihm die verschiedenen Vögel, die um das Boot herumschwirrten, und erfand Geschichten über sie. Danny lauschte begierig jedem ihrer Worte und blickte so fasziniert zu ihr auf, als hätte er in seinem ganzen Leben noch nie ein solch bezauberndes Geschöpf gesehen. Helen lächelte im Stillen. Es sah ganz so aus, als hätte Millie Benedict einen weiteren Bewunderer gewonnen.

Dannys Bruder hingegen war nicht so leicht zu gewinnen. Helen beobachtete, wie steif er auf der schmalen Bank saß und den Blick unverwandt auf den fernen Horizont gerichtet hielt. Dora saß am anderen Ende derselben Bank, die Hände im Schoß gefaltet, und starrte in die entgegengesetzte Richtung. Beide saßen unbewegt wie Statuen da und vermieden es, einander anzusehen.

Und dennoch konnte Helen selbst von der anderen Seite des Decks die knisternde Spannung zwischen ihnen spüren, die wie ein Stromfluss war, der sie miteinander verband.

Kaum legte das Boot an, war Nick auch schon auf den Beinen und sprang über den Spalt zwischen Boot und Land, bevor die Besatzung die Laufplanke herablassen konnte. Am Ufer wartete er jedoch, um seinem Bruder, der mit unsicheren Schritten über den schmalen Holzsteg tapste, an Land zu helfen.

»Alles klar, Kumpel, ich hab dich«, sagte er.

Millie war die Nächste hinter Danny und streckte Nick ihre behandschuhte Hand hin, damit er auch ihr hinunterhalf.

»Würde es Ihnen etwas ausmachen …?«, fragte sie.

Nick zögerte zunächst, doch dann nahm er ihre Hand und führte sie über die Planke. Helen folgte ihm und war dankbar für seinen starken, festen Griff, als sie schwankend die Laufplanke hinunterging.

Dann war Dora an der Reihe. »Schon gut, ich komme klar«, sagte sie schroff.

Das brauchte sie Nick nicht zweimal zu sagen. Er ließ seine Hand sinken und trat zurück, um sie vorbeigehen zu lassen.

Helen beobachtete die beiden wieder, die alles in ihrer Macht Stehende taten, um sich weder anzusehen noch zu berühren. Was eigentlich nur bedeuten konnte, dass sie etwas zu verbergen hatten.

»Wir g-gehen jetzt z-zum Tee«, stammelte Danny und riss sie damit aus ihren besorgten Überlegungen. »K-kommt ihr mit?«

Millie strahlte, aber Helen antwortete, bevor sie Gelegenheit dazu bekam. »Wir müssen jetzt wirklich gehen«, sagte sie.

Dannys schlaffer Mund verzog sich vor Enttäuschung.

»Ich mach dir einen Vorschlag«, sagte Millie. »Wie wär's, wenn ich dir stattdessen einen kandierten Apfel kaufe? Komm, lass uns zu dem Büdchen rübergehen.«

»Sieht so aus, als ob sie ihn herumgekriegt hätte!« Helen lächelte, als Millie Dannys Arm nahm und mit ihm den Weg hinunterspazierte.

»Ich gehe besser mit und passe auf, dass sie nicht auf das Boot zurückmarschieren!«, brummte Nick.

»Nochmals vielen Dank, dass wir zu Ihrem Ausflug mitkommen durften«, rief Helen, aber er entfernte sich schon mit schnellen Schritten, um Millie und seinen Bruder einzuholen.

Helen schaute ihm nach. Sie brauchte Dora nicht erst anzusehen, um zu wissen, dass auch sie ihn mit den Augen verfolgte, als ob sie ihren Blick nicht von ihm lösen konnte.

Helen fragte sich, ob sie etwas sagen sollte, doch als sie den unglücklichen Gesichtsausdruck ihrer Freundin sah, wusste sie, dass es klüger sein würde zu schweigen. Zurückhaltend wie sie war, würde Dora ganz bestimmt nicht wollen, dass irgendjemand hinter ihr Geheimnis kam.

KAPITEL SECHZEHN

Am Samstagnachmittag war Constance Tremayne in ihrem Rosengarten und sah sich mit ihrem Mann die in voller Blüte stehenden Sträucher an.

»Was für ein prachtvolles Arrangement wir dieses Jahr haben!« Timothy Tremayne bückte sich, um den süßen Duft der Blüten einzuatmen. »Ich glaube, all der Regen, den wir dieses Jahr hatten, hat dem Garten gutgetan.«

»Und hat Blattläuse hervorgebracht.« Constance inspizierte stirnrunzelnd die untere Seite eines Blatts.

»Diese hier ist meine absolute Lieblingsrose. Sie nennt sich Rambling Rector oder auch kletternder Pfarrer. Ziemlich zutreffend, nicht wahr?« Timothy lachte. »Ich bin mir sicher, dass es wieder mal ein kleiner Scherz von Morley war, sie hier anzupflanzen.«

»Morley nutzt deine Gutmütigkeit aus«, versetzte Constance schroff. »Er hat die welken Blüten eindeutig nicht mehr entfernt. Manchmal frage ich mich, wofür wir ihn – einmal abgesehen vom Unkrautjäten und Teestunden mit dem Dienstmädchen in der Küche – überhaupt bezahlen.« Constance nahm ihre Rosenschere und knipste ärgerlich eine verwelkende Blüte ab. Dann blickte sie auf und sah den Gesichtsausdruck ihres Mannes. »Was?«

Timothy Tremayne betrachtete sie mit zärtlicher Belustigung. »Weißt du, meine Liebe, manchmal denke ich, wenn du vor den Toren des Himmels stündest, würdest du wahrscheinlich nur bemerken, dass sie einen neuen Anstrich bräuchten.«

Constance wurde ärgerlich. »Ich will nur, dass anfallende Arbeiten anständig erledigt werden, weiter nichts.« Ungehalten richtete sie sich auf und entdeckte dabei eine einzelne Gestalt in der Ferne, die über die Landstraße auf sie zukam.

»Und wer ist das da?«, fragte sie irritiert und runzelte die Stirn. Es konnte nur jemand sein, der zum Pfarrhaus kam, da es am Ende einer Landstraße lag und niemand diesen Weg einschlug, wenn er nicht in kirchlichen Angelegenheiten kam. »Ich hoffe, es ist nicht schon wieder Mr. Gregory«, seufzte sie. Der bejahrte Kirchenvorsteher hielt Timothy jedes Mal stundenlang auf mit seinem Gerede. »Seine Besuche sind so ermüdend.«

»Mr. Gregory ist sehr einsam, seit er seine Frau verloren hat«, gab ihr Ehemann zu bedenken. »Er hat nun mal gern Gesellschaft.«

Doch der Besucher war nicht Mr. Gregory. Der Mann hinkte und stützte sich schwer auf einen Gehstock. Als er näher kam, nahm er seine Mütze ab, und Constance schnappte bestürzt nach Luft, als rotgoldenes Haar in der Sonne aufblitzte.

»Was macht *er* denn hier?«, murmelte sie, aber ihr Mann ging schon zum Tor hinunter, um den Besucher zu begrüßen.

»Charlie! Was für eine reizende Überraschung! Ist Helen bei Ihnen?«

»Leider nicht, Sir.« Charlie warf Constance einen Blick zu. »Ich hoffe, es stört Sie nicht, dass ich einfach so hereinschneie?«

»Natürlich nicht, mein Junge, wir freuen uns, Sie zu sehen«, erwiderte Timothy mit aufrichtiger Wärme.

»Aber Sie hätten natürlich auch anrufen können, um uns mitzuteilen, dass Sie kommen«, warf Constance ein.

Charlies Lächeln wurde unsicher. »Wenn ich ungelegen komme, kann ich auch ein andermal …«

»Natürlich kommen Sie nicht ungelegen«, unterbrach Timothy ihn schnell, bevor Constance ihm zuvorkommen konnte. »Herein mit Ihnen, junger Mann«, sagte er lächelnd und öffnete das Tor. »Ich bedaure nur, dass wir Sie am Bahnhof nicht von einem Taxi abholen lassen konnten. Sie sind doch hoffentlich nicht den ganzen Weg zu Fuß gegangen?«

»Es war nicht allzu weit«, versicherte Charlie ihm vergnügt, als sie den Pfad hinaufgingen. »Außerdem ist es ein herrlicher Tag, und ich komme nicht oft dazu, Landluft zu atmen.«

Constance streifte ihre Gartenhandschuhe ab. Ihr Nachmittag war ruiniert. »Hoffentlich bleibt er nicht zu lange«, zischte sie ihrem Mann zu.

»Er ist ein Gast, meine Liebe. Lass ihn wenigstens seinen Mantel ausziehen«, erwiderte Timothy milde.

»Es gehört sich nicht, dass sich jemand unangemeldet selbst einlädt«, flüsterte Constance. »Und wenn wir nun Gäste hätten?«

Ihr Mann sah belustigt aus. »Das kommt nur selten vor.«

»Trotzdem hätte es sehr peinlich werden können«, beharrte Constance.

Sie war noch immer ausgesprochen schlechter Laune, als sie Mary, ihr Mädchen für alles, anwies, Tee zu machen.

»Ist ihm denn nicht klar, dass dies hier nicht das East End ist?«, murmelte sie und meinte damit auch das Dienstmädchen. »Wir gehen hier nicht einfach so beieinander ein und aus. Das gehört sich nicht. Nimm nicht die besten Tassen, Mary. Wo sind die, die wir für den Wohltätigkeitsbasar in der Kirche aussortiert haben?«

Unter dem Vorwand, dafür zu sorgen, dass Mary den Tee auch richtig zubereitete, hielt sie sich so lange wie möglich in der Küche auf, bis sie es nicht mehr aufschieben konnte, Charlie zu sehen.

Sie war schockiert, als sie zu den Männern ins Wohnzimmer kam und Charlie dort mit einem Schraubenzieher in der Hand beim Justieren des Klavierdeckels antraf.

»Was tun Sie da?«, rief sie entsetzt.

Timothy blickte zu ihr auf. »Charlie bringt nur den Klavierdeckel in Ordnung, Liebes. Du hast seit Wochen davon gesprochen, er müsste repariert werden, bevor er noch irgendjemandem auf die Finger fällt.«

»Ich meinte damit, dass wir einen der hiesigen Schreiner kommen lassen sollten«, erwiderte Constance mit schmalen Lippen.

»Nicht nötig, das war keine große Sache.« Charlie legte den Schraubenzieher aus der Hand und trat zurück. »So, das müsste reichen. Probieren Sie es mal.«

Timothy öffnete und schloss den Deckel ein paarmal, um seinen Halt zu prüfen. »Ausgezeichnet«, sagte er dann. »Jetzt kannst du wieder ohne Furcht deinen Chopin üben, Constance.«

»Wunderbar.« Ihr Kiefer schmerzte schon von ihrem angespannten Lächeln.

»Ich sehe mir auch gern mal Ihre Schreibtischschublade an, wenn Sie möchten«, erbot sich Charlie. »Die, von der Sie sagten, dass sie klemmt?«

»Würden Sie das tun?« Timothys Augen leuchteten vor Dankbarkeit. »Ist es nicht großartig, Constance, einen jungen Mann in der Familie zu haben, der sich nützlich macht?«

In der Familie? Constance sträubten sich die Haare bei diesen Worten. Nicht, wenn sie es verhindern konnte!

»Ja wirklich, Charlie, wenn das so weitergeht, werden wir Sie bald schon bitten, den Lieferanteneingang zu benutzen!« Sie ließ es wie einen Scherz klingen, wusste aber, dass ihre Spöttelei ins Schwarze getroffen hatte, als sie den verletzten Blick in seinen Augen sah. »Und sollen wir uns nun zum Tee hinsetzen?«, sagte sie. »Oder würden Sie ihn lieber in der Küche mit dem restlichen Personal einnehmen?«

»Trinken wir ihn hier«, warf ihr Ehemann schnell ein. »Dann kann Charlie uns den Grund seines Besuches hier erzählen.«

»Nun, eigentlich ist es Mrs. Tremayne, derentwegen ich hergekommen bin. Ich dachte, vielleicht könnten wir unter vier Augen miteinander sprechen?«

»Ich denke kaum …« Constance war schon drauf und dran, seine Bitte abzulehnen, doch Timothy ließ sie nicht ausreden.

»Aber selbstverständlich, mein Lieber«, sagte er. »Das ist schon in Ordnung, ich muss ohnehin noch eine Predigt fertigschreiben.«

»Du brauchst nicht zu gehen.« Constance warf ihrem Mann einen flehenden Blick zu, den er jedoch entweder nicht bemerkte oder lieber ignorierte.

Dann war sie mit Charlie allein. Constance beschäftigte sich damit, den Tee einzuschenken und ihre Strategie zu planen. Sie ahnte schon, warum er gekommen war, und wollte darauf vorbereitet sein.

»Ich nehme an, dass Helen Sie geschickt hat?«, sagte sie und reichte ihm seine Tasse.

»Sie weiß nicht, dass ich hier bin.«

Das war immerhin schon etwas. Constance wollte nicht einmal in Betracht ziehen, dass ihre Tochter an etwas derart Ungehobeltem beteiligt sein könnte.

Sie ließ ein Stückchen Zucker in ihren Tee fallen und rührte ihn um. »Nun, ich kann mir auch beim besten Willen nicht vorstellen, worüber Sie mit mir sprechen wollen.«

»Sind Sie sich da sicher, Mrs. Tremayne?«

Der sehr direkte Blick seiner blauen Augen brachte sie so durcheinander, dass ihr der Teelöffel aus der Hand fiel und klirrend auf der Untertasse landete. »Falls es wegen des Balls sein sollte …«

»Dieser Ball bedeutet mir nichts«, wies er ihren Einwand zurück. »Aber Helen schon. Und sie ist sehr unglücklich.«

Constance starrte ihn an, wie er dort in seinem schäbigen

Anzug saß und eine ihrer zweitbesten Teetassen in seinen von der Arbeit rauen Händen hielt. »Das sollte sie auch sein.« Sie richtete sich gerader auf. »Sie hat einige sehr unfreundliche Bemerkungen gemacht.«

»Und wie ich hörte, Sie anscheinend auch.«

Sie errötete unter seinem offenen Blick. »Ich stehe zu allem, was ich gesagt habe.«

»Das kann ich mir vorstellen.« Charlie lächelte. »Aber ich bin nicht hergekommen, um Streit mit Ihnen zu suchen, Mrs. Tremayne. Ich weiß, dass Sie sich Ihre Meinung über mich gebildet haben, so wie auch ich mir meine über Sie gebildet habe. Aber es ist Helen, derentwegen ich mir Sorgen mache. Ihr Verhalten, Mrs. Tremayne, verletzt sie, und ich möchte, dass das aufhört.«

»Mein Verhalten? Was fällt Ihnen ein!« Glühender Zorn durchzuckte sie. »Sie kennen meine Tochter gerade fünf Minuten, und nun kommen Sie her und wollen mir Vorschriften machen?« Sie setzte ihre Tasse ab. »Ich denke, Sie sollten jetzt gehen.«

»Ich gehe nirgendwohin, bis ich meinen Teil gesagt habe. Tut mir leid, Mrs. Tremayne, aber mich können Sie nicht herumkommandieren wie all die anderen.«

Constance schnappte empört nach Luft. »Und Sie fragen sich, warum ich meine Tochter von Ihnen fernhalten will?«, fauchte sie. »Sie sind ungehobelt, schlecht erzogen …«

»… und Sie hören niemals einem anderem zu!«, fuhr Charlie ihr dazwischen. Constance war so schockiert, dass sie kein Wort herausbrachte und ihn nur anstarren konnte. Sie konnte sich nicht erinnern, dass irgendjemand es je gewagt hatte, ihr gegenüber laut zu werden.

Sie konnte sehen, wie er um Beherrschung rang und sich zu beruhigen versuchte. »Ich bin nicht hergekommen, um mit Ihnen zu streiten«, sagte er schließlich leise. »Das ist das Letzte, was ich will. Eigentlich kam ich her, um zu sehen, ob wir die Sache unter uns regeln und versuchen könnten, Helen zuliebe miteinander auszukommen.« Er stellte vorsichtig seine Teetasse auf den Tisch zurück. »Ich weiß, dass Sie ein gutes Herz haben und Ihre Tochter lieben. Und ich weiß auch, dass Sie sie nicht verletzen wollen, aber das tun Sie. Alles, was Helen will, ist, Sie zufriedenzustellen, und dass Sie sie zwingen, sich zwischen uns zu entscheiden, zerreißt ihr das Herz. Es ist einfach nicht fair ihr gegenüber.«

Constance verkrampfte sich. Charlie hatte einen wunden Punkt berührt, aber sie war entschlossen, sich nichts davon anmerken zu lassen.

»Müsste nicht meine Tochter diejenige sein, die mir das alles sagt?«, entgegnete sie kalt.

»Sie hat es versucht, aber Sie hören ihr nicht zu, weil es nicht das ist, was Sie hören wollen.«

»Das ist nicht wahr!«

»Sehen Sie? Jetzt tun Sie es auch.«

Sie schaute ihn an, als sähe sie ihn zum ersten Mal. Charlie war ein gutaussehender junger Mann mit seinem goldblonden Haar, dem festen Kinn und seinen offenen blauen Augen. Sie konnte es Helen nicht verdenken, dass sie sich in ihn verliebt hatte. Aber das änderte nichts daran, dass er völlig ungeeignet für sie war.

Auch Constance hatte sich einmal in ein hübsches Gesicht verliebt und gesehen, was daraus geworden war.

»Es war Helen, die mich stehen ließ, als wir uns das letzte Mal getroffen haben«, wandte sie ein.

»Das überrascht mich nicht nach allem, was ich von ihr hörte.«

»Ich wollte ihr ein Kleid kaufen und dachte, sie würde sich darüber freuen.«

»Nein, Sie haben ein Kleid für sie ausgesucht. Genauso, wie

Sie alles andere für sie ausgesucht haben. Aber Helen ist über einundzwanzig, also eine erwachsene Frau, die das Recht hat, ihre eigenen Entscheidungen zu treffen.«

»Und was ist, wenn es die falschen sind?«

Charlie lächelte. »Wie mich zu ihrem Freund zu erwählen, meinen Sie?«

Falls er erwartet hatte, dass sie das bestreiten würde, war er auf dem Holzweg. »Ich bezweifle nicht, dass Sie ein sehr netter junger Mann sind, aber Sie sind nicht der richtige für meine Tochter. Helen könnte sehr viel mehr verlangen.«

»Da haben Sie vermutlich recht.« Charlie klang enttäuscht, ja fast erschöpft. »Aber ich liebe Ihre Tochter von ganzem Herzen. Das müsste doch genauso viel zählen, wie zu wissen, welche Gabel und welches Messer man benutzt?« Er beugte sich beschwörend zu ihr vor. »Bitte, Mrs. Tremayne, ich flehe Sie an! Ich weiß, dass wir nie die besten Freunde sein werden, aber könnten Sie es nicht übers Herz bringen, sich Helen zuliebe mit mir zu vertragen?«

Constance richtete ihren Blick auf die Terrassentüren und den Rosengarten dahinter. Die Junisonne verschwand gerade hinter einer Wolke und tauchte den Garten in ein trübes, graues Licht.

»Es wird bald regnen«, sagte sie. »Sie sollten besser zum Bahnhof zurückkehren, wenn Sie nicht in das Unwetter hineingeraten wollen. Ich werde Mary bitten, Sie hinauszubegleiten«, schloss sie und griff nach der Klingel.

»Das war's dann?«, sagte Charlie. »Ich kann also gar nichts tun, um eine Brücke zwischen uns zu bauen?«

»Oh doch, Sie können sehr wohl etwas tun.« Sie wandte sich ihm mit unbeugsamen Augen wieder zu. »Sie können sich von meiner Tochter fernhalten. Wenn Sie Helen wirklich lieben, dann trennen Sie sich von ihr und hören Sie auf, sie auf Ihr Niveau herabzuziehen.«

Charlie presste die Lippen zusammen. »Das wird niemals geschehen.«

»Wenn das so ist, gibt es nichts mehr dazu zu sagen.« Constance wandte sich wieder von ihm ab und sah, dass die ersten Regentropfen schon gegen die Fenster schlugen.

Dann klopfte es leise an der Tür, und Mary erschien im Zimmer. »Sie haben geklingelt, Madam?«

»Unser Gast möchte gehen.«

Constance hielt sich sehr gerade, als sie ihn aufstehen hörte. Charlie ging zur Tür, und sie wollte schon erleichtert aufatmen, als er sich noch einmal umdrehte und sagte: »Wissen Sie, was das Traurige ist, Mrs. Tremayne? Dass Sie immer recht haben müssen. Das ist es, was am Ende zwischen Ihnen und Helen stehen wird, nicht ich. Was mich angeht, ist für uns alle Platz in ihrem Leben. Und Helen braucht Sie genauso sehr wie mich.«

Constance verschränkte fest ihre Finger auf dem Schoß. »Und Sie können meiner Tochter sagen, dass ich eine Entschuldigung für ihr Verhalten erwarte«, rief sie Charlie nach.

Er lachte traurig. »Wie typisch, Mrs. Tremayne. Sie müssen immer das letzte Wort haben, nicht wahr?«

Timothy kehrte im selben Moment ins Wohnzimmer zurück, als die Haustür zuschlug. »Ist Charlie weg?« Er sah enttäuscht aus.

»Er musste seinen Zug bekommen.«

»Du hast ihn doch wohl nicht bei diesem Regen gehen lassen? Wir hätten ihm ein Taxi rufen können.«

»Du hast gehört, was er gesagt hat. Er liebt die frische Luft.« Constance blickte in den inzwischen stetig fallenden Regen hinaus.

»Wie schade, dass es nur so ein kurzer Besuch war.« Timothy schüttelte den Kopf. »Er ist so ein netter junger Mann.«

»Wenn du meinst.« Constance presste die Lippen zusammen

und wechselte das Thema. »Wie kommst du mit deiner Predigt weiter?«

»Oh, sehr gut, danke. Ich denke, diesmal werde ich mich mit dem Thema Mut befassen und dazu das Beispiel Daniels benutzen.« Er lächelte. »Das ist solch eine wundervolle Geschichte. Ein junger Mann, der sich in eine Löwengrube begibt für das, woran er glaubt.«

Constance warf ihrem Mann einen bösen Blick zu, aber Timothy Tremaynes höflich lächelndes Gesicht verriet ihr nichts.

KAPITEL SIEBZEHN

»Fünf Pfund«, sagte die Frau in dem Geschäft.

Nick pfiff durch die Zähne. »Sind Sie sicher, Missis? Ich suche einen Kinderwagen, keinen Bentley!«

Die Frau schürzte ihre geschminkten Lippen. Sie hatte perlgraues, wie Zuckerwatte auf ihrem Kopf aufgetürmtes Haar und einen hochnäsigen Akzent, der ebenso falsch war wie die Perlen um ihren Hals.

»Es ist ein Silver Cross, der beste Kinderwagen, den Sie kaufen können«, sagte sie. »Selbst die Herzogin von York hat dieses Modell für ihre kleinen Prinzessinnen benutzt. Aber wenn er Ihnen zu teuer ist, haben wir auch billigere Modelle. Oder Sie könnten auch auf dem Trödelmarkt einen gebrauchten kaufen ...«

»Nein, danke.« Nick versteifte sich bei diesem beleidigenden Vorschlag. Sein Kind würde nicht in einem Kinderwagen aus zweiter Hand sitzen! Für seinen Sohn oder seine Tochter war nur das Beste gut genug, und wenn es ihn ein Vermögen kostete.

Er hockte sich hin und bewegte eins der Räder. Er war kein Experte für Kinderwagen, aber dieser hier sah gut aus. Und hübsch dazu. Er konnte sich schon vorstellen, wie Ruby und er ihn an einem sonnigen Sonntagnachmittag durch den Victoria Park schoben. Sie würden am See entlangspazieren, damit ihr Kleines sich die Enten ansehen konnte. Und er würde Eiscreme bei dem Eismann kaufen und das Baby häppchenweise damit füttern ...

»Ist der Herr nun interessiert, oder was?«, unterbrach die Frau seine Träumereien.

Nick richtete sich auf. »Nun ja, wenn er gut genug fürs Königshaus ist, wird er wohl auch gut genug für uns sein.« Er griff in die Tasche und zog seine Geldbörse heraus. »Er kostet einen Fünfer, sagten Sie?«

»Plus zwei Schilling für Lagerung und Lieferung.«

»Ich brauche beides nicht, ich nehme ihn gleich mit.«

Die Frau zog ihre sorgfältig nachgezogenen Augenbrauen hoch. »Sind Sie sicher? Die meisten unserer Kunden lassen sich ihren Kinderwagen erst nach der Geburt des Babys liefern.«

»Ich sagte, ich nehme ihn gleich mit«, beharrte Nick. Er konnte es kaum erwarten, Rubys Gesicht zu sehen.

Blitzartige Schmerzen schossen von oben bis unten durch seine Wirbelsäule, als er den Kinderwagen die Mile End Road entlangschob. Er hatte in dieser Woche zwei Kämpfe gehabt und spürte sie in seinen geprellten Muskeln.

»Ich hatte dich gewarnt.« Nicks Trainer Jimmy war wenig mitfühlend gewesen, als er ihn nach dem Kampf gestern Abend versorgt hatte. »Eins sag ich dir: Mach so weiter, dann wirst du nicht in Form für einen Titelkampf sein.«

»Ich brauche das Geld.« Nick hatte sich ein feuchtes Handtuch ans Gesicht gedrückt, um das Nasenbluten zu stoppen. Er hätte niemals einen Schlag wie diesen eingesteckt, wenn er nicht so abgekämpft gewesen wäre. Jimmy hatte recht, er begann seine Kondition allmählich einzubüßen.

Kinder spielten Blechdosenwerfen auf dem Rasen vor den Wohngebäuden. Nick lächelte, als er an ihnen vorbeiging. Eines Tages würde es sein Knirps sein, der hier draußen spielte. Inzwischen war er froh, dass Ruby auf stur geschaltet und darauf bestanden hatte, hierher umzuziehen. Victory House war ein viel besserer Ort, um ein Kind aufzuziehen, als die schmuddeligen Hinterhöfe der Griffin Street.

Jeder Muskel in seinem Körper protestierte, als er den Kinderwagen bis zum dritten Stock hochschleppte und das schwere Ding dabei gegen jede Stufe stieß. Zwei Frauen, die tratschend im Treppenhaus des zweiten Stocks standen, unterbrachen sich, um ihn anzulächeln.

»Ein neuer Kinderwagen? Das ist aber ein richtig schöner, junger Mann.«

Als er weiterging, hörte er eine von ihnen sagen: »Ich wette, dass seine Frau sehr glücklich mit ihm ist.«

»Das glaube ich auch«, stimmte ihre Freundin zu. »Diese Kinderwagen kosten ein Vermögen.«

»Ich sprach nicht von dem Kinderwagen!«, sagte die andere Frau kichernd.

Nick lächelte vor sich hin, als er den Kinderwagen auf dem Gang vor der Wohnung abstellte und die Tür aufschloss. Ein starker Karbolgeruch hing in der Luft. Anscheinend hatte Ruby einen richtigen Frühjahrsputz veranstaltet, dachte er.

»Ruby?«, rief er. »Bist du drinnen? Ich muss dir etwas zeigen.«

Die Schlafzimmertür öffnete sich. Nick drehte sich um, und sein Lächeln verblasste, als er seine Schwiegermutter in der Tür stehen sah.

Ihm sank das Herz. Wie typisch, dass Lettie mal wieder da war, um ihre Nase in alles hineinzustecken und ihm seine Überraschung zu verderben! Ruby sah ihre Mutter jetzt viel öfter als früher, als sie noch unter demselben Dach gelebt hatten.

»Bist du schon wieder da?«, fragte er, während er seine Jacke abstreifte. »Ich weiß nicht, warum du nicht gleich einziehst und dir das Besohlen deiner Schuhe sparst.«

Er wartete auf die übliche bissige Antwort, aber diesmal kam sie nicht.

»Wirst du wenigstens den Teekessel aufsetzen? Du könntest dich auch ruhig ein bisschen nützlich machen, wenn du schon mal hier ...« Dann sah er ihre bestürzte Miene und unterbrach sich. »Was ist? Was ist passiert?«

Lettie trat auf ihn zu und rang ihre knochigen Hände. »Oh Nick, ich bin Rubys wegen hier«, jammerte sie. »Sie hat das Kind verloren!«

Ruby lag zusammengerollt wie ein Kind auf der Bettdecke.

»Ruby!« Nick ließ sich neben dem Bett auf die Knie fallen, weil alle Kraft ihn urplötzlich verlassen hatte. »Wie geht es dir? Was ist passiert, Ruby?«

Sie wandte ihm das Gesicht zu, und es war ein Schock für ihn, wie blass sie war. Ihre Wimperntusche überzog in schmalen dunklen Streifen ihre kreidebleichen Wangen.

Nick erstarrte innerlich. »Wann ist es ...«

»Heute Nachmittag«, antwortete Lettie anstelle ihrer Tochter. »Sie hatte den ganzen Tag schon Schmerzen, sagte sie. Auf jeden Fall war sie in einer furchtbaren Verfassung, als ich herkam. Dann ging sie ins Bad, und ... da passierte es.« Sie wandte sich rasch ab und presste eine Hand vor ihren Mund.

»Oh, Rube.« Nick griff nach ihrer Hand. Ihre Finger fühlten sich ganz schlaff an in seinen. »Warum hast du keinen Krankenwagen gerufen und dich ins Krankenhaus bringen lassen?«

»Was hätte das genützt?«, fragte Lettie hinter ihm, schroff und pragmatisch, wie sie immer war. »Es war doch ohnehin schon alles vorbei. Und eine furchtbare Sauerei war es auch. Überall war Blut. Inzwischen habe ich alles aufgewischt. Wir wollten ja nicht, dass du nach Hause kommst und all das siehst. Nicht wahr, Liebes?«

Ruby öffnete den Mund, aber kein Laut kam über ihre blassen Lippen.

Ein starkes Schuldbewusstsein beschlich ihn. »Es tut mir schrecklich leid, Ruby. Ich hätte hier sein sollen.«

»Jetzt bist du ja hier.« Sie fand ihre Stimme wieder, aber sie war kaum mehr als ein Wispern. Und ihre Augen, als sie ihn ansah, waren groß vor Schmerz und tief betrübt. »Es tut mir leid, Nick. Ich weiß, wie sehr du dich darauf gefreut hast, Vater zu werden ...«

Sie begann zu weinen. Nick nahm sie in die Arme und hielt sie fest an sich gedrückt, als ihr Körper von heftigen Schluchzern geschüttelt wurde. »Pst, es ist alles gut, Ruby. Weine nicht, mein Mädchen, es ist alles gut.«

»Aber ... ich hab dich enttäuscht«, schluchzte sie.

»Sag so etwas nicht. Du hast niemanden enttäuscht.« Ein wenig hilflos klopfte er ihr den Rücken. Am liebsten hätte er mit ihr geweint, aber er konnte sich nicht erlauben, dem Bedürfnis nachzugeben. »Wir sollten einen Arzt kommen lassen«, sagte er.

»Nein!« Plötzlich erwachte sie wieder zum Leben, in seinen Armen war auf einmal gar nicht mehr die schlaffe Puppe, die sie eben noch gewesen war.

»Sie hat recht«, sagte Lettie. »Das nützt nichts mehr. Es ist vorbei.«

»Aber du solltest dich untersuchen lassen, um sicherzugehen, dass mit dir alles in Ordnung ist ...«

»Sie will nicht noch mehr Aufregung nach allem, was sie durchgemacht hat. Das stimmt doch, Kind?« Lettie wandte sich Ruby zu, die nur stumm nickte. »Sie braucht jetzt bloß noch Ruhe, weiter nichts.«

»Wenn du meinst.« Nick, der immer noch skeptisch war, runzelte die Stirn. Es erschien ihm nicht richtig, keinen Arzt zu holen, doch Ruby sah so abgekämpft und mitgenommen aus, dass er keine Einwände erheben wollte. »Was immer du willst, Ruby.«

Sie schenkte ihm ein müdes Lächeln. »Danke.«

Er richtete sich auf und sah sich um. »Kann ich irgendetwas für dich tun?«

Sie schüttelte den Kopf. »Mum kümmert sich schon um mich.«

»Natürlich.« Seine Miene war nicht weniger grimmig als Letties, als er ihren Blick erwiderte. Er mochte sie zwar nicht, aber er konnte verstehen, dass Ruby ihre Mum jetzt brauchte.

Als er sich zum Gehen wandte, griff Ruby schnell wieder nach seiner Hand. »Nick?«, flüsterte sie. »Du wirst mich doch nicht verlassen?«

Der flehentliche Unterton in ihrer Stimme überraschte ihn. »Was redest du denn da, Ruby?«

»Ich weiß, dass du mich nur geheiratet hast, weil ich schwanger war. Aber jetzt ist das Baby … nicht mehr da.« Sie schluckte heftig. »Ich meine, ich weiß, dass du jetzt keinen Grund mehr hast, bei mir zu bleiben …«

Er starrte sie entgeistert an. »Denkst du wirklich, ich würde dich nach so etwas verlassen? Verdammt, was glaubst du eigentlich, was für eine Art von Mann ich bin?«

»Ich … ich weiß es nicht«, flüsterte sie. »Ich war mir nicht sicher …«

»Dann beruhige dich, denn ich werde nirgendwohin gehen.« Er bückte sich und zog sie an sich. »Wir werden das gemeinsam durchstehen, Ruby. Du und ich.«

»Du und ich«, seufzte sie und schloss ihn in die Arme.

Nach einer Weile überließ er Ruby der Obhut ihrer Mutter und ging ins Wohnzimmer. In der Anrichte fand er den sonst nur als Arznei benutzten Brandy und goss mit zitternden Händen etwas davon in ein Glas. Die arme Ruby. Sie sah so blass und zerbrechlich aus, wie sie da so zusammengerollt auf ihrem Bett lag. Er wagte nicht, daran zu denken, was sie durchgemacht haben musste.

Mit dem Glas in der Hand ging er zum Fenster hinüber und blickte hinaus. Das Erste, was er sah, war der Kinderwagen, der noch draußen auf dem Gang stand.

Wie hatte er bloß glauben können, er sei schön? Er war nichts als ein großes Stück Metall, das ihn zu verhöhnen schien. Nick musste seine ganze Selbstbeherrschung aufbieten, um das verdammte Ding nicht die Treppe hinunterzuwerfen. Er wollte sehen, wie er unten auf dem Boden aufschlug und zerbrach, wie die glänzende Karosserie verbogen und zerquetscht wurde und sich die Räder nutzlos in der Luft drehten.

Er ließ sich auf die Couch zurücksinken und nahm einen kräftigen Schluck von seinem Brandy. Das Brennen in seiner Kehle betäubte vorübergehend den Schmerz, den er verspürte. Seine Glieder waren so schwer, dass er sich nicht bewegen konnte. Er wollte für immer dort sitzen bleiben und ins Leere starren.

In all seiner Verzweiflung dachte er plötzlich an Dora. Er musste mit ihr reden. Unbedingt. Irgendwie wusste er, dass sie ihn verstehen und ihm seinen Schmerz würde nehmen können …

Doch dann bremste er sich jäh. Wie gemein von ihm, an eine andere Frau zu denken, nachdem Ruby etwas so Schreckliches durchgemacht und gerade eben ihr Kind verloren hatte! Er musste stark sein für sie. Sie brauchte ihn jetzt mehr denn je, und er hatte ihr ein Versprechen gegeben.

Noch einmal schenkte er sich Brandy nach und stürzte ihn in einem Zug hinunter. Dann vergrub er sein Gesicht in den Händen, und in der zunehmenden Dunkelheit des Wohnzimmers, wo ihn niemand sehen konnte, ließ Nick Riley seinen Tränen endlich freien Lauf.

KAPITEL ACHTZEHN

»Dr. Adler sieht neuerdings wirklich sehr adrett aus«, bemerkte Penny Willard.

Dora blickte zu dem Arzt hinüber, der sich gerade am anderen Ende des Warteraums hinhockte, um ein weinendes Kind zu beruhigen. Willard hatte recht, er sah wirklich anders aus als sonst. Er hatte seine immer etwas wirre Mähne schwarzer Locken schneiden lassen, und sein weißer Kittel war ausnahmsweise einmal gebügelt.

»Ich kann mich nicht erinnern, wann er mich das letzte Mal gebeten hat, ihm einen Knopf anzunähen«, sagte Penny.

»Vielleicht hat er ja jemand anderen, der das für ihn macht?«

Seine Schritte waren jedenfalls beschwingter, seit Esther Gold dagewesen war, um sich die Fäden ziehen zu lassen. Und er hatte auch aufgehört, bis spät in die Nacht hinein zu arbeiten und auf Bänken zu schlafen. Er hatte es zwar nicht erwähnt, aber jeder wusste, dass er und Miss Gold miteinander ausgingen.

»Glaubst du, dass er sie zu dem Ball mitbringen wird?«, fragte Penny.

Dora verdrehte die Augen. Es waren nur noch ein paar Wochen bis zum Gründungstags-Ball, und für Penny schien es kein anderes Thema mehr zu geben.

»Zumindest hat er jemanden, mit dem er hingehen kann«, sagte Penny seufzend und stützte das Kinn auf ihre Hand. »Es gibt niemanden, der mich einlädt.«

»Du könntest doch auch alleine hingehen. Viele der anderen Mädchen tun das auch.« Sie hatte einige aus ihrer Gruppe darüber reden hören, zusammen hinzugehen. Es hatte nach so viel

Spaß geklungen, dass Dora wünschte, sich ihnen anschließen zu können. Aber leider hatte Joe ihre Eintrittskarten schon gekauft.

»So wie's aussieht, werde ich wohl keine andere Wahl haben«, sagte Penny. »Für dich ist das kein Problem, du hast einen Freund, der mit dir hingeht. Du bist eine der Glücklicheren unter uns.«

»Oh ja, und wie!«, murmelte Dora.

In diesem Moment tauchte Nick aus dem Gang hinter ihnen auf und schob einen leeren Rollstuhl vor sich her. Sein Gesichtsausdruck war noch mürrischer als sonst.

»Na, der sieht aber nicht gerade glücklich aus«, bemerkte Penny. »Ob er wohl auch zu dem Ball kommt?« Dann lächelte sie. »Was meinst du? Soll ich nicht einfach fragen?«

»Das würde ich nicht ...«, begann Dora, aber Penny sprach ihn bereits an, als er vorbeiging.

»Werden Sie Ihre Frau zum Ball mitbringen, Mr. Riley?«

Er fuhr herum und sah sie beide grimmig an. »Was?«

»Zu dem Ball am Gründungstag. Ich habe mich schon gefragt, ob wir Mrs. Riley dort begegnen werden? Oder haben Sie vor, allein dort hinzugehen?« Ihre Lippen verzogen sich zu einem langsamen, gedehnten Lächeln. »Wenn ja ...«

»Ich weiß nichts von einem Ball, und ich will auch gar nichts davon wissen!«

Damit marschierte er an ihnen vorbei und stieß den leeren Rollstuhl vor sich her, als ob er ein Rammbock wäre.

»Also wirklich!« Pennys Augen waren groß vor Erstaunen, als sie ihm hinterherschaute. »Ich hätte nicht gedacht, dass er noch übellauniger werden könnte, doch offensichtlich ist das möglich. Was glaubst du, weshalb er so schlecht gelaunt ist?«

»Ich habe keine Ahnung.« Aber Dora runzelte die Stirn, weil sie Nick Riley gut genug kannte, um zu wissen, wann er wütend und wann er traurig war. Und heute war er definitiv traurig.

Bevor Nick die Doppeltüren erreichte, flogen sie schon auf, und eine hochschwangere Frau wankte am Arm eines Mannes mittleren Alters herein. Er sah so blass und krank aus, dass schwer zu sagen war, wer von den beiden einen Arzt benötigte.

»Helfen Sie mir bitte!«, bat er. »Meine Frau bekommt ein Baby!«

»Tja, hier kann sie es nicht kriegen!« Schwester Percival war schon herbeigeeilt, flott und forsch wie immer. »Sie müssen zur Entbindungsstation. Sie gehen wieder zurück durch diese Türen, biegen rechts ab ...«

Sie wollte ihnen den Weg erklären, aber der Mann fiel ihr ins Wort. »Sie verstehen nicht!«, rief er. »«Es sollte frühestens in einem Monat kommen. Aber sie ist die Treppe heruntergefallen, und die Fruchtblase ist geplatzt. Das ist doch nicht normal, oder? Das hätte doch noch nicht passieren dürfen.«

Schwester Percival trat einen Schritt zurück, um die Lage einzuschätzen. Dann wandte sie sich an Penny. »Klingeln Sie«, befahl sie knapp. »Und Sie da!«, rief sie Nick zu. »Bringen Sie sofort diesen Rollstuhl hier herüber.«

Plötzlich kam der ganze Raum in Bewegung. Dr. McKay erschien, und innerhalb weniger Momente fand Dora sich mit ihm und der Frau im Behandlungszimmer wieder.

»Ich ... ich bin gestolpert und die Treppe hinuntergefallen«, stammelte sie, als Dora ihr auf die Liege half. Sie war älter, als Dora zunächst gedacht hatte, etwa Ende dreißig, und die Augen in ihrem schmalen Gesicht waren groß vor Furcht. »Für ein paar Minuten verlor ich das Bewusstsein, und als ich wieder zu mir kam ...«

»Pst, versuchen Sie, sich zu beruhigen, meine Liebe.« Dora hielt die Hand der Frau. »Der Doktor muss nur das Herz des Babys abhorchen, um zu wissen, was geschehen ist.«

Aber ein Blick in Dr. McKays Gesicht, als er mit seinem Hörtrichter den Bauch der Frau abhorchte, verriet Dora, dass keineswegs alles in Ordnung war. »Wie lange haben Sie schon Wehen?«

»Ich weiß es nicht genau … Schon eine ganze Weile, glaube ich. Das Fruchtwasser ist vor etwa einer Stunde abgegangen.« Die Frau blickte ängstlich von Dora zu Dr. McKay. »Ist mit meinem Baby alles in Ordnung?«

»Das werde ich besser beurteilen können, wenn ich Sie richtig untersucht habe.« Dr. McKay schrubbte sich schon die Hände unter dem Wasserhahn.

Die Frau wimmerte leise, und ihre Lippen bewegten sich in einem stummen Gebet, während er sie untersuchte. Sie umklammerte Doras Hand und grub ihre Fingernägel so tief in ihre Handfläche, dass Dora sich beherrschen musste, um nicht aufzuschreien.

»Wie es scheint, befindet sich das Kind in Stirnlage«, sagte Dr. McKay nach seiner Untersuchung. »Wir werden also unverzüglich operieren müssen.«

»Neiiiin!« Die Frau stieß einen Schrei aus, der von den Wänden widerhallte. »Mein Baby darf noch nicht geboren werden, dazu ist es noch zu früh!«

Sie versuchte, sich hochzurappeln, und wehrte Dora ab, als sie sie niederhalten wollte.

»Es ist unsere einzige Chance, Mrs. Edgar«, sagte Dr. McKay. »Ihr Baby ist unterwegs, ob es uns gefällt oder nicht. Das Beste, was wir tun können, ist, ihm dabei behilflich zu sein.« Er bemühte sich um einen möglichst unbefangenen Ton, aber Dora konnte seinem Gesicht ansehen, wie ernst die Lage war. »Bereiten Sie sie auf die OP vor«, wies er sie mit leiser Stimme an. »Ich werde Schwester Percival bitten, schon einmal in der Chirurgie anzurufen.«

Mit dem ratternden Rollstuhl hasteten sie durch die Gänge zum OP hinunter. Nick schob den Stuhl mit der Patientin, und Dora blieb an seiner Seite und versuchte, die unaufhörlich schluchzende Mrs. Edgar zu beruhigen.

»Werden sie mein Baby retten?«, flehte sie Dora an. »Bitte, Schwester, werden sie es retten?«

»Sie werden ihr Bestes tun, Mrs. Edgar.« Sie drückte der Frau beruhigend die Hand, was sich angesichts solch kolossaler Verzweiflung jedoch nur äußerst unzureichend anfühlte.

»Es ist unser erstes Kind«, schluchzte sie. »Wir hatten es so lange versucht, dass wir schon dachten, wir könnten keine Kinder haben. Und dann … geschah es plötzlich doch. Wir … wir nannten es unser kleines Wunder …«

Dora warf Nick einen raschen Blick von der Seite zu. Er biss so hart die Zähne zusammen, dass sie sehen konnte, wie die Muskeln an seinem Kinn sich verkrampften.

Helen kam gerade aus dem Waschraum, als sie den Operationssaal betraten. Sie sah sehr professionell aus in ihrer OP-Kleidung und mit der Haube, die ihr dunkles Haar vollkommen verbarg.

»Ist die Patientin vorbereitet?« Dora nickte. »Was ist mit ihrem Magen?«

»Sie sagt, sie hätte seit mindestens fünf Stunden nichts mehr gegessen.«

»Urin?«

»Ich habe schon eine Probe genommen.«

»Sehr gut.« Helen schenkte Dora ein warmes Lächeln, und plötzlich war sie wieder die Mitbewohnerin, wie sie sie früher gekannt hatte. »Ich übernehme jetzt, vielen Dank, Dora.«

Das Rattern des Rollstuhls wurde von den dicken, weiß getünchten Steinmauern gedämpft, als sie zum Lift zurückgingen.

»Wird alles gutgehen?«, fragte Nick plötzlich. »Mit dem Baby, meine ich. Wird es überleben?«

»Ich weiß es nicht«, gab Dora zu. »Sein Herz schlug noch, also wird es hoffentlich noch am Leben sein, wenn es bald entbunden wird …«

Nick zog ein Päckchen Zigaretten aus der Tasche seines braunen Overalls, schüttelte eine heraus und steckte sie zwischen seine Lippen.

»Ruby hat unseres verloren«, sagte er in ausdruckslosem Ton.

Seine Worte waren für Dora wie ein Fausthieb in den Magen und raubten ihr für einen Moment den Atem. »Wann?«, fragte sie dann bestürzt und wandte sich ihm zu.

»Gestern.« Seine Stimme war ruhig, doch seine Hände zitterten so sehr, dass er das Streichholz nicht ruhig halten konnte. »Ich dachte, du würdest es wissen wollen, da du doch ihre Freundin bist.«

»Das tut mir schrecklich leid«, flüsterte Dora.

Er nickte nur und blies einen Strom von Zigarettenrauch zur Decke hinauf. Seine Augen waren auf die Lifttüren geheftet.

»Es hat sie schwer getroffen.«

»Und was ist mit dir?«

Er holte tief Luft. »Es geht hier nur um Ruby, nicht um mich.«

Über ihnen rappelte der Aufzug auf seinem Weg nach unten.

»Es wäre sehr nett von dir, wenn du sie besuchen würdest«, sagte Nick. »Sie braucht eine Freundin.«

Da ist sie nicht die Einzige, dachte Dora, als ihr Blick über sein wie in Stein gemeißeltes Profil glitt. Er sah aus, als kostete es ihn seine ganze Kraft, um nicht vor ihr die Beherrschung zu verlieren und in Tränen auszubrechen.

Ihn so leiden zu sehen, brachte sie derart aus der Fassung, dass sie die Hand ausstreckte, um ihn zu berühren, bevor ihr bewusst wurde, was sie tat. »Nick …«

Er zuckte vor ihr zurück, als risse er seinen Arm von einer Flamme weg. »Nein!« Er sah geradezu ängstlich aus. »Ich kann nicht«, sagte er mit einer Stimme, die ganz rau war vor Gefühl. »Das kann ich Ruby nicht antun, nicht jetzt …«

Das laute ›Ping‹ des Aufzugs zerriss die Stille. Dora warf einen verstohlenen Blick auf Nicks grimmiges Profil, als er vortrat und das Gitter öffnete.

Zusammen fuhren sie in dem Lift hinauf, jeder auf seiner Seite, als wären sie Fremde, und ohne einander anzusehen. Dora wünschte sehnlichst, sich ihm nähern und seinen Schmerz und seine Verzweiflung wegküssen zu können.

Aber er hatte recht, dachte sie. Das konnten sie Ruby nicht antun, nicht nach allem, was sie durchgemacht hatte.

KAPITEL NEUNZEHN

Helen hatte dafür gesorgt, dass die bewusstlose Frau bereits in der richtigen Position auf dem Operationstisch lag, als Miss Feehan, die OP-Schwester, hereinkam. Helen wartete nervös, als Miss Feehan sich umblickte und nach Fehlern suchte, bis sie schließlich zufrieden zu sein schien.

»Sehr gut«, sagte sie. »Sie werden heute assistieren, also machen Sie sich fertig.«

Helen blickte sich um, um sicherzugehen, dass wirklich sie gemeint war. »Ich, Schwester?«

»Ja, Schwester.« Miss Feehan lächelte über ihre verblüffte Miene. »Schauen Sie mich nicht so entgeistert an, Sie sind jetzt schon fast drei Monate bei uns und haben gesehen, wie wir hier arbeiten. Höchste Zeit also, dass Sie das Gelernte in die Tat umsetzen.«

»Aber wenn ich nun etwas falsch mache?«, entfuhr es Helen, bevor sie sich ihre Antwort überlegen konnte.

Miss Feehan zog eine Augenbraue hoch. »Sie stellen meine Entscheidung doch wohl nicht infrage, Schwester?«

»Nein, Schwester. Entschuldigen Sie bitte, Schwester.« Helen senkte ihren Blick. »Es ist nur so, dass ich wirklich keinen Fehler machen will.«

»Das werden Sie schon nicht.« Miss Feehans Stimme enthielt einen Anflug von Wärme, den Helen noch nie bei ihr gehört hatte. »Vergessen Sie nur nicht, stets innerhalb des sterilen Bereichs und in der Nähe des Chirurgen zu bleiben, und tun Sie, was Ihnen gesagt wird. Und wenn Sie alles Nötige tun, *bevor* es Ihnen gesagt wird, umso besser. Machen Sie nicht so ein ängstliches Gesicht, Schwester Tremayne. Ich würde es nicht vorschlagen, wenn ich nicht der Meinung wäre, dass Sie mehr als fähig sind.«

Helen schwirrte der Kopf, als sie ging, um sich sorgfältig die Hände zu waschen. Chirurgen arbeiteten im Allgemeinen lieber mit OP-Schwestern, die sie gut kannten. Was würde dieser davon halten, dass ihm eine kleine Schwesternschülerin aufgedrängt wurde?

Die Frage beantwortete sich von selbst, als Helen ihren Bruder William im Waschraum antraf. Seine Arme steckten bis zu den Ellbogen in Karbolseife, und rechts und links von ihm schrubbten sich Alec Little und ein nervös dreinblickender angehender Assistenzarzt die Hände.

Plötzlich ergab dies alles einen Sinn. Wenn William der Bereitschaftsarzt war, musste er jede Notoperation übernehmen. Und Helen hegte keinen Zweifel daran, dass er sie angefordert hatte, um ihm zu assistieren.

»Ah, da sind Sie ja, Schwester Tremayne«, begrüßte er sie grinsend. »Wie ich hörte, arbeiten wir heute zusammen? Beeilen Sie sich bitte mit dem Desinfizieren Ihrer Hände. Dr. Little hat die Patientin schon ruhiggestellt, und wir wollen sie doch nicht warten lassen.«

Kurz darauf stand Helen, das Instrumententablett vor sich, neben William am Operationstisch. Sie hatte noch nie in solch unmittelbarer Nähe bei einer Operation dabei sein dürfen und befürchtete, dass sie beim ersten Anblick von Blut in Ohnmacht fallen würde. Sie erschrak, als Williams Skalpell in das Fleisch der Frau eindrang, aber danach ging alles sehr schnell, und Helen war so darauf bedacht, ihm im richtigen Moment die richtigen Instrumente anzureichen, dass ihr kaum Zeit blieb, wirklich zu erfassen, was geschah.

Sie warf ihm ein paar nervöse Blicke zu, während er operierte. Er war so präzise, ruhig und Herr der Lage, dass es Helen schwerfiel, den einst so linkischen Zwölfjährigen in ihm wiederzuerkennen, der mit ihr im Garten Verstecke gebaut und sich beim Klettern auf Bäume die Knie aufgeschrammt hatte.

»Schere.« Helen, die sich an die Worte der Oberschwester erinnerte, hielt das Instrument schon bereit, bevor William die Hand danach ausstrecken konnte. »Gut. Auf geht's.« William blickte zu seinem jungen Assistenten auf. »Ich habe das Gewebe bis zum Bauchfell aufgeschnitten, das ich nun mit der Schere öffnen werde. Du solltest jetzt die Handtücher bereithalten«, wies er Helen an.

Eine Sekunde später schoss eine Fontäne warmen Bluts aus der Öffnung im Unterbrauch der Frau, floss über Helens Hände und Instrumente und durchtränkte die sorgfältig platzierten Laken. Während Helen schnell nach einer Handvoll frischer Handtücher griff, um es aufzuwischen, schob William eine Hand in den Leib der Frau und nahm das Baby vorsichtig heraus. Ein Kloß bildete sich in Helens Kehle, als er das winzige, bläulich-graue und blutverschmierte Wesen anhob, das noch durch eine dicke, glänzende Nabelschnur mit dem Mutterleib verbunden war.

»Ein kleiner Junge«, verkündete William.

»Ist er in Ordnung?«, flüsterte Helen. »Er sieht so winzig aus ...«

Im selben Augenblick stieß das Baby einen schwachen kleinen Schrei aus und begann seine winzigen, vogelähnlichen Glieder zu bewegen.

»Da hast du die Antwort.« William grinste sie an, und seine Augen über der Gesichtsmaske waren voller Wärme. Dann wandte er sich an Alec. »Glaubst du, dass die dankbare Mutter ihn nach dir oder mir benennen wird?«

»Nach dir«, seufzte Alec. »Die Anerkennung kriegst ja immer du.«

»Und das zu Recht.«

Tränen verschleierten Helens Augen, als sie zusah, wie er die Nabelschnur abklemmte und durchtrennte. Unwillkürlich wollte sie dann nach dem Baby greifen, doch William schüttelte den Kopf. »Nicht Sie, Schwester Tremayne«, sagte er, als eine der anderen Schwestern mit einem Handtuch vortrat, um das Kind entgegenzunehmen. »Haben Sie vergessen, dass Sie noch zu tun haben?«

Sie war schon so sehr daran gewöhnt, stets diejenige zu sein, die alles holte, trug und wegbrachte, dass sie es in der Tat vergessen hatte. Aber diesmal konnte sie nur zusehen, wie die Schwesternhelferinnen den Säugling wuschen und ihn in warme Decken einpackten. In der Zwischenzeit entfernte William die Plazenta und ließ sie in den Auffangbehälter fallen, den sein Assistent ihm hinhielt.

»Das war's«, verkündete er zufrieden und nickte dann dem angehenden Assistenzarzt zu. »Übernehmen Sie das Vernähen für mich, ja?«

Bald darauf war die Operation vorbei, und Mutter und Baby befanden sich schon wieder auf dem Weg hinauf zur Entbindungsstation. William und Alec traten zu Helen, als sie den angehenden Assistenzarzt im richtigen Reinigen und Sterilisieren der Instrumente unterwies.

»Das war sehr gute Arbeit, Schwester Tremayne«, sagte William.

»Danke, Sir«, erwiderte Helen genauso förmlich.

Er streckte die Hand nach dem Wasserhahn aus, um ihn aufzudrehen. »Und was ist das für ein Unsinn, den ich gehört habe? Du willst nicht zum Gründungstags-Ball gehen?« Nach getaner Arbeit war er wieder zum Du gewechselt.

»Was?«, fiel Alec ein. »Sie gehen nicht zu dem Ball? Aber wieso denn nicht?«

Helen starrte ihren Bruder an. »Wer hat dir das gesagt?«

»Dreimal darfst du raten.« Seine Mundwinkel verzogen sich zu einem Grinsen. »Mutter ist furchtbar empört darüber.«

»Und ich nehme an, jetzt hat sie dich gebeten, mich noch umzustimmen?«

»So was in der Art. Obwohl ich eher ›angewiesen‹ als gebeten sagen würde.«

»Wie typisch für sie.« Helen presste ärgerlich die Lippen zusammen.

William betrachtete seine Schwester nachdenklich. »Ich weiß, dass Mutter manchmal ein alter Drache sein kann, aber dieser Ball ist ihr schrecklich wichtig, Helen. Ehrlich gesagt, glaube ich sogar, dass sie ziemliches Muffensausen davor hat.«

»Unsere Mutter und Muffensausen? Von wegen!«, sagte Helen spöttisch. »Mutter hat in ihrem ganzen Leben noch nie vor irgendetwas Angst gehabt.«

»Auf jeden Fall liegt ihr sehr viel daran, dass der Abend ein Erfolg wird. Könntest du nicht wenigstens für eine halbe Stunde kommen? Um ihr zu zeigen, dass wir alle hinter ihr stehen? Es würde ihr wirklich sehr, sehr viel bedeuten.«

Helen sah die dringende Bitte in den braunen Augen ihres Bruders und zögerte. Da sowohl Charlie als auch William sie bedrängten, hinzugehen, war sie sich nicht mehr sicher, wie lange sie sich noch weigern konnte. »Ich werde es mir überlegen«, murmelte sie. »Aber ich verspreche nichts.«

»Braves Mädchen!« William grinste sie zufrieden an. »Mutter wird hocherfreut sein«, sagte er und wandte sich zum Gehen.

»Ich habe gesagt, dass ich nichts verspreche …«, rief Helen ihm nach, aber er war bereits zur Tür hinaus.

»Typisch William, dass er nie ein Nein als Antwort gelten lässt«, bemerkte Alec.

»Ich glaube, das ist das Geheimnis seines Erfolgs«, gab Helen ihm seufzend recht.

Alec wandte sich ihr mit ernster Miene zu. »Ich hoffe, Sie entscheiden sich letztlich doch dafür, zu dem Ball zu kommen. Ich hatte mich schon so auf unseren ersten Tanz gefreut.«

Helen runzelte die Stirn. »Wie soll ich das verstehen?«

»Hat Ihre Mutter es Ihnen denn nicht erzählt? Sie hat mich gefragt, ob ich mit Ihnen hingehen würde. Natürlich hätte sie eigentlich gar nicht fragen müssen«, fügte er schnell hinzu und errötete dabei. »Denn eigentlich hatte ich sowieso vor, Sie zu fragen ...«

Helen starrte ihn betroffen an. »Und wann war das?«

»Vor etwa einer Woche. Warum?«

»Weil ich ihr da schon gesagt hatte, dass ich nicht hingehen werde.« Helens Lippen wurden schmal. Wie typisch von ihrer Mutter, ihre Wünsche völlig zu ignorieren!

Alec schien verwirrt zu sein. »Entschuldigung, aber bin ich jetzt vielleicht ins Fettnäpfchen getreten?«

Helen sah seine erstaunte Miene und hatte Mitgefühl mit ihm. »Es ist nicht Ihre Schuld«, versicherte sie ihm. »Aber zu Ihrer Information sollte ich Ihnen wohl besser sagen, dass ich einen Freund habe.«

»Oh!« Er blinzelte wie eine Eule. »Tut mir leid, das wusste ich nicht. Davon hat Ihre Mutter nichts erwähnt.«

»Das glaube ich Ihnen gern.« Helen griff nach einem Handtuch, um sich die Hände abzutrocknen.

Alec beobachtete sie aufmerksam. »Ich nehme an, das bedeutet, dass Sie keinen Begleiter für den Ball brauchen?«

»Nein, Dr. Little, den brauche ich wirklich nicht.« Sie warf das Handtuch hin. »Ich brauche keinen Begleiter, weil ich nicht hingehe.«

»Oh! Aber Sie haben William doch versprochen ...«

»Ich habe William nur gesagt, ich würde es mir überlegen«, unterbrach sie ihn. »Das habe ich inzwischen getan und kann Ihnen versichern, dass keine zehn Pferde mich zu diesem Ball bringen werden!«

»Was ist mit diesem hier?«

Hunderte von winzigen mintgrünen Fältchen fächerten sich von Lucy Lanes schmalen Hüften auf, als sie eine perfekte kleine Pirouette vor ihnen drehte.

»Es ist von Fortuny«, sagte sie. »Mummy hat es aus Paris kommen lassen.«

Dora unterdrückte mit dem Handrücken ein Gähnen. Sie und Millie wollten eigentlich Katie O'Hara mit ihrem Kleid für den Ball helfen, aber Katies Zimmerkameradin Lucy Lane hatte sich wieder einmal in den Vordergrund gespielt. In der letzten halben Stunde war sie in ihrem Zimmer hin und her stolziert und hatte ihre neuesten Haute-Couture-Modelle vorgeführt. Jedes Mal, wenn Dora dachte, mehr könnte ihre Garderobe nicht enthalten, erschien ein weiteres, noch teureres und extravaganteres Teil.

Die Einzige, die nicht völlig unbeeindruckt zu sein schien, war Katie.

»Das Kleid ist hinreißend«, seufzte sie neiderfüllt. »Neben dir werden wir anderen wie Ackergäule aussehen.«

Lucy Lane grinste. »Es ist so schwer, sich zu entscheiden. Ich habe so viele Kleider, die ich anziehen könnte, dass es wirklich schwierig ist, eins auszusuchen.«

»Dann sei froh«, sagte Katie. »Ich hab nur eins und bin mir nicht mal sicher, dass es brauchbar ist. Mummy hat leider nicht daran gedacht, mir ein Ballkleid einzupacken, als sie mich aus Irland rüberschickte!«

»Was mir völlig unverständlich ist«, versetzte Lucy mit einem

Naserümpfen. »Jede kultivierte Frau braucht mindestens ein Ballkleid.«

Oder wie in deinem Fall ein ganzes Dutzend, dachte Dora.

»Zeig uns mal dein Kleid«, ermutigte sie Katie.

Die Irin zögerte. »Ich bin mir wirklich nicht sicher, ob es brauchbar ist …«

»Wie könnten wir das wissen, solange wir es nicht gesehen haben?«, warf Millie ein. »Also komm und zeig es uns.«

»Na gut. Wenn ihr versprecht, mich nicht auszulachen …«

Katie brauchte ganze zehn Minuten, um den pinkfarbenen Satin Zentimeter für Zentmeter über ihre breiten Hüften zu ziehen. »Was meint ihr?«, fragte sie dann.

»Nun ja …« Dora suchte nach einer taktvollen Bemerkung. Es war wirklich nicht das schmeichelhafteste Kleid, das sie je gesehen hatte. Die kurzen Puffärmel schnitten in Katies mollige weiße Oberarme, während das dicke, glänzende Material auf sehr unvorteilhafte Weise jede ihrer Rundungen betonte.

»Ich muss wohl ein bisschen zugenommen haben, seit ich es das letzte Mal getragen habe«, seufzte Katie.

»Ein bisschen?« Lucy kreischte vor Lachen. »Du siehst aus, als ob du im sechsten Monat schwanger wärst!«

Dora warf ihr einen bösen Blick zu. »Wenn du nichts Nettes zu sagen hast, dann sag doch lieber gar nichts.«

»Ach, ich finde, es sieht reizend aus«, mischte sich die stets loyale Millie ein. »Allerdings wäre es vielleicht eine gute Idee, wenn du ein Mieder darunter tragen würdest …«

»In diesem Ding wird sie gleich zwei Korsetts benötigen«, warf Lucy ein.

»Sie hat recht. Es sieht unmöglich aus«, sagte Katie mit erstickter Stimme. »Das war's. So kann ich nicht zu dem Ball gehen. Ich sehe ja wie ein … wie ein glänzendes rosa Schweinchen darin aus!«

»Nun reg dich mal nicht auf, ich bin mir sicher, dass wir eine Lösung finden.« Dora hockte sich vor sie hin, um sich das Kleid genauer anzusehen. »Ich könnte die Seitennähte ein bisschen auslassen, dann wäre es nicht ganz so eng.«

Katie wandte sich ihr zu. Tränen glitzerten in ihren Augen und in ihren dichten schwarzen Wimpern. »Glaubst du wirklich, dass du das tun könntest?«

»Natürlich kann sie das«, warf Lucy ein. »Oder hast du schon vergessen, dass Dora in einem dieser Ausbeutungsbetriebe Damenunterhosen genäht hat, bevor sie hierherkam?«

Dora öffnete den Mund, um etwas zu erwidern, doch Millie schüttelte den Kopf. »Lass es«, warnte sie. »Sie ist es nicht wert.«

»Stimmt.« Dora biss die Zähne zusammen und wandte sich ab, um Lucys grinsendes Gesicht nicht sehen zu müssen. Manchmal machte Lucy Lane sie fertig, weil sie sie ständig an ihre bescheidene Herkunft erinnerte.

Auch allen anderen hielt sie ständig vor, woher sie kamen. Ihr Vater hatte mit der Herstellung von Glühbirnen ein Vermögen gemacht, und Lucy war sein einziges und sehr verwöhntes Kind.

»In diesen Nähten ist noch reichlich Stoff zum Auslassen«, fuhr Dora an Katie gewandt fort. »Wenn du eine Schere hast, trenne ich sie auf und stecke sie neu ab, damit das Kleid dir besser passt.«

»Und du dachtest, du hättest den Ausbeutungsbetrieb hinter dir gelassen«, spöttelte Lucy. Ihre Stimme allein ging Dora schon auf die Nerven. »Wahrscheinlich hast du nie gedacht, dass du deine Nähkünste noch einmal brauchen würdest?«

»Ich würde dir nur zu gern den Mund zunähen!«, murmelte Dora.

Katie wand sich schnaufend und keuchend aus dem Kleid heraus und reichte es Dora, damit sie die Nähte auftrennen konnte.

»Vielleicht sollte ich der Liga für Gesundheit und Schönheit beitreten«, sagte sie betrübt. »Dann würde ich vielleicht ein bisschen abnehmen.«

»Es sei denn, du bist wirklich schwanger«, sagte Lane, die sich seitlich vor den Spiegel stellte, um ihre eigene schlanke Figur zu bewundern. »Was?«, fragte sie, als sie die schockierten Gesichter der anderen sah. »Das könnte doch sein? Irische Mädchen bringen sich doch immerzu in Schwierigkeiten.«

Dora und Millie funkelten sie wütend an, aber Katie O'Hara zuckte nur mit den Schultern. »Sie hat recht«, sagte sie, um dann verschmitzt hinzuzufügen: »Vielleicht sollte ich Tom sagen, ich erwartete ein Kind von ihm. Das würde ihm einen schönen Schreck einjagen, was? Vielleicht würde er mich dann sogar heiraten!«

»Er würde wohl eher das Weite suchen!«, meinte Lucy.

»Bei meiner Cousine Imelda hat's geklappt«, fuhr Katie fort. »Fünf Jahre war sie mit ihrem Freund zusammen, aber er war nie bereit, ihr einen Ring anzustecken, bis sie ihm sagte, sie sei schwanger. Einen Monat später waren sie verheiratet.«

»Und was hat er gesagt, als er herausfand, dass sie ihn belogen hatte?«, fragte Millie.

»Was konnte er schon sagen?« Katie zuckte mit den Schultern. »Sie hat einfach behauptet, es sei falscher Alarm gewesen. Außerdem wurde sie schwanger, bevor sie einen Monat verheiratet waren, was spielte das also schon für eine Rolle?« Sie blickte auf ihre eigene schmucklose Hand herab. »Vielleicht sollte ich es auch versuchen«, sinnierte sie. »Dann könnten wir eine Doppelhochzeit feiern, mein Tom und ich und du und Joe«, sagte sie zu Dora. »Überleg doch nur mal! Wahrscheinlich bekämen wir sogar eine Ehrengarde von der Polizei!«

Dora hielt den Kopf gesenkt und löste die winzigen Stiche mit der Spitze ihrer Schere. »Ich werde Joc nicht heiraten.«

»Das denkst *du*.« Katie schenkte ihr ein wissendes Lächeln.

»Mein Tom sagt jedenfalls, Joe hätte sein Herz an dich verloren.«

»Aber wir kennen uns doch kaum!«

»Dann muss es Liebe auf den ersten Blick gewesen sein«, erklärte Katie.

»Da passt wohl eher der Spruch, dass Liebe blind macht«, warf Lucy gehässig ein.

Dora widmete sich wieder dem Auftrennen der Nähte, aber ihr Herz begann in jäher Panik wild zu pochen. Ich hätte nicht zustimmen sollen, mit Joe zu diesem blöden Ball zu gehen, dachte sie. Sie hatte versucht, ihn freundlich abzuweisen, aber je mehr Zeit sie mit ihm verbrachte, desto mehr Chancen würde er sich bei ihr ausrechnen.

Als sie die Seitennähte von Katies Kleid aufgetrennt hatte, steckte sie es so zusammen, dass es besser passen würde. Sie hatte gerade die letzte Stecknadel befestigt, als Schwester Suttons dröhnende Stimme auf dem Flur ertönte und verkündete, es sei bald Zeit, das Licht zu löschen. Deshalb nahm Dora das Kleid in ihr Zimmer mit und versprach Katie, es vor dem Ball wieder zusammenzunähen.

»O'Hara tut mir leid«, sagte Millie, als sie die Treppe zur Mansarde hinaufstiegen.

»Weil sie sich mit Lane ein Zimmer teilen muss?«, sagte Dora.

Millie lachte. »Sie ist unmöglich, oder? Nein, ich meinte, wegen ihres Freundes. Ich habe alle möglichen Gerüchte über Tom gehört. Er hat einen ziemlichen Ruf, der Mann.«

»Ich habe auch so einiges gehört.« Dora hatte ihn sogar mit Penny Willard flirten sehen. »Die arme O'Hara. Sie trägt aber auch wirklich das Herz auf der Zunge, nicht wahr? Als würde sie darum bitten, dass jemand es ihr bricht.«

»Nicht wie du.« Millie warf ihr ein schelmisches Lächeln zu. »Du scheinst mir genau richtig vorzugehen, wenn du bei deinem Freund die Unnahbare spielst. Denn wie man so hört, ist er total vernarrt in dich.«

»Er ist nicht mein Freund!«, beharrte Dora.

Millies Augenbrauen zogen sich zusammen. »Vielleicht solltest du ihm das mal sagen?«

»Das habe ich auch vor. Mach dir deswegen keine Sorgen«, erwiderte Dora entschieden.

KAPITEL ZWANZIG

Am Morgen darauf hatte Dora von neun bis eins dienstfrei, und so beschloss sie, Ruby endlich zu besuchen.

Sie hatte es seit Tagen aufgeschoben, weil sie nicht wusste, was sie ihrer Freundin sagen sollte. Die schönsten Worte würden nicht genügen, um jemanden zu trösten, der solche Qualen durchgemacht hatte. Dora sah jeden Tag, wie sehr Nick litt. Seit jenem Moment im Aufzug hatte er nicht mehr mit ihr gesprochen, aber sie brauchte auch nichts von ihm zu hören, um verstehen zu können, wie er sich fühlte. Jeder Zentimeter seines Körpers strahlte Schmerz und Trauer aus. Er bewegte sich steif wie eine Maschine, als wäre sogar die Anstrengung, einen Fuß vor den anderen zu setzen, zu viel für ihn.

Wenn er schon derart litt, konnte Dora sich kaum vorstellen, wie es Ruby ergehen musste. Dora hatte im Gynäkologie-Unterricht alles über den biologischen Ablauf einer Fehlgeburt bei fortgeschrittener Schwangerschaft gelernt, doch wie es sich anfühlen musste, ein Kind zu verlieren, konnte sie nur vermuten.

Da sie noch nie in Victory House gewesen war, dauerte es eine Weile, bis sie die richtige Wohnung auf der richtigen Etage fand. Sie konnte Grammophon-Musik hören, als sie sich der Tür zu Rubys Wohnung näherte, flotte Jazzmusik von der Art, zu der ihre Freundin gerne tanzte.

Sie klopfte an, und abrupt verstummte die Musik. Einen Augenblick später kam Ruby an die Tür und strich ihre blonden Locken glatt. Dora war verblüfft darüber, wie heiter und sommerlich sie in ihrem gelben Baumwollkleid mit Kornblumenmuster aussah.

»Oh, hallo.« Rubys freundliches Lächeln verblasste, als sie Dora sah »Was tust du denn hier?«

»Nick hat mir erzählt, was passiert ist. Es tut mir ja so leid, Rube!« Tiefes Mitgefühl überfiel Dora, und sie trat vor und nahm Ruby in die Arme. Was auch immer sie in der Vergangenheit falsch gemacht haben mochte, Ruby war nach wie vor Doras älteste Freundin, und sie verdiente nicht, was sie gerade durchmachte. »Es ist so grausam, wirklich grausam ...«

»So was kann passieren.« Ruby war wie erstarrt in Doras Armen. »Und das Leben geht trotzdem weiter.«

Dora löste sich von Ruby und hielt sie auf Armeslänge von sich ab. »Bei mir brauchst du nicht die Fassade zu wahren, Ruby. Ich bin deine Freundin, schon vergessen?«

»Ja, aber wie ich schon sagte, das Leben geht weiter.« Ruby entzog sich Dora und hielt ihren Blick auf den Linoleumfußboden gerichtet, um sie nicht ansehen zu müssen.

Dora runzelte die Stirn. Sie wusste, wie typisch es für East-End-Frauen war, ungeachtet ihrer Probleme immer eine tapfere Miene aufzusetzen. Sie hatte es ihre Mutter und Großmutter tun sehen, und auch sie hatte es Nicks wegen schon oft genug getan.

Aber Ruby war ganz und gar nicht so. Dora hatte ihre Freundin schon stundenlang wegen eines abgebrochenen Fingernagels jammern hören. Aber vielleicht ging ihr Schmerz ja so tief, dass sie ihn nicht einmal zum Ausdruck bringen konnte?

»Warum setzen wir nicht den Kessel auf?«, schlug Dora vor. »Dann können wir uns bei einer guten Tasse Tee alles erzählen, was in der Zwischenzeit geschehen ist.«

Ruby schürzte die Lippen. »Eigentlich wollte ich gerade gehen, als du klopftest. Ich hatte meiner Mum versprochen, bei ihr vorbeizuschauen.«

»Oh. Oh ja, natürlich. Entschuldige. Ich hätte dir sagen sollen, dass ich komme.« Dora runzelte die Stirn, als ihr ein Gedanke kam. »Bist du sicher, dass du schon so viel auf den Beinen sein solltest? Ich dachte eigentlich, du würdest noch das Bett hüten.«

»Ach, das ist nicht nötig. Mir geht es bestens«, sagte Ruby, während sie vor dem Spiegel in der Diele ihren Hut aufsetzte.

»Trotzdem brauchst du Zeit, um dich zu erholen …«

»Ich will nicht im Bett herumliegen und Trübsal blasen«, sagte Ruby sehr entschieden.

Dora sah den trotzigen Gesichtsausdruck ihrer Freundin im Spiegel. Vielleicht setzte Ruby ja doch nur eine tapfere Miene auf, um sich von ihren wahren Gefühlen nichts anmerken zu lassen?

»Na schön, dann werde ich dich zur Griffin Street begleiten«, erbot sich Dora.

»Oh nein, das brauchst du nicht.«

»Ich möchte es aber. Dann kann ich auch gleich meine Mum besuchen, und auf dem Weg können wir uns ein bisschen unterhalten.«

Ruby lächelte gezwungen. »Das wäre nett.«

Es war ein schöner, sonniger Junimorgen, aber im Victory House und auch in den angrenzenden Häuserblocks war alles still. Rubys und Doras Schritte schallten durch den überdachten Gang, als sie an der langen Reihe geschlossener Eingangstüren vorbeigingen.

»Wo sind denn die Bewohner?«, fragte Dora. »Man sollte meinen, bei diesem Wetter ließen sie die Türen offen stehen, um die Sonne hereinzulassen.«

Ruby verzog das Gesicht. »Hier bleiben die Leute gern für sich.«

»Dann ist es also nicht wie in der Griffin Street?« Dora grinste. »Wo jeder den lieben langen Tag bei jedem ein und aus geht?«

»Nein«, sagte Ruby. »Hier ist es überhaupt nicht wie in der Griffin Street.«

Sie sah dabei so wehmütig aus, dass Dora fragte: »Das hört sich ja fast so an, als würdest du das alles sehr vermissen?«

»Manchmal.«

Dora warf ihr einen raschen Seitenblick zu. Unter ihrem starken Make-up wirkte Rubys Gesicht blass und angespannt. Das arme Mädchen, dachte Dora. Nach allem, was sie durchgemacht hatte, konnte sie wahrscheinlich wirklich Freunde an ihrer Seite brauchen.

Dora hakte sich bei Ruby unter und bemühte sich, sie aufzuheitern. »Kopf hoch«, sagte sie. »Es wird alles wieder gut, du wirst schon sehen.«

»Glaubst du?«, fragte Ruby düster.

»Aber natürlich. Du wirst darüber hinwegkommen, das verspreche ich dir.« Dora hielt inne, um sich ihre nächsten Worte gut zu überlegen. »Hat der Arzt dir gesagt, warum es passiert sein könnte?«, fragte sie behutsam. Aber Ruby antwortete nicht. »Ruby? Du bist doch wohl bei einem Arzt gewesen?«

»Ich brauche keinen Arzt.«

»Ruby!« Dora war entsetzt. »Du musst zum Arzt gehen. Er muss dich untersuchen, um zu sehen, ob alles in Ordnung ist.«

»Das ist es.« Ein merkwürdig verschlossener Ausdruck erschien auf ihrem Gesicht.

»Aber wir hatten eine Vorlesung darüber. Dr. Cooper, unser Chefarzt, sagte, es sei wichtig sicherzugehen …«

»Ich will gar nicht wissen, was euer blöder Chefarzt gesagt hat!« Hektische rote Flecken bildeten sich an Rubys Wangen und an ihrem Hals. »Hör auf, so zu tun, als ob du alles wüsstest, Dora Doyle!«

Dora schreckte zurück vor Rubys jähem Zorn. »Ich wollte nur helfen.«

»Dann lass es sein. Ich brauche deine Hilfe nicht. Es ist vorbei, passé, zu Ende, und ich habe es satt, davon zu reden. Ich will bloß vergessen, dass es passiert ist, klar?«

»Wenn es das ist, was du willst …« Aber Dora war nach wie vor besorgt. Rubys Mutter hätte ihr doch raten müssen, ins Krankenhaus zu gehen? Lettie arbeitete auf der Gynäkologischen und musste oft genug gesehen haben, was Frauen passieren konnte, die keine anständige medizinische Behandlung bekamen?

Sie gingen weiter, immer unten am Kanal entlang. Ruby war jedoch so empfindlich, dass Dora kaum noch wusste, was sie ihr sagen sollte.

Schließlich war es Ruby, die das Thema wechselte. »Lass uns nicht streiten«, sagte sie. »Du bist meine Freundin, und ich will mich nicht mit dir verkrachen.«

»Ich auch nicht.«

»Dann ist es ja gut.« Ruby strahlte sie an und war plötzlich fast wieder die Alte. »Können wir über etwas anderes reden? Ich habe genug davon, mir selber leidzutun.«

»Natürlich.« Das könnte die Musik und das Tanzen erklären, dachte Dora. Wie schmerzlich die Situation auch sein mochte, es gab Grenzen, wie viel Unglück eine junge Frau ertragen konnte. »Worüber würdest du denn gerne reden?«

»Keine Ahnung – irgendwas.« Ruby wandte sich ihr zu. »Wie ist es dir ergangen? Und wie geht es deinem Freund? Joe hieß er, nicht wahr?«

Dora seufzte. »Er ist nicht mein Freund.«

»Oh, oh, habe ich da etwa einen wunden Punkt berührt?«, scherzte Ruby. »Sag bloß, er ist nicht interessiert an dir?«

»Ganz im Gegenteil. Ich bin es, die nicht interessiert ist, aber irgendwie will es mir nicht gelingen, ihm das klarzumachen.«

»Warum nicht? Er schien doch eigentlich ganz nett zu sein?«

Dora blickte auf das flache braune Wasser des Kanals hinaus. »Ich habe kein gutes Gefühl bei ihm. Er ist sogar hingegangen und hat Eintrittskarten für den Krankenhaus-Ball gekauft, obwohl ich ihm sehr deutlich gesagt hatte, ich wolle nicht mit ihm hingehen.« Sie wandte sich wieder Ruby zu. »Wie mache ich ihm bloß klar, dass ich keine Beziehung mit ihm will?«

Aber Ruby hörte schon nicht mehr zu. »Und was für ein Ball ist das?«

»Der Ball zum Gründungstag im nächsten Monat.«

»Nick hat ihn noch nie erwähnt.«

»Wahrscheinlich dachte er, du fühltest dich der Anstrengung noch nicht gewachsen.«

Ruby presste die Lippen zusammen. »Aber ich denke, abends mal auszugehen, ist genau das, was ich brauche. Ich kann nicht für immer in der Wohnung eingesperrt bleiben.«

»Dann ist er es vielleicht, der sich einer solchen Veranstaltung noch nicht gewachsen fühlt?«, gab Dora zu bedenken. »Er ist schrecklich unglücklich gewesen …« Sie beendete den Satz nicht, weil sie befürchtete, Ruby damit wieder zu verärgern.

»Dann sollte er sich mal wieder auf andere Gedanken bringen, wie wir alle es tun!«, erwiderte ihre Freundin in abschätzigem Ton. »Ich bin es jedenfalls leid, ihn mit einem Gesicht wie sieben Tage Regenwetter herumlaufen zu sehen!«

Dora starrte sie betroffen an. »Du kannst ihm ja wohl kaum verübeln, dass er traurig ist, Ruby. Er hatte sich so sehr auf das Kind gefreut …«

»Denkst du, das wüsste ich nicht?«, fauchte Ruby. »Wenn ich irgendwie geahnt hätte, dass er so reagieren würde, hätte ich ihm doch nicht gesagt …« Sie brach mitten im Satz ab, und ihr Mund schnappte zu wie eine Falltür.

Dora betrachtete sie neugierig. »Was hättest du ihm nicht gesagt, Ruby?«

»Nichts«, erwiderte sie mit schmalen Lippen.

Dora blickte ihrer Freundin prüfend ins Gesicht. »Ruby?«

»Ach komm, Mum wird sich schon fragen, wo ich bleibe.« Und damit fuhr sie abrupt herum, ließ Dora stehen und begann die Straße hinunterzumarschieren.

Dora starrte ihr hinterher. Dann begann es ihr zu dämmern wie ein Fleckchen Licht am dunklen Horizont. Ruby hatte doch wohl nicht …?

Nein. Dora verwarf den Gedanken sofort wieder. Er war zu hinterlistig, zu perfide, selbst für Ruby. Und dennoch – seit der Gedanke sich bei ihr eingeschlichen hatte, begann auf einmal alles einen Sinn zu ergeben. Warum Ruby so darauf beharrte, dass sie keine ärztliche Untersuchung brauchte. Oder dieses leuchtend gelbe, im Rhythmus der Musik herumwirbelnde Kleid hinter den Gardinen. Vielleicht hatte es ja gar nichts damit zu tun gehabt, dass sie nur ihren Kummer überwinden wollte. Vielleicht gab es ja überhaupt keinen Kummer …

Ein Bild schob sich plötzlich vor Doras Augen: Katie O'Hara in ihrem pinkfarbenen Kleid, dessen glänzender Satin sich über ihrem prallen Bauch gestrafft hatte, und wie sie gelacht hatte, als sie von dem Streich erzählte, den ihre raffinierte Cousine Imelda ihrem Freund gespielt hatte.

»Ruby?«, rief sie ihrer Freundin nach. »Warte, ich möchte dich etwas fragen …«

»Es hat nie ein Baby gegeben, richtig?«

Ruby blieb wie angewurzelt stehen, aber sie drehte sich nicht um, woran Dora sofort erkannte, dass sie mit ihrer Vermutung recht hatte.

»Wie gemein von dir, so etwas zu sagen«, sagte Ruby mit ausdrucksloser Stimme.

»Dann sag mir, dass es nicht stimmt.« Dora starrte den Hinterkopf ihrer blonden Freundin an. »Aber das kannst du nicht, nicht wahr? Du kannst mich ja nicht mal ansehen, Ruby.« Dora war zu fassungslos, um zornig zu werden. »Warum hast du das getan? Warum hast du alle belogen?«

Nun drehte Ruby sich doch langsam um. Dora sah, wie ihre Augen herumhuschten, und fragte sich, ob die nächsten Worte, die aus ihrem Mund kämen, auch nur wieder Lügen sein würden.

Doch dann ließ Ruby die Schultern sinken. »Nick wollte mit mir Schluss machen«, sagte sie tonlos. »Das konnte ich nicht zulassen. Ich hatte die Worte ausgesprochen, bevor ich wusste, was ich tat.« Sie blickte zu Dora auf, und ihre Augen flehten sie um Verständnis an. »Du kennst mich doch und weißt, dass ich immer gleich drauflosplappere, ohne nachzudenken«, sagte sie mit einem unsicheren Lächeln.

»Oh, Ruby!« Etwas anderes wusste Dora nicht darauf zu sagen. In ihrem Kopf herrschte ein Tumult aus sich überschlagenden Gedanken und Gefühlen wie Wut und Fassungslosigkeit und Schmerz. »Aber du hast dich von Nick heiraten lassen …«

Ruby zuckte mit den Schultern. »Weil ich ihn heiraten wollte.«

Und was war mit uns?, schrie eine Stimme in Doras Kopf. Mit dem, was Nick und ich wollten?

»Auf jeden Fall ist es jetzt so, wie es ist, nicht wahr?«

Ja, jetzt ist es, wie es ist, dachte Dora. Eine gemeine Lüge hatte ihr Nick für immer weggenommen.

Sie dachte an den Tag der Hochzeit und wie sie dagestanden und zugesehen hatte, wie Ruby die Frau des Mannes wurde, den sie selber liebte. Es hatte so furchtbar wehgetan, dass Dora geglaubt hatte, der Schmerz würde sie umbringen, aber sie hatte ihn ertragen, weil sie diese Heirat für das Richtige gehalten hatte, sowohl Ruby als auch dem Kind zuliebe, das sie erwartete.

Und Ruby hatte gelogen und ihnen allen etwas vorgemacht. Sie hatte Doras Glück zerstört, und alles nur, um zu bekommen, was sie wollte.

Dora starrte sie an. Ruby sah so sorglos aus, als wäre sie nur bei einer kleinen Flunkerei ertappt worden. Dora glaubte sogar einen Anflug von Genugtuung in ihrem Blick zu sehen und verschränkte schnell ihre Hände, um ihr nicht in dieses selbstgefällige Gesicht zu schlagen.

»Wie konntest du das tun?«, flüsterte sie.

»Du brauchst mich gar nicht so anzusehen«, fauchte Ruby. »Na schön, dann war ich eben nicht ehrlich zu ihm. Aber was soll's? Jetzt sind wir glücklich miteinander. Ich bin Nick eine gute Ehefrau gewesen und habe ihm alles gegeben, was er sich nur wünschen konnte. Frag ihn doch selbst, wenn du mir nicht glaubst.«

Dora schüttelte fassungslos den Kopf. »Du verstehst es wirklich nicht, was? Du bist so egoistisch. Und du bemerkst es nicht einmal. Er trauert um ein Baby, das es nie gegeben hat. Damit hast du ihm das Herz gebrochen, Ruby.«

Das Mädchen kniff trotzig die Lippen zusammen und wandte das Gesicht ab. »Er wird darüber hinwegkommen.«

»Du musst ihm die Wahrheit sagen.«

Ruby stieß ein ungläubiges Lachen aus. »Machst du Witze?«

»Wenn du es ihm nicht sagst, werde ich es tun.«

Ruby wurde kreidebleich. »Das tust du nicht!«

»Er sollte die Wahrheit kennen.«

»Dann würde er mich verlassen.«

»Vielleicht verdienst du ja auch nichts anderes.«

Sie starrten sich einen Moment lang an. Dann erschien ein langsames, wissendes Lächeln auf Rubys Gesicht. »Das würde dir wohl so passen, was?«, zischte sie. »Und ich nehme an, dass du dann natürlich gleich zur Stelle wärst, um ihn mit offenen Armen aufzunehmen? Die gute alte Dora, stets für jeden da, der eine Schulter zum Ausweinen braucht. Oder vielleicht würdest du ihm ja gern noch mehr als das anbieten?«, fügte sie mit einem beredten Lächeln hinzu.

Dora spürte, wie sie über und über errötete. »Ich weiß nicht, wovon du sprichst.«

»Komm mir bloß nicht damit!« Ruby kräuselte verächtlich ihre Lippen. »Hältst du mich wirklich für so dumm? Ich weiß, dass du in meinen Mann verknallt bist. Das habe ich schon immer gewusst. Du hältst dich für so schlau, aber trotz all deiner Schlauheit kannst du deine Gefühle nicht verbergen.« Sie schüttelte mitleidig den Kopf. »All dieses Gerede, dass Nick die Wahrheit wissen muss, als ob du ihm damit einen Gefallen tätest. Dabei denkst du die ganze Zeit nur an dich und wartest auf eine Gelegenheit, ihn mir wegzunehmen.«

»Das ist nicht wahr …«

»Ist es nicht?« Ein höhnischer Unterton lag jetzt in Rubys Stimme. »Bist du dir dessen sicher, Dora? Denn von meinem Standpunkt aus bist du es, die egoistisch ist, nicht ich.«

Dora konnte kaum glauben, was sie hörte. »Wie kommst du denn darauf?«

»Dann denk doch mal nach«, sagte Ruby. »Wir sind verheiratet. Vielleicht hätte Nick mich gar nicht erst geheiratet, wenn er nicht geglaubt hätte, dass ich schwanger war, aber heute sind wir glücklich. Was würde es also nützen, wenn du ihm von der Sache mit dem Baby erzählst? Na gut, vielleicht würde er mich verlassen. Aber er könnte sich nicht von mir scheiden lassen, jedenfalls nicht, solange ich ihm keinen Grund dafür gebe. Und was immer ich auch sonst getan haben mag, ich bin ihm nie untreu gewesen. Also könnte er niemals wirklich dir gehören, oder?

Und ich glaube nicht, dass deine Oberin sehr angetan von dem Gedanken wäre, dass du etwas mit einem verheirateten Mann hast. Oder?«

Dora starrte in Rubys vor Boshaftigkeit verzerrtes Gesicht. Sie erkannte ihre Freundin in dem grimmig dreinblickenden Mädchen kaum wieder.

Doch so ungern sie es auch zugab, Ruby hatte recht. Nick die Wahrheit zu sagen, würde seine Ehe mit Sicherheit zerstören, aber es würde ihr selbst kein Glück bringen. Er wäre dann immer noch ein verheirateter Mann, und sie selbst würde sich in Verruf bringen, wenn sie irgendetwas mit ihm zu tun hätte.

Und wenn er sich an seine Gelübde hielt und bei Ruby blieb, würden sie für immer unglücklich sein. Wollte sie ihn wirklich zu lebenslangem Kummer und Misstrauen verdammen?

Unwissenheit ist ein Segen, sagte ihre Oma Winnie immer. Ruby musste die Zweifel in Doras Gesicht gesehen haben, denn sie lächelte.

»Du kannst es Nick erzählen, wenn du dich dann besser fühlst«, sagte sie. »Von dem Moment an, als er mir seinen Ring ansteckte, gehörte er mir, Dora. Und nichts, was du tun oder sagen kannst, wird daran etwas ändern!«

KAPITEL EINUNDZWANZIG

Es war der Abend des Balls, und im Dachzimmer herrschte das blanke Chaos. Während Helen mit einem schweren Lehrbuch auf den Knien auf dem Bett saß und zu lesen versuchte, flogen abgelegte Schuhe, Schürzen, Kragen und Manschetten durch die Luft.

Katie hüpfte durchs Zimmer, um einen Strumpf anzuziehen. »Wir werden so spät kommen, dass wir auch genauso gut gleich hierbleiben könnten.«

»Je eher du zu jammern aufhörst, desto eher werden wir fertig sein«, fauchte Lucy Lane, die sich mit Millie um den Spiegel über der Kommode kabbelte.

»Ich hoffe nur, dass mein Tom nicht denkt, ich hätte ihn versetzt.« Katie stieg in ihr Kleid und wackelte mit ihren Hüften, um sich irgendwie hineinzuzwängen.

»Der wird schon jemanden finden, der ihm Gesellschaft leistet«, murmelte Lucy, während sie ihren Lippenstift auftrug.

»Das habe ich gehört!« Katie blickte beleidigt auf. »Ich weiß, was alle denken, aber so ist mein Tom nicht. Zumindest jetzt nicht mehr. Er sagt, er sei ein anderer Mann, seit er mich kennt – oh nein! Nun schaut euch an, was ich getan habe!«

Helen blickte von ihrem Lehrbuch auf. Weißes Fleisch quoll aus der aufgeplatzten Seitennaht von Katies Kleid heraus.

»Das ist deine Schuld!«, warf sie Lucy vor.

»Meine? Was hab ich denn getan?«

»Du hast mich ganz nervös gemacht mit deinem Gerede über meinen Tom.«

»Hab ich nicht!«

»Hast du doch!«

»Wenn überhaupt, ist es deine eigene Schuld, weil du so zugenommen hast.«

»Jetzt beruhigt euch mal, ihr beide. Ich kann die Naht schnell wieder zunähen.« Dora warf Helen einen leidgeprüften Blick zu, als sie ihr Nähzeug von ihrem Schrank herunterholte.

»Trink etwas, dann wird's dir besser gehen.« Millie zog eine Flasche Gin unter ihrer Matratze hervor und bot sie Katie an.

»Müsst ihr hier drinnen trinken?« Helen warf einen furchtsamen Blick zur Tür, als Katie die Flasche öffnete und einen großen Schluck daraus nahm. »Falls Schwester Sutton hereinkommt ...«

»Wird sie nicht«, sagte Millie, nahm die Flasche wieder an sich und gönnte sich selbst einen tüchtigen Schluck. »Sie ist unten viel zu sehr damit zu beschäftigt, allen zu befehlen, sich wieder abzuschminken!«

»Wenn sie das bei mir versucht, dann ... dann trete ich ihren Hund!«, erklärte Katie.

Helen schmunzelte, als sie sich wieder ihrem Buch zuwandte.

»Bist du sicher, dass du nicht doch mitkommen willst, Tremayne?«, fragte Dora sie.

»Todsicher«, sagte Helen und hielt den Blick auf eine grafische Darstellung des Verdauungsapparats gerichtet.

Sie wusste nicht, ob sie einer Begegnung mit ihrer Mutter gewachsen war, nach allem, was Constance sich geleistet hatte. Wie hatte sie sich nur erdreisten können, Alec Little zu bitten, mit ihr zum Ball zu gehen? Und das, nachdem sie ihr unmissverständlich klargemacht hatte, dass sie nicht die Absicht hatte, daran teilzunehmen!

Und nun erwartete Constance vermutlich von Helen, dass sie doch noch reumütig erscheinen würde, um sich ihren Plänen wie gewohnt zu fügen. Aber diesmal nicht. Diesmal war Helen fest entschlossen, Widerstand zu leisten.

»Außerdem werde ich wahrscheinlich später noch mal weggehen und Charlie besuchen«, sagte sie beim Umblättern einer Seite ihres Buchs.

Zehn Minuten später waren die anderen gegangen, und eine wohltuende Stille breitete sich im Zimmer aus. Helen lauschte den Schritten ihrer Freundinnen auf der Treppe, die versuchten, so leise wie nur möglich zu sein, um Schwester Sutton nicht auf sich aufmerksam zu machen. Helen lächelte, als sie Sparkys Kläffen und gleich darauf Schwester Suttons dröhnende Stimme hörte: »Moment mal, Mädchen! Wohin so eilig? Was fällt euch ein, hier so herumzurennen? Hat man euch nicht gesagt, dass hier nicht herumgerannt wird?«

Helen lächelte im Stillen und hoffte, dass Schwester Sutton nicht den Flachmann mit Gin fand, den Millie in ihre Abendtasche gesteckt hatte.

Jetzt da sie endlich allein im Zimmer war, räumte Helen schnell alles auf, was die anderen liegen gelassen hatten, faltete Uniformen, strich Kragen und Manschetten glatt und schob herumliegende Schuhe unters Bett. Dann setzte sie ihren Hut auf, zog ihren Mantel über und machte sich auf den Weg, um Charlie zu besuchen.

Sie hatte jedoch kaum den ersten Treppenabsatz erreicht, als sie aus Amy Hollins' Zimmer am anderen Ende des Ganges ein Geräusch vernahm. Helen blieb stehen und lauschte. Es klang, als weinte jemand.

Ihre Hand lag schon auf dem Geländer, doch einen Moment lang zögerte sie. Das geht dich nichts an, sagte sie sich dann und ging die Treppe weiter hinunter. Sie war jedoch kaum zwei Stufen weit gekommen, als das Geräusch, das sich wie ein gedämpftes Schluchzen anhörte, sie aufs Neue innehalten ließ.

Seufzend stieg sie die Treppe wieder hinauf und ging so leise sie nur konnte über den Gang auf Amys Zimmer zu. Als sie tief einatmete, nahm sie den Duft von Rosen wahr. Er kam ihr seltsam vertraut vor, aber sie konnte nicht bestimmen, wo sie ihn schon einmal gerochen hatte. Wahrscheinlich an einem der Mädchen, die gerade hinausgegangen waren.

»Hollins?«, rief sie leise. »Ist alles in Ordnung bei dir?«

Das Weinen verstummte jäh. Helen wartete und klopfte dann an die Tür. »Hollins?«

»Hau ab!«, rief eine tränenerstickte Stimme von der anderen Seite der Tür.

Helen fuhr zurück, als wäre sie geschlagen worden. Ihre Vernunft riet ihr zu gehen, doch irgendwie brachte sie es nicht übers Herz.

»Du klingst so traurig«, sagte sie. »Ich dachte nur, ich könnte vielleicht irgendetwas für dich tun …«

»Ich sagte dir doch schon, hau ab!«, rief Amy mit schriller Stimme.

Das brauchte sie Helen nicht zweimal zu sagen. Sie zog ihren Mantel um sich und eilte die Treppe hinunter.

»Scharlach?«

Helen stand auf der Eingangsstufe des schmalen Reihenhauses der Dawsons. Es hatte soeben zu regnen begonnen, aber sie bemerkte die dicken Tropfen kaum, die ihr auf die Nasenspitze platschten. Sie konnte kaum glauben, was sie hörte.

»Er ist schon seit ein paar Tagen krank«, sagte Nellie Dawson. »Tut mir leid, meine Liebe, aber ich hatte im Krankenhaus eine Nachricht für Sie hinterlassen. Jetzt wird Charlie sehr verärgert sein, dass Sie den ganzen Weg umsonst gekommen sind.«

Das war jedoch das Letzte, woran Helen dachte. »Wie schlimm ist es?«, fragte sie.

»Na ja, er ist schlecht gelaunt und unzufrieden mit sich selbst. Hat in den letzten Tagen keinen Finger rühren können, und Sie wissen ja, dass das so gar nicht seine Art ist.« Nellie lächelte, als sie Helens bestürzte Miene sah. »Sie brauchen sich aber keine Sorgen zu machen, Liebes«, versicherte sie ihr. »Gegen Ende der Woche wird er wieder auf dem Damm sein. Fast alle meine Kinder hatten Scharlach, und ich habe mich um sie gekümmert. Es sieht immer schlimmer aus, als es ist.«

»Darf ich ihn sehen?«

Nellie runzelte die Stirn. »Halten Sie das für eine gute Idee, Liebes? Wir wollen doch nicht riskieren, dass Sie sich anstecken, nicht wahr?«

»Nein, da haben Sie wohl recht.« Helen biss sich auf die Lippe und kämpfte gegen die in ihr aufsteigenden Tränen an.

Nellie seufzte. »Wie wär's denn, wenn Sie wenigstens auf eine Tasse Tee hereinkämen, wo Sie schon mal hier sind? Von uns anderen ist keiner ansteckend, wir hätten die Anzeichen sonst schon bemerkt. Das Haus habe ich von oben bis unten gründlich geschrubbt, und Charlie liegt oben in seinem Bett. Hier unten sind Sie sicher, meine Liebe.«

»Trotzdem möchte ich nicht stören …«

»Selbst wenn Sie es versuchen würden, meine Liebe, könnten Sie nicht stören. Und nun kommen Sie schon herein, bevor Sie sich noch den Tod in diesem Regen holen!«

Helen setzte sich an den Tisch in der gemütlichen Küche der Dawsons und sah Nellie zu, die geschäftig umhereilte und auf dem großen, altmodischen Herd den Teekessel aufstellte. Bei allen früheren Besuchen hatte Nellie immer darauf bestanden, dass sie sich ins Wohnzimmer oder das »gute« Zimmer setzte, wie sie es nannte.

»Das tut sie, weil sie dich für schrecklich vornehm hält«, verriet ihr Charlie lachend.

Helen hielt sich jedoch viel lieber in der Küche auf. Sie war für sie wie das Herz des Hauses, voller Wärme und Leben. Charlies Vater schnarchte leise in dem Sessel neben dem Feuer, seine bestrumpften Füße lagen auf dem Kamingitter und die Abendzeitung offen auf seinem Schoß. Charlies jüngere Brüder und Schwestern spielten am anderen Ende des Tischs Karten und lächelten Helen so schüchtern an, als ob sie irgendein fremdartiges Geschöpf wäre. Orchestermusik kam aus dem knisternden Radio in der Ecke, und Nellie summte mit, während sie den Tee aufbrühte. Sie war eine große, sympathisch aussehende Frau mit dem gleichen rotgoldenen Haar, den strahlend blauen Augen und rosigen Wangen wie ihr Sohn.

Nellie stellte die große braune Teekanne und einen Teller mit dicken Kuchenstücken auf den Tisch.

»Es ist nur ein einfacher Mohnkuchen«, sagte sie entschuldigend. »Ich hätte etwas Besseres gehabt, wenn ich gewusst hätte, dass Sie kommen.«

Sie verscheuchte eine dicke, rötlich braune Katze, die auf einem der Küchenstühle döste. Als sie beleidigt heruntersprang, bemerkte Helen das Buch, auf dem die Katze gelegen hatte. Es war eine Ausgabe von *Große Erwartungen*.

»Was ist das?« Helen griff danach. »Ist es Ihr Buch, Mrs. Dawson?«

»Gott segne Sie, Kind, aber können Sie sich vorstellen, dass ich alle diese langen Wörter lese?« Eine leichte Röte stieg in Mrs. Dawsons mollige Wangen. »Unser Charlie hat es letzte Woche aus der Bücherei mitgebracht.« Sie nahm es Helen aus der Hand und wischte die Katzenhaare ab. »Er hat heute Morgen danach gefragt, und ich konnte es nicht finden.«

»Ich wusste nicht, dass er Charles Dickens mag.«

Mrs. Dawson beugte sich vertraulich vor. »Unter uns gesagt hat er beschlossen, wieder zur Abendschule zu gehen und ein paar Prüfungen zu machen«, sagte sie. »Und ich glaube, dass wir das Ihnen zu verdanken haben.«

»Mir?«

Nellie nickte. »Da er doch jetzt mit so einer klugen jungen Dame ausgeht, will er sich weiterbilden, glaube ich.«

Helen hatte plötzlich das Bild ihrer eigenen Mutter vor Augen. »Mir zuliebe braucht er sich nicht weiterzubilden«, sagte sie.

»Das weiß ich, Liebes, aber Sie wissen ja, wie Charlie ist.«

Helen erhob den Blick zur Zimmerdecke. »Ich wünschte, ich könnte ihn sehen.«

Nellie dachte einen Moment nach. »Vielleicht wäre es ja gar nicht so gefährlich, wenn Sie ihm einfach nur von der Tür aus Hallo sagen?«, schlug sie vor. »Wenn Sie sich weit genug von ihm entfernt halten, werden Sie sich bestimmt nichts einfangen.«

Charlie schlief, als Helen vorsichtig die Tür öffnete und einen Blick ins Zimmer warf. Sie konnte sofort die verräterische Röte in seinem Gesicht sehen, die sich wie ein dunkles Pink von dem weißen Kopfkissen abhob. Ansonsten war nicht viel von ihm zu sehen unter dem Stapel Steppdecken, in die er eingepackt war.

Helen beobachtete ihn einen Moment. Er sah aus wie ein schlafender Engel mit seinem verwuschelten rotblonden Haar und den langen Wimpern auf seinen Wangen. Er sah so friedlich aus, dass sie ihn nicht wecken wollte, doch als sie sich wieder abwandte, rief er plötzlich leise ihren Namen.

Sie blickte sich nach ihm um. Charlies blaue Augen sahen sie an, und sein Mund verzog sich zu einem verschlafenen Lächeln.

»Ich wollte dich nicht stören«, flüsterte sie.

»Ich wäre sehr verärgert gewesen, wenn du ohne Hallo zu sagen gegangen wärst.« Er rollte sich auf den Rücken und streckte sich. »Was tust du hier? Wieso bist du nicht auf dem Ball?«

»Weil ich es nicht ertragen hätte. Wie fühlst du dich?«

»Hundeelend, wenn ich ehrlich sein soll. Mir tut alles weh, und mein Herz klopft wie verrückt. Ich kann mich unter so vielen Decken verkriechen, wie ich will, mir wird einfach nicht warm.«

»Du wirst dich bald wieder besser fühlen.« Helen lächelte ihn an. »Der Hautausschlag wird sich morgen oder übermorgen wahrscheinlich noch verschlimmern, aber gegen Ende der Woche müsste er zurückgehen – was ist?« Sie unterbrach sich, als sie sein vergnügtes Lächeln sah. »Was findest du so lustig?«

»Dich. Weißt du, dass du wie ein wandelndes Lehrbuch bist?«

Helen lächelte widerstrebend. »Das kommt wohl daher, dass ich zu viel lerne.«

Sie schauten sich voller Sehnsucht an. Das Bett in dem kleinen Schlafzimmer schien unendlich weit entfernt zu sein, da sie sich nicht berühren durften. Helen glaubte nicht, dass sie es je wieder als selbstverständlich betrachten würde, Charlies Hand zu halten.

»Du hättest zu dem Ball gehen sollen, weißt du«, sagte er. »Es ist nicht gut für dich, dich mit deiner Mum zu entzweien.«

»Ich will nicht über sie reden«, sagte Helen knapp.

»Ich weiß, aber versprichst du mir, dass du dich mit ihr versöhnen wirst?« Er legte den Kopf ein wenig schief und schaute Helen bittend an. »Komm schon, sag es«, drängte er. »Mir zuliebe?«

»Ich werde es mir überlegen«, versprach sie. »Und jetzt gehe ich besser wieder hinunter. Kann ich noch irgendetwas für dich tun, bevor ich gehe?«

»Ich hätte nichts gegen einen Kuss, aber den kann ich nicht haben.«

Helen lachte und warf ihm eine Kusshand zu. »Damit wirst du dich vorerst zufriedengeben müssen, fürchte ich. Aber das nächste Mal, wenn wir uns sehen, bekommst du einen richtigen Kuss von mir.«

Er zwinkerte ihr zu. »Ich werde dich daran erinnern.«

KAPITEL ZWEIUNDZWANZIG

»Du siehst bezaubernd aus«, sagte Joe, als sie die breite Marmortreppe zum Rathaus von Bethnal Green hinaufstiegen, in dem der Gründungstags-Ball stattfand.

Dora errötete bei seinem Kompliment. »Das kann ich nicht beurteilen. Ich kann mich allerdings nicht erinnern, je so etwas Elegantes angehabt zu haben. Benedict hat mir das Kleid geliehen. Es ist aus echtem Seidenchiffon, also weiß der Himmel, was es gekostet haben mag.«

Anfangs hatte sie sich sogar gesträubt, das smaragdgrüne Abendkleid zu tragen. »Und wenn ich nun ein Loch in das Kleid reiße oder irgendwas darauf verschütte?«, hatte sie gejammert.

»Das wäre auch nicht tragisch«, hatte Millie sie beruhigt. »Und was willst du denn sonst anziehen? Das einzige lange Kleid, das du hast, ist dein Nachthemd, und darin kannst du ja wohl kaum auf einem Ball erscheinen!«

»Es ist nicht das Kleid, das bezaubernd ist, sondern du bist es.« Joes Blick war so intensiv, dass er Doras Haut zum Kribbeln brachte. »Kein anderer Mann im Raum wird sich so glücklich schätzen können wie ich.«

Sie hatten die Treppe hinter sich gelassen, und bevor Dora wusste, wie ihr geschah, zog Joe sie an sich und küsste sie.

»Hör auf damit!«, zischte sie und stieß ihn weg. »Alle schauen uns an!«

In der großen, beeindruckenden Eingangshalle drängten sich schon die Gäste, die darauf warteten, den Ballsaal zu betreten. Schwestern, Oberschwestern, Ärzte und Chefärzte – alle drehten sich zu ihnen um.

»Na und? Lass sie doch. Sie sollen alle wissen, dass du mir gehörst.«

»Ich gehöre niemandem«, erwiderte Dora mit schmalen Lippen.

Joe blickte auf ihre Hände herab, die sie abwehrend an seine Brust gelegt hatte. »Glaubst du, du könntest mich für immer auf Abstand halten?«, fragte er sie grinsend. »Ich habe dir gesagt, dass ich dich am Ende kriegen werde, Dora Doyle. Also wart's nur ab, du wirst schon sehen!«

Ein draufgängerisches Glitzern stand in seinen Augen, das bei Dora ein ungutes Gefühl hervorrief. »Hast du getrunken?«, fragte sie ihn stirnrunzelnd.

»Tommy und ich haben uns bloß ein paar Bier auf dem Weg genehmigt, um uns in Stimmung zu bringen.« Dann lachte er. »Schau mich nicht so strafend an! Wir wollen uns doch amüsieren, oder etwa nicht?« Joe schlang einen Arm um ihre Taille und zog sie an sich. »Du könntest übrigens auch einen Drink gebrauchen, um ein bisschen lockerer zu werden.«

»Wir haben Anweisung, uns an die Früchtebowle zu halten«, erwiderte Dora steif.

Seine Augenbrauen fuhren in die Höhe. »Wann habt ihr Schwestern schon einmal getan, was euch befohlen wurde?«

Dora blickte zu den offenen Doppeltüren hinüber, die in den Ballsaal führten. Miss Fox, die Oberin, stand gleich dahinter, groß und elegant in einem Kleid aus mitternachtsblauem Krepp. Sie lächelte, aber ihr Blick war überall und ihm entging nichts. Dora fragte sich, wie viele der Schwestern am nächsten Morgen vor ihrem Büro anstehen und sich selbst sehr leidtun würden.

Drinnen ähnelte der Ballsaal einem zauberhaften Wunderland. Der riesige Kristalllüster warf wie Diamanten funkelnde Lichter auf den Marmorfußboden und die verspiegelten Wände. Dora konnte gar nicht anders, als sich mit großen Augen staunend umzusehen. Sie hatte in ihrem ganzen Leben noch nie etwas so Prachtvolles gesehen. Der Saal war voller Menschen, und die Luft war erfüllt von Lachen, Stimmengewirr und dem gedämpften Klirren von Gläsern. Kellner reichten Silbertabletts mit Getränken herum, und am anderen Ende des Raumes spielte ein Orchester. Einige Paare hatten sich schon auf die Tanzfläche begeben und wirbelten zu den Klängen der Musik im Kreis herum. Eine Reihe von Schwestern, die ohne Begleitung waren, saßen in ihren besten Kleidern bedrückt am Rand des Saals, umklammerten ihre Gläser mit Früchtebowle und versuchten, sich den Anschein zu geben, als ob sie ohnehin nicht tanzen wollten.

Dora entdeckte auch Dr. Adler und Esther in der Menge, die sehr viel jünger und hübscher aussah, als Dora sie je zuvor gesehen hatte. Sie war ganz in pflaumenblauen Samt gekleidet, und ihr dunkles Haar umschmeichelte in weichen Locken ihr strahlendes Gesicht.

»Lass uns tanzen«, sagte Joe und griff nach Doras Hand.

»Aber wir sind doch gerade erst gekommen!«

»Das ist mir egal. Ich kann es kaum erwarten, dich in den Armen zu halten.«

Er zog sie auf die Tanzfläche, aber sie sträubte sich. »Ich möchte zuerst meine Freundinnen begrüßen.«

Joe machte ein langes Gesicht. »Die siehst du doch jeden Tag.«

»Nicht alle. Willard habe ich nicht mehr gesehen, seit ich letzte Woche zur Gynäkologie gewechselt bin.« Sie winkte Penny zu, die bei den anderen Mauerblümchen saß und missmutig in ein Würstchen im Schlafrock biss. Sie ließ es sofort auf ihren Teller fallen und kam, auffallend attraktiv in einem sehr aparten, pfauenblauen Kleid, zu ihnen hinüber.

»Du siehst fantastisch aus«, sagte Dora.

»Danke, aber ich glaube nicht, dass Miss Hanley auch so denkt. Sie hat mir schon gesagt, ich sähe unanständig aus.«

»Wieso das denn?« Dora betrachtete sie prüfend. Das Kleid schmiegte sich zwar eng an ihren schlanken Körper, doch der gerade Ausschnitt, der über die Mulde ihres Schlüsselbeins verlief, war dezent genug. »In meinen Augen bist du angemessen bedeckt.«

»Du hast mich nicht von hinten gesehen.« Schwester Willard drehte sich um – und Dora verschlug es den Atem. Pennys Kleid war hinten bis zum Ansatz ihres Rückens ausgeschnitten und zeigte sehr viel nackte Haut.

»Jetzt sehe ich, was sie meint.«

»Ach, ich glaube, sie ist bloß schrecklich altmodisch.« Penny Willard blickte durch den Raum zu der stellvertretenden Oberin hinüber. »Aber wie kann sie es wagen, mich zu kritisieren? Hast du dieses fürchterliche Ding gesehen, das sie trägt?«

Miss Hanley hätte gar nicht hochgeschlossener bekleidet sein können. Jeder Zentimeter ihres eckigen, maskulin wirkenden Körpers war mit burgunderrotem Samt bedeckt. Die goldene Brokatborte um ihren Halsausschnitt betonte höchstens noch die kompromisslose Härte ihres Kinns.

»Dieser Fummel sieht aus wie die alten Vorhänge aus dem Rialto«, bemerkte Joe, und Penny brach in schallendes Gelächter aus.

»Ja, genauso sieht es aus! Du bist echt witzig, Joe«, sagte sie und klimperte mit ihren Wimpern. »Ist er nicht zum Piepen, Doyle?«

Dora versuchte zu lächeln, aber sie konnte gar nicht anders, als Miss Hanley zu bedauern. Die Arme sah aus wie ein Fisch auf dem Trockenen, als sie sich verunsichert nach den anderen Frauen in ihren glamourösen Abendkleidern umsah. Dora wusste ganz genau, wie sie sich fühlte.

Joe schlenderte davon, um Getränke zu holen, und gab Dora damit Gelegenheit, sich ungestört mit Penny zu unterhalten.

»Es ist komisch, alle so fein gemacht zu sehen«, bemerkte sie. »Ich erkenne sie kaum wieder.«

Penny nickte zustimmend. »Ich weiß, was du meinst. Man gewöhnt sich so daran, sie in Uniform zu sehen, dass man schon fast erschrickt, wenn man sie in anderer Kleidung sieht. Einige der Männer sehen ganz schön flott aus. Wer hätte gedacht, dass unser Dr. Adler sich so groß in Schale werfen würde?« Sie nickte ihm zu, als er mit Esther an ihnen vorbeitanzte.

»So was bringt die Liebe mit sich«, sagte Dora lächelnd.

»Und hast du Dr. Latimers Frau gesehen?« Penny nickte zu dem Arzt hinüber, der bei einer pummeligen, mürrisch dreinblickenden kleinen Frau stand und mit Mrs. Tremayne sprach. »Sie passt eigentlich gar nicht zu ihm, was? Aber ich habe gehört, dass sie reich sein soll, was vermutlich viel erklärt …«

Aber Dora hörte schon nicht mehr zu, sondern starrte zu einem anderen Paar hinüber, das bei einer Gruppe junger Pförtner stand.

»Diese beiden dagegen sind ein richtig schönes Paar, finde ich.« Penny war Doras Blick gefolgt. »Aber dass jemand wie Riley eine hübsche Frau haben würde, war ja wohl vorauszusehen, nicht wahr?« Sie seufzte. »Nicht, dass ich mir vorstellen könnte, einen Krankenhauspförtner zu heiraten. Aber er sieht so aus, als wäre er genau der Richtige für ein kleines Abenteuer …«

Dora versuchte, ihren Blick von Nick loszureißen, aber es gelang ihr einfach nicht. Ihn in einem Anzug zu sehen, brachte alle möglichen schmerzlichen Erinnerungen an seine Hochzeit zurück. Und da war Ruby, die ungeniert und selbstbewusst wie immer in leuchtendem Rot erschienen war, ihre blonden Locken hochgesteckt hatte und besitzergreifend an Nicks Arm hing, während sie den Kopf zurückwarf und über irgendetwas lachte.

»Ich dachte, sie würden nicht kommen«, sagte Dora.

»Dann scheinen sie es sich anders überlegt zu haben«, meinte Penny achselzuckend. »Oh, da kommt Joe mit unseren Getränken!« Sie begann kokett mit einer Haarsträhne zu spielen und wickelte sie um ihren Finger. »Er ist ein echter Kavalier, dein Joe. Ich glaube, du weißt gar nicht, wie glücklich du dich schätzen kannst, Doyle!«

Joe reichte Penny ihren Drink und wandte sich dann Dora zu. »Können wir jetzt endlich tanzen?«, fragte er mit einer leichten Schärfe in der Stimme.

Sie ließ sich von ihm zum Parkett führen, als die Band »The Way You Look Tonight« zu spielen begann. Joe zog sie in seine Arme, drückte die Lippen auf ihr Haar und sang die Worte des Lieds leise mit, während sein Körper sich begehrlich an den ihren presste.

Dora schloss die Augen und versuchte, sich in der Musik zu verlieren, doch als sie sie wieder öffnete, ertappte sie sich dabei, dass sie zu Nick Riley hinüberstarrte.

Mit ausdrucksloser Miene beobachtete er sie quer über die belebte Tanzfläche hinweg. Als er jedoch merkte, dass Dora seinen Blick erwiderte, wandte er sich augenblicklich wieder Ruby zu.

Das Lied endete, und Dora wollte gehen, aber Joe hielt sie zurück. »Einen Tanz wenigstens noch«, bat er. »Bitte! Schließlich habe ich den ganzen Abend schon darauf gewartet.«

»Wenn es dir nichts ausmacht, würde ich diesen lieber auslassen«, erwiderte Dora. »Meine Füße bringen mich noch um.«

Ein Schatten fiel über sein Gesicht, als er sie losließ. »Wenn es sein muss …«

Er folgte ihr, als sie die Tanzfläche verließ. »Wo willst du hin?«, fragte er, als sie auf die Tür zuging.

»Nur zur Toilette, mir die Nase pudern. Ist das in Ordnung?«, gab sie mit einem herausfordernden Blick zurück.

Für einen Moment lang sah er tatsächlich so aus, als wollte er Einwände erheben. »Bleib nicht zu lange«, murmelte er dann aber nur.

Als Dora sicher war, dass er sie nicht beobachtete, ging sie schnurstracks an der Tür der Damentoilette vorbei, stieg die Treppe hinunter und trat in die warme Abendluft hinaus. Die Sonne begann schon hinter den Dächern zu versinken und überzog den Himmel mit rosaroten und violetten Streifen. Nicht einmal der hässliche schwarze Rauch, den die Fabrikschornsteine ausstießen, konnte dem Abend seine Schönheit nehmen.

Dora war froh, endlich allein zu sein, und ließ sich auf den Eingangsstufen zum Rathaus nieder. Joe bedrängte sie so sehr, dass er ihr kaum noch Raum zum Atmen ließ. Wohin sie auch blickte, er war da, drückte sich an sie, sagte ihr, er liebe sie und blickte sie so beschwörend an, als könnte er sie zwingen, seine Liebe zu erwidern.

Aber das war ausgeschlossen. Wie sehr sie es auch versuchte, sie wusste, dass sie niemals diese Art von Gefühlen für ihn entwickeln würde. Und es war an der Zeit, ihm das klarzumachen, beschloss sie, bevor er noch mehr von seiner Energie und Zeit an sie verschwendete.

Ein langer dunkler Schatten fiel auf sie, der ihr verriet, dass sie nicht mehr allein war. Da sie dachte, Joe müsse sich schon wieder auf die Suche nach ihr gemacht haben, sagte sie: »Hör mal, lass mich bitte allein, ja? Ich brauche einfach nur ein paar Minuten für mich selbst.«

Der Schatten bewegte sich nicht. Als Dora sich umdrehte, sah sie, dass Nick hinter ihr stand und auf sie herunterblickte.

»Tut mir leid«, murmelte er. »Ich wusste nicht, dass du hier draußen warst. Ich gehe woandershin …«

Er begann die Stufen wieder hinaufzusteigen, aber Dora rief ihn zurück.

»Kein Problem, Nick«, sagte sie. »Ich dachte, du wärst jemand anderes. Du kannst gerne bleiben, wenn du möchtest.«

Er zögerte zunächst, aber dann setzte er sich ein Stückchen entfernt von ihr auf dieselbe Stufe.

In die eigenen Gedanken versunken, starrten sie beide schweigend auf die Straße vor ihnen. Gäste gingen rechts und links von ihnen die Stufen hinunter und hinauf, aber weder Nick noch Dora schienen sie zu bemerken.

»Wo ist Ruby?«, brach Dora schließlich das Schweigen.

»Sie tanzt mit Harry Fishman. Ich hab nicht viel fürs Tanzen übrig.«

»Ich auch nicht.«

Sie spürte seinen Blick. »Aber vorhin hast du es doch getan?«

»Nur, weil Joe es wollte.«

Schweigen breitete sich zwischen ihnen aus. »Danke, dass du bei Ruby warst«, sagte Nick dann in schroffem Ton. »Das hat sie wirklich aufgemuntert.«

Dora bekam Gewissensbisse, als sie an ihr Geheimnis dachte. »Sie wirkt auch schon viel lebhafter.«

»Das ist sie auch. Es war ihre Idee, heute Abend hierherzukommen. Sie dachte, es würde uns beiden guttun, mal rauszukommen.«

Dora riskierte einen verstohlenen Blick auf ihn. Er schaute zum Himmel auf, und sein Profil sah wie aus Stein gemeißelt aus. »Und tut es dir gut?«, fragte sie.

Nick wandte langsam den Kopf, um sie anzusehen, und Dora erschrak über die unübersehbare Qual in seinen Augen.

»Ich ertrage es einfach nicht«, sagte er.

Wut stieg in Dora auf. Sie hätte Ruby den Hals umgedreht, wenn sie sie in diesem Augenblick zu fassen bekommen hätte.

»Na ja, vielleicht ist es auch noch ein bisschen zu viel mit all den Leuten, der Musik und allem …«

»Das meinte ich nicht«, tat er ihren Einwand ab. »Ich ertrage es nicht, dich mit *ihm* zu sehen.«

Das kam so völlig unerwartet, dass Dora die Luft wegblieb. Schweigend starrte sie Nick an, er war außerstande, auch nur ein einziges Wort zu erwidern. Und bevor sie ihre Stimme wiederfinden konnte, sagte er: »Entschuldige, Dora, ich hatte kein Recht, so etwas zu sagen. Das ist nicht fair dir oder Ruby gegenüber.« Plötzlich sprach er so schnell, dass seine Worte sich zu überschlagen schienen. »Vergiss, was ich gesagt habe, ich kann einfach nicht vernünftig denken, Dora.« Und damit erhob er sich. »Ich sollte wieder zurückgehen, Ruby wird sich schon fragen, wo ich bin …«

»Warte, Nick!«

Er blieb stehen, aber ohne sich noch einmal zu ihr umzudrehen. Dora konnte sehen, wie die Muskeln seiner breiten Schultern sich verkrampften.

»Was ist denn noch, Dora?«, fragte er.

Sag es ihm, beschwor eine innere Stimme sie. Sag ihm die Wahrheit über Ruby, und alles wird sich ändern.

»Du hast recht«, sagte sie jedoch nur. »Du solltest besser zu Ruby zurückgehen.«

Sie sah ihm nach, als er die Stufen hinaufstieg, ohne einen Blick zurückzuwerfen.

Penny Willard hatte zu viel getrunken. So viel dazu, sich an den Früchtepunsch zu halten, dachte Joe, als er sich wieder einmal von ihren grabschenden Fingern befreite.

»Dora ist schon eine ganze Weile weg«, sagte er, den Blick auf die Türen gerichtet. »Es ist doch hoffentlich alles in Ordnung mit ihr?«

»Ach, sie kommt schon klar«, tat Penny seine Bemerkung achselzuckend ab. Als sie ihn anlächelte, konnte er sehen, wie ihr verschmierter Lippenstift die Konturen ihres sinnlichen Mundes verwischt hatte. »Sie muss sich ihrer ja sehr sicher sein, wenn sie einen so gutaussehenden jungen Mann wie dich bei all diesen ledigen Frauen hier allein zurücklässt«, scherzte sie.

»Sie weiß, dass ich sie liebe.«

»Und sie? Liebt sie dich auch?«

Joe runzelte die Stirn. »Was soll das denn heißen?«

»Ach, nichts weiter. Es ist bloß so, dass sie nie über dich spricht. Oder zumindest nicht so, wie die anderen Mädchen über ihre Freunde sprechen.« Penny legte lauschend den Kopf ein wenig schief, als die Kapelle wieder zu spielen begann. »Ich liebe dieses Lied. ›Pennies from Heaven.‹« Sie begann vor sich hin zu summen und sich im Rhythmus der Musik zu wiegen. »Komisch, nicht? Das ist mein Name. Penny – Penny vom Himmel.«

»Und? Bist du das?«, fragte Joe geistesabwesend, wobei er den Blick nicht von der Tür abwandte.

»Das müsstest du schon selbst herausfinden, meinst du nicht?« Sie tippte ihn neckisch an die Brust. »Tanz mit mir, dann zeig ich's dir vielleicht.«

»Danke, Schätzchen, aber ich sollte besser nachschauen, wo Dora bleibt.«

»Ich gehe mit.« Penny stöckelte schwankend hinter ihm her. »Ich kann auf der Damentoilette nachsehen, damit wir sicher sein können, dass sie nicht umgekippt ist oder so was!«

Aber Dora war nicht in der Damentoilette. »Vielleicht ist sie dir ja davongelaufen?«, sagte Penny kichernd.

»Das würde ich ihr nicht raten.« Joe bemühte sich zu lächeln, doch innerlich fühlte er sich zutiefst gedemütigt. »Sie ist wahrscheinlich nur hinausgegangen, um zu rauchen. Ich werde mal nachsehen.«

Er rannte die Treppe hinunter, nahm immer zwei Stufen auf

einmal, und obwohl er hinter sich Pennys unsichere Schritte auf den hohen Stöckelschuhen hörte, wartete er nicht auf sie. Er war schon an der Tür, ehe sie die letzte Stufe erreicht hatte.

Er wollte gerade hinausgehen, als er Dora durch die Milchglasscheibe sah. Und sie war nicht allein.

Joe sog so heftig den Atem ein, als wäre ihm ein Eimer kalten Wassers über den Kopf geschüttet worden.

Dora und Nick saßen an den beiden Enden einer Stufe, ohne sich zu berühren oder anzusehen. Aber irgendwie wusste Joe, dass sie dort zusammensaßen. Es war, als ob sie durch ein unsichtbares Band verbunden wären.

Penny holte ihn ein. »Na? Ist sie da draußen – oh!« Sie spähte durch das geätzte Glas und neigte den Kopf, um besser sehen zu können. »Na, so was! Nick Riley. Ich hab's gewusst«, sagte sie grinsend. »Es hatte schon immer was Komisches, wie sie ihn ansah …«

Joe wandte sich ab und versuchte, seine Wut zu bremsen, während er mit großen Schritten das Foyer durchquerte. Aber er war so blind vor Zorn, dass die schwarz-weißen Bodenfliesen vor seinen Augen verschwammen.

»Er kommt zurück!« Penny eilte zu ihm hinüber, zitternd vor Erregung, als die Tür aufflog und Nick eintrat. Er ging an ihnen vorbei, ohne Joe, der im Schatten blieb, eines einzigen Blicks zu würdigen.

»Und?« Penny schürzte enttäuscht die Lippen. »Wirst du ihm denn nicht hinterhergehen und ihm eins auf die Nase geben?«

Joe sah Nick die Treppe hinaufstürmen und konnte brennenden Zorn wie flüssige Lava durch seine Adern schießen spüren. »Er ist's nicht wert.«

»Sie aber auch nicht.« Penny warf einen bösen Blick zur Tür. »Ehrlich gesagt verstehe ich nicht, warum du dich überhaupt mit ihr abgibst. Du könntest was viel Besseres kriegen.«

Aber ich will nichts Besseres, dachte er. Er wollte Dora, so einfach war das. Und die Tatsache, dass sie ihn ganz offensichtlich nicht wollte, bestärkte ihn nur in seiner Entschlossenheit, sie zu erobern.

»Warum kommst du nicht wieder mit rein?«, versuchte Penny ihn zu überreden. »Wetten, dass ich weiß, wie ich dich aufheitern kann?«

»Ein andermal vielleicht«, sagte er und war schon Richtung Türen unterwegs.

Dora saß noch auf der Außentreppe und hatte das Gesicht in ihren Händen vergraben. Beim Geräusch seiner Schritte drehte sie sich um. Joe tat so, als ob er nicht bemerkte, wie die Hoffnung in ihren Augen erstarb, als sie sah, dass er es war.

»Da bist du ja.« Er zwang sich zu einem unbefangenen Ton. »Ich habe mich schon gefragt, wohin du verschwunden warst.«

Sie schenkte ihm ein müdes Lächeln. »Tut mir leid, Joe. Ich wollte dich nicht einfach so im Stich lassen.«

»Kommst du wieder mit hinein?«

Sie schüttelte den Kopf. »Würde es dir etwas ausmachen, wenn ich nach Hause ginge? Ich habe Kopfschmerzen und wirklich keine Lust zu tanzen.«

»Ich auch nicht«, gab er offen zu. Der Gedanke, in diesen Ballsaal zurückzukehren und so zu tun, als sei alles in Ordnung, war ihm unerträglich. »Ich bringe dich nach Hause.«

»Das ist nicht nötig, Joe. Ich will dir nicht den Abend verderben.«

Er warf ihr einen langen, festen Blick zu. »Ich denke, dazu ist es wohl zu spät, oder?«

KAPITEL DREIUNDZWANZIG

Joe war irgendwie verändert, als sie nach Hause gingen. Die Hände in den Hosentaschen, schlurfte er neben ihr her. Dora war zwar froh, nicht ständig seinen Arm abwehren zu müssen, aber die stille Wut, die er ausstrahlte, machte sie misstrauisch.

»Tut mir leid, dass wir so früh gehen mussten«, sagte sie erneut.

»Ist schon gut«, murmelte er.

Sie warf einen Blick auf sein mürrisches Profil. »Du hättest nicht mitzukommen brauchen, weißt du. Ich hätte genauso gut allein heimgehen können.«

»Bist du sicher, dass du mich nicht nur aus dem Weg haben willst, um dich mit *ihm* zu treffen?«

Dora zog die Augenbrauen hoch. »Wovon redest du?«

»Tu nicht so unschuldig!«, blaffte Joe sie an. »Ich hab euch zwei zusammen gesehen. Wie lange geht das schon mit dir und diesem Pförtner?«

Jetzt verstand sie endlich. »Du meinst Nick?«

»Natürlich meine ich Nick! Wen sonst? Oder mit wem machst du sonst noch rum?« Der barsche Ton, in dem er mit ihr sprach, schockierte sie.

»Ich mache mit niemandem rum.«

»So kam es mir aber gar nicht vor. Ich hab gesehen, wie ihr euch angeschaut habt. Weiß seine Frau davon?«

Dora sah das wütende Funkeln in Joes Augen und wusste, dass es unmöglich sein würde, ein vernünftiges Gespräch mit ihm zu führen. »Du hast ja keine Ahnung.«

Und damit wandte sie sich zum Gehen, aber er packte sie am

Arm und riss sie zu sich herum. »Oh nein, das tust du nicht. Du lässt mich nicht einfach hier stehen!«

Dora blickte auf seine Hand herab, die ihren Arm umklammert hielt. »Lass mich los.«

»Das ist das Einzige, was du zu mir sagst! Fass mich nicht an … lass mich in Ruhe.« Er schürzte verächtlich seine Lippen. »Und ich dachte, das läge daran, dass du so ein nettes, anständiges Mädchen bist. Aber da habe ich mich geirrt, nicht wahr? Du hast mich nur hingehalten, während du es die ganze Zeit mit einem verheirateten Mann getrieben hast.« Joes gutaussehendes Gesicht war rot vor Wut. »Ich wette, ihr habt euch krummgelacht über mich! Was für ein Idiot ich war, mir einzureden, du wärst anders als die anderen Mädchen. Und das, obwohl du die ganze Zeit über die größte Schlampe von allen …«

Doras heftige Ohrfeige ließ ihn mitten im Satz verstummen. »Was unterstehst du dich! Nenn mich nie wieder so.«

»Und wie würdest *du* ein Mädchen nennen, das sich mit verheirateten Männern abgibt?«

»Das muss ich mir nicht anhören.« Sie entriss ihm ihren Arm, aber jetzt packte er sie an den Schultern und stieß sie gegen die Wand.

»Habe ich dir nicht gesagt, dass du mich nicht einfach stehen lassen kannst?«, zischte er.

»Hau ab, du tust mir weh!« Verzweifelt versuchte sie, sich zu befreien, aber er drückte sie mit seinem ganzen Gewicht nur noch fester an die Wand. Sie könnte sogar die steife Härte zwischen seinen Schenkeln spüren, die sich an sie presste.

Plötzlich erinnerte sie sich an ihren Stiefvater Alf und an die Art und Weise, wie er sich ihr immer wieder aufgezwungen hatte.

»Lass mich los, und wir vergessen, dass das je geschehen ist«, flüsterte sie.

»Es vergessen? Von wegen, meine Süße. Ich werde diese Nacht zu einer machen, die du nie wieder vergisst.«

Joe presste seinen Mund auf den ihren, bevor Dora das Gesicht abwenden konnte. Nicht die geringste Zärtlichkeit lag in seinem Kuss. Sein Mund war hart und besitzergreifend, seine Zunge drängte sich zwischen ihre Lippen. Dora konnte nicht mehr atmen, ja nicht einmal vor Schmerz schreien, als ihre Lippen gegen ihre Zähne gepresst wurden. Sie versuchte, den Kopf wegzureißen, aber da umklammerte er brutal mit einer Hand ihr Kinn, sodass sie sich weder bewegen noch Luft holen konnte. Sie fühlte das feuchte, raue Mauerwerk an ihrer nackten Haut, als er mit seinem ganzen Körper gegen den ihren stieß und mit seiner freien Hand an ihrem langen Rock herumhantierte.

Nein. Ein einziger Gedanke, so klar und intensiv wie ein heller Lichtstrahl, durchdrang ihre Furcht. Diesmal nicht. Nicht schon wieder.

Schnell wie der Blitz hob sie ihr Knie und stieß es ihm mit aller Kraft zwischen die Beine. Sofort knickte er ein, krümmte sich zusammen und lallte buchstäblich vor Schock und Schmerz.

Als er sie losließ, um sich an den Unterleib zu fassen, ergriff Dora die Gelegenheit, ihm zu entkommen, streifte ihre hochhackigen Schuhe ab und rannte die Straße hinunter auf das Krankenhaus zu.

Helen saß im Bett und lernte, als Dora hereinstürmte.

»Du kommst aber früh! Ich hätte nicht gedacht …« Ihr Lächeln erstarb, als sie aufblickte und den Zustand ihrer Freundin sah. Doras Kleid war total verschmutzt, und einer seiner Träger hing abgerissen von ihrer sommersprossigen Schulter. Sie trug keine Schuhe mehr, und ihre Strümpfe waren zerfetzt und blutig. »Oh Gott, Doyle, was ist denn mit dir passiert?«

»Ich bin hingefallen.«

Helen warf ihren Füller aufs Bett und rappelte sich auf. »Du zitterst ja wie Espenlaub!«

»Mir ist bloß ein b-bisschen kalt.« Dora ließ sich auf ihr Bett fallen und wehrte sich nicht, als Helen die Steppdecke bis zu ihren Schultern hochzog und sie warm darin einpackte.

»Was ist wirklich passiert?«, fragte sie dann.

»Ich sagte doch schon, dass ich hingefallen bin.«

Helen warf einen vielsagenden Blick auf die wie Fingerkuppen geformten Prellungen an Doras molligen Armen. »Und die hast du dir auch beim Hinfallen geholt?« Dora starrte auf den Fußboden. »Du kannst es mir erzählen. Ich bin deine Freundin.«

Doch Dora presste die Lippen zusammen und schwieg beharrlich.

»Na schön«, seufzte Helen. »Dann lass mich dir wenigstens beim Waschen helfen.«

»Ich komme allein zurecht.«

»Bestimmt, aber ich möchte dir gern helfen. Du ziehst dich aus, und ich lasse dir schon mal ein Bad ein.«

Da alle auf dem Ball waren, war wenigstens genug heißes Wasser für ein anständiges Bad da. Helen füllte die Wanne bis zum Rand, doch während sie es tat, konnte sie nicht aufhören, an die Prellungen an den Armen ihrer Freundin oder an die blutigen Schrammen an ihrem Rücken zu denken.

Als Dora in ihrem alten Morgenmantel hereinkam, war die Wanne schon gefüllt.

»So«, sagte Helen. »Nach einem schönen heißen Bad wirst du dich besser fühlen.«

»Danke.« Doras Lippen waren so geschwollen, dass sie kaum ein Lächeln zustande brachte.

»Ich wünschte, ich könnte mehr tun.« Helen zögerte. »Bist du sicher, dass es nichts gibt, was du mir erzählen möchtest?«

Dora schüttelte den Kopf. »Ich sagte doch schon ...«

»Dass du hingefallen bist. Ich weiß«, sagte Helen seufzend.

Sie ging zurück zu ihrem Zimmer. Doras Kleider lagen verstreut auf dem Boden neben ihrem Bett. Helen hob ihre zerfetzten, blutbefleckten Strümpfe auf und warf sie weg, bevor sie das Kleid zusammenfaltete und es im hinteren Teil des Kleiderschranks versteckte.

Eine halbe Stunde später kam Dora zurück. Ihr Haar war noch feucht vom Bad und hing ihr in roten Korkenzieherlocken ums Gesicht.

»Fühlst du dich besser?«, fragte Helen.

»Sehr viel besser, danke.« Aber Helen bemerkte, wie vorsichtig Dora ihren Morgenmantel ablegte und trotzdem vor Schmerz zusammenzuckte. Darunter trug sie ihr altes Flanellnachthemd, und ihre Füße steckten in ihren ebenso alten Hausschuhen.

Helen beobachtete sie aus dem Augenwinkel, als sie ihre Nachttischlampe ausschaltete, sich ins Bett legte und die Decken bis unter ihr Kinn zog. Es war sinnlos, noch länger zu versuchen, sie zum Reden zu bewegen, beschloss Helen. Wenn Dora sich erst einmal dazu entschieden hatte, nichts zu sagen, hätten ihr keine zehn Pferde ein Wort entlocken können.

Helen kehrte zu ihren Lehrbüchern zurück, und schon kurz darauf hörte sie Doras tiefe, gleichmäßige Atemzüge, die ihr verrieten, dass sie eingeschlafen war.

»Beschreiben Sie die Komplikationen bei Scharlach.« Helen erschauderte, als sie die Beispiel-Prüfungsfrage las und an Charlie dachte.

Ihn so krank zu sehen machte ihr Angst. Aber sie zwang sich, realistisch zu sein. Seine Mutter hatte recht: Scharlach mochte scheußlich sein, aber in ein, zwei Wochen würde Charlie wieder auf dem Damm sein.

Sie nahm ihren Federhalter und begann zu schreiben: »Zu

den Komplikationen bei Scharlach gehören Mittelohrentzündung, Hyperpyrexie bzw. extremes Fieber, Nierenversagen ...«

»Nein!« Doras jäher Schrei ließ Helen so heftig zusammenfahren, dass das unberührte Weiß ihrer neuen Seite mit Tinte bekleckst wurde. »Hau ab! Fass mich nicht an!«

»Doyle?« Helen legte ihren Federhalter wieder weg, stand auf und ging zu Doras Bett hinüber. »Wach auf, Doyle!« Dora schlug wild um sich, und Helen hielt ihre Arme fest und versuchte, sie zu beruhigen. »Es ist alles gut, du bist in Sicherheit.«

Dora riss die Augen auf. Ihr ganzer Körper war wie erstarrt. »Wo ... was ist passiert?«

»Du hattest einen Albtraum«, beruhigte Helen sie. »Aber jetzt ist alles wieder gut, du bist in Sicherheit.«

Sie streckte die Hand aus, um Dora die Locken aus dem Gesicht zu streichen. Zuerst zuckte Dora unter ihrer Hand zusammen, aber dann schien ihr Kampfgeist zu erlöschen, und sie entspannte sich. Nur wenige Momente später schlief sie wieder ein.

Helen schrieb immer noch im Licht einer Taschenlampe, als Millie kurz nach Mitternacht hereingeschlichen kam. Die Schuhe in der Hand, ging sie auf Zehenspitzen durch den Raum zu ihrem Bett.

»Wie bist du hereingekommen?«, flüsterte Helen.

»Wir sind durch O'Haras Fenster eingestiegen.« Millie hickste laut. »Es war sicherer, als bis hierher heraufzuklettern.«

»Du hast Glück, dass du dir in diesem Zustand nicht den Hals gebrochen hast.«

»Sei nicht albern, wir haben das schon x-mal getan. Es ist völlig ungefährlich ... autsch!« Millie stieß gegen ihr Bettgestell und stolperte blindlings durch das Zimmer, bis sie auf dem Boden landete.

Helen sah zu, wie sie sich wieder aufrappelte, und versuchte, nicht zu lächeln. »Habt ihr Spaß gehabt?«

»Und wie! Unser Gin ging ziemlich schnell zu Ende, aber zum Glück trafen wir ein paar sehr nette Medizinstudenten, die uns heimlich Drinks besorgten. Wir waren alle sehr beschwipst, aber dann hat einer der Jungs sich auf Dr. Latimers Bentley übergeben. Was für ein Riesenspaß! Sein Chauffeur war unheimlich wütend und hat uns meilenweit gejagt.« Sie begann schallend zu lachen, aber dann hielt sie sich schnell den Mund zu.

Mit ausgebreiteten Armen ließ sie sich rückwärts auf ihr Bett fallen. »Und wie war dein Abend?«

»Charlie hat Scharlach.«

»Tatsächlich?« Millie fuhr in die Höhe und war sogleich hellwach. »Oh, was für ein Pech! Wie geht es ihm?«

»Er tut sich selber schrecklich leid, sagt seine Mutter.«

»Das wundert mich nicht. Scharlach ist echt scheußlich. Aber er wird bestimmt bald wieder auf den Beinen sein.«

Dora regte sich, und Millie starrte mit zusammengekniffenen Augen in die Dunkelheit. »Ist das Doyle? Was macht sie hier schon so früh?«

Helen zögerte, nicht sicher, ob sie Millie erzählen sollte, in was für einem Zustand Dora heimgekommen war. Sie bezweifelte, dass ihre Zimmerkameradin es ihr danken würde, wenn sie ihr Geheimnis weitererzählte.

»Ich glaube, sie wollte früh schlafen gehen«, sagte sie mit einem Blick auf Doras zusammengekauerte Gestalt unter den Decken. »Sie hatte wieder einen Albtraum.«

»Wirklich? Aber sie hat doch schon seit Monaten keinen mehr gehabt.« Millie wandte sich stirnrunzelnd zu Dora um »Ich frag mich, was ihn ausgelöst haben könnte?«

Helen sah das Mädchen an, das wieder fest schlief. »Das frage ich mich auch«, sagte sie.

KAPITEL VIERUNDZWANZIG

»Aber Joe hat doch gesagt, dass es ihm leidtut«, protestierte Katie O'Hara.

Dora blickte auf den Teller mit dem fettigen, grauen Eintopf herab. »Eine Entschuldigung genügt da nicht.«

»Er konnte nichts dafür. Er war ein bisschen angeheitert.«

»Ein bisschen angeheitert!« Dora fing Schwester Suttons strengen Blick vom anderen Ende des Esstischs auf und senkte ihre Stimme. »Er war sternhagelvoll!«

»Ein Grund mehr, warum du ihm verzeihen solltest«, sagte Katie mit vollem Mund. »Er wusste nicht, was er tat.«

Und ob er wusste, was er tat, dachte Dora. Zwei Wochen waren seit dem Ball vergangen, und sie durchlebte immer noch, was in jener Nacht geschehen war. Gott allein wusste, wie weit Joe gegangen wäre, wenn es ihr nicht gelungen wäre, sich seiner zu erwehren.

Doch jetzt bereute er es. Am Tag nach dem Ball war er am Krankenhaustor erschienen, um sie zu sehen, aber Mr. Hopkins hatte ihn am Pförtnerhäuschen abgewiesen. Seitdem hatte Joe ihr Briefchen geschickt und so oft im Schwesternheim angerufen, dass Dora jedes Mal zusammenzuckte, wenn sie auf dem Gang das Telefon klingeln hörte.

Und nun hatte er Katie um Hilfe gebeten.

»Ich verstehe nicht, was der ganze Wirbel soll«, sagte O'Hara achselzuckend. »Er ist doch bloß ein bisschen frech geworden. Das probieren schließlich alle Männer mal.«

Dora spürte, wie sie errötete, als mehrere Augenpaare interessiert in ihre Richtung blickten.

Sie legte ihre Gabel nieder. »Hör mal, ich weiß, dass Tom dich gebeten hat, ein gutes Wort für Joe einzulegen, aber du verschwendest deine Zeit. Was mich betrifft, ist es vorbei. Also tu mir einen Gefallen und hör auf, meine Privatangelegenheiten vor allen anderen zu erörtern!«

Katie sah gekränkt aus. »Du wirst es bereuen«, murmelte sie. »Joe Armstrong ist ein guter Fang.« Dora hielt den Kopf gesenkt und antwortete nicht. »Ich sag ja nur…«

»Dann lass es bleiben«, mischte sich Millie ein. »Könnten wir jetzt bitte über etwas anderes reden? Ich weiß nicht, wie es bei euch ist, aber ich finde dieses ständige Gerede über Doyles Liebesleben eher langweilig.« Sie spießte ein Stückchen Knorpel mit ihrer Gabel auf und hielt es zur genaueren Betrachtung hoch. »Kann mir jemand sagen, was für ein Fleisch das hier sein soll?«

»Rind«, sagte jemand.

»Kaninchen?«, schlug ein anderes Mädchen vor.

»Einer von Latimers alten Patienten!«, warf jemand ein, und schon entstand am Tisch eine lebhafte Debatte darüber.

Dora warf Millie einen raschen, dankbaren Blick zu. Sie mochte zwar ab und zu ein bisschen oberflächlich erscheinen, aber sie wusste, wie man erregte Gemüter besänftigte.

»Welche Medikamente oder Wirkstoffe können lokal angewendet werden, um eine Blutung zu stillen?«

»Mal sehen … da wären Adrenalin, Tanninsäure, Gallussäure, Benzointinktur, Hamamelis …« Helen nahm das triefend nasse Flanelltuch aus der Schüssel mit Eiswasser und wrang es aus. »Und dann natürlich noch Kauterisation, Hitze, Kälte und …« Sie unterbrach sich einen Moment, um nach dem richtigen Wort zu suchen. »Wasserstoffperoxid!«, schloss sie. »Na also. Wie war ich?«

»Du beherrschst deinen Text wie immer Wort für Wort.« Charlie blickte bewundernd von ihrem Lehrbuch auf. »Wie kannst du dir nur all diese komplizierten Wörter merken?«

»Ich habe drei Jahre Übung. Und ich lerne viel.«

»Es wundert mich, dass du überhaupt noch Zeit hast, wo du jetzt nachts arbeitest und den ganzen Tag mit mir verbringst. Du verausgabst dich doch hoffentlich nicht mit alldem?«

»Sei nicht albern. Ich will hier bei dir sein.«

»Trotzdem wäre es mir sehr unangenehm, wenn ich dich von der Wiederholung deines Stoffs abhielte …«

»Was glaubst du denn, was wir gerade tun?« Helen nickte zu dem Buch hinüber. »Und jetzt halt still und lass mich dir den feuchten Wickel anlegen.«

Er fügte sich widerspruchslos und hob den Oberkörper an, um ihr das Befestigen der kalten Kompresse um seinen geschwollenen Hals zu erleichtern.

Sie erzählte ihm nichts von dem Telefongespräch, das sie am Tag zuvor mit ihrer Mutter geführt hatte. Constance hatte im Schwesternheim angerufen, weil sie gehört hatte, dass Charlie krank war.

Im ersten Moment hatte Helen gedacht, sie hätte vielleicht angerufen, weil sie sich Sorgen um ihn machte. Aber Constances erste Worte hatten diese Hoffnung gleich zunichtegemacht.

»Du wirst doch wohl hoffentlich nicht deine Ausbildung vernachlässigen, um bei ihm zu sein?«, begann sie gleich in strengem, missbilligendem Ton. »Darf ich dich daran erinnern, Helen, dass du im Oktober deine Abschlussprüfung hast? Ich will gar nicht daran denken, dass drei Jahre Ausbildung umsonst gewesen sein könnten, nur weil du mit deinen Gedanken ganz woanders bist.«

Helen hatte ihre ganze Nachsicht und Geduld aufbieten müssen, um die richtigen Antworten zu geben und ihrer Mutter zu versichern, dass sie unentwegt vor ihren Büchern saß, obwohl sie innerlich einen schwelenden Groll verspürte. Nicht ein einziges Mal hatte Constance danach gefragt, wie es Charlie ging.

»Helen?« Seine Stimme holte sie in die Gegenwart zurück, und sie sah, wie aufmerksam er sie betrachtete. »Du siehst plötzlich so ernst aus. Was hast du, Helen?«

»Nichts.« Sie zwang sich zu einem Lächeln und nahm ihm die Kompresse wieder ab. »Na, wie fühlt sich dein Hals an?«

»Besser, danke. Aber du brauchst mich wirklich nicht zu pflegen, weißt du. Meine Mum ist schlimm genug, wenn sie wie ein kopfloses Huhn um mich herumläuft!«

»He! Das habe ich gehört!« Nellie Dawson kam mit einem frischen Krug Wasser ins Zimmer geeilt. »Noch eine Unverschämtheit mehr, junger Mann, und ich schick dich in dein Schlafzimmer zurück.«

»Oh, bloß das nicht!«, stöhnte Charlie. »Ich glaube nicht, dass ich es noch länger ertragen würde, diese vier Wände anzustarren!«

Da er nicht mehr ansteckend war, hatte Nellie ihrem Sohn auf dem Sofa im Wohnzimmer ein Bett gemacht. Zumindest konnte er sich so wieder wie ein Teil der Familie fühlen, aber Helen wusste, dass er es trotzdem kaum erwarten konnte, wieder auf den Beinen zu sein.

»Wie geht es dem Patienten?«, fragte Nellie Helen.

»Gut«, erwiderte Helen. »Seine Temperatur ist wieder normal, und die Schwellung scheint zurückzugehen.«

Seine Mutter nickte. »Und gegen den Ausschlag habe ich diese Desinfektionslösung benutzt, wie Sie mir rieten.«

»Würdet ihr wohl aufhören, über mich zu reden, als wäre ich gar nicht hier?«, sagte Charlie mit einem ärgerlichen Blick von einer Frau zur anderen. »Ich sagte euch doch, es geht mir gut. Außerdem muss ich an dem Feiertag im August sowieso wieder auf den Beinen sein, weil ich eine Überraschung plane«, fuhr er fort.

Helen und Nellie sahen sich an. »Was für eine Art von Überraschung?«, fragte Helen.

»Wir werden einen Ausflug machen.« Charlie strahlte beide an. »Ich habe uns allen Plätze in einem der offenen Ausflugsbusse nach Southend reserviert. Ich dachte, Dad könnte sich um den Verkaufsstand kümmern, und du könntest die Kinder mitnehmen, Mum. Du verdienst eine Belohnung, nachdem ich so lange hier herumgelegen hab und alles.«

»Oh, wie schön! Ich habe schon seit Jahren keinen Ausflug mehr nach Southend gemacht.« Nellie seufzte vor Vergnügen. »Und die Kinder werden auch begeistert sein!«

Charlie sah Helen an. »Und du könntest auch mal eine Pause vertragen. Du hast so schwer gearbeitet in letzter Zeit. Und du wirst doch mitkommen können, oder?«

Helen zögerte. Ihre Mutter würde es ihr mit Sicherheit verbieten.

»Versuch, mich davon abzuhalten!«, erwiderte sie schmunzelnd.

»Dann ist es also abgemacht.« Charlie sah sehr zufrieden mit sich aus. »Und nun machen wir uns besser wieder an die Arbeit«, sagte er und griff nach Helens Buch. »Wir haben noch viel zu tun, wenn du diese Prüfung bestehen willst.«

KAPITEL FÜNFUNDZWANZIG

Dora war noch nie zuvor im Ballett gewesen. Und sie hatte auch nie den Wunsch verspürt, dorthin zu gehen, aber ein Theater oben im Westen Londons hatte dem Krankenhaus einen ganzen Stapel Freikarten geschickt, und Katie O'Hara hatte ihr keine Ruhe gelassen, bis sie sich bereit erklärt hatte mitzukommen.

Was aber nicht heißen sollte, dass Dora viel von der Vorstellung gesehen hätte. Sie war so müde, dass sie, sowie die Lichter ausgegangen waren, auf ihrem Platz zusammengesunken und eingeschlafen war. Sie hatte nur für einen Moment die Augen schließen wollen, um sie auszuruhen, doch bevor sie sich's versah, schreckte donnernder Applaus sie aus ihrem Schlaf auf. Katie war aufgesprungen und klatschte so begeistert mit, dass Dora sich sicher war, eine wundervolle Aufführung versäumt zu haben.

»War es nicht großartig?«, seufzte Katie, als sie wieder oben in dem Doppeldeckerbus saßen und nach Bethnal Green zurückfuhren.

»Ja«, flunkerte Dora und wandte den Kopf ab, um aus dem Fenster die hell erleuchtete Stadt zu bewundern.

»Lane wird es bedauern, dass sie es verpasst hat. Sie geht mit ihrer Mutter ständig ins Ballett und wird jetzt sicher alles darüber wissen wollen.«

»Bestimmt.«

Katie zögerte. »Eben … Glaubst du, du könntest mir erklären, worum es in dem Ballett genau ging?«, fragte sie.

Dora tat so, als ob sie überlegte. »Na ja … ich weiß, dass viel getanzt wurde«, improvisierte sie. »Dass Leute auf der Bühne herumsprangen und die Beine in die Luft warfen.

»Und da war dieser Mann in der engen Strumpfhose«, warf Katie hilfreich ein. »Er war wirklich eine echte Augenweide.«

»Oh ja, das war er.« Dora zerbrach sich den Kopf, um noch irgendetwas anderes zu sagen, doch schließlich gab sie es auf. »Tut mir leid«, seufzte sie. »Aber wenn ich ehrlich sein soll, bin ich eingenickt, sowie die ganze verflixte Aufführung begann.«

Zu ihrer Überraschung lachte Katie. »Ich auch! Von dem Moment an, als der Vorhang hochging, hab ich tief und fest geschlafen.«

Dora starrte sie verwundert an. »Aber du hast doch geklatscht?«

»Nur, weil die anderen auch geklatscht haben!« Sie sahen sich an und lachten. »Und trotzdem hat es mir gefallen«, fügte Katie hinzu. »Ich habe schon ewig nicht mehr so gut geschlafen.«

»Ich auch nicht!«, stimmte Dora zu. »Aber das erzählen wir Lane wohl besser nicht, was?«

»Oh Gott!« Katie verdrehte die Augen. »Sie wird mich darüber ausfragen und selbst die kleinste Kleinigkeit wissen wollen!«

»Dann musst du dir eben etwas ausdenken.«

Die Kirchenglocke von St. Peter's schlug zehn, als sie auf der Hackney Road den Bus verließen.

»Gott, sind wir spät dran!« Dora begann zu laufen, aber Katie rührte sich nicht von der Stelle. Sie blieb an der Bushaltestelle stehen und blickte sich suchend um.

Dora drehte sich zu ihr um. »Worauf wartest du?«

»Das wirst du gleich sehen.« Katie blickte die Straße hinauf und hinunter. »Es dürfte nicht allzu lange dauern … ah, da ist er ja schon.«

Dora hörte die Schritte eines Mannes auf sie zukommen. Sie brauchte sich nicht umzusehen, um zu wissen, wer er war.

Wütend fuhr sie Katie an: »Das hast du absichtlich getan! Kein Wunder, dass du so erpicht darauf warst, mich heute Abend mitzuschleppen!«

»Tut mir leid, aber er hat mich angebettelt, es zu tun«, sagte Katie mit gequälter Miene. »Er war so gekränkt darüber, dass du nicht mit ihm reden wolltest.«

»*Er* war gekränkt? Und was ist mit mir?« Sie zitterte vor Wut, und all ihre Nerven waren in Alarmbereitschaft, als Joe näherkam.

»Hallo, Dora.«

Sie drehte sich langsam zu ihm um. Da stand er, in seiner Polizeiuniform, mit gesenktem Kopf und dem zerknirschten Gesichtsausdruck eines getretenen Hundes.

»Dann lasse ich euch mal allein«, sagte Katie, aber Dora hielt sie auf.

»Oh nein, das tust du nicht! Du bleibst schön hier bei mir, O'Hara.«

Katies Blick glitt zu Joe. »Aber ...«

»Du wirst mich nicht mit ihm allein lassen!«

Joe seufzte ungeduldig. »Du brauchst keine Angst zu haben. Ich werde dir nichts tun. Ich will mich nur bei dir entschuldigen.«

»Hör ihm wenigstens zu«, bat Katie. »Zumindest das bist du ihm schuldig.«

»Ich bin ihm gar nichts schuldig!« Dora überlegte kurz, ob sie Katie sagen sollte, was er getan hatte, aber sie würde es wahrscheinlich ohnehin nicht glauben. Joe Armstrong konnte nichts Falsches tun in ihren Augen.

»Bitte, Dora!«, sagte Joe. »Nur fünf Minuten, mehr verlange ich gar nicht.«

Sie seufzte. »Wenn ich dir so lange zuhöre, versprichst du dann, mich nicht mehr zu belästigen?«

»Wenn es das ist, was du willst.«

»Aber ich warne dich – falls du irgendwas versuchst ...«

»Das tue ich nicht«, versprach er. Er sah furchtbar nervös aus. Vielleicht denkt er gerade an mein Knie zwischen seinen Beinen, dachte Dora mit grimmiger Belustigung.

»Danke«, sagte er leise, nachdem Katie gegangen war.

»Bilde dir bloß nichts ein. Ich tue es nur, damit du aufhörst, mir Briefchen zu schicken und im Schwesternheim anzurufen. Die Heimschwester ist schon genauso entnervt wie ich«, hielt Dora ihm vor. »Außerdem war es ein mieser Trick, O'Hara dazu zu bringen, die Schmutzarbeit für dich zu tun. Du solltest inzwischen wissen, dass ich es nicht leiden kann, zu irgendwas gezwungen zu werden.«

Er schreckte vor ihrem schneidenden Tonfall zurück. »Ich weiß. Und es tut mir ja auch leid.« Wieder senkte er den Blick. »Ich schäme mich so sehr für mein Verhalten in der Ballnacht, dass ich seitdem an nichts anderes mehr denken konnte.«

»Ich auch nicht«, murmelte Dora.

Sie schlug wieder den Weg zum Krankenhaus ein, und Joe ging mit ihr mit.

»Das ist gar nicht meine Art«, sagte er schnell. »Ich bin nicht dieser Typ von Mann, ganz ehrlich nicht. Ich hätte so etwas nie getan, wenn du mich nicht dazu getrieben hättest ...«

Dora blieb stehen und sah ihn an. »Willst du damit etwa sagen, dass ich angegriffen werden *wollte*?«

»Nein, nein, natürlich nicht.« Eine tiefe Röte stieg ihm ins Gesicht. »Das will ich überhaupt nicht damit sagen. Ich war nur so eifersüchtig, als ich dich mit ihm zusammen sah ...«

»Du hattest kein Recht, deswegen wütend zu werden. Ich bin nicht dein Besitz.«

Plötzlich schob er das Kinn vor, und sie sah, wie etwas unter dem Schirm seines Helms aufblitzte. »Du bist mein Mädchen.«

»Nein, das bin ich nicht. Und ich bin's auch nie gewesen. Ich habe ständig versucht, dir genau das zu erklären, aber du wolltest mir ja nicht zuhören.«

Joe fuhr zusammen, als ob sie ihn ins Gesicht geschlagen hätte. »Es tut mir leid«, murmelte er.

Als sie die Straße überquerten, wollte er ihren Arm nehmen, überlegte es sich dann aber anders.

»Können wir nicht noch mal von vorn beginnen?«, fragte er. »Was geschehen ist, tut mir wirklich sehr, sehr leid, Dora. Ich weiß, dass ich es nicht verdiene, aber ich bitte dich um eine zweite Chance, um dir zu beweisen, wie sehr ich dich liebe.«

Dora unterdrückte einen Seufzer. »Nein, Joe!«

»Nur wegen einer Nacht?« Eine unüberhörbare Schärfe lag plötzlich in seiner Stimme.

»Nicht nur wegen jener Nacht.« Dora schwieg einen Moment und suchte nach den richtigen Worten. Doch was auch immer sie sagte, er entschied sich dazu, sie nicht zu verstehen. Daher blieb ihr keine andere Möglichkeit mehr, als völlig unverblümt zu sein, so grausam es auch klingen mochte. »Hör zu, Joe, ich will dich einfach nicht mehr wiedersehen.«

»Das meinst du nicht ernst.« Er sah sie mit ausdrucksloser Miene an. »Ich liebe dich und möchte mit dir zusammen sein.«

»Aber ich nicht mit dir.«

Er schien aufrichtig verwirrt zu sein, als wäre ihm ein solcher Gedanke noch nie gekommen. »Ich kann dich glücklich machen …«

»Das kannst du nicht, Joe. Das ist es ja, was ich dir zu sagen versuche.«

Er sah verletzt und hilflos aus wie ein kleiner Junge. »Du hast einen anderen, oder?«

»Nein«, seufzte sie. »Warum kannst du nicht einfach akzeptieren, dass ich nicht mit dir zusammen sein will?«

Er schwieg für einen Moment. Dora konnte Wut aufziehen sehen wie Gewitterwolken, die sein Gesicht verdüsterten. Unwillkürlich blickte sie sich um und suchte nach schnell erreichbaren Zufluchtsorten.

»Du bist verwirrt«, sagte er schließlich. »Das ist wegen neulich abends, da bin ich mir ganz sicher. Aber wenn du mir eine zweite Chance geben würdest …«

»Herrgott noch mal, Joe, wie oft muss ich es dir noch sagen?« Sie unterbrach sich einen Moment. »Hast du das gehört?«

»Was?«, fragte Joe.

»Dieses Geräusch. Es klang, als hätte jemand geschrien.«

»Wahrscheinlich ist es bloß jemand, der herumalbert.« Doch kaum waren die Worte über seine Lippen, zerriss ein Schrei die Luft.

»Das klingt für mich nicht wie Herumalbern.« Dora hob das Gesicht und begann sich langsam zu drehen, um die Quelle des Geräusches auszumachen. »Es kam von da drüben, glaube ich. Von den Bahnbögen.«

»Warte, Dora!«, hörte sie Joe rufen, als sie in die Richtung rannte, aus der das Geräusch gekommen zu sein schien. Eine Sekunde später rannte auch er, und sie hörte seine polternden Schritte hinter sich, als er sie einholte.

Sie bog um die Ecke und erstarrte. Am anderen Ende der Straße sah sie im Lichtkreis einer Straßenlaterne eine Bande von Männern, die brutal auf etwas auf dem Boden eintraten.

»Nicht, Dora!« Joe packte sie am Ärmel, aber sie schüttelte ihn ab und rannte auf die Männer zu.

»He! Was macht ihr da?«

Für einen Augenblick hielten sie inne und wandten sich ihr alle zu, fünf Gestalten, die sich als Silhouetten gegen das Licht der Straßenlaterne abhoben. Dann ergriffen sie die Flucht und verschwanden unter den Bahnbögen.

Dora blieb stehen und rang nach Atem. »Sie sind dorthin gelaufen«, sagte sie keuchend zu Joe und zeigte ihm die Richtung. »Wenn du sie verfolgst, wirst du sie unter den Bahnbögen in die Enge treiben können.«

Er rührte sich jedoch nicht. »Joe?«, fragte sie stirnrunzelnd. »Hast du gehört, was ich gesagt habe? Lauf ihnen hinterher!«

»Es ist zu spät, sie sind längst weg.«

»Aber sie können nicht entkommen in der ...«, sagte sie, aber er ging bereits auf das am Boden liegende Bündel zu. Dora sah, wie sich bückte, eine Hand danach ausstreckte und sich dann wieder aufrichtete.

»Such eine Telefonzelle und ruf einen Krankenwagen«, befahl er ihr und hatte offensichtlich Mühe, einen ruhigen Tonfall zu bewahren.

»Wieso, was ist denn da?« Sie trat einen Schritt auf ihn zu, aber er streckte eine Hand aus und ließ sie nicht an sich vorbei.

»Geh einfach und ruf einen Krankenwagen, Dora. Bitte!«

Das Bündel bewegte sich ein wenig, und erst jetzt merkte sie, dass es sich tatsächlich um einen Menschen handelte, der auf dem Boden kauerte und blutüberströmt war. Doras Hand flog buchstäblich zu ihrem Mund. »Oh Gott, nein!«

Wieder versuchte sie, an Joes ausgestrecktem Arm vorbeizukommen, aber wieder hielt er sie zurück. »Das willst du dir nicht ansehen, es ist viel zu schrecklich!«

»Aber du verstehst nicht«, sagte Dora und kämpfte sich an ihm vorbei. »Ich kenne sie. Es ist Esther Gold!«

Dora erkannte die blutige Masse des Gesichts unter der Schicht geronnenen Bluts kaum noch. Hässliche rote Schwellungen hatten Esthers Augen zu Schlitzen verzerrt. Ihr dick angeschwollener Mund stand offen und wies blutige Lücken auf, wo ihre

Zähne zerschmettert worden waren. Ihr Haar war blutverkrustet und klebte an ihrem Gesicht.

»Ist sie … tot?«, flüsterte Joe.

»Ich weiß es nicht.« Dora hielt den Atem an und ließ ihn erst wieder aus, als sie einen schwachen Puls unter ihren Fingern spürte. »Nein, sie lebt noch, Gott sei Dank. Aber ihr Puls ist sehr schwach, und sie atmet nur ganz flach. Sie ist in sehr schlechter Verfassung.« Nun übernahm Dora das Kommando. »Geh zu diesem Pub dort an der Ecke und schau, ob sie Brandy und Decken haben. Und sie sollen einen Krankenwagen rufen.«

Dann saß sie mitten auf der leeren Straße und hielt Esthers Kopf in ihrem Schoß. Mit ihrem Taschentuch versuchte Dora, etwas von dem Blut zu entfernen, das Krusten auf dem Gesicht der verwundeten Frau bildete, aber ihre Hände zitterten so heftig, dass es ihr nicht gelang.

Sie sah, wie das Licht in dem Pub an der Ecke anging, und kurz darauf kam Joe mit Armen voller Decken zu ihr zurückgelaufen.

»Wie geht es ihr?«

»Sie hält gerade noch so durch.« Dora nahm Joe die Decken ab und hüllte Esther darin ein, so gut sie konnte. Die junge Frau war sehr still geworden, und ihre Atmung war beunruhigend flach. Dora konnte sich kaum dazu überwinden, sie anzusehen. »Hast du einen Krankenwagen gerufen?«

»Das macht der Wirt gerade.« Joe blickte auf Esther herab. »Sollten wir nicht versuchen, sie in den Pub zu bringen, um sie warm zu halten?«

Dora schüttelte den Kopf. »Es ist besser, sie nicht zu bewegen. Wir wissen nicht, wie schlimm ihre Verletzungen sind.« Sie erhob den Blick und sah Joe an. »Warum hast du diese Kerle nicht verfolgt?«

»Ich hätte sie nicht einholen können.«

»Aber du hast es nicht einmal versucht.« Sie sah seinen grimmigen Gesichtsausdruck, und plötzlich dämmerte ihr etwas. »Du hast sie laufen lassen!«, sagte sie ungläubig.

Joe biss die Zähne zusammen. »Wir haben unsere Anweisungen.«

»Was für Anweisungen?«, fragte Dora verächtlich. »Ein Auge zuzudrücken? Ganoven auf den Straßen herumlungern zu lassen?«

»Wenn wir uns daranmachen würden, alle randalierenden Schwarzhemden zu verhaften, wären die Zellen bis zum Ende der Nacht voll.«

»Na und? Ist es nicht eure Aufgabe, uns vor solchem Abschaum zu beschützen?«

»Wie gesagt, wir haben unsere Anweisungen«, beharrte Joe. »Und ich mache die Vorschriften nicht.«

»Nein, aber du hältst dich offenbar sehr gern daran!«

Dora blickte auf Esthers blutiges, böse zugerichtetes Gesicht herab. Ihr flaches Atmen verursachte ein gurgelndes Geräusch in ihrer Kehle.

Und dann kam auch schon mit laut bimmelnder Glocke der Krankenwagen um die Ecke. Als der Fahrer ausstieg und zum hinteren Teil des Wagens lief, um die Türen zu öffnen, wandte Dora sich an Joe.

»Ich fahre mit ihr.«

»Wir fahren beide mir.«

Dora schüttelte den Kopf. »Ich will nicht, dass du mitkommst.«

»Aber ich bin Polizist. Ich sollte dort sein …«

»Nein, Joe, was du tun solltest, ist, nach dem Schwein zu suchen, das Esther so zugerichtet hat.« Dora trat zurück und strich ihr Kleid glatt, als die Rettungssanitäter sich daranmachten, Esthers schlaffen Körper vorsichtig auf die Trage zu heben.

»Mach nicht mich dafür verantwortlich!«, rief Joe ihr nach, als sie den Männern zu dem Krankenwagen folgte.

Dora blickte sich nach ihm um. »Warum sollte ich das nicht tun?«, sagte sie. »Von meinem Standpunkt aus bist du genauso schuldig wie diese verdammten Schwarzhemden!«

KAPITEL SECHSUNDZWANZIG

»Noch keine Veränderung, Schwester?«

Dora sah die Verzweiflung in Dr. Adlers Gesicht. Er hatte tiefe Furchen um den Mund und dunkle Schatten unter seinen Augen. Es war schwer zu glauben, dass dieser Mann derselbe war, dessen dröhnendes Gelächter unten in der Notaufnahme und Unfallchirurgie so oft zu hören gewesen war. Er war um zehn Jahre gealtert, seit Esther Gold in einem der Einzelzimmer am Ende der Gynäkologischen Station untergebracht worden war.

Auch Dora fühlte sich, als wäre sie um einiges gealtert. Sie hatte die ganze Nacht nicht schlafen können, und am Morgen war sie fast zu ängstlich, um sich dem Bericht der Nachtschwester zu stellen, weil sie überzeugt war, dass er nichts Gutes enthalten würde.

»Nein, Doktor. Tut mir leid.«

»Zumindest sind Sie hier und können ein Auge auf sie haben.« Dr. Adlers Lächeln war sichtlich angespannt. »Es ist gut, dass sie auf Ihre neue Station geschickt wurde, nicht wahr, Schwester?«

»Ja, Sir.«

»Es wird Esther viel bedeuten, ein vertrautes Gesicht zu sehen, wenn sie wieder zu sich kommt«, sagte er.

Falls sie wieder zu sich kommt, war die unausgesprochene Botschaft, die Dora in seinen düsteren Augen sah.

Dr. Adler sah sich die Puls- und Atemwerte an, die Dora sorgfältig auf Esthers Patientenbogen festgehalten hatte, und legte dann seinen Finger an ihre Halsschlagader, als ob er sich vergewissern wollte, dass sie noch am Leben war. Ihre Atmung war flach und ihr Gesicht, wo es nicht rötlich-violett und angeschwollen war, war weiß wie Marmor.

Und es war nicht nur ihr Gesicht, das so furchtbar mitgenommen und gezeichnet war. Unter ihrem gestärkten Krankenhaushemd war ihr Körper von oben bis unten mit Prellungen übersät, wo sie getreten und mit Fausthieben traktiert worden war.

»Wir können jetzt also nur noch abwarten«, sagte Dr. Adler. »Das volle Ausmaß des Schadens werden wir nicht eher ermessen können, bis sie wieder bei Bewusstsein ist …« Die Heiserkeit in seiner Stimme verriet ihn. Er tat einen tiefen, beruhigenden Atemzug und drückte Dora Esthers Patientenbogen wieder in die Hand. »Behalten Sie sie sehr genau im Auge«, sagte er. »Und lassen Sie mich bitte unverzüglich rufen, sobald sie aufwacht. Auf der Stelle, Schwester, hören Sie?«

Dora nickte. »Ja, Doktor.«

Er schenkte ihr ein müdes Lächeln. »Ich weiß, dass sie in guten Händen ist, Schwester Doyle.«

Als er gehen wollte, fragte Dora rasch: »Entschuldigen Sie, Doktor … aber hat jemand mit ihrem Vater gesprochen?«

Dr. Adler nickte mit ernster Miene. »Die Polizei war bei ihm, glaube ich.«

Dora wandte sich ab, damit er ihren angewiderten Gesichtsausdruck nicht sah. Die Polizei hatte nicht genug getan für Esther. »Der arme Mann«, sagte sie. »Esther ist alles, was er hat.«

»Ich weiß«, sagte Dr. Adler ernst. »Ich werde später noch zu ihm gehen. Hoffentlich haben wir bis dahin ein paar gute Neuigkeiten.«

Doch an seinem Gesichtsausdruck konnte Dora sehen, dass er genauso wenig damit rechnete wie sie.

Es wurde ein langer Tag. Während Dora ihrer Arbeit nachging, hielt sie fast ununterbrochen den Blick auf Esthers Tür gerichtet, ständig auf der Hut vor irgendeinem Anzeichen von

Panik, wie auf ihr Zimmer zueilende Schwestern oder Ärzte oder irgendetwas anderes, das auf eine Wende zum Schlechteren hinwies.

Wenn sie nicht durch andere Aufgaben von ihr ferngehalten wurde, kümmerte Dora sich unentwegt um Esther: Sie maß ihre Temperatur und ihren Puls, füllte ihre Wärmflaschen nach oder hielt auch einfach nur ihre Hand.

Schwester Everett ertappte sie, wie sie an Esthers Bett saß und über die Patientin wachte, kurz nachdem Dora in ihre Pause geschickt worden war.

»Müssten Sie nicht bis fünf Uhr dienstfrei haben, Schwester Doyle?«

»Ja, Schwester. Entschuldigen Sie, Schwester. Ich wollte nur sichergehen, dass Miss Gold nichts braucht ...«

Schwester Everetts Augenbrauen fuhren in die Höhe. »Ich versichere Ihnen, dass sie in sehr guten Händen sein wird, bis Sie wiederkommen, Schwester Doyle.«

»Ja, natürlich, Schwester.« Dora senkte verlegen ihren Blick.

»Ach, das ist schon in Ordnung, Doyle, ich weiß ja, dass sie eine Freundin von Ihnen ist. Da ist es selbstverständlich, dass Sie sich Sorgen um sie machen.« Die Oberschwester sah sich den Patientenbogen an. »Sie ist schon seit Stunden bewusstlos, wie ich sehe?«

»Ja, Schwester.«

»Aber zumindest ihr Puls und ihre Atmung sind beständig, wenn auch schwach.« Schwester Everett brachte die Tabelle an ihren Platz zurück. »Wissen Sie, es könnte sogar ein gutes Zeichen sein, dass sie noch nicht wieder bei Bewusstsein ist«, sagte sie. »Manchmal muss der Körper all seine Kräfte schonen, um sich zu erholen und zu gesunden.«

»Das hoffe ich, Schwester.« Dora rieb sich die Augen, die vom Schlafmangel brannten.

»Und apropos erholen – ich schlage vor, dass Sie sich jetzt ein bisschen ausruhen«, sagte Schwester Everett. »Sie werden niemandem etwas nützen, schon gar nicht Ihrer Freundin Miss Gold, wenn Sie kurz davor sind, einzuschlafen.«

»Ja, Schwester.«

»Essen Sie etwas und gehen Sie ins Schwesternheim, um sich zu waschen und Ihre Uniform zu wechseln. Danach werden Sie sich viel frischer fühlen.«

»Danke, Schwester.«

Dora gehorchte Schwester Everett und kehrte ins Schwesternheim zurück. Ihre Bewegungen waren langsam und träge, ihre Glieder bleiern vor Müdigkeit und dem Wunsch nach Schlaf. Doch kaum hatte sie sich auf ihr Bett gelegt, verflog ihre Müdigkeit vollkommen. Sie konnte jede Beule in der Rosshaarmatratze unter ihrem Rücken spüren, als sie an die Zimmerdecke starrte und darauf wartete, dass es endlich fünf Uhr war.

Die Uhr schlug gerade die volle Stunde, als Dora zur Station Everett zurückkehrte. Sie hielt den Atem an, als sie über den Gang auf die Doppeltüren zueilte, und atmete mit einem Seufzer der Erleichterung erst wieder aus, als sie sah, dass Esthers Tür noch halb geöffnet war.

Ein Mann in einem braunen Overall saß neben ihrem Bett.

»Pete?« Schuldbewusst sprang ihr Bruder auf. »Du weißt doch, dass du hier oben nichts zu suchen hast. Was machst du hier?«

Er blickte auf Esther herab. »Ich habe von ihrer Einlieferung gehört. Wie geht es ihr?«

Dora runzelte die Stirn. »Nicht gut.«

»Aber sie wird doch wieder, oder?«

»Ich weiß es nicht. Wir sind uns nicht mal sicher, ob sie wieder zu sich kommen wird und in welchem Zustand sie dann sein wird. Ein solcher Schlag auf den Kopf kann alle möglichen

Schäden zur Folge haben. Sie könnte gelähmt sein oder ihr Augenlicht oder Gehör verloren haben … Pete?« Sie starrte ihren Bruder an, der auf den Stuhl neben Esthers Bett zurückgesunken war und das Gesicht in seinen Händen verbarg. »Weinst du? Warum bist du so bestürzt? Du kennst sie doch kaum …«

Dann kam ihr blitzartig eine Erkenntnis. Sie schmeckte die in ihrer Kehle aufsteigende Galle und bedeckte ihren Mund mit einer Hand. »Oh Gott, nein! Pete, bitte sag, dass du das nicht getan hast …«

»Nein!« Sein Gesicht war bleich unter seinem dichten rötlich blonden Haar. »Ich habe sie nicht angerührt, das schwöre ich dir.«

»Aber du weißt, wer es war?« Dora sah, wie er sich mit dem Ärmel seines braunen Overalls über die Augen wischte, und ihr wurde eisig kalt ums Herz. »Du warst dabei, nicht wahr? Als diese Kerle sie überfallen haben?« Sie blickte auf Esthers fast vollständig verbundenes Gesicht herab. »Du … du hast dabeigestanden und zugesehen, wie sie ihr das antaten.«

»Ich konnte nichts dagegen tun!«, jammerte Pete. »Ich wusste doch gar nicht, was sie tun würden, verstehst du? Ich dachte, sie würden sie bloß ein bisschen herumschubsen und sich ein bisschen amüsieren. Aber dann fing sie an, sich zu wehren, und das passte ihnen nicht, und so …« Er erschauderte.

»Warum hast du nicht versucht, ihr beizustehen?«

»Das hab ich doch. Ich wollte sie von ihr runterziehen, als du und Joe erschienen seid und sie alle abgehauen sind. Du musst mir glauben«, bettelte er. »Ich habe mein Bestes getan.«

»Oh ja, du hast dich wie ein echter Held verhalten«, sagte Dora kalt. Ihr Herz lag schwer wie ein Stein in ihrer Brust. Sie sah Peter an, der Tränen des Selbstmitleids vergoss. Sie hätte es nie für möglich gehalten, dass sie ihren eigenen Bruder hassen könnte, aber sie hatte nicht mehr das Gefühl, dass er ihr eigen

Fleisch und Blut war. Er war ein bösartiger, durch Hass verrohter Fremder.

»Du weißt nicht, wie sie sind. Versteh das doch bitte, Dora! Ich wollte nicht, dass das passiert …« Er streckte die Hand nach Doras aus, aber sie zog sie schnell zurück.

»Lass das«, sagte sie. »Wage es nicht, mich anzufassen!« Sie schüttelte den Kopf. »Ich erkenne dich nicht wieder, Peter Doyle.«

Er starrte sie mit bestürzter Miene an. »Sag das nicht! Ich bin immer noch dein Bruder …«

»Mein Bruder hätte nicht tatenlos zugesehen, wie eine unschuldige Frau von einer Bande brutaler Schläger beinahe umgebracht wird. Aber du bist ja jetzt einer von ihnen, nicht wahr?«

»Bin ich nicht!«

»Du trägst diese Uniform. Du gehst zu ihren Versammlungen, verteilst ihre Flugblätter auf der Straße, hilfst mit, ihren Dreck zu verbreiten …«

»Ich dachte, ich täte etwas Gutes!«

»Etwas Gutes?« Dora stürzte sich auf ihn, packte ihn an den Haaren und riss seinen Kopf hoch. »Sieh dir das *Gute* an, das du mit deinen Freunden getan hast. Na los, sieh sie dir an!« Er versuchte, sich von ihr loszureißen, aber sie hielt ihn unerbittlich fest. »Ich will, dass du dir ihr Gesicht einprägst, damit es dich jeden verdammten Tag deines Lebens verfolgt! Und wenn du und deine Freunde das nächste Mal in euren schwarzen Hemden herumstolziert, dann sollst du sie vor Augen haben!«

»Hör auf!« Peter schaffte es, sich loszureißen. »Glaubst du, ich wüsste nicht, was ich getan habe? Anfangs war es in Ordnung, aber bei einigen der Dinge, die sie sagen oder tun – da dreht sich mir den Magen um, Dora, das schwöre ich!«

»Dann geh zur Polizei und zeig sie an.«

Peter schüttelte den Kopf. »Das kann ich nicht.« Er blickte zu ihr auf und sah sie voller Furcht und Schrecken an. »Du kennst sie nicht, Dora. Man gibt nicht einfach seine Uniform zurück und geht. Und verpfeifen darf man sie schon gar nicht. Wenn man erst einmal dazugehört, dann war's das. Man kommt da nicht mehr raus.«

Sie starrte ihn verächtlich an. »Du hast Angst, dass sie dir etwas antun könnten?«

»Nicht mir.« Er erhob den Blick, um Esther anzusehen. »Du hast gesehen, wozu sie fähig sind. Und wenn nun Lily oder Mum hier lägen?«

»Das würden sie nicht tun.«

»Ach nein? Du kennst sie nicht, Dora. Als ich das letzte Mal versuchte, mich ihnen zu widersetzen … das war, als sie vorhatten, einen Laden in Brand zu setzen. Ich sagte ihnen, ich wolle nichts damit zu tun haben, ich hätte genug davon. Zwei Tage später folgten zwei Typen Bea von der Schule nach Hause. Unserer kleinen Schwester, Dor!« Er verschränkte ganz fest die Hände, um ihr Zittern zu unterdrücken. »Sie haben ihr Angst gemacht, sie an die Wand gedrückt und gedroht, ihr alle möglichen Scheußlichkeiten anzutun. Mum sagt, sie habe seitdem nicht mehr schlafen können.« Er warf wieder einen Blick auf Esther. »Es tut mir wirklich furchtbar leid, dass das passiert ist. Aber ich muss unsere Familie beschützen.«

Dora sah seinen hoffnungslosen, verzweifelten Gesichtsausdruck und verspürte zum ersten Mal einen Anflug von Mitgefühl für ihren Bruder. Auf seine Weise versuchte er, ihre Familie zu beschützen, so wie sie es auch tun würde. »Aber wenn du es der Polizei erzählst, könnten sie doch sicher etwas tun …«

»Die Polizei?« Peter lachte schroff. »Was würden die schon tun? Sie wurden angewiesen, einen ebenso großen Bogen um sie zu machen wie alle anderen.«

Dora erinnerte sich, dass Joe gesagt hatte, ihnen sei befohlen worden wegzusehen. Kein Wunder, dass die Schwarzhemden glaubten, sie könnten tun, was sie wollten.

»Und was wirst du unternehmen?«, fragte sie Peter.

»Ich kann nichts tun«, sagte er. »Ich stecke bis zum Hals mit drin, Dora. Ich muss mit ihnen mitziehen, ob es mir gefällt oder nicht.«

»Selbst wenn jemand umgebracht wird?«

Peter antwortete nicht.

Der Klang von Schwester Everetts Stimme hinter den Doppeltüren brachte Dora in die Gegenwart zurück.

»Du gehst jetzt besser«, sagte sie. »Die Oberschwester wird gleich hier sein.«

Sie schob ihn auf die Tür zu, doch Peter sträubte sich. »Da ist noch etwas«, sagte er schnell.

Dora hielt in der Bewegung inne. »Was?«

Er blickte zu Esthers Bett hinüber. »Ich … ich glaube, sie hat mich gesehen«, flüsterte er.

»Sie hat dich erkannt, meinst du?«

Er nickte. »Ich bin mir nicht ganz sicher, aber ich denke schon.« In hilfloser Verzweiflung sah er Dora an. »Und wenn sie nun wieder zu sich kommt und es der Polizei erzählt, Dor?«

Dora erwiderte ruhig seinen Blick und sagte: »Ich hoffe, dass sie es tut.«

KAPITEL SIEBENUNDZWANZIG

Ruby versuchte, Danny über den Tisch hinweg ein liebevolles Lächeln zuzuwerfen, als sie sah, wie er sich mit dem Schneiden seiner Würstchen abmühte. Seine Tischmanieren waren wirklich widerwärtig, schlimmer noch als die ihrer Brüder. Sie konnte kaum den Blick von ihrem eigenen Teller erheben, so übel wurde ihr bei seinem Anblick.

»Möchtest du, dass ich dir mit den Würstchen helfe, Schatz?«, bot sie ihm mit schmalen Lippen an.

Danny starrte sie mit einem misstrauischen Blick aus seinen seltsam blassen Augen an. Musste er jedes Mal so zusammenzucken, wenn sie mit ihm sprach? Er war so schreckhaft, dass sie ihn hätte schlagen können. Wie sollte sie Nick je imponieren, wenn Danny immer wieder so tat, als hätte er Angst vor ihr?

»Ruby hat dich etwas gefragt, Dan«, ermahnte Nick ihn sanft. »Du musst den Leuten antworten, wenn sie mit dir reden.«

»Schon gut, Nick.« Ruby griff über den Tisch und nahm Dan das Messer und die Gabel aus der Hand. Sie ließ ihren Ärger an seinem Essen aus und zerhackte seine Würstchen in winzige Stückchen. »So, mein Schatz«, sagte sie dann und gab ihm die Gabel wieder. »Jetzt kommst du besser damit zurecht, nicht wahr?«

»Da schau ihn dir an«, sagte Nick mit einem Blick zu Danny, als er zu essen begann. »Er bekommt nicht oft ein ordentliches Essen.«

»Es sind doch bloß ein paar Würstchen!«

»Trotzdem ist es mehr, als er je von meiner Mum bekommt.«

Mit einem anerkennenden Lächeln wandte er sich Ruby zu. »Danke«, sagte er.

Ruby errötete und spürte, wie ihr ganz warm ums Herz wurde von seiner Dankbarkeit. Sie konnte sich nicht erinnern, wann Nick sie das letzte Mal so zärtlich angesehen hatte.

In den letzten paar Wochen hatte sie das Gefühl gehabt, ihn zu verlieren. An ihrem Alltag hatte sich nichts geändert – Nick ging zur Arbeit, kam zum Abendbrot nach Hause, legte jeden Freitag seine Lohntüte auf den Tisch und benahm sich wie ein pflichtbewusster Ehemann –, aber sie konnte spüren, dass er ihr entglitt und von Tag zu Tag unnahbarer wurde.

Der Gedanke, ihn zu verlieren, trieb sie zur Verzweiflung, und deshalb hatte sie sich eine neue Taktik ausgedacht.

»Es ist nicht schön, wie deine Mutter Danny behandelt«, sagte sie. »Ich mache mir Sorgen um ihn.«

»Ich auch.« Nicks Gesicht umwölkte sich. Er hatte sich schon immer um Danny gesorgt. So tough er sonst auch war, sein Bruder war sein wunder Punkt.

»Ich habe nachgedacht«, fuhr Ruby fort. »Vielleicht wäre es ja doch besser für ihn, wenn er hier bei uns leben würde?«

Nick warf ihr einen Blick zu. »Meinst du das ernst?«

»Natürlich meine ich es ernst.« Sie spielte mit ihrem Essen. »Ich weiß, dass ich zu Anfang nicht wollte, dass er bei uns einzieht, aber nur, weil ich dachte, wir hätten dann nicht genug Platz mit dem Baby. Aber jetzt …« Sie brachte den Satz nicht zu Ende und senkte ihren Blick betrübt auf ihren Teller.

Nick sagte nichts, worauf Ruby ihm unter halb gesenkten Lidern einen raschen Blick zuwarf. Seine Miene ließ keine Regung erkennen, aber sie konnte die Traurigkeit in seinen Augen sehen und wünschte nun, sie hätte das Baby nicht erwähnt.

Sie hatte nicht damit gerechnet, wie nahe es ihm gehen würde. Für sie war ihre Schwangerschaft nicht real gewesen, für Nick dagegen schon. Er hatte versucht, es ihr zuliebe zu verbergen, doch sein Kummer bedrückte sie beide und würde sie kaputtmachen, wenn sie sich nicht in Acht nahmen.

»Ich möchte nur sichergehen, dass Danny ein gutes Zuhause hat«, fuhr Ruby fort, »wo er geliebt und gut versorgt wird.«

Sie sah Danny nicht an, als sie es sagte, weil ihr allein schon der Gedanke, ihn unter ihrem Dach zu haben, Übelkeit verursachte. Oder auch die Vorstellung, wie er überall herumtapste und durch seine Ungeschicklichkeit ihre kostbarsten Dinge zerbrach. Außerdem gruselte es sie bei dem Gedanken an seine seltsamen Augen, die sie auf Schritt und Tritt beobachten würden. Aber sie war verzweifelt.

Nick wandte sich an seinen Bruder. »Was meinst du, Dan? Würdest du gern herkommen und bei mir und Ruby leben?«

»Nein«, antwortete Danny sehr entschieden und ausnahmsweise einmal ganz ohne zu stocken. »Ich will nicht bei ihr leben.«

Rubys Kopf fuhr hoch. Danny starrte sie über den Küchentisch hinweg an.

»Wie reizend!« Sie versuchte zu lachen.

»Das war nicht nett, was du da gesagt hast, Danny«, tadelte Nick ihn.

»S-sie hat a-auch nichts N-Nettes über mich g-gesagt.«

Ruby sah, wie sich Nicks Gesicht verfinsterte, und lachte, um ihre Bestürzung zu verbergen. »Das ist eine faustdicke Lüge, Danny, und das weißt du. Ich habe nie etwas Schlechtes über dich gesagt.«

»H-hast du doch. Ich hab's gehört. Du hast zu deiner M-mum gesagt, ich wäre ein K-kohlkopf.«

Sie errötete, als sie Nicks Blick auf sich spürte. »Das musst du falsch verstanden haben, Schatz«, sagte sie freundlich.

Danny nickte heftig. »Du h-hast mit d-deiner Mum gesprochen. Ü-über die Frau, die ein Baby erwartete und dann doch keins kriegte. Du sagtest, s-sie hätte nur so getan …«

»Tja, ich kann nicht behaupten, dass ich mich an so etwas erinnere.« Ruby sprang auf und sammelte die Teller ein. »Ich decke ab und hole den Nachtisch. Es gibt Strudel mit Gelee, den magst du doch so gerne.«

Sie ließ sich Zeit, um den in ein Tuch gewickelten Strudel aus dem Topf zu heben, und umklammerte den Rand des Herds, um ihr Zittern unter Kontrolle zu bringen. Kaum zu glauben, dass Danny sich an dieses Gespräch erinnerte! Und das, obwohl er sich die meiste Zeit nicht mal an seinen eigenen Namen erinnern konnte.

Ruby war sehr nervös und angespannt, als sie ihren Strudel aßen. Nicks Blick glitt immer wieder zu Danny, als wartete er nur darauf, noch mehr von ihm zu hören. Der Bengel brauchte nur sein dummes Mundwerk aufzumachen und könnte damit ihre ganze Welt zerstören.

Nach dem Abendbrot sagte Nick, er werde seinen Bruder heimbringen.

»Ich komme mit«, sagte Ruby und beeilte sich, ihren Mantel zu holen. »Ich würde gern einen Spaziergang machen«, fügte sie hinzu, als sie Nicks fragende Miene sah.

»Aber es regnet.«

»Ich darf doch wohl trotzdem ein bisschen frische Luft schnappen?«

»Wie du willst.« Nick zuckte mit den Schultern.

June Riley war ausnahmsweise einmal zu Hause. Sie saß schlafend in dem Lehnstuhl neben dem leeren Kamin in der Küche, ihre Füße lagen auf dem Schutzgitter, und eine erloschene Zigarette hing zwischen ihren Lippen. Aus dem Radio in der Zimmerecke erklang Cab Calloways Stimme, der über Minnie the Moocher sang.

June öffnete ein Auge, als sie durch die Hintertür eintraten.

»Ihr kommt spät.« Sie nahm die Zigarette aus ihrem Mund und schnippte die Asche in den Kamin. »Ich dachte schon, ihr hättet den kleinen Mann verschleppt«, spöttelte sie.

»Als ob dich das kümmern würde«, gab Nick im gleichen Ton zurück.

»Ihr habt ihn doch wohl hoffentlich nicht überreizt?« June warf zuerst ihrem ältesten Sohn einen finsteren Blick zu und dann Danny, der schnell wieder hinaushuschte. Ruby sah, wie er auf seinen Lieblingsplatz auf dem Eingang zum Kohlenkeller kletterte, blickte sich rasch nach Nick und June um, die noch immer stritten, und ging hinaus.

Danny starrte zu dem grauen Himmel auf. Ruby ging über den Hof und setzte sich auf eine umgedrehte Zinnwanne, ohne sich um die Feuchtigkeit zu scheren, die ihren Mantel durchdrang. Oder um den Regen, der auf sie herunterprasselte.

»Was schaust du dir da oben an, Danny?«, fragte sie.

»Die Sterne.«

Ruby blickte auf. Es war erst kurz vor sieben Uhr, und die Sonne stand noch hoch am Augusthimmel, auch wenn sie vorübergehend hinter einer grauen Wolke verschwunden war. »Es ist ja noch nicht mal dunkel!«

Danny warf ihr einen verächtlichen Blick zu. »Die S-sterne sind trotzdem da, auch wenn es noch nicht d-dunkel ist.«

»Ist das wahr? Man lernt doch jeden Tag dazu.« Ruby strich sich übers Haar. Der Regen würde ihre Locken ruinieren, wenn sie noch viel länger draußen blieb. »Ich wette, du kennst auch die Namen aller Sterne. Du erinnerst dich an viele Dinge, Dan, nicht wahr? Dinge, die wir dir gar nicht zutrauen.«

Er wandte sein Gesicht wieder dem Himmel zu. Ruby suchte nach den richtigen Worten. Ihre nächsten Worte waren entscheidend, sie musste sie mit Bedacht wählen.

»Hör mal, Danny, was ich und meine Mum geredet haben – über Babys und so was –, das ist alles gar nicht wahr. Wir haben nur ein bisschen rumgeflachst, mehr nicht.«

Er schaute sie nicht an. Sie konnte nicht einmal sicher sein, dass er ihr zuhörte.

Ruby holte tief Luft. »Die Sache ist nur so, dass Nick sehr verärgert wäre, wenn er erfahren würde, was wir gesagt haben. Er wäre böse auf mich … und auch auf dich. Vielleicht würde er dich für eine Zeit lang nicht mal sehen wollen. Und das willst du doch bestimmt nicht, oder?«

Er schaute sie immer noch nicht an, aber sie sah, dass er ganz leicht den Kopf schüttelte. »Mich würde es auch sehr ärgern. Und Frank und Dennis würden vielleicht wissen wollen, warum ich böse bin, und dann müsste ich ihnen sagen, dass du es warst, der all den Ärger verursacht hat. Kannst du dir vorstellen, wie wütend sie dann auf dich wären?«

Sie sah die aufblitzende Furcht in seinen Augen. Das Letztere hatte er sehr wohl verstanden.

»Ich will ihnen aber nichts erzählen müssen«, fuhr Ruby fort. »Deshalb sollte diese dumme Sache besser unser kleines Geheimnis bleiben, meinst du nicht?«

Bevor Danny etwas erwidern konnte, kam Nick aus dem Haus. »Alles klar, wir gehen, Ruby.« Sein Blick glitt von ihr zu Danny. »Ist alles in Ordnung?«

»Alles bestens.« Ruby stand auf und klopfte sich den Regen von ihrem Mantel. »Wir haben nur ein bisschen geplaudert, nicht wahr, Danny?«, sagte sie mit einem bedeutungsvollen Blick.

Nick nahm ihre Hand, als sie nach Hause gingen. Es war das erste Mal seit Wochen, dass er sie berührte.

»Danke«, sagte er.

»Wofür?«

»Dass du dir solche Mühe gibst mit Danny.« In der zunehmenden Dunkelheit sah er ihr in die Augen. »Ich weiß, dass es nicht einfach für dich ist.«

Ruby lächelte ihn an. »Rede keinen Unsinn, er gehört zu unserer Familie. Außerdem hast du meine Mum ja auch schon oft genug ertragen!«

»Trotzdem bin ich dir wirklich dankbar für deine Bemühungen.«

»Dann zeig mir, wie sehr.« Sie wandte sich ihm zu, schlang ihm die Arme um den Nacken und versuchte, seinen steifen Körper zu einer Reaktion zu bewegen.

Und es funktionierte. Sie konnte spüren, wie seine Muskeln sich langsam, aber sicher entspannten, als er seine starken Arme um ihre Taille legte und sie an sich zog.

KAPITEL ACHTUNDZWANZIG

»Spanien«, sagte Millie tonlos.

»Dort drüben ist ein Konflikt ausgebrochen. Eine Gruppe von Armeeoffizieren hat einen Aufstand gegen die Regierung der Kanarischen Inseln begonnen, der sich bis aufs Festland ausgedehnt hat.« Selbst durch die Telefonleitung konnte sie die knisternde Erwartung in Sebastians Stimme hören, obwohl er Tausende von Meilen weit entfernt war. »Die Zeitung will, dass ich nach Madrid hinüberfliege, wenn es losgeht.«

»Das klingt gefährlich.«

»Es ist ein fabelhafter Auftrag und eine große Chance für mich. Und die Geschäftsleitung muss viel von mir halten, wenn sie denken, dass ich dem gewachsen bin ...«

Sie werden Trauer tragen, wenn Sie ihn das nächste Mal sehen ...

»Ich will nicht, dass du nach Spanien gehst!«, entfuhr es ihr.

Sie hörte Sebs Seufzen. »Hör mal, Mil, ich weiß, wie enttäuscht du bist, weil ich nicht gleich nach Hause komme. Ich bin auch enttäuscht. Aber das hier ist eine großartige Möglichkeit ...«

»Und wenn du nun getötet wirst?«

Er lachte. »Bisher habe ich mich aus Schwierigkeiten herausgehalten, richtig?«

»In Berlin wurde ja auch nicht geschossen, oder? Ich meine es ernst, Seb. Bitte komm nach Hause!«, flehte sie.

»Das werde ich, Liebling. Ich muss nur noch diese eine Reportage machen ...«

»Und was ist mit dem, was *ich* brauche?«

»Ja, was ist damit?« Seine Stimme wurde kalt. »Ich meine

mich zu erinnern, dass ich auch deinen Entschluss unterstütze, Krankenschwester zu werden.«

Da war es wieder, das alte Argument. Seb hatte sehr viel Verständnis für ihre Ausbildung aufgebracht, auch als alle anderen dagegen gewesen waren. Er war sogar bereit gewesen, ihre Hochzeit zu verschieben, bis sie ihre Abschlussprüfung bestanden hatte. Da war es eigentlich nur fair, ihm die gleiche Art von Unterstützung zu gewähren. Aber sie hatte zu viel Angst um ihn.

»Das ist etwas anderes«, sagte sie.

»Inwiefern?«

»Zum Beispiel, weil man auf Krankenschwestern nicht schießt.«

Sie hörte seinen tiefen Seufzer. »Du bist einfach nur albern, Millie.«

»Und du egoistisch!« Wütend knallte sie den Hörer auf und fühlte sich sofort danach ganz furchtbar elend. Sie griff schnell wieder nach dem Hörer, doch sie hörte nichts mehr außer Stille.

Der Morgen darauf bescherte der Judd, der Urologischen Station, einen Neuzugang.

»Bett sieben. Akute Nierenentzündung«, flüsterte Schwester Judd, als sie ihre Schwestern um den Tisch versammelte, um die Arbeitslisten für den Tag zu verteilen. Wie diese Frau je Oberschwester geworden war, war Millie ein Rätsel. Ihre Schüchternheit war schon fast peinlich. »Dr. Latimer war schon bei ihm, um nach ihm zu sehen. Der Patient muss sehr warm gehalten werden, also sorgen Sie bitte dafür, dass seine Wärmflaschen regelmäßig nachgefüllt werden.« Sie hielt den Blick auf Millies Schürzenlatz gerichtet, weil sie zu gehemmt war, um ihr ins Gesicht zu sehen. »Es ist sehr wichtig, sie nicht auskühlen zu lassen.«

»Ja, Schwester.«

»Sie müssen auch unbedingt daran denken, auf Ödeme zu achten, wenn Sie seine PAT-Werte messen«, fügte sie hinzu, und diesmal glitt ihr Blick sogar über den Boden zu ihren Füßen. »Sollten Sie die geringsten Anzeichen einer Schwellung sehen, sagen Sie es mir unverzüglich.«

Dann verteilte sie die Arbeitslisten, und die Schwestern eilten davon, um ihren verschiedenen Aufgaben nachzugehen. Millie ging sofort in die Küche, um die Wärmflaschen für den neuen Patienten vorzubereiten.

Es dauerte jedoch nicht lange, bis ihre Gedanken wieder zu Seb abschweiften. Sie wusste, dass sie unfair war. Seb hatte sie in jeder Hinsicht unterstützt, als sie beschlossen hatte, sich ihrer Familie zu widersetzen und sich zur Krankenschwester ausbilden zu lassen. Daher konnte sie es ihm nicht verübeln, dass er von ihr erwartete, das Gleiche auch für ihn zu tun. Er hatte endlich etwas gefunden, worin er gut war, etwas, dem er mit der gleichen Leidenschaft nachging wie sie ihrer Krankenpflege. Sie war stolz auf ihn, weil er so erfolgreich war. Und trotzdem …

Es war diese verflixte Hellseherin, die schuld an allem war. Hätte sie ihr nicht diese dummen Gedanken in den Kopf gesetzt, hätte Millie nie so die Beherrschung verloren.

»Sind Sie fertig mit den Wärmflaschen, Benedict?«

Stationsschwester Strickland stand in der Tür. Wenn Oberschwester Judd ein Mäuschen war, war Strickland ein Nashorn. Mit all ihren Pfunden verlieh sie ihrer Funktion auf der Station das nötige Gewicht, ihre Stimme war ebenso laut wie die der Oberschwester leise.

»Ja, Schwester.« Millie spürte, dass Strickland ihr über die Schulter blickte und nur darauf wartete, sich einzumischen, als sie den Stöpsel an der Gummiflasche festschraubte.

»Ist das fest genug? Und sind Sie sicher, dass Sie alle Luft aus der Flasche entfernt haben?«

»Ja, Schwester.«

»Und Sie haben Dichtungsring und Stöpsel auf Beschädigungen überprüft?«

»Ja, Schwester.« Millie unterdrückte einen Seufzer, als sie die Flasche in ihren Flanellbezug steckte.

Als sie die Küche verließ und die Station hinunterging, folgte Strickland ihr. »Denken Sie daran, Schwester, dass die Flasche den Patienten nicht berühren darf«, dröhnte sie. »Eine Verbrennung oder Druckstelle wären beschämend für Sie und diese Station, verstehen Sie?«

»Ja, Schwester.« Millie verdrehte die Augen. Sie war schon seit fast sechs Wochen auf der Station, und Strickland behandelte sie immer noch wie eine unerfahrene kleine Lernschwester im ersten Jahr.

»Also ehrlich!«, murmelte Millie vor sich hin. »Wenn ich inzwischen noch nicht mal gelernt hätte, eine Wärmflasche zu füllen, wäre das ziemlich traurig …«

»Sie ist ein bisschen nervig, was?«, sagte eine vertraute Stimme.

Millie blickte auf und schaute in das frech lächelnde Gesicht des neuen Patienten in Bett sieben.

Es war früher Nachmittag, und Helen saß am Esstisch der Lernschwestern im dritten Jahr. Sie war nach dem Aufwachen von ihrer Nachtschicht noch ganz benommen und konnte den Anblick von Hackfleisch und Kartoffeln auf ihrem Teller kaum ertragen. Und so schob sie das Essen auf dem Teller herum und hörte Brenda Bevan zu, die mit Amy Hollins, die am anderen Ende des Tischs saß, über ihre Hochzeitspläne sprach.

»Ich habe gerade eben mein Kleid ausgesucht«, schwärmte sie mit strahlenden Augen. »Oh, du müsstest es sehen, es ist einfach wunderschön. Es hat so einen hübschen Ausschnitt, und die Spitze …«

Helen fing Amys Blick vom anderen Ende des Tischs auf. Ausnahmsweise schien sie ihrer Freundin einmal nicht interessiert zuzuhören. Ihr Blick war glasig, und sie hatte das Kinn in eine Hand gestützt. Vielleicht war auch sie so schrecklich müde und erschöpft, schließlich hatten sie in den letzten sechs Wochen Nachtdienst auf benachbarten Gynäkologischen Stationen gemacht.

Aber sie hatten in all dieser Zeit kein einziges Wort gewechselt. Während die anderen Schwestern einander Gesellschaft leisteten, war Amy stets eher interessiert daran, ihren Freund zu Gast zu haben, als sich mit Helen zu unterhalten.

»Jetzt muss ich nur noch den Schmuck aussuchen, den ich tragen werde«, plapperte Brenda weiter, ohne Amys mangelndes Interesse zu bemerken. »Ich hatte an Perlen gedacht …«

Bevor sie ihren Satz beenden konnte, erschien Millie in der Tür zum Speisesaal. Als sie Helen entdeckte, kam sie sofort zu ihr herübergeeilt.

»Gott sei Dank, dass du wach bist, Tremayne! Ich hatte gehofft, dich hier zu erwischen …«

»Was glaubst du eigentlich, was du da machst?« Der Anblick einer Lernschwester im zweiten Jahr rüttelte Amy augenblicklich wach. »Du kannst nicht einfach hier herüberkommen. Geh sofort zu deinem eigenen Tisch zurück!«

»Ach, halt die Klappe, Hollins!«

»*Was* hast du zu mir gesagt? Dafür könnte ich dich melden, weißt du das.« Amy Hollins' Mund klappte auf und zu wie der eines gestrandeten Fischs, aber Millie ignorierte sie und wandte sich wieder an Helen.

»Ich muss dir etwas sehr Wichtiges erzählen …«

Helen seufzte. »Erzähl mir nicht, dass du deine Zigaretten

wieder im Zimmer liegen gelassen hast und ich sie verstecken soll, bevor Schwester Sutton sie entdeckt?«

»Es ist etwas viel Ernsteres.« Irgendetwas in Millies Miene bewirkte, dass sich die Härchen an Helens Armen sträubten. »Aber zuerst musst du mir versprechen, dass du ganz ruhig bleiben wirst …«

Auf dem ganzen Weg zur Station Judd sagte Helen sich, dass es ein Irrtum sein musste. Doch sowie sie den Krankensaal betreten hatte, wusste sie, dass es stimmte. Sein Bett befand sich am anderen Ende der Station.

Sie wollte zu ihm gehen, aber Stationsschwester Strickland trat ihr in den Weg.

»Wo wollen Sie denn hin?«, dröhnte sie.

»Bitte, Schwester …, mein Freund ist soeben eingeliefert worden. Mr. Dawson …«

Schwester Strickland blickte sich über die Schulter zu Charlies Bett um und wandte sich dann wieder Helen zu. »Das gibt Ihnen noch lange nicht das Recht, nach Belieben diese Station zu betreten. Sie ist nicht für jedermann geöffnet.«

»Das weiß ich, Schwester.« Helen pflanzte sich entschieden vor ihr auf und rührte sich nicht mehr vom Fleck. Schwester Strickland sah sie einen Moment lang böse an.

»Warten Sie hier«, sagte sie dann kurz.

Als sie ging, um Oberschwester Judd zurate zu ziehen, hielt Helen ihren Blick auf Charlies Bett geheftet. Sie würde ihn sehen, was auch immer Strickland oder Schwester Judd dazu zu sagen hatten.

Sie war schon fast so weit, zu ihm zu laufen, als Schwester Strickland zurückkam. »Die Oberschwester sagt, Sie können fünf Minuten bleiben«, sagte sie. »Fünf Minuten, Schwester. Haben Sie das verstanden?«

Charlies Gesicht hellte sich auf, als er Helen sah.

»Überraschung!«, sagte er und schenkte ihr ein schwaches Lächeln. »Ich wette, dass du nicht erwartet hattest, mich zu sehen, was?«

»Nein, das hatte ich nicht«, erwiderte Helen, um einen ruhigen, festen Ton bemüht. »Wie geht es dir, Charlie?«

»Na ja, ich fühle mich, als ob ich von einem Esel in die Seite getreten worden wäre, aber abgesehen davon …«

Helen setzte sich auf den Stuhl neben seinem Bett. »Was ist passiert?«

»Ich habe keine Ahnung, Liebste. Bis gestern ging es mir noch gut. Gut genug, um bald schon wieder aufzustehen. Aber dann ging es mir plötzlich schlechter, worauf Mum den Arzt kommen ließ, und jetzt bin ich hier.« Er mühte sich ab, sich ein wenig zu ihr vorzubeugen. »Ehrlich gesagt hatte ich gehofft, du könntest mir sagen, was mit mir los ist. Dieser Doktor, der heute Morgen kam, benutzte so viele lange Wörter, dass ich keine Ahnung hab, wovon er sprach!«

Helen griff nach seiner Hand. Seine Haut fühlte sich feucht und kalt an. »Du hast eine Nephritis, eine Nierenentzündung«, erklärte sie. »Sie kann eine Folge des Scharlachs sein.«

Charlie nickte. »Und diese Entzündung … ist sie etwas Ernstes?«

Helen zögerte. Sie hätte ihn gern belogen, aber das brachte sie nicht über sich. »Infektionen – oder Entzündungen – sind immer etwas Ernstes.« Sie wählte ihre Worte mit Bedacht. »Aber sie können behandelt werden. Und du bist jung und stark genug, um dagegen anzukämpfen.«

»Dann ist es das, was ich tun werde.« Er ließ sich wieder in die Kissen sinken. »Außerdem bin ich in guten Händen. Auch wenn ich deiner Freundin dankbar wäre, wenn sie mich nicht so mit Decken und Wärmflaschen überhäufen würde!« Er zog am

Kragen seines Schlafanzugs. »Ich vergehe fast vor Hitze in dem Ding. Weiß sie nicht, dass wir August haben?«

Helen lächelte. »Das gehört zur Behandlung, fürchte ich.«

»Aha. Dann weiß ich jetzt auch, was eine Rosskur ist.«

Aus dem Augenwinkel sah Helen Schwester Strickland durch die Station auf sich zukommen.

»Ich muss gehen. Kann ich dir irgendetwas besorgen?«

»Zwei neue Nieren wären vielleicht nicht schlecht.«

»Ich hatte mehr an eine Zeitung oder so etwas gedacht!«, sagte sie lachend.

»Es gibt da wirklich etwas, was du für mich tun kannst, falls es dir nichts ausmacht?« Charlie war plötzlich sehr ernst geworden. »Kannst du mit meiner Mum sprechen und ihr erklären, was mit mir los ist? Sie ist bestimmt ganz furchtbar aufgeregt, und ich weiß, dass sie nichts von dem verstehen wird, was der Arzt ihr sagt. Kannst du ihr ausrichten, dass ich noch lebe und in guten Händen bin?«

»Ich werde zu ihr gehen, bevor mein Dienst wieder beginnt«, sagte Helen. »Da ich nicht vor neun zurück sein muss, bleibt mir Zeit genug, sie zu besuchen.«

»Danke, Liebes. Du wirst ihr klarmachen, dass sie sich keine Sorgen um mich zu machen braucht, nicht wahr?«

Sie las die unausgesprochene Botschaft in seinen blauen Augen.

»Ich werde sie beruhigen«, versprach Helen.

KAPITEL NEUNUNDZWANZIG

Am Sonntagmorgen musste Dora mit den anderen Lernschwestern, die bis zum Nachmittag keinen Dienst hatten, in die Kirche gehen. Sie war nie eine eifrige Kirchgängerin gewesen, bis sie zum Nightingale kam, aber heute Morgen kniete sie auf der staubigen Kirchenbank und betete, so inständig sie konnte, zu Gott um Esther Golds Genesung.

Sie wusste nicht, ob sie das Richtige tat und ob Er ihr überhaupt zuhören würde.

»Glaubst du, es stört Gott, wenn man in seiner Kirche für Juden betet?«, hatte sie Helen gefragt, als sie sich am Tag zuvor beim Abendbrot getroffen hatten. Sie wusste, dass Helen sie nicht auslachen würde, wenn sie ihr eine solche Frage stellte, und außerdem war ihr Vater Priester.

Helen dachte einen Moment lang ernsthaft darüber nach. »Ich glaube nicht, dass das eine Rolle spielt«, sagte sie dann. »Wir sind schließlich alle Gottes Kinder. Und vergiss nicht, dass auch Jesus selbst ein Jude war«, fügte sie hinzu.

Dora betete auch für Helens Freund Charlie und für ihren Bruder Peter, dass er endlich vernünftig werden und den Schwarzhemden den Rücken kehren möge. Allerdings war sie sich nicht mal sicher, dass er ihre Gebete verdiente. Seit jenem Tag an Esthers Bett hatten sie kaum ein Wort miteinander gewechselt. Wenn sie sich auf dem Krankenhausgang begegneten, vermied er es, sie anzuschauen.

Nach dem Gottesdienst ließ sie das Mittagessen aus und eilte sofort zur Station Everett zurück. Dort fiel sie fast in Ohnmacht, als sie sah, dass die Tür zu Esthers Zimmer nicht wie immer halb geöffnet, sondern fest geschlossen war.

Während sie noch dastand und sich fragte, was sie tun sollte, öffnete sich die Tür, und Schwester Everett erschien.

»Ah, Doyle, da sind Sie ja«, begrüßte sie sie lächelnd. »Machen Sie nicht so ein besorgtes Gesicht, Mädchen, wir haben gute Neuigkeiten. Ihre Freundin ist endlich wieder aufgewacht.«

Dora spürte, wie sie vor Erleichterung ganz weiche Knie bekam. »Ist sie ... geht es ihr gut?« Sie wagte die Frage kaum zu stellen.

»Der Arzt ist gerade bei ihr. Doch bisher sieht alles sehr vielversprechend aus.« Dann setzte die Oberschwester eine strenge Miene auf. »Sie brauchen aber nicht zu denken, ich könnte Sie entbehren, damit Sie Ihre Freundin schon jetzt gleich besuchen können«, warnte sie. »Zuerst müssen die Badezimmer geputzt werden. Erst wenn ich mein Gesicht in den Wasserhähnen sehen kann, werde ich Ihnen vielleicht ein paar Minuten bei Miss Gold gestatten.«

Die Gewissheit, dass Esther wieder bei Bewusstsein war, war eine solche Erleichterung für Dora, dass sie liebend gern hundert Badezimmer geputzt hätte. Sie schrubbte, wischte und wienerte, bis sie raue Hände vom Scheuerpulver hatte.

Eine Stunde später schaute Schwester Everett sich ihr verzerrtes Spiegelbild in den Wasserhähnen an, um schließlich zu verkünden, dass sie zufrieden sei.

»Also gut«, sagte sie. »Sie dürfen jetzt zu Ihrer Freundin gehen. Aber achten Sie darauf, sie nicht zu überanstrengen«, warnte sie.

Esther war noch sehr benommen. Dora beobachtete sie, wie sie nach kurzem Erwachen immer wieder wegdämmerte.

»Miss Gold?«, sagte sie leise. »Esther?«

Sie wandte langsam ihren Kopf zur Seite. »Dora?« Sie zuckte

vor Schmerz zusammen, als sie mit ihren steifen, geschwollenen Lippen zu lächeln versuchte. »Was machst du denn hier?«

»Sie liegen auf meiner Station«, sagte Dora.

»Tatsächlich?« Esther blickte sich flüchtig um, und ihre dunklen Augenbrauen zogen sich zusammen, als sie nachzudenken versuchte. »Wie lange habe ich geschlafen?«

»Ein paar Tage. Sie haben uns allen große Angst gemacht!« Dora lächelte ein bisschen unsicher.

»Ich … ich kann mich nicht erinnern, was passiert ist. Es war dunkel … ich war auf dem Weg nach Hause …« Plötzlich weiteten sich ihre dunklen Augen und füllten sich mit Furcht und Panik. »Mein Vater! Hat ihn jemand gesehen? Er muss ja schrecklich beunruhigt sein…«

»Pst, Sie dürfen sich nicht aufregen«, versuchte Dora sie zu beruhigen. »Und Sie brauchen sich auch keine Sorgen zu machen, denn Dr. Adler kümmert sich um ihn.«

»Dr. Adler?« Esther entspannte sich sichtlich und ließ sich auf das Kissen sinken. »Das ist sehr nett von ihm.«

»Er schätzt Sie sehr«, sagte Dora. »Er hat jeden Tag an Ihrem Bett gesessen.«

»Hat er?« Esther lächelte kurz, aber dann zuckte sie vor Schmerz zusammen und schloss die Augen.

Dora beugte sich über sie. »Miss Gold? Ist alles in Ordnung?«

»Ich habe furchtbare Kopfschmerzen. Und alles ist so wirr in meinem Kopf …«

»All das wird sich mit der Zeit schon legen. Sie müssen sich jetzt nur noch ausruhen und alles daransetzen, gesund zu werden.«

»Danke. Ich bin froh, dass du hier bist, Dora.« Als Esther nach Doras Hand griff, fiel etwas auf die Decke. »Was ist das?«

Dora errötete. »Es ist die Hamsa«, sagte sie und drückte sie Esther wieder in die Hand. »Sie gehörte früher Ihnen, aber dann haben Sie sie mir als Glücksbringer geschenkt, bevor ich zu meinem Bewerbungsgespräch hierherkam. Ich ... ich fand, Sie sollten sie jetzt wiederhaben.«

Die Geste kam ihr plötzlich ein wenig lächerlich vor, aber nach dem Überfall war es das einzig Hilfreiche, was ihr eingefallen war.

»Jetzt erinnere ich mich wieder.« Esthers Finger schlossen sich um die Hamsa. »Das ist sehr lieb von dir.«

Dann versuchte sie, sie zurückzugeben, aber Dora schüttelte den Kopf. »Sie behalten sie«, sagte sie und fügte im Stillen hinzu: Sie brauchen im Moment mehr Glück als ich.

Ruby leerte das Blech mit den verkohlten Röstkartoffeln in den Mülleimer und knallte den Deckel darauf. Sie kochte vor Wut und scherte sich nicht darum, wer es bemerkte. Es kostete sie ohnehin schon große Überwindung, den Mülleimer nicht mit einem Tritt die Treppe hinunterzubefördern.

»Alles klar?« Nick kam aus dem Wohnzimmer, als sie wieder hereinkam und die Haustür zuknallte.

»Was glaubst du?«, fauchte sie und drängte sich an ihm vorbei in die Küche.

Nick folgte ihr. »Was ist denn los?«

»Wenn du es unbedingt wissen willst – ich hab gerade unser Sonntagsessen in den Mülleimer geworfen.«

Er starrte sie an. »Wieso das denn?«

»Weil der blöde Ofen alles verbrannt hat. Die Yorkshire-Puddings sind in sich zusammengefallen, die Kartoffeln sind verkohlt, und mit diesem grässlichen Rinderbraten könntest du vermutlich deine Stiefel flicken!« Sie hielt ihm das Ofenblech unter die Nase. In der Mitte lag der Rinderbraten, schrumpelig und zäh wie Leder. »Siehst du? Das ganze Essen ist verdorben.«

»Bist du sicher, dass du es nicht nur wieder zu lange im Ofen gelassen und vergessen hast?«, fragte Nick mit einem nachsichtigen Lächeln.

»Ja, genau! Gib nur ruhig mir die Schuld. Es ist ja immer alles meine Schuld, nicht wahr?« Erbost warf Ruby das Blech auf den Boden, und dann brach sie in Tränen aus.

Nicks Lächeln schwand. »Herrgott noch mal, Ruby, was ist nur los mit dir? Du bist schon den ganzen Tag so schlecht gelaunt gewesen.«

Sie sank zu Boden und schlug die Hände vors Gesicht. Nun, da die Tränen über ihre Wangen strömten, konnte sie nicht mehr aufhören zu weinen.

Sie hörte Nick zu ihr herüberkommen, und dann hockte er sich neben sie und legte die Arme um ihre zitternden Schultern.

»Was hast du, Ruby? Was ist denn los mit dir?«, fragte er beschwichtigend.

»Ich … ich bin nicht schwanger!«

Nick seufzte. »Ist das alles? Mein Gott, ich dachte, es wäre etwas Ernstes!«

»Das *ist* etwas Ernstes.« Sie war bitter enttäuscht gewesen, als sie an diesem Morgen ihre Tage bekommen hatte. Vor allem, da sie sich verspätet hatten. In den letzten drei Tagen hatte sie das Geheimnis gehütet, sich erlaubt zu hoffen, und alles bloß, um heute Morgen wieder so grausam enttäuscht zu werden.

»Komm her, du Dummchen.« Nick zog sie fester an sich. »Was macht es schon, wenn du nicht gleich schwanger wirst? Wir haben doch noch Zeit genug, oder?«

Haben wir die?, dachte Ruby und legte den Kopf an seine breite Brust. Mit jedem Monat, der verging, kam es ihr so vor, als ob ihre Zeit abliefe. Wenn sie nicht bald schwanger wurde, würde sie Nick verlieren. Davon war sie überzeugt.

»Und wenn es nun gar nicht dazu kommt?«, flüsterte sie.

»Wieso denn nicht? Zu Anfang bist du doch sehr schnell

schwanger geworden, oder etwa nicht? Ein bisschen zu schnell, würden einige vielleicht sogar sagen!« Er strich ihr mit der Hand über das Haar und wiegte sie in seinen Armen wie ein Kind. »Es dauert diesmal bloß ein bisschen länger, das ist alles. Aber man kann diese Dinge nicht beschleunigen. Man muss der Natur ihren Lauf lassen.«

Und wenn nichts geschah? Ruby konnte nicht umhin, sich zu fragen, ob dies die Strafe für all die Lügen war, die sie erzählt hatte. Was, wenn sich herausstellte, dass sie eine jener Frauen war, die keine Kinder bekommen konnten? Wie sollte sie das Nick erklären?

Kraftlos sank sie gegen ihn, denn all ihr Kampfgeist war erloschen. Sie wollte nichts mehr erklären müssen. Sie hatte es gründlich satt, sich Lügen auszudenken und auf jedes Wort zu achten, das aus ihrem Munde kam, nur damit sie sich nicht versehentlich verriet.

»Kopf hoch«, sagte Nick und schloss sie noch fester in die Arme. »Wir werden es eben einfach weiter versuchen müssen, nicht wahr?«

Die Tränen auf ihren Wangen waren schon fast versiegt, als sie ihren Blick zu ihm erhob. »Meinst du das auch wirklich ernst? Du wirst mich nicht verlassen?«

Dem Ausdruck in seinen Augen war überhaupt nichts zu entnehmen. »Wir sind verheiratet, oder etwa nicht? Bis dass der Tod uns scheidet und all das.«

Bevor Ruby etwas erwidern konnte, ertönte ein lautes Klopfen an der Eingangstür.

Nick blickte überrascht auf. »Wer könnte das denn sein?«

»Mach einfach nicht auf.« Ruby klammerte sich an ihn, weil sie jetzt die Geborgenheit seiner starken Arme brauchte. »Sie werden schon wieder gehen.«

Doch dann klopfte es erneut, diesmal lauter.

»Hört sich nicht so an, als ob sie wieder gingen. Ich geh besser mal nachsehen.« Nick ließ sie los und richtete sich auf.

Ruby kratzte gerade die Reste des Rinderbratens vom Küchenboden, als sie Nicks zornige Stimme hörte.

»Hören Sie, Freundchen, ich weiß nicht, wer Sie sind, aber Sie haben die falsche Tür erwischt. Wir schulden niemandem etwas.«

»Oh doch, ich denke schon, dass Sie das tun, Mr. Riley.« Bert Wallis' näselnde, anzügliche Stimme schallte durch den Flur. »Und wenn ich jetzt mal kurz mit Ihrer Frau sprechen könnte …«

»Sie werden mit niemandem sprechen. Und jetzt scheren Sie sich fort!«

Rubys Kopf fuhr hoch, und Panik begann sie zu ergreifen. Es war Sonntag, und sie hatte geglaubt, sie sei vor dem Kassierer sicher. Doch Bert Wallis musste sie durchschaut haben und hatte daher offenbar beschlossen, sie zu überrumpeln.

Mit wild pochendem Herzen presste sie sich an die Küchentür und suchte fieberhaft nach einem Ausweg. Aber es gab keinen Ausweg.

»Ruby!«, hörte sie Nick rufen. »Komm mal einen Moment hierher.«

In gebückter Haltung schlich sie ängstlich in den Flur und versuchte, sich so klein wie möglich zu machen.

»Hallo, Mrs. Riley.« Bert Wallis grinste boshaft. »Lange nicht mehr gesehen, was? Man könnte meinen, Sie sind mir aus dem Weg gegangen.«

Nick wandte sich ihr zu. »Dieser Mann meint, du schuldetest ihm Geld. Sag ihm, dass er sich geirrt hat, damit er wieder gehen kann.« Dabei beäugte er Bert Wallis, als wollte er ihn zwingen, genau das zu tun.

Doch so schnell ließ Mr. Wallis sich nicht unterkriegen. »Ich werde erst wieder gehen, wenn ich mein Geld habe«, antwortete er. »Ich habe es gründlich satt, an diese Tür zu klopfen und keine Antwort zu bekommen. Es ist über einen Monat her, seit Sie mir zum letzten Mal etwas gezahlt haben.«

Ruby blickte über Berts Schulter zu den fernen Dächern hinüber. Das Pochen des Herzschlags in ihren Ohren übertönte sogar die aufgeregten Stimmen der Kinder, die auf dem Rasen unten spielten.

»Ruby?« Nicks Stimme klang besorgt. »Du schuldest ihm doch nichts, oder?«

Sie biss sich auf die Lippe. Plötzlich wollte sie nur noch die Flucht ergreifen und nie wieder aufhören zu fliehen.

»Ich hab's Ihnen ja gesagt.« Bert Wallis' Lächeln hatte etwas Maliziöses.

»Aber wir haben doch schon vor Monaten alles bezahlt. So war es doch, Ruby? Du erinnerst dich doch sicher, dass ich dir damals dieses Geld gegeben habe?«

Sie öffnete den Mund, um etwas zu erwidern, aber kein Ton kam über ihre Lippen.

»Ich fürchte, Ihre Frau hat seitdem zwei weitere Darlehen aufgenommen, Mr. Riley«, sagte Bert Wallis.

»Ruby?« Sie spürte Nicks Blick auf sich, aber sie wagte es nicht, ihn anzusehen. Sie wollte den Schmerz und den Zorn in seinen Augen nicht sehen. »Antworte, Ruby! Was ist hier los?«

Sie starrte auf ihren Ehering herab, der schon ein wenig seinen Glanz verloren hatte.

»Wie viel?«, fragte Nick in kaltem Ton.

»Schauen wir mal, ja?« Bert Wallis warf einen Blick in sein dickes Lederbuch. »Zuzüglich der Zinsen für die nicht geleisteten Zahlungen sind es … zehn Guineen, sechs Schilling und vier Pence.«

»Zehn Guineen!« Ruby fand endlich ihre Stimme wieder.

»Das kann nicht sein … so viel habe ich mir nicht geliehen, das schwör ich, Nick!«

»Tja, das kommt davon, wenn man mit so vielen Zahlungen im Rückstand ist wie Sie, Mrs. Riley. Da läppert sich einiges zusammen.«

Ruby wandte sich Nick zu. Sein Gesicht war von einer maskenhaften Starre. »Du musst mir glauben, Nick. Ich hätte nie gedacht …«

Er wandte sich ab und stürmte durch den Flur ins Bad, knallte die Tür hinter sich zu und ließ Ruby mit Bert Wallis allein.

»Ein netter Kerl, Ihr Ehemann, was?«, bemerkte Bert.

»Sie hätten nicht hergekommen sollen«, flüsterte Ruby.

»Irgendwann hätten Sie sich so oder so mit mir auseinandersetzen müssen.«

»Ja, aber nicht jetzt. Nicht vor ihm …«

Bevor Bert antworten konnte, war Nick schon wieder da. »Hier«, sagte er und drückte dem Schuldeneintreiber eine Handvoll Geldscheine in die Hand.

Bert Wallis starrte die Scheine an. »Was ist das?«

»Ihr Geld, oder wonach sieht es aus? Damit ist alles abgezahlt – und lassen Sie sich hier nur ja nie wieder blicken!«

»Sie brauchen doch nicht gleich so grob zu werden, Mr. Riley.«

»Und sollte ich Sie je wieder vor meiner Tür erwischen, schmeiße ich Sie eigenhändig von diesem Balkon herunter. Haben Sie das kapiert?«

Bert Wallis' anzügliches Lächeln schwand. »Ich habe Ihre Frau nicht gebeten, sich zu verschulden«, begann er, aber Nick schlug ihm die Tür vor der Nase zu.

Die Stimmung im Wohnzimmer war angespannt. Ruby saß auf der Couch, die Hände gefaltet und den Blick auf den Teppich gerichtet, weil sie ihren Mann nicht ansehen konnte.

Sie hätte sich vielleicht besser gefühlt, wenn er getobt, sie angeschrien oder mit allen möglichen Schimpfnamen belegt hätte. Aber die starre Haltung, in der er neben ihr saß, machte ihr viel mehr Angst. Sie konnte die stumme Wut spüren, die durch jeden Zentimeter seines Körpers pulsierte.

»Das hättest du nicht tun sollen. Wie konntest du mich derart hintergehen? Ich hatte dir gesagt, dass ich keine Schulden machen will, und trotzdem bist du einfach hingegangen und hast es doch getan.«

»Es tut mir leid«, flüsterte sie. »Und ich verspreche dir, es nie wieder zu tun.«

»Das hast du mir beim letzten Mal auch versprochen«, sagte er mit unüberhörbarer Resignation in seiner Stimme.

»Ich weiß.« Sie brauchte Nick nicht ins Gesicht zu sehen, um zu wissen, dass sie sein Vertrauen zerstört hatte. Und diesmal würde sie es nicht wieder zurückgewinnen. »Danke«, flüsterte sie.

Er seufzte schwer. »Wenn das noch mal vorkommt, kann ich dir nicht mehr aus der Klemme helfen. Das ganze Geld ist weg.«

Sie blickte zu ihm auf. »Doch nicht deine Ersparnisse? Und was ist mit Amerika?«

Nick verzog den Mund. »Sieht nicht so aus, als ob ich da noch hinkommen würde.«

Der düstere Blick in seinen blauen Augen erschütterte sie. »Aber du musst nach Amerika! Wir werden das Geld zurückbekommen, du wirst schon sehen.«

»Wozu? Du hattest recht, es war nichts weiter als ein Wunschtraum.«

»Aber es war dein Traum.«

Und nun hatte sie ihn ihm genommen, so wie sie ihm auch all seine anderen Träume genommen hatte.

KAPITEL DREISSIG

Gleich als Erstes in der Frühe brachte der Pförtner die Morgenzeitungen zur Station hinauf.

Millie hielt das Gesicht von den Zeitungen abgewandt, als sie ihrer Arbeit nachging, um nicht die morgendlichen Schlagzeilen sehen zu müssen. Jeden Tag gab es neue Nachrichten aus Spanien, von explodierenden Bomben, bis auf die Grundmauern niedergebrannten Gebäuden und erschossenen Geiseln. Eines Morgens, das wusste sie genau, würde sie eine Schlagzeile sehen, die verkündete, dass ein junger Reporter ins Kreuzfeuer geraten und getötet worden war.

Doch sosehr sie sich auch bemühte, es zu vermeiden, schafften es die schlechten Nachrichten doch immer wieder, zu ihr durchzudringen.

»Wie ich sehe, haben Francos Truppen noch mehr an Boden gewonnen«, bemerkte ein junger Patient namens Alan Cornish, während er die Titelseite überflog. »Tja, das war's dann wohl. Sieht so aus, als hätten sie einen ausgewachsenen Krieg am Hals.«

»Selber schuld«, murmelte Mr. Tucker, ein anderer Patient, hinter seinem *Daily Sketch*. »Hoffentlich versuchen sie nicht, uns da hineinzuziehen.«

»Aber wir sind involviert«, erwiderte Alan mit tief bewegter Miene. »Seht ihr das denn nicht? Das ist doch bloß der Anfang. Wenn man zulässt, dass die Faschisten die Regierung in Spanien stürzen, was soll sie dann noch daran hindern, sich in ganz Europa auszubreiten?«

»Dazu wird's nicht kommen.« Mr. Tucker schüttelte den

Kopf. »Niemand wünscht sich einen weiteren Konflikt nach allem, was wir im letzten Krieg durchgemacht haben.«

»Jedenfalls wird es zu einer Auseinandersetzung kommen, ob es uns gefällt oder nicht. Ich wünschte nur, ich wäre fit genug, um selbst nach Spanien zu gehen. Ich würde es dem verdammten Franco und seinem Haufen schon besorgen!«

»Ach, seien Sie doch still, Mr. Cornish. Sie haben ja keine Ahnung, wovon Sie reden!«

Erstaunt über Millies Ausbruch, blickten sich beide Männer zu ihr um. Alan Cornishs Gesicht lief rot an. »Ich wäre froh über die Chance, meinen Beitrag zu leisten! Sobald ich hier raus bin, fahre ich rüber und …«

»Dann weiß ich nicht, warum wir uns überhaupt die Mühe geben, Sie zu pflegen, wenn Sie sowieso vorhaben, sich umbringen zu lassen!«

»Geben Sie's ihm, Schwester!« Mr. Tucker lachte. »Er würde nicht so unbedacht daherreden, wenn er wüsste, wie es im Krieg ist. Ich habe zwei Jahre an der Westfront gedient, und ich kann Ihnen versichern, dass das kein Vergnügen war!«

Alan Cornish machte ein beleidigtes Gesicht. Als er jedoch den Mund öffnete, um zu widersprechen, steckte Millie ihm ein Thermometer hinein und brachte ihn zum Schweigen.

Wenigstens Charlie Dawson wollte nicht über den Krieg reden. Er begrüßte sie mit seinem üblichen fröhlichen Lächeln, als sie an sein Bett trat.

»Wie fühlen Sie sich heute Morgen?«, fragte sie.

»Oh, ich kann nicht klagen. Ich hatte zwar ein bisschen Kopfweh beim Erwachen, aber abgesehen davon geht es mir nicht allzu schlecht.«

»Dann wollen wir mal sehen, ja?«

Sie steckte ihm das Thermometer in den Mund und nahm seine Hand, um seinen Puls zu messen. Sein Handgelenk fühlte sich ein wenig aufgedunsen unter ihren Fingern an. »Ihr Puls ist etwas schneller heute Morgen.«

»Das muss daran liegen, dass Sie meine Hand halten!«

»Vorsicht, sonst sage ich Helen, dass Sie mit mir flirten!«

»Helen weiß, dass ich nur Augen für sie habe.«

»Sie kann sich wirklich glücklich schätzen.«

Charlie sah Millie mitfühlend an. »Haben Sie noch nichts von Ihrem jungen Mann gehört?«

»Leider nicht.«

Sie zog die Decken zurück, um Charlies Beine nach Anzeichen von Ödemen zu untersuchen. Als sie seine Pyjamahose hinaufschob, konnte sie sofort sehen, wie straff gespannt und wächsern seine Haut unter den blonden Härchen an seinem Bein war. Die Haut war gespannt und gab nicht nach, als sie mit dem Finger darauf drückte.

»Er wird sicher bald wieder daheim sein«, sagte Charlie mit dem Thermometer in seinem Mund. »Schwester …?«

Millie blickte geistesabwesend auf. »Hm?«

»Ich sagte, er wird bald wieder daheim sein.«

»Das denke ich auch.« Sie lächelte ermutigend, nahm Charlie das Thermometer aus dem Mund und überprüfte es. Zumindest seine Temperatur war normal.

Er beobachtete sie, als sie die Werte in der Tabelle eintrug. »Was meinen Sie, Schwester? Bin ich auf dem Weg der Besserung?«

Millie versuchte, ausnahmsweise einmal nachzudenken, bevor sie sprach. »Diese Dinge brauchen Zeit, Charlie.« Sie hängte die Tabelle wieder an das Fußende seines Betts. »Und nun werde ich dafür sorgen, dass Sie etwas gegen Ihre Kopfschmerzen bekommen.«

Sie wandte sich zum Gehen, aber er rief sie zurück. »Schwester?«

»Ja, Charlie?«

»Es ist doch alles in Ordnung, oder?«

Sein vertrauensvolles Lächeln war wie ein Messerstich in ihr Herz. »Natürlich.«

»Ich meine, es hat sich doch nichts verschlimmert, oder?«

Millie konnte nicht aufhören, an die gespannte Haut unter ihren Fingern zu denken, die ihr keine Ruhe ließ. »Ich sagte doch schon, Charlie, dass diese Dinge Zeit brauchen.«

»Ja ... ja, natürlich.« Sein Lächeln wurde unsicher. »Entschuldigen Sie, Schwester. Das war eine dumme Frage.«

Millie eilte davon und hoffte, dass ihr Gesichtsausdruck ihre Sorgen nicht verraten hatte.

Nick wollte gerade einen Sack Müll die steinerne Treppe zum Keller hinunterbringen, als er Joe Armstrong mit Schwester Willard entdeckte.

Sie standen im Schatten des Pförtnerhäuschens, außer Sichtweite der Stationen und des Büros der Oberin, und unterhielten sich. Während Nick sie beobachtete, blickte Schwester Willard lächelnd unter halb gesenkten Wimpern zu ihm auf, und Joe streckte die Hand aus und strich ihr eine lose Haarsträhne aus dem Gesicht.

Nick starrte das arrogante, gutaussehende Profil des Mannes an, und das Blut dröhnte in seinen Ohren. Er musste seine Selbstbeherrschung aufbieten, um nicht schnurstracks zu ihnen hinüberzugehen und Joe niederzuschlagen.

Er zwang sich, abzuwarten, bis Schwester Willard sich auf den Weg zur Notaufnahme machte. Auch Joe wandte sich ab und ging, zufrieden vor sich hin lächelnd, auf die Tore zu. Sein selbstgefälliges Grinsen verging ihm jedoch, als Nick sich plötzlich vor ihn stellte.

»Auf ein Wort, Armstrong.«

Joe blickte auf den Müllsack in Nicks Händen und schaute ihm dann wieder ins Gesicht. »Haben Sie nichts anderes zu tun?«, stichelte er.

Nick ignorierte den Spott. »Was läuft da zwischen Ihnen und dieser Schwester?«

»Welcher Schwester?«

»Treiben Sie keine Spielchen mit mir. Ich spreche von der Blondine aus der Notaufnahme, mit der ich Sie gerade reden sah.«

»Sie meinen Schwester Willard?« Joe zuckte mit den Schultern. »Was ist mir ihr?«

»Weiß Dora, dass Sie hinter ihrem Rücken mit einer anderen herummachen?«

Ein höhnisches Lächeln erschien auf Joes Gesicht. »Sie sind mir der Richtige, um über herummachen zu reden! Was ist denn mit Ihnen und Ihrer Frau?«

Nick trat einen Schritt auf ihn zu. »Sie sollten Dora besser nicht verletzen«, warnte er.

»Oder was? Was könnten Sie schon dagegen tun?« Joe warf ihm einen vernichtenden Blick zu. »Sie sollten einen Polizisten besser nicht bedrohen, oder Sie könnten sich in Schwierigkeiten bringen, Kumpel.«

»Ich bin nicht Ihr Kumpel. Und ich habe auch keine Angst vor Ihnen.«

»Das sollten Sie aber.«

»Ach ja?«

Joe baute sich vor ihm auf. »Sehen Sie diese Uniform? Sie bedeutet, dass ich die Macht habe, Ihnen das Leben zur Hölle zu machen, wenn ich will.«

»Ihre Uniform macht mir keine Angst.«

»Dann sind Sie noch dümmer, als ich dachte.«

»Alles in Ordnung, Nick?«, hörte er Harry Fishmans Stimme

hinter sich. Der Wortwechsel hatte ihn und ein paar andere Dienstmänner veranlasst, aus dem Pförtnerhäuschen herauszukommen, um nachzusehen. »Was ist hier los?«

»Nichts. Ich hab mich nur mit dem Wachtmeister hier unterhalten.«

Joe schürzte die Lippen. »Wenn Sie Ihre Freunde hinter sich haben, sind Sie mutig, was?«

»Ich brauche die Hilfe meiner Freunde nicht, um mit Ihresgleichen fertigzuwerden, das können Sie mir glauben.«

»Sie sollten sich besser wieder auf den Weg machen«, sagte Harry und trat neben Nick. »Müssen Sie keine Verbrecher fangen?«

»Ich habe Besseres zu tun, als hier herumzuhängen, darauf können Sie sich verlassen.« Joe wandte sich wieder an Nick. »Übrigens haben Sie da was falsch verstanden. Ich bin nicht mehr mit Dora zusammen.«

Nick starrte ihn an. »Was?«

»Sie haben mich schon verstanden.« Joe warf ihm einen angewiderten Blick zu. »Sie hat mich abserviert. Und ich glaube, ich weiß auch, warum.« Er trat noch näher an Nick heran. »Nehmen Sie sich lieber in Acht, Freundchen. Denn das nächste Mal sind Ihre Freunde vielleicht nicht in der Nähe!«

KAPITEL EINUNDDREISSIG

»Wie geht es deinem Freund?«

Die Frage kam völlig unerwartet. Helen war sich nicht mal sicher, ob sie an sie gerichtet worden war, bis sie aufblickte und Amy Hollins' fragenden Blick sah. Sie waren beide gerade von ihren jeweiligen Nachtschichten gekommen und saßen ein wenig befangen zusammen an einem ansonsten leeren Frühstückstisch.

»Er heißt Charlie, oder?«, sagte Amy.

»Ja.« Helen verkrampfte sich innerlich, als sie auf die spitze Bemerkung wartete, die nun folgen würde. Doch stattdessen sah sie aufrichtiges Mitgefühl in Amy Hollins' Blick.

»Ich hörte, er sei auf der Judd. Wie macht er sich?«

»Er … es geht aufwärts mit ihm, danke.«

»Das ist gut. Es muss dir große Sorgen bereiten.« Wieder wartete Helen auf die zu erwartende Spitze, aber sie kam nicht. Amys hübsches Gesicht drückte nichts als Sorge aus, als sie Helens Blick erwiderte.

»Wir waren beide auf der Chirurgischen Männerstation, als du ihn das erste Mal gesehen hast, nicht wahr? Nach seinem Unfall?« Helen nickte. »Er ist so ein netter Kerl«, erinnerte Amy sich. »Immer so freundlich und zuvorkommend. Nicht wie einige der grantigen alten Gesellen, denen man in unserem Beruf begegnet.« Sie griff über den Tisch und tätschelte Helen die Hand. »Richte ihm meine besten Wünsche aus, ja? Und falls ich irgendetwas für dich tun kann, brauchst du nur zu fragen …«

»Danke.« Helen starrte auf Amys Hand herab, die noch auf

ihrer Hand lag. Am liebsten hätte sie hineingekniffen, nur um sicherzugehen, dass sie nach ihrer anstrengenden Nachtschicht nicht etwa eingeschlafen war und träumte.

Erst als sie nach dem Frühstück zu ihrem Zimmer im Nachtschwesternbereich zurückging, verstand Helen, warum Amy so mitfühlend gewesen war. Im Spiegel sah sie, wie vollkommen erledigt sie aussah. Seit Charlies Einlieferung hatte sie versucht, mit einem Minimum an Schlaf zurechtzukommen. Schwestern, die Nachtdienst machten, durften allerfrühestens um zwölf Uhr mittags aufstehen, und viele von ihnen schliefen gerne noch länger. Helen fiel es jedoch schwer, überhaupt zu schlafen. Sie saß gewöhnlich schon lange vor Mittag auf ihrem Bett und wartete darauf, dass es zwölf Uhr wurde, um aufstehen und Charlie besuchen zu können.

Doch die Tage ohne Schlaf hatten dunkle Ringe unter ihren braunen Augen hinterlassen, und wenn sie ihre Haube abnahm, fiel das Haar ihr in kraftlos herabhängenden Strähnen ums Gesicht. Ihre Glieder waren bleiern vor Müdigkeit, und trotzdem wusste sie, dass sie wieder hellwach sein würde, sobald ihr Kopf das Kissen berührte.

Sie sagte sich, dass sie nichts tun konnte, dass sie sich unbedingt ausruhen musste, damit sie später munter genug sein würde, um Charlie gegenüberzutreten. Doch selbst wenn sie aus purer Erschöpfung einmal einschlief, schreckte sie schon ein paar Minuten später wieder auf, weil sie glaubte, ihn nach ihr rufen zu hören.

Punkt zwölf Uhr mittags, nachdem sie fünf Stunden lang den abblätternden Gips an der Zimmerdecke angestarrt hatte, machte Helen sich schnurstracks auf den Weg zur Urologie.

Schwester Judd nickte ihr zu, als sie hereinkam, sagte aber nichts. Nicht einmal Stationsschwester Strickland versuchte noch, sie aufzuhalten. Beide hatten sich damit abgefunden, dass

Helen so oder so kam, ob es ihnen passte oder nicht, und sie hatten beschlossen, ihre Besuche zu nutzen, statt sich darüber zu beklagen. Denn während sie da war und sich um Charlie kümmerte, hatten die anderen Schwestern auf der Station zumindest eine Aufgabe weniger.

Sein Bett war heute hinter Trennwänden verborgen. Helens Herz begann vor Furcht wie wild zu pochen, bis sie Millie herauskommen sah, die einen Wagen mit einer Schüssel Wasser, Seife, Waschlappen und Handtüchern vor sich herschob.

Sie lächelte, als sie Helen sah. »Oh, hallo. Du kommst früh heute.«

»Ich bin gekommen, sobald ich konnte.« Sie nickte zu den Trennwänden hinüber. »Wie geht es ihm?«

»Ich habe ihn gerade gewaschen und frisiert, er sieht also sehr anständig aus.«

Helen sah ihre Freundin prüfend an. »Und wie ist seine körperliche Verfassung? Bei ihm sollte doch heute Morgen ein Blutbild gemacht werden. Sind die Ergebnisse schon da?«

»Du weißt, dass du solche Fragen nicht stellen sollst.« Millies Lachen war schrill vor Anspannung. »Und du sollst auch nicht in seinen Krankenblättern herumschnüffeln. Schwester Judd wird an die Decke gehen, wenn sie dich dabei erwischt.«

»Bist du das, Helen?«, rief Charlie von der anderen Seite der Trennwände.

»Ich bin gleich bei dir, Charlie.« Helen wandte sich wieder Millie zu. »Wie geht es ihm wirklich? Was hat der Arzt gesagt? Werden Sie es mit einer Serumtherapie versuchen?«

»Woher soll ich das wissen? Uns Lernschwestern sagt doch niemand was.«

»Benedict …«

»Ist das Strickland, die mich ruft? Ich muss gehen.« Und schon flitzte Millie mit ihrem Wagen die Station hinunter.

»Benedict hatte es ganz schön eilig«, bemerkte Helen, als sie an den Trennwänden vorbei zu Charlie ging.

»Sie hat bestimmt bloß viel zu tun.«

»Hm.« Helen war sich da nicht so sicher. Millie hatte eher schuldbewusst gewirkt, als sie davongeeilt war.

»Bist du sicher, dass du sie nicht verärgert hast?«, scherzte sie.

»Nicht mehr als sonst.« Charlies Lächeln hatte etwas Erzwungenes, und sein Gesicht sah zwischen den schneeweißen Kissen stark gerötet aus.

Helen griff nach dem Krankenblatt, das am Fußende seines Bettes hing. »Wie fühlst du dich?«, fragte sie.

»Muss das sein?« Eine ungewohnte Schärfe schwang in seiner Stimme mit. »Es kommen genug Leute herein und starren diese Papiere an! Ich bin nicht dein Patient, Helen.«

»Natürlich. Entschuldige bitte.« Sie steckte das Krankenblatt in seine Halterung zurück und setzte sich auf den Stuhl neben seinem Bett. »Wie geht es dir, Charlie?«

»Besser als dir, scheint mir.« Er wandte ihr das Gesicht zu, um sie genauer anzusehen. »Wann hast du das letzte Mal ein bisschen Schlaf bekommen?«

»Ich habe Nachtdienst, da ist es immer schwer zu schlafen.«

»Und ich wette, dass du auch nicht genügend isst.«

Sie lachte »Ich bin's, die sich Sorgen um dich machen sollte, oder hast du das bereits vergessen?« Sie griff in ihre Tasche. »Ich habe den *East London Observer* mitgebracht, um dir etwas daraus vorzulesen. Ich weiß doch, dass du dich für die Ergebnisse der Speedway-Rennen interessierst.« Sie schlug die Zeitung auf. »In Harringay fanden gestern Abend einige Rennen statt, also wird hier vielleicht irgendwo etwas darüber stehen …«

»Ich meine es ernst, Helen. Du solltest nicht so viel Zeit mit mir verbringen. Es wäre besser, wenn du stattdessen für deine Abschlussprüfung lernen würdest.«

Helen lachte und blätterte weiter in der Zeitung, um die Sportseiten zu finden. »Jetzt hörst du dich wie meine Mutter an!«

Charlie streckte seine Hand aus, und seine Finger schlossen sich um ihre. Es beunruhigte sie, wie kraftlos sich sein Griff anfühlte. »Herrgott noch mal, Helen – würdest du das bitte lassen und mir zuhören? Ich versuche, dir etwas zu sagen …«

Sie ließ die Zeitung auf ihren Schoß fallen. Er hatte sie noch nie so angefahren, und das machte sie nervös. »Was denn, Charlie?«

Er schwieg für einen Moment. Nun, da er ihre Aufmerksamkeit hatte, schien er nicht zu wissen, wie er fortfahren sollte. Doch schließlich holte er tief Luft und sagte: »Ich habe lange darüber nachgedacht, und … ich will nicht, dass du weiter zu mir kommst und mich besuchst.«

»Charlie!«

»Es ist mir ernst damit, Helen. Ich glaube, dass es weder dir noch mir guttut, wenn du die ganze Zeit hier bist«, sagte er und wandte das Gesicht von Helen ab.

»Aber ich will hier sein!«

»Tja, aber ich will dich hier nicht haben!«

Sie starrte ihn betroffen an. »Das kann doch nicht dein Ernst sein?«

»Oh doch, das ist es.« Nun zog er auch seine Hand zurück. »Deine Mum hat recht. Wir gehören nicht zusammen, haben nie zusammengehört. Es wäre für uns beide besser, uns zu trennen.«

Da sein Gesicht immer noch von ihrem abgewandt war, konnte sie seine Augen nicht sehen. Das ist nicht Charlie, der da spricht, dachte sie. Das kann nicht sein. »Hör auf damit, Charlie«, bat sie. »Wenn das ein Scherz sein soll, ist er überhaupt nicht lustig …«

»Ich scherze nicht«, sagte er entschieden. »Ich will, dass du jetzt gehst und nicht mehr wiederkommst.«

Draußen vor den Trennwänden konnte sie die üblichen Geräusche des Stationslebens vernehmen: das Klappern eines Rollwagens, der an den Trennwänden vorbeigeschoben wurde, gedämpfte Stimmen, Leute, die ihren Aufgaben nachgingen und nichts davon bemerkten, dass ihre Welt zusammenbrach.

Sie konnte es einfach nicht glauben, all das war viel zu irreal.

»Also gut«, sagte sie schließlich und kämpfte gegen das Zittern in ihrer Stimme an. »Ich gehe, wenn es das ist, was du willst. Aber zuerst wirst du es mir ins Gesicht sagen müssen.«

»Helen …«

»Auch ich meine es ernst, Charlie. Wenn du mir schon das Herz brichst, kannst du mir wenigstens dabei in die Augen schauen.«

Er rührte sich nicht. »Geh einfach«, sagte er müde. »Bitte.«

Helen starrte sein grimmiges Profil an. »Ich werde nirgendwohin gehen, bevor du mir gesagt hast, warum du mir das antust«, sagte sie. »Du kannst mich nicht belügen, Charlie Dawson, dafür kenne ich dich zu gut. Deshalb kannst du mich auch nicht ansehen, nicht wahr? Weil du Angst hast, dass ich dann die Wahrheit sehe.«

»Du willst die Wahrheit wissen?« Langsam wandte er den Kopf und sah sie an, und sie konnte Tränen in seinen Augen glitzern sehen. »Ich sterbe, Helen.«

Es war, als ob sie kopfüber in eisiges Wasser gestürzt würde. Sie schnappte nach Luft und kämpfte verzweifelt um Beherrschung. »Nein, das tust du nicht!«

Einer seiner Mundwinkel verzog sich zu einem bitteren Lächeln. »Du weißt es ebenso gut wie ich, Helen Tremayne. Mein Zustand bessert sich nicht, und ich glaube nicht, dass sich das ändern wird.«

»Aber …« Sie unterbrach sich. Er hatte recht. Sie kannte die Zahlen aus seinem Krankenblatt, und sie hatte gesehen, wie er Tag für Tag kämpfte, auch wenn er alles getan hatte, um dieses Wissen zu verdrängen. Er sprach auf keine Behandlung an, und seine Glieder waren geschwollen, weil seine Nieren ihre Aufgabe nicht mehr erfüllten. Sie wollte gar nicht daran denken, was als Nächstes geschehen würde, obwohl sie es in den Büchern oft genug gelesen hatte. »Es besteht noch Hoffnung«, flüsterte sie. »Es gibt so viele verschiedene Behandlungen, mit denen es die Ärzte noch versuchen können. Und manchmal bessern sich Entzündungen wie deine auch ganz von allein …«

»Aber in den meisten Fällen eben nicht.« Er rang sich ein schiefes Lächeln ab. »Weißt du, ich mag zwar nicht deine Bildung haben, Helen, aber ich bin nicht dumm. Ich weiß, was mit mir los ist, und ich möchte nicht, dass du das durchmachen musst. Ich will nicht, dass du mich sterben siehst.«

»Ich habe dir doch gesagt, dass du nicht sterben wirst!«

Eine Träne rollte über Charlies Wange und versickerte im Kissen. »Bitte, Helen!«, flehte er. »Mach es mir nicht noch schwerer, als es ohnehin schon ist. Glaub mir, es erfordert meine ganze Kraft, dir das zu sagen. Aber ich muss tun, was richtig ist.«

»Wie kann es richtig sein, mich wegzuschicken, wenn ich nichts anderes will, als bei dir zu sein?«

»Was könnte ich denn sonst tun?«

»Mich heiraten!«, entfuhr es ihr. Die Worte waren heraus, bevor sie Zeit gehabt hatte zu überlegen. Doch sobald sie ausgesprochen waren, begriff sie, dass es das war, was sie wollte.

»Ich soll … was?« Charlie versuchte, den Kopf zu heben, und seine Augen weiteten sich vor Erstaunen.

»Mich heiraten. Das ist das einzig Richtige, Charlie«, drängte sie. »Ich will mit dir zusammen sein. Ganz gleich, was auch geschehen mag, ich will, dass wir es zusammen durchstehen.«

Seine blauen Augen hielten für einen Moment lang ihren Blick, aber dann schüttelte er den Kopf. »Das können wir nicht tun.«

»Oh doch! Ich rede ja nicht von einer großen kirchlichen Hochzeit oder ähnlichem Trara. Wir könnten einen Priester kommen lassen, um uns gleich hier an deinem Bett trauen zu …«

»Ich rede nicht von der Hochzeit. Was ich sagen wollte, ist, dass ich dich nicht heiraten werde, um dich zur Witwe zu machen.«

»Das wird nicht geschehen«, sagte Helen entschieden. »Und wenn es so sein sollte«, fügte sie schnell hinzu, als er widersprechen wollte, »selbst dann ist es das, was ich will. Ich will bei dir sein, Charlie. In guten wie in schlechten Zeiten.«

»In Gesundheit und in Krankheit?«, fragte er leise.

Sie nickte. »In Gesundheit und in Krankheit.«

Er sah sie lange schweigend an. »Dir ist doch wohl klar, dass deine Mutter mich umbringen wird?«, sagte er dann. »Selbst wenn ich wie durch ein Wunder diese Krankheit überleben sollte?«

Helen lächelte ihn an. »Ist das ein Ja?«

Er schüttelte verwundert den Kopf. »Mir war nie bewusst, dass du so energisch sein kannst, Miss Tremayne.«

»Oh ja, das bin ich, wenn ich etwas will.«

»Wir haben nicht mal einen Ring.«

»Warte einen Moment.« Sie schlüpfte zwischen den Trennwänden hinaus und blickte sich suchend auf der Station um.

»Haben Sie etwas verloren, Miss?« Der Patient im nächsten Bett, Mr. Tucker, blickte von seiner Zeitung auf.

»Das werde ich erst wissen, wenn ich es gefunden habe …« Helens Blick fiel auf den Aschenbecher auf seinem Nachttisch. »Rauchen Sie vielleicht zufällig?«

Mr. Tucker grinste schuldbewusst. »Nur wenn die Oberschwester nicht hinschaut. Warum? Möchten Sie eine Zigarette haben?«

»Nein, aber ich würde mir gern Ihr Päckchen ausleihen, falls Sie nichts dagegen haben?«

Er griff in seine Nachttischschublade und zog ein Päckchen heraus. »Hier, meine Liebe, bedienen Sie sich. Aber lassen Sie sich nicht von der Oberschwester erwischen, denn sonst können Sie sich auf etwas gefasst machen!«, schloss er grinsend.

»Danke.« Helen öffnete das Päckchen und riss einen Streifen von dem Silberpapier ab, bevor sie es zurückgab. Mr. Tucker beobachtete sie neugierig.

»Und was wollen Sie mit dem Papier?«

Helen lächelte ihn schelmisch an. »Das werden Sie schon noch herausfinden.«

Charlie wandte sich ihr zu, als sie zu ihm zurückkam. »Du siehst ja sehr zufrieden aus.«

»Ich habe meinen Ring, schau her!« Sie wickelte das Silberpapier um ihren Ringfinger und hob die Hand, um ihn Charlie zu zeigen.«

Charlie betrachtete ihn skeptisch, bevor er Helen wieder ansah. »Das ist nicht viel«, sagte er.

»Es ist alles, was ich brauche.« Sie nahm das Papier wieder von ihrem Finger und reichte es Charlie. »Aber du musst es richtig machen.«

Er lachte trocken. »An alldem ist überhaupt nichts Richtiges.«

»Das ist mir egal«, erklärte Helen. »Du musst mich trotzdem fragen.«

»Helen …«

»Frag mich bitte, ja?«

Er seufzte und nahm den Silberpapier-Ring entgegen. »Ich kann aber nicht vor dir niederknien.«

»Das macht nichts. Ich werde es mir einfach vorstellen.«

Er zögerte. »Bist du dir auch wirklich sicher?«

»Natürlich … oder kannst du das Bett doch verlassen?«

»Ich meinte den Heiratsantrag. Bist du sicher, dass du mich heiraten willst?«

»Ich war mir noch nie im Leben einer Sache sicherer.«

»Nun gut«, seufzte er. »Helen Tremayne, möchtest du meine Frau werden?«

»Ja, bitte!« Sie merkte, wie sehr ihre Hand zitterte, als sie sie Charlie hinhielt, damit er ihr den Ring ansteckte.

Er war nicht annähernd so hübsch wie Millies erlesene Smaragde oder Brenda Bevans Solitär, trotzdem war sie das stolzeste und glücklichste Mädchen der Welt, als sie ihren Silberpapier-Ring ins Licht hielt.

»Stell dir nur vor«, sagte sie. »Ich werde Mrs. Charlie Dawson sein.«

Charlie schüttelte den Kopf. »Dir ist doch wohl bewusst, dass wir es vielleicht nicht mal bis zur Hochzeit schaffen werden?«

Helen warf ihm einen wissenden Blick zu. »Oh doch, das werden wir«, sagte sie. »Du hast mir ein Versprechen gegeben, und so einfach lasse ich dich nicht gehen!«

KAPITEL ZWEIUNDDREISSIG

Es war eine Erleichterung zu sehen, dass Esther Gold nicht nur aufrecht in ihrem Bett saß, sondern auch schon wieder sehr gesund aussah.

»Ich wette, ich sehe schrecklich aus, oder?«, sagte sie zu Dora. »Ich habe mich noch nicht getraut, in einen Spiegel zu schauen.«

»Sie sehen hübsch aus«, versicherte ihr Dora. Und sie sah auf jeden Fall schon sehr viel besser aus als vor ein paar Wochen. Das hässliche Schwarz und Violett der Prellungen und Schwellungen in ihrem Gesicht war mittlerweile zu einem schwachen Gelb verblasst, auch wenn die noch frische Narbe an ihrer Wange eine Erinnerung an die Misshandlungen war, die sie erlitten hatte.

Esther lächelte ein bisschen spöttisch. »Da wäre ich mir nicht so sicher. Selbst bevor dies alles hier geschehen ist, hat noch nie jemand zu mir gesagt, ich wäre hübsch. Aber ich lebe noch, und das ist das Einzige, was zählt.«

»Und es geht Ihnen bestens, sagt der Doktor. Er ist sehr zufrieden mit Ihnen«, sagte Dora. »Ihr Sehvermögen, Ihr Gehör und Ihre Sprache sind völlig normal, und Sie haben auch Ihre Erinnerung zurückerlangt.«

»Ja, das hab ich.« Ein Schatten fiel über ihr Gesicht wie eine Wolke, die sich vor die Sonne schob. »Obwohl ich zugeben muss, dass es einige Dinge gibt, die ich lieber vergessen würde.«

Dora drückte mitfühlend ihre Hand. Die Narben an Esthers Gesicht und Körper mochten verheilen, aber sie wusste, dass es andere Narben gab, die weder zu sehen waren noch von den

Ärzten geheilt werden konnten. Laut Bericht der Nachtschwester wachte Esther oft schreiend auf und musste beruhigt werden.

»Ich werde dir etwas erzählen, was ich nicht vergessen habe«, sagte Esther. »Ich weiß sehr wohl, dass ich mich bei dir bedanken muss, weil du mir das Leben gerettet hast.«

Dora errötete. »Das habe ich nicht.«

»Da habe ich aber etwas anderes gehört. Du bist eine Heldin, Dora. Ich weiß nicht, was aus mir geworden wäre, wenn du mich in jener Nacht nicht gefunden und diese Männer vertrieben hättest.«

»Ich bin bloß froh, dass ich zufällig vorbeigekommen bin.«

»Es gibt viele, die einfach weitergegangen wären und sich nicht eingemischt hätten«, sagte Esther grimmig. Dann fügte sie hinzu: »Heute Morgen war die Polizei hier, um mich zu befragen. Sie wollten in allen Einzelheiten hören, was in jener Nacht geschehen ist.«

Doras Kehle war plötzlich wie zugeschnürt. »Und was haben Sie ihnen erzählt?«

»Nichts. Nur, dass ich mich an nichts erinnern kann.«

Dora runzelte die Stirn. »Sind Sie sicher? Die Ärzte meinten, mit Ihrem Gedächtnis sei alles in Ordnung …«

Esther setzte eine sehr entschiedene Miene auf. »Aber es war dunkel, und ich konnte ihre Gesichter nicht erkennen.«

Dora zögerte. Sie wollte ihre Familie beschützen, doch sie konnte Esther nicht belügen. Nicht, wenn es bedeutete, dass ihre Angreifer ungestraft davonkamen.

Und so holte sie tief Luft. »Miss Gold, es gibt da etwas, was ich Ihnen erzählen muss. Es handelt sich um meinen Bruder Peter …«

»Außerdem will ich all das einfach nur hinter mir lassen und vergessen«, fiel Esther ihr ins Wort. »Gottes Wege sind unerforschlich, und ich bete dafür, dass die Männer, die das getan haben, ihre Tat bereuen und ihr Verhalten ändern.«

Sie wechselten einen Blick, und Dora verstand plötzlich.

Erleichtert nickte sie. »Das hoffe ich auch«, sagte sie. »Und danke«, fügte sie leise hinzu.

»Du brauchst mir nicht zu danken, *bubele*. Sorg einfach nur dafür, dass etwas Gutes daraus entsteht, ja?«

»Das werde ich«, versprach Dora.

Esthers Blick glitt zu der großen Blumenvase auf ihrem Nachttisch. Es war nicht schwer zu erraten, von wem die Blumen waren.

»Wie ich sehe, war Dr. Adler wieder einmal zu Besuch bei Ihnen?«

Esther errötete wie ein junges Mädchen. »Er ist sehr aufmerksam gewesen«, sagte sie. »Und es war eine solche Erleichterung für mich zu wissen, dass er meinem Vater beigestanden hat. Damit hat er eine große Last von mir genommen.«

»Dr. Adler muss sehr angetan von Ihnen sein.«

Esther senkte ihren Blick. »Das weiß ich nicht. Ich meine, selbst in meinen besten Momenten war ich keine Schönheit, aber jetzt …« Ihre Hand glitt zu der Narbe an ihrer Wange. »Er hätte wirklich jemand Besseren verdient«, sagte sie.

»Ich glaube nicht, dass Dr. Adler das so sieht.«

»Habe ich meinen Namen gehört?«

Sie drehten sich um und sahen Dr. Adler lächelnd auf sie zukommen. Dora bemerkte, dass Schwester Everett ihm nacheilte und den jüngeren Schwestern hastig Anweisungen erteilte, wobei sie sichtlich verstimmt darüber war, von ihren Aufgaben abgehalten zu werden. Aber die Anwesenheit eines Arztes auf der Station erforderte schließlich die Einhaltung eines gewissen Protokolls.

Doch sie schien noch verärgerter zu sein, als Dr. Adler sie mit einem gutgelaunten Winken entließ. »Schon gut, Schwester, ich bin nicht hier, um Sie zu kontrollieren. Ich bin nur gekommen, um Miss Gold zu besuchen.«

Dora und Esther wechselten amüsierte Blicke.

»Sie sollten wirklich aufhören, den Tagesablauf der Oberschwester durcheinanderzubringen, Dr. Adler!«, schalt ihn Esther. »Die Besuchszeiten sind sonntags nachmittags von zwei Uhr an, wie Ihnen sehr wohl bewusst sein dürfte.«

»Dies ist kein Besuch«, erklärte er mit ernster Miene. »Ich bin hier, um nach meiner Patientin zu sehen.«

»Ich kann mich aber nicht erinnern, Ihren Namen auf meinem Krankenblatt gesehen zu haben?«

»Dann schaue ich eben nach meiner früheren Patientin.«

»Und Sie haben die Angewohnheit, all Ihre früheren Patienten zu besuchen? Das muss Sie aber sehr viel Zeit kosten.«

»Ich kann es nicht ändern, dass ich mit Leib und Seele Arzt bin.« Er lächelte. »Wie fühlen Sie sich heute, Esther – Miss Gold, meine ich?«

»Schon viel besser, danke.«

»Das sind wunderbare Neuigkeiten.« Dora warf Dr. Adler einen raschen Blick zu. Sein Lächeln war freundlich und verbindlich, aber es vermochte den Ausdruck der Erleichterung in seinem Gesicht nicht zu verbergen.

»Ich sagte Dora gerade, wie dankbar ich Ihnen dafür bin, dass Sie auf meinen Vater achtgeben«, fuhr Esther fort.

»Ich bin gern mit ihm zusammen«, sagte Dr. Adler. »Er hat mir beigebracht, Backgammon zu spielen. Nur bin ich leider kein besonders guter Schüler, glaube ich«, fügte er bedauernd hinzu. »Sie scheinen jedenfalls ein sehr viel ebenbürtigerer Gegner für ihn zu sein.«

Esther lachte. »Das ist kein Wunder, da ich es schon als Kind gespielt habe.« Dann fragte sie zögernd: »Vielleicht würden Sie

Ihren Unterricht ja gerne fortsetzen, wenn ich wieder zu Hause bin? Mein Vater würde sich ganz sicher freuen, einen weiteren Mann im Haus zu haben. Vorausgesetzt, dass Sie Lust dazu haben, meine ich?«, fügte sie schnell hinzu und errötete noch heftiger. »Natürlich könnte ich gut verstehen, wenn Sie zu beschäftigt wären. Immerhin müssen Sie sich um viele Patienten kümmern, und ich weiß, dass wir schon viel zu viel von Ihrer Zeit beansprucht haben …«

»Ich würde sehr gerne kommen«, unterbrach Dr. Adler ihren Wortschwall. »Aber wäre es vielleicht möglich, dass Sie den Unterricht übernehmen? Ich befürchte nämlich, dass Ihr Vater mein mangelndes Können recht ermüdend findet.«

»Es wäre mir ein Vergnügen, Dr. Adler.«

Dora zog sich diskret zurück und überließ die beiden ihrer eigenen Gesellschaft.

Das Ergebnis der Blutuntersuchung kam kurz vor dem Mittagessen aus der Pathologie zurück.

Millie stand am Ende der Reihe von Schwestern, als sie zusahen, wie Dr. Latimer Charlie untersuchte. Er war von eifrig aussehenden Studenten umringt, die alle die Hälse reckten, um besser sehen zu können.

Charlie blickte zu ihr herüber und verzog das Gesicht. Millie zwang sich, das Lächeln zu erwidern. Ihr Mund war so angespannt, dass ihre Wangen schmerzten, und am liebsten wäre sie in Tränen ausgebrochen.

»Der Patient wurde mit akuter diffuser Glomerulonephritis eingeliefert«, erklärte Dr. Latimer seinen Studenten. »Trotz der Behandlung hat er seitdem Ödeme entwickelt, sein Blutharnstoffspiegel ist bis auf 150 mg/dl angestiegen, und er klagt über Kopfschmerzen und Muskelschwäche. Was lässt das vermuten?«

»Ähm … Harnvergiftung, Sir?«, schlug einer der jungen

Männer zögernd vor. Millie schluckte hart, versuchte aber, eine ausdruckslose Miene zu bewahren, da sie wusste, dass Charlie sie beobachtete.

»Genau. Und was ist die empfohlene Behandlung?« Dr. Latimer musterte die kleine Gruppe ungeduldig. »Na, kommen Sie schon! Einer von Ihnen müsste doch nun wirklich eine Ahnung haben?«

»Schwitzkuren und Einläufe, Sir?«, sagte schließlich jemand.

Der Arzt stieß einen leidgeprüften Seufzer aus. »Was glauben Sie denn, was diese armen Schwestern seit seiner Einlieferung getan haben? Ihm die Hand gehalten?« Er warf seine dichte Haarmähne zurück. »Also kann mir niemand eine passende Behandlung für den armen Mr. –« er warf einen Blick auf seine Notizen – »Dawson vorschlagen? Ich muss schon sagen, dass mich das sehr enttäuscht, um nicht zu sagen, bestürzt, was die Zukunft unserer Patienten angeht.«

Ein etwas unordentlich aussehender junger Mann im Hintergrund der Gruppe räusperte sich nervös. »Wie wäre es mit einem Aderlass, Sir?«

»Venae sectio! Danke, Mr. Wilson. Endlich mal jemand, der sich die Mühe gemacht hat, ein Fachbuch zu lesen!«

Millie konnte sehen, wie die Ohren des jungen Manns sich röteten vor Stolz, als der Arzt sich an Schwester Judd wandte und sie anwies, den Patienten auf den Eingriff vorzubereiten.

»Was geschieht jetzt?«, fragte Charlie, als Millie später die sterilisierten Instrumente, Tupfer, antiseptische Gaze und Verbände zurechtlegte. Misstrauisch beäugte er das Skalpell und die Zange, die noch im Karbolbad lagen. »Sie werden mir jetzt doch nicht auch noch den Arm abnehmen, oder?«, scherzte er nervös.

»So drastisch wird's nicht werden, keine Bange!« Millie lächelte. »Sie werden Ihnen nur etwas Blut abnehmen. Das könnte helfen, Ihren Harnstoffspiegel zu senken.«

»*Könnte* helfen? Das klingt nicht so, als ob Sie sich da allzu sicher wären«, bemerkte er lachend.

Millie beschäftigte sich damit, Gummimatten und Handtücher auf dem Bett zurechtzulegen, und hielt den Kopf gesenkt. »Sie werden sich danach besser fühlen.«

Sie zuckte zusammen, als Charlie plötzlich ihre Hand ergriff.

»Aber es wird mich nicht am Leben erhalten, oder?«, sagte er mit ernster Stimme.

»Ich … ich …«, stammelte sie.

»Ich habe Ihr Gesicht beobachtet, als der Arzt vorhin hier war. Das hier wird nicht helfen. Nichts wird helfen.«

Millie erhob den Blick zu Charlie. Er lächelte, aber seine blauen Augen waren voller Furcht.

»Ich bin nicht dumm, Schwester. Mir ist klar, dass Sie sich bemüht haben, es zu verbergen, aber ich weiß seit Tagen schon, dass sich bei mir nichts bessern wird.«

Sie wollte das Richtige sagen, um ihn zu beruhigen, aber sie fand einfach keine Worte mehr.

»Charlie, ich … ich weiß nicht …«

»Schon gut, Schwester, Sie brauchen nichts zu sagen. Ich wollte Sie nicht in Verlegenheit bringen.« Er lächelte sie freundlich an. »Was glauben Sie, wie lange ich noch habe?«

Millie zögerte. »Das kann ich nicht sagen«, antwortete sie. »Außerdem dürfen Sie nicht so reden«, fuhr sie fort. »Selbst schwere Infektionen können sich ganz plötzlich bessern. Das Allerwichtigste ist, die Hoffnung nicht aufzugeben, Charlie.«

Er nickte und schien darüber nachzudenken. Er sah so tapfer aus. Millie fragte sich, ob sie sich je so ruhig oder mutig ihrem Schicksal würde fügen können.

»Solange mir wenigstens die Zeit bleibt, Helen zu heiraten …«, sagte er leise. »Ich will sie nicht enttäuschen.«

KAPITEL DREIUNDDREISSIG

Als Dora nach dem Dienst zu ihrem Zimmer zurückging, fand sie dort das reinste Chaos vor. Die Schranktüren standen weit offen, und überall waren Kleider. Sie waren über Betten und Stühle drapiert, lagen in kleinen Haufen auf dem Boden und hingen an der ausgebeulten Gardinenstange. Das Zimmer war eine wahre Farbpalette aus bunten Seidenstoffen, zartem Georgette und prachtvollem Samt.

Helen stand mittendrin und hielt ein austerngraues Kleid aus Crêpe de Chine hoch. »Wie wäre es mit dem?«

Millie hielt den Blick auf den Brief gerichtet, den sie schrieb. »Es ist sehr hübsch«, sagte sie.

»Du sollst mir helfen, aber du schaust nicht mal hin!« Helen wandte sich an Dora. »Was meinst du? Wäre das als Hochzeitskleid geeignet?«

»Es ist wirklich hübsch.« Dora blickte zu Millie hinüber, die auf ihrem Bett lag und am Ende ihres Federhalters kaute. Sie war im ganzen Schwesternheim dafür bekannt, wie gut sie sich darauf verstand, das richtige Kleid für den richtigen Anlass auszusuchen. Millies auserlesene Garderobe, die ihre aristokratische Großmutter speziell für Millies Londoner Saison zusammenstellte, hatte schon so manch einer Lernschwester bei Dinnern, Tanzabenden und Verabredungen gute Dienste erwiesen.

»Frag sie nicht, sie ist heute ein hoffnungsloser Fall!«, seufzte Helen.

»Ich kann immer noch nicht glauben, dass die Oberin dir gestattet hat zu heiraten«, sagte Dora.

»Ihr blieb nicht viel anderes übrig«, sagte Helen mit grimmiger Miene, als sie das Kleid aus Crêpe de Chine zu dem wachsenden Berg auf dem Bett legte. »Ich habe ihr gesagt, dass ich Charlie selbst dann heiraten würde, wenn ich das Krankenhaus dann verlassen müsste. Daraufhin sagte sie, meine Entschlossenheit habe sie überzeugt und sie wolle nicht, dass ich meine Ausbildung so kurz vor der Abschlussprüfung abbrechen würde.«

»Und was macht ihr, wenn Charlie aus dem Krankenhaus entlassen wird?«, fragte Dora.

»Darüber werden wir uns Gedanken machen, wenn es so weit ist.« Helen zog ein blaues Samtkleid aus dem Schrank.

»Zu dunkel für eine Hochzeit«, erklärte Dora. »Es soll doch ein fröhlicher Anlass werden. Meinst du nicht auch, Benedict?«

»Natürlich«, sagte Millie, ohne aufzublicken.

»Da ihr gerade beide hier seid, möchte ich euch um etwas bitten«, sagte Helen und legte das Kleid aufs Bett. »Es ist ein großer Gefallen, und ihr könnt ruhig Nein sagen, wenn ihr nicht wollt …«

»Heraus mit der Sprache!«, sagte Dora lachend.

Helen blickte von ihr zu Millie und wieder zurück. »Ich habe mich gefragt … ob ihr beide wohl bereit wärt, meine Brautjungfern zu sein?«

Dora schob ein Kleid aus Seidenbrokat beiseite und setzte sich auf ihr Bett. »Meinst du das ernst? Du willst uns wirklich als deine Brautjungfern?«

»Es ist etwas kurzfristig, das weiß ich«, sagte Helen. »Aber ihr seid meine besten Freundinnen, und ich würde mich viel besser fühlen, wenn ihr bei mir wärt.«

Dora starrte sie an. Als sie Helen Tremayne vor fast zwei Jahren in ebendiesem Raum zum ersten Mal begegnet war, wäre sie nie auf die Idee gekommen, dass sie einmal Freundinnen werden könnten.

»Es ist nicht schlimm, wenn ihr es euch nicht vorstellen könnt. Aber ich würde es wirklich sehr zu schätzen wissen«, fügte Helen nervös hinzu.

»Natürlich tun wir es!« Dora grinste. »Wir würden uns riesig darüber freuen, nicht wahr, Benedict? Benedict ...«

Sie drehte sich um. Millies Gesicht war wie versteinert, als sie von ihrem Brief aufblickte. »Natürlich«, sagte sie mit ausdrucksloser Stimme. »Wir sind entzückt.«

Dann legte sie ihren Federhalter weg, stand auf und holte ihre Kulturtasche. »Wenn ihr mich jetzt bitte entschuldigt, ich möchte mich fürs Bett bereitmachen.«

Dora folgte ihr auf den Flur hinaus. »Was ist los mit dir?«, zischte sie.

»Ich ... ich weiß nicht, was du meinst.« Millie schaute kaum auf und klemmte ihr Handtuch und ihre Kulturtasche unter den Arm.

»Deine Freundin heiratet, und du machst ein Gesicht wie sieben Tage Regenwetter! Du könntest wenigstens versuchen, ein bisschen erfreuter auszusehen! – He, ich rede mit dir!« Dora griff nach ihr, als sie die Treppe hinuntergehen wollte.

Millie fuhr herum. Ihr Gesicht war schmerzerfüllt, und ihre blauen Augen schwammen in Tränen.

»Was ist? Was hast du?«

»Ach, Doyle!« Eine dicke Träne löste sich und lief ihr über die Wange. »Charlie stirbt.«

Dora ließ sie abrupt los und ließ kraftlos ihre Hände sinken. »Nein!«

»Wir haben die Ergebnisse der Blutuntersuchungen. Er hat eine Urämie entwickelt. Es gibt nichts mehr, was sie für ihn tun können.« Ihre Stimme war heiser vor Bewegung.

»Weiß Tremayne das?«

Millie schüttelte den Kopf. »Ich glaube nicht. Ich meine, sie weiß natürlich, dass er krank ist, aber ich glaube nicht, dass sie sich darüber im Klaren ist, wie ernst es ist. Ich fühle mich schrecklich, wenn ich höre, wie sie ihre Hochzeit plant. Es ist einfach furchtbar traurig, Doyle.«

»Wenn das so ist, wundere ich mich über Charlie«, sagte Dora. »Warum lässt er sie diese ganze Sache durchziehen, wenn er doch weiß, dass er sterben wird? Das kommt mir sehr egoistisch vor, und es passt überhaupt nicht zu ihm.«

»Ich bin die Egoistische.«

Dora drehte sich um. Helen stand im Eingang zu ihrem Zimmer und beobachtete sie. Ihr Gesicht war sehr gefasst.

»Er wollte mich nicht heiraten«, sagte sie. »Ich habe ihn dazu überredet, nachdem ich herausgefunden hatte, wie krank er ist.«

»Du ... du wusstest es?«, fragte Millie.

»Habt ihr wirklich gedacht, ich hätte keine Ahnung? Ich kann auch Krankenblätter lesen, wisst ihr«, sagte Helen mit einem traurigen kleinen Lächeln. »Seit dem Tag, an dem er eingeliefert wurde, habe ich versucht, mir einzureden, es würde alles wieder gut, aber mit der Zeit konnte ich sehen, dass sein Zustand sich nicht besserte.«

Millie brach in Tränen aus. »Oh, das tut mir so leid«, schluchzte sie.

»Pst, weine nicht.« Helen kam zu ihnen herüber und umarmte Millie. »Nicht du, sondern ich bin es, die weinen sollte, du Dummerchen.«

»Warum hast du nichts gesagt?« Dora kämpfte mit sich, um eine ruhige Stimme zu bewahren.

»Weil ich kein Getue wollte«, sagte Helen. »Ich wollte mich einfach nur wie jedes andere Mädchen fühlen, das kurz vor seiner Hochzeit steht. Ich konnte den Gedanken, dass ich den Leuten leidtue, nicht ertragen. Weil es wirklich nicht nötig ist, dass ich euch leidtue«, fügte sie mit einer Spur von Trotz hinzu. »Ich werde den Mann heiraten, den ich liebe, und das macht mich sehr, sehr glücklich.«

Dora blickte ihr prüfend ins Gesicht. Sie wirkte so erstaunlich ruhig und gefasst, dass Dora sich fragte, ob sie selbst jemals so tapfer sein könnte wie Helen Tremayne. »Deshalb hat die Oberin dir ihre Erlaubnis gegeben, nicht wahr?«

Helen nickte. »Wir haben nicht direkt über Charlies Krankheit gesprochen, aber ich weiß, dass sie es versteht.«

Mit Sicherheit, dachte Dora. Ihre Weisheit machte die Oberin allsehend und allwissend.

Millie weinte an Helens Schulter. »Da schaut her, was für ein selbstsüchtiger Idiot ich bin!« schluchzte sie. »Ich müsste es sein, die dich tröstet, und nicht andersherum.«

»Niemand braucht hier jemanden zu trösten.« Helen hielt Millie auf Armeslänge von sich ab. »Ich sagte ja schon, dass ich will, dass ihr euch für mich freut. Und außerdem kann man nie wissen. Vielleicht wird es ja gar nicht so schlimm enden, wie alle hier zu glauben scheinen. Ich werde die Hoffnung jedenfalls nicht aufgeben.«

Während Millie sich an ihrem Handtuch das Gesicht abwischte, gab Dora sich alle Mühe, ihre eigenen Gefühle zu beherrschen. Das Letzte, was die arme Helen brauchen konnte, waren lange Gesichter um sie herum.

»Gibt es irgendetwas, was wir für dich tun können?«, fragte sie.

»Ihr könnt meine Brautjungfern sein. Ihr könnt mit mir vor den Altar treten und unseren Hochzeitstag für Charlie und mich unvergesslich machen.«

Millie schniefte, um ihre Tränen zurückzuhalten. »Das tun wir. Nicht wahr, Doyle?«

»Und ihr könnt damit beginnen, indem ihr mir helft, etwas

zum Anziehen zu finden. Ihr wisst selbst, dass ihr das viel besser könnt als ich.«

Millies Gesicht hellte sich auf. »Überlass das nur mir. Ich werde dir das schönste Kleid der Welt beschaffen!«

»Dann solltest du dich besser beeilen, denn dir bleiben nur noch drei Tage.«

Dora wappnete sich. »Können wir sonst noch etwas für dich tun?«

»Nur meine Freundinnen sein.« Dann lächelte sie plötzlich. »Es sei denn, ihr wollt mir helfen, meiner Mutter die Neuigkeiten beizubringen?«

Millie klappte die Kinnlade herunter. »Du meinst, du hast es ihr noch nicht gesagt?«

Helen schüttelte den Kopf. »Ich fürchte, ich habe es immer wieder aufgeschoben«, gab sie zu. »Aber morgen fahre ich nach Richmond. Und ich glaube nicht, dass meine Mutter so verständnisvoll wie die Oberin sein wird!«

KAPITEL VIERUNDDREISSIG

»Nein. Ich will nichts davon hören.«

Constance Tremayne hielt sich so eisern unter Kontrolle und hatte ihre Hände so steif vor sich verschränkt, dass sie Helen an eine zu fest aufgezogene Uhr erinnerte.

»Nun, ich finde, das sind wundervolle Neuigkeiten!«, brach ihr Vater das angespannte Schweigen. »Herzlichen Glückwunsch, meine Liebe. Charlie ist ein wunderbarer junger Mann.«

»Es ist eine absurde Idee!«, fauchte Constance. »Warum musst du überhaupt so schnell heiraten?« Plötzlich wich die Farbe aus ihrem Gesicht. »Oh, mein Gott! Sag nur nicht, dass du …«

»Aber nein!«, unterbrach Helen sie schnell. »Wir … wir lieben uns nur und wollen zusammen sein, das ist alles.« Sie konnte ihre Mutter nicht ansehen, weil sie überzeugt war, dass sie ihre Lüge sofort durchschauen würde.

»Und ich nehme an, dass das natürlich alles seine Idee war?« Constance rümpfte die Nase. »Es reicht ihm nicht, dich auf sein Niveau herunterzuziehen, jetzt will er auch noch deine Zukunft ruinieren! Ganz zu schweigen davon, dass er dich um eine anständige Hochzeit bringt.«

»Es wird eine anständige Hochzeit sein«, sagte Helen verteidigend und wandte sich an ihren Vater.

»Glaubst du, dass du mich meinem Bräutigam zuführen kannst?«, fragte sie.

Ihr Vater machte ein bedauerndes Gesicht. »Tja, da bin ich mir nicht sicher, Helen.«

Ihr Magen verkrampfte sich. »Wirklich? Ich weiß, dass es sehr kurzfristig ist, aber ich hatte gehofft …«

Timothy Tremayne lächelte. »So hatte ich das nicht gemeint, mein Kind, mach nicht so ein besorgtes Gesicht! Es ist nur so, dass ich gehofft hatte, du würdest mich vielleicht bitten, die Trauung zu vollziehen. Ich würde es verstehen, wenn du schon etwas mit dem Krankenhaus-Kaplan vereinbart hättest, aber seit du geboren wurdest, habe ich mir vorgestellt, dass ich dich eines Tages vielleicht verheiraten dürfte – sozusagen?«

Helen grinste. »Oh Vater, was für eine wunderbare Idee! Daran hatte ich gar nicht zu denken gewagt. Würdest du das wirklich für uns tun?«

»Es wäre mir eine Ehre«, sagte er feierlich. »Und ich bin mir sicher, dass dein Bruder mehr als froh sein würde, dich an meiner Stelle deinem Bräutigam zuzuführen.«

»Oh, Herrgott noch mal! Kümmert es denn hier überhaupt keinen, wie ich über diese … diese Farce denke?«

Beide zuckten zusammen, als Constance aus dem Zimmer stürmte und die Tür hinter sich zuschlug. Gleich darauf hörten sie das Stakkato ihrer schnellen, aufgebrachten Schritte auf dem Flur.

Timothy sah seine Tochter an. »Ich glaube, den Rest können wir uns vorstellen«, sagte er trocken.

»Ich gehe besser zu ihr.« Helen stand auf, aber ihr Vater streckte eine Hand aus, um sie aufzuhalten.

»Nein, lass deine Mutter einen Moment in Ruhe«, riet er ihr. »Lass uns lieber ein Glas Sherry trinken, um die guten Nachrichten zu feiern.«

Helen nippte nur nervös an ihrem Glas. Ihr Vater plauderte mit ihr über die Trauung, aber sie hörte kaum, was er sagte. Ihr Blick war voller Besorgnis auf die Tür gerichtet, weil sie jeden Moment damit rechnete, ihre Mutter wieder hereinstürmen zu sehen.

Schließlich hielt sie es nicht länger aus. »Ich schaue besser doch mal nach, wie es Mutter geht«, sagte Helen und stellte ihr Glas weg.

»Na schön, meine Liebe. Aber lass dich nicht von ihr herunterziehen«, rief ihr Vater. »Ich bin mir sicher, dass sie ihre Meinung ändern wird. Sie braucht nur etwas Zeit, um sich an den Gedanken zu gewöhnen, das ist alles.« Dann runzelte er die Stirn. »Ignorier sie einfach, falls sie zu kratzbürstig wird, hörst du?«

»Keine Angst, das werde ich tun!«

Helen fand ihre Mutter in der Küche, wo sie mit vor der Brust verschränkten Armen rastlos auf und ab ging. Als Helen leise eintrat, wandte ihre Mutter sich ihr mit wutverzerrtem Gesicht zu.

Sogar die Sehnen an ihrem schmalen Hals traten vor Zorn hervor. »Wie konntest du nur?«, fuhr sie Helen an. »Du dummes, dummes Mädchen, wie kannst du so etwas tun, nach allem, was ich für dich getan habe? Dir ist doch wohl klar, dass das das Ende ist? Danach wird es keine Prüfungen oder Qualifikationen mehr geben. Deine ganze Ausbildung war umsonst, du hast deine Zukunft weggeworfen. Du wirst das Krankenhaus verlassen müssen.«

Helen presste die Lippen zusammen, um sich eine Antwort darauf zu verkneifen. Außer Millie, Dora und der Oberin kannte niemand den wahren Grund für ihre überstürzte Heirat, und sie wollte, dass es auch so blieb. Sie ertrug den Gedanken an all die langen Gesichter auf ihrer Hochzeit nicht.

»Das muss ich nicht«, erwiderte sie nur ruhig. »Ich habe mit der Oberin darüber gesprochen, und sie hat eingewilligt, dass ich bis zur Abschlussprüfung bleiben kann.«

»Oh, sie hat also schon eingewilligt?« Constance' Stimme triefte vor Sarkasmus. »Das heißt, du hast mit der Oberin gesprochen, bevor du mich um Rat gebeten hast?«

»Ich hielt es für das Beste«, erwiderte Helen stockend.

»Das Beste?« Constance lachte bitter. »Wenn du an das Beste für dich denken würdest, hättest du absolut nichts mit diesem unmöglichen jungen Mann zu tun. Ich hätte dich nach Schottland verfrachten sollen, als ich noch die Gelegenheit dazu hatte«, murmelte sie vor sich hin.

Sie begann wieder unruhig auf und ab zu schreiten, und Helen machte sich auf noch mehr Wutausbrüche und Gehässigkeit gefasst. Lange brauchte sie nicht zu warten.

»Und was soll nach deinen Abschlussprüfungen werden?«, fauchte Constance. »Hast du darüber nachgedacht, was dann geschieht? Nein, das hast du natürlich nicht getan. Es ist dir einfach vollkommen egal, nicht wahr? Es kümmert dich überhaupt nicht, dass du dir deine Zukunft verscherzt.«

»Charlie ist meine Zukunft«, erwiderte Helen leise und blieb selbst angesichts der erbitterten Vorhaltungen ihrer Mutter ruhig.

»Deine Zukunft!« Constances Gesicht verzerrte sich vor Wut. »Du dummes Ding, du kapierst es wirklich nicht, was? Du *hast* keine Zukunft mehr, wenn du ihn heiratest! Das wird das Ende von allem sein, das Ende deiner Hoffnungen und Träume, das Ende von allem, wofür ich gearbeitet habe …«

Sie klappte den Mund zu, als könnte sie die Worte noch zurückhalten, aber Helen hatte sie bereits gehört.

»Alles, wofür *du* gearbeitet hast?«, wiederholte sie. »Genau darum geht es hier, nicht wahr? Es ist nicht meine Zukunft, um die du dir Sorgen machst. Was ich will, ist dir vollkommen egal. Dich interessiert doch nur, welches Licht es auf dich wirft. Tja, es tut mir leid, Mutter, aber ich bin nun mal kein Hündchen, dem du Tricks beibringen kannst, um die Leute zu beeindrucken. Es geht hier um mein Leben, und ich tue damit, was ich will.«

»Du wirst tun, was dir befohlen wird!« Constance ergriff einen Teller von der Anrichte und schmetterte ihn zu Boden.

Helen starrte sie an. Sie hatte sie noch nie in einer solchen Raserei gesehen. Ihre Mutter hatte ganz und gar die Beherrschung über sich verloren.

»Nein, Mutter, jetzt nicht mehr«, sagte Helen ruhig.

Die Tür sprang auf, und ihr Vater stürmte herein. »Was war das für ein Lärm? Ich hörte ein Getöse …« Dann sah er den zerbrochenen Porzellanteller auf dem Boden. »Was um Himmels willen ist passiert?«

»Es war ein Unfall«, sagte Helen schnell. »Mutter griff nach diesem Teller, und dabei ist er ihr aus der Hand gerutscht. So war es doch, Mutter?«

Constance sagte nichts, aber sie war kreidebleich geworden. Ob aus Wut oder Reue, hätte Helen nicht sagen können, und auf einmal wurde ihr klar, dass es sie auch überhaupt nicht interessierte. Als würde ihr eine schwere Last von den Schultern genommen, erkannte sie plötzlich, dass sie sich um die Launen ihrer Mutter keine Sorgen mehr zu machen brauchte.

»Ich muss gehen«, sagte sie nach einem Blick auf ihre Uhr. »Mein Zug fährt in einer halben Stunde.«

»Ich rufe dir ein Taxi«, erbot sich ihr Vater.

Helen wandte sich ihrer Mutter zu. »Die Hochzeit ist in zwei Tagen, Mutter«, sagte sie. »Ich hoffe, dass du kommen kannst, um deine Tochter heiraten zu sehen.«

»Eher sterbe ich!«, zischte Constance mit schmalen Lippen, die ebenfalls ganz weiß vor Anspannung waren.

»Es tut mir leid, dass du so denkst.« Helen tat einen tiefen, beruhigenden Atemzug. »Aber du wirst mir meinen großen Tag nicht ruinieren. Charlie und ich werden heiraten, ob es dir passt oder nicht.«

Nachdem Helen und die jüngere Lernschwester den allabendlichen Kakao serviert hatten, sahen sie ein letztes Mal nach ihren Patienten, drehten diejenigen um, bei denen es nötig war, massierten sie mit Einreibemitteln oder trugen Packungen auf, klopften Kissen auf und zogen Bettzeug glatt, bevor sie das Licht dämpften und allen eine gute Nacht wünschten. Während ihre jüngere Kollegin dann alle Blumenvasen in den Waschraum hinaustrug, setzte Helen sich an den Schwesternschreibtisch, öffnete das schwere, ledergebundene Buch, das vor ihr lag, und begann im schwachen Schein der grün beschatteten Lampe den Stationsbericht dieser Nacht zu verfassen.

Etwa eine Stunde später verriet ihr der gedämpfte Chor keuchender und schnarchender Geräusche, dass alle Patienten schliefen. Sie überließ es ihrer Kollegin, sie zu überwachen, während sie in die Küche ging, um Teewasser aufzusetzen.

»Ich hätte auch gern eine Tasse, wenn du welchen machst?«

Sie hielt den Kessel noch in der Hand, als sie sich umdrehte und zu ihrem Erstaunen sah, dass Amy Hollins in der Tür stand.

»Ich hatte nicht erwartet, dich hier zu sehen«, sagte Helen, während sie in den Schrank griff, um eine weitere Tasse herauszunehmen.

Amy zuckte lustlos mit den Schultern. »Mir war langweilig.«

»Siehst du deinen Freund heute denn nicht?«

Amy blickte zu ihr auf. »Warum sagst du das?«

»Nur so. Ich hatte bloß gehört, dass du dich manchmal mit ihm triffst, wenn die Patienten alle schlafen?«

»Ach, das hast du gehört, ja? Dann hat diese hinterhältige Kleine aus dem ersten Lehrjahr wohl wieder Geschichten erzählt, nehme ich an?« Amy machte ein verärgertes Gesicht, doch ausnahmsweise ließ Helen sich nicht davon einschüchtern.

»Ich wusste nicht, dass es solch ein großes Geheimnis ist.«

Zu Helens großem Erstaunen ließ Amys Gereiztheit augenblicklich nach. »Entschuldige«, seufzte sie. »Achte gar nicht auf mich. Ich bin bloß völlig fertig heute. Ich wollte nur ein bisschen Gesellschaft haben.«

Du musst ja ganz schön verzweifelt sein, wenn du ausgerechnet zu mir kommst, dachte Helen, während sie am Herd stand und den Kessel anstarrte, als könnte sie das Wasser mit purer Willenskraft zum Kochen bringen. Das Schweigen zwischen ihnen breitete sich aus.

Es war Amy, die es schließlich brach. »Ich wette, du bist schon ganz aufgeregt wegen der Hochzeit?«

Helen lächelte. »Ja. Ja, das bin ich.«

»Ist dir klar, dass du die einzige verheiratete Schwester im Krankenhaus, ja, vielleicht sogar in ganz London sein wirst? Oder im ganzen Land!«

»Daran habe ich noch nie gedacht. Aber so wird es wahrscheinlich sein«, antwortete Helen, als sie den schweren Kessel vom Herd hob und die Teekanne füllte.

»Glaubst du, dass einmal eine Zeit kommen wird, in der alle Krankenschwestern verheiratet sein dürfen?«, sinnierte Amy.

»Ich bin mir nicht sicher, ob es so viele gibt, die das wollen.«

»Würdest du es denn wollen? Ich meine, wenn die Dinge anders lägen, würdest du dann als verheiratete Frau weiterarbeiten wollen?«

Helen überlegte einen Moment. »Ich weiß nicht«, sagte sie. »Aber irgendwie wäre es doch eine Schande, die ganze Ausbildung umsonst gemacht zu haben, findest du nicht?«

»Also, ich würde es nicht tun«, erklärte Amy entschieden. »Ich würde der Oberin auf der Stelle sagen, wo sie sich ihre Regeln und Vorschriften hinstecken kann, ganz zu schweigen von diesen verdammt unbequemen Schuhen, die wir tragen müssen!«

Sie blickte Helen abwägend an. »Aber ich denke mal, bei dir ist das was anderes.«

»Inwiefern?«

»Na, weil es dir einfach im Blut liegt.«

»Glaubst du?«, sagte Helen. »Eigentlich wollte ich immer Lehrerin werden.«

»Wirklich?« Amy starrte sie an. »Und warum bist du es nicht geworden?«

»Weil meine Mutter es nicht erlaubt hat.«

Helen konnte Amys Blicke auf sich spüren, als sie den Tee einschenkte.

»Du meinst, deine Mutter hat dich gezwungen, Krankenschwester zu werden?«

»Mehr oder weniger, ja.« Helen warf einen Blick über die Schulter. »Nimmst du Zucker?«

»Nein, danke. Sagt deine Mutter dir oft, was du zu tun hast?«

Helen lachte. »Was dachtest du denn? Glaub mir, sie geht mit mir nicht anders um, als sie es mit allen anderen tut. Sie verhält sich bei mir höchstens noch schlimmer.«

»Das wusste ich nicht.« Amy machte ein nachdenkliches Gesicht, als Helen ihr die Tasse reichte.

Sie setzten sich an den Tisch in der Mitte der Station. Das schwache Licht warf lange Schatten über ihre Gesichter.

»Was wirst du zu der Hochzeit tragen?«, wollte Amy wissen.

»Keine Ahnung«, gab Helen zu. »Aber ich glaube, Benedict hat eine Idee. Normalerweise kommt sie uns immer mit den richtigen Sachen zu Hilfe.«

Amy riss entsetzt die Augen auf. »Du meinst, du hast kein richtiges Brautkleid?«

»Ich hab keine Zeit gehabt, mir eins zu kaufen«, seufzte Helen.

Amy trank mit nachdenklicher Miene ihren Tee. »Ich könnte dir die Haare machen«, erbot sie sich.

Helen blinzelte überrascht. »Danke«, sagte sie. »Das ist sehr nett von dir.«

»Und ich kann dich auch schminken. Du wirst ein bisschen Make-up brauchen.«

»Das befürchte ich auch, schon um die Tränensäcke unter meinen Augen zu kaschieren!«, sagte Helen und schnitt eine Grimasse.

»Sei nicht albern. Du wirst eine schöne Braut abgeben.«

Helen starrte sie an. War dieses Mädchen wirklich das gleiche, das ihr in den letzten drei Jahren das Leben zur Hölle gemacht hatte?

Als wüsste sie, was Helen dachte, murmelte Amy: »Hör mal, ich weiß, dass wir uns nicht immer gut verstanden haben, aber du sollst wissen, dass ich dir wirklich alles Gute wünsche.«

»Danke.«

»Eigentlich beneide ich dich sogar«, seufzte Amy.

»Mich? Warum?«

»Weil du den Mann heiratest, den du liebst.«

Helen lächelte sie über den Rand ihrer Tasse hinweg an. »Ich bin mir sicher, dass das eines Tages auch bei dir so sein wird.«

»Das glaube ich nicht.« Amys Stimme war plötzlich kalt.

»Wieso nicht? Meinst du, dein Freund ist nicht der Typ, der heiratet?«

»Das ist es nicht …« Amy biss sich auf die Lippe. »Es spielt auch keine Rolle.« Sie leerte ihre Tasse, und ihr gutgelauntes Lächeln war plötzlich wieder da. »Danke für den Tee. Ich gehe jetzt besser wieder zur Station zurück. Die kleine Lernschwester ist so schlafmützig, dass sie wahrscheinlich nicht mal daran denken würde, mich zu warnen, wenn die Nachtschwester unterwegs ist!«

Sie brachte ihre Tasse in die Küche und stellte sie in die Spüle. »Also tschüss für heute. Vielleicht könntest du ja morgen Nacht auf einen Tee zu mir herüberkommen? Dann können wir uns überlegen, was für eine Frisur du zu deiner Hochzeit haben willst.«

»Danke, ja, das würde ich sehr gerne tun.«

Helen sah Amy nach, als sie davonschlenderte. Trotz ihres heiteren Lächelns konnte sie sich des Eindrucks nicht erwehren, dass Amy Hollins etwas sehr Trauriges an sich hatte.

KAPITEL FÜNFUNDDREISSIG

»Ich verlange, dass Sie diesem Unsinn unverzüglich einen Riegel vorschieben!«

Kathleen Fox blickte über ihren Schreibtisch hinweg Constance Tremayne, die sich kaum noch in der Gewalt hatte vor lauter Wut, ruhig in die Augen. Sie hatten schon viele solcher Begegnungen gehabt in den zwei Jahren, seit Kathleen Oberin des Nightingale Hospitals war. Genau genommen konnte sie sich kaum an eine Woche erinnern, in der Mrs. Tremayne nicht in ihr Büro gestürmt war und verlangt hatte, dass sie dies oder jenes tat oder es eben unterließ.

»Und welchen Unsinn meinen Sie dieses Mal, Mrs. Tremayne?«, fragte die Oberin mit einem geduldigen Lächeln.

Constance setzte sich in ihrem Sessel auf, und ihre Nasenlöcher blähten sich wie die eines erschrockenen Vollblutpferds. Wie üblich war sie wie für ein Gefecht gekleidet in ihrem steifen Tweedkostüm, das perfekt ihren unnachgiebigen Charakter widerspiegelte. »Ich spreche von dieser völlig absurden Idee meiner Tochter zu heiraten, Miss Fox!«, stieß sie hervor.

»Ich glaube kaum, dass mich das etwas angeht, meinen Sie nicht auch?«

»Das tut es sehr wohl, wenn die Hochzeit in diesem Krankenhaus stattfindet!« Constances Augen loderten vor Zorn. »Sie müssen das verbieten.«

»Mit welcher Begründung? Ich gebe zu, dass es ziemlich ungewöhnlich ist, aber es ist nicht unvorstellbar oder noch nie dagewesen. Soweit ich weiß, haben schon einige Hochzeiten in der Krankenhauskapelle stattgefunden ...«

»Darum geht es hier aber nicht«, fauchte Constance Tremayne. »Mich stört nicht der Ort, an dem die Hochzeit stattfindet, sondern die Tatsache, dass sie überhaupt stattfindet!« Ihre schmalen Lippen zitterten. »Ich muss schon sagen, dass es mich wirklich überrascht, Schwester Oberin, wie bereitwillig Sie sich eine vielversprechende Schülerin wie meine Tochter entgehen lassen. Helen hätte eine Bereicherung für das Nightingale werden können, aber Sie gestatten ihr, sich ihre ganze Zukunft zu verscherzen.«

»Ja, unter den gegebenen Umständen …«

»Was für Umstände? Was für Gründe könnte es geben, meiner Tochter zu erlauben, einen Fehler zu begehen, der für den Rest ihres Lebens an ihr hängen bleiben wird?«

Sie hat keine Ahnung, dachte Kathleen. Aus welchem Grund auch immer hatte Helen Tremayne es nicht für angebracht gehalten, ihrer Mutter anzuvertrauen, wie ernst Charlie Dawsons Erkrankung war.

»Ihre Tochter ist über einundzwanzig, Mrs. Tremayne. Weder Sie noch ich haben ein Recht, ihr diese Heirat zu verbieten«, erinnerte Kathleen sie. Und selbst wenn es möglich gewesen wäre, hätte sie sie nicht verboten, weil sie noch nie ein Mädchen so glücklich und verliebt gesehen hatte wie Helen Tremayne.

Sie betrachtete Constances verkniffenes Gesicht und versuchte, zumindest ein wenig Verständnis für sie aufzubringen. Sie waren mehr als einmal aneinandergeraten, doch unter ihrem wichtigtuerischen Gehabe verbarg sich eine besorgte Mutter.

»Helen verscherzt sich ihre Zukunft nicht, Mrs. Tremayne«, sagte Kathleen etwas freundlicher. »Ich habe ihr bereits die Erlaubnis gegeben, ihre Ausbildung bei uns zu Ende zu bringen und hierzubleiben, bis sie ihre Abschlussprüfung abgelegt hat.«

»Und danach?«, blaffte Mrs. Tremayne.

Kathleen starrte die Schreibunterlage an. »Ich denke, darüber sollten wir uns Gedanken machen, wenn die Zeit gekommen ist«, erwiderte sie sanft.

Doch Constance schäumte noch immer vor Wut. »Das hätte ich mir eigentlich denken können! Wir haben es bloß Ihrer saloppen Einstellung zu verdanken, dass diese … unglückliche Liaison überhaupt zustande kommen konnte. Wenn Sie Ihre Schwestern fester an der Kandare hielten, Schwester Oberin, würde solch ungehöriges Benehmen erst gar nicht vorkommen.«

Kathleen zwang sich, ruhig zu bleiben, aber Mrs. Tremayne verstand es immer wieder, ihr auf die Nerven zu gehen. »Ich kann nichts Ungehöriges daran finden, dass zwei junge Menschen vor Gott und den Menschen verheiratet sein wollen«, sagte sie. »Im Gegenteil. Ich finde es wundervoll, dass sie solch eine feste Bindung eingehen wollen.«

»Wundervoll? Sie finden das wundervoll?« Constance starrte sie aus ihrem strengen Gesicht an, dessen Haut sich über ihren Wangenknochen straffte und ein Lächeln fast unmöglich machte. Ihre behandschuhten Hände umklammerten den Verschluss ihrer Krokodilledertasche. Kathleen zweifelte nicht daran, dass Mrs. Tremayne ihr diese Hände um den Hals gelegt und zugedrückt hätte, wenn es nicht gegen die Regeln des Anstands gewesen wäre. »Ich hätte wissen müssen, dass Sie solch eine sentimentale Auffassung vertreten würden. Ich wage zu behaupten, dass das der Grund dafür ist, dass so viele der Schwestern hier mit dem Kopf in den Wolken leben, statt sich auf ihre Arbeit zu konzentrieren!« Sie warf einen bösen Blick über den Tisch. »Ich nehme an, dass das Ihr letztes Wort zu diesem Thema ist?«

»Ich glaube nicht, dass es viel mehr dazu zu sagen gibt.«

»Na schön, Sie lassen mir keine andere Wahl.« Constance erhob sich steif und richtete sich zu ihrer vollen Größe auf. »Wir werden sehen, was der Verwaltungsrat dazu zu sagen hat!«

»Ich hoffe wirklich, dass Sie Ihrer Tochter die Dinge nicht erschweren, Mrs. Tremayne«, riet Kathleen. »Ich würde es sehr bedauern, Ihre Beziehung zu Helen in irgendeiner Weise darunter leiden zu sehen.« Als hätte sie nicht bereits genug gelitten, dachte sie im Stillen.

»Ich glaube, das ist meine Sache, Schwester Oberin, und nicht die Ihre«, erwiderte Constance streng.

Als sie schon an der Tür war, konnte Kathleen sich eine Bemerkung nicht verkneifen: »Dann sehen wir uns sicher bei der Hochzeit, nehme ich an?«

Jeder Zentimeter von Constance Tremayne schien vor Wut zu zittern. »Ich kann Ihnen eins versichern: Falls diese … Farce tatsächlich stattfindet, werde ich nicht dort sein, um es mitanzusehen!«

Und damit marschierte sie hinauf und schlug die Tür so fest hinter sich zu, dass die schweren Bücher in den Regalen zitterten.

Dann ist sie eine noch größere Närrin, als ich dachte, sagte sich Kathleen.

»Hast du eine Minute, Doyle?«

Dora blickte von ihrer Näharbeit auf. Sie saß in einer Ecke des alten Sofas im Wohnzimmer der Schülerinnen, trennte den Saum von Helens Kleid auf und hörte Katie O'Hara und Lucy Lane zu, die sich darüber stritten, ob sie das alte Radio einschalten sollten.

Sie war überrascht, als sie sah, dass es Penny Willard war, die sie angesprochen hatte. Sie hatten sich im letzten Monat kaum gesehen, auf jeden Fall nicht mehr seit der Nacht des Balls. Seit Dora zur Gynäkologie gewechselt war, kreuzten ihre Wege sich nur selten.

Staatlich zugelassene Schwestern ließen sich ohnehin fast nie im Schwesternheim blicken. Nach ihren Abschlussprüfungen zogen sie in den Schwesternblock um, wo sie ihre eigenen Zimmer hatten, wie Gott in Frankreich lebten und keinen Gedanken mehr an die armen Schülerinnen verschwendeten.

Aber da war sie, stand in der Tür und sah dort völlig deplatziert aus.

Dora legte ihre Näharbeit beiseite. »Was kann ich für dich tun?«

»Ich würde gerne mit dir reden. Unter vier Augen, falls es dir nichts ausmacht?« Penny warf einen raschen Blick auf Katie und Lucy, die aufgehört hatten, an dem Knopf am Radio herumzuhantieren, und so taten, als hörten sie nicht zu.

Dora folgte Penny hinaus. Es war ein warmer Augustabend, kein einziger Windstoß bewegte die Platanen. Aber Penny schlang trotzdem die Arme um sich, als sie auf dem Kiesweg stehen blieb.

»Es ist wegen Joe«, sagte sie.

»Ach ja?« Dora hatte das Gefühl, als wüsste sie bereits, was kam. Es stand Penny nur allzu deutlich in ihr schuldbewusstes Gesicht geschrieben.

»Die Sache ist die, dass er mich gefragt hat, ob ich am Freitag mit ihm ins Kino gehen will. Aber ich habe gesagt, ich wollte zuerst mit dir darüber reden.« Verlegen scharrte sie mit der Schuhspitze im Kies. »Ich mag ihn wirklich, aber wir beide sind Freundinnen, und ich möchte nicht, dass du denkst, ich würde etwas hinter deinem Rücken tun ...«, setzte sie schnell hinzu.

Dora sah sie stirnrunzelnd an. »Du willst von mir wissen, ob es in Ordnung für mich ist, wenn du mit Joe Armstrong ausgehst?«

»Ich denke schon.« Penny blickte zu ihr auf. »Ist es das?«

Dora zuckte mit den Schultern. »Es hat nichts mit mir zu tun.«

»Aber du warst seine Freundin. Ich weiß, dass ich es schrecklich finden würde, wenn eine meiner sogenannten Freundinnen mit einem meiner Freunde zu flirten anfinge, auch wenn ich gar nicht mehr mit ihm liiert wäre. Das tut man doch nicht, oder?«

»Ich sagte doch schon, dass es nichts mit mir zu tun hat. Meinen Segen hast du, wenn du mit ihm ausgehen willst.«

»Ganz ehrlich?« Penny lächelte hoffnungsvoll. »Ich mag ihn nämlich wirklich, auch wenn ich mich natürlich nicht für ihn interessiert habe, als ihr beide noch zusammen wart«, fügte sie schnell hinzu.

»Gott bewahre!« Dora gab sich die größte Mühe, eine ernste Miene zu bewahren. Dachte Penny, sie hätte keine Augen im Kopf? Sie hatte gesehen, wie die anderen Mädchen ihn angesehen hatten wie ein Hund die Auslage im Metzgerladen.

»Ich hoffe, ihr beide werdet sehr glücklich miteinander«, sagte Dora aufrichtig.

Katie O'Hara erwartete sie in der Eingangshalle, als sie wieder hineinging.

»Was für eine blöde Kuh!«, zischte sie.

Dora lachte. »Du hast uns belauscht? Das sollte eigentlich eine private Unterhaltung sein.«

»Da ich vier Schwestern habe, weiß ich gar nicht, was ›privat‹ bedeutet!« Katie folgte ihr in das Wohnzimmer. »Es wundert mich, dass du ihr nicht die Augen ausgekratzt hast.«

»Warum sollte ich das tun?«

»Na, weil es doch völlig klar ist, warum sie überhaupt vorbeigekommen ist. Sie wollte nur vor dir großtun. Sie wollte dir unter die Nase reiben, dass Joe dich abserviert hat und nun mit ihr ausgehen will.«

»So klang das aber nicht für mich.« Dora setzte sich wieder auf das Sofa und zog ihre Näharbeit zu sich heran. »Außerdem hat nicht er mich abserviert, wie du dich erinnern wirst, sondern ich ihn.«

»Ja und schau nur, was für ein Fehler das war!« Katie ließ sich neben sie auf das Sofa plumpsen und warf ihr Kästchen mit den Nadeln um. »Habe ich dir nicht gesagt, dass eine andere ihn dir wegschnappen würde, wenn du nicht vorsichtig wärst?«

»Ja, und ich bin froh, dass er eine Neue hat.« Dora bückte sich, um ihre herabgefallenen Nadeln aufzusammeln.

Katie starrte sie an. »Du meinst das wirklich ernst, nicht wahr? Ich versteh dich einfach nicht, Doyle! Ich wäre außer mir, wenn ein anderer einen Flirt mit meinem Tom anfinge.«

»Ja, aber nur, weil du in deinen Tom verliebt bist?«

Dora dagegen konnte nichts als Erleichterung darüber verspüren, dass Joe mit jemand anderem glücklich war.

KAPITEL SECHSUNDDREISSIG

»Bist du sicher, dass du es dir nicht anders überlegen wirst, meine Liebe?« Timothy Tremayne stand vor dem Spiegel und richtete seinen Priesterkragen. »Es ist doch wirklich jammerschade, dass du bei der Hochzeit deiner eigenen Tochter nicht dabei sein wirst.«

»Irgendjemand muss sich dieser Farce widersetzen«, sagte Constance naserümpfend und richtete den Blick auf ihre Näharbeit. »Es ist schlimm genug für mich, dass sie darauf besteht, diese Ehe einzugehen, da muss ich mir nicht auch noch die Trauung ansehen. Und ich dachte, ich hätte vielleicht auf deine Unterstützung zählen können, Timothy«, fügte sie hinzu. Sie hatte in den vergangenen zwei Tagen gewiss ihr Bestes getan, um ihn zu überreden, aber er hatte ausnahmsweise einmal nicht nachgeben wollen.

»Tut mir leid, Constance, aber ich habe nicht die Absicht, die Hochzeit meiner Tochter zu versäumen«, sagte er.

»Na ja, Helen war ja schon immer Daddys Liebling«, entgegnete Constance spitz. »Sie hat dich schon um ihren kleinen Finger gewickelt, als sie gerade mal geboren war. Es blieb immer mir überlassen, sie zu erziehen und dafür zu sorgen, dass sie auf dem rechten Weg blieb.« Sie schürzte ärgerlich die Lippen. Kein Wunder, dass Helen und sie eine so schwierige Beziehung zueinander hatten. »Ich glaube nicht, dass sie bemerken wird, dass ich nicht dort bin«, seufzte sie.

»Sei nicht albern, meine Liebe. Jedes Mädchen möchte seine Mutter bei seiner Hochzeit dabeihaben. Und du möchtest doch sicher auch dabei sein?«

Constance zögerte. »Das wäre ich, wenn ich diese Heirat gutheißen könnte. Aber ich kann mir einfach nicht gestatten, mich an etwas zu beteiligen, das meinen Prinzipien widerspricht.«

Ihr Mann wandte sich vom Spiegel ab und warf ihr einen beinahe mitleidigen Blick zu.

»Du weißt, dass ich deine Prinzipien immer bewundert habe, Constance, aber es muss doch sehr einsam sein dort oben auf dem hohen Ross, auf dem du sitzt«, sagte er seufzend. »Ich bin sicher, dass du mehr Gefallen am Leben hättest, wenn du dir gelegentlich gestatten würdest, etwas mehr aus dir herauszugehen.«

»Na, das sind ja feine Worte für einen Vikar!«, gab Constance zurück. »Ich hoffe nur, dass du so etwas nicht deiner Gemeinde beim Sonntagsgottesdienst erzählst!«

Sie tat so, als zupfte sie die vertrockneten Blüten aus einer Schale Petunien, während sie ihn in dem Taxi losfahren sah, das ihn zum Bahnhof bringen würde. Ein absurdes Bedürfnis, ihm zu folgen, erfasste sie ganz unvermittelt, und nur der Gedanke daran, was Mary, das Dienstmädchen, dazu sagen würde, hielt sie davon ab, die Einfahrt hinunterzulaufen.

Aber nein. Sie hatte ihren Entschluss gefasst, und sie war überzeugt, dass es unter diesen Umständen der richtige war. Sollte Timothy doch tun, was er wollte, und seiner Tochter nachgeben wie üblich. Sie, Constance, wollte jedenfalls nichts zu tun haben mit einer solchen Farce.

Es war eine Erleichterung, das Haus für sich allein zu haben, beschloss sie, als sie ins Wohnzimmer zurückging. Sie konnte sich mit Näharbeiten oder Lesen beschäftigen und sich beruhigende Musik anhören. Vielleicht würde sie später sogar in den Garten hinausgehen, falls das Wetter gut blieb. Der Garten begann die glänzenden goldenen und rotbraunen Farben des Herbstes anzunehmen, und sie wollte sichergehen, dass Morley nicht alle frühen Äpfel an ihrem Baum mitgehen ließ.

Sie befahl Mary, ihr Tee zu bringen, und setzte sich in ihren Lieblingssessel an der Verandatür, um zu lesen. Aber sie konnte sich nicht konzentrieren. Immer wieder schweifte ihr Blick zu der großen Standuhr ab. Die Hochzeit sollte um drei Uhr stattfinden, und sie konnte sich Helens wachsende Aufregung vorstellen, während sie sich darauf vorbereitete …

Mit einer gereizten Geste legte Constance ihr Buch beiseite. So ging das wirklich überhaupt nicht! Sie war stolz auf ihre Unbeirrbarkeit und Konzentrationsfähigkeit, aber heute schienen ihre Gedanken in alle Himmelsrichtungen verstreut zu sein.

Sie klingelte nach dem Dienstmädchen. Kurz darauf erschien Mary mit irritierter Miene. Wahrscheinlich hatte das arbeitsscheue Ding geglaubt, das Haus heute Nachmittag ganz für sich zu haben, dachte Constance.

»Ich möchte, dass du zum Dachboden hinaufgehst und mir einen Karton herunterholst«, wies sie sie an.

»Vom Speicher, Madam?« Mary machte ein erschrockenes Gesicht.

»Ja, Mary. Vom Speicher. Du wirst den Karton in einer Ecke ganz am Ende finden. Er ist deutlich sichtbar mit einem Datum gekennzeichnet – Mai 1906. Es dürfte also nicht allzu schwierig sein, ihn zu finden.«

»Ja, Madam.« Das Mädchen rührte sich nicht vom Fleck.

»Nun geh schon, Mary!«

»Bitte, Madam … ich fürchte mich im Dunkeln.«

»Sei nicht albern, Mädchen!«, tat Constance den Einwand ab. »Geh jetzt gleich hinauf. Aber bring dort oben nichts in Unordnung und zerbrich auch nichts«, rief sie ihr nach. »Ich werde in fünf Minuten oben sein und erwarte, dass du meinen Karton bis dahin gefunden hast.«

Als sie genau fünf Minuten später die Treppe hinaufstieg, erschrak sie über die polternden Geräusche über ihr.

»Du hast doch hoffentlich nichts zerbrochen?«, fragte sie, als Mary die Leiter herunterkam und ihre Beine unter dem Gewicht des Kartons nachzugeben schienen. Sie war blass und ihr Haar ganz grau vom Staub.

»Nein, Madam.« Sie wollte Constance den Karton übergeben, aber die trat rasch zurück.

»Gib ihn nicht mir, Mädchen. Er ist viel zu schwer und staubig obendrein. Stell ihn dort drüben in das Schlafzimmer.« Sie zeigte auf die Tür. »Und dann geh und mach dich sauber.« Mit zusammengezogenen Augenbrauen blickte sie zu der kleinen Falltür auf, die auf den Dachboden führte. »Eigentlich wäre es sogar eine sehr gute Idee, dass du mal einen ganzen Tag dort oben bleibst und den Speicher gründlich säuberst«, überlegte sie.

Nun wich der letzte Rest Farbe aus Marys Gesicht. »Ich soll einen ganzen Tag dort oben bleiben?«, entfuhr es ihr.

»Ach, Herrgott noch mal, Mädchen, nun mach doch nicht so ein Theater!«, sagte Constance ärgerlich. »Ich werde jetzt einige Zeit damit verbringen, mir den Inhalt dieses Kartons anzusehen. Und dabei wünsche ich nicht gestört zu werden, hast du das verstanden?«

»Ja, Madam.«

Als sie schließlich allein in ihrem Schlafzimmer war, öffnete Constance mit zitternden Händen den Karton. Ganz oben lag eine Fotografie. Für einen Moment hielt sie inne, um sie zu betrachten. Bei ihrer Hochzeit mit Timothy Tremayne war sie sechsundzwanzig Jahre alt gewesen, aber sie sah lächerlich jung aus auf dem Bild. Mit einem scheuen Lächeln und züchtig gesenktem Blick hinter ihrem Schleier klammerte sie sich an den Arm ihres frischgebackenen Ehemannes.

Sie legte die Fotografie beiseite und holte tief Atem, bevor sie vorsichtig die vielen Lagen Seidenpapier entfernte, bis sie fand, wonach sie suchte.

Ihr Hochzeitskleid. Sie hatte nichts Raffiniertes oder Aufwendiges gewählt, sondern sich ganz bewusst für ein sehr schlichtes, schmuckloses Kleid aus cremefarbenem Chiffon entschieden, als ob sie jedermann beweisen wollte, wie sittsam und bescheiden sie war.

Sie hielt sich das Kleid vor und strich mit den Händen über den weichen Stoff. Sie hatte immer davon geträumt, dass Helen es eines Tages tragen würde. Sie hatte sich vorgestellt, wie sie ihr beim Ankleiden half, die Reihe winziger Perlenknöpfe am Rücken schloss, ihr half, den Schleier anzustecken …

Wie konnte Timothy es wagen, anzudeuten, sie wolle ihre Tochter nicht heiraten sehen! Dies hätte eigentlich der schönste Tag in ihrem Leben sein sollen. Der Tage, an dem Helen sich mit einem angesehenen Mann vermählte, mit jemandem, der für sie sorgen konnte. Es hätte der Lohn für ihre Leistung sein sollen, der Beweis für ihren Erfolg als Mutter.

Unten schlug die Standuhr drei. Constance kniete auf dem Fußboden ihres Schlafzimmers, ihr Hochzeitskleid lag auf ihren Knien, und sie weinte.

»Ich habe etwas für dich.«

Helen traute ihren Augen nicht, als Brenda Bevan in der Tür erschien, die Arme voll elfenbeinfarbener Seide und Spitze. Und dann dämmerte es ihr.

»Dein Hochzeitskleid?« Sie starrte ungläubig darauf herab, bevor sie ihren Blick wieder zu Brenda erhob. »Aber ich verstehe nicht …?«

»Hollins sagte mir, du hättest keine Zeit gehabt, ein Kleid zu finden, deshalb habe ich meine Mutter gebeten, es dir herzubringen.«

Helen warf Amy, die eifrig damit beschäftigt war, ihre Kämme und Nadeln wegzuräumen, einen Blick zu, nachdem sie zuerst

Helen und dann auch Millie und Dora, ihre Brautjungfern, frisiert hatte. »Ich wollte eigentlich eins von Benedicts alten Kleidern tragen«, sagte sie. »Sie war so nett, es mir zu leihen, und Doyle hat eine Ewigkeit damit verbracht, es zu ändern, damit es passt …«

»Ach, das macht doch nichts«, tat Millie den Einwand ab. »Das hier ist viel schöner als mein ausrangiertes altes Kleid. Und Doyle macht es sicher auch nichts, oder?«

»Absolut nicht«, stimmte Dora zu. »Ich würde dich viel lieber in einem richtigen Brautkleid sehen.«

Helen betrachtete das Kleid mit sehnsüchtigem Blick. Etwas derart Schönes hatte sie noch nie gesehen. Es war so wunderschön, dass sie die Hand danach ausstreckte, um es zu berühren.

Doch dann zog sie die Hand wieder zurück. »Das kann ich nicht annehmen«, sagte sie. »Es ist dein Kleid, Bevan. Du hast es noch nicht einmal bei deiner eigenen Hochzeit angehabt.«

»Bis zu meiner Hochzeit werden noch Monate vergehen. Ganz ehrlich, ich möchte, dass du es zu deiner trägst. Nenn es etwas Geborgtes, wenn du willst.« Sie hielt Helen das Kleid hin. »Zieh es wenigstens mal an«, sagte sie.

Helen probierte das Kleid an. Es passte so perfekt, dass es eigens für sie hätte gemacht sein können. Sogar sie musste zugeben, dass sie mit ihrem dunklen Haar, das dank Amys Bemühungen in weichen Wellen ihr Gesicht umrahmte, sehr hübsch aussah.

»Na?«, fragte Brenda. »Gefällt es dir?«

»Es ist … perfekt!« Helen wandte sich ihr zu. »Ich weiß nicht, wie ich dir danken soll …« Ihre Kehle war so eng geworden, dass sie die Worte kaum herausbrachte.

»Das brauchst du nicht.« Brenda senkte verlegen ihren Blick. »Es ist das Mindeste, was ich tun konnte. Ich wünschte nur, ich könnte dabei sein, wenn du heiratest.«

»Oh!« Helen spürte, wie sie heiß errötete. »Du bist natürlich herzlich eingeladen! Tut mir leid, dass ich es dir nicht schon früher gesagt habe, aber ich dachte eigentlich nicht, dass du kommen wolltest.«

»Das macht nichts.« Brenda tat ihre Entschuldigung mit einer Handbewegung ab. »Ich muss in einer Minute wieder auf der Station sein. Die Oberschwester wird an die Decke gehen, wenn ich mich verspäte!« Sie trat näher und ergriff kurz Helens Hand. »Ich hoffe, es geht alles gut. Das wünsche ich euch von ganzem Herzen.« Sie wandte schnell den Kopf ab, aber Helen hatte das Glitzern der Tränen in ihren Augen schon gesehen.

Als sie wieder in den Spiegel blickte, um sich anzusehen, hatte auch sie Tränen in den Augen, sodass sie sich in dem eleganten Kleid nur verschwommen sehen konnte.

»He, he! Wag es nur ja nicht, jetzt zu weinen!«, griff Dora entschieden ein. »Dies soll der glücklichste Tag deines Lebens werden, oder hast du das bereits vergessen?«

»Außerdem würdest du dein Make-up ruinieren, und dann müssten wir noch mal ganz vorn anfangen!«, fügte Amy Hollins hinzu.

»Es *ist* der glücklichste Tag meines Lebens«, sagte Helen. »Ich kann bloß nicht glauben, dass alle so nett zu mir sind.«

»Das ist so, weil du unsere Freundin bist«, sagte Millie und schwenkte die Hand vor ihrem Gesicht, um ihre eigenen Tränen zu trocknen. »Und jetzt komm, denn William wird bestimmt schon draußen auf dich warten. Außerdem wage ich zu behaupten, dass Schwester Sutton dort Wache stehen wird, um zu verhindern, dass er einen Fuß über die Schwelle setzt.«

»Als ob ihn das jemals aufgehalten hätte!«, fügte Dora hinzu, und alle lachten.

Von der Heimschwester war jedoch ausnahmsweise einmal

nichts zu sehen, aber William stand dennoch draußen in seinem eleganten Anzug und wirkte nervös wie der Bräutigam selbst.

»Ich wollte nicht hereinkommen, für den Fall, dass Schwester Sutton hier irgendwo herumschleicht, und …« Er verstummte abrupt, als er Helen sah.

»Nun?«, sagte sie ein wenig unsicher. »Kann ich so gehen?«

»Das will ich meinen!« Williams Lippen zitterten, und sie konnte sehen, wie er sich bemühte, seine Emotionen in Schach zu halten. Er reichte ihr den Arm. »Sollen wir gehen?«, fragte er leise.

Als sie den Hof überquerten, konnte Helen spüren, dass alle Augen auf sie gerichtet waren. Patienten und Schwestern beobachteten sie aus jedem Fenster. Einige Patienten waren sogar in ihren Rollstühlen in den Hof hinausgeschoben worden, um sie vorbeigehen sehen zu können. Helen hielt ihren Blick auf das Kopfsteinpflaster gerichtet, zu befangen, um sich umzuschauen.

»Ich bin es nicht gewohnt, im Mittelpunkt der Aufmerksamkeit zu stehen«, murmelte sie.

William drückte ermunternd ihren Arm. »Du verdienst es aber. Es wird langsam Zeit, dass alle merken, wie wunderschön du bist.«

»Ist das wirklich mein Bruder, der da spricht?«, sagte sie lachend.

»Dein wahnsinnig stolzer Bruder.«

»Und meine Mutter? Ist sie auch stolz?« Helen blickte zu ihrem Bruder auf und sah sein Lächeln ein wenig verblassen. »Zu stolz, um hier zu sein, nehme ich an? Schon gut, William, du brauchst das nicht zu beantworten«, sagte sie. »Ich habe eigentlich sowieso nicht damit gerechnet, dass sie kommt.«

»Es ist zu ihrem Nachteil, nicht zu deinem«, sagte William entschieden.

Helen heftete ihren Blick auf die Kapellentür. »Ja«, sagte sie.

»Ja, das ist es. Es ist nur schade, dass unsere Seite der Kapelle ziemlich leer bleiben wird«, seufzte sie. »Andererseits wage ich zu behaupten, dass Charlies Familie froh sein wird, einige Plätze mehr belegen zu können.«

»Da wäre ich mir nicht so sicher.«

Helen sah den Blick, den ihr Bruder und ihre Brautjungfern austauschten. »Was ist?«, fragte sie stirnrunzelnd. »Was verschweigt ihr mir?«

Dora grinste. »Das wirst du schon noch sehen. Es ist eine Überraschung.«

Zwei Dienstmänner in braunen Overalls standen draußen vor der Kapelle. Als Helen und ihr Gefolge näher kamen, hielten die Männer ihnen die Türen auf, und Helen hörte die bewegenden Klänge des ›Hochzeitsmarschs‹, die auf einem Klavier gespielt wurden.

»Das war Schwester Blakes Idee«, flüsterte William. »Sie meinte, zu einer richtigen Hochzeit gehörte auch Musik.«

Aber Helen hörte gar nicht zu. Sie blickte sich mit großen Augen in der kleinen, blumengeschmückten Kapelle um.

»Das war Schwester Sutton«, warf Millie ein. »Sie hat sie in ihrem Garten selbst gepflückt.«

Charlies Familie saß auf der einen Seite der Kapelle. Seine Mutter und sein Vater, seine Brüder und Schwestern, Tanten und Onkel, alle in ihren besten Kleidern, drängten sich in den schmalen Kirchenbänken. Auf der anderen Seite waren die Bänke mit Uniformen gefüllt. Schwestern, Oberschwestern, Dienstmänner, ja sogar die Köchinnen waren da. Die Oberin saß ganz vorn und sah sehr beeindruckend aus in ihrem schwarzen Kleid und der schneeweißen Haube. Neben ihr saßen die stellvertretende Oberin Miss Hanley, die Nachtschwester Miss Tanner, Schwester Sutton und Schwester Parker.

»Jeder, der sich die Zeit nehmen konnte, ist gekommen, um

euch Glück zu wünschen«, flüsterte William seiner Schwester zu.

Als Helen sich noch staunend umsah, begegnete sie Amy Hollins' Blick. Sie stand mit ein paar anderen Mädchen ihrer Clique im Hintergrund der Kapelle, und alle lächelten Helen an.

Und natürlich war auch Charlie da und erwartete sie an dem kleinen Altar mit ihrem Vater und seinem Trauzeugen. Er drehte sich um, und sein Gesicht leuchtete auf, als er sie sah. Er saß in einem Rollstuhl, aber als Helen näher kam, machte er seinem Vater in der ersten Reihe ein Zeichen, und er trat auf ihn zu und half ihm auf die Beine.

»Er hat darauf bestanden, dass wir ihm seinen besten Anzug anziehen«, flüsterte Millie. »Du kannst dir gar nicht vorstellen, wie mühsam das war, aber er sagte, er wolle auf keinen Fall in seinem Schlafanzug getraut werden!«

Charlie lächelte, als Helen neben ihn vor den Altar trat. »Du siehst wunderschön aus«, sagte er und griff nach ihrer Hand.

»Du auch«, erwiderte Helen.

Charlie nickte seinem Vater zu, der ihm wieder in den Rollstuhl half, und dann wandten sie sich Helens Vater zu, der mit seinem Gebetbuch vor ihnen stand und dessen Gesicht über seinem gestärkten weißen Chorhemd vor Freude und Stolz strahlte.

»Liebe Brüder und Schwestern im Herrn, wir sind hier, um der Eheschließung von Helen Constance Tremayne und Charles Edward Dawson beizuwohnen …«

Die Hochzeit hatte Charlie sehr ermüdet. Als Helen sich umgezogen hatte und wieder ihre Uniform trug, schlief er bereits fest.

»Schwester Judd sagte, wir sollten euch ein bisschen Privatsphäre geben«, sagte Millie und zog die Trennwände um das Bett. »Sie meinte, du könntest so lange bleiben, wie du willst, da es ein besonderer Anlass ist.«

Charlie schlief für den Rest des Nachmittags und bis in den frühen Abend, während Helen an seinem Bett saß, seine Hand hielt und ihn mit leisem Stolz betrachtete. Er sah selbst dann noch gut aus, wenn er schlief, fand sie und versuchte, den Schweiß zu ignorieren, der seiner blassen Haut einen Glanz wie von Perlmutt verlieh. Sie wusste, dass er gegen seine fortschreitende Krankheit angekämpft und alles dafür getan hatte, um ihren Hochzeitstag zu überstehen. Doch jetzt hatte die Anstrengung ihn bezwungen.

»Mein Mann«, sagte sie laut, um auszuprobieren, wie es klang. Es hörte sich sehr fremd und ungewohnt an. Aber der ganze Nachmittag war schon unwirklich gewesen. Ihr war, als durchlebte sie den zauberhaftesten Traum, der durchwebt war von Liebenswürdigkeit und Wohlwollen.

Es war nach acht, als Charlie endlich wieder erwachte. Verwirrt blickte er sich um, und Helen stockte das Herz, als sie sich fragte, ob dies der Moment sein könnte, in dem alles kippen würde. Aber dann sah er sie und lächelte.

»Wie lange habe ich geschlafen?«

»Etwa vier Stunden.«

»So lange?« Er rieb sich die Augen. »Sind inzwischen alle heimgegangen?«

»Nein, sie sind zum Feiern in den Pub gegangen.«

»Du hättest mitgehen sollen.«

»Ich bleibe lieber hier bei dir.«

Er hob ihre Hand ein wenig an. Der Silberpapierring steckte an ihrem Finger neben dem neuen Ehering. »Du trägst das Ding doch wohl nicht mehr?«

»Es gefällt mir.« Weil es ihr ebenso viel bedeutete wie jeder Diamant.

Er verzog den Mund zu einem schiefen Lächeln. »Trotzdem ist es kein richtiger Ring? Und richtige Flitterwochen hast du auch nicht, da du hier an meinem Bett festsitzt.«

»Du doch auch nicht«, entgegnete sie lächelnd. »Aber was macht das schon? Wir werden die Flitterwochen nachholen, wenn es dir besser geht.«

Sein Lächeln verblasste. »Helen …«

»Dann fahren wir nach Southend«, plapperte sie weiter, entschlossen, die Schatten fernzuhalten. »Dort werden wir am Pier und am Meer entlangspazieren. Und du kannst mir das Planetarium und den Vergnügungspark zeigen …«

Sie klammerte sich an Charlies Hand und flehte ihn im Stillen an, die Illusion mit ihr aufrechtzuerhalten. Und er schien zu verstehen.

»Und wir werden Muscheln sammeln«, sagte er schläfrig. »Vergiss das Muschelsammeln nicht.«

»Wie könnte ich das vergessen?« Helen beugte sich zu ihm vor. »Charlie? Schlaf noch nicht ein, ich hab nur ein bisschen Zeit, bevor mein Dienst beginnt.«

Aber er war schon eingenickt, seine Atmung war ruhig und flach geworden.

Helen hatte vor ihm nicht weinen wollen, aber nun überwältigten sie die machtvollen Gefühle des Tages, und sie konnte die Tränen nicht mehr zurückhalten.

»Helen?« Er tastete nach ihrer Hand auf der Bettdecke.

»Ich dachte, du schliefst?«

»Für einen Moment ja.« Er öffnete ein wenig die Augen, was ihn seine ganze Kraft zu kosten schien. »Es tut mir leid, Liebes, aber ich bin so müde …«

»Das macht nichts. Schlaf du nur und ruh dich aus.«

»Aber du wirst doch nicht weinen? Und wenn, dann bitte nur Tränen des Glücks an unserem Hochzeitstag, Helen Tremayne.«

Sie lächelte unsicher. »Ich bin jetzt Helen Dawson, vergiss das nicht.«

»So ist es.« Auch seine Lippen verzogen sich zu einem Lächeln. »Und es hört sich gut an, finde ich.«

»Ich auch.«

Millie warf einen Blick durch die Trennwände herein. »Es ist zwanzig vor neun, Tremayne. Solltest du dich nicht langsam für den Dienst bereitmachen?«

»Ein paar Minuten hab ich noch.« Helen hielt Charlies Hand und verschränkte ihre Finger ganz fest mit den seinen. Er versuchte, den Druck ihrer Hand zu erwidern, aber sie konnte spüren, wie die Kraft aus seinen Muskeln wich. Der starke junge Mann, den sie einmal gekannt hatte, war dabei, sie zu verlassen.

Ich werde eben einfach für uns beide stark genug sein müssen, dachte sie.

Mit einem wütenden Schrei stieß Joe seine Faust in den Punchingball und legte seinen ganzen Zorn in diesen Hieb.

»He, pass auf!«, sagte sein Freund Tom lachend, als er dem an seiner Kette hin und her schwingenden Sandsack auswich. »Mensch, was hat das arme alte Ding dir bloß getan?«

Statt einer Antwort versetzte Joe dem Sandsack einen weiteren heftigen Schlag, der ihn aufs Neue in Schwingung versetzte. Aber ganz gleich, wie hart er auch zuschlug, sein unbändiger Zorn wollte nicht weichen, sondern tobte weiter in ihm wie eine Feuersbrunst, die ihn innerlich zerfraß.

»Alles in Ordnung mit dir, Mann?«, fragte Tom mit besorgter Miene.

»Bestens«, fauchte Joe. »Es könnte gar nicht besser sein.«

Wieder stieß er mit voller Wucht seine Faust gegen den Sandsack und stellte sich dabei vor, wie Nick Riley sich vor Schmerzen krümmte.

Joe Armstrong hasste es, zu verlieren, ganz gleich, wobei, und genau das machte ihn auch zu solch einem furchterregenden Gegner im Ring. Er wusste, dass er den Ruf besaß, mit schmutzigen Tricks zu kämpfen, doch das kümmerte ihn nicht. Für ihn zählte nur der Sieg, und der Zweck heiligte die Mittel.

Er beugte sich noch weiter zu dem Sandsack vor und begann ihn mit linken und rechten Haken zu bearbeiten, immer und immer wieder, bis seine Kräfte ihn verließen.

»Das reicht jetzt, Mann.« Als Joe aus dem Nebel seiner Raserei auftauchte, sah er, wie beunruhigt sein Freund ihn ansah.

»Du hast recht.« Joe lächelte Tom an und streifte seine Boxhandschuhe ab. »Kannst du mir das Handtuch geben?«

Tom warf es ihm zu. »Sollen wir auf dem Heimweg irgendwo noch ein Bier trinken?«

»Warum nicht? Vorher muss ich allerdings kurz mit Maurice reden.«

»Worüber?«

»Über meinen nächsten Kampf.« Er wischte sich den Nacken mit dem Handtuch ab. »Wir treffen uns dann draußen, ja?«

Maurice war gerade dabei, das Training eines jungen Boxers mit seinem Sparringspartner zu beenden.

»Alles klar, Joe?«, begrüßte er ihn. Maurice Jones' schmächtige

Gestalt veranlasste viele Leute dazu, ihn falsch einzuschätzen. Doch mehr als zwanzig Jahre war er der unangefochtene Federgewichts-Champion in Whitechapel gewesen. »Du siehst aus wie ein Kerl mit Wut im Bauch!«

Joe erwiderte das Lächeln nicht. »Ich will mit dir über meinen nächsten Kampf reden.«

»Aber natürlich, mein Junge. Ich hab vor ein paar Tagen schon mit Terry Willis über dich gesprochen. Er hat nächsten Dienstag einen Kampf, der dich interessieren könnte. Mit Kid Lewis als Gegner im Arbeiterclub von Whitechapel?

»Ich will gegen Nick Riley kämpfen.«

»*Was* willst du?« Maurice lachte.

»Was ist so komisch daran?«, fragte Joe mit einem missbilligenden Blick.

Maurices Lächeln verblasste ein wenig. »Du meinst das wirklich ernst, oder? Du gegen Nick Riley?«

»Allerdings!« Maurices kurzes Stirnrunzeln entging ihm nicht. »Was ist das Problem? Bin ich etwa nicht gut genug?«

Maurice schlüpfte zwischen den Seilen des Rings hindurch und sprang zu Joe herunter. »Hör mal zu, mein Junge, ich will ganz ehrlich zu dir sein. Du bist ein guter Kämpfer, einer der besten, die ich habe. Aber du spielst nicht in der gleichen Liga wie Nick Riley. Er ist … na ja, Boxer wie er sind eben nicht leicht zu finden. Er ist etwas Besonderes.«

Joes Ohren begannen vor Wut zu dröhnen, als schwirrte eine aufgebrachte Biene in seinem Kopf herum.

Du spielst nicht in der gleichen Liga wie Nick Riley. Er ist etwas Besonderes.

Überall bekam er das Gleiche zu hören.

»Ich will einen Kampf mit ihm«, beharrte er. *Und ihn umbringen*, fügte eine Stimme in seinem Kopf hinzu.

Maurice schien zu verstehen, denn er klopfte ihm auf die

Schulter. »Jetzt hör mal zu, mein Junge. Wenn es hier um etwas Privates zwischen euch geht, halte ich es für besser, wenn du es außerhalb des Rings mit ihm austrägst, okay? Ich weiß, wie jähzornig du sein kannst, und ich will nicht, dass es mit Wut und Verbitterung zu einem Kampf kommst.«

Joe starrte ihn einen Moment lang an. »Vielleicht hast du recht«, sagte er dann.

KAPITEL ACHTUNDDREISSIG

Es begann zu regnen, als Nick den Riegel an dem Tor zum Hinterhof des Hauses Nummer 26 in der Griffin Street anhob. Es war noch früher Nachmittag, aber die dunkelgraue Wolkendecke schien immer tiefer auf den schmalen Hinterhof herabzusinken und machte ihn so düster, als ob die Abenddämmerung bereits begonnen hätte.

»Danny?«, rief er. Normalerweise hockte sein Bruder auf dem Eingang zum Kohlenkeller und wartete auf ihn, doch heute war der Hof leer.

Nick klopfte den Schmutz von seinen Stiefeln – warum, wusste er selbst nicht, da seine Mum nie sauber machte –, und ging durch die Hintertür ins Haus hinein.

»Dan? Wo steckst du, Kumpel?«

Seine Stimme schallte durch die leere, dunkle Küche, und Nicks Herz schlug schneller.

»Danny?«

»Nicht so laut, sonst weckst du noch die Toten auf!« June trat aus ihrem Schlafzimmer und band den Gürtel ihres schäbigen alten Morgenmantels zu. »Ach, du bist das«, sagte sie ausdruckslos.

»Warst du wieder mal auf Sauftour?« Nick sah seine Mutter an, und eine Welle des Abscheus erfasste ihn. June Riley sah halb tot aus. Ihre Wimperntusche war verlaufen, und Reste ihres Lippenstifts waren um ihren Mund verschmiert wie Marmelade. »Du hast Danny doch hoffentlich nicht allein gelassen?«

»Ach, hör auf damit. Ich habe auch ein Recht auf ein Leben, oder?«

»Wer ist da?«, rief eine Männerstimme aus Junes Schlafzimmer.

»Niemand, Norm. Schlaf nur weiter.« June griff nach ihrem Päckchen Zigaretten und zog eine heraus. »Was?«, fauchte sie, als sie Nicks missbilligende Miene sah. »Darf ich jetzt auch keine Freunde mehr haben?«

Nick kräuselte die Lippen. »Es wundert mich bloß, dass du dich noch an seinen Namen erinnern kannst.«

»Was kann ich dafür, wenn ich mich einsam fühle?« June zündete ihre Zigarette an, nahm einen tiefen Zug und betrachtete ihren Sohn kühl durch den aufsteigenden Rauch. »Wie kommen wir überhaupt zu der Ehre deines Besuchs? Bist du gekommen, um nach mir zu sehen?«

»Die Mühe würde ich mir gar nicht machen. Ich bin gekommen, um Danny zu sehen.« Er sah sich um. »Wo ist er?«

»Er ist draußen auf dem Hof und hockt mal wieder auf dem Eingang zu diesem verdammten Kohlenkeller. Was dachtest du denn, wo er ist?«

»Dort ist er aber nicht.«

Sie sah ihn prüfend an. »Er muss da sein. Hier ist er jedenfalls nicht.«

»Das kann ich auch sehen!« Nicks Herz begann wie wild gegen seine Rippen zu pochen.

June zog ihren Morgenrock fester um sich und ging zur Hintertür.

»Danny?«, rief sie auf den leeren Hof hinaus. »Danny-Schatz, wo bist du?«

Doch nichts als Stille folgte. Nick und seine Mutter schauten sich an, und er konnte sehen, dass sich seine eigene Panik in ihren Augen widerspiegelte.

Danny war draußen allein nicht sicher. Menschenmengen und Verkehr machten ihm Angst, er wusste nicht, wie er damit umgehen sollte. Nick versuchte, die schrecklichen Bilder, die auf ihn einstürmten, nicht zu seinem Bewusstsein durchdringen zu lassen.

Hinter ihnen öffnete sich die Schlafzimmertür, und ein übernächtigt aussehender Mann erschien und zog seine Hosenträger über die Schultern. »Was zum Teufel ist hier los?«

June zog bereits hastig ihre Schuhe an. »Oh, Norm! Mein Sohn ist verschwunden!«

Nick wandte sich ihr zu, und seine Angst um Danny entlud sich in blinder Wut. »Ach, jetzt machst du dir Sorgen, was? Wenn du mehr an ihn und weniger an deinen Bettgefährten gedacht hättest, wäre Danny vielleicht nicht davongelaufen!«

»Jetzt fang bloß nicht an, mich deswegen anzupflaumen! Wenn du nicht weggezogen wärst und uns nicht alleingelassen hättest, wäre er noch hier und in Sicherheit.«

»Du bist seine Mutter, und es ist deine Aufgabe, auf ihn aufzupassen. Aber du kannst ja nicht mal für eine Katze sorgen, geschweige denn für deinen eigenen Sohn!«

»Jetzt hören Sie aber mal«, sagte Norm und trat einen Schritt vor. »So sprechen Sie nicht mit Ihrer Mutter!«

Nick wandte sich ihm zu. »Und was wollen Sie dagegen tun?«, knurrte er.

Ein Blick in Nicks wutblitzende Augen, und der Mann trat sofort wieder zurück. »Schon gut, mein Freund, beruhigen Sie sich«, sagte er und hob beschwichtigend die Hände. »Das war nicht böse gemeint, mein Junge.«

»Ich bin nicht Ihr Freund – und Ihr Junge erst recht nicht«, sagte Nick.

»Beruhigt euch, ihr beide. Was sollen wir jetzt tun?«, fragte June.

Nick drehte sich wieder zu ihr um. Ihr Gesicht war zerfurcht vor Angst, und sie sah plötzlich sehr alt aus. Aber er empfand kein Mitleid mit ihr. Zu oft hatte sie ihren Söhnen den Tod gewünscht.

»N-Nick?«

Nick fuhr herum. Sein Bruder stand in der Hintertür. »Mein Gott, Danny, du hast uns einen furchtbaren Schrecken eingejagt.«

»Wo hast du gesteckt, du kleine Rotznase?«, fauchte June ihn an.

»I-ich hab m-mich versteckt«, stammelte Danny mit angsterfüllten Augen.

»Ach? Und vor wem?« Nick warf Norm einen feindseligen Blick zu.

»Schauen Sie mich nicht an! Ich hab ihn nicht angerührt!«, protestierte Norm.

»Das will ich auch schwer hoffen«, knurrte Nick.

Norm schüttelte den Kopf. »Ihr könnt mich alle mal«, murmelte er. »Ich bin weg.«

»Geh noch nicht, Norm. Warte!«, bettelte June, doch er warf ihr einen verächtlichen Blick zu.

»Den Ärger bist du nicht wert, Mädchen.«

»Norm!«

Doch er war schon draußen und schlug die Tür hinter sich zu.

June sah Nick an. »Da siehst du, was du getan hast!«, sagte sie vorwurfsvoll. »Wir hatten was Gutes laufen, er und ich. Aber du musstest ja hingehen und alles kaputt machen, nicht wahr?«

Doch Nick hörte ihr gar nicht zu. Seine ganze Aufmerksamkeit richtete sich auf seinen Bruder.

»Geh und zieh dir was an, während ich mit Dan rede«, sagte er zu seiner Mutter.

»Sag du mir nicht, was ich in meinem eigenen Haus zu tun habe!«

»Es ist mein Haus, falls du das bereits vergessen hast. Ich bezahle hier die Miete.«

June öffnete den Mund, um zu widersprechen, aber dann schloss sie ihn wieder, griff nach ihren Zigaretten, stürmte hinaus und schlug die Tür hinter sich zu.

Nick zauste Danny das Haar. »Was meinst du – sollen wir beide uns ein paar Pommes holen gehen? Ich weiß nicht, wie es dir geht, aber ich bin am Verhungern.«

Sie gingen zu der Imbissbude hinunter, wo Nick für beide Würstchen und Pommes frites kaufte, die sie auf dem Bordstein sitzend aßen.

»Wo bist du eigentlich gewesen?«, fragte Nick, als er vorsichtig das Zeitungspapier um Dannys Essen entfernte und ihm das Schälchen reichte.

»S-spazieren. A-am Kanal.«

Nicks Kopf fuhr zu ihm herum, und sofort begannen sämtliche Alarmglocken in ihm zu schrillen. »Am Kanal? Verflixt noch mal, Danny, wie oft habe ich dir schon gesagt, dass du nicht allein dort runtergehen darfst? Dieser Weg ist zu gefährlich, du könntest ausrutschen oder sonst was …« Er sah die Panik im Gesicht seines Bruders und zwang sich, sich zu beruhigen. »Tut mir leid, Danny, ich wollte dich nicht anschreien. Aber ich mache mir Sorgen um dich, verstehst du? Wenn dir irgendwas passieren würde …«

Er würde es sich nie verzeihen.

»Vor wem hast du dich eigentlich versteckt?« Er versuchte, die Frage so beiläufig wie möglich klingen zu lassen, während er über die Straße zu einem Lumpensammler hinüberblickte, dessen Karren vollbeladen war mit Altmetall.

Danny starrte vor sich hin. »Ich darf nichts sagen.«

»Was darfst du nicht sagen? Mir kannst du alles erzählen, Dan. Ich bin dein großer Bruder. Wir haben doch keine Geheimnisse voreinander, du und ich?« Er stieß ihn kameradschaftlich an, doch Danny zuckte vor ihm zurück.

»Sie hat g-gesagt, sie würde ihre B-brüder auf mich hetzen, wenn ich was sage.«

Nick, der sich gerade eine Fritte in den Mund stecken wollte, hielt abrupt in der Bewegung inne. »Wer hat das gesagt?« Danny wurde sehr still, und sein Mund klappte zu wie eine Falle. »Meinst du Ruby?« Nick sah die Röte, die seinem Bruder in den Nacken stieg. »Was genau hat sie gesagt, Danny?«

»D-das kann ich dir nicht sagen«, murmelte er. »Es ist ein G-Geheimnis. Ich hätte nicht zuhören sollen, aber e-es ging nicht anders. Ich hab bloß zufällig dagesessen, als sie und ihre M-Mum sich unterhielten.«

»Und worüber haben sie gesprochen?«

»Das B-Baby.«

Nick holte tief Luft. »Und was haben sie über das Baby gesagt?«

»I-ich k-kann nicht!« Danny richtete einen gequälten Blick auf Nick. »Sie sagte, du w-würdest böse auf mich werden, wenn du es herausbekämst.«

»Du weißt, dass ich niemals böse auf dich werde, mein Junge.«

»D-Dennis und Frank aber schon. Und s-sie hat gesagt, sie w-würde sie auf mich hetzen.«

»Hat sie das?« Nick biss die Zähne zusammen. »Mach dir mal keine Sorgen wegen Dennis und Frank, mein Junge. Überlass sie mir«, sagte er grimmig. »Und jetzt erzähl mir, was du gehört hast. Von Anfang an.«

KAPITEL NEUNUNDDREISSIG

Helen saß in Gedanken versunken im hinteren Teil des Klassenraums. Es war eigentlich nicht ihre Art, während des Unterrichts zu träumen, aber heute konnte sie nicht anders, als mit dem Federhalter in der Hand aus dem Fenster hinausstarren.

Der Sommer war schließlich doch dem Herbst gewichen, der mit einem böigen Wind hereingefegt war, sodass die Bäume über Nacht fast vollständig ihres bunten Laubs beraubt wurden. Mr. Hopkins war auf dem Hof und plagte sich mit Schubkarre und Schaufel ab, um das herabgefallene Laub vom Boden zu entfernen. Doch jede Schaufel Laub, mit der er die Schubkarre füllte, wurde von einem weiteren Windstoß gleich wieder hinausgefegt und auf dem Hof verteilt.

Helen lächelte im Stillen. Der arme Mr. Hopkins führte einen aussichtslosen Kampf, und trotzdem weigerte er sich aufzugeben. Sie wusste ganz genau, wie er sich fühlte.

Sie starrte die Wanduhr an. Hatte sie wirklich noch eine halbe Stunde vor sich? Hätte sie doch nicht auf Charlie gehört und wäre nicht zum Unterricht gegangen! Sie wäre jetzt viel lieber bei ihm.

Eine ganze Woche war seit ihrer Hochzeit schon vergangen, und mit jedem Tag, der verging, verstärkte sich ihr Eindruck, dass die Ärzte sich irren mussten. Der indignierte Gesichtsausdruck Dr. Latimers, den sie bei jeder seiner Visiten sah, brachte sie jedes Mal zum Lächeln. Er schien es als persönliche Beleidigung aufzufassen, dass Charlie es gewagt hatte, über seine Prognose hinaus weiterzuleben.

Helen wusste, wie sehr Charlie kämpfte. Sie konnte spüren, dass er täglich stärker wurde. Nur einmal war er aus einer seiner langen Schlafphasen erwacht und hatte nicht gewusst, wer sie war, aber das hatte höchstens eine Minute oder zwei gedauert. Und wenn sie seine Hand nahm, konnte sie spüren, wie seine Finger sich um ihre schlossen.

Sie weigerte sich, ihrem Bruder William zuzuhören, als er sie beiseitenahm und versuchte, ihr zu erklären, wie die Krankheit Charlie nach und nach aufzehren würde.

»Aber es geht ihm besser«, beharrte sie. »Es muss doch noch etwas anderes geben, was ihr ausprobieren könntet, um ihm zu helfen? Wie wäre es mit Prontosil oder einer Lumbalpunktion? In meinem Lehrbuch steht …«

Doch William schüttelte den Kopf. »Tut mir leid, Helen, aber beides würde ihm nicht guttun, sie würden sein Leiden nur vergrößern. Und das würdest du ihm doch gewiss nicht zumuten wollen?«

»Ich sagte doch, dass es ihm besser geht! Er braucht nur ein bisschen Hilfe, um dagegen anzukämpfen …«

Aber William hatte sie nur auf diese mitfühlende Art und Weise angesehen, die sie verrückt machte vor Enttäuschung. Und Helen war zu ihren Büchern zurückgekehrt, um nach einer neuen Behandlung zu suchen, nach irgendetwas, das vielleicht ein bisschen Hoffnung schenken konnte. Mittlerweile verbrachte sie mehr Zeit mit Recherchen als mit der Wiederholung ihres Lehrstoffs.

Schwester Judd war noch schlimmer. Es ging Helen auf die Nerven, wenn sie mit ihrer unsicheren, leisen Stimme darüber sprach, es Charlie »bequem« zu machen. Helen hatte dieses Wort selbst oft genug benutzt und nie erkannt, wie dumm und selbstgefällig es doch klang. Sie wollte es Charlie nicht bequem machen, sondern ihn gesund machen.

Seine Mum und sein Dad hatten sich damit abgefunden, dass ihr Sohn sterben würde. Helen konnte den tief empfundenen Schmerz in ihren Augen sehen, wenn sie an Charlies Bett saßen. Sogar sie machten sie wütend. Warum kämpften sie nicht um ihn, wie sie es tat, ermunterten ihn und machten ihm Mut? Ihn so einfach aufzugeben, erschien ihr wie Verrat.

»Wir haben heute lange miteinander geredet«, pflegte sie ihnen zu sagen. »Sogar Schwester Strickland sagte, er sähe schon viel besser aus …« Doch wie William sahen auch seine Eltern sie nur mitfühlend an.

»Zumindest hat er keine Schmerzen, Liebes«, erwiderte seine Mutter dann und tätschelte ihr liebevoll die Hand.

Wenn Nellie ihn doch nur vorhin gesehen hätte, dachte Helen. Als sie ihn heute Morgen besucht hatte – sie hatte es inzwischen aufgegeben, so zu tun, als schliefe sie, und kam von ihrem Nachtdienst geradewegs zu ihm –, war er fast eine Stunde wach geblieben. Sie wäre noch länger geblieben, um mit ihm zu reden, aber dann war die Mittagszeit gekommen, und Charlie hatte darauf bestanden, dass sie zu ihrem Nachmittagsunterricht ging.

»Eure Schwester Parker wird auf dem Kriegspfad sein, wenn du nicht hingehst«, hatte er sie gewarnt.

»Das ist mir egal.«

»Aber deine Abschlussprüfungen sind wichtig.«

»Du redest schon wie meine Mutter!«

Das hatte ihn zum Lachen gebracht. Als sie schließlich gegangen war, plauderte er mit Millie. Helen hatte den ganzen Weg zu ihrem Klassenzimmer vor sich hin gelächelt, weil sie wusste, dass er über den Berg war. Sie konnte es kaum erwarten, zur Station zurückzukehren und ihn wiederzusehen. Mit der gleichen Ungeduld freute sie sich darauf, Dr. Latimers Gesicht am nächsten Tag zu sehen, wenn er versuchte, seinen Medizinstudenten zu erklären, wie er es zustande gebracht hatte, solch eine völlig falsche Prognose zu stellen.

Endlich war der Unterricht vorbei. Helen sammelte schnell ihre Bücher ein und eilte aus dem staubigen Klassenzimmer in die frische Luft hinaus. Als sie über den Hof eilte, zerrte der beißende Wind an ihrer Haube, sodass sich die Nadeln fast lösten.

Unterwegs begegnete sie Mr. Hopkins, der seine Schubkarre vor sich herschob.

»Guten Tag, Mr. Hopkins«, begrüßte sie ihn.

»Hallo, Schwester.« Mr. Hopkins stellte seine Schubkarre ab und nahm seine Mütze ab. Der singende Tonfall des alten Walisers war ungewöhnlich ernst.

»Ist der *Evening Standard* schon gekommen? Ich möchte eine Ausgabe für Charlie mit hinaufnehmen. Er lässt sich so gern von mir vorlesen, und mir ist das Lesematerial ausge…« Sie unterbrach sich sofort, als sie Millie aus dem Stationsgebäude kommen sah. William war bei ihr, und beide schienen sich suchend umzublicken.

Sowie sie sie zusammen sah, wusste Helen Bescheid. Sie suchten sie. Und Helen wusste auch, warum.

»Charlie!«

Millie drehte sich um, als sie sie rufen hörte, und sah ihre bestürzte Miene. Für eine Sekunde schien ihr das Herz stehenzubleiben – und dann begann es plötzlich derart schnell zu schlagen, als wollte es ihr aus der Kehle springen.

»Helen, warte!« Sie hörte William ihren Namen rufen, aber sie drängte sich an ihm und Millie vorbei und stürmte durch die Eingangstür zu den Stationen und die Treppe hinauf, wobei sie immer gleich zwei Stufen auf einmal nahm. Hinter ihr konnte sie William und Millie hören, während sie mit polternden

Schritten den Gang hinunterrannte. Die Doppeltür zur Urologischen Männerstation schien plötzlich unendlich weit entfernt zu sein und sich immer weiter von ihr zurückzuziehen, als sie auf sie zurannte. Die Stimmen und Gesichter um sie herum waren verzerrt, als ob sich alles in Zeitlupe bewegte …

William holte sie ein, als sie die Tür erreichte. Er schloss sie in die Arme und hielt sie fest, aber sie wehrte sich verzweifelt gegen ihn.

»Lass mich los!«, schrie sie. »Ich muss ihn sehen. Ich muss Charlie sehen!«

»Er ist nicht mehr, Helen. Sie haben ihn weggebracht.«

Sie begann blindlings auf ihn einzuschlagen. »Wo? Wo haben sie ihn hingebracht?«

Dann sah sie Millie, die mit gesenktem Kopf und zitternden Schultern hinter ihrem Bruder stand und weinte.

»Ich muss ihn sehen.« Helen kämpfte, um sich loszureißen. »Ihr macht einen Fehler, Charlie erholt sich langsam. Ich weiß, dass es so ist. Warum sieht das keiner?«

»Lass das, Helen, bitte«, flehte William sie mit schmerzerfüllten Augen an.

»Nein! Ihr habt ihn alle aufgegeben, aber ich nicht. Ich hab euch doch gesagt, dass er täglich kräftiger wird …«

»Er ist tot, Helen.«

Seine Worte waren ein solcher Schock für sie, dass ihr der Atem stockte. Fassungslos starrte sie ihren Bruder an. »Du hättest nicht zulassen dürfen, dass sie ihn mitnehmen, nicht ohne mich. Du hattest kein Recht dazu. Warum hast du nicht auf mich gewartet? Warum hat er nicht gewartet …«

»Es tut mir leid.« Williams starke Arme umfingen sie und drückten sie an seine Brust. »Ach, Helen, es tut mir ja so leid.«

Mit steif herabhängenden Armen ließ sie seine Umarmung über sich ergehen und wollte sich nicht trösten lassen. Sie hörte

Williams sanfte Stimme an ihrem Ohr, die ihr immer wieder sagte, es täte ihm so leid, und Millies gedämpftes Schluchzen. Aber sie sagte sich, dass sie etwas falsch verstanden haben mussten, dass es sich nur um einen Irrtum handeln konnte.

Charlie würde nicht ohne sie gehen, nicht ohne ihr Lebwohl gesagt zu haben.

KAPITEL VIERZIG

Kathleen wusste nicht recht, was sie von der jungen Frau halten sollte, die ihr gegenübersaß.

Sie hatte eine schluchzende, am ganzen Körper zitternde Helen Dawson erwartet, die außer sich vor Kummer war. Es waren noch keine vier Stunden vergangen, seit ihr Ehemann gestorben war, und Schwester Judd hatte berichtet, wie hysterisch Helen gewesen war, dass sie sich gegen die Türen geworfen hatte und ihre Schreie durchs ganze Krankenhaus geschallt waren.

»Dieses arme, arme Mädchen«, hatte sie geflüstert. »Es tut mir leid, Schwester Oberin, ich weiß, dass wir nach all den Jahren an den Tod gewöhnt sein müssten, aber diese Tragödie hat uns alle wirklich sehr, sehr mitgenommen. Wir haben Charlie – Mr. Dawson – kennen und schätzen gelernt, und was dieses arme Mädchen angeht … ach, ich kann mir kaum vorstellen, wie sie sich fühlen muss. Ich glaube, wenn sie in diesem Augenblick hätte sterben können, hätte sie es getan.«

Doch das Mädchen, das vor der Oberin saß, war keineswegs hysterisch, und es zitterte auch nicht. Eher war sie unnatürlich gefasst, wie immer tadellos gekleidet in ihrer Uniform, und nicht eine einzige Haarnadel an ihrer Haube saß schief. Nur die Art und Weise, wie sie fortwährend diesen Ring aus Silberpapier an ihrem Finger drehte, verriet ihre innere Erregung.

Aber es war, als ob alles Leben in ihr erloschen wäre. Ihre Wangen waren blass und eingefallen, und sie erwiderte Kathleens Blick aus toten braunen Augen. Die Oberin fragte sich, ob das Beruhigungsmittel, das Helens Bruder ihr zum Schlafen gegeben hatte, vielleicht noch nachwirkte.

»Schwester Tre… Schwester Dawson«, berichtigte sie sich schnell. »Sie haben doch hoffentlich nicht vor, sich heute Abend zum Dienst zu melden?«

Helen blickte auf ihre makellose Uniform herab. »Doch, Schwester Oberin. Natürlich.«

»Niemand würde von Ihnen erwarten, unter den gegebenen Umständen zu arbeiten.«

»Schwester Everett hat wenig Personal, wenn ich es nicht tue, Schwester Oberin. Der jungen Kollegin fällt es jetzt schon schwer zurechtzukommen. Wenn über Nacht noch ein Notfall eingewiesen würde …«

»Könnte die Nachtschwester ganz sicher damit umgehen«, warf Kathleen ein. »Ganz ehrlich, Schwester, ich glaube, es wäre viel besser, wenn Sie nach Hause führen.«

»Nein!« Jetzt erwachte Helen zum Leben. Die Augen, die Kathleens Blick erwiderten, waren dunkel vor Panik.

»Nur für ein paar Tage. Sie brauchen Ruhe.«

»Bitte schicken Sie mich nicht nach Hause, Schwester Oberin.«

Kathleen zog die Augenbrauen hoch, sagte aber nichts. Niemand brauchte ihr zu sagen, warum Helen nicht nach Hause fahren wollte. Wer würde nicht gerne darauf verzichten, Constance Tremaynes Barmherzigkeit ausgeliefert zu sein?

»Na schön, Schwester. Aber Sie brauchen Ruhe. Ich werde Miss Tanner bitten, eine andere Schwester zu suchen, die Sie heute Nacht vertreten kann. Da morgen die neuen Stationen zugeteilt werden, wird es kein Problem sein, Sie vom Arbeitsplan zu nehmen.«

»Bitte, Schwester Oberin, ich möchte arbeiten. Ich … ich möchte mich beschäftigen.«

Kathleen schaute sie ruhig an. Sie wusste, dass manche Leute der Meinung waren, Trauer zu ignorieren sei der beste Weg, sie durchzustehen. Aber sie hatte immer anders darüber gedacht. Und nun hatte sie das beunruhigende Gefühl, dass sich unter Helen Dawsons unnatürlich gefasstem Äußeren eine Unmenge von aufgepeitschten Emotionen verbarg. Wenn sie sich keine Zeit nahm, um zu trauern, würden diese Gefühle sie langsam, aber sicher zerfressen, bis nichts mehr von ihr übrig war.

»Sie wissen, dass ich Sie zwingen könnte, sich ein paar Tage freizunehmen?«

Helen starrte auf ihre Hände herab. »Ja, Schwester Oberin.«

Kathleen seufzte. »Also gut, Schwester. Sie werden heute Abend nicht zum Dienst gehen. Aber ich möchte, dass Sie sich auf unsere eigene Krankenstation begeben und sich Ruhe gönnen. Das ist mein letztes Wort«, sagte sie, als Helen widersprechen wollte. »Sie können sich dann übermorgen auf Ihrer neuen Station zum Dienst melden. Aber«, fügte sie hinzu, als sie Helen aufatmen sah, »falls Sie es sich irgendwann anders überlegen oder das Gefühl haben, dass Ihre Aufgaben Sie überfordern, müssen Sie es mir unverzüglich sagen.«

»Ja, Schwester Oberin.« Helen stand auf, hielt dann aber noch einmal inne. »Darf ich Ihnen noch eine Frage stellen, Schwester Oberin?«

»Ja, Schwester?«

»Ich dachte … könnte ich mir vielleicht nächsten Mittwoch ein paar Stunden freinehmen? An dem Tag ist Charlies … das Begräbnis meines Mannes.«

Kathleen kämpfte mit einem Kloß im Hals, der ihr fast die Kehle zuschnürte.

»Ja, Schwester. Selbstverständlich, Schwester«, erwiderte sie.

»Danke, Schwester Oberin.«

Als Helen sich zum Gehen wandte, sagte Kathleen: »Und vergessen Sie nicht, Dawson, dass meine Tür Ihnen immer offen steht, falls Sie über irgendetwas reden wollen.«

»Ja, Schwester Oberin. Vielen Dank.«

Kathleen blickte ihr hinterher, als sie zur Tür ging. Ihre Schritte waren vorsichtig, gemessen, als wäre alleine die Mühe, einen Schritt vor den anderen zu setzen, schon zu viel für sie.

Und sollte Helen Dawson irgendetwas belasten, wäre Kathleen wahrscheinlich die Letzte, die davon erfahren würde.

»Das ist nun schon der zweite Tag, an dem sie nichts gegessen hat«, bemerkte Millie, als sie Helen während des Abendessens beobachtete. Sie saß am anderen Ende des Speisesaals allein am Tisch der Lernschwestern im dritten Jahr und hatte ihren noch unberührten Teller mit Essen vor sich stehen. »Wir sollten zu ihr hinübergehen und irgendetwas zu ihr sagen …«

»Und was?«, entgegnete Dora. »Was könnten wir schon sagen, damit sie sich besser fühlt?«

»Das weiß ich auch nicht«, seufzte Millie. »Aber ich hasse es, hier zu sitzen und nichts zu tun. Wir sind doch ihre Freundinnen, oder etwa nicht?«

Ein Grund mehr, uns von ihr fernzuhalten, dachte Dora. Sie könnten ihr hundertmal oder noch viel öfter sagen, wie leid es ihnen tat, es würde ihren Schmerz nicht lindern.

Während sie noch zu Helen hinüberblickte, kam eine Gruppe anderer Schwesternschülerinnen in den Speisesaal und setzte sich zu Helen. Sie wurde sofort lebendig, lächelte und plauderte mit ihnen. Aber Dora konnte ihr die Anstrengung am Gesicht ablesen. Das Einzige, was sie wirklich wollte, war, allein zu sein.

»Sie weiß, wo wir sind, wenn sie uns braucht.«

»Ich kann nicht aufhören, darüber nachzudenken.« Millie legte ihre Gabel nieder und schob ihren Teller weg. »Sie war völlig hysterisch, überhaupt nicht mehr sie selbst. Wie sie schrie und kämpfte wie ein wildes Tier – ich dachte wirklich, sie würde ihrem Bruder ein blaues Auge verpassen, so wie sie auf ihn eingeschlagen hat. Sie sagte immer wieder, es müsse ein Irrtum sein und dass es Charlie schon viel besser ginge. Das arme Mädchen, sie hatte das schon tagelang gesagt, uns angefleht, noch mehr Bluttests zu machen, und uns gesagt, sein Ödem gehe zurück, obwohl jeder sehen konnte, dass es sich verschlimmerte …«

»Sie hat gesehen, was sie sehen wollte, nehme ich an«, sagte Dora.

Millie nickte. »Das glaube ich auch. Ich wünschte, sie wäre bei ihm gewesen, als er starb, dann hätte sie es vielleicht akzeptiert. Aber zurückzukommen und festzustellen, dass er ruck, zuck zur Leichenhalle heruntergebracht worden war …, das muss ein fürchterlicher Schock gewesen sein.«

»Der Tod stellt komische Sachen mit den Leuten an«, sagte Katie O'Hara düster und griff über den Tisch nach Millies Teller. »Gott, könnt ihr euch vorstellen, kaum eine Woche nachdem man Braut war, als Witwe zurückzubleiben? Das ist grausam, wirklich grausam.«

»Es ist schwer zu glauben, wie glücklich wir an ihrem Hochzeitstag waren«, seufzte Millie.

»Ich frag mich, ob sie wohl gewusst hat, was geschehen würde?«, sinnierte Lucy Lane. Dora warf Millie einen Blick zu, aber keine von beiden sagte etwas.

»Es klingt eher nicht so, oder?«, erwiderte Katie mit vollem Mund. »Und würdest du jemanden heiraten, wenn du weißt, dass er sterben wird? Ich glaube nicht, dass ich das täte.«

»Nicht einmal deinen Tommy?«, fragte Dora.

Lucy grinste boshaft. »Anders würde er es ohnehin nicht tun – nur über seine Leiche!«

Katie bekreuzigte sich. »Darüber macht man keine Witze! Ich weiß nicht, was ich täte, wenn er sterben würde.«

»Ich kann nicht glauben, dass sie morgen schon wieder zur

Arbeit geht«, sagte Millie, die Helen immer noch beobachtete. »Das ist doch ganz bestimmt keine gute Idee.«

»Es ist ihre eigene Entscheidung«, sagte Dora achselzuckend. »Vielleicht denkt sie ja, sie müsste sich beschäftigen? Außerdem ist sie soeben erst der Orthopädischen Männerstation zugeteilt worden. Und da die Patienten dort recht lebhaft sind, dürfte es wohl nicht allzu deprimierend für sie werden.«

»Da wäre ich mir nicht so sicher«, sagte Katie. »Vergiss nicht, dass meine Schwester Bridget dort Stationsschwester ist. Und glaubt mir, sie macht jeden fertig!«

Helen war schon gegangen, als sie nach dem Abendessen den Speisesaal verließen.

»Was glaubst du, wann sie wieder bei uns einziehen wird?«, fragte Millie.

»Wenn sie morgen wieder Dienst macht, wird sie wahrscheinlich heute Abend noch aus unserer Krankenstation entlassen«, erwiderte Dora.

»Gut.« Millie lächelte. »Vielleicht wird ihr dann ja wieder danach zumute sein, mit uns zu reden?«

»Vielleicht«, stimmte Dora zu. »Aber wir sollten sie nicht bedrängen, falls sie nicht dazu aufgelegt ist. Wir müssen ihr Zeit geben.«

Millie, Lucy und Katie mussten um neun Uhr wieder zum Dienst auf der Station sein, aber Dora hatte ihren für heute schon beendet. Als sie im nachlassenden Tageslicht zum Schwesternheim hinüberging, war sie so tief in Gedanken versunken, dass sie die große, breitschultrige Gestalt, die ihr in den Weg trat, im ersten Moment nicht einmal bemerkte.

»Ich muss mit dir reden«, sagte Nick.

»Nick!« Sie blickte sich rasch zum Schwesternheim um. »Du weißt, wie riskant das ist, oder? Und wenn Schwester Sutton nun aus ihrem Fenster schaut und uns erwischt?«

»Das ist mir egal. Ich bin verzweifelt.«

Sie sah ihn prüfend an. Selbst im Halbdunkel konnte sie die Anspannung in seinen harten Gesichtszügen sehen. »Was ist denn? Was ist los?«

»Ich verlasse Ruby.«

»Sie hat mich belogen«, erzählte Nick. »Sie war gar nicht schwanger. Sie hat sich das Ganze nur ausgedacht, um mich dazu zu bringen, sie zu heiraten.«

Dora schwirrte der Kopf. Alle möglichen Gedanken stürmten auf einmal auf sie ein. »Wer hat dir das gesagt?«

»Danny hörte sie und ihre Mum darüber reden. Ruby erzählte ihr von dem Plan, den sie sich ausgedacht hatte, um vorzutäuschen, dass sie das Kind verloren hätte. Und diese alte Kuh Lettie sagte, sie würde ihr helfen, es echt erscheinen zu lassen, damit ich nichts davon mitbekäme.«

Dann verstummte er abrupt, und Dora sah den Schmerz, der sein Gesicht umwölkte.

»Das tut mir leid«, murmelte sie.

»Und ich war so dumm, ihr zu glauben«, fuhr Nick mit rauer Stimme fort. »Sie tat mir schrecklich leid. Ich dachte, wenn sie nur halb so sehr leiden würde wie ich …« Er hielt inne, um tief Luft zu holen. »Sie sah zu, wie mir das Herz brach, und ließ mich weiter in dem Glauben, unser Baby wäre tot. Und die ganze Zeit über hat sie über mich gelacht!«

Dora stemmte ihre Arme in die Seiten und kämpfte gegen das Bedürfnis an, ihn zu berühren, um ihn zu trösten. »Ich glaube nicht, dass sie gelacht hat, Nick.«

Er warf ihr einen wütenden Blick zu. »Du verteidigst Ruby doch wohl nicht auch noch?«

»Nein, natürlich nicht. Ich denke nur, dass sie sehr verzweifelt gewesen sein muss, um so etwas zu tun.«

»Hinterhältig wohl eher!« Nicks Lippen kräuselten sich vor Verachtung. »Sie hat mich während unserer ganzen Ehe belogen, von der Minute an, als sie in diese Kirche kam und sagte, ›Ja, ich will‹. Wie sie die Dreistigkeit besitzen konnte, vor Gott dieses Gelübde abzulegen, ist mir unbegreiflich. Mich wundert's nur, dass sie nicht vom Blitz getroffen wurde!« Er lachte kurz und bitter. »Ich hätte es wissen müssen«, sagte er. »Mir hätte klar sein müssen, dass sie einen üblen Trick wie diesen benutzen würde, um ihren Willen durchzusetzen. Sie denkt nie an jemand anderen, nicht eine Sekunde lang. Aber warum auch, solange sie ihren Willen bekommt?«

Dora schreckte vor dem unbändigen Zorn in seinem Ton zurück. Er hatte recht, Ruby war grausam und arglistig gewesen. Sie verdiente seine Verachtung, und noch sehr viel mehr als das.

Aber sie hatte auch Dora in ihre Lüge mit hineingezogen.

»Wirst du denn gar nichts dazu sagen?« Nick starrte sie mit harten, durchdringenden Augen an.

»Ich … ich weiß nicht, was ich sagen soll.«

»Du scheinst nicht sehr überrascht zu sein. Aber du kennst sie wahrscheinlich ja auch besser als jeder andere, nicht wahr? Du warst lange ihre Freundin und müsstest also wissen, wozu sie fähig ist.« Er sah Dora aus schmalen Augen an. »Aber du wusstest nichts davon, oder?«

»Ich …«

»Nein, natürlich nicht. Vergiss die Frage«, sagte er schnell. »Du bist nicht wie sie, du würdest mich niemals so belügen, wie sie es getan hat.«

Dora blickte zum Schwesternheim hinter ihm hinüber. Aus allen Fenstern drang Licht, da die Schwesternschülerinnen allmählich von ihrer Tagesarbeit zurückkehrten. Dora wünschte, sie könnte bei ihnen sein, in Sicherheit hinter verschlossenen Türen.

»Hast du mit Ruby gesprochen?«, fragte sie.

Nick schüttelte den Kopf. »Ich bin noch zu wütend, um sie zur Rede zu stellen, und wollte nichts tun, was ich bereuen würde. Außerdem wollte ich zuerst mit dir reden. Ich dachte, du könntest … ich weiß nicht … mir vielleicht helfen, all das zu verstehen?«

Nick fuhr sich mit der Hand durch seine dunklen Locken. Er sieht eher hilflos als wütend aus, dachte Dora. Wie ein Mann, der völlig niedergemacht worden war und nicht wusste, warum.

»Du musst mit Ruby sprechen«, sagte sie.

Seine Lippen wurden schmal. »Ich habe ihr nichts zu sagen.«

»Dann hör dir an, was sie zu sagen hat.«

»Wozu? Ich würde höchstens noch mehr Lügen von ihr zu hören bekommen. Sie würde die Wahrheit nicht mal dann erkennen, wenn sie darüber stolpert. Ich weiß einfach nicht mehr, was ich glauben oder wem ich trauen kann. Außer dir natürlich.«

Er griff nach ihrer Hand, aber Dora entzog sie ihm. Sie kam sich zu schmutzig vor, zu unaufrichtig, um sich von ihm anfassen zu lassen.

»Sie hat mir auch das genommen«, sagte Nick zutiefst enttäuscht. »Wir hätten so glücklich miteinander werden können, und Ruby hat auch das mit ihren selbstsüchtigen Lügen zerstört. Aber es ist noch nicht zu spät, oder? Wir könnten immer noch zusammen sein …«

Dora konnte die Anspannung fühlen, die von seinem Körper ausging. »Sag es nicht«, bat sie. »Es ist nicht richtig.«

»Warum nicht? Ich liebe dich. Ich habe dich immer geliebt, Dora.«

»Aber du bist mit ihr verheiratet.«

Nick schaute ihr mit unbewegter Miene direkt in die Augen. »Im Moment noch«, sagte er.

Dora wurde übel. Nichts von alldem dürfte geschehen, es war ganz falsch.

»Sprich mit Ruby«, drängte sie Nick. »Hör dir an, was sie zu ihrer Verteidigung zu sagen hat.«

Er seufzte. »Na gut, wenn du das für das Beste hältst. Aber ich sag's dir gleich – es gibt nichts, aber auch absolut nichts, was mich umstimmen könnte.«

KAPITEL EINUNDVIERZIG

Charlies Begräbnis war ein echtes East-End-Ereignis, für das keine Kosten gescheut worden waren. Zwei Pferde mit schwarzem Federschmuck zogen den prachtvollen, mit farbenfrohen, üppigen Blumenarrangements geschmückten Leichenwagen durch die schmalen Straßen, gefolgt von einer Prozession von Charlies Freunden und Familie. Es war, als wäre ganz Bethnal Green erschienen, um die Straßen zu säumen. Als sie am Columbia Market vorbeizogen, verstummten die Rufe der Händler, und alle standen still, zogen ihre Hüte und Mützen und senkten den Kopf, um dem Verstorbenen ihren Respekt zu zollen.

Helens Gesicht war wie versteinert, als sie dem Trauerzug folgte. Sie wünschte, sie könnte ihre Gefühle so offen zeigen, wie Charlies Familie es tat, aber ihre Mutter hatte ihr immer gesagt, es sei würdelos, in Gegenwart anderer zu weinen.

Was Charlies Familie jedoch nicht zu kümmern schien. Seine Mutter, seine Brüder und Schwestern, alle schluchzten heftig. Selbst seinem Vater, diesem stämmigen Straßenhändler, liefen Tränen über das Gesicht. Sie hatten die Arme umeinandergelegt und hielten sich gegenseitig aufrecht. Aber es war niemand da, um Helen zu stützen, als sie allein hinter dem Sarg ihres Mannes herging.

Dora und Millie und Helens Vater und ihr Bruder waren gekommen, doch alle vier gingen mit gesenkten Köpfen am Ende der Prozession.

Helens Mutter jedoch war natürlich nicht gekommen.

Wahrscheinlich ist es auch besser so, dachte Helen bitter. Sie konnte sich sehr gut vorstellen, was Constance von Charlies Familie gehalten hätte, die schluchzend vor Kummer am offenen Grab stand. Wie vulgär ihre Mutter all das gefunden hätte, die verschwenderische Fülle der Blumen und die so offen zur Schau gestellten Emotionen. Helen konnte sie im Geiste vor sich sehen, wie sie angewidert ihre Lippen schürzte.

Aber wenigstens Charlies Familie war da, um seine Witwe zu trösten. Nach dem Gottesdienst kam Nellie Dawson zu ihr hinüber. Sie trug einen schwarzen Persianermantel und einen passenden Hut, und ihr Gesicht war fleckig und verquollen vom Weinen.

»Oh, mein armes kleines Mädchen.« Sie nahm Helen in die Arme und drückte sie an ihre nach Lavendel duftende Brust. »Ich wage mir nicht vorzustellen, wie sehr du leiden musst.« Sie hielt sie auf Armeslänge von sich ab und blickte ihr prüfend ins Gesicht. »Wie kommst du damit zurecht, mein Kind?«

Helen nickte nur, weil sie sich keine Antwort zutraute.

»Gut, aber denk bitte immer daran, dass du keine Fremde für uns bist. Du gehörst jetzt zur Familie, das darfst du nie vergessen.« Sie strich Helen eine lose Haarsträhne aus dem Gesicht. »Was immer du auch willst oder was du brauchst, du wirst damit zu mir kommen und mit mir sprechen, nicht wahr?«

»Danke«, gelang es Helen flüsternd zu erwidern.

»Du brauchst mir nicht zu danken, mein Schatz. Wie ich bereits sagte, du gehörst jetzt zur Familie. Auch Charlie hätte es so gewollt.« Nellie blinzelte, um die Tränen zurückzuhalten, die in ihren feuchten Augen glitzerten. »Er hat dich geliebt, weißt du. Von ganzem Herzen hat er dich geliebt, der Junge. Ich habe ihn nie so glücklich gesehen wie mit dir.« Sie zog ihr Taschentuch heraus. »Warum der Herrgott beschlossen hat, ihn uns zu nehmen, kann ich einfach nicht verstehen. Aber es heißt ja, die Wege des Herrn seien unergründlich«, sagte sie mit einem unsicheren Lächeln. »Wahrscheinlich sieht Charlie uns jetzt von dort oben zu und lacht darüber, wie wir uns hier aufführen. Das würde mich jedenfalls nicht wundern.«

»Da hast du vermutlich recht, Nellie.«

Als Helen sich anschickte zu gehen, sagte Nellie Dawson: »Jetzt hätte ich doch fast vergessen, dass Charlie mich gebeten hat, dir etwas zu geben.«

Helen drehte sich wieder zu ihr um und runzelte die Stirn, als Nellie in ihrer Handtasche kramte.

»Es muss irgendwo hier sein … ah, da ist es ja.« Sie zog ein kleines, samtbezogenes Kästchen heraus und hielt es Helen hin.

Helen starrte darauf herab, aber ihre Hände verkrampften sich, und sie zögerte, es anzunehmen. »Was ist es?«

»Das solltest du besser selbst herausfinden, meinst du nicht?«

Aber Helen kannte die Antwort bereits, bevor sie das Kästchen nahm und es öffnete. Darin lag ein wunderschöner Verlobungsring mit einem Diamantsolitär.

»Er gehörte seiner Großmutter«, erklärte Nellie Dawson. »Charlie sagte, du solltest ihn bekommen … falls ihm irgendetwas zustieße.« Sie schaffte es, sich ein kleines Lächeln abzuringen. »Er wollte, dass du einen richtigen Verlobungsring bekommst, der dieses Stückchen Silberpapier ersetzen soll.«

»Danke.« Wie betäubt starrte Helen den funkelnden Ring in seinem Bett aus schwarzem Samt an. Er war hinreißend. Aber er würde ihren Papierring nie ersetzen können. Nichts würde das je können.

Constance stand hinter dem hohen Eisenzaun auf der anderen Seite des Friedhofs. Ein stechender Schmerz durchzuckte sie, als sie sah, wie eine andere Frau ihre Tochter tröstete. Sie wünschte sich von Herzen, sie könnte sich überwinden, durch das überdachte Friedhofstor zu treten und den Pfad hinabzugehen, aber ihr Stolz hielt sie davon ab. Genauso, wie er sie davon abgehalten hatte, ihre Tochter heiraten zu sehen.

Sie hatte nicht gewusst, wie beliebt Charlie Dawson gewesen war, bis sie unter den vielen Trauernden stand, die sich an den Straßenrändern drängten, und sie um ihn weinen hörte. Jeder pries seine Liebenswürdigkeit, seine Großzügigkeit und die Tatsache, dass er nie ein unfreundliches Wort über irgendjemanden verloren hatte.

Nicht wie sie, musste Constance sich eingestehen. Sie schämte sich jetzt, ihn so kalt und unfreundlich behandelt zu haben, obwohl er doch nichts anderes getan hatte, als ihre Tochter zu lieben.

Aber jetzt war es zu spät, um all das wiedergutzumachen. Und auch zu spät, die Dinge mit Helen wieder ins Lot zu bringen.

Die arme Helen. Es hatte Constance das Herz zerrissen, die schlanke Gestalt ihrer Tochter hocherhobenen Hauptes und mit unbewegter Miene hinter dem Leichenwagen hergehen zu sehen. Constance konnte sich vorstellen, was es Helen abverlangt haben musste, sich so tapfer und gefasst zu geben. Alles in ihr hatte sie gedrängt, sich von der Menge zu lösen und zu Helen zu laufen. Aber sie hatte Angst, dass ihre Tochter sie vielleicht zurückweisen könnte, denn das hätte sie nicht ertragen.

Die Oberin hatte ihr bereits gesagt, dass Helen sie nicht sehen wolle. Sobald sie erfahren hatte, dass Charlie Dawson tot war, hatte Constance den nächsten Zug nach London genommen und hatte sich zum Nightingale begeben, um ihre Tochter heimzuholen. Aber die Oberin hatte ihr in aller Deutlichkeit gesagt, dass Helen ihre Mutter weder sehen noch sprechen wollte und dass sie schon gar nicht das Krankenhaus verlassen wollte.

»Sie brauchen sich keine Sorgen zu machen, Mrs. Tremayne. Ihre Tochter ist hier unter Freunden«, hatte sie gesagt. »Wir werden uns um sie kümmern.«

Weil Sie es nicht können. Das hatte die Oberin zwar nicht gesagt, aber gemeint. Und ihre kühlen grauen Augen hatte das deutlich zum Ausdruck gebracht.

Und vielleicht hatte sie ja recht, dachte Constance. In all diesen Jahren war sie so damit beschäftigt gewesen, Helen zu ihrem eigenen Ebenbild zu machen, dass sie sich erlaubt hatte, blind gegenüber dem zu sein, was ihre Tochter wirklich brauchte.

Und jetzt war es zu spät. Sie hatte Helen für immer verloren.

Nach der Beerdigung ließen Millie und Dora Helen an der Grabstätte zurück und gingen vom Friedhof aus direkt zum Schwesternheim.

»Hätten wir nicht besser bei ihr bleiben sollen?«, fragte Millie besorgt.

Dora schüttelte den Kopf. »Charlies Familie wird sich um sie kümmern«, sagte sie. »Außerdem müssen wir zum Dienst zurück. Die Oberin hat uns nur zwei Stunden freigegeben.«

»Ich muss zugeben, dass ich froh bin, aus diesen Kleidern herauszukommen«, sagte Millie seufzend. Selbst in der kühlen Septemberluft deprimierte ihr schwerer schwarzer Mantel sie. Dora, deren sommersprossiges Gesicht hinter einem dichten schwarzen Schleier verborgen war, wirkte genauso düster und bedrückt. »Die arme Tremayne … wie in aller Welt muss sie sich fühlen?«

»Meintest du nicht Dawson?«

»Natürlich.« Millie schüttelte den Kopf. »Ich hab noch keine Zeit gehabt, mich an diesen Namen zu gewöhnen.«

»Und sie auch nicht, möchte ich wetten.«

Sie gingen weiter, und beide waren in ihre eigenen Gedanken verloren. Der Wind heulte wehklagend in den Bäumen des Victoria Park. Er war so heftig, dass sie ihre Hüte festhalten mussten.

»Ich fasse es nicht, dass sie gleich wieder zur Arbeit gegangen ist!«, bemerkte Millie. »Ich glaube nicht, dass ich das ertragen könnte. Du?«

»Ich nehme an, sie weiß schon, was sie tut«, erwiderte Dora achselzuckend.

»Ja, aber sie würde sich doch sicher besser fühlen, wenn sie sich die Zeit nähme zu trauern?«

»Was würde ihr das schon bringen? Alles Trauern der Welt wird ihn nicht zurückbringen. Vielleicht denkt sie, dass es besser für sie ist, so wenig wie möglich daran zu denken.«

Millie dachte einen Moment darüber nach. Dora war sehr vernünftig, aber sie hatte eine sehr nüchterne Einstellung zum Leben, die Millie manchmal als zu hart erlebte.

Aber wahrscheinlich fand Dora ihren eigenen unbändigen Optimismus manchmal auch schwer zu ertragen, dachte sie.

Als sie den Eingang zum Park erreichten, ergriff ein heftiger Windstoß plötzlich Millies Hut und riss ihn ihr vom Kopf. Sie griff danach, aber der Wind hatte ihn schon davongetragen. Er tanzte durch die Luft und über die Tore des Parks.

»Schnell, wir müssen ihn erwischen!« Sie und Dora rannten dem Hut nach, wobei sie Leuten auswichen, über Hunde stolperten und beinahe mit Bäumen zusammenstießen. Der Hut wirbelte vor ihnen herum und kam ihnen verlockend nahe, nur um sogleich wieder hochzuhüpfen, wenn sie danach griffen.

»Er wird irgendwo in diesen Bäumen hängen bleiben, da bin ich mir ganz sicher!«, jammerte Millie.

»Falls er im See landet, glaub nur ja nicht, dass ich hinterherspringe!«, gab Dora schwer atmend zurück.

Schließlich ließ der Wind nach, worauf der Hut anmutig zu Boden segelte und vor den Füßen eines Mannes landete, der auf sie zukam. Sie erreichten ihn im selben Moment, als er sich danach bückte.

»Ihr Hut, nehme ich an?«, sagte er, als er ihn abklopfte und ihn dann feierlich übergab.

»Danke. Wir sind ihm durch den ganzen Park nachgejagt.«

»Ein Glück, dass ich hier war, um ihn aufzufangen. Was würdest du nur ohne mich machen, Millie?«

Beim Klang ihres Namens blickte sie auf und nahm das Gesicht des Mannes erst jetzt wirklich wahr. Sein blondes Haar war unter einem Filzhut verborgen, aber die lächelnden blauen Augen hätte sie überall erkannt.

»Seb?«, flüsterte sie.

Er grinste. »Überrascht, mich zu sehen?«

»Völlig baff wohl eher!« Sie starrte ihn an und versuchte, Sebs völlig unerwartetes Erscheinen zu erfassen. Sie konnte immer noch nicht glauben, dass er da war und vor ihr stand. »Aber ich verstehe nicht – ich dachte, du wärst in Spanien?«

»Das war ich auch, aber die Auslandsredaktion schien es für besser zu halten, mich nach Berlin zurückzuschicken. Anscheinend vertrauen Herr Hitler und seine Kumpane mir mehr als mein neuer Chef. Ich bin mir immer noch nicht sicher, ob das ein Kompliment ist!« Seb verzog das Gesicht. »Ich habe sie überredet, mir vorher ein paar Tage Urlaub zu geben, damit ich nach England reisen kann. Ich sagte ihnen, ich wolle mich vergewissern, ob ich noch eine Verlobte habe«, sagte er mit einem fragenden Blick. »Nach unserem letzten Telefongespräch war ich mir da nicht mehr allzu sicher.«

»Ach, Seb!« Millie umarmte ihn stürmisch und drückte ihn an sich. »Es tut mir schrecklich leid, denn das war wirklich dumm von mir. Aber weißt du, ich hatte mit dieser Wahrsagerin gesprochen …«

Er hielt sie auf Armeslänge von sich ab. »Mit einer Wahrsagerin?«

»Ja, und sie sagte mir, ich würde Trauer tragen …«

Sie unterbrach sich und wechselte einen raschen Blick mit ihrer Freundin. Doras Gesicht war blass geworden unter ihrem dichten schwarzen Schleier.

»Was hat sie denn nun gesagt?« Seb lachte ein wenig beklommen. »Komm schon, du machst mich ganz nervös!«

»Ach, nichts.« Millie nahm seine Hand. »Das spielt jetzt keine Rolle mehr.«

KAPITEL ZWEIUNDVIERZIG

Nick saß auf einer Bank auf der mondbeschienenen Grünfläche vor Victory House und versuchte, die Energie aufzubringen, die Treppen hinaufzusteigen. Die soliden Backsteinbauten erhoben sich überall um ihn herum, und aus den Fensterreihen fielen Lichtstrahlen auf den leeren Rasen, auf dem er saß, eine Zigarette rauchte und seinen Gedanken nachhing.

Es war nach neun Uhr, und er war schon mehr als drei Stunden in den Straßen herumgelaufen. Er wollte nicht nach Hause gehen, weil er den Gedanken nicht ertrug, sich mit noch mehr von Rubys Lügen auseinandersetzen zu müssen. Und er war sich nicht sicher, ob er sich selber trauen konnte. Er hatte noch nie seine Hand gegen eine Frau erhoben und verachtete die Männer, die es taten. Doch so, wie er sich fühlte, wusste er nicht, ob er die Beherrschung nicht vielleicht doch verlieren würde, falls Ruby den Mund aufmachte, um ihm eine weitere Lüge aufzutischen.

Er hasste Lügen. Er war mit ihnen aufgewachsen, hatte sein Leben lang damit gelebt. Von seiner Kindheit an hatte er immer jemanden belügen müssen: den Vermieter, den Geldeintreiber, den Pfandleiher und den Kerl in dem Laden an der Ecke, wenn er für seine Mum Zigaretten auf Pump kaufen musste. Er hatte seine Lehrer beschwindelt, wenn er einen Tag in der Schule fehlen musste. Er hatte den Nachbarn etwas vorgelogen, wenn sie wissen wollten, was seine Mum im Pub machte, die geschworen hatte, sie hätte sich das Sechs-Pence-Stück geliehen, um ihren Kindern etwas zu essen zu kaufen. Er hatte sogar die Ärzte belogen, die Danny das Leben gerettet hatten, indem er die Geschichte seiner Mutter bestätigt hatte, als sie behauptete, die Verletzungen seines Bruders seien durch einen Sturz verursacht worden.

Er zündete sich eine weitere Zigarette an, die letzte in seinem Päckchen, um Zeit zu schinden. Seine Ehe war am Ende, das wusste er bereits. Er hatte Dora versprochen, Ruby eine Chance zu geben, sich zu rechtfertigen, und das war der einzige Grund, warum er noch hier saß und nicht längst verschwunden war. Er konnte sich nichts vorstellen, was sie sagen könnte, das ihn dazu bringen würde, sie wieder zu begehren.

Er hatte sein Bestes getan, um eine gute Ehe mit ihr zu führen. Ruby und seinem Kind zuliebe hatte er sich von dem Mädchen, das er liebte, abgewendet. Er hatte hart gearbeitet, Ruby jede Woche seine Lohntüte ausgehändigt und sich bemüht, der beste Ehemann zu sein, den er sich vorstellen konnte. Vielleicht hätte er das bis an sein Lebensende getan, wenn er ihren Betrug nicht bemerkt hätte. Und jetzt schuldete er ihr überhaupt nichts mehr.

Es war fast zehn Uhr, als er seine Wohnung endlich doch betrat. Ruby kam aus dem Wohnzimmer, wie immer herausgeputzt wie ein Pfau, in einem blauen Kleid, das er noch nie gesehen hatte, und einem Spitzenjäckchen darüber. Ihr Haar war frisch gewellt, und sie trug mehr Make-up als gewöhnlich. Aber der frisch aufgetragene rote Lippenstift betonte nur ihren schmollenden Gesichtsausdruck.

»Weißt du eigentlich, wie spät es ist?«, fauchte sie ihn an.

Er sah sie an, als sie mit vor der Brust verschränkten Armen in der Tür stand, und jeglicher Kampfgeist erlosch in ihm. Er konnte nicht einmal mehr die Energie aufbringen, böse auf sie zu sein.

Wortlos ging er an ihr vorbei ins Schlafzimmer. Ruby folgte ihm. »Und das war's auch schon? Keine Entschuldigung, ja nicht mal eine Ausrede?«, fragte sie mit schriller Stimme. »Na, das ist ja nett, kann ich nur sagen. Du gehst aus bis in die Puppen, kommst ohne einen Gruß herein und willst mir nicht mal sagen, wo du gewesen bist.« Sie presste erbost die Lippen zusammen. »Und du brauchst nicht zu denken, ich hätte dir dein Abendessen aufgehoben, denn das ist schon vor Stunden in der Mülltonne gelandet.«

»Ich habe keinen Hunger.«

»Oh, dann hast du also doch noch eine Zunge im Kopf? Ich dachte, du hättest sie am gleichen Ort verloren wie deine Manieren …« Sie unterbrach sich, als sie den abgegriffenen Koffer sah, den Nick vom Schrank heruntergezogen hatte. »Was machst du?«

»Packen. Oder wonach sieht es aus?« Er öffnete eine Schublade, nahm einen Armvoll Kleidung heraus und warf sie in den Koffer.

Ruby brauchte eine Sekunde, um zu reagieren. »Wo willst du denn hin?«, fragte sie patzig, doch aus dem Augenwinkel konnte Nick sehen, wie misstrauisch sie ihn beobachtete.

»Wohin auch immer, solange es nur weit entfernt von dir ist.«

Sie inspizierte ihre Fingernägel. »Und darf ich wissen, warum?«

»Denk nach, dann kommst du selbst drauf.«

Sie seufzte. »Wenn es wegen der Schulden ist …, ich dachte das hätten wir geklärt.«

»Es ist nicht wegen der Schulden!« Er hatte seine Stimme erhoben und sah, wie sie zusammenzuckte. »Denkst du wirklich, ich mache mir etwas aus ein paar blöden Schulden? Wir hätten deswegen auf der Straße landen können, aber es hätte mir nicht annähernd so viel ausgemacht wie deine Lügen!«

Ruby wurde blass, aber sie fasste sich schnell wieder. »Ich weiß wirklich nicht, wovon du sprichst.«

Nick zog ein Hemd aus dem Kleiderschrank und warf es in den Koffer. »Ich habe mit Danny geredet.«

»Ach ja?« Ruby lächelte mit schmalen Lippen. »Und was hat dieser kleine Schlingel sich schon wieder ausgedacht?«

»Er hat gehört, wie du mit deiner Mum gesprochen hast. Über das Baby.«

Sie runzelte für einen Moment die Stirn, als versuchte sie ernsthaft, sich daran zu erinnern. Dann lachte sie. »Ach, das! Meine Güte, Nick, wir haben bloß über eine der Frauen auf ihrer Station gesprochen. Das war alles. Danny dachte doch wohl nicht wirklich, ich hätte über mich selbst gesprochen, oder?« Sie schüttelte den Kopf. »Dieser Junge wird demnächst noch jemanden an den Galgen bringen!« Wieder lachte sie. »Er muss mal wieder alles durcheinandergebracht haben, du weißt ja, wie er ist …«

»Hör auf«, sagte Nick müde und schlug den Deckel seines Koffers zu. »Himmelherrgott, Ruby, kannst nicht einmal jetzt aufhören zu lügen? Oder hast du längst vergessen, was die Wahrheit ist?«

Alle möglichen Gefühlsregungen huschten über Rubys Gesicht, bevor sie sich für Reue entschied. Während Nick sie beobachtete, begannen ihre Lippen zu zittern, und ihre blauen Augen füllten sich mit Tränen.

»Oh, Nick, es tut mir ja so leid!« Sie setzte sich aufs Bett und barg das Gesicht in ihren Händen. »Du hast recht, ich habe dich belogen und ein paar schlimme Dinge gesagt. Du kannst dir gar nicht vorstellen, wie sehr ich wünschte, ich könnte die Uhr zurückdrehen und noch einmal ganz von vorn beginnen.«

Nick sah mit unbewegter Miene zu, wie sie in Tränen ausbrach. »Warum hast du es getan?«, fragte er.

»Weil ich dich liebe!« Sie zog ein Taschentuch aus dem Ärmel ihrer Jacke und drückte es an ihre Augen. »Ich hatte Angst, du würdest mich verlassen. Ich wollte all das nicht sagen, es war nicht geplant oder so was. Es ist einfach passiert. Du musst mir glauben, diesmal sage ich die Wahrheit!« Sie suchte seinen Blick, und ihre blauen Augen flehten um Verständnis. »Ich wollte dir gleich die Wahrheit sagen. Aber dann passierte alles auf einmal, und ich war so mit der Hochzeit beschäftigt, dass ich dachte … es wäre vielleicht nicht mehr so wichtig, wenn wir erst einmal verheiratet wären.«

»Nicht mehr so wichtig?« Er starrte sie an. Konnte sie wirklich so naiv, so ungeheuer egoistisch sein? »Du hast mich belogen, Ruby.«

»Ja, ich weiß!« Ein Anflug von Ungeduld schwang jetzt in ihrer Stimme mit. »Und ich wollte dir ja auch die Wahrheit sagen, nachdem wir verheiratet waren. Ich habe es immer wieder versucht, aber es schien nie der richtige Moment zu sein. Und dann begriff ich, dass du mich verlassen würdest, wenn du die Wahrheit wüsstest, also hab ich …«

»Also hast du mich erneut belogen«, beendete er den Satz für sie. »Weißt du, wie ich mich gefühlt habe, als du mir sagtest, du hättest unser Kind verloren? Es hat mir das Herz gebrochen, Ruby. Und du hast zugesehen, wie ich durch die Hölle ging …«

»Was hätte ich denn sonst tun sollen?«

»Du hättest mich von meinen Qualen erlösen können. Du hättest mir die Wahrheit sagen können.«

»Na ja, aber ich konnte doch nicht wissen, dass du es so schwernehmen würdest, oder?«

»Es war mein Kind, mein Fleisch und Blut.« Selbst jetzt noch konnte er kaum glauben, dass wirklich alles eine Lüge gewesen war. »Aber für dich war das alles natürlich nur ein Spiel, nicht wahr? Bloß ein großes Spiel.«

Ruby sah ihn trotzig an. »Ich habe gesagt, dass es mir leidtut«, fauchte sie. »Was willst du denn noch mehr?«

»Nichts«, antwortete Nick müde. »Ich will gar nichts mehr von dir.«

Er zog den Reißverschluss an seinem Koffer zu und ließ den Schnappverschluss einrasten. Als er ihn vom Bett herunterhob, sprang Ruby auf und stellte sich ihm in den Weg.

»Hör mal, ich weiß, dass ich viele Fehler gemacht habe, aber wir können das alles wieder in Ordnung bringen«, sagte sie eifrig.

»Es ist zu spät, Ruby.«

»Warum? Warum ist es zu spät? Wir waren doch glücklich miteinander? Und ich bin dir eine gute Ehefrau gewesen. Das musst du doch zugeben, oder?« Er versuchte, an ihr vorbeizukommen, aber wieder trat sie ihm in den Weg. »Ich erwarte keine Wunder, aber da die Zeit bekanntlich alle Wunden heilt, können wir unsere Ehe retten. Ich bitte dich nur, mir noch eine Chance zu geben. Meinst du nicht, dass jeder eine zweite Chance verdient?« Sie sah ihn mit großen Augen flehend an. »Bitte, Nick. Gib mir eine Chance, dir zu beweisen, dass ich die Frau sein kann, die du dir wünschst!«

Sie sah so verletzlich, so von kindlicher Hoffnung erfüllt aus, dass Nick spürte, wie seine Entschlossenheit nachließ.

»Ich will dich nicht mehr, Ruby«, sagte er.

»Das meinst du nicht ernst!«

Sie griff nach seinem Koffer. Er wehrte sie ab, und plötzlich stürzte sie sich auf ihn, trat nach ihm, schlug mit ihren Fäusten auf ihn ein und riss an seinem Haar. Nick ließ den Koffer fallen, um sich von ihr zu befreien, und stieß sie auf das Bett.

Völlig außer Atem lag sie dort und starrte ihn mit feindseligen Blicken an.

»Du Mistkerl! Ich werde zur Polizei gehen«, drohte sie und strich sich ihr wirres Haar aus dem Gesicht. »Ich werde Ihnen sagen, dass du mich angegriffen hast.«

»Wenn es das ist, was du willst.« Nick hob seinen Koffer wieder auf. »Ich werde bei meinem Freund Harry wohnen, falls sie mich verhaften wollen.«

»Soll das heißen, dass du nicht zu *ihr* gehen wirst?«

Nick, der schon auf dem Weg zur Tür war, blieb noch einmal stehen. »Ich weiß nicht, wovon du sprichst«, sagte er, ohne sich zu ihr umzudrehen.

»Und wer ist jetzt der Lügner?« Ruby lachte bitter. »Glaubst du wirklich, ich wüsste nichts von dir und Dora Doyle?« Ihre Stimme war kalt wie Eis, als sie den Namen sagte. »Ich habe gesehen, wie du sie ansiehst und ihr hinterherhechelst wie ein verdammter Köter einer läufigen Hündin. Auch wenn nur Gott weiß, warum du dich wegen jemandem wie ihr zum Narren machen willst«, spottete sie. »Für diese hässliche, pummelige kleine Dora mit ihrem fuchsig roten Haar …«

»Wage es nicht, so über sie zu reden. Sie ist dir eine gute Freundin gewesen.«

»Eine schöne Freundin!«, höhnte Ruby. »Was für eine Freundin versucht, einem hinterrücks den Ehemann zu stehlen?«

»Man kann nichts stehlen, was einem sowieso gehört!«, erwiderte Nick aufgebracht. »Ich liebe Dora und hab sie immer schon geliebt. Und ich werde dir noch etwas sagen. Ich wäre noch am Morgen unserer Hochzeit mit ihr durchgebrannt, trotz des Babys, wenn sie Ja gesagt hätte. Aber sie hat's nicht zugelassen. Sie sagte, ich müsste bleiben und das Richtige tun. Ich dürfe dich nicht enttäuschen, weil du mich brauchen würdest, sagte sie. »Möge Gott mir beistehen, aber heute wünschte ich, ich hätte nicht das Richtige getan!«

»Dann geh doch. Geh zu ihr, wenn sie so verdammt perfekt ist!«, fuhr Ruby ihn an.

»Sie ist vielleicht nicht perfekt, aber sie belügt mich zumindest nicht.«

»Das glaubst aber auch nur du!«

Nick hatte die Hand schon auf den Türgriff gelegt, aber er hielt noch einmal inne. »Was soll das heißen?«

»Ah, das hat dich hellhörig gemacht, nicht wahr?« Ein zufriedenes Lächeln huschte über ihr Gesicht. »Bevor du zur Tür hinausgehst und dich in die Arme der heiligen Dora wirfst, gibt es noch ein paar Dinge, die du wissen solltest, glaube ich …«

KAPITEL DREIUNDVIERZIG

Helen kniete auf dem Boden und schrubbte die Räder des Betts mit einer harten Bürste und einem Karbolsäure-Gemisch. Seit dem Frühstück um sieben Uhr morgens machten sie und die anderen Schwestern sauber. Die Station wurde zwar täglich von den Schülerinnen des ersten Ausbildungsjahres und der Stationsputzfrau gesäubert, aber einmal in der Woche musste sie einer gründlicheren Reinigung unterzogen werden. Die Betten wurden in die Mitte des Raums gerollt, der Boden wurde geputzt und gebohnert, Lampenschirme wurden abgenommen und in Seifenwasser gespült, Spinde geleert und mit feuchten Tüchern ausgewischt, Fenster geputzt und Lackflächen geschrubbt. Sogar die Bettfedern wurden blank poliert und die Räder der Betten sorgfältig gereinigt.

Währenddessen ging Schwester Blake auf der Station auf und ab und beaufsichtigte alles. Ihren wachen braunen Augen entging nichts.

»Achten Sie bitte auch auf die versteckten Ecken ... Wischen Sie die Spinde trocken, bevor Sie die Sachen der Patienten wieder einräumen, wir wollen ja nicht, dass ihr Eigentum beschädigt wird ... Nein, nein, Schwester, nehmen Sie ein sauberes Staubtuch, nicht diesen alten Lumpen.«

Als sie Helen erreichte, blieb sie kurz stehen und beobachtete sie. »Du meine Güte, Schwester«, sagte sie schließlich. »Sie verschleißen ja die Räder, wenn Sie sie noch fester schrubben!«

»Tut mir leid, Schwester.« Helen blickte erschrocken auf. »Habe ich es falsch gemacht? Ich kann noch einmal von vorn anfangen ...«

»Seien Sie nicht albern, Schwester, sie sind makellos sauber. Aber Sie brauchen nicht so viel Muskelkraft darauf zu verwenden. Heben Sie sich etwas Energie für Ihre Patienten auf.«

»Na, das hört man aber nicht sehr oft, dass eine Oberschwester einer Lernschwester rät, nicht so hart zu arbeiten!«, bemerkte Brenda Bevan trocken, als sie mit einem Armvoll Vasen vorbeikam. »Ich wette, dass du das von O'Hara bestimmt nicht hören würdest.«

Brenda blickte stirnrunzelnd zu Stationsschwester O'Hara hinüber, die einer unglücklichen Lernschwester im ersten Jahr zuschaute, wie sie schon zum dritten Mal ein Fensterbrett abstaubte. Die Irin O'Hara hatte genauso dunkle Haare und Augen wie ihre jüngere Schwester Katie, aber da endete die Ähnlichkeit auch schon. Während Katie O'Hara sehr lebhaft war und ihr der Schalk aus den Augen blitzte, sah Bridget aus, als ob sie in ihrem ganzen Leben noch nie gelächelt hätte.

Helen tauchte ihre Hände in die Schüssel mit heißem, nach Karbol riechendem Wasser und schrubbte weiter. Sie wollte es Brenda Bevan gegenüber nicht zugeben, aber im Grunde war sie dankbar für die stumpfsinnige Plackerei. Mit etwas Glück konnte sie sich damit so verausgaben, dass sie in einen tiefen Schlaf fiel, sobald ihr Kopf das Kissen berührte.

Nach der gründlichen Reinigung kam die Bettpfannen-Runde. Als Helen einem der jungen Männer eine Urinflasche gab, sagte er mit einem spitzbübischen Augenzwinkern: »Sie könnten mir wohl nicht dabei helfen, Schwester, nehme ich an?«

Es war eine Frage, die die Schwestern mehrmals täglich hörten, besonders auf der Orthopädischen Männerstation, wo die Patienten im Allgemeinen jung und eher gelangweilt als kraftlos und ermattet waren. Helen wollte ihm gerade freundlich lächelnd anbieten, die Alligatorzange zu holen, als sein Bettnachbar ihm zuflüsterte: »Können Sie nicht ein bisschen Rücksicht nehmen? Das ist die junge Schwester, die ihren Mann verloren hat!«

»Das wusste ich nicht!«, flüsterte der junge Mann zurück. »Für mich sieht sie wie ein ganz normales Mädchen aus.«

Ich bin auch normal, hätte Helen am liebsten geschrien, als sie ging. Sie wünschte, die Leute würden aufhören, sie wie ein rohes Ei zu behandeln. Wohin sie auch ging, überall konnte sie das Geflüster und die mitleidigen Blicke spüren, die ihr folgten: auf der Station, im Speisesaal, im Schwesternheim, ja selbst auf den Gängen. Sie wusste, dass alle es gut meinten und nur nett zu ihr sein wollten, aber sie war es allmählich leid. Fast wünschte sie, Stationsschwester O'Hara würde sie wegen irgendetwas tadeln, damit sie spüren konnte, dass ihr Leben noch normal war. Aber sogar sie vermied es, mit Helen zu reden, wenn sie konnte.

Erst heute Morgen hatten die beiden jungen Lernschwestern schlagartig aufgehört zu lachen, als Helen in die Küche gekommen war.

»Was ist so lustig?«, hatte sie gefragt.

»Nichts«, murmelte eine von ihnen, während sie verlegene Blicke wechselten. Das unangenehme Schweigen hatte sich fortgesetzt, bis Helen wieder hinausging und sie eine von ihnen flüstern hörte: »Oh Gott, ich wünschte, sie hätten sie nicht auf diese Station versetzt. Ich weiß nie, was ich zu ihr sagen soll. Geht es dir auch so?«

»Ja, es ist schrecklich, nicht wahr?«, stimmte die andere ihr zu. »Ich hatte mich so auf die Orthopädische Männerstation gefreut, aber jetzt, wo sie hier ist, hat man das Gefühl, sich nicht amüsieren zu dürfen.«

Doch zumindest gab es einen Menschen auf der Station, der sie normal behandelte.

»Guten Morgen, Mr. Forster«, begrüßte sie ihren Lieblingspatienten und zog die Trennwände um sein Bett. »Sind Sie bereit für Ihre Flasche?«

»Gehen Sie weg!«

Aus seinem Streckverband, in dem er gefangen war, starrte Marcus Forster Helen böse an. Die anderen Schwestern nannten ihn den Verrückten Professor, und er sah auch wirklich recht seltsam aus. Er war über ein Meter achtzig groß und dabei bemitleidenswert dünn, hatte eine dichte Mähne hellbrauner Locken und entwaffnend schöne, dunkelbraune Augen. Und mit seinen neunzehn Jahren war er außergewöhnlich intelligent. Er beherrschte vier Sprachen, übersetzte nur so zum Zeitvertreib aus dem Altgriechischen und studierte Physik in Cambridge. Und er hatte sich bei dem Versuch, eine Theorie über die Schwerkraft zu widerlegen, den Oberschenkelknochen gebrochen.

Doch seine beeindruckende Intelligenz nutzte ihm nichts mehr, seit er in einem Hodgen-Splint feststeckte, einem eisernen Gestell über dem Bett, an dem Mr. Forster mithilfe einer komplizierten Anordnung von Flaschenzügen und Haken befestigt war. Das Fußende seines Betts war mithilfe von Blöcken angehoben worden, und eine Decke auf seinem Oberkörper fixierte die Arme an seinen Seiten.

Nur sein Kopf war zu sehen. Als Helen mit seiner Flasche kam, lief sein Gesicht rot an.

»Die brauche ich nicht«, murmelte er.

»Na, kommen Sie, Mr. Forster. Wenn Sie sie jetzt nicht benutzen, werden Sie sie in zehn Minuten haben wollen. Und wir können nicht den ganzen Tag mit Bettpfannen und Flaschen hin- und herlaufen.«

»Ich kann mir nicht vorstellen, was Sie sonst noch zu tun haben.«

»Sie wären überrascht. Und nun lassen Sie sich helfen …«

»Nein! Ich schaffe das schon.«

Helen musste sich ein Lächeln verkneifen, als sie auf ihn herabblickte, wie er dort sicher befestigt in dem Gestell lag, das die Beine über Kopfhöhe hielt. »Sind Sie sicher, Mr. Forster? Ich weiß, dass Sie den wissenschaftlichen Hochschulabschluss haben, aber von meinem Standpunkt aus wirkt es wie ein Ding der Unmöglichkeit.« Die Röte in Mr. Forsters Gesicht vertiefte sich noch. »Außerdem kann ich Ihnen versichern, dass es für mich nicht peinlicher ist, als Ihnen das Haar zu kämmen.«

»Wie schön für Sie. Aber sie sind ja auch nicht diejenige, die hier liegt.« Er wandte das Gesicht ab. »Also machen Sie sich besser gleich ans Werk«, seufzte er.

Als sie danach die Trennwände wieder zurückschob, sagte er: »Warum schauen die anderen Schwestern Sie andauernd an?«

»Tun sie das? Das habe ich noch gar nicht bemerkt.«

»Aber ich. Und sie tuscheln über Sie.«

Helen sah ihn an. Wäre es irgendjemand anderes gewesen, hätte sie ihn vielleicht für unhöflich gehalten. Aber Marcus Forsters Offenheit entwaffnete sie. »Vielleicht haben sie ja nichts Besseres zu tun?«

Er dachte einen Moment darüber nach, als befasste er sich mit einem schwierigen mathematischen Problem. »Das glaube ich nicht«, schlussfolgerte er dann. »Vor weniger als fünf Minuten haben Sie noch behauptet, Sie hätten Besseres zu tun, als abzuwarten, bis ich so weit bin. *Ipso facto* müssten also auch diese anderen Schwestern etwas Besseres zu tun haben. Was mich zu der Annahme bringt, dass Sie irgendetwas an sich haben müssen, das ihnen besonders interessant erscheint.« Er betrachtete sie nachdenklich. »Glauben Sie, es könnte etwas damit zu tun haben, dass Ihr Mann tot ist?«

»Ich …« Helen starrte ihn betroffen an. Es war das erste Mal, dass ihr jemand eine Frage nach Charlie gestellt hatte.

Bevor sie jedoch antworten konnte, kam Stationsschwester O'Hara herbeigeeilt. »Das genügt«, sagte sie streng. »Schwester Dawson möchte solche Fragen nicht beantworten, Mr. Forster.«

Ihre Augen glänzten vor Entschlossenheit, als sie sich an Helen wandte. »Bringen Sie die Flasche weg, Schwester, wenn Mr. Forster damit fertig ist?«

»Ja, Schwester.« Helen eilte davon und war froh, Mr. Forster zu entkommen, den sie ausnahmsweise einmal nicht so unterhaltsam fand.

Um neun war ihr Dienst beendet, und sie ging sofort zum Schwesternheim hinüber, weil sie noch für ihre Prüfung lernen wollte. Als sie den Kiesweg hinaufging, fiel ihr ein Wagen auf, der vor dem Gebäude parkte.

Das war etwas äußerst Ungewöhnliches. Nur selten kamen Besucher zum Schwesternheim, hauptsächlich deshalb, weil der Zutritt Gästen nicht gestattet war. Als Helen an dem Wagen vorbeiging, sah sie einen Mann mittleren Alters hinter dem Steuer sitzen und neben ihm eine Frau. Beide starrten schweigend und mit düsteren, angespannten Gesichtern vor sich hin.

Helen drehte sich der Magen um. Wenn die Eltern einer Schwester zum Heim kamen, bedeutete das für gewöhnlich gar nichts Gutes.

Und tatsächlich herrschte eine Atmosphäre unterdrückter Aufregung im Heim. Schülerinnen aus Helens Gruppe, die die letzten drei Jahre fern von Oberschwester Suttons neugierigen Augen in ihren Zimmern verbracht hatten, versammelten sich auf einmal im Wohnzimmer, besetzten die Couchen und starrten aus dem Fenster.

Schwester Sutton eilte auf dem Gang hin und her, wie stets auf Schritt und Tritt verfolgt von Sparky, und versuchte, die Ordnung wiederherzustellen.

»Also wirklich, Schwestern!«, schimpfte sie. »Es sind nur

noch vier Wochen bis zu Ihren Prüfungen, da müssten Sie doch wirklich etwas Sinnvolleres zu tun haben, als aus den Fenstern hinauszugaffen!«

Helen begegnete Brenda Bevan, als sie die Treppe herunterkam.

»Was soll die Aufregung?«, fragte sie. »Weißt du, was hier los ist?«

»Hast du es denn noch nicht gehört?« Brendas Augen waren groß vor Bestürzung. »Hollins ist hinausgeworfen worden!«

»Hinausgeworfen?« Helen starrte Brenda an, weil sie kaum glauben konnte, was sie hörte. »Ich verstehe nicht …«

»Anscheinend hat sie eine Affäre mit einem verheirateten Mann gehabt!«, flüsterte Brenda. »Kannst du dir das vorstellen? Und wir hatten alle keine Ahnung. Oder wusstest du etwas davon?«

»Nein.« Doch Helen hatte plötzlich wieder Amys wehmütigen Gesichtsausdruck in jener Nacht in der Stationsküche vor Augen. »Wie haben sie es herausgefunden?«

»Wir haben nur gehört, dass seine Frau anscheinend dahintergekommen und damit zur Oberin gegangen ist. Carson, die an dem Tag mit Hollins in der Notaufnahme arbeitete, sagt, Miss Hanley sei hereingestürmt und hätte Helen am Arm gepackt und mitgezogen. Seitdem hat sie niemand mehr gesehen.« Brenda erschauderte. »Kannst du dir vorstellen, was die Oberin zu ihr gesagt haben muss? Man darf gar nicht daran denken.«

»Wo ist sie jetzt?«

»Oben beim Packen, nehme ich an.«

»Ist jemand bei ihr?«

»Das glaube ich nicht.« Brenda runzelte die Stirn, als ob ihr der Gedanke noch nicht gekommen wäre. »Was glaubst du, wer er ist?«

»Wer?«

»Na, der geheimnisvolle verheiratete Mann, natürlich! Carson ist sich sicher, dass es jemand aus dem Krankenhaus sein muss, aber ich glaube, dass nicht mal Hollins ein solches Risiko eingehen würde …«

»Ich weiß es nicht, und es interessiert mich auch nicht«, unterbrach Helen sie. »Und ich finde es ganz schön schäbig, dass ihr alle nur herumsteht und über sie tratscht, obwohl sie euch doch braucht«, fügte sie hinzu und drehte sich zu den anderen um, die sich um das Erkerfenster scharten. »Ich dachte, sie sei eure Freundin?«

»Na ja, ich …«, begann Brenda und verstummte dann gleich wieder.

Im selben Moment kam Amy die Treppe herunter und zog polternd ihren Koffer hinter sich her. Die anderen Mädchen sahen, wie sie sich mit ihrem Gepäck abmühte, aber keine erbot sich, ihr zu helfen. Es war, als ob sie urplötzlich zu einer »Unberührbaren« geworden wäre.

Helen bedauerte sie, denn sie wusste, wie es war, das Mädchen zu sein, über das alle redeten und mit dem niemand sprach.

Sie trat vor. »Komm, lass mich dir helfen«, sagte sie und griff nach dem Koffer. Amy blickte nur kurz auf, aber Helen konnte ihre geröteten Augen deutlich sehen.

»Danke«, flüsterte Amy.

Zusammen schleppten sie den Koffer zum Wagen hinaus. Sowie sie erschienen, stieg Amys Vater aus und öffnete den Kofferraum. Er würdigte seine Tochter keines Blickes, als er ihr Gepäck einlud, den Kofferraum zuschlug und ihr die hintere Wagentür öffnete. Aber auch Amy sah ihn nicht an, sondern ließ beschämt den Kopf hängen, als sie einstieg.

Helen blieb stehen und sah dem Wagen nach, bis er außer Sicht war. Sie winkte, doch Amy schaute sich nicht mehr um.

KAPITEL VIERUNDVIERZIG

Rose Doyle war gerade dabei, die Eingangsstufe des Hauses in der Griffin Street gründlich mit rotem Bohnerwachs einzureiben, als Dora heimkam.

»Hallo, Mum. Alles klar bei dir?«

Rose hockte sich auf die Fersen und blickte lächelnd zu ihrer Tochter auf. Selbst in ihrer mit Bohnerwachs befleckten Schürze und dem Kopftuch, das ihr dunkles Haar verdeckte, sah sie immer noch sehr hübsch aus.

»Hallo, Fremde«, sagte sie. »Was verschafft uns das Vergnügen?«

»Ich hatte ein paar Stunden frei, und da dachte ich, ich schaue mal bei euch vorbei.«

Das war allerdings nicht der einzige Grund, warum Dora zur Griffin Street gekommen war. Inzwischen waren schon drei Tage vergangen, seit sie das letzte Mal mit Nick gesprochen hatte, und sie wollte unbedingt herausfinden, wie es mit ihm und Ruby weitergegangen war.

Sie hatte ihn im Krankenhaus gesehen, doch immer nur von Weitem, und jedes Mal, wenn sie versuchte, mit ihm zu sprechen, war er plötzlich verschwunden. Fast wirkte es so, als ginge er ihr mit Absicht aus dem Weg.

Und da sie natürlich auch nicht einfach so vor Rubys Haustür auftauchen konnte, war sie zur Griffin Street gegangen. Wenn irgendjemand wusste, was los war, dann war es ihre Großmutter, die es sich zur Aufgabe machte, alles in Erfahrung zu bringen, was in der Griffin Street vorging.

»Wer ist da, Rosie?«, rief Winnie sofort aus der Küche.

»Und sie bildet sich ein, sie wäre taub!« Rose Doyle verdrehte ihre Augen. »Es ist unsere Dora, die zu Besuch gekommen ist, Mum!«, rief sie.

»Ist das wahr? Es überrascht mich, dass sie sich überhaupt noch an den Weg erinnert, wo sie doch schon so lange nicht mehr hier war!«

Rose und ihre Tochter wechselten ein müdes Lächeln. »Wie schön zu sehen, dass einige Dinge sich nicht geändert haben!«, sagte Dora.

»Ach, du kennst ja deine Oma. Sie wird sich nie ändern.« Rose wischte sich die Hände an einem alten Lappen ab. »Komm herein, Kind, damit ich den Kessel aufsetzen kann. Ich weiß nicht, wie es mit dir ist, aber ich brauche jetzt eine gute Tasse Tee.«

Die Küche der Doyles war warm und angenehm vertraut., Oma Winnie saß in ihrem alten Schaukelstuhl am Feuer, ein Korb mit Flickwäsche stand neben ihr. Zu ihren Füßen hockte Klein-Alfie, Doras jüngster Bruder, und spielte mit seiner hölzernen Eisenbahn.

»Ich dachte, du wärst tot«, waren die ersten Worte ihrer Großmutter.

»Nun sei doch nicht so, Oma.« Dora stellte eine große braune Papiertüte auf den Tisch. »Wo ich euch doch einen echten Leckerbissen mitgebracht habe.«

»Und was ist das?« Winnie reckte den Hals, um besser sehen zu können.

»Strandschnecken. Ich hab sie auf dem Weg hierher auf dem Markt gekauft.«

»Wunderbar!« Oma Winnie schmatzte vor Vorfreude mit ihrem zahnlosen Mund. »Bring mir eine Schüssel, Rose, dann mache ich sie gleich fertig.« Sie legte ihr Nähzeug beiseite und erhob sich schwerfällig aus ihrem Schaukelstuhl. »Ich nehme an, du hast die Neuigkeiten schon gehört?«

Dora versuchte, nicht zu lächeln. Auf Oma Winnie konnte sie sich stets verlassen. »Was soll ich gehört haben, Oma?«

»Na, das von ihm und ihr. Von dem glücklichen Paar da drüben.« Winnie nickte zu der Wand hinüber, die ihr Haus von dem der Rileys und der Pikes trennte. »Er hat sie verlassen.«

Rose kam mit einer braunen Porzellanschüssel in den Händen aus der Küche. »Herrgott noch mal, Mum, lass Dora wenigstens ihren Mantel ablegen, bevor du deinen Klatsch verbreitest!«

»Es ist kein Klatsch, sondern die Wahrheit. Mrs. Prosser hat es mir erzählt.« Winnie machte es sich am Tisch bequem und zog die Nähnadel aus dem Oberteil ihrer Schürze, wo sie sie immer verwahrte. »Steh nicht bloß da rum, sondern hilf mir lieber.« Sie nickte Dora zu, die sich zu ihr an den Tisch setzte und die Nadel nahm, die Winnie ihr reichte. Als sie die braune Papiertüte öffnete, stieg ein Hauch salziger Meeresluft von den Schnecken auf.

»Was ist denn nun passiert?«, fragte sie.

»Tja, das ist das große Rätsel, was? Obwohl natürlich so einige Geschichten die Runde machen …« Winnie hielt ein Schneckenhaus an ihre Nasenspitze, steckte die Nadel hinein und zog geschickt das Klümpchen glitschigen graublauen Fleischs heraus. »Aber Tatsache ist, dass er seine Sachen gepackt hat und ausgezogen ist.«

Dora hielt ihren Blick auf das kleine, blauschwarze Schneckenhaus gerichtet, das sie zwischen ihren Fingern hielt. »Ist Nick denn wieder nebenan eingezogen?«

»Du lieber Gott, warum sollte er das denn tun?« Winnie kicherte. »Um vom Regen in die Traufe zu geraten? Kannst du dir vorstellen, dass jemand seine Frau verlässt, um danach unter demselben Dach zu leben wie seine Schwiegermutter? Und was seine eigene Mum angeht … tja, auch von der wird er so weit entfernt sein wollen wie nur möglich, schätze ich.« Sie schnippte eine weitere Schnecke in die Schüssel. Sie war so flink, dass Dora gerade eben mit der ersten fertig war, als Winnie schon ein halbes Dutzend aus ihrer Schale geholt hatte. »Nein, bisher weiß niemand, wo er wohnt. Wir bekommen ihn nur zu Gesicht, wenn er vorbeikommt, um nach seinem Bruder zu sehen.«

Sie warf Dora einen verschmitzten Blick zu. »Wir dachten, du wüsstest vielleicht mehr darüber?«

»Ich? Warum sollte ich etwas darüber wissen?«

»Weil hier so manch einer meint, dass du der Grund für ihre Trennung bist.«

»Ich?« Das Schneckenhaus, das Dora in der Hand hielt, entglitt ihren Fingern und rollte über den Tisch.

»Ich hatte dich doch gebeten, nichts zu sagen, Mum!« Rose kam wieder aus der Küche, diesmal mit dem Teegeschirr auf einem Tablett. »Es nützt niemandem etwas, solchen Tratsch weiterzugeben«, sagte sie und stellte das Tablett energisch auf den Tisch.

»Das ist aber doch nicht wahr, oder?«, fragte Winnie Dora.

»Aber nein, Oma, natürlich nicht.«

»Da hast du es!«, wandte Winnie sich triumphierend an Rose. »Ich hab dir doch gleich gesagt, dass unsere Dora viel zu vernünftig ist, um sich mit einem verheirateten Mann einzulassen. Da kann Lettie Pike sagen, was sie will.«

Dora fing den Blick ihrer Mutter auf, als sie ihr eine Tasse Tee reichte. Es war etwas Eigenartiges an der Art, wie Rose Doyle ihre Tochter ansah. Sie schien nicht ganz so überzeugt zu sein, dass ihre Tochter die Wahrheit sagte.

»Ich hätte wissen müssen, dass Lettie dahintersteckt«, murmelte Dora, während sie Zucker in ihre Tasse löffelte. Und wenn Rubys Mutter erst anfing, ihre hässlichen Gerüchte im Krankenhaus zu verbreiten, konnte man nicht wissen, wo das enden würde?

Der Anblick von Amy Hollins kam Dora plötzlich in den Sinn. Sie hatte alles über Amys beschämenden Hinauswurf aus dem Nightingale gehört, nachdem ihre Affäre mit einem verheirateten Mann ans Licht gekommen war. Heute wagte nicht einmal mehr jemand, über sie zu reden. Es war fast so, als ob es sie nie gegeben hätte.

»Sprechen wir doch über etwas anderes, ja?«, sagte Rose. »Es gibt auch so schon genug Unglück auf der Welt. Erzähl uns lieber, wie du im Krankenhaus zurechtkommst. Wie sind die Mädchen, mit denen du dir das Zimmer teilst?«

»Ach Gott, ihr wisst ja noch gar nicht, was der armen Tremayne passiert ist.« Dora stellte ihre Tasse ab, und Oma Winnie und Rose hörten mit ernsten Mienen zu, als sie ihnen von Charlies Tod erzählte.

»Das arme Mädchen«, seufzte Rose. »Wie schrecklich, seinen Ehemann auf diese Weise zu verlieren, wenn man im Grunde genommen noch eine Braut ist! Mich wundert nur, dass sie nicht zu ihrer Mutter heimgekehrt ist. Auf jeden Fall hört es sich so an, als bräuchte das arme Ding jetzt jemanden, der sich um sie kümmert.«

»Ich glaube nicht, dass ihre Mutter der Typ ist, der sich kümmert«, erwiderte Dora grimmig. »Weißt du, dass sie nicht einmal zur Hochzeit oder zu Charlies Beerdigung gekommen ist? Helen musste das alles ganz allein durchstehen.«

»Das gehört sich aber wirklich nicht«, erklärte Rose. »Der Platz einer Mutter ist an der Seite ihrer Tochter …, selbst wenn sie nicht immer mit deren Handlungsweise einverstanden ist.«

Da war er wieder, dieser Blick über den Rand der Teetasse. Dora öffnete schon den Mund, um ihre Mutter nach dem Grund dafür zu fragen, aber Rose warf schnell einen warnenden Blick auf Oma Winnie.

»Lass uns das Teegeschirr wegräumen, ja?«

Sie ließen Oma Winnie am Tisch zurück, wo sie noch immer eifrig Schnecken enthülste, und Dora folgte ihrer Mutter in die durch einen Vorhang abgetrennte Spülküche. Rose leerte den Bodensatz der Teekanne in den Abfluss und spülte die Tassen ab, bevor sie sich zu Dora umwandte, um sie anzusehen.

»So«, sagte sie mit leiser und durch das laufende Wasser noch zusätzlich gedämpfter Stimme. »Und jetzt will ich die Wahrheit wissen, Dora. Habt ihr Ruby hintergangen, du und Nick?«

»Nein!« Das Blut schoss Dora ins Gesicht.

»Bist du sicher? Schau mir in die Augen und sag mir die Wahrheit, Mädchen.«

Dora erwiderte den festen Blick ihrer Mutter. »Nein, Mum, da war nichts, das schwöre ich.«

Rose hielt ihren Blick noch einen Moment lang fest, dann nickte sie. »Ich sehe es. Es tut mir leid, dass ich an dir gezweifelt habe, Liebes. Ich hätte wissen müssen, dass du so etwas nicht tust.« Nun stellte sie das Wasser ab. »Außerdem glaube ich ohnehin zu wissen, was da wirklich los war.«

»Was … wie meinst du das?«, fragte Dora.

Rose wandte sich ihr wieder zu. »Ich bin nicht blind, mein Schatz. Mir ist nicht entgangen, wie Nick Riley dich immer angesehen hat, und wie auch du ihn ansahst. Ihr wart füreinander geschaffen, ihr zwei, wenn du meine Meinung hören willst. Bis diese bösartige kleine Katze Ruby daherkam und alles kaputtmachte.« In ihrer Aufregung zerbrach sie fast die Tassen in der Spüle. »Ich hätte ihr sogar zugetraut, dass sie mit voller Absicht schwanger wurde, damit er sie heiraten musste.«

»Oder ihn zu belügen, was die Schwangerschaft anging«, sagte Dora ruhig.

Rose fuhr zu ihr herum. »Sag mir, dass das nur ein Scherz sein soll?«

Dora schüttelte den Kopf. »Es ist die Wahrheit.«

»Aber sie hat das Baby doch verloren …«

»Auch das war gelogen.«

»Dieses schamlose …« Rose unterbrach sich, weil ihr die Worte fehlten. »Und ihre Mutter? Weiß sie das alles?«

Dora nickte.

Rose wandte sich von ihrer Tochter ab. »Ich kann nicht glauben, dass Ruby so tief gesunken ist«, murmelte sie. »Wenn ich an all die armen Frauen denke, die Tag für Tag Babys verlieren … Sie hat sie alle zum Gespött gemacht mit ihrer Handlungsweise. Wie … wie geschmacklos und gemein von ihr!«

»Du wirst das aber doch nicht Oma Winnie erzählen?«, flüsterte Dora. »Ich will nicht, dass es sich in ganz Bethnal Green herumspricht.«

»Ich wüsste nicht, warum die Leute es nicht erfahren sollten!« Zwei dunkelrote Flecken erschienen auf Roses hohen Wangenknochen. »Die Pikes waren jedenfalls schnell genug bei der Hand damit, Gerüchte über dich zu verbreiten …« Sie hielt inne, um sich zu sammeln. »Nein, du hast recht«, stimmte sie dann zu. »Es würde niemandem etwas nützen. Und du würdest dich danach wahrscheinlich auch nicht besser fühlen, oder?«

»Nein«, seufzte Dora. »Ganz sicher nicht.«

Sie nahm das Küchentuch vom Haken neben der Spüle und begann die Tassen abzutrocknen. Ihre Mutter beobachtete sie nachdenklich.

»Ich nehme an, dass ihr zwei am Ende doch zusammenkommen werdet«, sagte sie.

Dora lächelte traurig. »Und warum denkst du das?«

»Weil ihr zusammengehört.«

»So funktioniert das aber nicht immer. Du hast selbst gesagt, dass Nick ein verheirateter Mann ist.«

»Ehen können ein Ende nehmen.«

»Ja, aber Gerüchte nicht.« Dora hängte das Küchentuch wieder an seinen Haken. »Kannst du dir vorstellen, was Lettie Pike sagen würde, wenn Nick ihre Tochter verließe und er und ich ein Paar würden? Ich wäre untendurch.«

»Nimm sie einfach nicht zur Kenntnis.« Rose zuckte mit den Schultern. »Das tut hier sowieso niemand. Sie hat schon vorher auf unserer Familie herumgehackt, und das Lachen ist ihr noch jedes Mal vergangen. Du kennst doch das alte Sprichwort: ›Stock und Stein brechen mein Gebein, doch Worte bringen keine Pein‹.«

»Aber ich spreche nicht nur von unserem Viertel hier«, wandte Dora ein. »Sie haben eine Schwester aus dem Nightingale hinausgeworfen, weil sie etwas mit einem verheirateten Mann hatte. Wenn Lettie anfinge, solche Gerüchte über mich zu verbreiten …«

»Falls sie das wirklich tut, Dora, könnten auch wir ein paar Gerüchte über ihre Tochter verbreiten«, erwiderte Rose.

»Mum!« Dora lachte verblüfft. »Hast du uns nicht immer gesagt, wir sollten uns nicht auf ihr Niveau herabgeben?«

»Da hast du recht.« Roses braune Augen funkelten. »Aber deine Oma kann ich ja wohl kaum daran hindern, oder?«

»Was ist so lustig?«, ertönte Oma Winnies Stimme von der anderen Seite des Vorhangs, als sie beide kicherten. »Worüber redet ihr?«

»Über nichts Besonderes, Mum.« Winnies Frage ernüchterte sie schnell wieder. »Aber es war mir ernst mit dem, was ich dir vorhin sagte«, flüsterte sie. »Falls Nick sich von Ruby scheiden lässt und ihr zusammen sein könntet, dann solltest du darauf pfeifen, was die anderen sagen. Wie gesagt, es gibt genug Unglück auf dieser Welt, und deshalb kannst du die Chance auf ein bisschen Glück ruhig ergreifen, wenn sie sich dir bietet. Denk nur an deine Freundin Tremayne, falls du mir nicht glaubst.«

Die Worte ihrer Mutter gingen Dora noch durch den Kopf, als sie zehn Minuten später das Haus verließ und im gleichen Moment Nick Riley aus dem Tor des Nebenhauses treten sah.

»Nick?« Sie sah, wie er mit der Hand am Riegel für einen Moment lang innehielt. Doch dann schlug er, ohne den Kopf zu heben oder sich zu ihr umzudrehen, das Tor hinter sich zu.

»Warte, Nick!« Sie folgte ihm die schmale, von Unkraut überwucherte Gasse hinunter, die zur Straße führte. Seiner großen Schritte wegen musste sie rennen, um ihn einzuholen. »Warum läufst du vor mir weg?«

Dora streckte ihre Hand aus, um ihn aufzuhalten, aber er schüttelte sie ab.

»Fass mich nicht an!«, zischte er. »Ich habe dir nichts zu sagen.«

Verwirrt schrak sie zurück. »Was habe ich dir getan?«

Er blieb plötzlich stehen und drehte sich zu ihr um. Seine dunklen Augen loderten vor Zorn. »Du verstehst es, die Unschuldige zu spielen, was?«, sagte er verächtlich. »Hast du das von deiner Freundin Ruby gelernt?«

Ein leichtes Unbehagen begann sie zu beschleichen. »Nick …«

»Beantworte mir nur eine Frage. Wusstest du, dass Ruby bezüglich des Babys gelogen hat?«

»Ich …« Dora öffnete den Mund, um sich zu verteidigen, fand aber nicht sofort die richtigen Worte.

Nicks breite Schultern sackten herab. »Ich wusste es«, sagte er und klang mehr müde als zornig. »Ich kann es dir am Gesicht ansehen. Und ich Narr versuchte, mir einzureden, es sei bloß eine weitere von Rubys Lügen.« Er verzog den Mund. »Du bist keine solch gute Lügnerin wie deine Freundin«, spottete er. »Deine Augen verraten dich immer wieder.«

»Ich … ich wollte es dir sagen, Nick. Deshalb kam ich her, um dich zu sehen. Ich konnte nicht mehr mit mir selber leben …«

»Das sagst du!«, höhnte er. »Aber ich habe dich nicht zu mir eilen gesehen, um mich aufzuklären, als du es herausgefunden hattest.«

Dora starrte das Unkraut an, das sich durch die Ritzen in den zersprungenen Gehwegplatten drängte. »Ich konnte es nicht, weil ich es Ruby versprochen hatte«, sagte sie.

»Und was ist mit mir?« Seine Stimme war rau vor Emotion. »Oder bedeute ich dir gar nichts?«

Sie blickte ihn direkt an. »Du weißt, dass du es tust.«

»Ich weiß überhaupt nichts mehr.«

»Nick, hör zu …«

»Weißt du, das Komische ist, dass ich Ruby sogar fast verzeihen könnte, was sie getan hat. Ich weiß ja, wie sie ist, und hätte nichts Besseres von ihr erwarten dürfen. Aber du …« Er schüttelte den Kopf. »Du warst die Einzige, der ich je vertraut habe. Die Einzige auf dieser ganzen abscheulichen Welt, bei der ich das Gefühl hatte, ich könnte mich auf sie verlassen. Und ausgerechnet du hast mich verraten und im Stich gelassen.«

»Nein! Das ist nicht fair, Nick. Ich wollte es dir so oft sagen. Du bist der letzte Mensch auf Erden, den ich je verraten würde. Bitte, Nick! Das musst du mir glauben.«

Die kalte Verachtung, die sie in seinen Augen sah, war ein Schock für sie. »Dir glauben? Ich kann mir nicht vorstellen, dass ich dir je wieder ein einziges Wort glauben werde.«

Und damit wandte er sich ab und ging. Dora wollte ihm folgen, aber ihre Beine waren wie gelähmt.

KAPITEL FÜNFUNDVIERZIG

»Ich möchte Ihnen danken, Schwester.«

Es war Sonntagnachmittag, und die Besuchszeit für diese Woche war vorbei. Stationsschwester O'Hara, die großen Wert auf Pünktlichkeit legte, pflegte die Besucher um Punkt drei Uhr hinauszukomplimentieren. Meist stand sie an den Türen zur Station, blickte auf die Uhr und seufzte vor Ungeduld, wenn Schwester Blake die Angehörigen zu einem Schwätzchen über ihre Lieben aufhielt.

Diesmal war es jedoch Helen, die von Marcus Forsters Mutter aufgehalten wurde.

»Mein Sohn hat mir erzählt, wie gut Sie sich um ihn kümmern«, sagte sie. Die Familienähnlichkeit war nicht zu übersehen. Sie war genauso groß und schmal wie ihr Sohn und hatte auch das gleiche hellbraune, dicht gelockte Haar wie er, auch wenn es bei ihr unter einem schicken Hut verborgen war.

»Ihr Sohn ist ein bemerkenswerter junger Mann, Mrs. Forster.«

»Oh, ich weiß. Sein Vater und ich haben nie so recht verstanden, wie wir ein solches Wunderkind hervorbringen konnten!«, erwiderte sie lächelnd. »Aber ich weiß auch, dass Marcus manchmal ziemlich … launisch sein kann«, fuhr sie fort, »und daher weiß ich es sehr zu schätzen, dass Sie sich so viel Mühe mit ihm geben. Nicht jeder ist bereit, sich die Zeit zu nehmen, ihn zu verstehen.«

Verlegen über das unerwartete Lob, wandte Helen ihren Blick ab. Mrs. Forster sah sie jedoch weiterhin mit ihren seltsamen braunen Augen an, und ihr Blick war ebenso direkt wie der ihres Sohnes.

»Ich war selbst einmal Krankenschwester und weiß also, wie schwierig es sein kann, wenn man einen Patienten hat, der so anstrengend ist wie Marcus«, sagte sie. »Mein Sohn erzählte mir, Sie seien in Ihrem dritten Jahr?« Helen nickte. »Wann machen Sie Ihre Abschlussprüfungen?«

»In zwei Wochen.«

»Und ich nehme an, Sie sind schon bestens darauf vorbereitet?«

»Ja.« Helen schöpfte häufig Trost daraus, die ganze Nacht über ihren Fachbüchern zu sitzen, wenn sie keinen Schlaf finden konnte.

»Das muss ja sehr schwierig für Sie sein seit dem Tod Ihres Mannes. – Oh, entschuldigen Sie bitte, verzeihen Sie«, fügte Mrs. Forster schnell hinzu, als sie Helens bestürzte Miene sah. »Das ist das Problem, wenn man einen Sohn wie meinen hat. Ich bin inzwischen genauso geradeheraus wie er, fürchte ich.«

»Nein, nein, das macht nichts«, murmelte Helen, während ihr Blick mal hierhin und mal dorthin huschte und nach einer Fluchtmöglichkeit suchte. »Aber wenn Sie mich jetzt entschuldigen würden, ich habe viel zu tun ...«

»Ach Gott, jetzt hat Ihnen meine Offenheit Unbehagen bereitet, nicht wahr?« Mrs. Forster betrachtete sie mitfühlend. »Das tut mir sehr leid, meine Liebe. Mir ging es genauso, als mein Mann starb, deshalb weiß ich, wie das ist. Man kämpft sich durch die Tage, versucht, seine Gefühle zu verbergen und sich zumindest einen Anschein von Normalität zu geben. Das Letzte, was man da gebrauchen kann, ist eine Fremde, die daherkommt und mit ihrem gedankenlosen Geplapper alles noch verschlimmert, nicht wahr?«

Aber ich bin ein ganz normaler Mensch!, hätte Helen am liebsten aufgeschrien. Sehen Sie mich doch an. Ich stehe jeden Morgen auf und wasche mich und ziehe mich an, gehe zum

Dienst und tue alles, was von mir verlangt wird. Was könnte normaler sein als das?

Warum beharrten alle darauf, dass mit ihr etwas nicht stimmte und sie trauerte? Sie hatte sich an Charlies Grab von ihrer Trauer verabschiedet, und jetzt musste sie ihr Leben fortsetzen.

Sie zuckte zusammen, als Mrs. Forster ihren Arm berührte. »Hören Sie, ich weiß, dass es Ihnen im Moment wahrscheinlich nur ein kleiner Trost sein dürfte, aber die Zeit heilt alle Wunden, meine Liebe.«

»Danke, Mrs. Forster, aber ich muss nicht geheilt werden«, erwiderte Helen heftig. »Ich kann Ihnen versichern, dass mit mir alles in Ordnung ist. Und wenn Sie mich jetzt bitte entschuldigen würden …«

Sie trat zurück und stieß dabei mit Schwester Blake zusammen, die aus der anderen Richtung kam.

»Oh, oh! Vorsicht, Schwester Dawson!« Blakes Lächeln schwand, als sie Helens Gesicht sah. »Ist alles in Ordnung mit Ihnen?«

»Ja, Schwester.« Helen kämpfte gegen das Zittern in ihrer Stimme an. »Es tut mir leid, ich … ich hab nicht aufgepasst, wohin ich gehe.«

»Und wohin gehen Sie, Schwester?«, erkundigte sich Schwester Blake geduldig.

Helen errötete. »Ich bin mir nicht ganz sicher, Schwester.«

»Wenn das so ist, warum gehen Sie dann nicht zu Schwester Patrick und helfen ihr mit den Verbänden?«, schlug die Oberschwester freundlich vor. »Sie hat noch keine Erfahrung damit, und ich befürchte, dass sie alles durcheinanderbringen wird, wenn sie niemanden hat, der es ihr zeigt.«

Froh, eine Aufgabe zu haben, eilte Helen davon. Der jungen Lernschwester im ersten Jahr zu zeigen, wie man einen Verband entfernte und entsorgte, eine Wunde reinigte und einen frischen

Verband anlegte, würde ihre ganze Konzentration in Anspruch nehmen und ihr keine Zeit lassen, um über Mrs. Forsters Bemerkungen nachzudenken.

Um fünf Uhr nachmittags zog sich Oberschwester Blake zu einer Tasse Tee in ihr Wohnzimmer zurück. Einige der anderen Schwestern gingen ebenfalls in die Küche, um den Kessel aufzusetzen, und ließen Helen auf der Station allein. Um sich zu beschäftigen, ging sie von Bett zu Bett, überprüfte die Spannung der Streckverbände und Flaschenzüge, straffte Spannbettlaken, strich Gummiunterlagen glatt und schlug die oberen Laken exakt um die vorgeschriebenen 38 Zentimeter um.

»Entschuldigen Sie, Schwester. Sind Sie sehr beschäftigt?«, fragte Mr. Casey, als sie die Stützblöcke am Fußende seines Bettes überprüfte.

Helen setzte ein freundliches Lächeln auf. »Was kann ich für Sie tun, Mr. Casey?«

»Nun ja, ich fragte mich, ob Sie mir vielleicht einen Gefallen tun könnten?«

»Wenn es irgend möglich ist.«

»Schauen Sie in die Zeitung, ja? Gestern Abend war das Speedway, und ich würde gerne das Ergebnis wissen.«

»Von dem Speedway-Rennen?«, hörte Helen sich mit schwacher Stimme sagen.

»Ja, ich interessiere mich für Motorradrennen. Auch wenn ich im Moment nicht allzu viel davon zu sehen kriege«, sagte er bedauernd. »Aber ich nehme an, dass Sie wahrscheinlich nicht viel über Speedway-Rennen wissen, Schwester?«

»Doch, doch, eigentlich schon. Mein Mann …« Helen holte tief Luft und griff nach der Sonntagszeitung. »Die Ergebnisse stehen auf der letzten Seite, richtig?«

»Genau. Auf den Sportseiten. Vielleicht finden Sie sogar einen Bericht über das Rennen.«

Es ist nur eine Zeitung, sagte Helen sich, als sie sie durchblätterte. Seit dem Tag, an dem sie Mr. Hopkins um eine Ausgabe des *Evening Standard* gebeten hatte, hatte sie keine Zeitung mehr gelesen oder angerührt. Aber sie konnte sie nicht für immer meiden.

»Gibt es einen Bericht?«

»Ja. Ja, hier haben wir einen.«

»Ich wäre Ihnen dankbar, wenn Sie ihn mir vorlesen könnten. Dummerweise hat meine Frau meine Brille mitgenommen, als sie heimgegangen ist, und ohne sie bin ich verloren. Schwester?«

Seine Stimme klang sehr gedämpft unter dem plötzlichen Dröhnen des Bluts in Helens Ohren.

Nun lies schon, sagte sie sich streng. Hör auf, dich lächerlich zu machen, und lies ihm den Artikel vor.

Sie räusperte sich und begann zu lesen. Aber ihre Hände zitterten plötzlich so sehr, dass sie die Zeitung nicht stillhalten konnte.

»Schwester?«, hörte sie wieder Mr. Caseys Stimme, die sich so anhörte, als schrie er. »Schwester!«

»Schon gut, Mr. Casey, Sie brauchen nicht zu schreien«, versuchte sie zu sagen. Aber ihre Zunge fühlte sich so seltsam schwer und dick an, dass sie über ihre eigenen Worte stolperte.

Dann sah sie verschwommene Uniformen auf sich zulaufen und merkte, dass Mr. Casey nicht sie anschrie, sondern die anderen Schwestern zu Hilfe rief.

Sie sah Schwester Blakes Gesicht, das so verzerrt war, als sähe sie sie durch den Boden eines sehr dicken Glases an.

»Tut mir leid, Schwester, ich glaube, mir geht es nicht gut …«, waren Helens letzte Worte, bevor die Welt sich langsam zur Seite neigte und sie ohnmächtig zu Boden glitt.

Dank des ihr großzügig verabreichten Riechsalzes hatte Helen das Bewusstsein wiedererlangt, als Kathleen Fox die Krankenstation des Personals erreichte, wo Helen im Halbschlaf benommen in den Kissen lag.

Schwester Blake saß an ihrem Bett. Sie stand auf, als die Oberin eintrat, aber Kathleen bedeutete ihr, sich wieder hinzusetzen.

»Wie geht es ihr?«

»Besser. Sie war jedoch ziemlich aufgewühlt, als sie wieder zu sich kam, und deshalb hat Dr. McKay ihr ein leichtes Beruhigungsmittel gegeben. Nicht, dass sie es wirklich gebraucht hätte – ich glaube, sie hat schon wochenlang nicht mehr geschlafen.«

»Hat er gesagt, was mit ihr los ist?«

»Sie hat kein Fieber, und ihr Puls ist normal. Dr. McKay glaubt, dass es eine nervliche Erschöpfung sein könnte. Was ja auch eigentlich kein Wunder ist, nachdem das arme Mädchen sich so lange bemüht hat, mit ihrem Verlust klarzukommen.«

Kathleen sah Helen prüfend an. Ihre Haut war so durchsichtig, dass das feine Netzwerk blauer Adern an ihren geschlossenen Augenlidern zu sehen war. »Ich hätte es nicht so lange dulden dürfen. Ich hätte sie sofort nach Hause schicken müssen.«

»Sie dürfen sich nicht die Schuld daran geben«, sagte Schwester Blake. »Sie wollte sich ja von niemandem helfen lassen. Sie hat sich völlig verausgabt, um allen zu beweisen, dass sie allein zurechtkommen kann.«

»Und jetzt büßt sie dafür«, seufzte Kathleen. »Sieh sie dir an. Wie jung sie aussieht. Man vergisst zu leicht, dass diese Schwestern kaum mehr als junge Mädchen sind.«

Als wüsste sie, dass über sie geredet wurde, schlug Helen die Augen auf.

»W-Wo bin ich?« Benommen blickte sie sich um und sah dann Kathleen. »Schwester Oberin!«

Sofort versuchte sie, sich aufzusetzen, doch Kathleen trat an ihr Bett und legte beruhigend eine Hand auf ihre Schulter.

»Schon gut, Dawson, Sie brauchen nicht aufzustehen«, sagte sie beschwichtigend. »Sie sind auf der Krankenstation, weil Sie vorhin ohnmächtig geworden sind.«

»Und uns allen einen mächtigen Schrecken eingejagt haben!«, warf Schwester Blake ein.

Eine leichte Röte erschien auf Helens hohen Wangenknochen. »Das tut mir leid, Schwester Oberin. Ich verstehe nicht, wie es dazu gekommen ist.«

»Nein? Ich schon.« Kathleen setzte sich neben sie, um ihr in die Augen sehen zu können. »Sie sind körperlich und geistig vollkommen erschöpft und brauchen Ruhe.«

Helen schüttelte den Kopf. »Ich muss wieder an die Arbeit …«

»Diesmal nicht. Wenn Sie sich wieder wohl genug fühlen, dürfen Sie auf Ihr Zimmer gehen und eine Tasche packen. Ich werde Ihre Mutter anrufen, damit sie herkommt und Sie abholt.«

»Nein!« Ein Ausdruck der Panik huschte über Helens Gesicht. »Bitte holen Sie nicht meine Mutter, Schwester Oberin! Es geht mir schon wieder gut, ganz ehrlich. Es muss wohl die Hitze gewesen sein, glaube ich.«

»Es geht Ihnen alles andere als gut, Dawson!« Kathleens Stimme duldete keinen Widerspruch. »Ich hätte Ihnen nie erlauben dürfen, weiter Dienst zu machen. Sie müssen nach Hause und sich ausruhen. Sie können nicht für andere Menschen sorgen, wenn Sie es für sich selbst nicht tun.«

»Aber könnte ich nicht einfach hierbleiben und mich hier ausruhen?«, bettelte Helen.

»Auf keinen Fall«, sagte Kathleen. »Das würde ihre Mutter nie erlauben, und das zu Recht. Ihr Platz ist jetzt bei ihr.«

Sie fing Helens beschwörenden Blick auf und begann auf einmal zu verstehen.

»Geben Sie Ihrer Mutter eine Chance«, mahnte sie. »Wer weiß, vielleicht überrascht Sie sie ja.«

Uns allen zuliebe hoffe ich, dass sie es tut, fügte Kathleen im Stillen hinzu.

KAPITEL SECHSUNDVIERZIG

»Hast du gesehen, was sie jetzt schon wieder vorhaben?«

Dr. Adler warf eine Ausgabe des *Daily Mirror* auf Esther Golds Bett. Es war Vormittag, und Dora war noch damit beschäftigt, die Nachttische zu säubern.

»Darf ich, Doktor?«, fragte sie und nahm die Zeitung schnell vom Bett. »Die Oberschwester würde an die Decke gehen, wenn die Laken von der Druckerschwärze befleckt würden.«

Sie hatten Glück, dass Schwester Everett hinter den Trennwänden am anderen Ende der Station die erste Darmspülung einer jungen Lernschwester beaufsichtigte, weil sie sonst nämlich sehr verärgert über die Störung gewesen wäre.

Esther blickte verständnislos zu ihm auf. »Was ist denn los?«

»Die Schwarzhemden planen einen Aufmarsch durch das East End. Lies es selbst.« Er nahm Dora die Zeitung aus den Händen und gab sie Esther.

»Die Schwarzhemden marschieren doch immerzu«, bemerkte Dora, während sie die gekachelte Nachttischplatte abwischte. Fast jeden Sonntagnachmittag konnte sie beobachten, wie sie in ihren schwarzen Uniformen auf dem Weg zu der einen oder anderen Kundgebung die Straße heruntermarschierten.

»Das hier ist etwas anderes«, sagte Dr. Adler. »Es soll wohl eine Art Jahresfeier oder so was werden. Sämtliche Schwarzhemden im Land werden sich in London versammeln und dann gemeinsam von der Innenstadt aus durch die Straßen des East End zu einer Massenkundgebung in Bethnal Green marschieren. Könnt ihr euch das vorstellen? Es werden Tausende von diesen Kerlen sein.«

»Hier steht, dass Sir Oswald Mosley höchstpersönlich zu ihnen sprechen wird«, las Esther aus der Zeitung vor.

»Aber ich verstehe das nicht. Warum kommen sie ins East End?«, fragte Dora. »Es wäre doch sicher besser für sie, diese Versammlung irgendwo oben im Westen abzuhalten?«

Dr. Adler warf ihr einen beinahe mitleidigen Blick zu. »Sie kommen hierher, weil sie so viel Unruhe wie nur möglich stiften wollen, nehme ich an. Sie marschieren durch unsere Straßen, an unseren Läden und Geschäften vorbei, um Straßenkämpfe zu provozieren.«

Esther blickte mit angsterfüllten Augen auf. »Glaubst du, dass sie auch an unserer Fabrik vorbeikommen werden?«

»Ich sagte ja schon, dass sie uns provozieren wollen – was machst du da, Esther?«, unterbrach er sich, als sie ihre Bettdecke zurückschlug.

»Wonach sieht es denn aus?« Sie stieg aus dem Bett und begann nach ihren Pantoffeln zu suchen. »Ich muss nach Hause.«

»Gehen Sie sofort wieder ins Bett, bevor die Oberschwester Sie erwischt!« Dora warf Dr. Adler einen verzweifelten Blick zu. »Sie können sich nicht selbst entlassen.«

»Ich werde doch nicht in diesem Krankenhausbett bleiben, während mein Zuhause von diesen Kerlen angegriffen wird!« Sie blickte sich suchend um. »Wo sind meine Kleider? Ich muss mich anziehen.«

»Esther, bitte«, griff Dr. Adler ein. »Der Aufmarsch wird nicht vor Anfang Oktober stattfinden. Bis dahin wirst du wieder zu Hause sein.«

»Aber mein Vater …«

»Ich habe dir doch schon gesagt, dass ich auf ihn achtgeben werde. Und nicht nur auf ihn, sondern auch auf dich, Esther.«

Dora sah, wie ihre Hände sich auf der Bettdecke berührten, und wandte diskret den Blick ab.

»Kommen Sie, wir bringen Sie wieder ins Bett«, sagte sie schnell, um ihre Verlegenheit zu überspielen.

»Du tust besser, was Schwester Doyle dir sagt«, riet Dr. Adler und zog seine Hand zurück. »Sie kann sehr streng sein, wenn man sie verärgert.«

Esther lächelte sie an. »Dora ist nicht streng. Sie ist nur stark wie ich.«

In genau diesem Moment trat Schwester Everett hinter den Trennwänden hervor und entdeckte Dr. Adler.

»Also wirklich, Doktor! Wir führen hier ein Krankenhaus, keinen Club für geselliges Beisammensein!«, schimpfte sie, während sie ihn aus den Stationstüren hinausscheuchte.

»Glaubst du, dass dein Bruder an diesem Aufmarsch teilnehmen wird?«, fragte Esther Dora, während sie ihr beim Auswaschen ihres Nachttischs zusah.

»Ich hoffe, nicht«, sagte Dora, während sie das feuchte Tuch umklammerte.

»Dann ist er also immer noch dabei?«

Dora spürte, wie sie errötete. Sie hatte wirklich geglaubt, dass Peter seine Einstellung zu den Schwarzhemden geändert hatte, nach dem, was sie Esther angetan hatten. Aber nach und nach hatte er sich wieder in ihre Aktivitäten hineinziehen lassen. Er schwor Dora zwar, dass er nachts nicht mehr die ärmeren Viertel durchstreifte und Ärger suchte, aber er ging nach wie vor zu den Versammlungen und Aufmärschen, und sie hatte ihn auch Pamphlete auf der Straße verteilen sehen.

»Ich hab dir doch schon gesagt, wie sie sind«, beharrte er, wenn sie ihn darauf ansprach. »Es macht mir Angst, was sie Mum oder den Kindern antun könnten.«

»Halte ihn da heraus, *bubele*«, beschwor Esther sie. »Versuch, ihn dazu zu bringen, sich von diesen Kerlen fernzuhalten.«

»Ich werde tun, was ich kann«, versprach Dora.

»Setz deinen Namen hier drunter, ja?«

Nick blickte auf das Blatt Papier herab, das Harry Fishman ihm unter die Nase hielt. »Was ist das?«

»Eine Unterschriftensammlung gegen diesen Aufmarsch, den die Schwarzhemden planen. Wir wollen ihnen damit klarmachen, dass wir ihresgleichen nicht im East End haben wollen.«

Während er sprach, warf er einen bösen Blick durch das Pförtnerhäuschen zu Peter Doyle hinüber, der nicht von seiner Zeitung aufsah.

»Also ich weiß nicht, ob ich hier im Pförtnerhaus politische Aktivitäten billige«, mischte sich Mr. Hopkins ein, als Nick seine Unterschrift auf das Blatt setzte. »Das ist nicht gut für die Moral.«

»Das sagen Sie besser ihm«, entgegnete Harry mit finsterem Blick. »Er verbreitet schon lange genug seinen Schwarzhemden-Mist hier drinnen.«

»Lass es, Harry«, riet Nick müde.

»Wir sind jedenfalls fest entschlossen, uns zu wehren«, sagte Harry. »Wir werden an jenem Sonntag auf den Straßen sein und gegen den Aufmarsch protestieren. Dann werden wir ja sehen, ob Mosley und sein Haufen es schaffen, an uns vorbeizukommen!« Seine breite Brust schwoll an vor Stolz. »Und du wirst doch bei uns sein, Nick? Ein bisschen mehr Muskelkraft auf unserer Seite können wir gut gebrauchen.«

»Ich komme nicht mit«, sagte er.

Harry starrte ihn an. »Jetzt sag bloß nicht, dass du auf der Seite der Schwarzhemden stehst?«

»Ich stehe auf niemands Seite, klar? Ich will bloß nicht in die Sache hineingezogen werden.«

»Du lebst aber hier, nicht wahr? Also bist du meiner Meinung nach so oder so davon betroffen, ob es dir nun passt oder nicht.«

»Trotzdem halte ich mich raus.«

Harry öffnete den Mund, um zu widersprechen, doch nun griff Arthur, einer der anderen jungen Pförtner, ein. »Lass es besser, Harry«, murmelte er. »Im Moment ist er wie ein gereizter Bär.« Er senkte seine Stimme noch mehr. »Unter uns gesagt, glaube ich, dass er Liebeskummer hat.«

»Dass er es satthat, auf meinem Sofa zu kampieren, seit seine Alte ihn rausgeschmissen hat, meinst du wohl!«, warf Harry ein.

»Das wundert mich nicht«, sagte Arthur mit einem anzüglichen Blick. »Schließlich ist seine Missis nicht von schlechten Eltern. Ich wette, dass er es bedauert, sich nachts nicht mehr an sie kuscheln zu können!«

Sie hatten gar nicht mal so unrecht, dachte Nick, als er später mit einem Wagen frisch gewaschener Wäsche aus der Waschküche heraufkam. Er *hatte* Liebeskummer, aber nicht wegen Ruby.

Es war Dora, die ihm so sehr fehlte, dass es schmerzte. Auch vorher schon, als sie auf Distanz geblieben waren, war er sich ihrer Anwesenheit permanent bewusst gewesen. Er brauchte nur zuzusehen, wie sie einen Patienten versorgte, oder ihr Lachen aus der Küche zu hören, um sich eng mit ihr verbunden zu fühlen.

Doch jetzt war es plötzlich so, als ob eine hohe Backsteinmauer zwischen ihnen stünde.

Ein Teil von ihm bereute bitterlich, Dora so abgekanzelt zu haben, aber er war wütend und verletzt gewesen. Selbst jetzt noch, nachdem er Zeit gehabt hatte, sich zu beruhigen, fühlte er sich hintergangen. Er wusste nicht, ob er ihr je verzeihen oder ihr je wieder vertrauen konnte. Und darum fühlte er sich so einsam.

Aber nie so einsam, dass er in Erwägung zog, zu Ruby zurückzukehren. Sie hatte ihm Mitteilungen im Pförtnerhäuschen hinterlassen – Liebesbriefe, wie die anderen Jungs sie scherzhaft nannten –, in denen sie ihn anflehte, ihr noch eine Chance zu geben. Doch Nick hatte nicht die Absicht, zu ihr – oder zum Victory House – zurückzukehren. Er hatte ihr sogar zurückgeschrieben, um ihr deutlich zu sagen, dass ihre Ehe beendet war, aber er hätte sich natürlich denken können, dass Ruby nicht so leicht aufgeben würde.

Nicht wie Dora, die ihn seit ihrer letzten Begegnung auf der Griffin Street vollkommen gemieden hatte. Und wenn sie sich einmal auf dem Gang begegneten, beschleunigte sie ihre Schritte, wandte das Gesicht ab und tat so, als ob sie ihn nicht gesehen hätte.

Auch das hätte er wissen müssen. Im Gegensatz zu Ruby hatte Dora ihren Stolz. Genau wie er. Und da lag das Problem.

KAPITEL SIEBENUNDVIERZIG

Millies Make-up und Parfum, ihre silberne Haarbürste, ihr Kamm und ihr Spiegel lagen verstreut auf ihrer Kommode. Helen räumte sie auf, ohne darüber nachzudenken. Die arme Millie, wie sollte sie es schaffen, Schwester Suttons Wutanfällen zu entkommen, ohne eine Freundin, die sich ihrer annahm?, fragte Helen sich, während sie Bürste, Kamm und Spiegel in einer ordentlichen Reihe nebeneinanderlegte.

Sie war froh, dass sie sich von ihren Freundinnen nicht verabschieden musste. Dora hatte Dienst, und Millie war übers Wochenende mit Sebastian auf dem Landsitz ihrer Eltern. Helen wollte niemanden sehen müssen, am allerwenigsten die Mädchen, die sie inzwischen als ihre Freundinnen betrachtete.

Als sie jedoch gerade ihr Waschzeug einpackte, um es in ihren Koffer zu legen, hörte sie einen vertrauten, leichten Schritt die Treppe zur Mansarde hinaufeilen, und Millie kam hereingeschneit.

»Was machst du denn hier?«, fragte Helen erstaunt. »Ich dachte, du wärst in Kent.«

»Daddy wurde zu einer wichtigen Besprechung nach London gerufen, und da beschlossen wir, mit ihm zurückzufahren.« Millie ließ sich auf ihr Bett fallen und nahm ihren Hut ab. »Ich bin nur gekommen, um mich umzuziehen, und dann gehen Seb und ich ...« Sie unterbrach sich, als ihr Blick auf den geöffneten Koffer auf Helens Bett fiel. »Was machst du denn da?«

»Die Oberin schickt mich nach Hause.«

»Na, das ist ja sehr beruhigend«, sagte Millie. »Du brauchst wirklich ein bisschen Erholung. Ich weiß, dass du denkst, du kämst schon klar, aber wir waren alle furchtbar besorgt um dich. Ein paar Tage zu Hause, und du wirst dich wieder wie neugeboren fühlen.«

Helen sagte nichts, während sie fortfuhr, ihre Kleider zu falten und in ihrem Koffer unterzubringen. Zum Glück war Millie in einer ihrer sehr mitteilsamen Stimmungen und bemerkte es nicht.

»Daddy wollte uns nicht sagen, warum er zu dieser Besprechung musste, aber er war in einer schrecklichen Verfassung«, sagte sie, als sie ihren Mantel auszog. »Und unter uns gesagt glaube ich, dass das alles etwas mit dem König und dieser grässlichen Amerikanerin zu tun hat, wie Granny sie zu nennen pflegt.«

»Ach ja?« Helen steckte den Beutel mit ihrem Waschzeug in eine Ecke ihres Koffers.

»Der Premierminister regt sich furchtbar auf deswegen und die meisten anderen aus dem Geheimen Staatsrat auch«, fuhr Millie fort. »Sie wissen, dass die beiden schon seit Jahren eine Beziehung haben, aber alle dachten, er würde sie aufgeben, sobald er den Thron besteigt. Aber jetzt hat sie ihn in ihren Krallen, und er ist total vernarrt in sie. Er verbringt seine Zeit völlig isoliert mit ihr und ihren amerikanischen Freunden in Fort Belvedere. Granny sagte, das sei vorauszusehen gewesen, als er die Staatskarosse, die bisher stets ein Daimler war, gegen einen Buick tauschte.« Sie riss den Schrank auf und wandte sich dann wieder Helen zu. »Hör mal, du packst aber ganz schön viel für ein paar Tage ein! Man könnte fast meinen, du kämst nicht mehr zurück!« Sie lachte, aber dann wurde ihre Miene ernst. »Du kommst doch wieder zurück, oder?«

»Ich …«

»Natürlich tust du das, wie dumm von mir«, fuhr Millie fort, bevor Helen Gelegenheit bekam, etwas zu sagen. »Du wirst ja wohl nicht eine Woche vor deiner Abschlussprüfung das Handtuch werfen, oder?«

Sie zog ein Kleid heraus und begann sich umzuziehen, wobei sie über Seb, ihr gemeinsames Wochenende auf Billinghurst und die jüngsten Skandale bei Hofe plauderte. Irgendwann war Helen mit dem Packen fertig und schloss ihren Koffer.

»Fertig«, sagte sie. »Würdest du Doyle Auf Wiedersehen von mir sagen?«

Millie nickte. »Ich weiß nicht, wie sie mich ertragen wird, wenn du nicht hier bist, um unsere Zankereien zu beenden.«

»Ihr werdet schon klarkommen.« Helen lächelte ermutigend. »Versucht, euer Zimmer in Ordnung zu halten, ja? Und brecht euch nicht den Hals, wenn ihr im Dunkeln durch dieses Fenster einsteigt!«

Millie lachte. »Also wirklich, Helen! Ein paar Tage werden wir ja wohl auch ohne dich zurechtkommen! Und wer weiß – vielleicht bessern wir uns ja sogar, bis du zurückkommst.«

»Ich hoffe, nicht.« Helen stellte ihren Koffer hin und umarmte Millie impulsiv. »Du wirst mir fehlen«, sagte sie, während der Duft ihres Guerlain-Parfums ihr in die Nase stieg.

»Du mir auch.« Millie trat einen Schritt zurück und sah sie fragend an. »Du *kommst* doch wieder, oder?«

Helen holte tief Luft. Wenn sie Millie die Wahrheit sagte, würde das sehr viele Erklärungen erfordern, und sie war sich nicht sicher, ob sie das verkraften könnte.

Zum Glück ersparte ihr das laute Hupen eines Autos draußen eine Antwort.

»Ich muss gehen«, sagte sie. »Meine Mutter wartet auf mich.«

»Ich gehe mit dir runter und winke dir zum Abschied noch mal zu.«

»Nein, tu das nicht.« Helen lächelte sie an. »Lass uns einfach hier Auf Wiedersehen sagen, ja?«

Constance saß mit versteinertem Gesicht im Fond des Taxis. Langsam wandte sie sich Helen zu, die sich versteifte und auf die gewohnte kritische Bemerkung wartete. Doch ausnahmsweise blieb sie aus.

»Beeil dich und leg den Koffer in den Kofferraum«, sagte ihre Mutter nur. »Wir werden sonst noch unseren Zug verpassen.«

Constance starrte aus dem Fenster auf die vorüberziehende Landschaft und suchte fieberhaft nach einem Gesprächsthema.

Helen hatte kein Wort mit ihr gewechselt, seit sie in das Taxi eingestiegen war. Constance konnte Wellen des Ärgers spüren, die von ihr ausgingen, aber sie verstand nicht, warum.

Sie nahm jedoch an, dass Helen verärgert war, weil sie das Krankenhaus nicht hatte verlassen wollen. Die Oberin hatte das sehr deutlich gemacht, als Constance ihr vorgeworfen hatte, dass sie ihre Tochter nicht schon früher heimgeschickt hatte.

»Sie hat sehr hartnäckig darauf bestanden, dass ich mich nicht mit Ihnen in Verbindung setzen sollte«, hatte Miss Fox gesagt.

»Aber ich bin ihre Mutter!«

Miss Fox hatte ihr einen dieser wissenden Blicke zugeworfen, die Constance so irritierend fand. »Ich glaube, sie hat Angst, Sie zu enttäuschen«, bemerkte sie.

»Ich kann mir nicht vorstellen, wie sie darauf gekommen ist.«

Als sie gingen, hatte Miss Fox Constance beiseitegenommen.

»Bitte kümmern Sie sich um sie«, hatte sie gesagt. Als ob ihr je in den Sinn gekommen wäre, etwas anderes zu tun! Was glaubte die Oberin denn, was sie tun würde? Helen mit nach Hause nehmen und sie schlagen?

Doch nun, da sie zusammen waren und mit der Bahn nach Hause fuhren, rang sie nach Worten des Trosts für Helen.

Sie wünschte, sie wäre großzügiger und liebevoller zu ihrer

Tochter gewesen und auch Charlie gegenüber. Wenn sie nur geahnt hätte, wie krank er war, hätte sie sich natürlich ganz anders verhalten. Sie wusste, dass Helen ihr dieses Verhalten sehr verübelte, aber sie konnte die Uhr nicht zurückdrehen, so gern sie es auch getan hätte.

Schließlich holte sie tief Luft und begann ein Gespräch.

»Es tut mir leid, dass du krank gewesen bist«, sagte sie. »Aber nach ein paar Tagen Ruhe müsstest du dich schon viel besser fühlen.«

Sie sah den kalten Blick, den Helen ihr zuwarf, und erkannte sofort, dass sie das Falsche gesagt hatte.

»Ich bin nicht krank, Mutter«, sagte Helen in eisigem Ton. »Ich habe meinen Ehemann verloren und erhole mich nicht nur einfach von einer Grippe.«

»Nein, natürlich nicht, so habe ich das auch nicht gemeint.« Constance blickte nervös auf ihre Hände herab. Helen erschien ihr wie ein anderer Mensch – sehr kühl und irgendwie erwachsener. »Was ich zu sagen versuche, ist, dass du nun nach vorne blicken musst. Wenn du erst einmal deine Abschlussprüfung hinter dir hast …«

»Ich mache die Prüfung nicht.«

Constance starrte sie an. »Was soll das heißen, du machst sie nicht?«

»Genau das, was ich sagte.« Helen sah sie ruhig an.

»Und wie willst du Krankenschwester werden, wenn du deine Prüfungen nicht machst?«

»Gar nicht. Ich gebe die Krankenpflege auf.«

Constance wurde schwindlig vor Panik. »Sei nicht albern! Du denkst nicht logisch«, tat sie Helens Erklärung ab.

»Und du hörst mir nicht zu.«

»Natürlich tue ich das, aber was ich höre, ist der reinste Unsinn!«

»Und warum ist es Unsinn? Doch nur, weil du nicht damit einverstanden bist.«

Constance blickte sich um. Die anderen Fahrgäste im Abteil warfen ihnen schon interessierte Blicke zu. »Wir werden später darüber reden«, sagte sie entschieden.

»Du kannst darüber reden, so viel du willst, aber du wirst mich nicht mehr umstimmen. Es tut mir leid, wenn du glaubst, ich hätte dich enttäuscht, Mutter, aber so habe ich mich nun mal entschieden.«

»Aber du hast nicht …«, begann Constance zu widersprechen, doch Helen hatte sich wieder abgewandt und starrte aus dem Fenster.

KAPITEL ACHTUNDVIERZIG

»Du kannst sagen, was du willst, Dora. Ich gehe trotzdem zu dieser Versammlung.«

Der Schein des Feuers aus dem Verbrennungsofen huschte flackernd über Peters trotziges Gesicht, als er weiteren Abfall in den Ofen warf und zuschaute, wie er verbrannte.

Dora hatte drei Tage gebraucht, um ihren Bruder allein zu erwischen. Am Ende war sie ihm unter dem Vorwand, Verbände verbrennen zu müssen, bis in den Heizungskeller gefolgt.

Er war nach dem Überfall auf Esther Gold so besorgt und beschämt gewesen, dass Dora ein Monatsgehalt darauf verwettet hätte, dass er sich nicht mal in der Nähe der Schwarzhemden-Versammlung blicken lassen würde. Deshalb war es ein echter Schock für sie, als er ihr sagte, dass er nicht nur an der Kundgebung teilnehmen, sondern zu den Wachposten vor der Bühne am Victoria Square gehören würde, auf der Sir Oswald sprechen würde.

»Das wird von mir erwartet«, sagte er, den Blick auf die Flammen gerichtet. »Außerdem ist es eine große Ehre für Bethnal Green, dass jemand wie er herkommt, um hier zu sprechen.«

»Wir wollen ihn hier aber nicht.«

»Was für dich gilt, gilt nicht für jeden. Es gibt genügend Leute hier, die sich anhören wollen, was er zu sagen hat.«

»Dann sollen sie nach oben in den Westen gehen, um ihm zuzuhören. Wir wollen sie hier im East End nicht.«

»Wir leben in einem freien Land«, protestierte Peter. »Wir können aufmarschieren, wo wir wollen. Denn darum geht's doch schließlich, oder? Wir verteidigen nur unsere Rechte.«

»Und was ist mit den Rechten der Besitzer all dieser jüdischen Läden und Unternehmen, die von deinem üblen Haufen täglich demoliert werden?« Dora trat näher an ihn heran, bis sie die Hitze des offenen Heizkessels auf ihrem Gesicht spürte. »Hast du vergessen, was sie Esther Gold angetan haben, Peter? Sie hätten sie umgebracht, wenn ich nicht zufällig vorbeigekommen wäre …«

»Hätten sie nicht«, murmelte er und leerte einen weiteren Sack Müll in das klaffende, feurige Maul des Ofens. »Und wenn sie sich einfach umgedreht hätte und gegangen wäre, wäre auch niemandem etwas zugestoßen.«

»Also haben Mosley und seine Bande das Recht, zu gehen, wohin sie wollen, aber Esther und ihre Familie und Freunde nicht?« Dora starrte ihren Bruder verächtlich an. »Ich kann es nicht glauben, Pete, ganz ehrlich nicht. Du hast sie selbst bewusstlos in diesem Krankenhausbett liegen sehen. Du hattest solche Angst um sie, oder weißt du das nicht mehr?«

»Na ja, das schon, aber seitdem hab ich Zeit zum Nachdenken gehabt.«

»Zeit, jemand anderen das Denken für dich übernehmen zu lassen, meinst du wohl! Was haben deine Freunde denn eigentlich dazu gesagt, Pete? Haben sie dir gesagt, dass sie es verdient? Dass sie es sich selber zuzuschreiben hat? Komm schon, irgendetwas müssen sie dir doch gesagt haben. Wie könntest du sonst nachts noch schlafen?«

Peter schlug die Ofentür zu und legte den schweren Riegel vor. »Ich hab dir doch gesagt, dass ich an unsere Familie denken muss«, murmelte er. »Du weißt ja nicht, wie diese Männer sind …«

»Und ob ich das weiß! Vergiss nicht, dass ich Esther gepflegt habe. Dass ich mitgeholfen habe, sie wieder zusammenzuflicken, wo sie ihr den Schädel mit ihren Stiefeln eingetreten hatten.«

Dora sah, wie er erschauderte, aber sie blieb unerbittlich. »Ich weiß sehr wohl, wozu sie fähig sind, Peter«, fuhr sie fort. »Aber glaubst du etwa, dass Mum das gutheißen würde? Glaubst du wirklich, sie würde einen solchen Schutz für dich wollen, wenn sie wüsste, was der Preis dafür ist? Nein, das würde sie bestimmt nicht. Sie hat dich dazu erzogen, das Richtige zu tun, Peter Doyle, und ich bin mir sicher, dass sie sich deiner genauso schämen würde, wie ich es tue.«

Er versuchte, sich abzuwenden, aber Dora packte ihn an den Schultern und drehte ihn zu sich herum.

»Und ich möchte dich an noch etwas anderes erinnern«, sagte sie. »Du wärst inzwischen längst hinter Gittern, wenn Esther der Polizei gesagt hätte, dass du in jener Nacht dabei warst. Sie hat jedoch geschwiegen, weil sie ein anständiger Mensch ist und hoffte, dass du so vielleicht Vernunft annehmen würdest. Vergiss das nicht, wenn du mit deinen Schlägertypen herummarschierst!«

Constance Tremayne hatte noch nie im Leben Angst gehabt, offen auszusprechen, was sie dachte, aber auf einmal hatte sie das Gefühl, als liefe sie auf Zehenspitzen über rohe Eier.

Helen war seit drei Tagen zu Hause, und ihre Mutter wusste immer noch nicht, was sie ihr sagen sollte. Jedes Wort, das sie äußerte, schien die Spannungen noch zu verstärken.

Constance wollte Helen versichern, dass noch nicht alles verloren war und sie immer noch eine Zukunft hatte. Aber Helen verdrehte ihr jedes Wort im Mund, sodass es aussah, als würde ihre Mutter sie zu irgendetwas zwingen, als hätte Constance sie dazu überredet, in der Krankenpflege zu arbeiten. Dabei hatte sie ihr diesen Beruf nur vorgeschlagen, weil er für eine anständige junge Frau eine vernünftige Möglichkeit war, sich ihren Lebensunterhalt zu verdienen. Alles, was sie je getan hatte, hatte sie für Helen getan. Warum stellte ihre Tochter es so hin, als wäre sie der Feind?

Und die ganze Zeit war ihr bewusst, dass die Tage vergingen, die Abschlussprüfungen näher rückten und Helens Lehrbücher noch immer auf dem Boden ihres Koffers lagen. Constance musste sie zur Vernunft bringen, bevor es zu spät war.

Sie versuchte es erneut am Donnerstagabend, als sie zusammen zu Abend aßen. Es war der einzige Moment des Tages, in dem Helen überhaupt aus ihrem Zimmer kam, deshalb musste Constance die Chance ergreifen.

»Hast du noch einmal über die Prüfungen nachgedacht?«, fragte sie, den warnenden Blick ihres Mannes ignorierend.

Ohne von ihrem Teller aufzusehen, seufzte Helen müde. Seit gut zehn Minuten schob sie ihr Essen auf dem Teller herum, ohne etwas anzurühren. »Ich habe dir bereits gesagt, dass ich die Prüfungen nicht machen werde.«

»Und glaubst du, das wäre es, was Charlie gewollt hätte?«

Helens Kopf fuhr hoch. Constance sah den aufflackernden Zorn in ihren Augen und erkannte, dass sie nur Öl ins Feuer gegossen hatte.

»Was fällt dir ein!«, fauchte Helen. »Wie kannst du es wagen, Charlie ins Spiel zu bringen! Woher willst du wissen, was er gewollt hätte? Du weißt überhaupt nichts über ihn.«

»Helen, bitte. Es war nicht ihre Absicht …« Timothy versuchte zu vermitteln, aber seine Tochter war zu aufgebracht, um zuzuhören.

»Ich weiß genau, was ihre Absicht war, Vater. Und ich lasse nicht zu, dass sie so über Charlie redet. Sie hat kein Recht dazu.« Mit schroffer, unnachgiebiger Miene wandte sie sich wieder ihrer Mutter zu. »Du hast ihn verachtet, als er noch am Leben war … und wolltest nichts mit ihm zu tun haben. Du konntest dich nicht mal dazu überwinden, zu seiner Beerdigung zu kommen! Und dennoch glaubst du, mir sagen zu können, was er gewollt hätte? Du benutzt einen toten Mann, um mich zu manipulieren. Ich hätte selbst von dir nicht gedacht, dass du so tief sinken könntest!«

Helen warf ihr Messer und ihre Gabel auf den Tisch, sprang auf und stieß polternd ihren Stuhl zurück. Sie hatte schon die Tür erreicht, bevor Constance zu Worte kam.

»Er hat mich hier besucht«, sagte sie leise.

Helen blieb stehen, ohne sich zu ihnen umzudrehen. »Wann?«

»Im Sommer. Kurz vor dem Ball.« Sie wandte sich an ihren Mann. »Du erinnerst dich doch sicher noch daran, Timothy?«

Er nickte. »Charlie wollte unter vier Augen mit dir sprechen, wenn ich mich recht entsinne.«

Es war das letzte Mal gewesen, dass Constance ihn gesehen hatte. Eine Welle der Scham brach über sie herein, als sie sich daran erinnerte, wie unhöflich sie gewesen war.

Helen blieb zögernd stehen und blickte sich mit misstrauischer Miene um. »Warum ist er hergekommen?«

»Er wollte zwischen uns vermitteln«. Constance lächelte bei der Erinnerung daran. »Er erzählte mir, wie weh dir unsere Differenzen taten.«

»Aber du hast nicht auf ihn gehört?«

»Nein, das habe ich nicht.« Wie sehr sie jetzt wünschte, sie hätte es getan! Wenn sie sich doch nur erlaubt hätte, ihren Fehler zuzugeben und zu akzeptieren, wie sehr Charlie und Helen einander liebten, würden sie jetzt vielleicht beide nicht so sehr leiden. »Aber ich habe ihn dafür bewundert, dass er den Mut besaß, hierherzukommen und mich zur Rede zu stellen.«

Helen rang sich zu einem unsicheren Lächeln durch. »Charlie war immer tapfer und unerschrocken.«

»Und er hat dich geliebt. Das sehe ich jetzt.« Constance blickte zu ihrer Tochter auf, die mit gesenktem Kopf im Eingang stand.

»Ich weiß, dass wir nicht immer einer Meinung waren, aber wir wollten beide nur das Beste für dich. Deshalb denke ich, dass er sehr enttäuscht wäre, wenn er wüsste, dass du deine Ausbildung so einfach wegwirfst …«

»Nein!«, fiel Helen ihr ärgerlich ins Wort. »Du kannst es dir einfach nicht verkneifen, was?«, sagte sie verächtlich. »Immer wenn ich gerade denke, du würdest vielleicht etwas verstehen, gehst du hin und machst alles zunichte, indem du … *du* bist!«

»Helen!«

Aber sie war schon gegangen und hatte die Tür hinter sich zugeschlagen.

Constance wandte sich ratlos an ihren Mann. »Ich … ich weiß nicht, was ich sagen soll. Ich komme einfach nicht an sie heran.«

»Sie wird schon wieder einlenken. Sie fühlt sich nur sehr hilflos im Moment.«

»Aber ich will ihr doch helfen!«

»Vielleicht wäre es dann an der Zeit, aufrichtig zu ihr zu sein?«

Constance starrte ihn an. »Was willst du damit sagen? Natürlich bin ich aufrichtig zu ihr. Ich bin immer aufrichtig. Ich dachte, das wäre das Problem …«

»Ich meinte, du solltest aufrichtig zu ihr sein, was dich selbst angeht.«

Sein Lächeln war milde, haargenau wie das eines freundlichen Landpfarrers, doch hinter seiner Brille sah sie einen Ausdruck in seinen Augen, den sie dort noch nie gesehen hatte. Einen Blick, der besagte, dass es sinnlos war, ihm etwas vorzumachen.

»Ich verstehe nicht«, versuchte sie es trotzdem.

»Ich glaube schon, dass du das tust, meine Liebe. Erinnerst du dich an dieses Geheimnis aus deiner Vergangenheit, das du immer zu verbergen versucht hast?«

»Geheimnis?«, wiederholte Constance leise.

»Bitte, Constance, wir sind zu viele Jahre verheiratet, als dass du mir noch etwas vormachen könntest.« Er wirkte leicht belustigt. »Als ich dich kennenlernte, war mir sofort klar, dass du mir etwas verschwiegst, etwas, das in deiner Vergangenheit geschehen war und wovon du glaubtest, es verbergen zu müssen.«

Panik ergriff sie. Sie öffnete den Mund, um zu widersprechen, aber Timothy hob eine Hand. »Schon gut, meine Liebe, ich will es gar nicht wissen. Ich habe immer den Standpunkt vertreten, dass die Vergangenheit vergangen ist und dass du, wenn du es mir erzählen wolltest, es mit der Zeit schon tun würdest. Aber jetzt frage ich mich, ob dies nicht die richtige Gelegenheit wäre, einige deiner Erkenntnisse mit Helen zu teilen? Wer weiß, ob es nicht vielleicht sogar helfen würde, die Kluft zwischen euch zu überbrücken.«

Constance blickte in sein sanftes, lächelndes Gesicht. Sie hatte ihren Ehemann immer für einen naiven, weltfremden Mann gehalten, aber er verstand viel mehr, als sie ihm zugetraut hatte.

Sie lächelte traurig. »Du bist ein sehr kluger Mann.«

»Natürlich bin ich das, meine Liebe. Schließlich habe ich dich geheiratet, nicht wahr?« Er stand auf und küsste sie aufs Haar. »Wirst du also mit Helen reden?«

Constance zögerte. »Ich werde es versuchen«, versprach sie schließlich.

Es war Katies Geburtstag, und da sie beide zum Nachtdienst auf der Orthopädischen Männerstation eingeteilt worden waren, hatte Dora sie zu einer Samstagsnachmittagsvorstellung von *Mein Mann Gottfried* im Palaseum eingeladen.

»Ich liebe William Powell! Du nicht auch?«, seufzte Katie, als sie aus dem verdunkelten Kino ins Foyer hinaustraten. »Ist es nicht komisch, dass er und Carole Lombard sich im Film so verliebt geben können, obwohl sie im wahren Leben geschieden sind? Ich glaube nicht, dass ich je wieder mit meinem Tommy reden würde, falls wir uns mal trennen sollten. Wie denkst du darüber?«

»Das werde ich gleich herausfinden.« Dora nickte zu den Türen des Foyers hinüber, durch die soeben Penny Willard Arm in Arm mit Joe Armstrong hereinkam.

»Oh nein!«, jammerte Katie. »Lass uns gehen, schnell!«

»Warum?«

»Du willst doch nicht, dass sie uns sehen, oder?« Katie zupfte an ihrem Ärmel, aber Dora ließ sich nicht beirren.

»Zu spät, sie kommen schon herüber.« Sie wartete darauf, ein Gefühl der Eifersucht zu verspüren, aber nichts geschah. Selbst als Joe sie sah und seinen Arm um Pennys Schultern legte, blieb sie ungerührt.

»Alles klar, Dora?«, begrüßte er sie. »Du bist wegen des Films hier, nicht wahr?«

Sie schluckte die spöttische Erwiderung, die ihr schon auf der Zunge lag hinunter. »Ja, er ist gut. Er wird euch gefallen.«

»Ich weiß nur nicht, wie viel wir hinten in der letzten Reihe davon mitkriegen werden«, erwiderte er mit einem anzüglichen Grinsen.

Dora schaute Penny an. Sie sah sehr verlegen aus, die Arme, und versuchte, sich Joes Umarmung zu entziehen, aber er zog sie nur noch fester an sich. »Was hältst du von diesem Aufmarsch morgen?«, fragte er. »Ich wette, dein Bruder kann es kaum erwarten, was?«

Dora erwiderte gelassen seinen Blick. »Ich auch nicht«, sagte sie.

Joe grinste. »Du hast doch nicht etwa vor, dich der Gegendemonstration anzuschließen?«

»Warum denn nicht?« Sie hatte es bisher gar nicht in Betracht gezogen, doch irgendetwas an Joes selbstgefälligem Grinsen machte sie wütend. »Jemand muss diese Schwarzhemden aufhalten. Und die Polizei scheint ja nichts gegen sie zu unternehmen«, fügte sie sehr betont hinzu.

Joe bekam einen puterroten Kopf. »Das kannst du nicht machen«, sagte er. »Es ist viel zu gefährlich. Und unnötig noch dazu. Uns allen wurden sämtliche Beurlaubungen gestrichen. Tausende von Polizisten werden auf den Straßen sein und dafür sorgen, dass der Aufmarsch durchkommt.«

»Ein Grund mehr, warum ich dort sein sollte.«

Sie funkelte ihn an und hielt seinem Blick grimmig und entschlossen stand. Dann lachte Joe.

»Wie du meinst«, sagte er. »Aber falls du glaubst, ein paar Protestler wären der Polizei gewachsen, bist du auf dem Holzweg!«

»Das hast du doch nicht wirklich ernst gemeint, oder?«, fragte Katie, als sie das Pärchen zum Kartenschalter gehen sahen »Du hast doch nicht wirklich vor, auf die Straße zu gehen und dich dem Protest gegen diesen Aufmarsch anzuschließen!«

»Ich möchte etwas tun«, sagte Dora. »Dr. Adler wird eine Erste-Hilfe-Station auf der Cable Street errichten, und ich dachte, ich gehe vielleicht mit und helfe ihm.«

»Das würde die Oberin nie zulassen.«

»Die Oberin muss ja nichts davon erfahren. Da ich Nachtdienst habe, ist es meine Sache, was ich tagsüber tue.«

»Trotzdem glaube ich nicht, dass sie es billigen würde«, sagte Katie. »Und Joe hat recht. Mein Tommy meint, es würde zu heftigen Ausschreitungen auf den Straßen kommen. Und wenn du nun verletzt wirst?«

»Ach was. Ich sagte ja schon, dass ich nur Erste Hilfe leisten werde.«

Katie sah sie ruhig an. »Ich kenne dich, Doyle. Du sagst zwar, du würdest nur am Rande bleiben, doch bevor du weißt, wie dir geschieht, wirst du mittendrin sein. Mich wirst du dort jedenfalls nicht sehen. Tommy hat mir schon befohlen, im Schwesternheim zu bleiben und nicht eher herauszukommen, bis alles vorbei ist.«

»Dann kann dein Tommy ja froh sein, dass ich nicht seine Freundin bin, nicht wahr?«, erwiderte Dora.

KAPITEL NEUNUNDVIERZIG

»Du hast Besuch«, sagte Timothy Tremayne zu seiner Tochter.

Es war Sonntagmorgen, und Helen stand vor dem Badezimmerspiegel und bürstete sich das Haar, um mit ihren Eltern in die Kirche zu gehen. Deshalb blickte sie verwundert auf, als sie auf der anderen Seite der Tür die Stimme ihres Vaters hörte.

»Besuch?«

»Eine Miss Hollins. Sie sagt, sie sei eine Freundin von dir aus dem Krankenhaus.«

»Hollins?« Helen ging zur Tür, vor der ihr Vater stand und sehr würdevoll aussah in seiner Soutane und dem weißen Priesterkragen. »Was will sie?«

»Das solltest du besser selbst herausfinden, meinst du nicht? Ich habe sie ins Wohnzimmer geführt.«

Helen warf einen Blick auf ihre Uhr. »Aber was ist mit der Messe?«

»Ich bin mir sicher, dass der Herr es dir nicht verübeln wird, wenn du die Morgenmesse ausnahmsweise mal versäumst. Du kannst ja stattdessen auch zur Abendandacht gehen. Und falls du dir wegen deiner Mutter Sorgen machst, die ist schon zur Kirche hinuntergegangen, um den Küster herumzukommandieren.« Er lächelte. »Geh du nur zu deiner Freundin. Es wird dir guttun, mit jemandem in deinem Alter zu sprechen. Du bist jetzt schon eine ganze Woche hier mit uns eingesperrt.«

Amy hockte auf der Kante eines der mit Chintz bezogenen Sofas und sprang auf, sowie Helen hereinkam.

»Oh, Gott sei Dank!« Erleichtert legte sie eine Hand an ihr Herz. »Ich hatte furchtbare Angst davor, Mrs. Tremayne zu begegnen.« Ihr Blick huschte nervös herum. »Aber sie ist nicht hier, oder?«

»Keine Angst, du bist hier ziemlich sicher.« Helen drückte sie auf das Sofa zurück. »Was für eine angenehme Überraschung«, sagte sie.

»Was du meinst, ist, dass ich der letzte Mensch bin, den du hier erwartet hättest!« Amy verzog den Mund. »Ehrlich gesagt weiß ich selbst nicht, warum ich hier bin«, gab sie ganz offen zu. »Ich wusste nur, dass ich mal rausmusste, und du bist der einzige Mensch, von dem ich dachte, ich könnte ihn besuchen. Entschuldige, das hört sich schrecklich an«, sagte sie und errötete. »Aber natürlich bin ich auch hergekommen, um mich nach deinem Befinden zu erkundigen. Bevan hat mir geschrieben, dass es dir nicht gut ging und du das Nightingale verlassen hast.« Sie sah Helen mitfühlend an. »Wie fühlst du dich inzwischen?«

»Besser, glaube ich.« Sie war nicht mehr so aufgewühlt, aber immer noch hing die dunkle Wolke einer Depression über ihr. »Möchtest du Tee?«, bot sie an.

Sie klingelte nach dem Dienstmädchen und bestellte Tee, bevor sie sich in einem Sessel niederließ. »Deinen Worten nach zu urteilen ist die Situation bei dir zu Hause wohl sehr schwierig?«

»Sie ist schrecklich!« Amy verzog das Gesicht. »Meine Eltern sind zutiefst empört über mich, wie du dir wahrscheinlich vorstellen kannst. Meine Mutter kann sich kaum dazu überwinden, mich anzusehen, geschweige denn mit mir zu reden. Wenn sie überhaupt mit mir spricht, dann nur, um mir zu sagen, wie enttäuscht sie von mir ist.« Amy seufzte. »Wie ist es mit deiner Mutter?«

Helen überlegte. Sosehr sie ihrer Mutter auch zürnte, musste sie doch zugeben, dass Constance sie überhaupt nicht kritisiert hatte. Und sie hatte ganz sicher nicht aufgehört, mit ihr zu reden. »Meine Mutter ist geradezu besessen von dem Ehrgeiz, dass ich meine Abschlussprüfung machen soll«, sagte sie.

»Gott, ja, die Prüfungen sind ja morgen schon, nicht wahr?« Ich wünschte, ich könnte daran teilnehmen.« Amy lachte. »Ich hätte nie gedacht, dass ich das einmal sagen würde, aber ich vermisse das Krankenhaus. Ich vermisse sogar Schwester Parkers Vorträge!«

»Ich auch«, sagte Helen.

Mary klopfte leise an und brachte den Tee herein. Als sie wieder allein waren, sagte Amy: »Es muss allerdings sehr schön sein, bedient zu werden. Das ist auf jeden Fall etwas, was man im Schwesternheim nicht haben kann!«

»Oh, ich bin mir sicher, dass Schwester Sutton dir gern eine Kanne Tee gebracht hätte, wenn du sie nett darum gebeten hättest!«, sagte Helen schmunzelnd und reichte Amy eine Tasse.

Amy war nachdenklich, als sie ihren Tee trank. »Du hast mich noch gar nicht nach meiner skandalösen Affäre gefragt«, sagte sie. »Das ist das Einzige, woran die anderen Mädchen interessiert sind.«

»Möchtest du es mir denn erzählen?«

»Da gibt's nicht viel zu erzählen.« Amy zuckte mit den Schultern. »Ich habe mich wie eine Schwachsinnige benommen. Ich hatte mich in einen verheirateten Mann verliebt und bildete mir ein, er liebte mich auch.«

»Wusstest du, dass er verheiratet war, als du ihn kennengelernt hast?«

»Ja, das wusste ich.« Amy schob ihr Kinn ein wenig trotzig vor. »Aber anfangs war es mir egal. Ich hatte ja gar nicht vor, mich in ihn zu verlieben, weißt du. Es war eigentlich nur ein Spaß. Er war bloß ein reicher, erfolgreicher Mann, der mir alles geben konnte, was ich wollte. Er lud mich zum Abendessen ein und ging mit mir in teure Restaurants. Es machte einfach alles viel mehr Spaß mit ihm als mit den ständig abgebrannten Medizinstudenten, mit denen ich vorher ausgegangen war.« Sie lächelte bei der Erinnerung. »Aber dann fing ich an, mich in ihn zu verlieben, und ich wollte mehr.« Ein wehmütiger Ausdruck erschien auf ihrem Gesicht. »Er sagte, wenn er sich erst einmal beruflich etabliert hätte, würde er seine Frau nicht mehr brauchen und würde sie verlassen. Und ich glaubte ihm, weil ich glauben wollte, dass er die Wahrheit sagte.«

»Wann ist dir klar geworden, dass dem nicht so war?«

»Ich weiß es nicht«, sagte sie. »Aber ich glaube, so richtig ist es mir erst am Abend des Balls zum Gründungstag bewusst geworden. Ich wollte unbedingt mit ihm hingehen und mit ihm gesehen werden, aber das duldete er nicht. Und als ihr dann geheiratet habt und ich sah, wie Charlie vor all diesen Leuten stand und Gott und der Welt sagte, er liebe dich, begriff ich plötzlich, dass mein Liebhaber nie den Mut aufbringen würde, vor irgendjemandem aufzustehen und dasselbe über mich zu sagen.«

Amys Tasse klapperte auf der Untertasse, als sie sie absetzte. »Du hattest so ein Glück mit Charlie«, sagte sie. »Ich weiß, dass es im Moment noch zu schmerzlich sein muss, aber eines Tages wirst du zurückblicken und erkennen, wie glücklich du dich schätzen konntest, jemanden zu haben, der dich von ganzem Herzen liebte.«

Helen schluckte hart. Selbst jetzt noch versuchte sie, nicht an Charlie zu denken. Wenn sie diesen Teil ihres Bewusstseins nicht fest verschlossen hielt, würde der Schmerz wieder über sie hereinbrechen und sie lähmen, befürchtete sie.

Taktvoll wechselte sie das Thema. »Wie hat seine Frau es herausgefunden?«

»Ich habe es ihr gesagt.«

Helen fuhr so heftig zusammen, dass Tee in ihre Untertasse schwappte. »Du hast *was* getan?«

»Da er es nicht eilig zu haben schien, es zu tun, glaubte ich, ich könnte damit eine Entscheidung erzwingen. Ich schrieb ihr einen kurzen Brief und dachte, sie würde ihn daraufhin zur Rede stellen und ihn hinauswerfen. Aber stattdessen ging sie schnurstracks mit dem Brief zur Oberin.« Amy machte ein nachdenkliches Gesicht. »Und selbst da glaubte ich noch, er würde eingreifen, würde mir zu Hilfe kommen und mich beschützen. Aber er sah nur tatenlos zu, während ich bestraft wurde. Er hat kein Wort gesagt.«

Während Amy sprach, kam Helen plötzlich ein Gedanke. »Dieser Liebhaber – er war doch kein Arzt, oder?«

Amy schwieg einen Moment. »Na ja, von mir aus kannst du es ruhig wissen – es war Simon Latimer«, sagte sie dann.

»Dr. Latimer?« Helen verschluckte sich fast an ihrem Tee.

»Ich dachte, du hättest es bereits erraten«, fuhr Amy fort. »Einmal hast du uns nämlich fast zusammen erwischt.«

Helen erinnerte sich vage an den Duft von Rosenparfum auf der Treppe, die zu den Operationssälen hinunterführte. Amys Parfum. »Ich hatte keine Ahnung«, sagte sie.

»Verstehst du jetzt, warum ich dachte, er würde mich beschützen?«, fragte Amy. »Ich hätte es besser wissen müssen. Seit ich das Krankenhaus verlassen musste, habe ich kein Wort mehr von ihm gehört. Er hat mich vollkommen im Stich gelassen.«

Sie sah so niedergeschmettert aus, dass Helens Herz ihr zuflog. »Du armes Ding.«

»Arm?« Amy warf ihr einen bitteren Blick zu. »Du hältst mich nicht für dumm oder böse oder jemanden, der Ehen zerstört?«

»Warum sollte ich das tun?«

»Weil es das ist, was die meisten Leute denken. Auf jeden Fall das, was meine Mutter denkt.«

Sie tranken ihren Tee aus, und Amy stand auf, um zu gehen. »Was wirst du jetzt tun?«, fragte Helen.

»Weiter an Krankenhäuser schreiben und anfragen, ob ich meine Ausbildung irgendwo beenden kann, wahrscheinlich. Auch wenn ich mir angesichts der Antworten, die ich bisher erhalten habe, keine großen Hoffnungen mache. Und was hast du vor?«

»Keine Ahnung.« Helen zuckte mit den Schultern. »Ich habe nicht darüber nachgedacht.«

»Zumindest hast du eine Wahl.«

»Wohl kaum! Die Prüfungen sind morgen früh, wie du dich wohl erinnern wirst.«

»Ich bin mir sicher, dass deine Mutter ihre Verbindungen spielen lassen könnte, wenn du es willst.« Amy betrachtete sie versonnen. »Weißt du eigentlich, dass ich immer ziemlich neidisch auf dich war?«

»Auf mich? Warum?«

»Weil deine Mutter sich immer um dich gekümmert hat.«

Helen schnaubte. »Dass sie sich in alles eingemischt hat, meinst du wohl?«

»Nenn es, wie du willst«, sagte Amy. »Aber wenn meine Mutter sich ein bisschen mehr eingemischt hätte, wäre ich jetzt vielleicht nicht in diesen Schwierigkeiten!«

Eine Stunde später kam Constance aus der Kirche zurück.

»Ist deine Freundin schon gegangen?«, fragte sie, als sie ihre Handschuhe abstreifte.

»Sie musste ihren Zug zurück nach London kriegen.« Helen verzichtete darauf, hinzuzufügen, dass Amy Angst vor einer Begegnung mit Mrs. Tremayne gehabt hatte.

Sie wartete auf eine kritische Bemerkung ihrer Mutter, weil sie den Gottesdienst versäumt hatte, aber Constance sagte nichts dergleichen. »Es war sehr nett von ihr, an ihrem freien Tag hierherzukommen und dich zu besuchen, muss ich sagen.«

»Es war nicht ihr freier Tag. Sie ist aus dem Nightingale entlassen worden.«

Constance blickte sich jäh um. »Oh? Aus was für einem Grund?«

»Sie hatte eine Affäre mit einem verheirateten Mann«, verkündete Helen. »Mit einem Chirurgen aus dem Krankenhaus.« Ihre Mutter erstarrte förmlich. »Es ist ein Jammer, dass ihr nicht erlaubt wurde, ihre Abschlussprüfungen zu machen«, fügte Helen hinzu.

»Nun ja, wenn die Oberin das so entschieden hat ...«

Helen sah zu, wie Constance ihren Hut absetzte und ihr straff zurückgekämmtes Haar glattstrich. Sie hätte wissen müssen, dass ihre Mutter diese Haltung einnehmen würde.

»Ich nehme an, dass du ihr darin zustimmst«, sagte Helen. »Wahrscheinlich denkst du, dass sie nichts anderes verdient.«

Constance wandte sich ihr zu. »Ist es wirklich das, was du von mir denkst, Helen? Hältst du mich für derart mitleidlos?« Helen war bestürzt über den Schmerz in ihren Augen. »Wenn du es unbedingt wissen willst – ich finde, dass es eine harte Strafe ist, einem jungen Mädchen nur eines dummen Fehlers wegen seine Zukunft zu verbauen. Eine sehr harte sogar.«

Helen starrte sie in sprachlosem Erstaunen an. Sie hatte noch nie erlebt, dass ihre Mutter Verständnis für die Fehler anderer aufbrachte.

Aber dann kam Mary, und sofort kehrte Constance zu ihrem alten Ich zurück und gab dem Mädchen kurze, schroffe Anweisungen, wann und wie sie das Mittagessen zu servieren hatte. Mit einem Gesichtsausdruck, der eine Maske vorgetäuschter Aufmerksamkeit war, nahm Mary alles in sich auf. Helen lächelte und fragte sich, was das Mädchen hinter dieser Maske wirklich denken mochte. Im Laufe all der Jahre im Dienst dieses Hauses hatte Mary sich immer mehr in sich zurückgezogen.

Doch Constance war immer noch unzufrieden.

»Dieses Dienstmädchen wird gehen müssen«, sagte sie. »Ich weiß wirklich nicht, ob sie dumm oder nur schwierig ist. Sie scheint kein einziges Wort von dem, was ich ihr sage, zu verstehen. Ich bin mir sicher, dass sie jetzt da draußen in der Küche sitzt und die Hälfte der Kartoffeln wegschält …«

»Ich fürchte, ich muss dir recht geben, Mutter«, seufzte Helen zustimmend und ging auf die Treppe zu, um zu ihrem Zimmer zurückzukehren. Aber ihre Mutter rief sie zurück.

»Wenn du einen Moment Zeit hättest, würde ich gern im Wohnzimmer mit dir reden.«

Helen blieb stehen, ihre Hand ruhte bereits auf dem blankpolierten Holz des Treppenpfostens. Wäre sie einem weiteren Streit mit ihrer Mutter überhaupt gewachsen? Nach Constances letztem kurzem Wutausbruch vor zwei Tagen hatten sie kaum noch ein Wort miteinander gesprochen. Helen hatte das Gefühl, dass ihre Mutter nur den richtigen Moment abwartete, in dem sich ihr die Gelegenheit bot, ihr wieder einmal ihre Unzulänglichkeiten vorzuhalten. Es war fast so, als braute sich ein Sturm zusammen, der die Atmosphäre schwer und drückend machte.

Helen wusste, dass sie es früher oder später hinter sich bringen musste, aber nicht jetzt.

»Macht es dir etwas aus, wenn wir später reden, Mutter? Ich habe einen Brief begonnen, den ich gern beenden würde.«

Ihr Schlafzimmer war Helens Zufluchtsort gewesen, solange sie sich erinnern konnte, aber noch nie zuvor so sehr wie jetzt. Es erinnerte sie auf eine tröstliche Weise an ihre Kindheit mit seinen hellen Pink- und Grüntönen, dem Fenster mit den geblümten Vorhängen, von dem aus man den Garten sah, und den Bücherregalen, die noch immer mit ihren alten Lieblingsbüchern aus ihrer Kindheit vollgestopft waren. Ihr Bett, das gut gepolstert und der reinste Luxus war im Vergleich zu ihrer harten, schmalen Rosshaarmatratze im Schwesternheim, war mit der Patchwork-Decke bedeckt, die ihre Mutter für sie angefertigt hatte. Das ganze Zimmer war hell und sonnig und roch nach Lavendel-Politur, deren Geruch Helen in eine Zeit zurückversetzte, in der ihr Leben bei Weitem nicht so kompliziert gewesen war.

Als sie sich an ihren Schreibtisch setzte, bemerkte sie eine kleine Vase mit veilchenblauen Bergastern. Das Dienstmädchen musste sie ihr dort hingestellt haben, während sie sich mit Amy unterhalten hatte.

Helen öffnete die Schublade und zog den angefangenen Brief heraus. Sie hatte jedoch kaum ihren Stift in die Hand genommen, als es leise an der Tür klopfte und ihre Mutter eintrat.

»Ich habe dir Tee gebracht«, sagte sie.

»Danke.« Helen warf einen neugierigen Blick auf die Tasse in der Hand ihrer Mutter. Tee oder irgendeine andere Art von Getränken in Schlafzimmern zu servieren war eines der vielen Dinge, die Constance missbilligte, da dies für sie den Beigeschmack von Luxus und »Lasterleben« hatte. Selbst wenn Helen als Kind krank gewesen war, hatte sie sich zu den Mahlzeiten zum Esszimmer hinunterschleppen müssen.

Aber der Tee war natürlich nur ein Vorwand für ihre Mutter, ihre Unterhaltung fortzusetzen. Und so stellte Constance die Tasse auf der Frisierkommode ab und setzte sich unbeholfen auf die Kante von Helens Bett.

»Wem schreibst du?«, fragte sie.

»Charlies Mutter.«

»Aha.« Constance schwieg für einen Moment gedankenvoll. »Das ist bestimmt ein großer Trost für sie?«

»Ich hoffe es.« Auch wenn sie sich nicht mal sicher war, was sie schreiben sollte, oder ob es Mrs. Dawson überhaupt eine Hilfe sein würde, von ihr zu hören. Helen wusste nur, dass es ihr selbst irgendwie das Gefühl gab, als hätte Charlie sie noch nicht verlassen.

»Du stehst seiner Mutter nahe, nehme ich an?«

Helen versteifte sich, weil sie Kritik in den Worten ihrer Mutter wahrnahm. »Sie ist sehr nett zu mir gewesen.«

»Netter als deine eigene Mutter, möchte ich wetten«, sagte Constance naserümpfend.

Helen schwieg und versuchte, ihren Brief zu schreiben, aber sie spürte die gespannte Erwartung ihrer Mutter wie eine unangenehme Last auf ihren Schultern, so wie sie auf der Bettkante saß und ihren Blick durchs Zimmer schweifen ließ. Schließlich legte Helen ihren Stift hin. »Wolltest du irgendetwas, Mutter?«

Constance antwortete nicht. Als Helen sich nach ihr umschaute, war sie überrascht, so etwas wie Unsicherheit in ihrem Gesichtsausdruck zu sehen. Sie hatte bei ihrer Mutter noch niemals den kleinsten Moment des Selbstzweifels erlebt.

Schließlich ergriff sie das Wort. »Es gibt etwas, was ich dir erzählen muss«, sagte Constance, ohne den Blick von ihren Händen zu erheben. »Etwas, wovon ich zumindest glaube, dass du es wissen solltest«, ergänzte sie. »Es ist nichts, was für jedermanns Ohren bestimmt wäre, aber ich dachte, es könnte helfen zu erklären … warum ich so bin, wie ich bin.«

Helen drehte sich auf ihrem Sessel zu ihr um. »Sprich weiter, Mutter«, sagte sie.

Constance hielt den Blick auf ihre Hände gerichtet. Ihre Finger verschränkten und lösten sich auf ihrem Schoß, als hätten sie ein Eigenleben. »Als du über … das Dilemma deiner Freundin Amy sprachst«, begann sie und unterbrach sich kurz, um ihre Gedanken zu ordnen. »Du dachtest, ich würde sie für ihr Verhalten verurteilen, aber das kann ich nicht. Weil ich mich selbst einmal in ihrer Situation befand.«

Die Welt schien plötzlich aus den Fugen zu geraten.

»Ich verstehe nicht, was du meinst.«

Constance rang sich ein kleines Lächeln ab. »Also wirklich, Helen, du brauchst deswegen nicht mit offenem Munde dazusitzen. Ist es denn so schwer, sich vorzustellen, dass auch ich einmal jung und unvernünftig war?«

Ja, dachte Helen, das ist es. Aber vielleicht waren ihre Hände, die zitterten, als sie sittsam ihren Rock über die Knie zog, ja auch ein Anzeichen dafür, dass sie immer noch nicht so selbstsicher war, wie sie sich gerne gab.

»Was ist damals geschehen?«

Constance zögerte einen Moment, um sich zu sammeln. »Wie gesagt, ich war noch sehr jung«, begann sie wieder. »Ich hatte gerade meine Ausbildung beendet und meine erste Stelle als Stationsschwester auf einer Tbc-Station angetreten.«

»Im Nightingale?«

»Nein, im St. Cecilia's an der Südküste. Dort hatte ich auch meine Ausbildung gemacht, bevor ich später zum Nightingale wechselte.« Constance warf ihr einen gereizten Blick zu. »Ich habe dreißig Jahre gebraucht, um diese Geschichte zu erzählen, Helen. Wenn du mich jetzt andauernd unterbrichst, könnte es noch einmal dreißig Jahre dauern.«

»Entschuldige bitte«, murmelte Helen. »Sprich weiter.«

Constance nahm ihre Erzählung wieder auf. »Wie ich schon sagte, hatte ich damals meine erste Stelle als Stationsschwester. Er war Facharzt für Chirurgie, sehr attraktiv und außergewöhnlich klug. Sogar die anderen Fachärzte waren auf der Hut vor ihm.«

»Ein bisschen so wie Dr. Latimer«, murmelte Helen, fing dann aber den warnenden Blick ihrer Mutter auf und verstummte prompt.

»Wir alle bewunderten und umschwärmten ihn, wenn er die Station betrat. Natürlich hätte ich mir niemals träumen lassen, dass er mich einmal bemerken würde.« Constance lächelte bei der Erinnerung daran. »Und so kam ich mir natürlich wie etwas ganz Besonderes vor, als er unter all den Schwestern ausgerechnet mich aussuchte und mir Beachtung schenkte. Natürlich hatte ich damals keine Ahnung, dass er sich immer die jüngeren, unerfahreneren Mädchen aussuchte, weil sie leichter zu blenden waren.« Ihr Mund verzog sich zu einer schmalen, bitteren Linie.

»Und wusstest du, dass er verheiratet war?«, fragte Helen.

Constances Blick glitt zum Fenster hinüber, und eine schuldbewusste Röte stieg von ihrem schmalen Nacken auf. »Zu meiner Beschämung muss ich sagen, ja, ich wusste es. Aber er überzeugte mich, dass es keine Rolle spielte«, fügte sie rasch hinzu. »Er sagte mir, er liebe seine Frau nicht, habe sie nie geliebt, aber er könne sich nicht von ihr scheiden lassen wegen der Schande, die das über seine Familie bringen würde. Er redete mir ein, wenn ich nur geduldig genug wäre, würden wir eines Tages zusammen sein. Und ich glaubte ihm natürlich«, sagte sie. »Ich glaubte ihm, weil ich ihn liebte und mir nie der Gedanke kam, dass er mich vielleicht nur … ausnutzte.« Sie senkte ihren Blick, und Helen konnte die Scham sehen, die sie immer noch durchflutete, selbst nach all den Jahren.

»Und was geschah dann?«, fragte sie.

»Die Leute redeten, wie sie es immer tun. Und es dauerte nicht lange, bis der Klatsch der Oberin zu Ohren kam. Ich wurde buchstäblich in ihr Büro gezerrt und gezwungen, mich zu rechtfertigen.« Constances Lächeln war voller Selbstironie. »Wenn ich daran denke, wie selbstsicher ich dort vor ihr stand. Ich weiß nicht, woher ich den Mut nahm. Ich sagte ihr, dass wir uns liebten und eines Tages heiraten wollten. Ich bedrängte sie geradezu, ihn herbeizurufen, um sich von ihm meine Geschichte bestätigen zu lassen.«

»Aber sie hat es nicht getan?«

»Wie hätte sie? Er war der Chefarzt, da konnte sie ihn doch nicht herbeizitieren wie irgendeinen kleinen Assistenzarzt in der Probezeit. Außerdem wusste sie ohnehin, dass er alles bestreiten würde, weil es nämlich nicht das erste Mal war, dass sie sich in dieser Lage befand. Ich war nur die Letzte in einer ganzen Reihe junger Mädchen, die seinem Charme erlegen waren.« Constance schüttelte den Kopf. »Ich konnte ihr ansehen, dass sie mich in gewisser Weise sogar bedauerte. Sie verstand die Situation viel besser als ich selbst, naiv, wie ich damals noch war. Aber auch so hatte sie keine andere Wahl, als mich zu entlassen.«

»Hast du ihn je wiedergesehen?« Helen merkte, dass sie auf dem Rand ihres Sessels hockte und sich gespannt vorbeugte.

»Ich habe es versucht, aber er wollte nichts mehr mit mir zu tun haben. Er ließ mich fallen, einfach so.« Constance machte eine ausholende Handbewegung. »Aber ich konnte nach wie vor einfach nicht glauben, dass er mich verlassen konnte. Ich redete mir ein, es müsste das Werk seiner Frau sein, dass sie ihn irgendwie in der Hand hatte und ihn zwang, sich gegen mich zu wenden. Ich schrieb ihm Briefe nach Hause, ins Krankenhaus, in seinen Club – an sämtliche Adressen, die mir einfielen. Ich war verzweifelt, weißt du. Aber keiner dieser Briefe wurde je beantwortet.« Ihr Gesicht war traurig. »Ich glaube nicht, dass ich mich in meinem ganzen Leben je so allein und verraten gefühlt habe. Ich hatte alles verloren, und ich glaubte nicht, dass ich die Schande jemals überwinden könnte.«

»Aber du hast es geschafft«, sagte Helen.

»Irgendwann.« Constance gestattete sich ein Lächeln. »Nach einer Weile fand ich eine neue Anstellung im Nightingale, und da begegnete ich deinem Vater und begann, mein Leben langsam wieder in geordnete Bahnen zu bringen. Den schrecklichen Fehler, den ich gemacht hatte, habe ich jedoch nie vergessen. Wie ich damals alles verlor, nur weil ich mich in den falschen Mann verliebt hatte. Deshalb habe ich dich immer beschützt und so scharf im Auge behalten, Helen. Weil ich nicht wollte, dass du den gleichen Schmerz durchleben musst wie ich selbst.«

Während Helen ihre Mutter beobachtete, begann sie allmählich zu verstehen. »Und du dachtest, auch Charlie sei der falsche Mann?«, fragte sie.

»Ich hatte Angst um dich. Ich sah, wie deine Liebe zu ihm dich beherrschte. Vielleicht habe ich mich geirrt«, räumte Constance ein. »An jenem Tag, als er herkam, erkannte ich, wie sehr er dich liebte. Dass er bereit war, um dich zu kämpfen … Aber ich glaubte immer noch, dass er dich herunterziehen würde, dich daran hindern würde, die kluge, erfolgreiche junge Frau zu sein, von der ich immer gehofft hatte, dass du sie werden würdest.«

»Charlie hätte mich nie von irgendetwas abgehalten«, sagte Helen. »Dazu hat er mich viel zu sehr geliebt.«

Constance schenkte ihr ein wehmütiges Lächeln. »Und trotzdem bist du hier, ohne Zukunft, und alles nur seinetwegen.«

Helen schwieg. »Es tut mir leid«, seufzte ihre Mutter. »Das hätte ich nicht sagen sollen. Ich hatte mir vorgenommen, dir nicht mehr wegen deiner Prüfungen zuzusetzen.« Sie lächelte. »Du musst deine eigenen Entscheidungen treffen. Das zumindest haben die letzten Wochen mich gelehrt.«

Sie erhob sich von der Bettkante. »Und jetzt werde ich gehen und nachsehen, was dieses dumme Mädchen mit den Kartoffeln gemacht hat. Sie waren hart wie Kanonenkugeln beim letzten Mal.«

»Ich werde es tun«, entfuhr es Helen.

Constance runzelte die Stirn. »Pardon?«

»Ich werde meine Prüfungen machen«, sagte sie. »Falls es noch nicht zu spät dafür ist?«

Ihre Mutter lächelte, und Helen war froh, ihr immenses Selbstvertrauen zurückkehren zu sehen. »Natürlich ist es nicht zu spät«, sagte sie. »Dafür werde ich schon sorgen.«

KAPITEL FÜNFZIG

Sie werden nicht durchkommen.

Wohin Dora auch blickte, überall sah sie diese vier Wörter: mit weißer Farbe auf Backsteinmauern geschrieben, als Aufkleber an Schaufenstern, auf Bettlaken, die von Laternenpfählen flatterten, und auf Spruchbändern, die von der lärmenden, wutschäumenden Menschenmasse hochgehalten wurden, die an jenem Sonntagnachmittag auf die Cable Street einstürmte.

Wohin sie auch blickte, sah sie ein auf und ab wogendes Gewühl von Köpfen, Armen und wehenden Flaggen. »Versperrt dem Faschismus den Weg!«, war die donnernde Botschaft, die von einem Lautsprecherwagen schallte, der sich langsam einen Weg durch die Menge bahnte. Als ob das irgendjemandem erst noch gesagt werden müsste! Ladenbesitzer waren schon eifrig damit beschäftigt, ihre Schaufenster mit Brettern zu vernageln, während sich über ihnen Frauen und Kinder aus den Fenstern beugten und Möbel auf die Straße hinunterreichten, damit die Leute unten aus alten Bettgestellen, Tischen und Stühlen Barrikaden errichten konnten. Einige wenige rissen sogar die Platten aus den Gehwegen heraus, um eine provisorische Mauer zu bauen.

Ihnen war gesagt worden, dass die Schwarzhemden auf drei verschiedenen Routen durchs East End marschieren würden. Doch einer dieser Wege war schon aufgegeben worden, bevor der Marsch überhaupt begann, und jetzt drängten sich Tausende von Protestlern auf den anderen beiden Strecken, um auch sie zu verbarrikadieren.

»Habt ihr gehört, was am Gardner's Corner passiert ist?«,

schrie jemand. »Ein Straßenbahnfahrer ist dort einfach ausgestiegen und hat seine Bahn direkt an der Ecke stehen lassen. Sie verursachte ein ziemliches Chaos unter den Marschierenden, weil sie nicht daran vorbeikonnten!«

Ein begeistertes Gebrüll erhob sich aus der Menge. »Mal sehen, ob wir hier unten nicht das Gleiche tun können!«, schrie jemand anderes.

Dora brauchte eine Weile, um in all dem Durcheinander Dr. Adler zu finden, der im Hinterzimmer einer Bäckerei einen behelfsmäßigen Behandlungsraum eingerichtet hatte. Dora traf ihn in Hemdsärmeln beim Auspacken von Verbandszeug an.

»Brauchen Sie Hilfe?«, fragte sie.

Er fuhr herum. »Schwester Doyle! Was tun Sie denn hier?«

»Das Gleiche wie Sie.« Sie zog ihren Mantel aus und krempelte ihre Ärmel hoch. »Gut, was haben wir denn alles da?« Sie schob ihn beiseite und griff in die Arzttasche. »Haben Sie daran gedacht, elastische Verbände mitzubringen? Ach, egal, ich denke, wir können uns mit dem behelfen, was wir haben. Was ist mit sterilem Mull?«

Er ignorierte sie. »Sie müssen wieder zurückgehen, Doyle, es ist hier zu gefährlich. Man kann sie da draußen schon hören. Ich kann hier nicht für Ihre Sicherheit garantieren.«

»Dann werde ich eben selbst auf mich aufpassen müssen? Haben Sie Karbol mitgebracht? Das werden wir brauchen, ganz gleich, was auch passiert. Ach, machen Sie sich keine Gedanken, ich gehe schnell welches holen. Ich bin mir ziemlich sicher, dass ich vorhin an einem Haushaltswarenladen vorbeigekommen bin ...«

In diesem Moment sprang die Tür auf, und ein Junge stürmte herein, dessen Gesicht vor Aufregung gerötet war. »Wir haben gerade erfahren, dass die Marschierer am Gardner's Corner aufgehalten wurden!«, rief er.

Dora sah Dr. Adler an. »Bedeutet das, dass sie umkehren werden?«, fragte sie.

»Entweder das, oder sie werden alle hier herunterkommen«, antwortete er grimmig.

Dora schnappte sich ihren Mantel. »Dann hole ich besser das Karbol, bevor es losgeht.«

Es war ein ruhiger Sonntagnachmittag in der Notaufnahme. Nick war herbeigerufen worden, um im Warteraum eine Glühbirne auszutauschen.

»Die Ruhe vor dem Sturm«, hörte er Schwester Percival zu Schwester Willard sagen, während er oben auf der Trittleiter stand und das Gleichgewicht zu halten versuchte, als er die Glühbirne losschraubte. »Denken Sie an meine Worte, wir werden noch manchen abweisen müssen, bevor der Tag zu Ende ist.« Sie schnalzte mit der Zunge. »Wir hätten gut darauf verzichten können, dass Dr. Adler ausgerechnet heute losziehen musste. Ich weiß nicht, wie Dr. McKay allein zurechtkommen soll, wenn die ersten Verletzten hergebracht werden!«

»Sie haben gehört, was Dr. Adler sagte«, wandte Schwester Willard ein. »Er war fest entschlossen, dort hinzugehen und seinen Beitrag zu leisten.«

»Unverantwortlich nenne ich das«, brummte Schwester Percival.

»Er ist nicht der Einzige«, entgegnete Willard, während sie ihre Fingernägel inspizierte. »Doyle ist auch dort.«

Die Glühbirne landete klirrend auf dem Boden und zersprang in tausend Scherben.

»Also wirklich!« Schwester Percival blickte verärgert auf. »Ich hoffe, das war nicht die neue Glühbirne, die Sie gerade zerbrochen haben. Wenn ja, wird sie Ihnen von Ihrem Lohn abgezogen!«

Nick ignorierte die Oberschwester und stieg vorsichtig die Leiter hinunter, um die Scherben aufzusammeln. Er bewegte sich absichtlich langsam, um das Gespräch der beiden Frauen zu belauschen.

»Sind Sie sicher, dass Doyle dort hingegangen ist?«, fragte Schwester Percival gerade. »Ich bin mir sicher, dass die Oberin niemals ihre Erlaubnis dazu geben würde.«

»Ob mit Erlaubnis oder ohne, sie ist auf jeden Fall dort hingegangen. Sie hat es mir selbst gesagt. Joe hat sie gewarnt, dass es da draußen hässlich werden könnte, aber Sie wissen ja, wie stur sie ist.«

»Dann würde es ihr nur recht geschehen, wenn sie selbst hier eingewiesen würde – wo wollen *Sie* denn hin?« Schwester Percival fuhr zu Nick herum, der seinen Overall abstreifte. »Kommen Sie sofort zurück, Sie sind noch nicht mit Ihrer Arbeit fertig …«

Aber er war schon hinausgestürmt, und die Doppeltüren fielen krachend hinter ihm zu.

Draußen vor der Bäckerei begann die Menge unruhig zu werden, sich anzurempeln und zu streiten. Leute schrien und sangen. Kinder hingen an Laternenpfählen und machten sich als Späher nützlich. Frauen in Schürzen und alte Männer in seidenen Jacketts und Schals standen Schulter an Schulter mit stämmigen irischen Hafenarbeitern und jungen Kommunisten, deren Banner hoch über ihren Köpfen wehten. Es war fast so, als ob sich die ganze Welt auf der Cable Street versammelt hätte.

Ein Krachen erschütterte das Pflaster unter ihren Füßen und ließ die Menge vorübergehend verstummen. Dora duckte sich aus Angst, dass irgendwo eine Bombe explodiert sein könnte. Aber dann rief eines der Kinder von seinem Laternenpfahl-Ausguck: »Sie haben bloß einen Laster umgeworfen!«

Doch kaum brandete Beifall auf, da schrie auch schon jemand anderer: »Aufgepasst! Die Polizei rückt an!« Dora blickte gerade noch rechtzeitig über ihre Schulter, um eine über die Barrikaden hinwegsetzende Flut von Polizisten zu sehen, die sich zu Fuß oder zu Pferd durch die Menge drängten. Sie sah Pflastersteine, Flaschen, Holzstücke und Asphaltbrocken durch die Luft fliegen, erhobene Schlagstöcke, sich aufbäumende Pferde, deren Hufe auf die Menge niedersausten, und so Schreie und wütendes Gebrüll erzeugten.

»Die verdammten Bullen! Geben wir's ihnen!«

Im nächsten Augenblick regnete es Geschosse vom Himmel. Die Frauen, die sich aus den oberen Fenstern beugten, schleuderten Töpfe, Flaschen, Dosen und was immer sie auch finden konnten auf die Polizisten. Die Luft war plötzlich vom Gestank nach Essig, sauer eingelegtem Gemüse und noch viel Schlimmerem erfüllt.

Dora flüchtete sich gerade noch rechtzeitig in einen Eingang, um einem Nachttopf auszuweichen, der vor ihren Füßen auf den Boden krachte.

»He, passt auf!«, rief jemand lachend. »Trefft nicht uns, wir sind auf eurer Seite!«

Schritt für Schritt bahnte Dora sich einen Weg die Straße hinunter, wobei sie versuchte, der aufgewühlten Menge um sie herum so gut wie möglich auszuweichen. Sie erreichte den Haushaltswarenladen, als der Besitzer gerade dabei war, seine Fenster zu vernageln. Er gab ihr das Karbol und weigerte sich, Geld dafür zu nehmen.

»Es ist großartig von Ihnen und dem Doktor, uns zu helfen«, sagte er, als er Dora die braune Papiertüte in die Hand drückte.

Sie war schon wieder auf dem Rückweg die Cable Street hinauf, als sie einen zusammengekrümmten Mann in einer von der Hauptstraße abzweigenden Gasse liegen sah. Aus einer

Schnittwunde an seinem Kopf lief Blut, und ein kleines Mädchen in einem grünen Mantel stand weinend neben ihm.

»Schon gut, Liebes, ich kümmere mich um ihn.« Dora hockte sich neben den Mann. »Hallo?«, sagte sie. »Können Sie mich hören?« Er antwortete mit einem Stöhnen. »Ich bringe Sie in Sicherheit. Legen Sie Ihren Arm um mich … glauben Sie, dass Sie gehen können?« Dann wandte sie sich an das kleine Mädchen. »Du kommst auch mit, Schätzchen. Hier ist es zu gefährlich für dich.«

Sosehr Dora sich auch anstrengte, sie konnte den Mann einfach nicht bewegen. Sie bemühte sich noch immer, ihn auf die Beine zu bekommen, als hinter ihr eine Stimme sagte: »Warte, lass mich das machen.«

Sie sah sich um. Hinter ihr stand ihr Bruder, zu ihrem Erstaunen trug er eine Jacke über seinem schwarzen Hemd.

»Pete! Was machst du denn hier?«

»Das Gleiche könnte ich dich auch fragen«, entgegnete er mit grimmiger Miene. »Du weißt einfach nicht, wann du dich besser aus Schwierigkeiten heraushältst, richtig?«

Dora musterte ihn von oben bis unten. »Aber wieso bist du …«

»Sagen wir einfach, ich hab's mir anders überlegt. Und nun komm schon und lass uns diesen Mann hier wegbringen, bevor die Polizei anrückt.« Er legte sich den schlaffen Arm des Mannes um seine Schultern und zog ihn mühelos hoch. »Wohin?«

»Hier hinunter. Bis zu nächsten Ecke.« Dora führte ihn durch die Menge zu der Bäckerei, in der Dr. Adler sein Lazarett eingerichtet hatte. Eine kleine Schar Verletzter hatte sich dort bereits versammelt und wartete auf Dr. Adler, der eine Schnittwunde am Arm einer Frau reinigte. Sein weißer Kittel war schon blutbefleckt.

»Gott sei Dank, dass Sie wieder da sind! Ich fing schon an …«
Er unterbrach sich, als er einen Blick über die Schulter warf und
Peter sah, der dem verletzten Mann auf einen Stuhl half. »Was
macht er denn hier?«

»Ich glaube, er ist gekommen, um zu helfen«, sagte Dora.

»Wir brauchen keine Hilfe von jemandem wie ihm.« Er
schrie zu Peter hinüber: »Sie sind hier am falschen Ort. Sollten
Sie nicht oben am Victoria Park sein und Mosley die Stiefel
putzen?«

Peter erwiderte nichts. »Aber wir können ihn doch bestimmt
für irgendetwas brauchen?«, sagte Dora bittend. »Er arbeitet im
Nightingale an der Pforte und ist es gewohnt, Patienten zu tragen.«

»Dora?«, rief Peter ihr zu. »Der Mann, den wir gerade hergebracht haben … ich glaube, er hat jemanden verloren. Er ruft
andauernd nach einer Anna.«

Dora ging zu ihm hinüber. »Wer ist Anna, mein Freund? Ihre
Frau?«

»*Tochter…*«

»Er fragt nach seiner Tochter«, übersetzte Dr. Adler unnöti-
gerweise.

Dora und Peter sahen sich an. »Vorhin war ein kleines Mädchen bei ihm«, sagte Dora. »Ich hatte ihr gesagt, sie müsse mit
uns kommen …«

»Ich hab sie nicht gesehen.« Peter runzelte die Stirn. »Sie
muss weggelaufen sein.«

»Wahrscheinlich hat sie Ihr schwarzes Hemd gesehen«, murmelte Dr. Adler grimmig.

Der Vater wurde immer unruhiger. »Anna«, bettelte er
und blickte verzweifelt zwischen ihnen hin und her. »Meine
Anna …«

»Ich hole sie, mein Lieber, machen Sie sich keine Sorgen.«

Dora ging auf die Tür zu, aber Peter verstellte ihr den Weg. »Du gehst nicht noch mal da hinaus.«

»Ich muss das Mädchen suchen. Sie ist ganz allen dort draußen, ich kann sie nicht im Stich lassen.«

»Dann lass mich gehen.«

»Du weißt nicht, wie sie aussieht.« Dora blickte sich zu Dr. Adler um. »Du bleibst hier und hilfst dem Doktor.«

Dr. Adler und Peter funkelten sich an. »Haben Sie irgendeine Ahnung, wie man einen Verband anlegt?«, fragte der Doktor.

Peter schob das Kinn vor. »Ein bisschen. Unsere Dora hat ein paarmal an mir geübt.«

»Dann machen Sie sich nützlich.« Dr. Adler warf ihm eine Rolle Verbandszeug zu. »Vorausgesetzt natürlich, dass es Ihnen nichts ausmacht, einen dreckigen Juden anzufassen?«, fügte er hinzu.

KAPITEL EINUNDFÜNFZIG

Die Polizei hatte die Barrikaden durchbrochen und preschte durch die Menge, um sie mit erhobenen Schlagstöcken zurückzutreiben. Pferde donnerten so dicht an Dora vorbei, dass sie die von ihren Flanken ausgehende Hitze spüren konnte. Wohin sie auch blickte, waren Kämpfe im Gange, Leute lieferten sich ein Handgemenge mit der Polizei, und überall sah sie blutende Gesichter.

Ein junger Polizist lag verletzt in einem Hauseingang und hielt sich sein Bein. Während Dora hinüberblickte, sprang ein Mann aus der Menge auf ihn zu, einen zum Schlag erhobenen, schon blutbefleckten Ziegelstein in seiner Hand.

»Nein!« Dora stürzte sich auf ihn und stieß ihn weg. »Was zum Teufel machen Sie da? Lassen Sie ihn in Ruhe, oder Sie sind nicht besser als diese verdammten Schwarzhemden!«

Sie half dem Polizisten auf die Beine. »Können Sie gehen?«

»Kaum.« Er verlagerte sein Gewicht auf sein Bein und fluchte vor Schmerz.

»Lassen Sie mich helfen. Legen Sie Ihren Arm um mich.«

Zusammen kämpften sie sich die Straße bis fast zur Tür der Bäckerei hinunter. »Gehen Sie dort hinein«, sagte Dora. »Der Doktor wird Ihnen helfen.«

Dann ging sie und stürzte sich wieder ins Gewühl. Die Polizisten umringten sie jetzt schon von allen Seiten. Sie prügelten, traten und droschen mit ihren Schlagstöcken auf jeden ein, der in ihre Nähe kam. Die Protestler setzten ihnen jedoch erbitterten Widerstand entgegen, während von oben noch immer Müll auf sie alle herabregnete.

Dora stürmte mit gesenktem Kopf in die Menge und suchte nach dem kleinen Mädchen.

»Anna!«, rief sie, aber ihre Stimme ging im Gebrüll der Menge unter.

Und dann, wie durch ein Wunder, nahm sie aus dem Augenwinkel etwas Grünes wahr. Als sie herumfuhr, sah sie das kleine Mädchen in einem Ladeneingang kauern, nicht weit von der Stelle, wo Dora ihren Vater gefunden hatte.

»Anna?« Dora drängelte sich durch die Menge, um zu ihr zu gelangen. Doch kaum hatte sie sie erreicht, flog ein Stück Holz aus einem der Fenster, traf Dora an der Schulter, sodass sie hinfiel. Im nächsten Moment sprang ein großes graues Polizeipferd mit wilden Augen und geblähten Nüstern aus der Menge auf sie zu.

»Nein!« Sie hörte ein Brüllen, als das mächtige Tier sich aufbäumte und seinen Schatten auf sie warf. Sie sah seine eisenbeschlagenen Hufe durch die Luft wirbeln und rollte sich instinktiv zusammen, um sich zu schützen, Momente nur, bevor die Hufe herunterkrachten.

Plötzlich fühlte sie starke Arme um sich, die sie hochzogen und aus dem Weg rissen, als das Pferd sich erneut aufbäumte.

»Jesus, Dora!«

Noch bevor sie die Augen zu öffnen wagte, nahm sie bereits seinen vertrauten Duft wahr und fand sich an Nick Rileys breiter Brust und seinem wild pochenden Herzen wieder.

»Gott sei Dank!«, flüsterte er immer wieder. »Als ich dich dort liegen sah ... da dachte ich, ich hätte dich verloren.«

Dora klammerte sich an ihn und wollte ihn nie wieder gehen lassen, selbst in dieser aufgewühlten Menge, die sie umringte und sie mal in diese, mal in jene Richtung schob.

Schließlich war es Nick, der sie losließ und die Hände hob, um sie zärtlich um ihr Gesicht zu legen. Er war nur wenige

Zentimeter von ihr entfernt, so nah, wie er es schon so lange nicht mehr gewagt hatte. Und zum ersten Mal seit Monaten versuchte Dora nicht mehr, ihn abzuwehren.

»Du wirst mich nie verlieren«, flüsterte sie.

Der Krawall um sie herum hörte vorübergehend zu existieren auf, als sie gierig jede Einzelheit seines Gesichts in sich aufnahm: die Tränen, die in seinen dichten schwarzen Wimpern glitzerten, die dunklen Sprenkel in seinen blauen Augen, die schöne, langgezogene Rundung seiner Oberlippe … Momente nur, bevor sein Mund sich auf den ihren senkte und von ihm Besitz ergriff.

Joe Armstrong kletterte über die Barrikade, hob seinen Schlagstock hoch über den Kopf und hieb blindlings um sich, um jeden niederzuschlagen, der ihm in die Quere kam. Zu beiden Seiten von ihm rückte eine Wand aus Uniformen vor und bahnte sich einen Weg in die Menge. In diese renitente Menschenmenge, die Fahnen schwenkte und sie verhöhnte. Er konnte sehen, wie ihre Münder sich bewegten, doch ihre wütenden Provokationen verloren sich in einem ohrenbetäubenden Getöse von Trillerpfeifen, Ambulanzglocken, donnernden Pferdehufen und Sprechchören.

»He, Bulle! Schau mal her!« Er drehte sich im selben Moment um, als eine Frau auf ihn zielte und ihn mit einem faulen Apfel bombardierte. Er zerplatzte, als er Joe seitlich am Gesicht traf, und das verdorbene, übelriechende Fruchtfleisch begann von seiner Wange herabzutropfen.

Ein junger Bursche lachte, und blind vor Zorn fuhr Joe herum.

»Du findest das lustig?«, schrie er, hob den Jungen mit beiden Händen auf und schleuderte ihn so heftig gegen das Schaufenster eines Eisenwarenhändlers, dass das Glas zersplitterte.

»Vorsicht, Freund.« Tommy warf ihm einen unbehaglichen Seitenblick zu.

»Wir haben unsere Anweisungen. Die Stellung halten und jeden wegschaffen, der uns im Wege steht. Das ist es, was der Sergeant sagte.«

»Ja, aber du brauchst doch nicht gleich so gewalttätig zu werden!«

»Hast du gesehen, was sie mit uns machen?« Joe wich einem durch die Luft fliegenden Backstein aus. »Wir dürfen uns ja wohl verteidigen, oder etwa nicht?«

»Du hast dich nicht verteidigt, als du diesen Jungen durch das Fenster geworfen hast. Du hast ausgesehen … na ja, als ob's dir Spaß macht.«

Joe warf ihm einen bösen Blick zu. »Mach du deine Arbeit, und ich mach meine.«

Wenn er es recht bedachte, machte es ihm tatsächlich Spaß. All das Geschrei und der Kampf hatten sein Blut zum Kochen gebracht. Es war ihm eigentlich völlig egal, auf wen er einschlug. Genau wie im Boxring hatte auch er ein paar Hiebe abbekommen, aber er hatte wesentlich mehr ausgeteilt als eingesteckt. Und was machte es schon, wenn es nicht immer bloß der Selbstverteidigung gedient hatte? Diese Mistkerle hätten nicht auf die Straße gehen sollen, wenn sie keinen Ärger wollten.

Und dann sah er sie.

Für einen Moment glaubte er, er fantasierte nur, aber als er wieder hinsah, standen Dora und Nick noch immer am Straßenrand und küssten sich.

Das Blut dröhnte ihm so laut in den Ohren, dass er wie betäubt war vom Lärm. Ein Geschoss kam aus dem Nichts heraus und stieß seinen Helm zur Seite, aber er merkte es kaum, während er wie betäubt dastand und sie anstarrte.

»Haltet die Stellung!«, feuerte ihr Sergeant seine Männer an.

Joe sah Nick und Dora noch immer in inniger Umarmung dastehen, als die Polizei wie eine unerbittliche Wand aus blauen Uniformen an ihnen vorbeizog und die Menge zurückdrängte. Trotzdem konnte Joe seine Augen nicht von ihnen abwenden, und als er sich umblickte, sah er Doras rote Locken in der Menge.

Und dann hielt er es plötzlich nicht mehr aus.

»Joe!«, hörte er Tom rufen. »Komm zurück! Wir müssen weiter.«

Aber Joe war bereits verschwunden, stieg über die zerbrochenen Möbelstücke, die ihm im Weg waren, und stürmte durch die Menge, ohne die an seinen Ohren vorbeizischenden Geschosse zu beachten.

»Anna!« Dora riss sich von Nick los, weil ihr plötzlich wieder einfiel, warum sie hergekommen war. Sie drehte sich um und stieß einen Seufzer der Erleichterung aus. Das kleine Mädchen war noch da und verbarg sich in dem Hauseingang.

»Gott sei Dank.« Sie griff nach der Hand des Kindes. »Ich muss sie zu ihrem Dad zurückbringen«, erklärte sie Nick. »Er ist ganz krank vor Sorge um sie.«

»Ich komme mit.«

»Nein, du solltest lieber gehen.«

»Und dich hier allein lassen?« Er schüttelte den Kopf. »Falls du glaubst, ich würde dich auch nur für eine Sekunde aus den Augen lassen, irrst du dich.«

Dann bückte er sich und hob ein abgebrochenes Stuhlbein auf.

»Was willst du damit?«, fragte Dora.

Einer seiner Mundwinkel verzog sich zu einem schiefen Lächeln. »Na, mich bestimmt nicht draufsetzen«, sagte er und prüfte das Gewicht in seinen Händen.

»Ich will keine Gewalttätigkeiten, Nick.«

Er sah sich um. »Das fällt dir aber ein bisschen spät ein, nicht wahr?«

»Du weißt schon, was ich meine.«

»Es ist nur zu unserem Schutz.« Dann sah er ihren Gesichtsausdruck und ließ das Stuhlbein wieder fallen. »Na schön, wie du willst. Dann werde ich eben mit bloßen Händen gegen sie kämpfen müssen.«

»Niemand wird hier kämpfen«, sagte Dora entschieden. »Wir bringen die Kleine zu ihrem Dad zurück, und dann werden wir …« Plötzlich blitzte Dunkelblau und Silber in der Menge auf, jemand kam auf sie zugerannt. Und dann sah sie Joes wutverzerrtes Gesicht und seinen hoch über dem Kopf erhobenen Arm. »Nein!«

Nick drehte sich um, und in diesem Bruchteil einer Sekunde schlug Joe zu. Sein Arm fuhr mit enormer Kraft herab und versetzte Nick einen einzigen Schlag zwischen die Schulterblätter.

»Lauf, Dora!«, hörte sie Nick schreien, als Joe sich auf ihn warf und Schlag auf Schlag auf ihn herunterprasseln ließ.

»Joe!«, schrie sie, aber er war wie ein Wahnsinniger, verrückt vor Wut, und bearbeitete Nick mit immer heftigeren Faustschlägen.

»Geh, Anna. Lauf zu der Bäckerei!«

Dora ließ das kleine Mädchen los und rannte zu Nick zurück. »Lass ihn in Ruhe!« Sie versuchte, Joe von ihm wegzuziehen, aber er war zu stark für sie und stieß sie mit dem Arm zurück.

Dann entdeckte sie das Stuhlbein, das Nick weggeworfen hatte, und sie stürzte sich darauf. Ohne einen Moment zu zögern, schlug sie mit aller Kraft nach Joe. Das Holz erwischte ihn an der Schulter und schleuderte ihn zur Seite, wo er stürzte und liegen blieb, seinen Arm umklammerte und aufheulte vor Schmerz.

»Nick!« Dora ließ sich neben ihm auf die Knie fallen. Er lag regungslos auf dem Asphalt.

»Sie kehren um! Die Schwarzhemden kehren um!«, schrie jemand, und innerhalb von Sekunden hatte die ganze Cable Street diese Worte aufgegriffen.

»Sie kommen nicht weiter! Wir haben es geschafft! Nieder mit Mosley und seinem Faschistenpöbel!« Die Leute jubelten, klopften sich auf die Schultern und umarmten einander.

Doch es bedeutete der jungen Frau nichts, die weinend mitten auf der Straße saß und den zerschlagenen Körper eines jungen Mannes in ihren Armen hielt.

KAPITEL ZWEIUNDFÜNFZIG

Dora konnte sich kaum dazu überwinden, Nick anzusehen, als sie ihn hinten im Krankenwagen in Handtücher und Decken einhüllte.

»Sehe ich so schlimm aus?«, fragte er mit heiserer Stimme.

»Ich habe schon Schlimmeres gesehen«, erwiderte sie mit einem erzwungenen Lächeln. Sie hatte schon sehr viel Schlimmeres gesehen – sein Gesicht war nahezu unverletzt, er hatte nur einen Kratzer an einem seiner Wangenknochen. Was ihr Sorgen bereitete, war das, was unter seinem blutdurchtränkten Hemd vorging. »Deine Filmkarriere dürfte allerdings beendet sein.«

»Und meine Ballettkarriere auch, vermutlich.« Er versuchte, sich zu bewegen, und verfluchte den Schmerz, der ihn durchzuckte.

»Nicht bewegen«, sagte Dora.

»Selbst wenn ich wollte, könnte ich es nicht.« Er versuchte, sein Gewicht zu verlagern und biss vor Schmerz die Zähne zusammen. »Ich kann meine Beine kaum spüren ...«

Dora sah ihren Bruder Peter an, der neben ihr im Krankenwagen saß. Auch sein Gesichtsausdruck war ernst.

»Verhalt dich einfach still, bis wir dich ins Krankenhaus gebracht haben«, bat sie und strich Nick eine dunkle Locke aus dem Gesicht. Seine Haut fühlte sich feucht und kalt an.

Behutsam ließ sie ihre Hand über seinen Nacken gleiten und suchte nach seinem Puls. Er pochte nur ganz leicht unter ihren Fingern, setzte ein paar Schläge aus und pochte wieder.

Nicks Augen verfolgten jede ihrer Bewegungen. »Dann bin ich also noch nicht tot?«

»Noch nicht.« Sie zog die Decken bis unter sein Kinn und steckte sie an seinen Seiten fest.

»Das war das letzte Mal, dass ich mich mit einem deiner eifersüchtigen Freunde angelegt habe. Wenn er mich nicht von hinten angegriffen hätte …«

»Pst!«, sagte Dora erschaudernd. »Sprich nicht darüber.« Das Bild, wie Joe mit wutverzerrtem Gesicht auf Nicks wehrlos daliegenden Körper eingeschlagen hatte, ging ihr nicht mehr aus dem Kopf.

»Mach dir keine Gedanken darüber, Kumpel. Unsere Dora hat es ihm gezeigt!« Peter grinste. »Mit einem alten Stuhlbein hat sie's ihm gegeben. Und jetzt liegt er mit einer gebrochenen Schulter in einem der anderen Krankenwagen!«

»Mit einem alten Stuhlbein, hm?« Nicks blaue Augen funkelten vor Belustigung, als er sich ihr zuwandte. »Was ist aus deiner Abneigung gegen Gewalttätigkeit geworden?«

»Ich wusste nicht, was ich sonst tun sollte. Ich dachte, er würde dich umbringen.«

Dora holte tief Luft, um sich zu beruhigen. Aber sie konnte nicht verhindern, dass ihr eine Träne über die Wange lief.

»Na, na.« Nick hob die Hand und wischte die Träne mit dem Daumen ab. »Du müsstest inzwischen doch wissen, dass du mich so leicht nicht loswirst«, flüsterte er.

Im Krankenhaus wurde er schnellstens in die Notaufnahme gebracht. Dora wollte ihm folgen, aber Schwester Percival verstellte ihr den Weg.

»Sie können nicht mit hineingehen, das müssten Sie eigentlich wissen«, mahnte sie.

Dora reckte den Hals und sah, wie die Tür zum Behandlungszimmer hinter Nick zufiel. »Ich möchte bei ihm bleiben«, bat sie. »Er braucht mich …«

»Sind Sie eine seiner nächsten Angehörigen?«

»Nein, aber …«

»Dann müssen Sie uns deren Namen und Adresse geben.« Schwester Percival warf Dora einen missbilligenden Blick zu, als sie ihr ein Blatt Papier reichte. »Und dann würde ich an Ihrer Stelle gehen und mich erst mal säubern«, fügte sie mit einem befremdeten Blick auf Doras zerknittertes und blutbeflecktes Kleid hinzu. »Und halten Sie sich von ihm fern, wenn Sie vernünftig sind«, flüsterte sie.

Aber Dora konnte jetzt nicht vernünftig sein. Sowie sie sich umgezogen hatte, eilte sie zurück zur Notaufnahme. Die Bänke waren gefüllt mit gehfähigen Verwundeten, und jedes Mal, wenn sich die Doppeltüren öffneten, taumelten noch mehr Leute mit blutigen Gesichtern und Knochenbrüchen herein.

Am Empfang konnte Penny Willard kaum so schnell die Namen aufnehmen, wie die Patienten eintrafen. Dora fragte sich, wo Joe sein mochte. Ihnen allen zuliebe hoffte sie, dass er in ein anderes Krankenhaus gebracht worden war. Sie war sich nicht sicher, was sie tun würde, wenn sie ihm wieder gegenüberstünde.

Die Doppeltüren flogen auf, und Ruby und ihre Mutter kamen herein. Dora blieb still sitzen, als Ruby mit klickenden Absätzen zum Empfang stolzierte. Sie beobachtete, wie sie mit Penny Willard sprach und wie Penny dann mit ihrem Stift in Doras Richtung zeigte.

Lettie drehte sich um, und ihre Miene verfinsterte sich noch mehr. Dann kam sie zu Dora herübergestapft, und Ruby folgte ihr.

»Was machst du hier?«, herrschte Lettie sie an.

»Das spielt jetzt keine Rolle!«, fuhr Ruby dazwischen. »Was ist passiert?«, fragte sie Dora. »Warum ist Nick hier?«

Dora befeuchtete ihre trockenen Lippen. »Er ist verletzt … ein Polizist hat ihn zusammengeschlagen.«

Ruby starrte sie mit ausdrucksloser Miene an. »Was für ein Polizist? Und wo?«

»Bei der Protestaktion.«

»Bei der Protestaktion?« Ruby schwieg für einen Moment. »Aber was hat Nick bei der Protestaktion gemacht?«

Dora senkte ihren Blick. »Er kam, um mich zu suchen.«

»Dann ist das also alles deine Schuld?« Rubys Stimme war barsch und kalt.

Dora nickte, das Herz war ihr schwer vor Schuldbewusstsein. Ruby hatte recht, sie konnte ihr nicht mal widersprechen. Wenn sie nicht gewesen wäre, hätte Nick sich nicht auf der Cable Street befunden, und nichts von alledem wäre geschehen.

»Ich wusste es!«, fauchte Lettie. »Du dürftest gar nicht hier sein. Du hast kein Recht dazu. Meine Ruby ist seine rechtmäßige Ehefrau, und du bist nichts!«

»Lass es sein, Mum«, sagte Ruby müde, aber Lettie war jetzt richtig in Fahrt und durch nichts mehr aufzuhalten.

»Du solltest dich schämen, einem verheirateten Mann hinterherzulaufen! Siehst du jetzt, was du angerichtet hast?«

»Ich sagte, lass es sein. Ich bin auch nicht gerade ein Engel gewesen, oder?«, fauchte Ruby ihre Mutter an. Dann wandte sie sich wieder Dora zu. »Wie schlimm ist er verletzt?«

»Ich weiß es nicht. Sie wollen mir nichts sagen, weil ich keine Verwandte bin.« Sie ignorierte Letties missbilligendes Grunzen. »Aber es geht ihm gar nicht gut. Sein Rücken ist verletzt, und er könnte auch innere Blutungen haben. Im Krankenwagen hat er noch mit mir gesprochen, aber sein Puls war schwach, wodurch die Gefahr eines akuten Kreislaufversagens besteht …«

Ruby holte tief Luft. »Also könnte er sterben – ist es das, was du uns sagen willst?«

»Ich weiß es nicht, Ruby. Ich wünschte, ich wüsste es.«

Keiner von ihnen sprach für einen Moment, aber dann unterbrach Lettie das Schweigen. »Nichts von alledem wäre passiert, wenn du ihn in Ruhe gelassen hättest«, keifte sie. »Er war glücklich mit meiner Ruby ...«

»Geh nach Hause, Mum«, sagte Ruby, ohne ihren Blick von Dora abzuwenden.

»Was?« Vor Empörung traten Lettie fast die Augen aus dem Kopf. »Oh nein, ich gehe nirgendwohin! Wenn irgendjemand gehen sollte, ist sie es!«, fauchte sie und zeigte anklagend mit dem Finger auf Dora.

»Bitte, Mum. Das hilft hier niemandem, hörst du?«, wandte Ruby sich an ihre Mutter. »Und ich würde wirklich lieber allein hier warten, falls es dir nichts ausmacht?«

Lettie schürzte ihre Lippen. »Na schön, dann gehe ich eben«, sagte sie beleidigt. »Aber ich werde das nicht vergessen«, fügte sie mit einem warnenden Blick zu beiden Mädchen hinzu. »Wie undankbar ... und das, obwohl ich meinen Sonntagnachmittag geopfert habe, um den ganzen weiten Weg hierher zu latschen!« Sie hörten sie auf dem ganzen Weg durchs Wartezimmer vor sich hin schimpfen, bis sich endlich die Türen hinter ihr schlossen.

Ruby verzog den Mund. »Man könnte meinen, sie wäre vom Nordpol hergekommen!«

»Sie hat allerdings recht damit, dass ich gehen sollte.« Dora stand auf, aber Ruby hielt sie schnell zurück.

»Glaub bloß nicht, dass du mich hier allein lassen kannst«, sagte sie. »Wir stehen das hier gemeinsam durch, wir beide.«

Dora sah die unausgesprochene Botschaft in ihren blauen Augen. »Danke«, flüsterte sie.

»Du brauchst mir nicht zu danken«, erwiderte Ruby und setzte sich zu ihr. »Ich konnte Krankenhäuser noch nie ausstehen.« Ein Schauder durchfuhr sie. »Außerdem kennst du dich hier besser aus als ich. Und du weißt, wie man mit Ärzten reden muss. Du warst schon immer die Klügere von uns beiden«, sagte sie mit einem Seitenblick zu Dora.

»Und du die Hübschere!« Dora lächelte bei der Erinnerung daran, wie oft sie sich das gesagt hatten, als sie noch zur Schule gingen.

»Das hat mir auch nicht viel genützt«, seufzte Ruby mit einem Blick auf den abgeblätterten roten Nagellack auf ihren Fingernägeln. »Wenn ich so klug gewesen wäre wie du, hätte ich mich vielleicht nicht in diesen Schlamassel geritten.«

Dora streckte die Hand aus. Ruby sah sie an, dann blickte sie zu Dora auf, und nach einem kurzen Zögern ergriff sie ihre Hand.

»Es tut mir leid«, flüsterte sie.

»Mir auch«, sagte Dora.

Ruby schenkte ihr ein unsicheres Lächeln. »Sind wir noch Freundinnen?«

»Das werden wir immer sein.«

Beide schwiegen eine Zeit lang. Dann sagte Ruby: »Er wird doch wieder, oder?«

Dora holte tief Luft. »Ich hoffe es.«

»Und was tun wir jetzt?«, fragte Ruby.

Dora blickte ihrer Freundin in das hilflose Gesicht. So oft hatte sie Ruby verflucht, doch als sie sie jetzt ansah, konnte sie nichts als Mitgefühl für sie empfinden. Ruby hatte nichts anderes getan, als um den Mann zu kämpfen, den sie liebte, und das konnte Dora ihr nicht verübeln.

Und so drückte sie ihrer Freundin die Hand und sagte: »Wir werden abwarten. Und hoffen. Mehr können wir nicht tun, Ruby.«

Es schien beinahe so, als wollte das Schicksal nicht, dass Helen ihre Abschlussprüfung machte.

Zuerst verspätete sich ihr Zug wegen eines umgestürzten Baums. Und als sie London dann endlich erreichten, war nirgendwo ein Taxi aufzutreiben.

»Eigentlich können wir auch gleich aufgeben, da wir es jetzt sowieso nicht mehr rechtzeitig bis Hampstead schaffen«, sagte Helen, als sie auf dem Gehweg standen und die Straße hinauf- und hinunterblickten.

»Wir schaffen es«, sagte ihre Mutter mit grimmiger Entschiedenheit. »Ich habe dir gesagt, ich würde dafür sorgen, dass du diese Prüfung machst, und das war mir ernst. Selbst wenn wir hinten auf einem Kohlenwagen nach Hampstead fahren müssen.«

Die Vorstellung, wie ihre Mutter auf Kohlesäcken hockte und ihre Handtasche an sich drückte, entlockte Helen trotz ihrer Nervosität ein Lächeln.

Schließlich fanden sie doch noch ein Taxi, das sie nach St. Jude's brachte.

»St. Jude, der Schutzheilige für hoffnungslose Fälle«, murmelte Helen, als ihre Mutter den Fahrer bezahlte. »Wie passend.«

»Sei bitte still, Helen«, sagte Constance gereizt. »Geh und zieh schon mal deine Uniform an, während ich dich anmelde.«

Die Uhr schlug Viertel vor elf, und Gruppen von Schwestern, die alle mit den Uniformen ihrer verschiedenen Krankenhäuser bekleidet waren, begaben sich schon in den Prüfungsraum. Helen zog sich schnell in der Garderobe der Krankenschwestern um, wobei ihre Hände so sehr zitterten, dass sie ihren Kragenknopf kaum schließen konnte.

Hilf mir, Charlie, bitte, betete sie stumm vor ihrem Spiegelbild.

»Dawson?« Helen drehte sich um. Vor ihr stand Brenda Bevan und wirkte sehr adrett in ihrer blau gestreiften Uniform.

Helen bekam ganz weiche Knie vor Erleichterung beim Anblick eines freundlichen Gesichts. »Warte – lass mich das machen.«

»Danke.« Helen hob das Kinn an, damit Brenda den Knopf schließen konnte.

»Beängstigend, nicht?«, sagte Brenda. »Ich habe gestern Nacht kein Auge zugetan.«

»Ich auch nicht.«

»Na ja, aber jetzt gibt's kein Zurück mehr.« Brenda war fertig mit dem Kragenknopf und trat zurück. »Ich bin froh, dass du dich dazu entschieden hast, zu kommen«, sagte sie.

»Ich auch«, stimmte Helen ihr zu.

Als sie durch den breiten, grün gestrichenen Gang auf den Prüfungsraum zuging, konnte Helen schon die erhobene Stimme ihrer Mutter hören.

»Was soll das heißen, sie ist nicht registriert?« Constance stand an einem Tisch neben den Türen vor dem Prüfungsraum und diskutierte mit dem Mann, der dahinter saß. »Selbstverständlich steht ihr Name auf der Liste! Also überprüfen Sie sie noch einmal.«

»Stimmt irgendetwas nicht?«, fragte Helen, als sie sie erreichte.

Der Verwaltungsangestellte blickte zu ihr auf. »Ich habe Ihrer Mutter gerade erklärt, dass Sie sich nicht zu der Prüfung anmelden können, weil Ihr Name nicht auf meiner Liste der Examinandinnen steht.«

»Dann ist Ihre Liste eben fehlerhaft«, sagte Constance mit schmalen Lippen.

»Vielleicht hat das Krankenhaus meinen Namen nicht vermerkt, weil sie annahmen, dass ich nicht an der Prüfung teilnehmen würde?«, sagte Helen zu ihrer Mutter.

»Ja, aber das habe ich richtiggestellt. Letzten Donnerstag

habe ich mit dem Prüfungsamt telefoniert. Ach herrje, nun guck mich nicht so an, Helen!«, tadelte Constance sie ungeduldig. »Ich wusste, dass du irgendwann Vernunft annehmen würdest.«

»Ach Mutter!« Helen lachte, weil sie zu belustigt war, um sich zu ärgern. Wozu auch? Constance Tremayne würde sich niemals ändern.

Ihre Mutter wandte sich wieder an den Angestellten. »Hier ist offenbar ein Fehler gemacht worden«, sagte sie in dem Ton, den sie benutzte, wenn sie mit einem Dummkopf zu reden glaubte. »Ich möchte mit jemandem sprechen, der Entscheidungsbefugnis hat.«

Der Mann setzte sich gerader hin. »Der Hauptexaminator ist beschäftigt«, sagte er von oben herab.

»Gewiss nicht zu beschäftigt, um mit *mir* zu sprechen«, beschied ihn Helens Mutter. »Bitte teilen Sie ihm also mit, dass Constance Tremayne, Vorstandsmitglied des Florence-Nightingale-Krankenhauses, hier ist und ihn gerne sprechen würde.«

Der Mann sah unbeeindruckt aus. »Ich sagte Ihnen doch schon, dass er sehr beschäftigt ist.«

Helen sah, wie ihre Mutter zitterte vor unterdrückter Wut, und fragte sich, ob der Mann wohl ahnte, wie nahe er daran war, erwürgt zu werden. »Wissen Sie, wer ich bin?«, zischte Constance.

»Nein, aber ich weiß, wer *sie* ist.«

Sie blickten auf. Eine große, schlanke Frau stand sehr aufrecht in der Tür zum Prüfungsraum. In ihrer dunkelgrauen Uniform und der gestärkten Haube, die ihre krausen hellbraunen Locken verbarg, erkannte Helen sie im ersten Moment nicht.

»Mrs. Forster?«, fragte sie dann aber und blinzelte erstaunt.

»Hallo, Helen. Ich habe Ihnen doch erzählt, dass ich früher einmal Krankenschwester war?« Mrs. Forster lächelte, und ihre dunkelbraunen Augen funkelten. »Aber ich war mir nicht sicher, ob es fair wäre, Ihnen zu sagen, dass ich inzwischen Hauptprüferin bin.«

»Ich habe dieser Person – Mrs. Tremayne – gerade eben erklärt, dass ihre Tochter nicht an der Abschlussprüfung teilnehmen kann, weil ihr Name nicht auf unserer Liste steht«, erklärte der Verwaltungsangestellte.

»Oh, ich bin mir sicher, dass wir eine Ausnahme für Schwester Dawson machen können.« Mrs. Forster schenkte ihr ein verständnisvolles Lächeln. »Kommen Sie, meine Liebe, die schriftliche Prüfung wird jeden Augenblick beginnen. Ich werde den nötigen Papierkram für Sie erledigen, bevor dann auch die praktische beginnt.«

Als Helen Mrs. Forster in den Prüfungsraum folgte, hörte sie, wie ihre Mutter dem armen Verwaltungsangestellten die Leviten las.

»Sehen Sie!«, sagte sie. »Wenn Sie einfach nur getan hätten, was ich Ihnen vorhin sagte, hätten wir uns alle sehr viel Zeit ersparen können.«

Der Prüfungsraum war weitläufig wie eine Kathedrale und hatte eine hohe, schräge Decke, die bis in den Himmel aufzuragen schien. Sonne strömte durch die hohen Fenster herein und ließ die in der Luft tanzenden Staubpartikel glitzern.

Die Prüflinge saßen schon an kleinen Pulten, die in ordentlichen Reihen aufgestellt waren, so weit Helens Augen reichten. Hinten im Raum konnte sie die blau gestreiften Uniformen der Gruppe aus dem Nightingale sehen, zu der auch Brenda Bevan gehörte.

Mrs. Forster führte sie zu einem leeren Pult in der Nähe der Tür und legte eine Prüfungsarbeit mit der Schriftseite nach unten vor sie hin. Helen starrte sie an, und eine Welle der Übelkeit stieg in ihr auf.

Das hier war ein Fehler, sie hätte nicht herkommen sollen. Wie konnte sie sich nur eingebildet haben, sie sei bereit für diese Prüfung? Ihr Gehirn war plötzlich getrübt von einem Nebel verworrener Fakten, von denen nicht eines einen Sinn ergab.

Die Uhr schlug elf. »Sie dürfen jetzt Ihre Blätter umdrehen, Schwestern«, schallte Mrs. Forsters Stimme durch den großen Raum.

Raschelnde Geräusche umgaben sie. Helen hob eine Ecke der Prüfungsarbeit an, als ob sie eine giftige Schlange wäre, drehte das Blatt um und las die erste Frage.

Welche Medikamente oder Wirkstoffe können lokal angewendet werden, um eine Blutung zu stillen?

Plötzlich fühlte Helen sich in den Sommer zurückversetzt und sah sich auf Nellie Dawsons Plüschsofa hocken und eine kalte Kompresse vorbereiten, während Charlie ihr bei der Wiederholung ihres Lehrstoffs half.

Sie lächelte, als sie fühlte, wie ihr Selbstvertrauen langsam wieder zurückkehrte.

Danke, Charlie, dachte sie und griff nach ihrem Stift.

KAPITEL DREIUNDFÜNFZIG

Nick erwachte von einem blendend weißen Licht und dem Geruch von Karbol und Bohnerwachs. Er brauchte einen Augenblick, um sich darüber klar zu werden, dass er in einem Krankenhausbett lag, das von Trennwänden umgeben war.

Er versuchte, sich zu bewegen, und augenblicklich tat ihm alles weh. Von seinen pochenden Schläfen bis zu seinen schmerzenden Rippen gab es nicht einen Zentimeter an ihm, der ihm keine Qualen bereitete. Mit Ausnahme seiner Beine, die er nicht bewegen konnte.

Er schloss die Augen vor dem grellen Schmerz in seinem Kopf. Als er sie wieder öffnete, erschien Schwester Blakes verschwommenes, aber lächelndes Gesicht.

»Endlich sind Sie wach! Wie fühlen Sie sich?«

»Als ob ich gerade zehn Runden mit Max Baer hinter mir hätte.«

»Das überrascht mich nicht. Man hat Sie übel zugerichtet, junger Mann. Der Doktor musste Sie unter Vollnarkose setzen, um Ihren Beckenbruch zu richten.«

Nicks Augen weiteten sich. »Mein Becken ist gebrochen?«

»Wie ich sagte, Sie sind schlimm zusammengeschlagen worden.«

Er versuchte, tief einzuatmen, aber es fühlte sich an, als würden mehrere Dolche in seinem Brustbein stecken. »Werde ich es überleben?«

Schwester Blake schien darüber nachzudenken. »Zum Glück war es nur ein einfacher Bruch, und Ihre inneren Organe waren unverletzt«, sagte sie. »Ich befürchte, dass Sie ein paar Wochen das Bett hüten müssen, aber ich denke, ja, Sie werden es überleben.« Sie nahm seinen Puls. »Ist Ihnen gar nicht übel?« Er schüttelte den Kopf und wünschte sofort, er hätte es nicht getan, als das ganze Zimmer zu schlingern begann wie ein Schiff. »Ihr Puls ist schon wieder sehr kräftig, das ist ein gutes Zeichen.«

Sie legte seine Hand auf das Bett zurück. »Glauben Sie, Sie fühlen sich wohl genug, um Besuch empfangen zu können? Da ist nämlich jemand, der es kaum erwarten kann, Sie zu sehen.«

Er wandte den Kopf und blickte Schwester Blake hinterher, als sie zwischen den Trennwänden hinausschlüpfte. »Dora?« Kaum hatte er den Namen ausgesprochen, als die Vorhänge sich teilten und Ruby erschien.

»Hallo, Nick«, sagte sie.

»Ruby.« Er glaubte, seine Enttäuschung gut verborgen zu haben, aber ihr Mund verzog sich zu einem schiefen Lächeln, als sie auf ihn hinuntersah.

»Tut mir leid. Hast du jemand anderen erwartet?«, fragte sie mit vorgetäuschter Ahnungslosigkeit.

Nick erwiderte nichts. Ruby musterte ihn von oben bis unten. »So wie du aussiehst, möchte ich den anderen nicht sehen wollen!«, bemerkte sie.

Nick schnitt eine Grimasse. »Ausnahmsweise hab ich mal den Kürzeren gezogen.«

»Zumindest lebst du noch, das ist die Hauptsache.« Sie setzte sich auf den Stuhl neben seinem Bett. »Wir waren alle furchtbar besorgt um dich.«

Er rang sich zu einem Lächeln durch. »Es ist nett von dir, dass du gekommen bist.«

»Ja, aber freu dich nicht zu früh, ich bin nämlich nicht hier, um dir die Stirn abzutupfen oder so was.« Ihr Ton änderte sich, wurde spröde und nüchtern. »Ich wollte dir nur sagen, dass ich aus der Wohnung ausziehe und wieder bei Mum leben werde.«

Sie zog einen Schlüsselbund aus ihrer Handtasche und legte ihn auf den Nachttisch. »Jetzt gehört sie dir allein, falls du sie haben willst.«

»Ich nicht«, sagte Nick. »Diese Wohnung war immer dein Traum, nicht der meine.«

»Also ein bisschen so wie unsere Ehe!«, entgegnete sie mit einem Anflug von Verbitterung.

»Ruby …«

»Schon gut, ich bin nicht hergekommen, um rührselig zu werden. Ich hab schon lange aufgehört, Tränen über Dinge zu vergießen, die nicht mehr zu ändern sind.« Sie schenkte ihm ein angespanntes Lächeln. »Doch falls es dir nichts ausmacht, wäre es mir lieber, wenn du nicht in die Griffin Street zurückziehen würdest. Ich weiß nicht, ob ich es ertragen könnte, dir jeden Tag im Hinterhof oder sonst wo über den Weg zu laufen!«

Er schüttelte den Kopf. »Darüber brauchst du dir keine Gedanken zu machen. Ich werde mir irgendwo anders eine Unterkunft suchen, sobald ich wieder auf den Beinen bin.«

»Na, dann ist es ja gut.« Ruby verzog den Mund. »Ich meine, es könnte doch peinlich werden, nicht, wenn du ständig die Treppe hinaufgelaufen kämst, um mich anzuflehen, dich zurückzunehmen!«

Nick lächelte. Selbst nach allem, was sie durchgemacht hatten, konnte sie ihn noch zum Lachen bringen.

Aber Ruby lachte nicht, als sie auf ihn herabblickte. Ihre großen blauen Augen schwammen in Tränen. »Es tut mir leid«, brach es aus ihr hervor. »Ich wollte dir nie wehtun, das musst du mir glauben. Es war das Letzte, was ich wollte.«

»Ich weiß.«

»Da schau mich einer an, wie ich hier plärrend wie ein Baby stehe! Ich werde noch mein Make-up ruinieren, wenn ich nicht aufpasse.«

Er beobachtete, wie vorsichtig sie ihre Augen mit einem Taschentuch abtupfte, um ihre Wimperntusche nicht zu verschmieren. Sie war nicht perfekt, aber sie war ein reizendes Mädchen und verdiente es, glücklich zu sein.

»Wirst du zurechtkommen?«, fragte er sie.

»Was interessiert dich das?«

»Natürlich interessiert es mich!«

Er streckte die Hand nach ihr aus, aber sie wich zurück. »Wag es ja nicht, sentimental zu werden, Riley!«, warnte sie.

Dann streifte sie ihren Ehering ab und legte ihn auf den Nachttisch zu den Schlüsseln.

»Behalte ihn«, sagte er.

»Lieber nicht, falls es dir nichts ausmacht.« Für einen Moment sah sie den Ring mit wehmütiger Miene an. »Außerdem würden Dad oder die Jungs ihn wahrscheinlich sowieso nur zum Pfandleiher bringen und versetzen!«

Sie erhob sich. »So, und jetzt gehe ich besser wieder. Ich will deine Gastfreundschaft ja nicht überstrapazieren.« Sie blickte auf ihn herab. »Aber eines muss ich dir noch sagen, bevor ich gehe. Über Dora.«

Nick beäugte sie misstrauisch. »Was ist mit ihr?«

»Ich finde nur, du solltest wissen, dass sie dieses Geheimnis nie für sich behalten wollte. Sie wollte es dir gleich sagen, als sie es herausfand, aber ich flehte sie an, es nicht zu tun. Du hattest recht, Nick, sie ist eine gute Freundin. Wahrscheinlich eine bessere, als ich verdiene.« Ruby lächelte tapfer. »Ich dachte nur, du würdest das wissen wollen«, schloss sie leise.

»Danke.« Nick sah zu, wie sie ihre Sachen nahm. »Werde glücklich, Rube«, sagte er.

Sie schenkte ihm ein trauriges Lächeln. »Ich werde es versuchen«, versprach sie.

Dann schlüpfte sie zwischen den Trennwänden hinaus, und er

hörte sie noch sagen: »Jetzt gehört er dir.« Dann erschien Dora. Sie trug ihre Uniform, und ihre sommersprossige Haut war fast so weiß wie ihre gestärkte Haube, ihre grünen Augen groß und bang.

Sie sah so streng und förmlich aus in ihrer Uniform, dass Nicks Herz schneller klopfte. Sie hat es sich anders überlegt, dachte er. Dieser Moment draußen auf der Cable Street, als sie ihn geküsst hatte, war etwas, das aus dem Affekt heraus und in der Hitze des Moments geschehen war. Und jetzt fragte sie sich, wie sie es ihm beibringen sollte …

Er schluckte krampfhaft, fest entschlossen, sich kein zweites Mal zum Narren zu machen.

»Frag mich nicht, wie ich mich fühle«, warnte er. »Ich bin erst zehn Minuten wach und habe es schon gründlich satt.«

»Es ist meine Aufgabe, mich nach deinem Befinden zu erkundigen«, sagte sie schnell und griff nach dem Krankenblatt am Fußende des Betts.

»Und ist das der einzige Grund für dein Interesse?«, fragte er.

Er sah das aufkeimende Lächeln in ihren Augen und begriff, dass sie genauso unsicher war wie er. »Das würde ich nicht behaupten.«

Erleichterung ergriff ihn. »Dann habe ich es also nicht nur geträumt? Ich dachte nämlich, ich hätte mir diesen Kuss vielleicht nur eingebildet – wegen der Schmerzen oder so.«

»Nein, du hast das nicht geträumt.«

Er sah ihr zu, wie sie herumwirbelte und das Bettzeug glattstrich. »Dann arbeitest du also hier auf dieser Station?«

»Genau. Ich mache Nachtdienst.«

Nick grinste. »Das hört sich an, als würden wir uns sogar sehr oft sehen, Glaubst du, dass du mich ertragen kannst?«

Der schalkhafte Glanz in ihren Augen entging ihm nicht. »Das werden wir dann ja sehen.«

Constance Tremayne brauchte niemanden, der ihr Simon Latimer zeigte. Sie entdeckte ihn augenblicklich, als er auf seinen Bentley zuging. Er sah genauso arrogant aus, wie sie ihn sich vorgestellt hatte, mit seiner affigen Fliege und der mädchenhaften Mähne welligen Haars. Wahrscheinlich hielt er sich für den Traum aller jungen Krankenschwestern.

»Dr. Latimer?«

Er drehte sich um und runzelte die Stirn. »Entschuldigen Sie … kennen wir uns?«

»Mein Name ist Tremayne. Constance Tremayne. Ich bin im Vorstand dieses Krankenhauses.«

»Mrs. Tremayne, aber natürlich! Bitte verzeihen Sie mir.« Dr. Latimer ließ sofort seinen ganzen Charme spielen. Er streckte seine Hand aus, die Constance jedoch ignorierte. »Was kann ich für Sie tun?«

»Nichts, Dr. Latimer. Ich wollte Sie mir nur genau ansehen, damit ich weiß, wie ein Schürzenjäger aussieht.«

»Wie bitte?«

»Ein Schürzenjäger, Dr. Latimer. Ein Libertin. Ein lasterhafter, ausschweifender Mann.«

»Ja, ja, ich weiß, was das bedeutet! Aber ich weiß ganz und gar nicht, wovon Sie reden.«

»Ist es das, was Sie Ihrer Frau gesagt haben, als sie Sie nach Amy Hollins fragte?«

Dr. Latimers Gesicht lief rot an. »Das war alles nur ein Irrtum. Ein Missverständnis«, brauste er auf. »Sie war ein dummes junges Ding, das etwas völlig falsch verstanden hatte …«

»Ich widerspreche Ihnen nicht, dass sie dumm war, aber ich hege keinen Zweifel, dass Sie sie zu ihrer falschen Annahme ermutigt haben«, erwiderte Constance genauso unfreundlich. »Und als dann alles ans Licht kam, haben Sie sie im Stich gelassen. Jetzt hat die arme Miss Hollins alles verloren, während Sie ungeschoren davongekommen sind. Aber so läuft das nun mal, nicht wahr? Der Mann bleibt immer verschont, während das unschuldige junge Mädchen den Preis bezahlt.«

Dr. Latimers Blick huschte umher, weil er sichergehen wollte, dass ihnen niemand zuhörte. »Hören Sie«, sagte er mit gedämpfter Stimme. »Ich habe keine Ahnung, warum Sie beschlossen haben, mich … so zu überfallen, aber ich kann Ihnen versichern, dass es keinen Zweck hat, diese unerfreuliche Geschichte wieder auszugraben. Ich bin ein angesehener Chirurg im Nightingale …«

»Vorerst«, warf Constance ein. »Aber das könnte sich leicht ändern, nicht wahr?«

Er starrte sie an, und sein Mund öffnete und schloss sich, ohne dass ein Ton herauskam. »Drohen Sie mir etwa, Mrs. Tremayne?«, gelang es ihm schließlich zu sagen.

»Nein, Dr. Latimer. Aber ich mache Sie darauf aufmerksam, dass ich Sie im Auge behalten werde. Und sollte ich den Eindruck bekommen, dass sie eine andere junge Schwester auch nur angesehen haben, können Sie sicher sein, dass ich die ganze Macht des Vorstands gegen Sie mobilisieren werde. Und ich kann Ihnen ebenfalls versichern, dass wir nicht annähernd so nachsichtig sein werden wie Ihre Frau!«

KAPITEL VIERUNDFÜNFZIG

»Geben Sie acht, Schwestern. Ich weiß, dass dies ein stolzer Moment für Sie alle ist, aber das ist kein Grund zu kreischen wie die Papageien. Darf ich Sie daran erinnern, dass dies hier immer noch ein Klassenzimmer ist?«

Schwester Parker klatschte in die Hände, um Schweigen zu gebieten, und betrachtete zum letzten Mal die Gruppe ihrer Schülerinnen im dritten Jahr. Vor ein paar Monaten noch waren sie völlig unerfahrene Achtzehnjährige gewesen, denen sie erst hatte beibringen müssen, wie man sich die Hände richtig wusch. Jetzt trugen sie alle an ihren gestärkten Kragen das kleine Emaille-Abzeichen der staatlich anerkannten Krankenschwestern des Florence Nightingale Hospital.

Ihr Blick fiel auf Helen Tremayne – oder Dawson, wie sie jetzt hieß –, die mit sittsam gefalteten Händen in der ersten Reihe saß. Wie Schwester Parker vorhergesagt hatte, trug auch sie die Nightingale-Medaille am Lätzchen ihrer Schürze.

Und in Schwester Parkers Augen hatte sie niemand jemals mehr verdient. Das arme Mädchen hatte so viel durchgemacht, dass es eine Zeit gegeben hatte, in der sich alle im Krankenhaus gefragt hatten, ob sie überleben würde. Zum Glück hatte sie jedoch allen das Gegenteil bewiesen. Sie war von neuem Selbstvertrauen erfüllt zum Nightingale zurückgekehrt, obwohl ihre dunkelbraunen Augen noch immer von einer tiefen Trauer überschattet waren, die, wie die Lehrschwester wusste, noch lange nicht vergehen würde.

»Die Schwester Oberin wird Sie zu gegebener Zeit alle in ihr Büro kommen lassen, um über Ihre Zukunft im Nightingale zu sprechen. Für einige von Ihnen mögen das gute Neuigkeiten sein. Für andere …« Sie blickte zu Brenda Bevan hinüber, die schwatzend wie immer in der letzten Reihe saß. »Nun, ich wage zu behaupten, dass Sie bestimmt schon Ihre eigenen Zukunftspläne haben. Aber welchen Weg Sie auch einschlagen mögen, ich hoffe, dass die Ausbildung, die Sie hier erhalten haben, Ihnen dabei zugutekommen wird. Vergesst nie, Mädchen, dass ihr Nightingale-Krankenschwestern seid und das viel bedeuten wird, sowohl in eurem Beruf als auch im Leben.«

Sie trat zurück und ließ ihren Blick über die Reihen von Gesichtern gleiten, um sich jedes einzelne im Gedächtnis einzuprägen. Selbst nach mehr als zwanzig Jahren als Lehrschwester konnte sie sich noch immer an alle Schwestern erinnern, die sie ausgebildet hatte. Einige von ihnen waren so nett, auch sie nicht zu vergessen. Sie schrieben ihr oder kamen zu einem Besuch ins Krankenhaus. Viele von ihnen waren als Oberschwestern und Stationsschwestern im Nightingale geblieben.

Sie fragte sich, wie viele aus dieser Gruppe hier es auch tun würden.

Es war keine große Überraschung für Helen, dass ihre Mutter auf sie wartete, als sie an jenem kühlen Novembernachmittag aus dem Büro der Oberin kam und auf den Hof hinaustrat.

»Was machst du hier?«, fragte sie, obwohl sie die Antwort bereits kannte. Dies war der Tag, an dem sich herausstellen würde, was die Zukunft für sie bereithielt, und es war undenkbar, dass Constance Tremayne sich das entgehen lassen würde. »Ich habe bereits mit der Oberin gesprochen. Bist du deshalb hergekommen?«

»Sei nicht albern, warum sollte ich mich einmischen wollen?« Zumindest besaß ihre Mutter den Anstand, Helen dabei nicht anzuschauen. »Ich bin zu einer Vorstandssitzung hergekom men«, fuhr sie fort. »Aber da ich schon mal hier bin – wie ist es denn gelaufen? Was hat die Oberin gesagt?«

Helen holte tief Luft. »Sie hat mich ausdrücklich dazu aufgefordert, eine Stelle hier im Krankenhaus anzunehmen«, sagte sie, außerstande, den Stolz in ihrer Stimme zu verbergen.

»Aber natürlich hat sie das getan!«, tat Constance diese Antwort ab. »Herrgott noch mal, du hast bei der Abschlussprüfung als Beste abgeschnitten und die Nightingale-Medaille gewonnen. Da wird sie dich doch wohl kaum abweisen, oder? Aber was für eine Stelle hat sie dir angeboten? Ich hoffe doch sehr, dass es eine im OP ist«, sagte sie, ohne die Antwort abzuwarten. »Es ist das Mindeste, was du nach all deinen Anstrengungen verdienst. Sie wäre dumm, es nicht zu tun …«

»Sie hat es getan«, sagte Helen. »Aber ich habe abgelehnt.«

Constance warf ihr einen ungläubigen Blick zu. Sie hätte nicht enttäuschter wirken können, wenn Helen ihr gesagt hätte, sie würde die Krankenpflege aufgeben und stattdessen zur Bühne gehen. »Aber warum? Das kann nicht wahr sein! Oh Helen, was ist bloß in dich gefahren?« Sie ergriff den Arm ihrer Tochter. »Wir müssen sofort zur Oberin zurückgehen und ihr sagen, dass du es dir anders überlegt hast …«

Dann sah sie Helens schwaches Lächeln und hielt inne. »War das nur ein Scherz?«, fragte sie argwöhnisch.

Helen grinste. »Ja, Mutter, das war es. Du wirst dich freuen zu hören, dass ich die Stelle als OP-Schwester angenommen habe. Aber nur, weil es meine eigene Entscheidung war«, erinnerte sie sie.

»Natürlich.« Sie konnte sehen, wie sehr ihre Mutter sich bemühte, ein selbstgefälliges Lächeln zu unterdrücken. »Warum essen wir dann nicht zusammen zu Mittag, um deine neue Stellung zu feiern? Vielleicht könnten wir zu Fortnum's gehen?«

Helen warf einen Blick auf ihre Uhr. »Tut mir leid, Mutter,

aber in weniger als einer Stunde muss ich meinen Zug erwischen.«

»Ach? Und wohin fährst du?«

»Nach Southend, um Hollins zu besuchen.«

Ihre Mutter nickte verständnisvoll. »Wie hat sie sich in ihrem neuen Krankenhaus eingewöhnt?«

»Sehr gut, glaube ich.« Helen machte eine Pause. »Sie ist dir sehr dankbar, weil du dafür gesorgt hast, dass sie ihre Ausbildung im Victoria beenden kann«, sagte sie. »Wenn du nicht mit der dortigen Oberin gesprochen hättest, wäre sie vielleicht nicht angenommen worden.«

Constance winkte ab. »Jeder verdient eine zweite Chance«, sagte sie ruhig.

Genau wie du, dachte Helen. Die Beziehung zu ihrer Mutter mochte zwar nicht perfekt sein, aber zumindest verstanden sie sich jetzt ein bisschen besser. Und sie konnte sehen, dass Constance sich alle Mühe gab, nicht mehr so herrisch zu sein, obwohl es immer noch Momente gab, in denen sie nicht anders konnte.

»Und was ist mit dir?«, fragte Constance. »Bist du sicher, dass es das Richtige für dich ist, im Nightingale zu bleiben?«

Helen wandte sich ihr zu, die Frage erstaunte sie. »Warum fragst du das?«

»Ich habe mir nur Gedanken darüber gemacht, ob du unter den gegebenen Umständen nicht einen Ortswechsel vorziehen würdest? Das Nightingale birgt sehr viele Erinnerungen für dich.«

Helen blickte sich auf dem Hof um, der auf allen Seiten von einer kunterbunten Ansammlung von Stationsblöcken, Nebengebäuden und Anbauten umgeben war.

Ihre Mutter hatte recht, es war nicht leicht gewesen, hierher zurückzukommen. Manchmal erinnerte sie sich allein schon beim Überqueren des Hofs an Charlies Todestag, und dann war der Schmerz so heftig, dass sie stehen bleiben musste, um tief durchzuatmen. Und die Station Judd hatte sie seit ihrer Rückkehr nicht mehr betreten. Aber auch mit Blick auf die Zukunft war sie sich nicht sicher, ob sie jenen Gang je wieder betreten oder jene Doppeltüren sehen könnte, ohne an diesen furchtbaren Tag zu denken.

Das Nightingale Hospital hielt jedoch nicht nur schlimme Erinnerungen für sie bereit. Es gab auch gute. Wie die an den Tag, an dem sie Charlie, der so lebensfroh und voller Heiterkeit gewesen war, auf der Station Blake getroffen hatte. Und die Erinnerung an ihren Hochzeitstag, die, so schmerzlich sie auch war, zu den glücklichsten ihres Lebens zählte. Weil sie wusste, dass sie von treuen Freundinnen umgeben war, die sich zusammengetan und ihr beigestanden hatten. Freundinnen, die sie für den Rest ihres Lebens haben würde.

Es waren diese Freundinnen, die ihr halfen, jedem neuen Tag entgegenzusehen. Wenn sie morgens die Augen öffnete und sich der schrecklichen Erkenntnis ausgeliefert sah, dass ihre Träume von Charlie nicht real gewesen waren, sondern er für immer gegangen war, waren die Mädchen da, um sie abzulenken. Und wenn sie etwas Lustiges sah und sich vornahm, es Charlie zu erzählen, nur um sich zu erinnern, dass er nie wieder da sein würde, um ihre lustigen oder traurigen Momente zu teilen, wusste sie zumindest, dass sie nicht ganz allein war.

Sie würde leiden, egal, wohin sie ging. Aber im Nightingale war sie zumindest unter Freunden.

»Ich denke schon, dass ich am richtigen Ort bin«, sagte sie zu ihrer Mutter.

Denn wo war man besser aufgehoben als in einem Krankenhaus, wenn man gesunden wollte?

DANKSAGUNG

An dieser Stelle möchte ich den vielen Menschen danken, ohne deren Hilfe und Unterstützung es die *Die Nightingale Schwestern* gar nicht geben würde. Zunächst einmal meiner Agentin Caroline Sheldon, die mich dazu ermutigte, das Projekt anzugehen, und ebenso bei meiner neuen Redakteurin Jenny Geras, die sich ganz auf mich einließ und so zu einem Teil der Nightingale-Welt wurde.

Auch möchte ich dem gesamten Team von Random House danken, insbesondere Katherine Murphy, die die Produktion im Auge behielt, Andrew Sauerwine und seinem großartigen Vertriebsteam, die das Buch in die Läden brachten, Amelia Harvell und Sarah Page, die dafür sorgten, dass die Leute davon hörten.

Ganz herzlichen Dank auch den Mitarbeitern des Archivs des Royal College of Nursing, der Wellcome Library und des lokalhistorischen Archivs von Bethnal Green für ihre unermüdliche Hilfe bei meinen Recherchen. Ganz zu schweigen von all den großartigen Krankenschwestern, die mir ihre Geschichten erzählten (von denen die meisten zu erschütternd waren, um sie miteinzubeziehen!), und den wundervollen Lesern, die die Nightingales ins Herz geschlossen haben.

Zu guter Letzt möchte ich meinem leidgeprüften Ehemann Ken danken, der mehr Hysterie verkraftete, als ein Mann je zu ertragen haben sollte. Ganz zu schweigen davon, dass er mich jeden Abend beim Heimkommen in Weltuntergangsstimmung antraf, als der Abgabetermin nahte. Und ich danke auch meiner Tochter Harriet, die jedes Kapitel las, während ich es schrieb, an den richtigen Stellen Beifall spendete, buhte oder weinte und deren Kommentare und Enthusiasmus mich auf Trab hielten. Tut mir leid, dass die traurigen Stellen ihr Make-up im Bus ruinierten …